시언지변(詩言志辨)

詩言志辨

/ 한시의 기원과 본질 /

시언지변

주자청(朱自清) 지음 | 이욱진 옮김

「시는 뜻을 말한 것」이라는 명제의 변증

이담 Books

- 이 번역서는 民國36년(1947) 開明書店에서 출판된 ≪詩言志辨≫
  을 저본으로 하였다.
- 인명과 지명은 모두 한국 한자음으로 표기하였다. 저자를 비롯
  하여 책에 나오는 인물이 대부분 1911년 이전에 출생했기 때
  문이다.
- 각주에서 '역자주'라고 표기한 것은 옮긴이가 따로 붙인 것이
  다. 나머지는 모두 저자의 주석이다. 저자 주석에서 인명과 인
  용문의 제목은 한자 원문만 쓰는 것을 원칙으로 하되 필요에
  따라 독음이나 번역을 병기하였다.
- 인용문에 대한 저자의 교감(校勘)은 번역문 아래의 한문 원문
  에 해당 내용을 번역했다.

서문

　서양 문화의 수입으로 인해 우리의 "역사" 관념이 바뀌었고, "문학"의 관념도 바뀌었다. 우리에게 문학사가 생겼고 게다가 소설, 사곡詞曲[1]까지 문학사에 집어넣었으니, 바로 "문文" 또는 "문학"에도 집어넣은 셈이다. 그리고 곡의 주요 부분인 극곡劇曲[2] 또한 연극으로 삼아 논의하니 거의 시가나 산문과 평등한 지위를 얻은 것이다. 왕국유王國維[3] 선생의 ≪송원희곡사宋元戱曲史≫가 있는데 이는 우리의 문학을 전문으로 다룬 역사 또는 개별 장르의 문학사로는 첫 번째이다. 신문학운동으로 인해 새로운 문학 관념의 발전이 가속화되었다. 소설의 지위가 높아져서 우리에게는 노신魯迅 선생의 ≪중국소설사략中國小說史略≫이 있게 되었다. 사곡은 거의

---

1) 역자주 : 사곡은 중국 시가의 갈래로, 송대에 유행한 '사'와 원대에 성행한 '곡'을 합쳐서 부른 것이다. 이른바 사패詞牌 및 곡패曲牌라는 정해진 곡조 형식에 따라 가사를 짓는다. 소설과 더불어 정통문학 바깥의 통속적인 장르로 인식되었다.

2) 역자주 : 극곡은 가창에 치중하는 산곡散曲과 달리 희곡 공연에 쓰이는 노래이다. 산곡에 비해 운율이 자유롭다.

3) 역자주 : 왕국유(1877~1927), 자는 정안靜安, 호는 관당觀堂, 절강 해녕주海寧州(지금의 가흥시嘉興市) 사람. 중국 고전문학, 고고학, 문헌학 등 여러 방면에 뛰어난 업적을 남겼다. ≪인간사화人間詞話≫, ≪관당집림觀堂集林≫ 등의 저작이 있다.

시의 경지로 격상되었으니 유육반劉毓盤[4] 선생의 ≪사사詞史≫가 있고, 비록 단지 강의록인데다가 결코 완성작도 아니지만 왕역王易[5] 선생의 ≪사곡사詞曲史≫도 있다. 민간의 가요와 이야기도 문학으로 승격되고 '변문變文'과 탄사彈詞[6] 등도 잇달아 올라왔으니, 이에 정진탁鄭振鐸[7] 선생의 ≪중국속문학사中國俗文學史≫가 있게 되었다. 여기서 특별히 언급해야 할 것은 중국의 문학비평에서 '시문평詩文評[8]'이라고 하는 것 역시 격을 높여 문학의 한 갈래가 되었

---

4) 역자주 : 유육반(1867~1928), 자는 자경子慶, 호는 금초噙椒, 절강 강산江山(지금의 구주시衢州市) 사람. 북경대학 교수로 사곡을 강의했다. ≪사사詞史≫, ≪금초사噙椒詞≫ 등의 저작이 있다.

5) 역자주 : 왕역(1889~1956), 자는 효상曉湘, 호는 간암簡庵, 강서 남창시南昌市 사람. 중앙대학中央大學(지금의 남경대학南京大學) 교수를 역임했다. ≪수사학통전修辭學通詮≫, ≪국학개론國學概論≫, ≪사곡사詞曲史≫ 등의 저작이 있다.

6) 역자주 : 변문은 당나라~오대五代 시기에 지어진 가창 공연의 텍스트로, 원래는 불경 이야기를 중심으로 했으나 뒤에 역사 이야기, 민간 전설 등을 포함하게 되었다. 돈황敦煌 석굴에서 발견된 문헌이 많다. 탄사는 명대 중엽에 형성된 공연의 종류로, 소주蘇州, 양주揚州, 장사長沙 지역 등의 탄사가 유명하다. 1~4명의 공연자가 삼현금三絃琴, 비파 등의 악기 반주에 맞춰 노래에 이야기를 곁들인다. 가사는 칠언을 기본으로 하고, 곡패를 끼워넣기도 한다. 〈진주탑珍珠塔〉, 〈옥청정玉蜻蜓〉 등의 작품이 알려져 있다.

7) 역자주 : 정진탁(1898~1958), 자는 서체西諦, 절강 온주시(溫州市) 사람. 전국정협위원全國政協委員, 중국작가협회 이사를 지냈다. ≪중국속문학사中國俗文學史≫, ≪삽도본중국문학사揷圖本中國文學史≫ 등의 저작이 있다.

다는 점이다. 진종범陳鍾凡9) 선생의 ≪중국문학비평사中國文學批評史≫는 ≪송원희곡사≫보다 약간 뒤처졌지만 곽소우郭紹虞10) 선생의 같은 제목의 책이 나오고 나서야 일반 사람의 주목을 받았다. 비록 상권만 나오긴 했지만 말이다.

목록학11)의 관점에서 보면 속문학 또는 민간문학의 가요 부분은 비록 악기 반주가 있는 노래로 지어졌기 때문이긴 해도 일찌감치 기록이 되었지만, 다른 부분은 거의 지금까지 고아한 전당에 오르지 못했다. 사곡은 발전이 늦어서 기록도 늦어졌다. 소설은 발전이 일렀지만 예전에는 단지 자부子部나 사부史部의 두 부류에만 붙었고,12) 우리가 말하는 소설이라는 그 소설은 명대가 되어서야 비로소 기록이 되었다. 시문평의 체계적인 저작에는 ≪시품詩品≫13)과 ≪문심조룡文心雕龍≫14)이 있는데 모두 양나라 때 지어졌다. 하지

---

8) 역자주 : 시문평은 문헌 분류상 집부集部에 속하는 항목으로, 문학이론이나 비평에 관한 서적을 말한다. 양梁나라 유협劉勰의 ≪문심조룡文心雕龍≫이나 종영鍾嶸의 ≪시품詩品≫이 대표적이다.

9) 역자주 : 진종범(1888~1982), 중범中凡이라는 이름으로도 알려졌다. 자는 각현覺玄, 호는 각원覺元, 강소 염성시鹽城市 사람. 남경대학 교수를 역임하였다. 중국 최초의 ≪중국문학비평사中國文學批評史≫를 비롯하여 ≪고서교독법古書校讀法≫, ≪중국운문통론中國韻文通論≫ 등의 저작이 있다.

10) 역자주 : 곽소우(1893~1984), 이름은 희분希汾이고 소우는 자이다. 강소 소주시蘇州市 사람. 복단대학復旦大學 교수를 역임하였다. ≪중국문학비평사中國文學批評史≫, ≪창랑시화교석滄浪詩話校釋≫, ≪송시화고宋詩話考≫ 등의 저작이 있다.

11) 역자주 : 각종 문헌을 정리하고 내용을 개괄하며, 학술적 원류와 성격 규명 및 특성에 따른 분류, 도서 목록 편찬 등을 다루는 학문이다. 한나라 유향劉向, 유흠劉歆의 ≪별록別錄≫과 ≪칠략七略≫을 비롯하여 청나라의 ≪사고전서총목제요四庫全書總目提要≫ 등이 대표적인 성과이다.

12) 역자주 : 전통 시기에는 문헌을 경經(유가 경전), 사史(역사서), 자子(제자백가 및 도교와 불교), 집集(시나 부 등의 문학작품)의 네 부로 분류했다. 여기서는 소설이 문학작품이 아니라 사상가나 역사가의 자질구레한 이야기로 분류되었다는 말이다.

13) 역자주 : ≪시품≫은 양나라 때 종영鍾嶸(468?~518?)이 지은 평론집이다. 한나라에서 양나라까지 오언시를 지은 시인을 상, 중, 하의 품등으로 나누고 연원과 풍격을 설명하였다.

만 줄곧 단지 '총집總集'류15)의 말미에만 붙어있었다. 송대에야 비로소 별도로 '문사文史'류16)를 세워 이런 책들을 받아들였다. 이 '문사'류는 뒤에 '시문평'류로 바뀌었다. 기록이 된다는 것은 지위가 있다는 표시이다. 자체적으로 한 갈래를 이루었다는 것은 독립적인 지위가 있다는 표시이다. 이는 각 갈래의 문학 그 자체가 어떻게 발전했는지, 또한 어떻게 세상에서 인정받았는지를 반영한다.

한 갈래의 문학이 세상에서 인정받았다고 해서 반드시 다른 갈래의 문학 일반과 동등한 지위를 얻었다고 할 수는 없다. 소설, 사곡, 시문평은 전통적으로 지위가 모두 시문의 아래에 있었다. 속문학은 일부 옛 가요가 시에 귀속된 것 외에는 지위가 없었다고 할 수 있다. 서양 문화에서 수입한 새로운 문학 관념에 신문학의 창작을 더하자 소설, 사곡, 시문평은 비로소 격을 높여 시가와 산문과 평등해지고 모두 정통문학이 되었다. 다만 속문학은 그래도 '속'문학일 뿐이다. 비록 '문학'이지만 여전히 정통에는 집어넣지 못한다. 이른바 사곡의 대등한 지위는 분리해서 보아야 한다. 전통희곡은 가극歌劇인데 연극류에 속하면서 현대희곡과 천하를 양분한다. 사와 산곡散曲17)은 시의 부류라고 할 수 있지만 역사 발전론에서 보면 범위와 영향이 모두 오언, 칠언시에 한참 못 미친다. 따라서 여전히 단지

---

14) 역자주 : ≪문심조룡≫은 양나라 때 유협劉勰(465?~520?)이 501년경에 지은 문학이론서이다. 총 10권에 50편으로 되어 있고, 성인의 도를 문장의 핵심 규범으로 제시하여 시를 비롯한 각 갈래별 문장의 성격과 원류를 밝힌 뒤 창작과 감상의 원칙과 방법을 체계적으로 서술했다.

15) 역자주 : 집부 가운데 ≪초사楚辭≫나 ≪문선文選≫ 등 여러 사람의 문학작품을 모아 놓은 문집을 총집이라고 한다.

16) 역자주 : ≪신당서新唐書≫ 〈예문지藝文志〉의 분류에 따르면 총집류에 문사류가 있는데 ≪시품≫, ≪문심조룡≫ 등 문인의 득실을 비평한 저작이 목록에 들어있다.

17) 역자주 : 산곡은 원대에 성행한 곡의 일종으로, 가창을 전문으로 한다는 점에서 극곡과 구별된다. 단독의 짧은 곡인 소령小令과 몇 곡이 꾸러미로 이어진 투수套數로 나뉜다.

시 안에 부속될 뿐이다. 하지만 '시여詩餘', '사여詞餘'[18]로부터 '시'
가 되었으니 여분의 자리에서 정식의 자리로 승격된 것은 확실하
다. 시문평은 비록 완전한 저작이 극히 드물지만 본질에서 보면 자
연스럽게 문학비평이 된다. 지난 몇 년 사이에 소설림蘇雪林[19] 여
사가 전문적인 논저를 썼는데 결론은 정통이라는 것이다. 현재 일
반 사람들은 거의 모두 시문평이 바로 문학비평이라는 독립적이고
대등한 지위임을 인정하고 있다.

문학사의 발전은 한편으로는 일반 역사학의 발전을 따르고 또 한
편으로는 문학의 발전을 따른다. 근년에 우리의 역사학은 빠르게
발전했고 문학도 새롭게 성장했으며 문학사는 확실히 면모를 일신
했다. 하지만 면모를 바꾸는 것으로는 충분하지 않다. 우리는 새로
운 피와 살을 요구한다. 이는 많은 이의 장기적으로 끊임없는 노력
을 필요로 한다. 일반적인 문학사가 이와 같을진대 부류별 문학사
는 더욱 현저히 그래야 한다. 하지만 문학비평사는 한층 더 어려워
보인다. 첫째로 일반 사람은 종종 어떤 선입견이 있으니 창작의 재
능이 없는 사람이라야 비평 작업을 할 수 있고, 비평은 그저 이류
상품이라는 것이다. 이로 인해 어떤 사람들은 그것을 연구하려 하
지 않는다. 둘째로 시문평은 단편적인 것이 많고 하나의 형체를 이
룬 것이 적어 손을 대기 쉽지 않다. 셋째로 현대문학에서도 비평이
아직 발달하지 않았다. 각 갈래의 문학에서 비평은 가장 낙후되어
있다. 현재 우리는 누군가가 중국문학비평사를 써보기를 진심으로

18) 역자주 : 시여(시의 자투리)는 사의 별칭, 사여(사의 자투리)는 곡의 별칭이다.

19) 역자주 : 소설림(1897~1999), 이름은 소매小梅, 설림은 자이다. 절강 서안瑞安(지금의
온주시) 사람. 무한대학武漢大學, 대만사범대학臺灣師範大學 등의 교수를 역임했다. 작
가이자 문학연구자로 ≪초소신고楚騷新詁≫ 등의 저작이 있다.

바란다. 다만 더욱 바라는 것은 많은 사람들이 분담하여 자료를 수집하여 각각의 비평 관념이 어떻게 생겨나고 어떻게 변화했는지를 찾아내는 것―그것들의 역사적 발자취를 찾아내는 것이다. 이 작업은 진지하고 세밀하게 고찰해야 한다. 한 글자도 허투로 넘겨서는 안 되니 고증학자들이 경부經部, 사부, 자부의 책들을 고찰하는 것과도 같다. 이것은 작은 곳부터 손을 대야 한다. 노력의 결과가 비평의 가치를 밝히고 일반 사람들의 선입견을 없애며 아울러 그것이 새로 얻은 지위를 강화하길 바란다.

시문평의 전문 서적에는 작품과 작가의 비평, 문체의 역사적 발전 및 일반 이론이 포함되어 있고 약간의 일화도 포함되어 있다. 이는 정말로 크게 정리하여 취사선택하는 노력을 들여야 한다. 전문 서적 외에 더 많지는 않을지라도 경, 사, 자, 집에도 역시 시문평의 자료는 직접적이든 간접적이든 허다하다. 전자의 경우 "시는 뜻을 말한 것詩言志", "생각에 사악함이 없다思無邪", "말은 전달하면 그만이다辭, 達而已矣", "말을 지어 참뜻을 세운다修辭立其誠" 등이 있다. 후자의 경우 ≪장자≫의 "신神" 관념과 ≪맹자≫의 "기氣" 관념이 있다. 이런 것들이 바로 우리 시문평의 수원지이니 이로부터 장강, 회수淮水,[20] 황하, 한수漢水[21]가 우리의 모든 문학비평사를 관통한다. 선집이나 개별 문집의 서문과 발문, 평어의 경우, 개별 문집의 서문과 발문, 편지글, 전기문, 심지어 평어나 방점을 적은 책에

---

20) 역자주 : 회수는 회하淮河로도 불리며, 하남 동백산棟柏山에서 발원하여 안휘, 강소를 거쳐 장강, 황해 등으로 흘러들어간다. 총 길이가 1,000킬로미터 가량이다.

21) 역자주 : 한수는 한강漢江이라고도 불리며, 섬서 진령秦嶺 산맥에서 발원하여 호북 무한시武漢市에서 장강으로 흘러들어간다. 총 길이가 1,500킬로미터 가량이며, 장강, 회수, 황하와 함께 강회하한江淮河漢으로 불리는 역사상으로 중요한 하천이다.

다가 ≪삼국지≫, ≪세설신어≫, ≪문선≫의 여러 주석도 있고 소설, 필기에 이르기까지 역시 모두 각양각색이요 겹겹으로 끝이 없다. 이 갖가지 평은 가져도 끝이 없고 써도 다함이 없어 사람이 많을수록 재미있다. 소홀히 하지 않고 근엄하게 고증하고 따지기만 한다면 반드시 성과가 있을 것이다.

우리의 문학비평은 아마 ≪시경≫을 논하는 데에서 시작하여 그 다음으로 '사辭'를 논의했을 것이다. 이는 춘추 및 전국시대에 있었을 것이다. ≪시경≫을 논한 것은 외교석상의 '시 읊기賦詩'이다. '시 읊기'는 노래하면서 악기 반주를 넣은 ≪시경≫이다. '사'를 논한 것은 외교 발언 또는 행정 명령을 논한 것이다. 양자의 기능은 모두 정치 교화에 있다. '사'를 논하기에서 '문文'을 논하기까지에는 또한 일련의 복잡한 역사가 있지만 여기서는 잠시 논하지 않고 시론詩論만 이야기한다. "시는 뜻을 말한 것"은 창시자의 강령이고, 그 다음은 한대에 나온 '시교詩教'이다. 한나라 때는 '육예六藝22)의 교화를 한데 섞어 논하여 '육학六學'이라고 했지만 가장 널리 유행한 것은 "시교"이다. 이때에는 이미 ≪시경≫을 노래로 부르지 않고 단지 낭송하기만 했다. '시교'는 ≪시경≫을 읽는 것에 대해 논의하는 것으로, 기능은 역시 뚜렷하게 정치 교화에 있었다. 이 때 "시는 뜻을 말한 것", "시교"의 두 강령은 사람들이 어떻게 ≪시경≫을 이해하고 어떻게 ≪시경≫을 수용해야 하는지에 중점이 있었다. 하지만 ≪시경≫은 이해하기 쉽지 않은 것이었다. 맹자는 "≪시경≫을 논하는 사람은 글자로 시구를 훼손하지 않고 시구로 시인의 뜻을

---

22) 역자주 : 육예는 ≪시경≫, ≪서경≫, ≪역경≫, ≪예경≫, ≪악경≫, ≪춘추경≫ 등 유가의 여섯 가지 경전이다.

훼손하지 않는다. 論詩者不以文害辭, 不以辭害志"라고 한 적이 있고, 사람을 이해하고 시대를 논해야 된다고 말한 것도 확실하다. 모공毛公23)은 '흥시興詩24)'를 풀이했는데, 아마 전자에 근거한 것으로 보이며 뒤에는 '비흥比興'으로 불렸다. 정현鄭玄25)이 지은 ≪시보詩譜≫26)에서는 '정변正變27)'을 논의했는데 이는 분명히 후자에 근거한 것이다.28) 이들은 방법론이자 앞의 두 가지 강령의 세목으로, 귀결점은 자연히 모두 정치 교화에 있다.

이 네 가지 시론의 네 개의 비평 관념은 이천년 동안 모두 수많은 변화를 거쳐왔다. 현대에 들어 어떤 이는 '뜻을 말하다言志'와 '도를 싣다載道'를 중국문학의 주류로 내걸면서 이 두 가지 주류의 부침이 중국문학사를 만들어왔다고 말한다. "뜻을 말하다"의 본의는 원래 "도를 싣다"와 별 차이가 없어서 양자는 전혀 충돌하지 않지만 지금은 도리어 "도를 싣다"와 대립하기 시작했다. '시교'는 원래 '온유돈후溫柔敦厚'인데 송대 사람들이 다시 "사악함이 없다"를

---

23) 역자주 : 한나라 때 ≪모시고훈전毛詩詁訓傳≫을 지어 ≪시경≫을 전수했다고 알려진 학자. 대모공大毛公과 소모공小毛公이 있으며 이들의 이름이 각각 모형毛亨과 모장毛萇이라는 설도 있다.

24) 역자주 : ≪모시고훈전≫에서 "흥이다興也"로 풀이한 시.

25) 역자주 : 정현(127~200), 자는 강성康成, 북해北海 고밀高密(지금의 산동 고밀시高密市) 사람. 후한 말의 경학자로 마융馬融에게서 고문경학古文經學을 배우고 금문경학今文經學을 겸비하여 집대성하였다. ≪주례周禮≫, ≪의례儀禮≫, ≪예기禮記≫, ≪모전毛傳≫, ≪주역周易≫, ≪고문상서古文尚書≫ 등에 대한 주석이 전해진다.

26) 역자주 : 정현은 ≪모시고훈전≫을 풀이한 ≪모시전전毛詩傳箋≫을 지은 뒤, 각국의 지리와 역사를 서술한 ≪모시보毛詩譜≫를 지었다. 〈주남소남보周南召南譜〉에서 〈상송보商頌譜〉까지 총 17편인데 지금은 산일되어 원본이 전하지 않고 ≪모시정의毛詩正義≫ 및 청대 학자들이 수집하여 편찬한 자료에 일부가 남아있다.

27) 역자주 : 정현은 ≪시경≫의 국풍과 아를 올바른 정치라는 기준에 따라 각각 정正과 변變으로 나누어서 시를 논하려 하였다.

28) 역자주 : 전자는 맹자가 말한 "글자로 시구를 훼손하지 않고 시구로 뜻을 훼손하지 않는다"이고, 후자는 "사람을 이해하고 시대를 논해야 된다"를 가리킨다.

'시교'로 삼았지만 이들은 도리어 상반되지 않고 서로 어울린다. '비흥'의 해석은 줄곧 분분하여 정론이 없다. 주의해야 할 것은 이 관념이 점점 방법으로부터 강령으로 변해간다는 점이다. '정변'은 원래 단지 '풍과 아의 정격과 변격風雅正變'만 논의했지만 뒤에는 도리어 '문장의 변화文變'설과 합쳐지기 시작하여 논의가 시문 문체의 정격과 변격에 이르렀다. 이는 사실 우리 고유의 '문학사' 관념이다.

  이 작은 책자에 실은 네 편의 논문은 곧 이 네 가지 시론의 역사적 발전을 연구한 것이다. 이 네 가지 시론과 네 개의 용어는 각 시대에 수많은 서로 다른 용례가 있었다. 책에서는 그러한 중요한 용례를 바탕으로 이 네 개의 구절의 본래의 뜻과 변화된 뜻, 근원과 유파를 풀이해 보았다. 하지만 〈비흥〉 한 편만은 모시毛詩[29]로부터 손댈 수밖에 없었고 가장 이른 근원에까지 거슬러 올라가지는 않았다. 글에서 풀이한 '부賦', '비比', '흥興'의 본래 뜻 역시 모시와 관계된 것을 위주로 하였다. '부', '비', '흥'은 원래 아마도 악곡이 있는 노래樂歌의 명칭이었으리니 '풍風', '아雅', '송頌'과 같다. 이 문제는 이미 연구하는 사람이 있지만 문학비평과는 무관하므로 우리는 논하지 않을 것이다. 모시의 해석과 시를 지은 사람의 뜻이 서로 합치되는지 여부 또한 논하지 않는다. 왜냐하면 우리가 해석하려는 것은 '비흥'이지 ≪시경≫이 아니기 때문이다.

---

29) 역자주 : 모시는 원래 한나라 때 이른바 모공이 전수한 ≪시경≫의 문헌과 해석을 가리킨다. 당나라 때 모시가 ≪시경≫의 국가 공인 해석으로 자리잡자 ≪시경≫ 자체를 모시라고 부르기도 했다. 여기서는 모공의 ≪모시고훈전≫과 자하子夏가 썼다고 전해진 〈모시서毛詩序〉 등의 저술을 가리킨다.

이 책은 원래 제목을 ≪시론 용어 풀이詩論釋辭≫로 지었다. "辭"는 용어를 가리키는 말이다. 뒤에 책에서 네 편의 논문이 한 묶음이 되자 "시언지(시는 뜻을 말한 것)"이라는 개념을 중심으로 삼았기에 지금의 이름으로 고친 것이다. 〈시언지詩言志〉편과 〈비흥比興〉편은 항일전쟁 이전에 쓴 것으로 일찍이 ≪언어와 문학語言與文學≫과 ≪청화학보靑華學報≫에 각각 나누어 실었다. 〈시교詩教〉편과 〈정변正變〉편은 최근 2년 사이에 쓴 것이다. 앞의 글은 일찍이 ≪인문 과학학보人文科學學報≫에 실었고 뒤의 글은 역시 ≪청화학보靑華學報≫에 주었다. 하지만 해당호의 학보는 아직 나오지 못했다. 이미 발표한 세 편은 모두 보충과 수정을 거쳤고 〈시언지〉편은 거의 새로 쓴 것이다. 그래도 견식이 얕은 부분이 분명 아직도 적지 않을 테니 대가들의 가르침을 받는다면 깊이 감사할 것이다.

목
차

01
⋮

시
언
지

1

시를 바쳐 뜻을 펴다

　　≪금문상서今文尙書≫ 〈요전堯典〉[1]에는 순舜 임금의 말이 기록되어 있는데, 순 임금은 기夔에게 음악의 일을 맡아 귀족 자제를 가르치게 한 뒤 또한 이렇게 말한다.

　　시는 뜻을 말하고 노래는 말을 늘이며 소리는 늘인 것에 기대고 율격은 소리와 어우러진다. 여덟 가지 소리가 조화로워 순서를 빼앗음이 없으니 신과 사람이 그로써 화합한다.
　　詩言志,[2] 歌永言, 聲依永, 律和聲. 八音克諧, 無相奪倫, 神人以和.

---

1) 역자주 : 유가 경전은 진시황의 분서焚書와 그 이후의 전란으로 소실된 뒤 전한前漢 시대에 복원되기 시작했다. ≪금문상서≫는 복생伏生의 전수를 통해 한나라 당시에 통용되던 예서隸書체로 기록된 29편의 ≪상서≫이다. 현재 전해지는 ≪상서≫에는 동진東晉 시대에 나타난 가짜 고문古文(진시황 통일 이전의 문자)으로 된 것이 포함되어 있는데, 복생의 29편을 33편으로 나누고 새로 25편을 지어낸 것이다. 이 책에서 인용된 ≪금문상서≫ 〈요전〉의 글은 현재 전해지는 ≪상서≫의 〈순전舜典〉(가짜 고문에 해당한다)에 실려 있다.

2) ≪史記≫ 〈五帝本紀〉는 "詩言意"로 바꾸었다. ≪禮記≫ 〈檀弓〉 "형님은 어찌 형님 뜻을 임금께 말씀드리지 않소?子蓋言子之志於公乎"구의 鄭玄注 : "'志'는 뜻이다.志, 意也."

정현鄭玄의 주석에는 이렇게 되어 있다.

시는 그로써 사람의 뜻을 말한 것이다. '永'은 길게 하는 것이다. 노
래는 또한 그로써 시의 뜻을 길게 말한 것이다. 소리의 곡절은 또한
길게 말하여 이룬다. 소리의 율격이 바로 어우러짐이다.
詩所以言人之志意也. 永, 長也. 歌又所以長言詩之意. 聲之曲折, 又長
言而爲之. 聲中律乃爲和.3)

여기에는 두 가지 논의할 일이 있다. 첫째는 시가 뜻을 말한 것
이라는 점이고 둘째는 시와 음악이 나뉘지 않았다는 점이다. ≪좌
전左傳≫ 양공襄公 27년에도 "시로써 뜻을 말하다詩以言志"라는 이
야기가 있다. 여기서는 '시 읊기賦詩'를 말한 것이고, 시 읊기는 음
악을 합한 것이며4) 역시 시와 음악이 나뉘지 않았다. 고힐강顧頡
剛5) 선생 등의 고증에 따르면, 〈요전〉은 아무리 일러도 전국시대에
야 생긴 책이다.6) 그러면 "시는 뜻을 말하고"라는 구절은 어쩌면
"시로써 뜻을 말한다"라는 구절에서 나왔을 수도 있고,7) 어쩌면 서

---

3) 孔穎達 ≪毛詩正義·詩譜序≫ "그렇다면 시의 법도는 이에 따른 것이다.然則詩之道放於
此乎"구 아래에서 인용. 역자주 : 원주의 구절 앞에는 "虞書曰, 詩言志, 歌永言, 聲依永,
律和聲"이 있고, 이에 대한 공영달의 주석은 "'우서'는 〈순전〉이다. 정현은 ≪고문상서≫
를 보지 못했는데, 복생이 〈순전〉을 〈요전〉에 합쳤기에 정현의 주석이 〈요전〉의 끝에
있는 것이다. 그 주석은 다음과 같다.……虞書者, 舜典也. 鄭不見古文尙書, 伏生以舜典合
於堯典, 故鄭附注在堯典之末. 彼注云.……"라고 되어 있다. 여기서 ≪고문상서≫는 가짜 고
문인데 ≪모시정의≫에서는 진짜 고문으로 여긴 듯하다.
4) 顧頡剛 〈論詩經所錄全爲樂歌〉, ≪古史辨≫ 卷三下 648~650쪽.
5) 역자주 : 고힐강(1893~1980), 이름은 송곤송坤, 자는 명견銘堅, 힐강은 호이다. 강소
소주蘇州 사람. 역사가로서 고사변학파古史辨學派를 열어 고서古書에 기록된 사실을 객
관성과 과학적 방식으로 의심하여 한 시대의 학문적 조류를 이루었다.
6) ≪尙書硏究講義≫ 第一冊 69쪽, 第二冊 11쪽. 竺可楨 〈論以歲差定尙書堯典四仲中星之年
代〉(≪科學≫ 十一卷十二期), 顧頡剛 〈從地理上證今本堯典爲漢人作〉(≪禹貢≫ 半月刊
二卷五期) 및 張淸常 〈周末的樂器分類法〉의 결론(≪人文科學學報≫ 一卷一期) 참고.
7) 나는 ≪좌전≫이 "주나라 말기 사람이 지은 역사서"라는 것은 믿지만 유흠劉歆 등이 개

로가 독립된 것일 수도 있다.

≪설문해자說文解字≫ 三篇上 言部에는 이런 말이 있다.

시는 뜻이다. [시는 말에서 나온다.] '言'에 따르며 '사寺'의 소리이다.
詩, 志也. [詩發於言.]8) 從言, 寺聲.

고문古文에는 "詶"로 되어 있고 "言"을 따르며 "지屮"의 소리이
다. 양우부(수달)9) 선생은 〈석시釋詩〉라는 글에서 말했다. "'志'자는
'心'을 따르고 '屮'의 소리이며 '寺'자 역시 '屮'의 소리이다. '屮',
'志', '寺'는 옛 발음이 다르지 않다.……'屮'를 '志'라고 하거나 또는
'寺'를 '志'라고 하는 것은 발음이 비슷해서 빌렸을 따름이다." 또한
≪좌전≫ 소공昭公 16년 한선자韓宣子가 "읊은 것이 정나라의 뜻
에서 벗어나지 않는다賦不出鄭志"라고 한 말에 따라 "정나라의 뜻"
은 바로 "정나라 시"라고 말하고, 이로 인해 "옛날에 '詩'와 '志' 두
문자는 함께 쓰였다. 그래서 허신許愼이 곧장 '志'로써 '詩'를 풀이
한 것"이라고 여겼다.10) 문일다聞一多11) 선생은 〈가여시歌與詩〉에
서 한 걸음 더 나아가 이렇게 말했다.

편했다는 설은 믿지 않는다.

8) 지금의 판본에는 이 네 자가 없다. 양우부楊遇夫 선생이 ≪운회韻會≫에 인용된 ≪설문
해자說文解字≫에 따라 보충해 넣었다. 그의 〈석시釋詩〉라는 글에 보인다.

9) 역자주 : 양수달(楊樹達, 1885~1956), 자는 우부遇夫, 호는 적미積微, 호남 장사시長沙
市 사람. 언어학자로 한문 문법과 문자학, 문헌학 연구에 종사했다. ≪한서규관漢書窺管≫,
≪적미거금문설積微居金文說≫, ≪중국수사학中國修辭學≫ 등의 저서가 있다.

10) 楊樹達 ≪積微居小學金石論叢≫ 卷一, 21~22쪽.

11) 역자주 : 문일다(1899~1946), 본명은 가화家驊, 자는 우삼友三, 호북 황강시黃岡市 사람.
시인이자 고전문학 연구자로, 청화대학淸華大學을 졸업하고 미국 유학을 다녀와 모교
의 교수로 있었다. 주요 작품으로 〈사수死水〉 등의 시와 ≪시경신의詩經新義≫ 등의
저서가 있다.

'志'자는 '뽀'를 따른다. 갑골문에서 '뽀'는 '屮'라고 하며 '止'를 따른다. 아래의 '一'은 사람들이 땅 위에 멈추어 있는 것을 형상화했다. 그래서 '뽀'는 본디 훈이 정지이다.……'志'는 '뽀'를 따르고 '心'을 따르는데 본래 의미는 마음에 멈춰있다는 것이다. 마음에 멈춰있다는 것은 또한 마음 속에 감추는 것이라고 말할 수 있다.

그는 "'志'에는 세 가지 뜻이 있다. 첫째는 기억, 둘째는 기록, 셋째는 회포이다"라고 했다. 여기서 출발하여 그는 "'志'와 '詩'는 원래 하나의 글자"임을 증명했다.[12] 하지만 "시는 뜻을 말한 것詩言志"과 "시로써 뜻을 말하기詩以言志"에 이르면 "志"는 이미 "회포"를 가리키게 된다. ≪좌전≫ 소공 25년에 이런 말이 있다.

자태숙이 조간자를 뵈었다.……조간자가 말했다. "무엇을 예라고 하는지 여쭙겠습니다." 대답했다. "저는 돌아가신 대부이신 자산에게서 이렇게 들었습니다. '……백성에게 좋아함, 싫어함, 기쁨, 노여움, 슬픔, 즐거움이 있는 것은 여섯 가지 감정에서 나온 것이다. 따라서 법칙을 살피고 부류에 알맞게 하여 이 여섯 가지 뜻을 다스려야 한다. 슬픔에는 울음이 있고 기쁨에는 노래와 춤이 있으며 기쁨에는 베풂이 있고 노여움에는 싸움이 있다. 기쁨은 좋아함에서 나오고 노여움은 싫어함에서 나온다. 따라서 행동을 살피고 명령에 믿음을 주어 화복과 상벌로써 죽음과 삶을 다스려야 한다. 삶은 좋아하는 것이고 죽음은 싫어하는 것이다. 좋아하는 것은 기쁨이요 싫어하는 것은 슬픔이다. 슬픔과 기쁨을 놓치지 않아야 천지의 본성을 알맞게 하여 장구하게 갈 수 있다.'"
子大叔見趙簡子……簡子曰, 敢問何謂禮, 對曰, 吉也聞諸先大夫子產曰……民有好惡喜怒哀樂, 生於六氣, 是故審則宜類, 以制六志. 哀有哭

---

12) 〈歌與詩〉, ≪中央日報≫ 昆明版 ≪平明≫ 副刊, 二十八年六月五日.

泣, 樂有歌舞, 喜有施舍, 怒有戰鬪, 喜生於好, 怒生於惡, 是故審行信令, 禍福賞罰, 以制死生. 生, 好物也, 死, 惡物也. 好物樂也, 惡物哀也. 哀樂不失, 乃能協於天地之性, 是以長久.

공영달孔穎達[13]의 ≪춘추좌전정의春秋左傳正義≫에서는 이렇게 말한다. "이 '여섯 가지 뜻六志'은 ≪예기禮記≫에서 '여섯 가지 감정六情'이라고 한다. 자기에게 있으면 '정情'이 되고 정이 움직이면 뜻이 되니 정과 뜻은 하나이다.此六志, 禮記謂之六情. 在己爲情, 情動爲志, 情志一也." 한대 사람들은 또한 '意'를 '志'로 삼고 또한 '志'를 "마음이 생각하는 곳心所念處", "마음이 향하는 곳心意所趣向"이라고 하였으며, 또한 "시인의 뜻이 하고자 하는 일詩人志所欲之事"이라고 하였다.[14] 정과 뜻은 모두 회포를 가리켜서 말한 것이다. 하지만 자산의 말과 자태숙의 어투를 보면 이러한 뜻, 이러한 회포는 "예禮"와 분리할 수 없는 것이요, 곧 정치, 교화와 분리할 수 없는 것이다.

"뜻을 말하다言志"라는 용어는 ≪논어論語≫에 두 번 보인다. 〈공야장公冶長〉편에 이런 말이 있다.

안연, 계로가 모시고 있을 때 공자가 말했다. "각자 너희 뜻을 말해 보지 않겠느냐." 자로가 말했다. "수레와 말, 갖옷 입는 것을 벗과

---

13) 역자주 : 공영달(574~648), 자는 충원沖遠, 기주冀州 형수衡水(지금의 하북 형수시) 사람. 경학가. 당나라 때 국자감좨주國子監祭酒가 되었다. 태종의 명에 따라 ≪주역≫, ≪상서≫, ≪모시毛詩≫, ≪예기≫, ≪춘추좌전春秋左傳≫을 풀이한 오경정의五經正義를 편찬했는데, 남북조시대 이래의 경학을 집대성한 것이다.

14) 이들은 각각 ≪孟子·公孫丑≫ "뜻은 기의 장수이다.夫志, 氣之帥也"의 趙起 注, ≪禮記·學記≫ "첫 해에는 경전을 분석하고 뜻을 변별하는 것을 본다.一年視離經辨志"의 鄭玄 注, ≪孟子·萬章上≫ "시구로 시인의 뜻을 훼손하지 않는다.不以辭害志"의 趙起 注에 보인다.

함께하다가 망가지더라도 유감이 없기를 원합니다." 안연이 말했다.
"잘하는 것을 자랑함이 없고 공로를 뽐냄이 없기를 원합니다." 자로
가 말했다. "선생님의 뜻을 듣고 싶습니다." 공자가 말했다. "어르신
은 편안히 해드리고 벗은 믿어주며 젊은이는 보듬어주는 것이다."
顏淵, 季路侍. 子曰, 盍各言爾志. 子路曰, 願車馬, 衣裘, 與朋友共.15)
敝之而無憾. 顏淵曰, 願無伐善, 無施勞. 子路曰, 願聞子之志. 子曰, 老
者安之, 朋友信之, 少者懷之.

　　〈선진先進〉편에는 자로, 증석曾晳, 염유冉有, 공서화公西華가 "각
자 자기 뜻을 말한 것各言其志"을 기록했는데 이야기가 더욱 자세
하다. 두 곳에 기록된 "뜻을 말하다言志"는 수신에 관한 것이 아니면
치국에 관한 것이니 바로 회포를 드러내 펼친 것이다. 또한 ≪예기≫
〈단궁檀弓〉에는 진晉나라 세자 신생申生이 여희驪姬에게서 무고의
피해를 입자 아우 중이重耳가 그에게 "형님은 어찌 형님 뜻을 임금
께 말씀드리지 않소?子蓋(盍)言子之志於公乎"라고 말한 것이 기록
되어 있다. 정현은 "중이는 그가 무고를 당한 마음을 말하게 하고
자 했다.重耳欲使言見譖之意"라고 풀이하였다. 이것도 그가 회포를
호소하게 하는 것이다. 여기서 신생이 회포를 호소하는 것은 한편
으로는 자신의 곤궁과 순통에 관계되고 한편으로는 나라의 안정과
혼란에 관계된다. 그러나 그는 호소하기를 원치 않아서 자신은 죽
어버리고 진나라 역시 그에 따라 혼란스러워졌다. 이런 뜻과 회포
는 사실상 정치나 교화와 분리할 수 없다.
　　≪시경≫에서 작시를 말한 곳은 열두 군데이다.

---

15) 통행본에는 "衣輕裘"로 되어 있으나 阮元의 校勘記에 따라 "輕"자를 지웠다.

1. 다만 마음이 편협하니 그것을 풍자하는 것이다.
　維是褊心, 是以爲刺.〈魏風 葛屨〉

2. 저이가 훌륭하지 않으니 노래하여 알려준다.
　夫也不良, 歌以訊之.〈陳風 墓門〉

3. 이로써 노래 지어 어머니를 염려한다.
　是用作歌, 將母來諗.〈小雅 四牡〉

4. 가보가 노래 지어 왕의 재난을 밝힌다.
　家父作誦, 以究王訩.〈小雅 節南山〉

5. 이 좋은 노래 지어 부조리를 바로잡는다.
　作此好歌, 以極反側.〈小雅 何人斯〉

6. 시인16) 맹자가 이 시를 지었으니 여러 군자께서 귀 기울여 들으시오.
　寺人孟子, 作爲此詩. 凡百君子, 敬而聽之.〈小雅 巷伯〉

7. 군자가 노래 지어 이것으로 슬픔을 알린다.
　君子作歌, 維以告哀.〈小雅 四月〉

8. 지은 시가 많지 않으나 이것으로 노래를 마친다.
　矢詩不多, 維以遂歌.〈大雅 卷阿〉

9. 왕이시여 그대를 옥처럼 여기니 이로써 크게 간합니다.
　王欲玉女, 是用大諫.〈大雅 民勞〉

10. 비록 나는 아니라 하겠지만 그대의 노래를 지은 것이다.
　雖曰匪予, 旣作爾歌.〈大雅 桑柔〉

11. 길보가 노래 지으니 그 시는 위대하고 그 음악은 매우 좋아
　신백께 드린다.
　吉甫作誦, 其詩孔碩, 其風肆好, 以贈申伯.〈大雅 崧高〉

12. 길보가 노래 지으니 조화로움이 바람 같다.
　중산보는 길이 간직하여 자기 마음을 위로하라.
　吉甫作誦, 穆如淸風. 仲山甫永懷, 以慰其心.〈大雅 烝民〉

---

16) 역자주 : 시인은 궁중의 내시이다.

여기서 분명히 "作"자를 쓴 곳은 여덟 군데이고 나머지도 모두 "作"자의 뜻이 담겨있다. 1은 가장 뚜렷해서 재론할 필요가 없다. 2는 ≪모전毛傳≫[17]에서 "'訊'은 알리는 것이다訊, 告也"라고 하였고, 정현의 주석에서 "노래는 이 시를 지은 것을 말한다. 짓고 나서 악공에게 노래를 시키는 것을 알리는 것이라 한다.歌謂作此詩也. 旣作又使工歌之, 是謂之告"라고 하였다. ≪경전석문經典釋文≫[18]에서는 한시韓詩[19]를 인용하여 "'訊'은 '諫'이다. 訊, 諫也"라 하고 ≪설문해자≫ 言部에서는 "'諫'는 꾸짖고 간언하는 것이다.諫, 數諫也"라고 하였다. 단옥재段玉裁[20]는 "과실을 꾸짖어서 간언하는 것이다. 꾸짖고 풍자하는 글자로는 이것을 쓴다.謂數其失而諫之. 凡譏刺字當用此"라고 하였다. 8은 ≪모전≫에서 "'不多'는 많음이다. 왕이 공경들에게 시를 바쳐 자신의 뜻을 펼치게 하고 마침내 악공의 노래가 되었음을 밝힌 것이다.不多, 多也. 明王使公卿獻詩以陳其志, 遂爲工師之歌焉"라고 하였다. 9는 정현의 주석에서 "옥이란 군자가 덕을 견주는 것이다. 왕이시여 저는 당신을 옥과 같이 하고자 하옵

---

17) 역자주 : ≪모전≫은 한나라 때 이른바 모공毛公이 ≪시경≫을 풀이한 것으로, 정식 명칭은 ≪모시고훈전毛詩故訓傳≫이고 고문古文으로 기록되었다. 조정에서 공인한 학관學官에는 오르지 못하고 민간에서 전수되었지만 후한 말 정현이 ≪모전≫에 의거하여 ≪시경≫을 풀이하면서 학술적 지위가 높아졌다. 시의 비유적 표현을 흥興이라는 개념으로 해석한 것이 특징이다.

18) 역자주 : ≪경전석문≫은 당나라 때 육덕명陸德明이 ≪주역≫, ≪상서≫, ≪모시≫ 등의 경전에 쓰인 한자의 소리와 뜻을 풀이한 책으로 총 30권으로 이루어져 있다.

19) 역자주 : 전한 초기에 연燕 지역의 한영韓嬰이 ≪시경≫을 풀이한 것으로, 금문今文으로 기록되었다. 노시魯詩, 제시齊詩와 함께 학관에 올라 관학官學이 되었는데 이것을 이른바 삼가시三家詩라고 한다. 당나라 이후에는 전수되지 않아 현재는 ≪한시외전韓詩外傳≫ 10권만 남아있다.

20) 역자주 : 단옥재(1735~1815), 자는 약응若膺, 호는 무당懋堂. 강소 금단金壇(지금의 상주시常州市) 사람. 청대의 문자학자이자 경학가. 대진戴震에게서 배웠고, ≪설문해자주說文解字注≫, ≪육서음운표六書音韻表≫ 등의 저작이 있다.

니다. 그런 까닭에 이 시를 지어 크게 간언하여 당신을 바로잡겠습니다.玉者, 君子比德焉. 王乎, 我欲令女如玉然. 故作是詩, 用大諫正女"[21]라고 하였다.

　이런 시의 창작 의도는 풍자와 칭송에서 벗어나지 않음을 시 속에서 명백히 말하고 있다. "그것을 풍자하는 것이다", "알려준다", "왕의 재난을 밝힌다", "부조리를 바로잡는다", "크게 간합니다" 같은 것은 풍간을 드러내놓고 말한 것임을 한 번 보면 알 수 있다. 〈사모〉편 "'어머니를' 염려한다"의 정현 주석에서는 "'諗'은 알리는 것이다.……이 시의 노래를 지어 부모를 봉양하려는 뜻을 임금에게 알린 것이다.諗, 告也.……作此詩之歌, 以養父母之志來告於君也"라고 하였다. 〈항백〉의 "여러 군자께서 귀기울여 들으시오.凡百君子, 敬而聽之", 〈사월〉의 "다만 슬픔을 알린다.維以告哀."와 함께 모두 자신의 괴로운 마음을 이야기하여 노래로 불러 윗자리에 있는 사람에게 알리려는 것이니 역시 풍자의 부류에 넣어야 한다. 〈상유〉의 "비록 '나는 아니다'라고 하겠지만 그대의 노래를 지은 것이다.雖曰匪予, 旣作爾歌"에서 정현은 주석에서 "당신은 자신을 부정하며 '이 정치는 내가 한 짓이 아니다'라고 하겠지만 나는 벌써 당신이 했다는 노래를 지었으니 당신은 받아들이고 뉘우치며 고쳐야 한다.女雖觚距己, 言此政非我所爲, 我已作女所行之歌, 女當受之而改悔"라고 하였다. 그렇다면 역시 풍자이다. 칭송하려고 지은 것으로는 단지 〈권아〉편의 시를 지어 "노래를 마친 것"과 윤길보尹吉甫의 두 "노래"가 있을 뿐이다. 〈권아〉≪모전≫에서는 "왕이 공경에게 시를 바쳐

---

21) 앞에서 인용한 작시의 구절은 모두 작품의 마지막에 있다. 大雅〈板〉첫 장의 마지막에도 "是用大諫" 구가 있는데 아마 이것도 전체 시를 지은 원인을 서술한 것일 것이다.

자신의 뜻을 펼치게 하였다.王使公卿獻詩以陳其志"라고 하였으니 "뜻을 펼치는 것陳志"이 바로 "뜻을 말하다言志"이다. 이들이 "시를 바치는 것獻詩" 또는 시를 드리는 것(〈숭고〉, 〈증민〉의 경우)이기 때문에 "뜻을 말하는 것"은 풍자와 칭송에서 벗어나지 않으며 풍자가 칭송보다 많다.

≪국어國語≫〈주어周語〉 상편에는 여왕厲王이 "위나라의 무당을 찾아 비방하는 자를 감시하게 하고 그가 보고하면 비방자를 죽였다.得衛巫, 使監謗者. 以告則殺之." 그러자 소공邵公이 간언한 말이 아래와 같이 기록되어 있다.

하천은 터서 이끌어주고 백성은 소통시켜 말하게 해주어야 합니다. 따라서 천자는 정치를 할 때 공경에서 사까지는 시를 바치게 하고 맹인 악관은 곡을 바치게 하고 사관은 서적을 바치게 하고 소사少師는 잠언을, 소경 악관은 부를. 장님 악관은 송창을 하게 합니다. 장인은 간언을 하고 평민은 말을 전하게 합니다. 근신은 규제에 진력하고 친척은 감찰을 보완하며 악관과 사관은 가르치고 깨우치며 연장자는 다듬게 합니다. 그런 뒤에 왕께서 헤아리시면 일이 행해지지 어그러지지는 않습니다.

爲川者決之使導, 爲民者宣之使言. 故天子聽政, 使公卿至于列士獻詩, 瞽獻曲, 史獻書, 師箴, 瞍賦, 矇誦, 百工諫, 庶人傳語. 近臣盡規, 親戚補察, 瞽史教誨, 耆艾修之, 而後王斟酌焉, 是以事行而不悖.

〈진어晉語〉 육편에서 조문자趙文子가 관례冠禮를 할 때 범문자范文子를 뵈니 범문자가 이렇게 말했다.

현명한 사람은 총애가 지극하면 더욱 경계하지만 부족한 사람은 총애로 인해 교만해집니다. 따라서 흥성하는 임금은 간언하는 신하에게 상을 주고 안일한 임금은 벌을 줍니다. 내가 듣기로 옛 말에 왕이란 정사와 덕행이 이루어지더라도 다시 사람들에게 듣는다고 합니다. 이에 관리들에게 조정에서 간언하게 하는데, 직위에 있는 자들은 시를 바쳐서 숨기지 못하게 합니다. 저자에서 전해지는 말을 수집하여 노래에서 길흉을 변별합니다. 조정에서 온갖 일을 검토하고 길에서 비방과 예찬을 묻되 잘못된 일이 있으면 바로잡는 것이 경계를 다하는 길입니다. 선왕께서는 이 교만함을 싫어하셨습니다.

夫賢者寵至而益戒, 不足者爲寵驕. 故興王賞諫臣, 逸王罰之. 吾聞古之王者, 政德旣成, 又聽於民, 於是乎使工誦諫於朝, 在列者獻詩使勿兜, 風聽臚言於市, 辨祅祥於謠. 考百事於朝, 問謗譽於路, 有邪而正之, 盡戒之術也. 先王疾是驕也.

≪좌전≫ 양공襄公 14년에는 사광師曠이 진晉나라 평공平公에게 대답한 이야기가 기록되어 있는데 대략 비슷하다. 다만 "맹인 악관이 시를 짓는다瞽爲詩"라고만 되어 있고 "시를 바치는 것"에 대해서는 분명히 말하지 않았다.

이 몇 단락의 기록에서 보면 "공경과 사의 풍간은 특별히 지어서 헌상한 것이고 평민의 비판은 관리에게 타진하여 위에 알린 것이다."[22] 시를 바치는 것은 오직 공경과 사의 일이요, 평민에게는 순서가 돌아오지 않았다. 그리고 시를 바치는 것을 말할 때 瞽, 矇, 瞍, 工까지 묶어서 말하는 것은 모두 악공으로, 또한 시가 음악과 합쳐졌음을 알 수 있다.

고대에는 이른바 "악어樂語"라는 것이 있었다. ≪주례周禮≫ 대사악大司樂에 이런 말이 있다.

---

22) 顧頡剛 ≪詩經在春秋戰國間的地位≫, ≪古史辨≫ 卷三下, 326쪽.

악어를 공경대부의 자제에게 가르친다. 흥, 도, 풍, 송, 언, 어이다.
以樂語敎國子. 興, 道, 諷. 誦, 言, 語.

이 여섯 가지 "악어"의 구분은 현재 아직 자세히 알 수는 없는데 모두 가사를 위주로 한 것 같다. "흥", "도"(이끌다導)는 합주와 비슷하고 "풍", "송"은 독주와 비슷하고 "언", "어"는 가사를 일상생활에 응용한 것이다. 이런 것들은 모두 가사로 생각을 표현한 것이므로 "악어"라고 부르는 것이다. ≪주례≫는 근대 학자들이 논한 바와 같이 대체로 전국시대의 저작이다. 하지만 기술하고 있는 제도는 얼마간 근거가 있는 것이지 절대로 전부가 상상의 이야기일 수는 없다. "악어"의 존재는 다른 곳에서도 추리해볼 수 있다. ≪국어≫ 〈주어〉 하편에 이런 말이 있다.

진의 양설힐이 주나라에 방문했다.……선 정공이 향응을 베풀면서…… 주송 〈호천유성명〉의 노래에 대해 이야기했다. 선의 원로 신하가 숙향(양설힐의 자)을 전송하자 숙향이 그에게 말했다. "……〈호천유성명〉을 이야기한 것은 주나라 선대 왕의 훌륭한 덕을 칭송한 것입니다. 그 시의 내용은……성왕의 덕을 말한 것입니다. ……선나라 임금께서는 검소하고 공경스러우며 양보하고 자문을 구할 줄 알아 성대한 덕에 어울립니다. 선나라 임금께서 만약 생전에 흥하지 않는다면 자손이라도 반드시 번성하여 후세 사람이 잊지 못할 것입니다.
晉羊舌肸聘於周……靖公享之……其語說昊天有成命. 單之老送叔向, 叔向告之曰……語說昊天有成命, 頌之盛德也. 其詩曰……是道成王之德也…… 單子儉敬讓咨, 以應成德. 單若不興, 子孫必蕃, 後世不忘.

위소韋昭23)는 "'語'는 연회의 한담에서 이른 것이다. '說'은 음악이다.語, 宴語所及也. 說, 樂也"라고 풀이하였다. "호천유성명"은 이때의 향응 예식에서 연주한 악가로, 선 정공의 발언에서는 이 가사를 매우 중시한 듯하다. 숙향의 말에서는 먼저 이 가사, 즉 시를 자세히 말한 뒤에 선 정공의 사람됨을 논하고, 아울러 그의 집안이 대대로 흥성할 것임을 예언했다. 이것이 바로 "악어"이니 "악어"의 중요한 효과를 알 수 있다. ≪논어≫ ⟨양화陽貨⟩편에는 공자의 고사가 간단히 기록되어 있다.

유비가 공자를 뵙고자 했는데 공자는 병으로 사절했다. 말씀을 전달하는 자가 문을 나서자 슬을 가져다가 노래하여 그가 듣도록 했다. 孺悲欲見孔子, 孔子辭以疾. 將命者出戶, 取瑟而歌, 使之聞之.

역대로 모두 공자가 "슬을 가져다 노래한 것"은 단지 진짜 병이 전혀 아님을 드러내고, 그저 만나보기 원치 않음을 드러낸 것이라고만 말하고 있다. 하지만 작은 병이라면 꼭 노래할 수 없는 것은 아니니, 옛 서적에 간간이 예증이 있다. 아마도 그 가사에서도 만나보기 원치 않는 뜻을 암시하고 있을 것이다. 만약 이 해석이 틀리지 않다면 이것 역시 "악어"일 것이다.

≪순자荀子≫ ⟨악론樂論⟩에서는 "군자는 종과 북으로 뜻을 말한다.君子以鍾鼓道之"라고 하였다. "道之"가 바로 "言志"이니, 이 역시 생각을 드러내고 스스로 회포를 나타내는 것이다. ≪예기≫ ⟨중

---

23) 역자주 : 위소(204~273), 위요韋曜로도 불리며, 자는 홍사弘嗣, 오군吳郡 운양雲陽(지금의 강소 단양시丹陽市) 사람. 삼국시대 오나라의 역사가로 오나라에 국학國學을 세워 관장했다. ≪오서吳書≫를 편찬하고 ≪국어주國語注≫를 지었다.

니연거仲尼燕居〉편에는 공자가 "따라서 옛날의 군자는 꼭 직접 만나서 말하지 않았으며, 예악으로 보여줄 따름이었다.是故古之君子, 不必親相與言也, 以禮樂相示而已"라고 한 말이 기록되어 있다. 이것은 반드시 정말로 공자가 말한 것은 아닐지라도, 여전히 "악어"의 전통이 존재했음을 보여준다. ≪한서漢書≫ 권22 〈예악지禮樂志〉에서는 음악을 논하면서 또한 "화친의 기쁨은 형용하기 어려우니 시가에서 말을 읊고 종과 석경, 관악기, 현악기를 연주함으로써 드러낸다.和親之說難形, 則發之於詩歌詠言, 鐘石筦弦"라고 하였다. "악어"의 효과가 바로 암시되어 있다. 또한 ≪예기≫ 〈악기樂記〉에는 자하子夏가 위魏 문후文侯의 음악에 대한 질문에 대답한 말이 실려 있다.

> 지금 옛 음악은……군자가 이를 통해 어語를 하고 이를 통해 옛 일을 말하니 자신을 수양하는 일이 가문에 미치고 천하를 고르게 합니다. 이것이 옛 음악이 나타내는 것입니다. 지금 새 음악은……음악이 끝나면 어할 것이 없고 옛 일을 말할 수 없습니다. 이것이 새 음악이 나타내는 것입니다.
> 今夫古樂……君子於是語, 於是道古, 修身及家, 平均天下. 此古樂之發也. 今夫新樂……樂終不可以語, 不可以道古. 此新樂之發也.

여기서 "어"는 비록 "음악이 끝난" 뒤에 있지만 여전히 일종의 "악어"임에는 틀림없다.[24] 여기서 "어"하는 것은 음악의 뜻이니 음악으로 뜻을 말하는 것, 노래로 뜻을 말하는 것, 시로 뜻을 말하는

---

24) 이상에서 논한 "악어"는 허준재許俊齋(유휴維逎) 선생의 말씀으로, 그의 허락을 받아 여기 인용한다. 삼가 이곳에 감사의 뜻을 적어둔다.

것이 전통적으로 하나의 도리임을 알 수 있다. 음악과 노래로 서로에게 이야기하는 것은 원시 인류의 생활 방식이었을 것이다. 그때는 풍자나 칭송하는 것도 있고 얻기를 비는 것도 있었는데 요컨대 나타낼 것이 있으면 음악과 노래를 쓰는 일이 많았다. 사람들은 음악과 노래와 함께 살았다. 음악과 노래가 바로 "악어"이니 일상의 언어는 너무 평범하고 정중함과 강조가 충분하지 않았다. 이런 "악어"를 이해해야 시 바치기와 시 읊기를 이해할 수 있다. 이 시대 사람들은 모두 노래를 할 줄 알았으니 음악과 노래는 역시 생활의 중요한 요소였다. 시 바치기와 시 읊기는 바로 생활의 필요와 자연스러운 요구에서 나왔다. 이것을 주대周代에 문예를 중시한 표현이라고만 한다면 신을 신은 채 발바닥을 긁는 격이다.

시 바치기에 관한 기록은 그다지 많지 않다. 앞에서 인용한 ≪시경≫의 몇 가지 예 이외에 고힐강 선생이 두 가지 예를 든 바 있다.25) ≪좌전≫ 소공 12년에 자혁子革은 초楚 영왕靈王에게 이렇게 대답했다.

> 옛날에 주周 목왕께서 하고 싶은 대로 마음껏 다해보고자 천하를 두루 다니면서 가는 곳마다 모두 수레바퀴자국과 말발굽을 남기려 했습니다. 채공 모보는 〈기초〉라는 시를 지어 왕의 마음을 가라앉히려 했습니다. 왕은 그 덕에 지궁에서 돌아가실 수 있었습니다.……그 시에 이런 말이 있습니다. "기초는 온화하니 훌륭하네 좋은 말씀. 우리 임금의 법도는 옥과 같고 금과 같네. 백성의 힘을 헤아려 사치스러운 마음 없으시길."
> 昔穆王欲肆其心, 周行天下, 將皆必有車轍馬跡焉. 祭公謀父作祈招之

---

25) ≪古事辨≫ 卷三下 327쪽.

詩, 以止王心. 王是以獲沒於祇宮……其詩曰, 祈招之愔愔, 式昭德音. 思我王度, 式如玉, 式如金. 形民之力而無醉飽之心.

또 ≪국어≫ 〈초어楚語〉 상편에는 좌사左史 의상倚相의 말이 기록되어 있다.

예전에 위 무공은 나이 95세가 되어도 수도 사람들에게 경계시키며 이렇게 말씀하셨습니다. "경 이하 대부와 사에 이르기까지 조정에 있는 자는 내가 늙었다고 하여 내버려 두지 말라. 반드시 조정에서 공경하고 삼가며 아침저녁으로 끊임없이 나를 단속하라. 나에 대해 한 두 마디 말을 들었거든 반드시 외고 기억해서 보고하여 나를 훈계하고 선도하라. 수레를 타고 갈 때는 경호관의 충고가 있어야 하고 평상시에는 각 부서장의 규범이 있어야 하며 안석에 기대면 교훈을 일러주는 간언이 있을 것이고 침실에 머물 때는 시종의 잠언이 있어야 하며 사안을 처리할 때는 악관과 사관의 인도가 있고 편안히 쉴 때는 악사가 읊는 시가 있어야 한다. 사관은 문서를 놓치지 말고 악관은 낭송을 빠뜨리는 일 없이 임금을 훈계하고 제어하라." 이에 〈의계〉를 지어 스스로를 경계했습니다.
昔衛武公年數九十有五矣, 猶箴儆於國曰, 自卿以下, 至于師長士, 苟在朝者, 無謂我老耄而舍我. 必恭恪於朝, 朝夕以交戒我. 聞一二之言, 必誦志而納之, 以訓導我. 在輿有旅賁之規, 位寧有官師之典, 倚几有誦訓之諫, 居寢有褻御之箴, 臨事有瞽史之導, 宴居有師工之誦. 史不失書, 矇不失誦, 以訓御之, 於是作懿戒以自儆也.

〈기초〉는 실전된 시이다. 〈의계〉는 위소韋昭의 해설에 따르면 바로 대아大雅의 〈억抑〉편으로, "'의'는 '억'으로 읽는다.懿讀之曰抑." "스스로를 경계하다"는 스스로에게 풍간하는 것이라 할 수 있다.

이 두 이야기는 모두 남의 말을 인용한 것이기는 하지만, 앞에서 든 ≪시경≫에서 말하는 시의 창작 의도에 대한 언급을 참고한다면 거의 믿을 만하다. ≪안자춘추晏子春秋≫26) 내편內篇 〈간하諫下〉 제5장에 이런 말이 있다.

안자가 노나라에 사신으로 갔다가 돌아올 때 마침 경공은 수도 사람들을 부려 큰 누대 짓는 역사를 일으켰다. 그 무렵 추위가 그치지 않아 얼고 주린 자가 고을마다 있었다. 수도 사람들은 안자만 바라보고 있었다. 안자가 도착하여 업무 보고를 마치자 경공은 앉기를 청하고 술을 내려 즐기게 했다. 안자가 말했다. "임금께서 은혜를 베푸신다면 제가 청컨대 노래를 하고자 합니다." 노래하기를, "뭇사람이 말하네. '얼음물이 우리를 씻으니 이를 어쩌나. 임금께서 우리를 풀어주지 않으시니 이를 어쩌나.'" 노래를 마치고는 아아 탄식하며 눈물을 흘렸다. 경공이 그를 말리며 말했다. "선생께서는 무슨 일로 그러시오? 아마 큰 누대 짓는 공사 때문이겠지요? 내 빨리 그만두리다." 晏子使于魯, 比其返也, 景公使國人起大臺之役. 歲寒不已, 凍餒者鄕有焉, 國人望晏子. 晏子至, 已復事, 公延坐, 飮酒樂. 晏子曰, 君若賜臣, 臣請歌之. 歌曰, 庶民之言曰, 凍水洗我若之何. 太上靡散我若之何. 歌終, 喟然歎而流涕. 公就止之曰, 夫子曷爲至此. 殆爲大臺之役夫. 寡人將速罷之.

≪안자춘추≫는 조잡하여 이 이야기의 다음 내용은 아마 조금은 과장되었을 수밖에 없지만,27) 앞에서 논한 "악어"의 모습에 비춰볼

---

26) 역자주 : ≪안자춘추≫는 춘추시대 제나라의 명재상 안영安嬰의 언행이 기록된 책이다. 한나라 유향劉向의 정리를 거쳐 내외 8편 215장이 전해지고 있다.

27) 역자주 : 인용된 이야기의 뒤는 다음과 같다. 자산은 누대 공사 현장에 가서 일하지 않는 자를 매질하며 임금의 누대를 빨리 완성하지 못한다고 꾸짖고 떠났다. 사람들이 자산을 원망하던 차에 곧바로 임금의 공사 중지 명령이 전달되어 사람들은 각자 집으로 돌아갔다. 공자孔子는 임금에게 공을 돌리고 악역을 떠맡은 자산에 대해 감탄했다.

때 여기의 "노래의 간언" 부분은 믿을 만한 듯하다. 요컨대 시를 바쳐 뜻을 펼치는 것은 고사에 의탁한 공상이라고까지는 할 수 없다.

춘추시대에 시를 바친 일은 앞에서 말한 것 외에 더 있는 것 같다. 다음에 나열한 네 가지 사례를 보면 알 수 있다.

1. 위나라 장공이 제나라 동궁 득신의 누이를 아내로 얻어 장강이라고 했는데, 아름다웠지만 자식이 없었다. 위나라 사람들이 그를 위해 〈석인〉을 읊었다.
   衛莊公娶于齊東宮得臣之妹, 曰莊姜. 美而無子, 衛人所爲賦碩人也.
   (≪좌전≫ 은공隱公 3년)

2. 적인이……위나라를 멸망시켰다.……위나라 유민이……대공을 옹립하여 조나라에 의탁했다. 허목부인이 〈재치〉를 읊었다.
   狄人……滅衛……衛之遺民……立戴公以廬于曹, 許穆夫人賦載馳.(≪좌전≫ 민공閔公 2년)

3. 정나라 사람이 고극을 미워하여 군대를 이끌고 황하 가에 주둔하게 하고는 오래도록 부르지 않았다. 군대는 허물어져 복귀하고 고극은 진나라로 달아났다. 정나라 사람이 그를 위해 〈청인〉을 읊었다.
   鄭人惡高克, 使帥師次于河上, 久而弗召. 師潰而歸, 高克奔陳, 鄭人爲之賦淸人.(≪좌전≫ 민공 2년)

4. 진나라 임금 임호가 죽자 자거씨의 세 아들 엄식, 중항, 침호가 그를 위해 순장되었는데 모두 진나라의 훌륭한 인물이었다. 수도 사람들이 애도하며 그들을 위해 〈황조〉를 읊었다.
   秦伯任好卒, 以子車氏之三子, 奄息, 仲行, 鍼虎爲殉, 皆秦之良也. 國人哀之, 爲之賦黃鳥.(≪좌전≫ 문공文公 6년)

1. 〈모시서毛詩序〉28)에는 "장공이 총애하는 첩에게 빠져서 교만하여 참람하도록 만들었다. 장강은 현숙하여 이에 응대하지 않았으나 끝내 자식이 없게 되었다. 수도 사람들은 안타까워하고 걱정했다.莊公惑於嬖妾, 使驕上僭. 莊姜賢而不答, 終以無子. 國人閔而憂之." 라고 되어 있다. 2. 〈모시서〉에는 "허목부인은 위나라의 멸망이 안타깝고 허나라가 약한 것이 마음 아프나 힘으로 구해줄 수 없었다. 돌아가 오라버니를 위로하려고 생각했으나 그 또한 뜻대로 할 수 없어서 이 시를 읊었다.許穆夫人閔衛之亡, 傷許之小, 力不能救. 思歸唁其兄, 又義不得, 故賦是詩也."라고 되어 있다.29) 3. 〈모시서〉에는 "(정나라) 공자 소가 고극이 나아감에 예로써 하지 않고 문공이 물리침에 도로써 하지 않은 것이 나라를 위태롭게 하고 군대를 망치는 근본이 되는 것을 미워하여 이 시를 지었다.公子素惡高克進之不以禮, 文公退之不以道, 危國亡師之本. 故作是詩也."라고 되어 있다. 4. 〈모시서〉에는 "수도 사람들은 목공이 사람들을 순장시키는 것을 풍자하여 이 시를 지었다.國人刺穆公以人從死而作是詩也."라고 되어 있다. 〈모시서〉는 비록 천착이 많지만 이 몇 편은 ≪좌전≫의 기록과 부합하니 벽에서 허구로 만든 것은 아닌 듯하다.30) ≪시경≫에서

---

28) 역자주 : 모공이 전수한 ≪시경≫을 모시라고 하는데, 매 편의 시마다 그에 대한 해제가 있다. 이것을 〈모시서〉라고 하며, 그 중 첫째 편인 〈관저關雎〉에 대한 것을 〈대서大序〉, 나머지는 〈소서小序〉로 구분한다. 작자에 대해서는 설이 분분하다.

29) 시의 마지막 구에 "여러분의 생각이 내가 가는 것만 못하다.百爾所思, 不如我所之."라고 되어 있는데, 문일다 선생은 "之"자가 바로 "志"자라고 했다. 그러면 이 시는 "뜻을 말하기言志"를 명백히 말한 것이 된다.

30) 최술崔述 ≪讀風偶識≫ 卷二에 〈碩人〉의 〈毛詩序〉를 의심한 말이 있다. 고힐강 선생은 〈淸人〉의 〈毛詩序〉를 의심한 적이 있다.(≪古事辨≫ 卷三下 318쪽) 하지만 모두 증거는 없다. 역자주 : "벽에서 허구로 만든 것"이란 한나라 때 노魯 공왕恭王이 공자의 옛 집을 헐 때 고문으로 된 ≪예기≫, ≪상서≫, ≪춘추≫, ≪논어≫ 등이 나왔는데 사람들이 이들 문헌에 대해 벽에서 허구로 날조해낸 것이라고 비방한 것을 가리킨다.

"人"자는 종종 지위가 있는 대부나 군자를 가리킨다.[31] 여기서 "위나라 사람衛人", "정나라 사람鄭人", "수도 사람國人"은 모두 평민이 아니다. 〈모시서〉는 "정나라 사람"을 공자 소로 보았으니 더욱이 설을 뒷받침한다. "부賦"는 스스로 부르거나 "악공이 부르게 한 것"이다. 〈석인〉편은 불러서 장공이 듣게 하려는 것이고 〈재치〉편은 불러서 대공이 듣게 하려는 것이며 〈청인〉편은 불러서 문공이 듣게 하려는 것이고 〈황조〉편은 아마 불러서 강공康公이 듣게 하려는 것이었을 것이다. 이들 역시 모두 풍간의 부류에 속한다.[32]

'詩' 이 글자는 갑골문이나 금문金文[33]에 보이지 않고 ≪역경易經≫에도 없다. ≪금문상서≫에는 겨우 두 번 보이는데 바로 〈요전〉의 "시는 뜻을 말한 것詩言志"과, 또 〈금등金縢〉에서 말한 "뒤에 주공은 시를 지어 성왕에게 바치고 〈치효〉라고 이름 붙였다.于後, 公乃爲詩以貽王, 名之曰鴟鴞"이다. 〈요전〉은 뒤늦게 나왔으니 이 글자는 아마 주나라 때에 비로소 있었을 것이다. 시를 바쳐 뜻을 편친 일도 앞에서 인용한 예에 비추어볼 때, 아마 이 역시 주나라 때에 비로소 있었을 것이다. '志'자는 본디 '詩'자였는데 이 시기가 되면 두 글자는 아마 분리할 필요가 생겼을 것이다. 그래서 '言'자 편방偏旁을 붙여서 새로 글자를 만들었다. 이 '言'자 편방은 바로 ≪설문해자≫에서 이른바 "뜻은 말에서 나온다.志發於言"[34]의 뜻이다. ≪시경≫에도 '詩'자는 세 개밖에 없다. 바로 앞에서 인용한 〈항백〉, 〈권아〉, 〈숭고〉 세 편의 시구에 있다. 〈모시서〉에서는 〈항백〉편을 유

---

31) 주동윤朱東潤 〈國風出於民間論質疑〉, ≪讀詩四論≫ 20~27쪽에 보인다.

32) ≪文選≫ 권20에 "獻詩"의 분류가 있는데 참고할 만하다.

33) 역자주 : 상나라, 주나라 때 청동기에 새겨진 문구이다.

34) 역자주 : 앞에서 인용한 "시는 말에서 나온다詩發於言"를 가리킨다.

왕幽王 때 지은 것으로, 〈권아〉편을 성왕 때 지은 것으로, 〈숭고〉
편은 선왕 때 지은 것으로 본다. 〈권아〉편의 설명에 따르면 '詩'자
의 출현은 주나라 초이니 〈금등〉편으로 증명할 수 있을 듯하다. 다
만 〈모시서〉는 모두 믿을 만하지는 않고 〈금등〉편은 근래에 또한
몇몇 학자들이 동주東周 때 지은 것으로 의심하고 있다.[35] 이 글자
의 형성은 아마 절대로 그렇게 이르지 않을 것이다. 따라서 대략
주나라 때에 비로소 있었을 것이라고만 말할 수 있다. ≪시경≫에
서 시를 지었다는 말을 열두 번 했는데, 여섯 번은 "歌"자를 썼고
세 번은 "誦"자를 썼고 단지 세 번만 "詩"자를 썼다. 그것은 혹시
"시는 소리를 쓰임새로 한다詩以聲爲用"[36]는 것 때문일지도 모른
다. ≪시경≫에 기록된 것은 본디 모두 악가로,[37] 악가는 노래와
송창에 중점이 있으므로 "歌", "誦"이라고 한 곳이 많다. 그런데 노
래와 송창도 악기 연주를 곁들이지 않을 때가 있으니, 그것은 곧 도
가徒歌, 구謳, 요謠와 같은 부류이다. 도가는 대부분 평민에게서 나
왔기에, 기록되어 전해진 것이 많지 않다. 앞에서 인용한 ≪국어≫
에서 이른바 "평민은 말을 전하고庶民傳語", "전해지는 말膻言"은
이런 것들이 포함된 것이다. 그 속에는 "비방謗"도 있고 "예찬譽"도
있으며 풍간도 있고 칭송도 있다. 정나라 사람들이 자산子産에 대
해 송창한 이야기가 가장 유명하다.[38] 풍간도 칭송도 아닌 "감정을

---

35) ≪古事辨≫ 一冊 201쪽, 또 三冊下 316~317쪽. 또 徐中舒〈豳風說〉, 中央研究院歷史
    言語研究所 ≪集刊≫ 第六本 第四分 448쪽.

36) 역자주 : 鄭樵 ≪通志≫ 卷49〈樂府總序〉 "음악은 시를 뿌리로 하고, 시는 소리를 쓰임
    으로 하며, 음률은 그 날개일 따름이다.樂以詩爲本, 詩以聲爲用, 八音六律爲之羽翼耳."

37) 顧頡剛〈論詩經所錄全爲樂歌〉, ≪古事辨≫ 三下.

38) 역자주 : ≪좌전≫ 양공襄公 30년에 이런 이야기가 있다. 자산이 정나라의 정사를 맡
    아 질서를 바로잡으니 일 년 만에 사람들이 노래했다. "우리 의관을 가져다가 창고에
    쌓고 우리 땅을 가져다가 세금 물리니 누가 자산을 죽여주면 내가 같이 하리라." 삼

풀어낸緣情" 작품도 있으니, ≪좌전≫ 성공成公 17년에 기록된 성백聲伯의 〈꿈노래夢歌〉에 보인다.[39] 하지만 이러한 "감정을 풀어낸" 작품이 보존된 것은 절대로 그 자체의 가치 때문이 아니라 원인이 따로 있다. ≪좌전≫에서 성백의 〈꿈노래〉를 기록한 것은 꿈의 징조를 기록하기 위한 것이다. ≪시경≫의 절반은 "감정을 풀어낸" 작품이지만 악공이 그것들을 보존한 것은 단지 그 가락 때문이요, 그것들이 가창에 도움이 되기 때문이었다. 그 시대에는 아직 "시는 감정을 풀어낸다.詩緣情"[40]라는 자각이 없었다.

———————————

년 뒤에 또 노래하기를 "우리 자제를 자산이 깨우치고 우리 땅을 자산이 길러주니 자산이 죽으면 누가 이으리오"라고 하였다.

39) 역자주 : 노나라 자숙성백子叔聲伯이 어느 날 꿈에 원수洹水를 건너다가 누군가에게서 옥돌을 받아먹고 흐느끼자 눈물이 옥돌이 되어 품에 가득 찼다. 이에 노래하기를, "원수를 건너니 옥돌을 주네. 돌아가야지, 돌아가야지, 옥돌이 내 품에 차버렸네!濟洹之水, 贈我以瓊瑰. 歸乎歸乎, 瓊瑰盈吾懷乎." 꿈에서 깨고는 두려워서 점도 치지 못하다가 이내 죽어버렸다.

40) 역자주 : 陸機, 〈文賦〉에 보인다.

2

시를 읊어 뜻을 말하다

≪좌전≫에서 시와 뜻의 관계에 대해 말한 것은 모두 세 군데인데, 양공 27년이 가장 상세하다.

정나라 임금이 조맹을 수롱에서 대접할 때 자전, 백유, 자서, 자산, 자태숙과 두 자석이 수행했다. 조맹이 말했다. "일곱 공자께서 임금님을 따르며 저를 영광스럽게 해주시는군요. 청컨대 모두 시를 읊는 것으로 임금님이 내리신 연회를 마칩시다. 저 또한 이로써 일곱 분의 뜻을 살펴보겠습니다." 자전이 〈초충〉을 읊자 조맹은 "좋습니다, 백성의 주인이시여. 하지만 저는 그것을 감당하기에 부족합니다."라고 하였다.[41] 백유가 〈순지분분〉을 읊자 조맹은 "잠자리의 말은 문지방을 넘어가지 않는 법인데 하물며 야외인에랴. 다른 사람이 들을 말이 아닙니다."라고 하였다.[42] 자서가 〈서묘〉의 제4장을 읊자 조맹은 "저희 임금이 계신데 제가 어찌 할 수 있겠습니까."라고 하였다.[43] 자산이 〈습상〉을 읊자 조맹은 "저는 마지막 장을 간직하고자

---

[41] "군자를 뵙지 못할 때는 근심이 가득하더니. 뵙고 나니 만나고 나니 내 마음 가라앉네.未見君子, 憂心忡忡. 亦旣見止, 亦旣覯止, 我心則降"를 두고 한 말이다.

[42] "사람이 좋지 못한데 나는 그를 임금으로 섬기네.人之無良, 我以爲君"를 두고 한 말이다.

[43] "소백이 이루시니 왕의 마음 편안하네.召伯有成, 王心則寧"를 두고 한 말이다.

합니다."라고 하였다.44) 자태숙이 〈야유만초〉를 읊자 조맹은 "당신의 은혜입니다."라고 하였다.45) 인단(자석)이 〈실솔〉을 읊자 조맹은 "좋습니다, 가문을 지키는 주인이시여. 내 기대해보겠습니다."라고 하였다.46) 공손단(자석)이 〈상호〉를 읊자 조맹은 "교제할 때 오만함이 없다면 복이 어디로 가겠습니까? 이 말을 새겨둔다면 복록을 사양하려 한들 되겠습니까?"라고 하였다.47) 향연을 마치고 문자(조맹)는 숙향에게 말했다. "백유는 장차 죽임을 당하겠소. 시는 뜻을 말하는 것인데, 자기 윗사람 모함하기에 뜻을 두어 공공연히 원망함으로써 빈객의 영광으로 삼다니 그게 오래 가겠소. 요행을 얻어야 뒤에 망할 거요." 숙향이 말했다. "그렇습니다. 너무 나갔습니다. 이른바 다섯 해를 넘기지 못한다는 것은 그 사람을 말하는 것일 겁니다." 문자가 말했다. "그 나머지는 다 여러 대를 이어갈 주인이오. 자전은 아마 훗날에야 망할 사람이리니 윗자리에 있으면서 내려갈 것을 잊지 않았소. 인씨는 그 다음일 것이오. 즐거우면서도 어지러움에 빠지지 않고, 즐거움으로 백성을 편안히 해주며 과도하지 않게 그들을 부리니 훗날에야 망하는 것이 역시 마땅하지 않겠소."

鄭伯享趙孟于垂隴, 子展, 伯有, 子西, 子產, 子大叔, 二子石從. 趙孟曰, 七子從君, 以寵武也, 請皆賦以卒君貺, 武亦以觀七子之志. 子展賦草蟲, 趙孟曰, 善哉. 民之主也. 抑武也不足以當之. 伯有賦鶉之賁賁, 趙孟曰, 床笫之言不踰閾, 況在野乎. 非使人之所得聞也. 子西賦黍苗之四章, 趙孟曰, 寡君在, 武何能焉. 子產賦隰桑, 趙孟曰, 武請受其卒章. 子大叔賦野有蔓草, 趙孟曰, 吾子之惠也. 印段賦蟋蟀, 趙孟曰, 善哉, 保家之主也. 吾有望矣. 公孫段賦桑扈, 趙孟曰, 匪48)交匪敖, 福將焉往.

---

44) "마음으로 사랑하니 어찌 일러주지 않겠는가. 마음속에 간직하니 어느 때고 잊겠는가. 心乎愛矣, 遐不謂矣. 中心藏之, 何日忘之"를 두고 한 말이다.

45) "뜻밖에 만나게 되니 마침 내 바라던 일이구나. 邂逅相遇, 適我願兮"를 두고 한 말이다.

46) "너무 크게 즐기지 말고 먼저 자기 위치를 생각하라. 즐거움을 좋아하되 어지러움에 빠지지 말라. 훌륭한 선비는 조심하는 법. 無已大康, 職思其居. 好樂無荒, 良士瞿瞿"를 두고 한 말이다.

47) "교제함에 오만하지 않으면 만복이 찾아오리니. 彼交匪敖, 萬福來求"를 두고 한 말이다.

若保是言也, 欲辭福祿得乎. 卒享, 文子告叔向曰, 伯有將爲戮矣. 詩以言志, 志誣其上而公怨之, 以爲賓榮, 其能久乎. 幸而後亡. 叔向曰, 然, 已侈. 所謂不及五稔者, 夫子之謂矣. 文子曰, 其餘皆數世之主也. 子展其後亡者也, 在上不忘降. 印氏其次也, 樂而不荒, 樂以安民, 不淫以使之, 後亡, 不亦可乎.

　　여기서 시를 읊은 정나라의 여러 신하는 백유를 제외하면 모두 조맹을 칭송하고 진나라, 정나라 두 나라의 우호를 맺는 데에 뜻이 있었다. 조맹은 이러한 칭송에 대해 "어떤 것은 겸손하여 감히 받아들이지 못했고 어떤 것은 몇 마디 좋은 말로 답례했다."[49] 다만 백유는 정나라 임금과 원한이 있어서 읊은 시에 "사람이 좋지 못한데 나는 그를 임금으로 섬기네.人之無良, 我以爲君"라는 말이 있었다. 이것은 기회를 빌려 정나라 임금을 욕한 것이다. 그래서 조문자趙文子(조맹)는 그가 "자기 윗사람 모함하기에 뜻을 두어 공공연히 원망한다.志誣其上而公怨之"라고 말한 것이다. 또한 시를 읊는 사람에게 시는 그로써 "뜻을 말하는言志" 것이었고, 시를 듣는 사람에게 시는 그로써 "뜻을 살피고觀志", "뜻을 아는 것知志"이었다. "뜻을 살피기"는 이미 보았고 "뜻을 아는 것"은 ≪좌전≫ 소공 16년에 보인다.

　　정나라 육경이 범선자를 교외에서 전별했다. 선자가 말했다. "여러 군자께서 모두 시를 읊어주시면 제가 또한 정나라의 뜻을 알 수 있겠습니다."
　　鄭六卿餞宣子於郊, 宣子曰, 二三君子請皆賦, 起亦以知鄭志.

---

48) ≪시경≫ 소아 〈상호桑扈〉편에는 "彼"자로 되어있다.
49) 고힐강 선생의 말, ≪古事辨≫ 三下, 330~331쪽.

"뜻 살피기" 또는 "뜻을 아는 것"의 중요성은 앞에서 인용한 예문에서도 충분히 알 수 있지만 다음의 일례에서 더욱 뚜렷이 드러난다. 《좌전》 양공 16년에는 이런 말이 있다.

진나라 임금이 제후들과 온에서 연회를 열었는데, 여러 대부에게 춤을 추게 하면서 "시를 노래하되 반드시 뜻을 맞추시오."라고 하였다. 제나라 고후의 시가 맞지 않자 순언이 성을 내며 "제후들에게 다른 뜻이 있나 봅니다."라고 말했다. 여러 대부에게 고후와 맹약을 하게 하자 고후는 달아나 귀국했다. 이에 (노나라) 숙손표, 진나라 순언, 송나라 상술, 위나라 영식, 정나라 공손만, 소주의 대부가 맹약을 했다. "복종하지 않는 자들을 함께 칠 것이다."
晉侯與諸侯宴于溫, 使諸大夫舞曰, 歌詩必類. 齊高厚之詩不類, 荀偃怒且曰, 諸侯有異志矣. 使諸大夫盟高厚, 高厚逃歸. 於是叔孫豹, 晉荀偃, 宋向戌, 衛甯殖, 鄭公孫蠆, 小邾之大夫盟曰, 同討不庭.

공영달은 《춘추좌전정의》에서 "옛 시를 노래할 때는 각자 은혜와 호의의 뜻에 맞도록 따라야 한다.歌古詩, 各從其恩好之義類"라고 하였다. 고후가 노래한 시만 유독 은혜와 호의의 뜻에 맞는 것을 취하지 않았으므로, "제후들에게 다른 뜻이 있나 봅니다."라고 말한 것이다.

이들은 모두 외교의 관점에서 본 것으로, 시로써 제후의 뜻을 말한 것이니 한 나라의 뜻은 시를 바쳐 자기의 뜻을 펼친 것과는 다르다. 이러한 외교에서 주거니 받거니 하는 가운데 한 나라의 뜻을 말한 것은 자연히 칭송이 많고 풍자는 적으니 시를 바치는 것과는 상반된다. 외교의 시 읊기에도 주거니 받거니 하는 읊조림, 즉 의사표시를 벗어난 것이 있다. 뇌해종雷海宗50) 선생은 일찍이 〈고대 중국의 외교古代中國的外交〉라는 글에서 다음과 같이 지적하였다.

> 시를 읊는 것 또한 중대한 구체적 기능을 발휘할 때가 있다. 예컨대
> 문공文公 13년 정나라 임금이 진晉나라를 배반하고 초나라에 항복
> 한 뒤에 다시 진나라에 귀순하여 복종하려 할 때 마침 진나라에서
> 노나라로 돌아가는 노 문공을 맞닥뜨렸다. 정나라 임금은 도중에 노
> 나라 임금과 만나서 그에게 자기 대신 정황을 진나라에 잘 이야기해
> 달라고 부탁했는데, 이 때 양측의 응수는 전부 시 읊기를 매개로 했
> 다. 정나라 대부 자가子家는 소아 〈홍안鴻雁〉편을 읊었는데, 제후가
> 홀아비와 과부를 불쌍히 여겨 구휼하러 멀리 행역에 나서는 노고가
> 있다는 뜻을 취했다. 이것은 정나라가 고립 약화되었으니 노나라가
> 불쌍히 여겨 구휼하러 정나라 대신 먼 길에 올라 진나라에 가서 중
> 간에서 좋게 말해주기를 요청한다는 암시이다. 노나라 계문자季文子
> 는 답가로 소아 〈사월四月〉편을 읊었는데, 행역이 때를 넘겼으니 돌
> 아가 조상 제사를 지내고 싶은 생각이라는 뜻을 취했다. 이는 당연
> 히 거절의 표시로, 정나라의 일 때문에 다시 진나라로 여행하기를
> 원하지 않은 것이다. 정나라의 자가는 다시 〈재치載馳〉편 제4장을
> 읊었는데, 작은 나라에 위급한 일이 생겼으니 큰 나라의 구원을 청
> 하고 싶다는 뜻을 취했다. 노나라 계문자는 다시 소아 〈채미采薇〉편
> 제4장을 읊었는데, "어찌 감히 계속 머물러 있으리오. 한 달에 세 번
> 이김에랴豈敢定居, 一月三捷"라는 구절을 취했다. 노나라는 미안하
> 여 정나라를 위해 부지런히 뛰느라 감히 편안히 있지 못하겠다고 응
> 답할 수밖에 없었던 것이다.[51]

정나라 사람은 시를 읊어 요구하면서도 아울러 칭송하였고, 노나

---

50) 역자주 : 뇌해종(1902~1962), 자는 백륜伯倫, 하북 영청현永清縣 사람. 역사학자로 무
한대학武漢大學, 청화대학淸華大學 등의 교수를 역임하였다. ≪중국문화와 중국의 군
사中國文化與中國的兵≫, ≪서양문화사강요西洋文化史綱要≫ 등의 연구서가 있다.

51) 淸華大學 ≪社會科學≫ 三卷一期, 2~3쪽.

라 사람은 시를 읊어 사절하면서도 뒤에는 허락했다. 비록 여전히 "뜻을 말한 것"이기는 하나, 외교 교섭을 할 때는 단순히 주거니 받거니에 그치지 않는다. "구체적인 중대 기능"이라고 한 것은 맞는 말이다. 다만 시 읊기는 결국 주거니 받거니에 쓰일 때가 많기 마련이다.

그런데 그저 주거니 받거니의 시 읊기라고 하더라도 한편으로는 한 나라의 뜻을 말하면서 다른 한편으로는 또한 시 읊는 사람의 뜻, 그 자신의 사람됨을 드러내기도 한다. 수롱의 회담에서 조문자가 백유, 자전, 인씨 등이 먼저 망할지 뒤에 망할지를 논한 것은 곧 이러한 측면에 착안한 것으로, 말을 들으면 행동을 알기에 이로써 미루어 판단한 것이다. ≪한서≫ 권30 〈예문지藝文志〉에 "옛날에 제후, 경, 대부가 이웃 나라와 외교 접촉을 할 때는 은미한 말로 서로의 뜻을 감지하고, 상견례를 할 때는 반드시 시를 언급하여 자신의 뜻을 알렸다. 이로써 능력 있는 자와 그렇지 않은 자를 가려내고 나라의 융성과 쇠퇴를 살피려는 것이었다.古者諸侯卿大夫交接鄰國, 以微言相感, 當揖讓之時, 必稱詩以諭其志, 蓋以別賢不肖而觀盛衰焉"라고 하였다. 이 역시 "뜻을 살피기"인데, ≪순자≫에서는 "사람 살피기觀人"라고 하였다. 춘추시대 이래로 사람 살피기는 매우 중시되어서 "사람 살피기는 말로써 한다.觀人以言"(〈비상非相〉편)가 훨씬 기록에 많이 보인다. "말"은 원래 시 읊기에 한정되지 않지만 "시로써 뜻을 말하고詩以言志", "뜻으로써 말을 정한다.志以定言"52)라고 하였으니 시 읊기로써 "사람 살피기"도 이치에 맞는 것이다. 이처럼 시를 논할 때 "뜻을 말하다"는 곧 덕을 드러낸다는 뜻을 이끌어내니, 단순히 시를 바쳐 뜻을 펼친다는 것처럼 간단한 수준에

---

52) ≪左傳≫ 昭公 9년.

그치지 않게 되었다. 게다가 춘추시대의 시 읊기는, 앞에서 논했듯이 시를 바친다는 뜻도 있기는 하지만, 외교의 시 읊기는 도리어모두 자작시가 아니라 단지 기존의 시를 빌려 뜻을 말하는 것이었다. 시를 빌려 뜻을 말하는 것은 또한 외교에 국한되지 않았으니,≪국어≫〈노어魯語〉하편에 한 단락의 기록이 있다.

공보문백의 어머니가 문백에게 아내를 얻어주려고 문중 일을 돌보는가신에게 연회를 베풀고는 그를 위하여 〈녹의〉 제3장을 읊어주었다.가신이 거북점을 청하여 아내 될 사람의 성씨를 점치니 사해가 듣고말했다. "좋구나. 남녀가 참석하는 연회에 같은 집안의 신하와 접촉하지 않으셨고, 집안 혼인을 논의할 때는 문중 일 맡은 가신을 넘어서지 않으셨구나. 논의하되 예법을 침범하지 않고 시의 뜻은 은미하면서도 뚜렷하구나. 시는 그로써 뜻을 이루는 것이고 노래는 그로써시를 읊는 것인데 지금 시로 혼인을 이루고 노래로 부르니 법도를헤아린 것이다."
公父文伯之母欲室文伯, 饗其宗老, 而爲賦綠衣之三章. 老請守龜卜室之族. 師亥聞之曰, 善哉, 男女之饗, 不及宗臣. 宗室之謀, 不過宗人. 謀而不犯, 微而昭矣. 詩所以合意, 歌所以詠詩也. 今詩以合室, 歌以詠之,度于法矣.

〈녹의〉 제3장[53]에서는 "나는 옛 사람을 생각하네. 실로 내 마음사로잡네.我思古人, 實獲我心"라고 하였다. 위소는 여기서 시를 읊은 뜻이 "옛 현인이 아내의 법도를 바로잡은 것은 내가 마음으로좋게 여기는 바이다.古之賢人正室家之道, 我心所善也"라고 풀이하

---

[53] 역자주 : 인용된 시구는 제3장이 아니라 제4장인데 위소의 주석과 이 책에서는 모두제3장으로 표기했다.

였다. 이러한 시 읊기가 개인 집인의 의례에도 쓰인 것을 알 수 있다. 위소는 원문 두 번째의 "合"자를 "이루다成"로 풀이하였는데, 원래의 시를 자기의 뜻에 맞춤으로써 예를 이루는 것이니, 이것은 이러한 시 읊기의 정확한 해석이다. 노효여勞孝輿[54]의 ≪춘추시화春秋詩話≫ 제1권에 이런 말이 있다.

> 국풍의 변풍變風은 춘추시대 사람이 지은 것이 많다.……그러나 작자는 이름을 드러내지 않고 서술자는 새로 짓지 않았으니 어째서인가? 아마 당시에는 시만 있고 시인은 없었을 것이다. 옛 사람이 지은 것을 지금 사람은 끌어다가 자기 시로 삼을 수 있었고, 저 사람의 시를 이 사람이 이어서 자기 작품으로 삼을 수 있어서 "뜻 말하기"를 기약했을 따름이다. 사람은 정해진 시가 없고 시는 정해진 뜻이 없었던 까닭에 이름을 붙일 수 있어도 붙이지 않고 시를 짓지 않아도 지은 것이 된다.
>
> 風詩之變, 多春秋間人所作……然作者不名, 述者不作, 何歟. 蓋當時只有詩, 無詩人. 古人所作, 今人可援爲己詩, 彼人之詩, 此人可賡爲自作, 期於"言志"而止. 人無定詩, 詩無定指, 以故可名不名, 不作而作也.

당시의 시 짓기와 시 읊기의 정황을 논한 것이 모두 정확하다.

이러한 시 읊기의 정황은 매우 중요하다. 시 바치기의 시는 모두 정해진 뜻이 있어서 전체 작품의 의미가 뚜렷하다. 시 읊기는 도리어 종종 단장취의하여 마음이 가는대로 경물을 만나면 감정이 생기는 식이라 일정한 표준이 없다. 예컨대 〈야유만초〉는 원래 남녀의 내밀한 사랑을 그린 작품인데 자태숙은 오히려 보란 듯이 읊어내었

---

54) 역자주 : 노효여(?~?), 자는 완재阮齋, 광동 남해南海(지금의 불산시佛山市) 사람. 혜사 기惠士奇(1671~1741)의 지우知遇를 입었고, 건륭乾隆 연간에 박학홍사과博學鴻詞科로 천거되었다. 저서로 ≪완재문초阮齋文鈔≫ 등이 있다.

다. 그는 그저 시의 "뜻밖에 만나게 되니 마침 내 바라던 일이구나. 邂逅相遇, 適我願兮" 두 구를 따서 조맹을 환영하는 뜻을 표시했을 뿐이다. 앞의 인용문에서 "들에 덩굴 풀 있는데 내린 이슬 주렁주렁. 아름다운 사람 있는데 맑은 눈에 훤칠하여 사랑스럽구나.野有蔓草, 零露漙兮. 有美一人, 淸揚婉兮" 및 다음 장은 아마 모두 자태숙의 뜻과는 무관할 것이다.55) 단장취의는 그저 시구를 빌려 자기의 이야기를 하는 것일 뿐이다. 따온 것은 단지 시구의 문의文意, 곧 표면적 의미이고 전체 시의 의도, 곧 맥락적 의미는 신경 쓰지 않는다.─다만 비유적 의미를 취할 때도 있다. ≪좌전≫ 소공 원년의 경우, 정나라 임금이 조맹을 대접할 때 노나라 목숙穆叔이 〈작소鵲巢〉를 읊었다. 바로 "까치둥지에 뻐꾸기가 앉은 것鵲巢鳩居"으로 "진나라 임금에게 있는 나라를 조맹이 다스린다는 것을 비유한 것喩晉君有國, 趙孟治之"(두예杜預56)의 주석)이다. 다만 비유적 의미를 취하는 것은 쉽게 이해하는 것을 주목적으로 한다. 어쩌다다소 심오한 시구를 쓰게 되면 시를 읊은 사람이 설명을 해주어야한다.57) 그 시대에는 시에 익숙하기만 하면 사람들이 읊는 것을 들

---

55) ≪좌전≫ 희공僖公 23년 "공이 〈유월六月〉을 읊었다."의 구에 대해 ≪춘추좌전정의≫에서는 "옛날에 예법을 갖춘 모임에서는 옛 시를 통해 뜻을 보여주므로 시의 한 장을 읊는다고 한 것이다. 시편 전체를 지칭한 것은 첫 장의 뜻을 취하는 경우가 많았다.古者禮會, 因古詩以見意, 故言賦詩斷章也. 其全稱詩篇者, 多取首章之義"라고 하였다.

56) 역자주 : 두예(222~285), 자는 원개元凱. 경조京兆 두릉杜陵(지금의 섬서 서안시西安市) 사람. 서진 때 진남대장군鎭南大將軍으로서 오나라 정벌에 큰 공을 세웠고 당양현후當陽縣侯에 봉해졌다. ≪춘추좌씨경전집해春秋左氏經傳集解≫ 30권을 지었는데 ≪십삼경주소十三經注疏≫에 수록되었다.

57) ≪좌전≫ 소공 원년의 경우, 노나라 목숙이 〈채번采蘩〉편을 읊어 조맹에게 들려주었는데 그 시의 제1장은 "어디서 흰 쑥 뜯지? 못에서 물가에서. 어디에 쓰지? 공후의 일이지.于以采蘩, 于沼于沚. 于以用之, 公侯之事"로 되어 있다. 목숙은 그의 의도가 "작은나라는 흰 쑥과 같아서 큰 나라가 만약 소중하게 써준다면 곧 말을 들을 것이다"라고설명하였다.

고 말하려는 뜻을 모두 알 수 있었다. 만약 비유적 의미를 취한다면 이처럼 함께 이해할 수는 없게 된다. 읊은 시를 듣고도 시를 읊은 사람의 뜻을 알지 못하는 것은, 대체로 시에 익숙하지 않을 경우에 노래로 부르면 잘 알아듣지 못하기 때문이다. 그래서 위衛 헌공獻公이 사조師曹를 시켜 〈교언巧言〉편 마지막 장을 손괴孫蒯에게 노래로 들려주어 손문자孫文子(손괴의 아버지)가 "힘도 용기도 없으면서 그저 어지러움만 만든다.無拳無勇, 職爲亂階"고 풍자하도록 했을때, 사조는 소란을 북돋을 마음이 있는데다가 노래로 하면 손괴가 알아듣지 못할까봐 바로 낭송―"소리로 박자를 맞추는 것을 '송誦'이라고 한다.以聲節之曰誦", "송"은 박자가 있는 것이다58)―을 했다. 손괴가 손문자에게 알리자 과연 반란이 일어났다.59) 또한 상황을 분명히 파악하지 못할 경우에도 시 읊는 사람의 뜻을 알 수 없다. 제나라 경봉慶封이 노나라에 방문했을 때 숙손목자叔孫穆子와 함께 밥을 먹었는데 공경스럽지 않았다. 숙손목자는 〈상서相鼠〉를 읊어서 그가 "사람이면서 예의가 없으면 죽지 않고 뭐하나!人而無儀, 不死何爲"라고 풍자했지만 그는 끝내 무슨 말인지 알지 못했다. 뒤에 정변으로 인해 노나라로 달아나자 숙손목자는 다시 그를 초청해 식사를 대접했는데, 그는 먹는 태도가 여전히 좋지 않았다. 숙손목자는 거리낌 없이 아예 악공을 시켜 〈모치茅鴟〉를 낭송하여 그에게 들려주었다. 이것은 현재 ≪시경≫에 전해지지 않는 시인데

---

58) ≪주례≫ 대사악 "흥, 도, 풍, 송, 언, 어興道諷誦言語"에 대한 정현의 주석. ≪묵자墨子≫ 〈공맹公孟〉편 "낭송하는 시 삼백 수, 반주하는 시 삼백 수, 노래하는 시 삼백 수, 춤추는 시 삼백 수誦詩三百, 弦詩三百, 歌詩三百, 舞詩三百"에서 "송"은 악기 반주 없이 박자―아마 북 반주일 것이다―만 있는 것인 듯하다.

59) ≪左傳≫ 襄公 14년.

역시 불경스러움을 풍자한 것이다. 하지만 경봉은 여전히 알아듣지 못했다.[60] 그는 참으로 너무나 어리석었다! 시 읊기는 대부분 스스로 노래 부른 것이다. 악공에게 노래 부르도록 시킬 때도 있다. ≪좌전≫에는 시 읊기를 "수업肄業"(노래 익히기)이라고 한 말도 있고, "악공이 노래하다工歌", "태사에게 노래하게 했다.使大師歌"는 말도 있다.[61] 방금 든 두 가지 사례 역시 악공을 통해 시를 낭송한 것이다. 시 읊기와 시 바치기 모두 악기 반주를 했다. 춘추시대에 이르기까지 시와 음악은 아직 갈라서지 않았다.

---

60) ≪左傳≫ 襄公 27년, 28년.

61) 각각 ≪左傳≫ 文公 4년, 襄公 4년, 14년에 보인다.

3

시를 가르쳐 뜻을 밝히다

"시는 뜻을 말한 것"을 논한 것으로 〈모시서·대서〉[62]를 빠뜨릴 수 없다. 〈대서〉에서는 다음과 같이 말한다.

> 시란 뜻이 가는 것이다. 마음에 있으면 뜻이고, 말로 꺼내면 시이다. 감정이 속에서 움직이면 말로 형상화되는데, 말로 부족하면 탄식한다. 탄식으로 부족하면 노래한다. 노래로 부족하면 자기도 모르게 손이 춤사위를 펼치고 발이 구르게 된다. 감정은 소리로 나타나고 소리가 법도를 이룬 것을 음이라고 한다.……그래서 득실을 바로잡고 천지를 움직이며 귀신을 감동시키는 것은 시보다 쉬운 것이 없다. 옛날의 훌륭한 임금은 이로써 부부의 도리를 바로잡고 효도와 공경을 이룩하며 인륜을 두터이 하고 교화를 아름답게 하며 풍속을 바꾸었다.
>
> 詩者, 志之所之也. 在心爲志, 發言爲詩. 情動於中而形於言, 言之不足, 故嗟嘆之. 嗟嘆之不足, 故永歌之. 永歌之不足, 不知手之舞之, 足之蹈之也. 情發於聲, 聲成文謂之音……故正得失, 動天地, 感鬼神, 莫近於詩. 先王以是經夫婦, 成孝敬, 厚人倫, 美教化, 移風俗.

---

62) 역자주 : 〈모시서〉 중 첫째 편인 〈관저〉에 대한 것을 〈대서大序〉라고 하는데, 시의 역할과 발생 과정, 체재 등의 이론 및 〈관저〉의 해제가 실려 있어 ≪시경≫ 연구에 중요한 자료로 쓰인다.

전반부는 명백히 ≪상서≫ 〈요전〉의 이야기를 환골탈태한 것이다. 〈대서〉는 자하子夏63)에게 이름을 가탁했으나 ≪모전≫과 입장이 똑같이 닮았으니 진한秦漢 시기에 지어졌다고 보아야 할 것이다. 그 글에서 "마음에 있으면 뜻이고, 말로 꺼내면 시"라고 해놓고 또한 "감정이 속에서 움직이면 말로 형상화되었다"라고 하였으며, 다시 "성정을 읊어 윗사람에게 풍간하였다.吟詠情性, 以風其上"라고 하였다. ≪모시정의≫에서는 "정은 슬픔과 즐거움의 감정을 말한다.情謂哀樂之情"라고 하였으니 "志"와 "情"은 원래 동의어라고 할 수 있다. 기쁨과 즐거움을 느껴 "윗사람에게 풍간"한 것이 바로 "뜻을 말한 것"이다. "마음에 있으면 뜻이고, 말로 꺼내면 시이다."라는 구절은 "시는 뜻을 말한 것", "뜻으로 말을 꺼낸다志以發言",64) "뜻으로 말을 정한다.志以定言" 같은 말이 변용된 것으로, 역시 "시는 뜻을 말한 것"이라는 뜻이다. 다만 특별히 "말言"을 중시하여 "시詩"와 "뜻志"을 따로 떼어서 마주 세우니 어투가 달라졌다. 이것이 첫 번째이다. "감정이 속에서 움직이면 말로 형상화된다"라고 해놓고 다시 "감정은 소리로 나타나고"라고 했으니, 시와 음악이 갈라섰음을 알 수 있다. 이것이 두 번째이다. "득실을 바로잡음"은 시를 바쳐 뜻을 펼친다는 의미이고, "천지를 움직이며 귀신을 감동시키는 것"은 흡사 〈요전〉의 "귀신과 인간이 이로써 어우러진다.神人以和"와도 같다. 다만 옛날의 훌륭한 임금이 시로써 "교화를 아름답

---

63) 역자주 : 자하(기원전 507~?), 성은 복卜, 이름은 상商, 자하는 자이다. 춘추 말기 진晉의 온읍溫邑(지금의 하남성 온현溫縣) 사람. 공문십철孔門十哲 가운데 문학文學으로 이름났으며, 공자 사후 위魏나라에서 제자를 양성하며 임금인 위문후魏文侯의 사부가 되기도 했다. 모시의 연원으로 여겨져 ≪문선≫에서는 〈모시서·대서〉의 작자를 자하로 기록하고 있다.

64) ≪左傳≫ 襄公 27년.

게 하며 풍속을 바꾼 것"은 시를 바쳐 뜻을 펼치는 것과는 다르다. 그것은 아래에서 위로 움직이는 것이고, 이것은 위에서 아래로 움직이는 것이다. 또한 시를 읊어 뜻을 말하는 것과도 다르다. 시를 읊는 것은 "빈객의 영광으로 삼는 것爲賓榮"이고, 자신의 덕—시를 읊는 사람은 모두 윗자리에 있는 사람이다—을 드러내는 것이다. 이것이 세 번째이다. 시를 바치는 것과 시를 읊는 것은 모두 중점이 노래를 듣는 사람에게 있는데, 여기서는 오히려 작시의 관점에서 본 것이 많다. 이것이 네 번째이다. 종합해서 말하면 이 시대에 시는 오직 뜻을 중시하고 소리를 중시하지 않아서 비로소 위와 같은 모습이 된 것이다. 또한 육가陸賈[65]의 ≪신어新語≫〈신미愼微〉편에도 이렇게 말했다.

> 따라서 숨기면 도이고 펼치면 글(잘못 붙은 것일까?)시이다. 마음에 있으면 뜻이고, 입으로 나오면 말이다.
> 故隱之則爲道, 布之則爲文(衍文?)詩.[66] 在心爲志, 出口爲辭.

"입으로 나오면 말이다"는 더욱 뜻을 중시함을 나타낸 것이다.

---

65) 역자주 : 육가(기원전 240?~170), 전한의 사상가, 정치가. 순자荀子의 제자인 부구백浮邱伯에게서 유학을 전수받은 것으로 알려졌다. 왕조의 흥망과 천하의 득실에 관한 내용이 담긴 ≪신어≫를 지어 한 고조에게 바치면서 능력을 인정받았고, 남월南越에 사신으로 가서 임금인 조타趙佗를 설득해 한 왕조에 귀순시켰다.

66) 역자주 : 유월兪樾은 "삼가 살피건대 '文'은 군더더기로 붙은 글자이다. '숨기면 도리이고 펼치면 시이다.'는 두 구절이 대구를 이룬다. '마음에 있으면 뜻이고, 입으로 나오면 말이다'는 시에 대해 말한 것이다.謹按文衍字. 隱之則爲道, 布之則爲詩, 兩句相對. 在心爲志, 出口爲辭, 則承詩而言"라고 했다. 당안唐晏은 "〈모시서〉에서 '마음에 있으면 뜻이고, 말로 꺼내면 문사(시의 잘못)이다'라고 한 것을 생각하면 이 구절은 반드시 옛 설에 그런 내용이 있을 것이다. 또 생각건대 이 구절은 앞의 구절과 맞지 않으니, 중간에 착오가 있는 것 같다.按毛詩序, 在心爲志, 發言爲辭, 此必古說有然者. 又按此與上文不接, 疑其間必有誤"라고 했다. 王利器, ≪新語校注≫, 北京 : 中華書局, 1986, 98쪽 교주 4번.

그리고 시를 "도"가 드러난 것으로 여기는 것은 바로 "도를 펼치는 것"을 "뜻을 말하는 것"으로 보는 것이다. 비록 이 또한 뜻을 중시하는 경향이기는 하지만 도리어 "시는 뜻을 말한 것"이라는 말의 본래 취지를 뚜렷이 밝힐 수 있다.

시와 음악이 갈라선 것은 일정한 내력이 있다. 공자 때 아악이 이미 훼손되었으니 시와 음악은 그 때 갈라서버렸다. 그래서 공자는 "정나라 소리가 아악을 어지럽히는 것을 싫어한다.惡鄭聲之亂雅樂也"(≪논어≫ 〈양화〉)라고 말한 것이다. 또한 "시에서 일어나고 예에서 서며 음악에서 이룬다.興於詩, 立於禮, 成於樂"(〈태백泰伯〉)라고도 했다. 시와 예악은 그의 시대에는 아직 연결되어 있었지만 이미 솥발이 셋으로 나뉜 형세를 드러내고 있었다. 당시에 시를 바치는 것과 시를 읊는 것은 모두 이미 행해지지 않는 상태였다. ≪의례儀禮≫에 기록된 것처럼 연회나 제사에서 아직 시를 의식의 노래로 쓰던 것을 제외하면,[67] 일반적으로는 단지 시를 언어로만 쓰고 있었다. 공자 문하에서는 더욱이 시를 수신修身과 치지致知―교화에 쓰고 있었다. 언어에서 시를 인용하는 것은 춘추시대에 있었는데, ≪좌전≫에 보이는 예가 매우 많다. 수신에 쓰이는 것도 춘추시대에 시작되었다. ≪국어≫ 〈초어〉에는 장왕莊王이 사미士亹에게 태자 잠箴을 가르치게 했다. 사미가 신숙시申叔時에게 물었더니 숙시는 다음과 같이 말했다.

---

67) 공자가 말했다. "〈관저〉는 기쁘면서도 지나치지 않고, 슬프면서도 마음 아프지 않다. 關雎樂而不淫, 哀而不傷."(≪논어≫ 〈팔일八佾〉) 또 말했다. "악사 지가 갓 부임했을 때 〈관저〉의 후렴이 가득히 귀를 채웠지.師摯之始, 關雎之亂, 洋洋乎盈耳哉"(〈태백〉) 모두 음악을 논한 말로, 당시에 이러한 의식 가요가 여전히 남아 있었고 악공도 아직 있었음을 알 수 있다.

      ……시를 가르치되 태자에게 덕이 훌륭한 사람을 폭넓게 열어드려서
      그의 뜻을 밝히십시오.
      ……敎之詩, 而爲之導廣顯德, 以耀明其志.

위소는 "'導'는 여는 것이다. '顯德'은 탕왕, 무왕, 무왕, 주공과
같은 사람으로, 여러 시에서 찬미하는 사람을 말한다.導, 開也. 顯
德謂若成湯, 文武, 周公之屬, 諸詩所美者也"라고 풀이했다. "그의 뜻
을 밝히다"는 가르침을 받는 사람의 뜻을 가리키니, 곧 시를 읽는
사람의 뜻이다. "시로써 뜻을 말한다." 시를 읽으면 자연히 "뜻을
밝히는 것"을 할 수 있다. 또한 앞에서 인용했듯이 조문자가 시 읊
기를 논하면서 시어에서 백유 등의 사람됨을 본 것에 이미 시가 덕
을 드러낸다는 의미가 포함되어 있다. 공자에 이르면 이야기는 한
층 광범위해진다. 공자는 다음과 같이 말했다.

      너희는 어찌 시를 배우는 사람이 없느냐. 시는 감정을 일으킬 수 있
      고 세상을 살필 수 있고 무리를 지을 수 있고 원망할 수 있다. 가까
      이로는 부모를 섬기고 멀게는 임금을 섬기며 조수초목의 이름을 많
      이 알 수 있다.
      小子何莫學夫詩. 詩可以興, 可以觀, 可以群, 可以怨. 邇之事父, 遠之
      事君. 多識於鳥獸草木之名.(〈양화〉)

"조수초목의 이름을 많이 아는 것"은 시를 치지에 쓴 것이다.
"詩"자는 원래 '기억', '기록'의 뜻이 있다. 그래서 치지에 쓸 수 있
다. 하지만 이것은 '뜻을 말하기'와 무관하니 논하지 않을 것이다.
감정 일으키기, 세상 살피기, 무리 짓기, 원망하기와 부모 섬기기,

임금 섬기기. 기능이 이처럼 광대하고 상세하니 바로 시의 뜻이 중시되었음을 알 수 있다. 다만 공자가 시를 논한 것은 역시 단장취의이다. 자공子貢과 토론한 "자른 듯 깎은 듯, 쫀 듯 간 듯.如切如磋, 如琢如磨"(〈학이學而〉), 자하와 토론한 "고운 웃음 아름답네, 예쁜 눈은 또렷하네, 흰 바탕에 채색을 입혔네.巧笑倩兮, 美目盼兮, 素以爲絢兮"(〈팔일八佾〉)에서 볼 수 있듯이 취한 것은 비유적 의미일 뿐이다. 또한 공자는 오직 시의 뜻을 중시했다. 그래서 다음과 같이 말했다.

> 시 삼백 편을 한 마디로 말하면 "생각에 사악함이 없다."이다.
> 詩三百, 一言以蔽之, 曰思無邪. (〈위정爲政〉)

후대의 ≪예기禮記≫ 〈경해經解〉편의 "온유돈후함은 시의 가르침이다.溫柔敦厚, 詩敎也", ≪시위詩緯≫[68] 〈함신무含神霧〉의 "시란 잡아주는 것이다.詩者持也",[69] ≪한서≫ 권22 〈예악지〉의 "그 시를 돌아보면 뜻이 바르게 된다.省其詩而志正", 권30 〈예문지〉의 "시는 말을 바로잡으니 의로움의 쓰임이다.詩以正言, 義之用也"는 모두 공자의 말에서 변용되어 나온 것이다. 〈모시서·대서〉에서 말한 "부부의 도리를 바로잡고 효도와 공경을 이룩하며 인륜을 두터이 하고 교화를 아름답게 하며 풍속을 바꾸었다" 역시 "감정을 일으킬 수 있고 세상을 살필 수 있고 무리를 지을 수 있고 원망할 수 있다",

---

68) 역자주 : ≪시위≫는 한나라 때 ≪시경≫과 짝을 이루는 위서緯書로서, 시를 해석하는 전적 가운데 하나였다. 음양, 역법曆法, 예언, 술수術數 등 시와 무관한 내용이 섞여 있지만 다른 위서와 더불어 후대의 학문에 일정한 영향을 끼쳤다.
69) ≪毛詩正義≫, 〈詩譜序〉 "그렇다면 시의 도리는 이에 따른 것이리라.然則詩之道放於此乎"의 구절의 해설에서 인용.

"가까이로는 부모를 섬기고 멀게는 임금을 섬기며" 같은 말에서 변용되어 나온 것이다. 유가는 덕의 교화를 중시하였는데, 유교가 성행한 뒤에는 이러한 교화 작용이 극도로 세상 사람의 존숭을 받았다. "온유돈후"는 이에 문학 평론의 주요 표준이 되었다.

맹자 때는 옛 음악이 없어지고 새로운 음악이 지어졌다.[70] 시는 한층 뜻을 중시하게 되었다. 맹자는 다음과 같이 말했다.

> 그러므로 시를 해설하는 사람은 글자로 시구의 뜻을 훼손해서는 안 되고, 시구로 시인의 뜻을 훼손해서는 안 된다. 자신의 뜻으로 시인의 뜻을 맞이하는 것이 시를 터득하는 것이다.
> 故說詩者, 不以文害辭, 不以辭害志. 以意逆志, 是爲得之.(萬章上)

또 다음과 같이 말했다.

> 그의 시를 외고 그의 책을 읽으면서 그 사람을 모른다면 되겠는가? 이에 그 시대를 논하게 된다. 이것이 이전 시대로 올라가 벗하는 것이다.
> 頌其詩, 讀其書, 不知其人, 可乎. 是以論其世也. 是尙友也.(萬章下)

"자신의 뜻으로 시인의 뜻을 맞이하는 것"는 자기의 뜻으로 미루어 시를 지은 뜻을 아는 것이다. 그리고 이른바 "뜻"이란 모두 시를 바쳐서 뜻을 펼친다는 그 "뜻"이요, 시 전체의 뜻이지, 일부에서 따온 뜻은 아니다. "글자로 시구의 뜻을 훼손해서는 안 되고, 시구로 시인의 뜻을 훼손해서는 안 된다"는 단장취의를 반대한다는 말이다. 맹자 또한 단장취의의 방법으로 시를 설명하는 일을 벗어나

---

70) ≪古史辨≫ 卷3 하편 352～358쪽.

지 못했지만 중점은 여전히 전체 내용의 풀이에 있고 여전히 시 자체에 다가가 시를 설명하는 데에 있다. 그가 〈북산北山〉, 〈소반小弁〉, 〈개풍凱風〉 등의 시를 논한 것을 보면 알 수 있다.(〈고자告子〉 하편) 그가 쓴 것은 "자신의 뜻으로 시인의 뜻을 맞이하는" 방법이다. "사람을 알고 시대를 논하다知人論世"는 시를 해설하는 방법이 아니라 수신의 방법이다. "시 외기", "책 읽기", "사람을 알고 시대를 논하기"는 원래 세 가지가 병렬된 것으로, 모두 사람이 되는 도리이자 "이전 시대로 올라가 벗하기"의 도리이다. 후대에 잘못하여 "사람을 알고 시대를 논하기"와 "시 외기", "책 읽기"를 억지로 합치고, "자신의 뜻으로 시인의 뜻을 맞이하는 것"을 "시로써 뜻을 이루다以詩合意"로 이해하니, 이에 억지로 파고들고 끌어붙여 시로써 역사를 증명하게 되었다. 〈모시서〉가 바로 이렇게 쓰인 것이다. 춘추시대에 시를 읊은 것은 단지 당면한 상황에 대해 "시로써 뜻을 이룬 것"인데 〈모시서〉는 아예 "시로써 뜻을 이룬 것"의 결과를 "사람을 알고 시대를 논하기"로 삼아서 시를 지은 "사람"과 "시대"가 과연 그렇다고 여기고, 시를 지은 "뜻"이 과연 그렇다고 여겼다. 이상을 사실로 삼고 주관을 객관으로 삼으니 자연히 사람들은 믿기 어렵게 되었다.

진나라 이전부터 한나라 때까지 육경의 대의에 대한 논의가 많았다. ≪장자≫ 〈천하天下〉 편에서는 이렇게 말했다.

시, 서, 예, 악에 있는 것은 추로鄒魯 지역의 사와 유복儒服을 입은 학자 가운데 밝힐 수 있는 자가 많다. 시는 뜻을 말한 것이고, 서는 정사를 말한 것이고, 예는 행동거지를 말한 것이고, 악은 조화를 말한 것이며, 역은 음양을 말한 것이고, 춘추는 명분을 말한 것이다.
其在於詩, 書, 禮, 樂者, 鄒, 魯之士, 搢紳先生多能明之. 詩以道志, 書
以道事, 禮以道行, 樂以道和, 易以道陰陽, 春秋以道名分.

이것은 아마 육경의 대의를 논한 것 중 가장 이른 것일 것이다.
"道志"가 바로 "言志"이다―≪경전석문經傳釋文≫에서 "'道'는 '인
도하다'로 발음한다.道音導"라고 한 것은 비록 ≪주례≫ 대사악에
바탕을 두고 있긴 하지만 실제와 거리가 멀 수밖에 없다. 또한 ≪순
자≫〈유효儒效〉편에는 다음과 같은 말이 있다.

성인이란 도의 중추이다. 천하의 도는 이것을 중추로 하고, 모든 훌
륭한 왕의 도는 이것에 일치한다. 그래서 시, 서, 예, 악의 도는 이것
에 귀결된다. 시에서 이것을 말한 것은 성인의 뜻이다. 서에서 이것
을 말한 것은 성인의 일이다. 예에서 이것을 말한 것은 성인의 행동
이다. 악에서 이것을 말한 것은 성인의 조화이다. 춘추에서 이것을
말한 것은 성인의 은미함이다.
聖人也者, 道之管也. 天下之道管是矣, 百王之道一是矣. 故詩書禮樂之
「道」歸是矣. 詩言是, 其志也.[71] 書言是, 其事也. 禮言是, 其行也. 樂言
是, 其和也. 春秋言是, 其微也.

이것은 〈천하〉편과 비슷하다. 하지만 '시'가 단지 성인의 뜻을 말
한 것이라고만 한 것은 〈모시서〉의 연원이 되었다. 또한 동중서[72]

---

71) 양경楊倞의 주석에서는 "이는 유가의 뜻이다是儒之志"라고 하여 "시는 유가의 뜻을 말
   한 것이다詩言是其志也"를 하나의 구로 하고 이하도 여기에 따랐다. 가만히 생각하면
   양경의 구두에는 오류가 있으므로 지금의 모습으로 바꾸었다.

72) 역자주 : 동중서(기원전 179~104), 광천廣川(지금의 하북 경현景縣) 사람. 한 경제景
   帝 때 박사로서 ≪춘추공양전春秋公羊傳≫을 전수했다. 무제武帝 때 대책對策을 올려
   천인감응天人感應, 대일통大一統 등 한대 유학의 핵심 사상을 담았고 유학이 한 제국

는 ≪춘추번로春秋繁露≫ 〈옥배玉杯〉편에서 "시는 뜻을 말하므로 본바탕에 뛰어나다. 예는 예절을 제정하므로 꾸밈에 뛰어나다.詩道志, 故長於質. 禮制節, 故長於文"라고 하였다. 근래의 사람인 소여蘇輿73)는 ≪춘추번로의증春秋繁露義證≫에서 "시는 뜻을 말하는데 뜻은 인위로 할 수 없어서 본바탕이라고 한 것이다.詩言志, 志不可僞, 故曰質"라고 하였다. 또한 ≪한서≫ 〈사마천전司馬遷傳〉에서는 동중서를 인용하여 "시는 뜻을 전달한다.詩以達意"라고 하였는데, "達意"는 "言志"와 같다. 또한 ≪법언法言≫74) 〈과견寡見〉편에서는 "뜻을 말하는 데에는 시보다 조리 있게 판별하는 것이 없다.說志者莫辨乎詩"라고 하였는데, "說志"도 "言志"와 같다. 이들도 모두 중점은 시의 뜻에 있다.

시에서 뜻을 중시하게 되었는데, 시 바치기는 원래 뜻을 펴려는 것이므로 전체 작품이 말하려는 본래의 뜻이다. 시의 일부를 따다 읊는 것은 읊는 현장에서는 물론 말하고자 하는 뜻이 있지만, 읊는 현장을 벗어나서 시에 대해 논하면 어떤 것은 본래 바치는 시라서 뜻이 있지만, 어떤 것은 바치는 시가 아니므로 별도로 뜻이 있다 하더라도 도리어 말할 수 없거나 말할 가치가 없어졌다. 〈야유만초〉 같은 남녀의 사랑에 대한 작품이 그러하다. 이들은 풍자도 칭송도 아니고, 교화 기능도 없으니 "뜻을 말하는" 시는 아니다. 시 읊기가 유행할 때는 음악 연주와 합쳐져 존재했다. 시와 음악이 갈라서고

의 정통 사상으로 자리 잡는 데에 기여했다. ≪춘추번로春秋繁露≫, 〈사불우부士不遇賦〉 등의 저작이 있다.

73) 역자주 : 소여(1874~1914), 자는 가서嘉瑞, 호는 후암厚庵, 호남 악양시岳陽市 사람. 왕선겸王先謙에게서 학문을 배웠으며 ≪춘추번로의증春秋繁露義證≫ 등의 저작이 있다.

74) 역자주 : ≪법언≫은 한나라 양웅揚雄이 ≪논어≫를 본떠서 지은 책으로, 13편의 문답식 어록체로 되어 있다.

시 읊기가 행해지지 않은 뒤에 이런 시는 존재 이유를 잃었지만, 실제로는 여전히 존재하고 있었다. 이런 시의 존재 이유를 찾기 위해 "시를 펼쳐 풍속을 관찰한다.陳詩觀風"는 설이 생겼다. ≪예기≫〈왕제王制〉편에 이런 말이 있다.

> 한 해의 두 번째 달에 (천자가) 동쪽으로 순시하여 태산에 이르러······제후를 접견한다.······태사에게 시를 펼치도록 명하여 민심을 살핀다. 歲二月, 東巡守至于岱宗······覲諸侯······命大師陳詩以觀民風.

정현의 주석에는 "시를 펼치는 것은 시를 수집하여 보여주는 것을 말한다.陳詩, 謂采其詩而視之"라고 하였다. 공영달의 ≪예기정의禮記正義≫에는 "바로 그 지방 제후에게 명령하는 것이다. 태사는 음악을 관장하는 관원으로, 각각 그 나라의 시를 펼치면 그 지방 정치와 법령이 좋고 나쁨을 살핀다.乃命其方諸侯. 大師是掌樂之官, 各陳其國風之詩, 以觀其政令之善惡"라고 하였다. 공영달의 설이 비교적 원래의 뜻에 들어맞는 듯하다.

자연스럽게 한 걸음 더 나아가 그러한 시의 내력을 조사하고자 한다면 "시 수집采詩" 설은 쓸모가 있게 된다. ≪한서≫〈예문지〉에 다음과 같은 말이 있다.

> ≪서경≫에서 "시는 뜻을 말하고 노래는 말을 늘인다."라고 하였으니 슬픔과 즐거움의 마음이 느껴지면 노래하는 소리가 나온다. 그 말을 외는 것을 시라고 부르고, 그 소리를 길게 한 것을 노래라고 부른다. 그래서 옛날에 시를 수집하는 관원이 있었으니, 임금이 그로써 풍속을 살피고 득실을 알아서 스스로를 바로잡았다.

書曰, 詩言志, 哥詠言. 故哀樂之心感, 而歌詠之聲發. 誦其言謂之詩, 詠其聲謂之歌. 故古有采詩之官, 王者所以觀風俗, 知得失, 自考正也.

시를 수집하는 데에는 담당관이 있었으니 이 관원이 바로 "행인行人"이다. ≪한서≫ 권24 상편 〈식화지食貨志〉에는 이런 말이 있다.

겨울에 백성이 성읍에 들어오면……남녀 중에 제자리를 얻지 못한 사람은 그로 인해 함께 노래하며 각자 자신의 아픔을 말한다.……봄의 첫 달에 모여 살던 사람들이 흩어지려 할 때 행인은 목탁을 울리며 길을 순시하며 시를 수집한다. 그것을 태사에게 바치면 음률을 순서대로 맞추어 천자에게 들려준다.
冬, 民旣入……男女有不得其所者, 因相與歌詠, 各言其傷……孟春之月, 群居者將散, 行人振木鐸徇于路, 以采詩,[75] 獻之大師, 比其音律, 以聞於天子.

이렇게 시를 수집하는 제도는 제법 완비되어 있었다. "음률을 순서대로 맞추어"라는 말만 보아도 오로지 음악을 넣은 시를 위한 설명임을 알 수 있다. ≪좌전≫의 "성 쌓는 사람이 노래했다.城者謳",[76] "뭇사람이 노래했다.輿人誦"[77] 같이 음악이 없는 노래는 수집 기록

---

75) ≪좌전≫ 양공 14년에 〈하서夏書〉를 인용하여 "조사관이 목탁을 울리며 길을 순시한다.遒人以木鐸徇於路"라고 하였다. 다만 "采詩"에 관한 글은 없다.

76) 역자주 : 선공宣公 2년에 실린 노래는 다음과 같다. "송나라가 성을 쌓을 때 화원이 감독을 맡았다. 순찰을 돌 때 성 쌓는 자들이 '뛰어나온 눈, 불룩한 배, 갑옷 버리고 돌아왔네. 털보여 털보여, 갑옷 버리고 돌아왔네'라고 노래했다.宋城, 華元爲植, 巡功, 城者謳曰, 睅其目, 皤其腹, 棄甲而復, 于思于思, 棄甲復來."

77) 역자주 : 양공 30년에 실린 노래는 다음과 같다. "자산이 정권을 잡은 지 일년 만에 뭇사람이 노래했다. '우리 의관을 빼앗아서 쟁여놓고 우리 밭을 빼앗아서 다섯 집씩 묶었네. 누가 자산을 죽여준다면 내가 그와 함께 하리.' 삼년이 되자 다시 노래했다. '우리 자제는 자산이 깨우쳐주고 우리 밭은 자산이 불려주네. 자산이 죽는다면 누가 뒤를 이을까.' 從政一年, 輿人誦之曰, 取我衣冠而褚之, 取我田疇而伍之, 孰殺子産, 吾其

이나 진열 헌상의 반열에 있지 않았다. 이는 무슨 까닭일까? 원래 한대에는 가요 수집 제도가 있었다. 〈예문지〉에 이런 말이 있다.

무제 때부터 악부를 세우고 가요를 수집했다. 이때 대, 조 지역과 진, 초 지역의 노래가 있었는데, 모두 슬픔이나 즐거움을 느껴서 사물에 따라 표현한 것이었다. 또한 그로써 풍속을 살피고 민심의 후하고 박함을 알 수 있었다.
自孝武立樂府而采歌謠. 於是有代趙之謳, 秦楚之風, 皆感於哀樂, 緣事而發. 亦可以觀風俗, 知薄厚云.

서중서徐中舒[78] 선생은 시 수집 설은 바로 이 사건의 암시를 받아 만들어진 것이라고 지적한다.[79] 그러면 ≪좌전≫의 음악이 없는 노래 따위를 돌아볼 겨를이 없었던 것은 당연한 일이다. 〈왕제〉편은 한나라 유생의 손에서 나왔는데 이것은 이상적인 모습이지, 정확한 역사가 아니니 "시를 펼친다"는 설도 믿을 수 없다. "시 펼치기", "시 수집하기"가 비록 음악을 넣은 시를 위해 만든 설이기는 하지만, "풍속 살피기"를 지적한 것은 이미 뜻을 중시한 표현이다. 그리고 "풍속을 살피고 득실을 알아서"를 하려면 무엇이든 보존하고 있어야 한다. 남녀 사랑에 관한 작품 따위도 당연히 안에 들어있어야 한다. 이런 시는 드디어 존재의 이유가 있게 되었다.

〈모시서·대서〉에서는 "나라의 사관이 득실의 자취를 밝히고 인

與之, 及三年, 又誦之曰, 我有子弟, 子産誨之, 我有田疇, 子産殖之, 子産而死, 誰其嗣之."
78) 역자주 : 서중서(1898~1991), 안휘 안경시安慶市 사람. 역사학자, 문자학자. 청화대학을 졸업하고 왕국유王國維, 양계초梁啓超 등에게서 학문을 배웠다. ≪은주금문집록殷周金文集錄≫, ≪갑골문자전甲骨文字典≫ 등의 저서가 있다.
79) 徐中舒 〈豳風說〉, 中央研究院歷史言語研究所 ≪集刊≫ 第六本 第四分 431쪽에 보인다.

륜의 폐지를 아파하며 형벌과 정책의 가혹함을 슬퍼하여 성정을 읊어 윗사람에게 풍간했다.國史明乎得失之跡, 傷人倫之廢, 哀刑政之苛, 吟詠情性, 以風其上"라고 했다. ≪한서≫에서 이른바 "슬픔과 즐거움의 마음이 느껴지면 노래하는 소리가 나온다", "슬픔이나 즐거움을 느껴서 사물에 따라 표현하니" 및 "각자 자신의 아픔을 말한다"도 사실은 "감정과 생각을 읊는 것"이다. 그런데 "읊는 것"을 하는 사람이 반드시 "나라의 사관"은 아니었고 꼭 전부가 "인륜의 폐지를 아파하며 형벌과 정책의 가혹함을 슬퍼하는 것"이 아니어도 되었다. "감정과 생각을 읊는 것"은 원래부터 이미 시 짓는 사람에게 치중한 것으로, 전한 때 한시韓詩에는 "굶주리는 사람은 밥을 노래하고, 힘쓰는 사람은 일을 노래한다.飢者歌食, 勞者歌事"는 말이 있었는데 더욱 분명히 시 짓는 사람에게 치중하고 있으며 또한 분명히 시의 "감정을 풀어내는緣情" 기능을 가리켰다. 다만 한시에서는 〈벌목伐木〉편에 대해 이렇게 말했다.

〈벌목〉편이 없어지자 붕우의 도리가 사라졌다. 힘쓰는 사람은 자기 일을 노래하니 시인이 나무를 베며 스스로 그 일에 힘들어하는 것이다. 伐木廢, 朋友之道缺. 勞者歌其事, 詩人伐木, 自苦其事.

"붕우의 도리"를 말했으니 중점이 여전히 풍간에 있고, 그것도 "윗사람에게 풍간하는 것"에 있음을 알 수 있다. 반고班固[80]의 말은 "밥을 노래하기", "일을 노래하기"와 뜻이 대체로 같지만 "풍속

---

80) 역자주 : 반고(32~92), 자는 맹견孟堅, 부풍扶風 안릉安陵(지금의 섬서 함양시咸陽市) 사람. 아버지 반표班彪의 역사 기록을 바탕으로 동생인 반초班超와 함께 ≪한서≫를 지었다. 〈양도부兩都賦〉를 짓고 ≪백호통의白虎通義≫를 편찬했다. 오언 영사시詠史詩로도 유명하다.

을 살핀다"로 귀결되니 중점도 역시 "윗사람에게 풍간한다"에 있다. 반고와 한시 양쪽에서 시의 "감정을 풀어내는" 기능을 논한 것은 모두 그저 설명일 뿐 평가는 아니다. 〈벌목〉편이 붕우의 도리가 온전한지 여부와 관련이 없다면 "일을 노래하기"는 말할 가치가 없다. 시가를 수집하여 진열하지 않는다면 "슬픔과 즐거움의 마음", "노래하는 소리"가 또 무슨 소용인가? 이러한 "감정을 풀어낸" 시의 진정한 가치는 결코 "감정을 풀어내기"에 있지 않고 민속을 표현하여 "윗사람에게 풍간하기"에 있다. 그런데 시를 바치던 시대에는 비록 시를 지어 자기 한 몸의 뜻을 펼치는 것이긴 해도 자기 한 몸의 일에 관한 것은 아니었다. 시를 읊던 시대에는 한층 더 오직 시를 빌려 한 나라에 대해 말하는 뜻만을 위주로 했다. 어쩌다가 누군가가 시를 지으면—그때는 일률적으로 시를 "읊는다"라고 했다—그 역시 모두 풍자와 칭송이라는 정치 교화였기에 시를 바치는 것과 같은 취지였다. 종합하면 시와 음악이 갈라서지 않았던 시대에는 오직 노래 듣는 사람에게 중점을 두었다. 시만 있었지 시인은 없었고, "시는 감정을 풀어낸다"라는 관념도 없었다. 시와 음악이 갈라선 뒤에는 시를 가르쳐 뜻을 밝히니, 시는 읽는 것을 위주로 하고 뜻을 쓸모로 삼았다. 시를 논하는 이들은 그제서야 점차 시 짓는 사람의 존재를 의식하게 되었다. 시 짓는 이들은 아직 "시는 감정을 풀어낸다"라는 가치 자체를 인정하지 않았지만 이미 시의 이런 효용을 발견했고, 아울러 "왕"이 이런 "감정을 풀어낸" 시에 따라 "풍속을 살피고 득실을 알아서 스스로를 바로잡는 것"을 할 수 있다고 보았다. 그렇다면 "감정을 풀어내는" 시 짓기는 결국 "뜻을 펼치는" 시 바치기와 방법은 달라도 결과는 같은 셈이다. 다만 〈모시서·대서〉에서는 "마음에 있으면 뜻이고, 말로 꺼내면 시이다"라고 해놓고 또 "감정이 속에서 움직이면 말로 형상화된다"라고 하면서 다시 "감정과 생각을 읊는다"라고 했다. 뒤의 두 마디는 "뜻을 말한 것"과 동의어로 친다고 하더라도 의미는 역시 다르다. 〈대서〉의 작자는 "뜻을 말한 것"이라는 한 마디가 언제나 정치 교화에 관계되지, 애초부터 "감정을 풀어낸" 시에 쓰기는 적합하지 않다는 것을 발견한 것 같다. 그래서 설명 방식을 바꿔서 풀이한 것이다. 한시와 《한서》의 시대에 이르면 이 정황이 더욱 뚜렷이 보인다. 이에 "밥을 노래하기", "일을 노래하기"만 말하고 "슬픔과 즐거움의 마음", "각자 자신의 아픔을 말한다"만 말하지, "뜻을 말하기"는 아예 꺼내지 않게 된다. "뜻을 말하기"와 "감정을 풀어내기"는 역시 별개이지, 똑같이 취급할 수는 없음을 알 수 있다.

4

시를 지어 뜻을 말하다

　전국시대 이후 개인이 스스로 지어 시라고 부른 것 중에 가장 이른 것은 ≪순자≫ 〈부賦〉편의 〈궤시佹詩〉로 첫머리에 이렇게 되어 있다.

　天下不治, 請陳佹詩. 천하가 어지러우니 괴이한 시를 펼치겠습니다.

　양경楊倞[81]은 "괴이하고 격렬한 시를 펼쳐서 천하가 어지럽다는 뜻을 말하기를 청한 것이다.請陳佹異激切之詩, 言天下不治之意也" 라고 주석을 달았다. 시는 사언을 위주로 했고, 비록 음악을 넣지는 않았지만 역시 시를 바쳐 풍간하는 체재이다. 그 다음은 진시황이 박사들에게 짓게 한 〈선진인시仙眞人詩〉인데 이미 없어졌다. 그는 천하를 순시할 때 "악관들에게 노래하고 연주하도록 명령했다.傳令 樂人歌弦之."[82] 이것은 시를 바쳐 찬미하는 부류이었을 것이다. 전

---

81) 역자주 : 양경(?~?), 홍농弘農(지금의 하남 영보현靈寶縣) 사람. 당 헌종憲宗 때 대리 평사大理評事를 지냈다. ≪순자주荀子注≫를 지었다.

82) ≪史記≫ 〈秦始皇本紀〉.

한 때 위맹韋孟[83)]이 지은 "풍간시諷諫詩", 위현성韋玄成[84)]이 지은 "자핵시自劾詩"[85)] 같은 경우도 모두 사언체인데, 어떤 것은 사람들을 풍자하고, 어떤 것은 스스로를 풍자하면서 음악은 넣지 않았지만 역시 시를 바치던 전통의 유파이자 후예이다. 하지만 당시에 이런 시는 별로 많지 않았다. 시에 음악을 넣지 않아서 사람들은 그저 읽을 수만 있었고 그저 시의 내용을 헤아릴 뿐이었지만, 시를 지은 사람의 이름은 드러날 기회가 있었고, 시를 지은 사람의 지위도 이로 인해 점차 높아졌다. 다만 진정으로 자기 자신을 읊은 것은 역시 '소인騷人', 즉 사부가辭賦家를 꼽아야 할 것이다. 사부가는 원래 "시詩"를 짓는 것으로 일컬어졌고, 그것도 "뜻을 말하는言志" "시詩"였다. 초사楚辭 〈비회풍悲回風〉에서는 이렇게 말한다.

介眇志之所惑兮,　높은 뜻이 의혹을 받았기에
竊賦詩之所明.　　남몰래 시를 읊어 밝히네.

또 장기蔣忌[86)]는 〈애시명哀時命〉편에서 이렇게 말했다.

---

83) 역자주 : 위맹(기원전 228?~156), 팽성彭城(지금의 강소 서주시徐州市) 사람. 한 경제景帝 때 초왕楚王 유무劉戊의 신하로 있었는데 왕이 황음무도하여 시를 지어 풍간한 뒤 추鄒(지금의 산동 추성시鄒城市)로 이주했다. ≪문선≫ 권17에 풍간시가 실려 있다.

84) 역자주 : 위현성(기원전 ?~36), 자는 소옹少翁, 추(지금의 산동 추성시) 사람. 유가 경전에 밝았고 한漢 원제元帝 때 승상丞相이 되었다. 작품으로 스스로를 비판하는 자핵시와 자손을 경계시키는 내용의 사언시가 전한다.

85) ≪漢書≫ 권73 〈韋賢傳〉.

86) 역자주 : 장기(기원전 188?~105), 회계會稽 오현吳縣(지금의 강소 소주시蘇州市) 사람. 한 명제明帝의 이름을 피해 엄기嚴忌로 성을 고쳤다. 추양鄒陽, 매승枚乘 등과 함께 양梁 효왕孝王 문하의 사부가로 이름을 날렸다. 현재 〈애시명哀時命〉 1편의 작품이 전한다.

志憾恨而不逞兮,　뜻이 근심스럽고 한스러우나 풀리지 않아
抒中情而屬詩.　　속마음 펴내어 시를 쓰네.

　말하는 것이 모두 명백하다. "시"라면 자연히 "뜻을 말하는" 효과가 있는 것이다.
　≪한시외전韓詩外傳≫ 권7에 이런 기록이 있다.

　공자가 경산에서 거닐 때 자로, 자공, 안연이 따랐다. 공자가 말했다. "군자가 높은 곳에 오르면 반드시 시를 읊는데, 너희들이 원하는 것은 무엇이냐. 자기 소원을 말해보아라. 내가 너희를 일깨워줄 테니." 자로가 말했다. "저는 긴 창을 휘둘러 삼군을 쓸어버리고, 젖먹이 딸린 어미 호랑이가 뒤에 있고 원수가 앞에 있더라도 벌레가 뛰어오르고 교룡이 기세를 떨치듯 나아가 두 나라의 환난을 구해주고 싶습니다." 공자가 말했다. "용사로구나." 자공이 말했다. "두 나라가 원한을 맺어 장사들이 진을 치고 흙먼지가 하늘에 자욱할 때, 저는 한 자의 칼이나 한 말의 양식도 갖지 않고 두 나라의 환난을 풀 것입니다. 저를 쓰는 나라는 살아남고 저를 쓰지 않는 나라는 망할 것입니다." 공자가 말했다. "변사로구나." 안연은 소원을 말하지 않았다. 공자가 말했다. "너는 왜 소원을 말하지 않는 거냐." 안연이 말했다. "두 사람이 이미 소원을 말했으니 감히 말하지 못하겠습니다." 공자가 말했다. "뜻이 다르고, 각자 하려는 일이 있는 것이다. 너도 소원을 말해봐라. 내가 깨우쳐 줄 테니." 안연이 말했다. "작은 나라에서 재상을 하고 싶습니다. 군주는 올바른 도로 다스리고 신하는 덕으로 교화하며, 군신이 마음을 함께하여 안팎이 서로 호응하면, 열국의 제후는 의로움에 따르고 훌륭한 이의 기풍을 맞이할 것입니다. 젊은이는 종종걸음으로 나아가고 나이든 이는 부축을 받아 다다르며 교화는 백성에게 행해지고 덕택이 사방 이민족에게 베풀어져 무기를 내려놓지 않는 이가 없이 수레바퀴살처럼 사방의 궁문에 모여들 것입

니다. 천하가 다 영원한 안녕을 얻으니 벌레도 날고 꿈틀거리며 각기 자신의 본성에 맞게 즐깁니다. 현명한 자와 능력 있는 자를 천거하여 부려서 각자 적합한 일을 맡기니 이에 임금은 위에서 편안해하고 신하는 아래에서 화합합니다. 옷소매 늘어뜨리고 두 손 모은 채 하는 일이 없어도, 움직이면 도리에 맞고 가만히 있으면 예법에 맞습니다. 인의를 말하는 자는 상을 받고 전투를 말하는 자는 죽으니 자로가 어디로 나아가서 환난을 구하고 자공이 무슨 난국을 풀겠습니까." 공자가 말했다. "성인이로구나. 대인이 나오면 소인이 숨고, 성인이 일어나면 현인이 엎드린다. 안연에게 집정을 맡긴다면 자로나 자공이 어찌 자기 능력을 펴겠는가?"

孔子遊於景山之上, 子路子貢顏淵從. 孔子曰, 君子登高必賦, 小子願者何. 言其願, 丘將啟汝. 子路曰, 由願奮長戟, 盪三軍, 乳虎在後, 仇敵在前, 蠡躍蛟奮, 進救兩國之患. 孔子曰, 勇士哉. 子貢曰, 兩國構難, 壯士列陣, 塵埃漲天, 賜不持一尺之兵, 一斗之糧, 解兩國之難, 用賜者存, 不用賜者亡. 孔子曰, 辯士哉. 顏回不願, 孔子曰, 回何不願. 顏淵曰, 二子已願, 故不敢願. 孔子曰, 不同意, 各有事焉, 回其願, 丘將啟汝. 顏淵曰, 願得小國而相之, 主以道制, 臣以德化, 君臣同心, 外內相應, 列國諸侯莫不從義嚮風, 壯者趨而進, 老者扶而至, 教行乎百姓, 德施乎四蠻, 莫不釋兵, 輻輳乎四門, 天下咸獲永寧, 蠢飛蠕動, 各樂其性, 進賢使能, 各任其事, 於是君綏於上, 臣和於下, 垂拱無爲, 動作中道, 從容得禮, 言仁義者賞, 言戰鬪者死, 則由何進而救, 賜何難之解. 孔子曰, 聖士哉. 大人出, 小子匿, 聖者起, 賢者伏. 回與執政, 則由賜焉施其能哉.

이 이야기는 또한 같은 책 제9권, ≪설원說苑≫87) 〈지무指武〉편, 위서僞書인 ≪공자가어孔子家語≫88) 〈치사致思〉편에 보이는데, 다

---

87) 역자주 : ≪설원≫은 한나라 유향劉向이 성제成帝 때 편찬한 이야기 모음집으로, 〈군도君道〉, 〈신술臣術〉 등 20편으로 되어 있다.

88) 역자주 : ≪공자가어≫는 공자와 문인의 언행이 기록된 문헌이다. 예로부터 위서僞書로 의심받아 왔으나 현재는 출토문헌 등의 증거 자료로써 문헌 가치를 입증하는 반론

만 "군자가 높은 곳에 오르면 반드시 시를 읊는데"라는 말이 모두 "너희들은 각자 자기 뜻을 말해 보거라.二三子各言爾志"로 되어 있다. 세 사람이 진술한 것은 모두 정치 교화에 관한 것으로 확실히 "뜻을 말하기言志"의 본디 취지에 부합한다. 이 이야기가 꼭 진짜 있었던 일은 아니겠지만 "부란 옛 시의 유파이다.賦者古詩之流"(반고, 〈양도부서兩都賦序〉의 말)에서도 시와 마찬가지로 "뜻을 말하기"를 할 수 있는 것임을 알 수 있다. 따라서 ≪한서≫ 〈예문지〉에는 이렇게 말했다.

> 춘추 이후에 주의 도가 점차 망가졌다. 외교 방문 때 노래하고 읊는 일이 열국에 행해지지 않고, 시를 배우던 선비가 재야에 숨었으니, 현인이 뜻을 잃은 내용의 부가 지어졌다. 학식 높은 선비인 순자 및 초의 신하 굴원이 참훼를 입고 나라를 걱정하여 모두 부를 지어 풍간했는데, 다 측은한 고시의 뜻이 있었다.
> 春秋之後, 周道浸壞, 聘問歌詠不行於列國, 學詩之士逸在布衣, 而賢人失志之賦作矣. 大儒孫卿及楚臣屈原離讒憂國, 皆作賦以風, 咸有惻隱古詩之義.

"현인이 뜻을 잃고" 부를 지은 것은 의도가 여전히 "풍간"에 있었으니 이것은 확실히 근거가 있는 것이다. 하지만 순자와 굴원 두 사람은 전혀 다르다. 순자의 〈성상成相〉과 〈부賦〉편은 아직 풍자일 뿐이지만, 굴원의 〈이소離騷〉, 〈구장九章〉 및 그가 지은 것으로 전해지는 〈복거卜居〉, 〈어부漁父〉는 역시 자기의 뜻을 노래하긴 했어도 일신의 빈궁과 현달, 출사와 은거를 위주로 하여 "마음 속 감정

___

이 나오고 있다. 현재 위魏나라 왕숙王肅이 주석을 단 44편이 전해지고 있다.

을 펴내는抒中情" 것이 중요한 지위를 차지했다—송옥宋玉[89]의 〈구변九辯〉은 더욱 그러했다. 이것은 일대 전환으로, "시는 뜻을 말한 것"의 의미가 다시금 확장되지 않을 수 없게 되었다. 〈모시서·대서〉에서 반드시 "성정을 읊어"라고 바꾸어 말해야 했던 까닭은, 아마 바로 이러한 정황을 보았기 때문일 것이다.

한 왕조 이래로 이른바 "사 짓는 사람의 부辭人之賦", "앞 다투어 사치스럽고 화려하며 웅장하고 번다한 말을 만들어서 풍유의 뜻은 묻혀버렸다.競爲侈麗閎衍之詞, 沒其風諭之義"[90]라는 말이 있었다. 비록 이들 역시 "뜻을 말하기"라는 명분을 대기는 했지만 실제로는 "백을 권하면서 하나를 풍자하는 것勸百而諷一"[91]이었다. 이들은 흡사 《순자》 〈부〉편의 〈구름雲〉, 〈누에蠶〉, 〈바늘箴(鍼)〉 등의 작품을 확장한 것에 굴원, 송옥의 사를 더한 것과 같았다. 심약沈約[92]은 《송서宋書·사령운전론謝靈運傳論》에서 "한에서 위까지自漢至魏", "문체가 세 번 변했다.文體三變"라고 하였는데, 첫 번째로 든 것이 바로 "사마상여가 모양이 흡사한 글을 짓는 데에 공을 들인 것相如工爲形似之言"이었다. "모양이 흡사한 글形似之言"이 "사 짓는 사람의 부"를 핵심적으로 설명한 것이다. "모양이 흡사함形似"은 "감정을 풀어내기緣情"가 아니라 "사물을 체현하기體物"이다. 지금

---

89) 역자주 : 송옥(기원전 298?∼222?), 언鄢(지금의 호북 양양시襄陽市) 사람. 전국시대 초나라 경양왕頃襄王의 신하로 있었고 굴원의 제자로 알려져 있다. 〈구변九辯〉, 〈고당부高唐賦〉, 〈등도자호색부登徒子好色賦〉 등의 사부 작품이 전해진다.

90) 《한서·예문지》.

91) 《漢書·司馬相如傳贊》에서 인용한 양웅揚雄의 말.

92) 역자주 : 심약(441∼513), 자는 휴문休文, 시호는 은隱, 오흥吳興(지금의 절강 호주시湖州市) 사람. 남조 양나라 때 시중侍中 및 태자소부太子少傅의 직위를 역임했다. 성률과 대장對仗을 중시한 영명체永明體 시가의 창시자이다. 《송서宋書》를 편찬하였고 《사성보四聲譜》, 《심은후집沈隱侯集》 등의 저서가 있다.

은 "묘사描寫"라고 하여 도리어 "감정을 풀어내는" 기능을 발휘하는 것을 도울 수 있다. 후한의 부에 이르러야 비로소 진정으로 "굴원 부"의 길을 갈 수 있었다. 심약이 말한 "반고는 정리의 설에 뛰어났다.班固長於情理之說"가 바로 그것을 가리킨다. "정리情理"는 바로 "성정情性"이자,93) "뜻志"이기도 하다. 이는 "시는 뜻을 말한 것詩言志"과 "성정을 읊는다吟詠情性"를 조화시킨 말이다. 그때 풍연馮衍94)의 〈현지부顯志賦〉가 있었는데, 그의 "자론自論"에 이런 말이 있다.

> 돌아보면 일찍이 비범한 계책을 좋아했지만 당시에는 그 지모를 써줄 사람이 없어서 길게 탄식하며 혼자서 불우함을 마음 아파했다. 오랫동안 낮은 관직에 머무르며 품은 바를 펴낼 수 없었다. 마음을 누르고 절개를 꺾으니 속이 처량하고 슬펐다.……이에 부를 지어 스스로를 채찍질하며 작품 이름을 "뜻을 드러내다"라고 불렀다. "뜻을 드러내다"란 교화의 마음을 밝히고 현묘한 생각을 드러내는 것을 말한다.
> 顧嘗好倜儻之策, 時莫能聽用其謀, 喟然長歎, 自傷不遭. 久棲遲於小官, 不得舒其所懷. 抑心折節, 意悽情悲……乃作賦自厲, 命其篇曰顯志. 顯志者, 言光明風化之情, 昭章玄妙之思也.

이른바 "뜻을 드러내다顯志"가 역시 "스스로를 채찍질하는 것自厲"이라고 자조하고 있지만, 읊은 것은 그저 일신의 곤궁과 통달이다. ≪문선文選≫에 실린 "뜻의 부志賦"인 반고 〈유통부幽通賦〉의

---

93) ≪예기·악기≫ "천리가 사라졌다.天理滅矣"에 대한 정현鄭玄의 주석: "리는 성과 같다.理猶性也."

94) 역자주 : 풍연(?~?), 신新나라 왕망王莽을 섬기지 않고 후한 광무제光武帝에게 귀순했으나 참소를 입어 벼슬길이 순탄하지 못했다. 작품으로 〈현지부顯志賦〉가 전한다.

"목숨을 바쳐 뜻을 이룬다致命遂志", 장형張衡95) 〈사현부思玄賦〉의 "뜻을 펼치다宣寄情志"는 사실 모두 마찬가지이다.96) 장형의 〈귀전부歸田賦〉 또한 그저 일신의 출사와 은거만 말하고 있으니 같은 글의 예이다. 그밖에 "뜻의 부"라고 할 만한 것이 또 많은데, "뜻志"을 제목에 명시한 것도 적지 않으니 양梁 원제元帝97)의 작품에 아예 〈언지부言志賦〉라고 제목을 단 것이 모두 그러한 부류이다.98) 《예기》 〈단궁〉편에 적혀 있는 "뜻을 말하다"라는 말도 본디 곤궁과 통달을 가리켜 말한 것이니 앞에서 논한 바와 같다. 다만 "시"에서 일신의 곤궁과 통달을 말하는 것은 도리어 '소인騷人'에게서 비로소 시작했다. 그로부터 "시는 뜻을 말한 것"이라는 말은 곧 일신의 곤궁과 통달, 출사와 은거를 아울러 가리키게 되었다. 사대부의 곤궁과 통달, 출사와 은거는 모두 정치 교화에 관련되어서 "굶주리는 사람은 밥을 노래하고, 힘쓰는 사람은 일을 노래한다.飢者歌食, 勞者歌事"와는 원래부터 다르니, "뜻을 말한 것"이라고 불러도 일리가 있다. 심약은 또한 "자건(조식曹植)과 중선(왕찬王粲)은 강개한 풍격을 요체로 삼았다.子建, 仲宣以氣質爲體"라고 했지만 그것은 결국 "감정을 풀어낸" 부이지 "뜻을 말한 것"이라고 할 수는 없다.

후한 시대에는 오언시도 점차 흥성했다. 반고는 〈영사詠史〉에서

---

95) 역자주 : 장형(78~139), 자는 평자平子, 남양南陽(지금의 하남 남양시) 사람. 후한 때 태사령太史令, 시중 등을 역임했으며, 혼천의渾天儀, 지동의地動儀 등을 제작한 천문학자로도 알려져 있다. 작품으로 〈이경부二京賦〉, 〈귀전부歸田賦〉 등이 있다.

96) 《漢書》 卷70上 〈敍傳〉, 《後漢書》 卷89 〈張衡傳〉.

97) 역자주 : 원제(508~554), 성명은 소역蕭繹, 자는 세성世誠. 호는 금루자金樓子. 양 무제武帝의 일곱 째 아들로 상동왕湘東王에 봉해지고 형주자사荊州刺史를 역임했다. 후 경侯景의 난을 평정된 뒤 자신의 본거지인 강릉江陵에서 제위에 올랐다. 서위西魏의 침공으로 도성이 함락될 때 개인 장서 14만권을 스스로 불사르고 붙잡혀 죽었다. 《금루자》 등의 저작과 〈직공도職貢圖〉 등의 그림 및 다수의 시 작품이 전한다.

98) 《文選》 卷14~16, 또 《歷代賦滙外集》 卷1~6.

제영緹縈99)의 일을 읊으면서 맺음말로 이렇게 말했다. "백 명의 사내가 어찌나 지리멸렬한지 제영 하나만 못하구나.百男何憒憒, 不如一緹縈."100) 이 또한 풍유의 작품이다. 후한 말에 이르면 역염酈炎101)이 지은 시 두 편이 있는데 첫 수는 다음과 같다.102)

大道夷且長, 큰 길은 험하고 길고,
窘路狹且促. 작은 길은 좁고 가파르네.
脩翼無卑栖, 긴 날개는 낮은 곳에 깃들이는 일 없고,
遠趾不步局. 먼 발자국은 잔걸음질 하지 않네.
舒吾陵霄羽, 하늘 너머 깃을 펼치고
奮此千里足. 천리에 발을 뻗으리라.
超邁絕塵驅, 훌쩍 먼지를 벗어나 달리면
倏忽誰能逐. 문득 누가 좇을 수 있으리.
賢愚豈嘗類, 현명한 이 어리석은 이 어찌 같은 부류에 있으리.
稟性在淸濁. 받은 성품이 맑음과 흐림으로 나뉘어 있는데.
富貴有人籍, 부귀는 사람의 서적에 실려 있지만
貧賤無天錄. 빈천은 하늘의 기록이 없네.
通塞苟由己, 순통함과 궁색함이 참으로 자기에게 달려 있으니
志士不相卜. 지사는 운명을 점치지 않는다.
陳平敖里社, 진평은 토지신 사당에서 솜씨 뽐냈고,
韓信釣河曲. 한신은 황하 물굽이에서 낚시하고 있었지.

---

99) 역자주 : 제영은 한漢 문제文帝 때의 효녀이다. 아버지 순우의淳于意가 태창太倉 현령을 지내다가 죄를 지어 장안으로 압송되자, 따라와서 글을 올려 자기가 관비官婢가 되어 아버지 대신 속죄하겠다고 청했다. 문제가 가련히 여겨서 순우의를 사면해주었다.

100) 《史記·倉公傳》 張守節 正義에서 인용.

101) 역자주 : 역염(150~177), 자는 문승文勝, 범양范陽(지금의 하북 보정시保定市) 사람. 조정의 부패를 이유로 출사를 거부하고 모친의 병을 간호하다가 죽었다. 〈현지시見志詩〉 등의 작품이 전한다.

102) 《後漢書》 卷110下 本傳.

終居天下宰, 끝내 천하의 재상 자리 차지했고
食此萬鍾祿. 만종의 봉록을 먹었지.
德音流千載, 훌륭한 말씀 천 년을 흘렀고
功名重山岳. 명성은 산보다 무거웠네.

　이 첫째 수와 또 한 수를 후세에 "뜻을 드러낸 시見志詩"라고 제
목을 붙였다. 시에서 "순통함과 궁색함이 참으로 자기에게 달려 있
으니 지사는 운명을 점치지 않는다"라고 말했는데, "순통함과 궁색
함"이 바로 곤궁과 통달이다. 또한 ≪후한서後漢書‧중장통전仲長
統傳≫에서도 중장통103)이 "시 두 편을 지어 자기 뜻을 드러내었다.
作詩二篇, 以見其志"라고 기록했는데 이 경우는 또 사언시이다.104)
역염의 "뜻을 드러냄"은 "성정을 읊음"이고, 스스로의 회포를 서술
했으니 정치 교화로 귀결된다. 중장통의 "뜻을 드러냄"도 스스로의
회포를 서술한 것이기는 하지만 노래한 것은 인생의 "대도大道", 즉

---

103) 역자주 : 중장통(180~220), 자는 공리公理, 산양山陽(지금의 산동 추성시鄒城市) 사
　람. 한 헌제獻帝 때 상서랑尚書郞의 직책을 역임했다. 저서로 ≪창언昌言≫이 있다.
104) 역자주 : 飛鳥遺跡, 蟬蛻亡殼. 騰蛇棄鱗, 神龍喪角. 至人能變, 達士拔俗. 乘雲無轡, 騁
　風無足. 垂露成幃, 張霄成幄. 沆瀣當餐, 九陽代燭. 恆星艷珠, 朝霞潤玉. 六合之內, 恣心
　所欲. 人事可遺, 何爲局促. 大道雖夷, 見幾者寡. 任意無非, 適物無可. 古來繞繞, 委曲如
　瑣. 百慮何爲, 至要存我. 寄愁天上, 埋憂地下. 叛散五經, 滅棄風雅. 百家雜碎, 請用從火.
　抗志山栖, 游心海左. 元氣爲舟, 微風爲柂. 敖翔太清, 縱意容冶. (≪王充王符仲長統列傳≫)
　나는 새는 발자국만 남았고 매미 허물은 껍데기 사라졌네. 날아오르는 뱀은 비늘을
　버리고 신령한 용은 뿔을 잃었네. 훌륭한 사람은 변화할 줄 알고 통달한 선비는 속
　세에서 초탈했네. 구름 타면 고삐 없고 바람 몰면 발이 없네. 이슬 내려 휘장 되고
　하늘 펼쳐 천막 되네. 밤이슬로 식사하고 태양으로 촛불 삼네. 별자리는 구슬이고 아
　침노을은 옥이라네. 이 세상이 내 맘대로라네. 사람 일은 버려도 괜찮은데 무엇 때문
　에 서두르나? 큰 길이 평탄해도 낌새 알아채는 이 적다네. 내 뜻대로 하면 그릇됨 없
　지만 외물에 맞추면 될 일이 없지. 예로부터 뒤엉켜서 자잘함이 돌 부스러기 같네.
　온갖 걱정을 왜 하는가, 요체는 내게 있는 걸. 근심은 하늘 위로 부치고 걱정은 땅
　밑에 묻어라. 오경은 갖다 버리고 고상한 시도 없애 버려라. 제자백가 번잡하니 불사
　르면 좋겠다. 산에 머물며 뜻을 키우고 바닷가에서 마음을 노니네. 우주의 기운은 배
　가 되고 살랑바람은 키가 되네. 하늘을 날며 마음껏 노니리라.

인생의 이치이다. 인생의 이치는 속세를 벗어남과 속세에 뛰어듦, 이 두 관점—중장통이 노래한 것은 속세를 벗어나는 관점이다—에서 벗어나지 않는데, 그것은 품성을 드러낼 수 있고 또한 일종의 출사와 은거 문제이기도 하며, 정치 교화를 반영하고 있기도 하다. 훗날 청대의 기윤紀昀[105]은 "시는 뜻을 말한 것"에 대해 논하면서 뜻은 "인품과 학문이 드러난 것人品學問之所見"이라고 하였고, 또한 시는 "인품과 마음을 근본으로 한다以人品心術爲根柢"고 하였으니,[106] 바로 이렇게 품성을 표현한 것을 가리켜서 말한 것이다. 당시에는 단지 진가秦嘉[107]의 오언시 〈군에 남겨 아내에게 주는 시留郡贈婦詩〉 세 수만이 스스로 부부의 금실이 좋음을 서술하여 정치 교화와 그다지 관련점이 없었다.[108] 이것은 "감정을 풀어낸" 오언시의 시작일 것이다. 오언시는 악부시에서 나왔는데 이 몇 편—앞의 사언시 두 편 조차도—도 모두 악부시의 영향을 받았다. 악부시는 "뜻을 말한 것"은 적고 "감정을 풀어낸 것"은 많다. 사부辭賦와

---

105) 역자주 : 기윤(1724~1805), 자는 효람曉嵐. 시호는 문달文達. 직례直隸 헌현獻縣(지금의 하북 창주시滄州市) 사람. 예부상서, 태자태보太子太保 등을 역임하였고, 사고전서四庫全書의 편찬을 총괄했다. ≪열미초당필기閱微草堂筆記≫ 등의 저작이 있다.

106) 각각 ≪紀文達公文集≫ 卷9 〈郭茗山詩集序〉, 〈詩教堂詩集序〉에 보인다.

107) 역자주 : 진가(?~?), 자는 사회士會, 농서隴西(지금의 감숙성 일대) 사람. 후한 환제桓帝 때 군리郡吏로 있다가 낙양에 가게 되었는데 마침 아내가 병으로 친정에 가있어서 작별을 하지 못했다. 낙양에서 황문랑黃門郎이라는 벼슬을 받았으나 도중에 객사하였다. 〈아내에게 주는 시贈婦詩〉 등의 작품이 전한다.

108) ≪玉臺新詠≫ 卷1. 역자주 : 제1수를 실례로 들면 다음과 같다. 人生譬朝露, 居世多屯蹇. 憂艱常早至, 歡會常苦晚. 念當奉時役, 去爾日遙遠. 遣車迎子還, 空往復空返. 省書情悽愴, 臨食不能飯. 獨坐空房中, 誰與相勸勉. 長夜不能眠, 伏枕獨展轉. 憂來如尋環, 匪席不可卷. 인생은 비유하면 아침 이슬, 세상살이 고생만 많구나. 근심고통은 늘 빨리 오고 즐거운 만남은 늘 너무 늦지. 임무를 받들 생각하면 그대 떠나 있을 날 기나기네. 수레 보내어 그대 맞아오게 했더니 빈 수레로 갔다가 빈 수레로 돌아오네. 편지를 보니 감정이 처량하여 밥상머리 앉아도 먹지를 못하네. 홀로 빈 방에 앉았으니 누구와 서로 격려할까. 긴 밤 내내 잘 수가 없어 베개에 엎드려 혼자 뒤척이네. 걱정이 옥고리처럼 찾아오는데 깔개가 아니니 말 수도 없네.

악부시는 "감정을 풀어낸" 시의 발전을 촉진시켰다. ≪시경≫은 도리어 경학의 한 부문이었다. 시를 논할 때는 온통 ≪시경≫으로 근원을 거슬러 올라가기를 좋아하는데, 사실은 그저 공허하게 옛 것을 아끼자는 이론일 때가 많다. 이때는 오언시가 크게 성행했다. 이른바 "한 글자가 천금一字千金"109)인 고시십구수古詩十九首는 많은 이의 고증에 따르면 건안建安(헌제獻帝)110) 이전의 어느 시기에 지어진 것으로 추정된다. 위魏 문제文帝는 〈오질에게 주는 편지與吳質書〉에서 "공간公幹(유정劉楨)은 초탈한 기운이 있었지만 굳세지는 못했다. 그의 오언시 중 좋은 것은 이 시대 사람들 가운데서도 탁월했다.公幹有逸氣, 但未遒耳, 其五言詩之善者, 妙絕時人"라고 하였다. 건안시기에 오언시의 체제가 이미 보편화되었고 짓는 이도 많았음을 알 수 있다. 이 시대에 들어서야 정말로 시인이 있게 되었다. 다만 고시십구수는 역시 악부시에서 나왔고, 건안 시인 역시 마찬가지라고 할 수 있다. 정시正始(위魏 제왕齊王 조방曹芳)111) 시대가 되면 완적阮籍112)이 비로소 악부시의 격조에서 벗어나 오언시

---

109) 역자주 : 종영의 ≪시품≫ 상품上品에서 고시십구수에 대해 "거의 한 글자에 천금이라 할 만하다.可謂幾乎一字千金"라고 높이 평가했다. 원래는 여불위呂不韋가 ≪여씨춘추呂氏春秋≫에 대해 한 글자라도 더하거나 뺄 수 있으면 천금을 상으로 주겠다고 한 이야기에서 유래했다.

110) 역자주 : 건안은 후한 헌제의 연호(196~220)로, 조조 삼부자 및 왕찬王粲, 진림陳琳, 유정劉楨 등 건안칠자建安七子가 활약하던 강건한 풍격의 시가 문학 융성의 시기로 평가된다.

111) 역자주 : 정시는 위나라 세 번째 황제였다가 폐위된 조방曹芳의 연호(240~249)로, 하안何晏, 왕필王弼, 후대의 죽림칠현 등의 작품 활동을 아울러 정시문학이라고 한다. 현학玄學의 흥성으로 인해 철리哲理의 색채가 강한 점, 건안문학에 비해 비애의 감정이 짙은 것을 특징으로 한다.

112) 역자주 : 완적(210~263), 자는 사종嗣宗, 진류陳留 위씨尉氏(지금의 하남 개봉시開封市) 사람. 혜강嵇康과 함께 죽림칠현의 한 사람으로 보병교위步兵校尉를 지냈다. 위나라 당시 현학의 기풍을 이끌었으며, 영회시詠懷詩 82수가 유명하다.

로 자기 자신을 노래하게 된다. 그는 "영회시 팔십여 수를 지어 세상에서 중시되었다.作詠懷詩八十餘篇, 爲世所重."113) 안연지顔延之114)는 말했다.

> 완적은 혼란한 조정에서 벼슬을 하고 있었기에 늘 비방과 재앙을 입을까 두려웠다. 이로 인해 시를 읊으니 시마다 목숨을 염려하는 탄식이 있다. 비록 뜻은 풍자에 있으나 문사에는 숨기고 피하는 것이 많으니, 먼 후대에는 실정을 헤아리기 어려워졌다.
> 嗣宗身仕亂朝, 常恐罹謗遇禍. 因玆發詠, 故每有憂生之嗟. 雖志在刺譏, 而文多隱避, 百代之下, 難以情測.115)

"뜻은 풍자에 있으나"는 "풍諷"의 전통이다. 다만 "늘 비방과 재앙을 입을까 두려웠다"와 "시마다 목숨을 염려하는 탄식이 있다"는 모두 일신의 곤궁과 통달, 출사와 은거 문제가 된다―이 또한 정치 교화와 들숨 날숨이 서로 통하기는 하지만. 시 제목인 "영회詠懷"는 사실 "뜻을 말하다"로 바꾸어도 무방하다.

"시는 뜻을 말한 것"이라는 말은 비록 사대부의 곤궁과 통달, 출사와 은거로 이어지기는 하지만, 모든 시를 포괄할 수는 없다. 〈모시서·대서〉에서 "성정을 읊어"라고 바꾸어 말했지만, 거기에 또다시 "나라의 사관이……인륜의 폐지를 아파하며 형벌과 정책의 가혹함을 슬퍼했다"는 조건을 달았으니, 단장취의하여 "감정을 풀어낸"

---

113) ≪晉書≫ 卷49 本傳.

114) 역자주 : 안연지(384~456), 자는 연년延年, 시호는 헌자憲子, 낭야琅邪(지금의 산동 임기시臨沂市) 사람. 남조 송나라 때 금자광록대부金紫光祿大夫의 벼슬을 지냈다. 도연명과 교유하여 〈도징사뢰陶徵士誄〉를 지었고, 사령운謝靈運과 함께 "안사"로 병칭되었다. 〈오군영五君詠〉 5수와 〈도징사뢰陶徵士誄〉 등의 작품이 전한다.

115) 역자주 : ≪文選≫ 卷23 阮籍 詠懷詩의 첫 수에 달린 주석이다.

작품을 가리킨 것으로 보기에는 적당하지 않다. 한시에서 "밥을 노래하기"와 "일을 노래하기"를 열거하고, 반고가 "슬픔과 즐거움의 마음"으로 통틀어 말하면서 또한 "각자 자신의 아픔을 말한다"를 특별히 언급한 것은 모두 "뜻을 말한 것"과 구별한 것이지만, 이런 말들은 아무래도 새로운 항목으로 단독 표기할 수는 없다. 이에 육기陸機[116]의 〈문부文賦〉에서 처음으로 "시는 감정을 풀어내어 아름답다詩緣情而綺靡"라는 새로운 말을 빚어내었다. "감정을 풀어내다緣情"라는 어구는 "성정을 읊다吟詠情性"라는 말을 간략화, 보편화한 것이자, 아울러 한시와 반고의 〈예문지〉의 말을 고쳐서 당시 오언시의 지향에 대해 요점을 잡아 명확히 가리킨 것이다. 그는 또한 "부는 사물을 체현하여 뚜렷하다賦體物而瀏亮"라고 말했는데, 똑같이 "사 짓는 사람의 부"의 특징—바로 심약이 이른바 "모양이 흡사한 글"이다—에 대해 요점을 잡아 명확히 가리킨 것이다. 육기로부터 "사물을 체현하기"와 "감정을 풀어내기"는 점차 시에서 힘을 합치기 시작했다. 그는 의도적으로 "사물 체현하기"로써 "감정을 풀어내는" "아름다움綺靡"을 도우려 했다. 그때는 "시를 읊어 뜻을 살피는賦詩觀志" 국면도 있었다고 한다. 간보干寶[117]의 《진기晉紀》에서는 "태시 사년에 임금께서 방림원에 행차하여 뭇 신하들과 연회를 즐기며 시를 읊어 뜻을 살폈다.泰始四年上幸芳林園, 與群臣宴, 賦詩觀

---

116) 역자주 : 육기(261~303), 자는 사형士衡, 오군吳郡 오현吳縣(지금의 강소 소주시) 사람. 아우 육운陸雲과 함께 '이륙二陸'으로 일컬어졌다. 서진西晉 때 평원내사平原內史를 지내 육평원으로 불린다. 〈맹호행猛虎行〉 등 100여 수의 시와 부 27편 및 〈변망론辨亡論〉 등의 문장이 《문선》 등에 다수 수록되어 전한다.

117) 역자주 : 간보(282?~351), 자는 영승令升, 신채新蔡(지금의 하남 신채현) 사람. 동진 때 산기상시散騎常侍를 지냈다. 중국 지괴소설志怪小說의 효시로 여겨지는 《수신기搜神記》 등의 저작이 있다.

志"라고 하였다. 손성孫盛118)의 ≪진양추晉陽秋≫에서는 "산기상시 응정의 시가 가장 좋았다.散騎常侍應貞詩最美"라고 하였다.119) 응정120)의 시는 ≪문선≫ 권20 "공연시公讌詩"에 보이는데, 사언이고 제목은 〈진 무제 화림원집晉武帝華林園集〉이며 임금을 칭송하며 바친 시이다.121) 하지만 일반적인 오언시는 도리어 "감정을 풀어내는" 길을 달리고 있었다. ≪문선≫ 권23에는 반악潘岳122)의 〈죽은 아내의 애도悼亡〉 시 세 수가 있는데, 둘째 수에서 "위로는 동문오에게 창피하고 아래로는 몽의 장자에게 부끄럽다. 시를 읊어 뜻을 말하려 해도 이 뜻은 다 쓰기 어려워라. 운명을 어찌하랴! 오래 슬퍼하니 저절로 비루해진다.上慙東門吳, 下媿蒙莊子. 賦詩欲言志, 此志難具紀. 命也可奈何, 長戚自令鄙"라고 하였다. 이 여섯 구를 모아보면 이른바 "시를 읊어 뜻을 말하는 것"으로, 뚜렷이 인생의 이치를 가리키고 있다. 하지만 세 수 전체에 대해서 논하면 역시 "감정을 풀어내는" 작품이다. 동진東晉에는 "현언시玄言詩"123)가 있었는데 ≪노자≫, ≪장자≫의 문구를 베껴서 한결같이 인생의 이치를 노래하였다. 이러한 시는 일종의 협소한 "뜻을 말하다"의 외뿔 속으

---

118) 역자주 : 손성(?~?), 자는 안국安國, 태원太原(지금의 산서 진중시晉中市) 사람. 동진 때 비서감秘書監을 지냈다. ≪위씨춘추魏氏春秋≫, ≪진양추晉陽秋≫ 등의 역사서를 집필했는데 그 중 일부가 전한다.

119) ≪文選≫ 卷20.

120) 역자주 : 응정(234?~269), 자는 길보吉甫, 여남汝南(지금의 하남 항성시項城市) 사람.

121) 역자주 : 위나라 때 방림원을 지었는데 제왕 조방의 이름을 피하여 화림원으로 고친 것이다.

122) 역자주 : 반악(247~300), 반안潘安이라고도 하며 자는 안인安仁. 중모中牟(지금의 하남 정주시鄭州市) 사람. 〈한거부閒居賦〉, 도망시悼亡詩 등이 유명하다.

123) 역자주 : 현언시는 오묘한 이치를 시로 노래한 것으로, 동진의 손작孫綽, 허순許詢을 비롯하여 왕희지, 도연명 또한 현언시의 풍격으로 지은 작품이 있다. 현실 생활에서 동떨어졌다는 비판을 받았다.

로 파고 들어가 끝내 사라져버렸다. 이에 다시 저 "감정을 풀어내는" 길에 오르게 되었다. 이 시대의 시인 중에는 자신의 뜻을 분명한 언어로 풀어내는 경우도 있었다. 하지만 단지 곤궁과 통달, 출사와 은거만 가리키거나 아니면 결국 인생을 노래하여 "감정을 풀어내는" 작품일 뿐이었다. 도연명의 〈오류선생전五柳先生傳〉에서는 "늘 문장을 지어 스스로 즐거워했는데, 자못 자신의 뜻을 내보였다.常著文章自娛, 頗示己志"라고 하였다. 그는 전원생활에 뜻이 있었고, 또한 전원에서 인생을 체험했다. 이른바 "뜻을 내보이다示志"란 이 두 가지 의미를 아울러서 말한 것이다. 사령운은 〈산거부山居賦〉에서 또한 "종이 펴고 붓을 쥐어……시로써 뜻을 말한다.援紙握管……詩以言志"라고 하였다. 그는 산수의 감상과 깨달음으로부터 자기의 곤궁과 통달, 출사와 은거를 노래했다—그런데 시는 도리어 "사물을 체현하기"로 알려져 있다. 또한 강엄江淹124)의 "잡체雜體" 가운데 혜강嵇康125)을 본뜬 시 한 수에서는(≪문선≫ 권31) "뜻을 말하다言志"로 제목을 달았지만 도리어 인생의 이치를 노래하는 것을 중심으로 한다.

육조126) 시대 사람들이 시를 논할 때는 "뜻을 말하다"라는 말을 곧바로 쓰는 일이 적었다. 그들은 한편으로는 시의 "감정을 풀어내

---

124) 역자주 : 강엄(444~505), 자는 문통文通, 송주宋州 제양濟陽(지금의 하남 상구시商丘市) 사람. 양나라 때 산기상시를 역임하고 예릉후醴陵侯에 봉해졌다. 〈잡체시雜體詩〉 30수 및 〈한부恨賦〉, 〈별부別賦〉 등의 작품이 있다.

125) 역자주 : 혜강(224?~263?), 자는 숙야叔夜, 초국譙國(지금의 안휘 회북시淮北市) 사람. 위나라 때 중산대부中散大夫를 지냈다. 사마씨의 정권에 협조하지 않아 죽임을 당했다. 금琴 연주에 조예가 깊어 〈금부琴賦〉, 〈성무애락론聲無哀樂論〉 등의 문장을 남겼고, 〈송수재입군시送秀才入軍詩〉 등 50여 수의 시가 있다.

126) 역자주 : 육조는 장강 하류를 중심으로 하는 오吳, 동진東晉, 송宋, 제齊, 양梁, 진陳 등의 여섯 왕조를 가리킨다. 북쪽 지역과 달리, 물산이 풍부하고 한대 이래의 전통 문화를 잘 간직한 것을 특징으로 한다.

기” 기능을 내세우려고 하면서도 한편으로는 또한 감히 “시는 뜻을 말한 것”의 전통을 무시하지 못했다. 그들은 “뜻”의 개념을 완전히 놓아버릴 용기는 없었다. 오로지 육기의 “감정을 풀어내기” 주장만 쓰면서 할 수 없이 “시는 뜻을 말한 것”이라는 말로 간판만 바꾸어 “시는 감정을 풀어낸 것”이라는 말을 암시할 따름이었다. 범엽范曄127)의 ≪후한서≫에서 이른바 “뜻을 드러내다見志”가 곧 이와 같은데 이미 앞에서 인용했다. 또한 심약의 ≪송서・사령운전론≫에서는 “사람은 천지의 영험함을 받아 오상의 덕을 품었는데 굳셈과 부드러움이 번갈아 쓰이고 기쁨과 노여움이 감정을 나눈다. 뜻이 마음에서 움직이면 노래가 밖으로 나온다……民稟天地之靈, 含五常之德, 剛柔迭用, 喜慍分情. 夫志動於中, 則歌詠外發……”라고 하였다. 이 글에서는 비록 “육의六義”와 “사시四始”를 언급하기는 했지만,128) “교화風化”나 “풍자風刺”의 이론은 전혀 내세우지 않았다. “뜻이 마음에서 움직이면”은 바로 〈모시서・대서〉의 “감정이 속에서 움직이면情動於中”이다. “굳셈과 부드러움”은 성품이고 “기쁨과 노여움”은 감정임이 분명하니, 일반적인 성품과 감정이 곧 심약이 말하는 “뜻”이다. 이는 역시 〈모시서・대서〉에서 말하는 “성정을 읊기”이니, 그저 갑자기 단장취의 식으로 그런 부대조건으로 가버린 것이다.129) ≪문심조룡≫ 〈명시明詩〉편에서는 “사람은 일곱 가지

---

127) 역자주 : 범엽(398~445), 자는 울종蔚宗, 남양(지금의 하남 남양시) 사람. 남조 송나라 때 선성태수宣城太守로 있으면서 ≪후한서≫를 지었다.

128) 역자주 : 앞의 인용구에 뒤이어 “(이 노래는) ≪시경≫의 원리인 풍, 부, 비, 흥, 아, 송 등의 육의가 기대는 바이자 ≪시경≫의 체재인 풍, 소아, 대아, 송이 달린 것으로, 위아래로 오르내리며 노래 불러서 작품이 매우 많았다.六義所因, 四始攸繫, 升降謳謠, 紛披風什”라는 구절이 있다.

129) 역자주 : 인용된 심약의 글에서 감정을 논하는 듯하다가 갑자기 뜻에 대해 옮겨간 것을 가리킨다.

감정을 타고났는데 사물에 반응하여 이를 느낀다. 사물에서 느끼어 뜻을 읊으니 본디 그러함이 아닌 것이 없다.人稟七情, 應物斯感. 感物吟志, 莫非自然." 이 "뜻"은 "일곱 가지 감정"을 가리킨 것이 분명하다. "사물에서 느끼어 뜻을 읊은 것"이 "본디 그러함이 아닌 것이 없다"면, "감정을 풀어내기"의 효용도 그 속에 포함되어 있는 것이다. 〈시품서詩品序〉에서는 "기는 사물을 움직이고 사물은 사람을 감동시키니 성정을 뒤흔들어 춤과 노래로 나타낸다.氣之動物, 物之感人, 故搖蕩性情, 形諸舞詠"라고 하고 그 뒤에 사시사철과 인생만사를 열거하고는 다시 "이 갖가지 일이 마음을 뒤흔드니 시를 쓰지 않고서야 어찌 그 뜻을 펼치리오. 노래를 뽑지 않고서야 어찌 그 감정을 풀어내리오. 그래서 '시로 무리를 지을 수 있고 원망할 수 있다'라고 하였으니, 가난한 사람을 마음 편히 해주고 은거하는 사람이 괴로움 없게 해주는 것은 시보다 나은 것이 없다.凡斯種種, 感蕩心靈, 非陳詩何以展其義. 非長歌何以騁其情. 故曰, 詩可以群, 可以怨. 使窮賤易安, 幽居靡悶, 莫尙於詩矣"라고 하였다. 여기서는 "성정性情"과 "마음心靈"만 말하고 "뜻志"이란 말은 꺼내지 않았다. 하지만 "시를 써서 뜻을 펼치다陳詩展義"와 "노래를 뽑아 감정을 풀어내다長歌騁情", "가난한 사람을 마음 편히 해주는 것窮賤易安"과 "은거하는 사람이 괴로움 없게 해주는 것幽居靡悶"은 모두 "뜻을 말하기"와 "감정을 풀어내기"의 구별이 되고, 또한 공자의 말을 인용했으니 전통을 존중하는 표현임이 더욱 분명하다. 그러나 공자는 시 읽기를 논한 것인데 종영이 "시로 무리 지을 수 있고 원망할 수 있다"고 인용한 것은 도리어 시 짓기를 논하는 데에 전용한 것이다― "감정을 일으킬 수 있고, 세상을 살필 수 있다.可以興, 可以觀"는 의미가 분명하여 전용할 수 없으므로 빼버렸다. 건안시기 이후에는 시인이 있었으므로 시를 논할 때는 자연스럽게 시 짓기에 초점을 맞추게 되었다.

양나라 배자야裴子野[130]는 〈조충론雕蟲論〉을 지어 당시의 시 짓는 사람을 비판했다. 그는 다음과 같이 말했다.

> 옛날에 사시와 육의는 한데 모으면 시가 되었다. 사방의 국풍을 드러내었고 군자의 뜻도 밝혔다. 좋은 일을 권하고 나쁜 일은 바로잡으니 왕의 교화가 이에 뿌리를 두었다.……송 초에 원가 연간(문제)에 이르기까지는 경전과 역사서를 많이 지었다. 대명 연간(효무제)에는 실로 문학을 좋아했다.……이로부터 여염의 젊은이와 한가한 귀족 청년들이 경전을 팽개치고 성정을 읊지 않는 이가 없었다. 배우는 이들은 잡다한 노래를 급선무로 삼고 경전 장구는 우매하다고 여겼다. 화려한 글이 경전을 깨부수고 찬란하게 공을 세웠다. 관현악을 입히는 일은 없었고 예의에서 그치는 일도 없었다. 깊은 마음은 꽃과 나무를 중심에 두었고 큰 뜻은 바람이나 구름을 끝까지 그리고자 했다. 흥은 부박하고 뜻은 나약하며 교묘하되 요긴하지는 않고 은미하되 심오하지는 않았다.
>
> 古者四始六義,[131] 總而爲詩. 旣形四方之風, 且彰君子之志. 勸美懲惡, 王化本焉.……宋初迄于元嘉,[132] 多爲經史. 大明之代, 實好斯文.……自是閭閻少年, 貴游總角, 罔不擯落六藝, 吟詠情性. 學者以博依爲急務, 謂章句爲專魯, 淫文破典, 斐爾爲功. 無被於管絃, 非止乎禮義. 深心主

---

130) 역자주 : 배자야(469∼530), 자는 기원幾原, 하동河東 문희聞喜(지금의 산서 운성시運城市) 사람. 역사학자 배송지裴松之의 증손자. 양나라 중서시랑을 지냈다. 《방국사도方國使圖》, 《송략宋略》, 《제량춘추齊梁春秋》 등의 저작이 있다.

131) 역자주 : 明刻本 등 현재 통용되는 판본에는 "六義"가 "六藝"로 되어 있지만 문의와 맥락상 원문의 "六義"에 따르는 것이 합당하다.

132) 역자주 : 역시 현재 통용되는 판본에는 "嘉"가 "壽"로 되어 있으나 원문의 "嘉"가 옳다고 판단된다.

卉木, 遠志極風雲.133) 其興浮, 其志弱, 巧而不要, 隱而不深.(≪文苑英華≫ 권742)

그는 경학을 회복해야 한다고 주장하고, 또한 "시는 뜻을 말한 것"의 전통을 회복해야 한다고 주장한다. 시는 최소한 곤궁과 통달, 출사와 은거를 노래해야지, "꽃과 나무", "바람이나 구름"에서 맴돌고 있으면 안 된다는 것이다. 그가 비판하는 것은 "감정을 풀어내기"와 "사물을 체현하기"의 시이다. 그가 인용한 "성정을 읊다"라는 말은 사실 "감정을 풀어내기"를 가리켜서 한 말이다. 이것은 일반적인 조화론자의 속임수를 폭로한 것이다. 다만 그는 "뜻을 말하다"와 "성정을 읊다"의 차이는 잡아냈지만, "큰 뜻"과 "뜻은 나약하며"에서는 도리어 이른바 "뜻志"과 "감정情"을 한데 뒤섞어 버렸다. 여기서 용어의 일반적인 용례의 영향이 크다는 것을 알 수 있다. 〈조충론〉으로는 "감정을 풀어내기"에 빠진 오언시의 추세를 결코 돌이킬 수 없었고, "뜻"의 전통적인 용례는 더더욱 회복할 수 없었다. 반대로 "감정"과 "뜻"의 모호함 또는 어울림의 용례가 도리어 점차 표준화되었다. 당나라 공영달의 ≪모시정의≫에서는 〈모시서·대서〉의 "시란 뜻이 가는 것이다. 마음에 있으면 뜻이고, 말로 꺼내면 시이다."라는 몇 구절을 다음과 같이 해석한다.

이는 또한 시 짓기의 유래를 풀이한 것이다. 시란 사람의 뜻이 가는 것이다. 가는 곳이 있으되 입으로 꺼내지 않고 마음에 감추어두면 뜻이라고 한다. 말로 나타내어야 시라고 부른다. 시 짓기란 마음 속

---

133) 역자주 : 통용되는 판본에는 "志"가 "致"로 되어 있으나 원문의 맥락에 따라 "志"로 표기했다.

뜻이 응어리진 것을 풀어내어 끝내 노래가 된 것이라고 말한 것이다. 그래서 ≪우서≫에서 시는 뜻을 말한 것이라고 한 것이다. 오만 생각을 담는 것을 마음이라고 부른다. 사물을 느껴 움직여야 뜻이라고 부른다. 뜻이 가는 곳에서 바깥 사물이 느껴진다. 기뻐하는 뜻이면 즐거움이 일어나 칭송이 지어지고, 근심하는 뜻이면 슬픔이 일어나 원망과 풍자가 나타난다고 말한 것이다. ≪한서≫ 〈예문지〉에서 "슬픔과 즐거움의 감정이 느껴지면 노래 소리가 생긴다"라고 한 것은 이것을 말한 것이다.

此又解作詩所由. 詩者, 人志意之所之適也. 雖有所適, 猶未發口, 蘊藏在心, 謂之爲志. 發見於言, 乃名爲詩. 言作詩者, 所以舒心志憤懣, 而卒成於歌詠. 故虞書謂之詩言志也. 包管萬慮, 其名曰心, 感物而動, 乃呼爲志. 志之所適, 外物感焉. 言悅豫之志則和樂興而頌聲作, 憂愁之志則哀傷起而怨刺生. 藝文志云, 哀樂之情感, 歌詠之聲發, 此之謂也.

여기서 "마음 속 뜻이 응어리진 것을 풀어내어", "사물을 느껴 움직여야 뜻이라고 부른다", "기뻐하는 뜻", "근심하는 뜻"은 모두 "뜻을 말하기"와 "감정을 풀어내기" 양쪽으로 해석이 가능한 모호한 말이다. 공영달의 시경학은 위로 육조를 이었는데, 육조의 시론이 경학에 영향을 주는 것이 불가피하여 그에게도 간접적으로 영향을 줄 수밖에 없었다. 이는 바로 시대가 그렇게 만든 것이다. "뜻"과 "감정"이 혼동되는 용례가 이미 경학에서 받아들여져 〈모시서·대서〉의 몇 구절을 해석하는 데에 쓰였으니, 이 용례는 곧 표준화되고 더욱 권위가 있게 되었다.

하지만 "뜻을 말하다"라는 말을 그대로 쓰면 그렇게 혼동이 될 수는 없다. 이 말이 풍자나 칭송의 본래 의미로 쓰는 일은 점차 적어졌지만, 여전히 곤궁과 통달, 출사와 은거에 붙어서 정치 교화에서 벗어나지 않았다. 당대 이백의 〈봄날 취기에 일어나 뜻을 말하다.春日醉起言志〉라는 시에서는 다음과 같이 말한다.

處世若大夢, 세상살이 한바탕 꿈같은데
胡爲勞其生. 뭐하러 고생하며 살지?
所以終日醉, 그래서 온종일 취해
頹然臥前楹. 쓰러져 앞 기둥에 누웠지.
覺來眄庭前, 깨어나 앞마당 얼핏 보니
一鳥花間鳴. 꽃밭에서 우는 새 한 마리.
借問此何時, 어디보자 지금이 언제인가
春風語流鶯. 봄바람이 꾀꼬리에게 말을 거네.
感之欲歎息, 시절을 느끼니 탄식이 나와
對酒還自傾. 술상 앞에서 또 혼자 잔 기울인다.
浩歌待明月, 소리 높여 노래하며 밝은 달 기다리다
曲盡已忘情. 곡이 다하니 벌써 감정이 사라졌네.(≪李太白集≫ 卷24)

여기서는 인생의 이치를 노래하는데, 은일자의 세계관이자 또한 출사와 은거의 회포이기도 하여 "뜻을 말하다"로 제목을 붙인 것이다. 또한 백거이의 〈갓 호조참군 직을 받아 기뻐서 뜻을 말하다初題戶曹喜而言志〉에서는 이렇게 말한다.

詔授戶曹掾, 조서로 호조의 관직을 주시니
捧認感君恩. 임명장을 받들고 임금 은혜에 감사하네.
感恩非爲己, 은혜에 감사하는 것은 나 때문이 아니라
祿養及吾親. 녹봉으로 우리 부모님 모실 수 있어서이지.
弟兄俱簪笏, 형제들 모두 예복을 차려입고
新婦儼衣巾. 아내는 옷과 허리 수건 갖추었네.

羅列高堂下, 큰집에 늘어서서
拜慶正紛紛. 인사 올리느라 분주하구나.
俸錢四五萬, 봉급 사 오만은
月可奉晨昏. 다달이 아침저녁 차려드릴 만하고
廩祿二百石, 녹미 이백 섬은
歲可盈倉囷. 해마다 곳간을 채우겠다.
喧喧車馬來, 시끌벅적 수레 소리
賀客滿我門. 하객이 대문에 가득하다.
不以我爲貪, 나를 탐관오리로 보지 않는 건
知我家內貧. 우리 집 가난한 줄 알기 때문.
置酒延賀客, 술상 차려 하객 맞이하니
客容亦歡欣. 손님 얼굴도 기쁨 가득.
笑云今日後, 하하하 오늘부터
不復憂空尊. 다시는 이 집 술통 빌 걱정 없겠군.
答云如君言, 당신 말씀대로요
願君少逡巡. 눈치 보지 말고 드시오.
我有平生志, 내 평소의 뜻한 바 있는데
醉後爲君陳. 취했으니 여러분께 말하리다.
人生百歲期, 인생 백세라지만
七十有幾人. 칠십까지 사는 이 몇이나 있겠소.
浮榮及虛位, 부질없는 영화 헛된 자리
皆是身之賓. 모두 내게는 손님일 뿐.
唯有衣與食, 오직 입을 것 먹을 것이
此事粗關身. 나와 조금 관계있지요.
苟免饑寒外, 대충 굶주림과 추위만 벗어나면
餘物盡浮雲. 나머지는 다 뜬구름이외다.(≪白氏長慶集≫ 권5)

이 역시 곤궁과 통달, 출사와 은거의 회포로, 이른바 "평소의 뜻"

이란 사회 진출의 관점이다. 백거이는 〈원진에게 주는 편지與元九書〉에서 자신의 시를 "풍유시諷諭詩", "한적시閑適詩" 등 네 부류로 나누었는데, 이 작품은 "한적시"에 들어있다. 그는 다음과 같이 말한다.

> 제 뜻은 세상을 두루 구제하는 데에 있지만 행동은 나 혼자 수양하는 데에 있습니다. 받들어서 시종일관하는 것은 도이고, 말하여 밖으로 꺼낸 것은 시입니다. 풍유시라는 것은 두루 구제하는 뜻입니다. 한적시라는 것은 혼자 수양하는 뜻입니다. 그러니 제 시를 읽으면 제 도를 알 수 있습니다.
> 僕志在兼濟, 行在獨善. 奉而始終之則爲道, 言而發明之則爲詩. 謂之諷諭詩, 兼濟之志也. 謂之閑適詩, 獨善之義也. 故覽僕詩, 知僕之道焉.

"세상을 두루 구제"하는 "풍유시"는 물론 모두가 "뜻을 말한 것"이지만, "나 혼자 수양"하는 "한적시"도 분명히 일부분은 "뜻을 말한 것"이다. 이는 "뜻을 말한 것"의 풍자와 칭송이라는 본래의 의미와, 곤궁과 통달, 출사와 은거라는 파생된 의미가 각각 나뉘어 적용된 대표적 사례이다. "세상을 두루 구제함"과 "나 혼자 수양함"이라는 말로 이 두 가지 가치를 나타내는 것이 가장 간결하고 명확하다. 백거이가 말한 "받들어서 시종일관하는 것은 도이고, 말하여 밖으로 꺼낸 것은 시입니다"는 앞에서 인용한 육가의 〈신어〉와 대체로 같은데, 결국 육조시대의 "문장을 따라 도를 밝힌다因文明道"는 설의 영향을 받은 것이다.[134] 이대로라면 "시는 뜻을 말한다"는 그야말로 "시로 도를 밝힌다詩以明道"가 된다─이 "도"는 정치 교화만 가리킨다.

---

134) 《文心雕龍・原道》, "도는 성인을 따라 문장을 드리우고, 성인은 문장을 따라 도를 밝힌다.道沿聖以垂文, 聖因文而明道."

이 또한 "시는 뜻을 말한 것"의 본뜻을 드러낼 수 있다. 한편 남송 왕
응린王應麟135)의 ≪곤학기문困學紀聞≫ 권18에서는 다음과 같이 말한다.

시는 뜻을 말한 것이다. "아름드리 나무둥치는 끝내 들보가 되리니
좋은 쇠로는 고리를 만들지 않는다."(단주군 청사 벽에 쓴 시)는 포
효숙의 뜻이요, "사람 마음은 막 더위를 겁내는데 물에 떠서 홀로
바람에 흔들린다."(연꽃 시)는 풍청민의 뜻이다.
詩言志. 秀榦終成棟, 精鋼不作鉤(端州郡齋壁詩), 包孝肅之志也. 人心
正畏暑, 水面獨搖風(荷花詩), 豊淸敏之志也.136)

세 가지 비유는 포증包拯137)과 풍직豊稷138)의 사람됨을 상징한
다. 이는 덕성을 표현한 시이자, "뜻을 말한" 시이기도 하다. 그리고
덕성은 "도"의 항목 가운데 하나이다.
"시는 뜻을 말한 것"의 전통은 두 차례의 파생과 확장을 거친 뒤
에도 시종일관 우뚝 솟아있었다. "시는 감정을 풀어낸 것"이라는 새
로운 전통도 발전하고 있었지만, 늘 그저 옛 전통의 그림자에 가려
서 얼굴을 내밀 수가 없었다. 청대에 이르러 기윤이 시를 논할 때
도 여전히 "감정을 꺼내더라도 예의에 머물 필요는 없다.發乎情而

---

135) 역자주 : 왕응린(1223~1296), 자는 백후伯厚, 호는 심녕거사深寧居士, 경원부慶元府
은현鄞縣(지금의 절강 영파시寧波市) 사람. 학문은 주자의 영향을 받았고 고증에 뛰
어났다. 저서로 ≪삼자경三字經≫, ≪곤학기문困學紀聞≫, ≪옥해玉海≫ 등이 전한다.

136) 翁元圻의 주석을 참고하라. 역자주 : 옹원기의 주석에는 포증, 풍직에 대한 인물 소개
가 실려 있다.

137) 역자주 : 포증(999~1062), 자는 희인希仁, 시호는 효숙. 여주廬州 합비合肥(지금의
안휘 합비시) 사람으로 벼슬은 추밀부사樞密副使, 급사중給事中에 이르렀다. 청렴함과
공정함으로 유명하여 '포청천包靑天'으로 불렸다.

138) 역자주 : 풍직(1033~1107), 자는 상지相之, 시호는 청민. 명주明州 은현鄞縣(지금의
절강 영파시) 사람으로 벼슬은 어사중승御史中丞, 예부상서禮部尙書에 이르렀다. 역시
청렴함으로 이름이 났다.

不必止乎禮義"고 하는 일파의 죄를 육기의 이 말에 책임을 지우면
서 "그것은 끝내 그림을 잡다하게 늘어놓는 지경에 이른다.其究乃至
於繪畫橫陳"고 하였으니,139) 증거로 삼을 만하다. 그 사이에는 문단
의 혁명가라고 하더라도 감히 이 전통을 저버리지 못했으니, 그것은
너무나 오래되었기 때문이다. 예컨대 명대 공안파公安派140)가 시를
말할 때 "정감을 나타내는 것을 위주로 한다.以發抒性靈爲主"141)라
고 했지만, 경릉파竟陵派142)는 약간 달랐다. 종성鍾惺은 〈추우곡이
백문에 온 것을 기뻐하여 중추절 밤 여러 명사들이 유원에 함께 모
여 읊은 시의 서문喜鄒愚谷至白門以中秋夜諸名士共集兪園賦詩序〉의
끝에서 이렇게 말했다.

신과 비녀가 어수선해도 고아한 사람은 외로운 마음 스스로 챙기고,
악기와 노랫소리 시끄러워도 고요한 사람은 오묘한 이치에 능히 통달
한다. 각기 시를 들어서 뜻을 말하고, 사물을 체현하여 시절을 적는다.
履簪雜遝, 高人自領孤情. 絲肉喧闐, 靜者能通妙理. 各稱詩以言志, 用
體物而書時.143)

---

139) 〈雲林詩鈔序〉, ≪紀文達公文集≫ 卷9.

140) 역자주 : 공안파는 명대 후기 호북 공안(지금의 형주시荊州市) 사람인 원굉도袁宏道
   (1568~1610, 자는 중랑中郞), 원종도袁宗道(1560~1600, 자는 백수伯修), 원중
   도袁中道(1576~1626, 자는 소수小修) 및 강영과江盈科(1553~1605, 자는 진지進之), 도망
   령陶望齡(1562~1609, 자는 주망周望) 등을 중심으로 하는 문학 유파이다. 그들의 주
   장은 이전의 복고주의에 반대하여 틀에서 벗어나 솔직한 감정을 펴내자는 구호로 요
   약된다. 소품문小品文 등의 산문 및 시가에서 명성을 높였다.

141) 袁中道는 ≪珂雪齋文集≫ 권2 〈阮集之詩序〉에서 "원굉도는……정감을 나타내는 것을
   위주로 했다.中郞……以發抒性靈爲主"라고 했다.

142) 역자주 : 경릉파는 명대 후기 호북 경릉(지금의 천문시天門市) 사람인 종성鍾惺(1574~1624,
   자는 백경伯敬), 담원춘譚元春(1586~1637, 자는 우하友夏)을 중심으로 하는 문학 유
   파이다. 종성과 담원춘은 시선집인 ≪시귀詩歸≫를 출판하여 큰 인기를 끌었다. 공안
   파가 천박하다고 반대하여 험괴한 시를 추구했다.

143) 明 鄭元勳 ≪媚幽閣文娛≫ 鉛印本 92쪽에 보인다. ≪鍾伯敬合集≫을 검색하면 이 글
   은 수록되어 있지 않다.

"시를 들어 뜻을 말하고" 아울러 "사물을 체현하여 시절을 적는 다." "사물을 체현하기"와 "시절을 적기"는 "감정을 풀어내기"의 한 측면이지만 "외로운 마음"과 "오묘한 이치"는 결국 인생의 이치이 다. 시는 "뜻을 말하기"와 "감정을 풀어내기" 두 쓰임새를 아우르지 만, 이른바 "뜻을 말하고"는 아무래도 옛 전통에 귀의한 것이다. 또한 담원춘譚友夏은 〈왕선생 시의 서문王先生詩序〉에서 이렇게 말했다.

> 나는 또한 그와 옛 일을 이야기하다가 이런 말을 들었다. "시는 성 정을 말한 것이오.……성정이란 도에 가까운 물건이오. 도에 가까우 니 옛 사람은 그로써 미묘한 생각을 부친 것이오."
> 予又與之述故聞曰, 詩以道性情也.………夫性情, 近道之物也. 近道者, 古人所以寄其微婉之思也.[144]

여기서는 비록 "성정을 말한 것"이라고만 하고 "뜻을 말한 것"은 꺼내지 않았지만, 이른바 "도에 가까운 물건"과 "미묘한 생각"은 사 실 역시 "뜻을 말한 것"의 논리이다. 청대 원매袁枚[145]도 문단의 혁 명가라고 할 수 있는데, 시를 논할 때 역시 정감性靈을 위주로 하였 다. 그에 이르러서야 "시는 뜻을 말한 것"이라는 의미가 다시 한 걸 음 나아가 육기의 "시는 감정을 풀어낸 것"이라는 의미와 차이 없 이 하나로 묶어서 말하게 되었다. 그는 〈소후암 태수에게 주어 두

---

144) ≪譚友夏合集≫ 卷9.

145) 역자주 : 원매(1716~1798), 자는 자재子才, 호는 간재簡齋, 창산거사倉山居士, 수원 주인隨園主人. 전당錢塘(지금의 절강 항주시杭州市) 사람. 하급 관료로 각지를 전전하 다가 은퇴하여 지금의 남경南京 소창산小倉山 수원隨園에 은거하며 제자를 양성했는 데 여성 제자가 많았던 것으로 유명하다. 공안파의 문학 주장을 계승 발전시킨 성령 설性靈說을 내세워서 시가 창작에서 진실한 감정 표현을 중시했다. ≪소창산방시문집 小倉山房詩文集≫, ≪수원시화隨園詩話≫, ≪자불어子不語≫ 등의 저작이 있다.

다촌의 글을 논한 편지與邵厚庵太守論杜茶村文書〉에서 이렇게 말했다.

> 시는 뜻을 말한 것이다. 고생하는 사람이나 임이 보고픈 부인이나
> 모두 시로 말할 수 있으니 ≪시경≫이 모두 배운 사람이 지은 것은
> 아니다.
> 詩言志. 勞人思婦都可以言, 三百篇不盡學者作也.(≪小倉山房文集≫
> 권19)

고생하는 사람이든 그리워하는 부인이든 모두 "뜻을 말하고" 있다는 것은 이전 사람이 꺼낸 적이 없는 말이다. 그러나 ≪수원시화隨園詩話≫라는 글에서 그는 또한 이렇게 말했다.

> ≪시경≫은 태반이 고생하는 사람이나 임이 보고픈 부인이 마음 가는
> 대로 감정을 말한 것이다.
> 三百篇半是勞人思婦率意言情之事.

그러면 그가 말한 "뜻을 말한 것"과 "감정을 말한 것"은 하나의 의미가 된다. 이는 "시는 뜻을 말한 것"에서 세 번째로 파생된 의미로, "밥을 노래하기"와 "일을 노래하기", "슬픔과 즐거움의 마음"과 "각자 자신의 아픔을 말한다"와 같은 말을 포괄하게 된다.

원매는 "시는 뜻을 말한 것"에 여러 가지 의미가 있을 수 있다고 여겼다. 〈이소학에게 다시 답하는 편지再答李少鶴書〉에 그의 생각이 열거되어 있다.

서찰에서 말씀하신 "시는 뜻을 말한 것"에서 역대로 이백, 두보, 육
유陸游의 뜻을 드신 것은 옳습니다. 그러나 또한 너무 구애받아서는
안 됩니다. 시인은 평생의 뜻도 있고, 하루의 뜻도 있고, 시 바깥의
뜻도 있고, 세상일 바깥의 뜻도 있으며, 우연히 흥이 이르러 풍경 속
을 노닐다 눈앞의 사물을 대하여 시를 짓는 뜻도 있습니다. "뜻"은
한 가지 관점만 사수해서는 안 됩니다. 사안謝安이 동산에서 노닐던
것과 한희재가 기녀들과 질펀하게 논 것이 어찌 그들의 본뜻이었겠
습니까.146)

來札所講詩言志三字, 歷擧李杜放翁之志, 是矣, 然亦不可太拘. 詩人有
終身之志, 有一日之志, 有詩外之志, 有事外之志, 有偶然興到, 流連光
景, 卽事成詩之志. 志者不可看殺也. 謝傅遊山, 韓熙載之縱伎, 此豈其
本志哉.(≪小倉山房尺牘≫ 권10)

여기서 "뜻"은 "감정"과 혼동된다. 열거한 각 항목은 경계가 완전
히 뚜렷하지는 않다. "평생의 뜻"은 출사와 은거, 곤궁과 통달인 듯
하고, "세상일 바깥의 뜻"은 세상 초탈의 인생관인 듯하다. 이들은
옛 전통과 부합한다. 예로 든 "사안이 동산에서 노닐던 것"도 "시는
뜻을 말한다"의 옛 뜻에 부합하는 것은 앞에서 이미 논했다. "한희
재가 기녀들과 질펀하게 논 것"은 아마도 이른바 "시 바깥의 뜻"일
터인데, 바로 고시古詩에서 말한 "즐거운 일은 때맞춰서 해야지行樂
須及時"이다.147) 하지만 "감정을 꺼내면서" "예의에 머물지" 않는

---

146) 역자주 : 사안(320~385)은 동진의 정치가로 젊은 시절 회계會稽(지금의 절강 소흥시
紹興市)의 동산東山에 20년 간 은거하며 왕희지, 손작孫綽 등과 교유하고, 가기歌妓
를 데리고 산수를 유람하였다. 조정에서 아무리 벼슬을 주며 부르고 심지어 불이익을
주어도 사양하다가 사십이 넘어서야 대장군 환온桓溫의 부름에 응하여 활동을 시작했
고, 나중에는 전진前秦의 공격을 막아 나라를 지키는 큰 공을 세웠다. ≪세설신어世說
新語≫에 여러 일화가 전한다. 한희재(902~970)는 남당南唐의 정치가로 본디 북쪽의
후당後唐 출신이었다. 병부상서 등 고위직을 역임했으나 국세가 위축되고 북방 출신이
라는 이유로 견제를 받자 밤마다 연회에 손님을 부르고 가기의 공연을 벌이며 술에
빠져 시름을 달랬다. 〈한희재야연도韓熙載夜宴圖〉에 당시의 정황이 그려져 있다.

것은 그저 "감정을 풀어낸 것"이나 "감정을 말한 것"일뿐, 전통적인 "뜻을 말한 것"은 아니다. 그러나 원매가 말한 "감정을 말한 것"은 또한 "감정을 풀어낸 것"과도 다르다. 그는 〈줍원에게 답하며 시를 논한 편지答蕺園論詩書〉에서 백거이와 두목杜牧[148]을 본받고 싶으며, 자기의 "감정을 풀어낸 시緣情詩"를 버리고 싶지 않다고 했다. 또한 "감정에서 가장 우선하는 것으로 남녀의 사랑만한 것이 없다. 情所最先, 莫如男女"라는 말도 있다.(≪小倉山房文集≫ 권30) 그렇다면 그가 말한 "감정을 풀어낸 시"는 단지 남녀의 사랑하는 감정을 그린 작품이다. 이것은 분명코 육기의 원래 말을 곡해한 것이다. 그러나 그가 예로 든 "기녀들과 질펀하게 논 것"의 예에 따르면 이런 협의의 "감정을 풀어낸 시"도 "뜻을 말한 것"으로 칠 수 있다. 이렇게 "뜻을 말하는" 시는 오히려 우리 현대의 번역어인 "서정시 抒情詩"[149]와 같은 뜻이 된다. "시는 감정을 풀어낸 것"이라는 전통은 이 시대에 이르러서야 참으로 고개를 들게 된 셈이다. 현재는 더욱이 사람들이 "뜻을 말한 것"과 "도를 실은 것道"의 두 파로 중국문학사의 발전을 논하며 이 두 가지 조류가 서로 엎치락뒤치락하는 것으로 설명한다. 이른바 "뜻을 말한 것"은 "사람마다 모두 자유롭게 자기가 하고픈 말을 하는 것"이다. 이른바 "도를 실은 것"은 "문학을 도구로 하고 이 도구를 빌어 별도의 더 중요한 것—도

---

147) 역자주 : 고시십구수 중 〈生年不滿百〉의 "즐거운 일은 제 때에 해야지, 어떻게 다음을 기다리나.爲樂當及時, 何能待來玆'를 가리키는 듯하다.

148) 역자주 : 두목(803~852?), 자는 목지牧之, 호는 번천거사樊川居士, 경조京兆(지금의 섬서 서안시西安市) 사람.칠언절구와 영사시詠史詩에 뛰어났다. ≪번천집樊川集≫ 등의 저작이 있다.

149) 역자주 : 서정시는 영어로 lyric poetry라고 하는데, 희랍의 '리르'(lyre)라는 현악기 반주에 맞추어 노래하던 전통에서 비롯된 용어이다. 일반적으로 개인의 감정을 독백으로 읊은 시를 말한다.

─을 나타내는 것"이다.150) 이는 다시 "뜻을 말한 것"의 의미를 한 걸음 확장한 것으로, 시에 국한하지 않고 중국문학 전체를 포괄한 것이다. 이런 국면은 원매의 영향에다가 외래의 "서정" 개념─"서 정"이라는 말은 우리 고유의 것이지만 현재 담긴 뜻은 역시 외래의 것이다─이 더해져 만들어진 것이라고 말하지 않을 수 없다. 지금 "뜻을 말하다"의 이 새로운 의미는 이미 사회적 관습의 지위에 다 다른 것 같다. 용어 의미의 파생과 변천에는 본디 자연스러운 추세 가 있게 마련이니 이상하게 여길 것도 없다. 다만 우리는 이 새로 운 의미가 확장되어 "'문장으로써 도를 싣다文以載道'와 '시로써 뜻 을 말하다詩以言志'는 근원이 실로 하나이다."151)에 이르렀음을 알 아야 한다.

"시는 뜻을 말한다"라는 말과 거의 동시대나 더 이른 시기에 "말 로 뜻을 충분히 전한다言以足志"라는 말도 있었다. ≪좌전≫ 양공 25년에는 공자가 자산을 칭찬한 말이 인용되어 있다.

기록(옛 책)에 이런 말이 있다. "말로 뜻을 이루고 문채로 말을 이룬 다." 말하지 않으면 누가 그의 뜻을 알겠는가. 말에 문채가 없으면 행하여도 멀리까지 전해지지 않는다. 진이 패자인데 정이 진陳에 침 입했다. 문채 있는 말이 아니고서는 공적이 되지 못하므로 말을 삼 간 것이다.152)

---

150) 鄧恭三 記錄, ≪中國新文學的源流≫, 37쪽, 34쪽. 역자주 : 주작인周作人의 강연을 정리 하여 1932년 北平 人文書店에서 출판한 책이다. 金喆洙 역, ≪中國新文學講話≫, 乙 酉文化社, 1970, 36~37쪽 참조.

151) ≪山谷全書≫ 청나라 盛炳煒가 지은 서문의 말.

152) 역자주 : 양공 25년에 정은 진陳의 공격에 보복 침입하여 항복을 받은 뒤 당시의 패 자인 진晉에 자산을 사신으로 보내어 전리품을 바쳤다. 진에서 정의 침입 행위에 대 해 따지자 자산이 조목별로 답변하니, 진에서는 그 말이 순리에 맞다고 여겨 정의

志有之, 言以足志, 文以足言, 不言誰知其志. 言之無文, 行而不遠. 晉
爲伯, 鄭入陳, 非文辭不爲功, 愼辭也.

두예는 "'足'은 '이루다'와 같다.足, 猶成也"라고 풀이하였다. ≪좌
전≫의 기록과 공자의 해석에 따르면 "말言"은 "직언直言"이고[153]
"문채文"는 "문채 있는 말文辭"이다. 말로 뜻을 이룬다는 것은 단지
설명일 뿐이다. 문채로 멀리 전해진다는 것이 바로 평가이다. 이것
과 "시는 뜻을 말한 것"은 원래 완전히 별개이지만, 후세에는 도리
어 뒤섞여 하나가 되었다. 당 중엽 고문운동의 선구자들이 종종 그
러했다. 독고급獨孤及[154]의 경우 〈조군 이공중집 서문趙郡李公中集
序〉에서 이렇게 말했다.

뜻은 말이 아니면 나타나지 않고, 말은 글이 아니면 드러나지 않는
다. 이 세 가지는 서로 쓰임이 되니 또한 냇물을 건너는 이가 배와
노에 힘입은 뒤에야 건널 수 있는 것과 같다. ≪상서≫가 이지러지
고 ≪시경≫이 물에 잠기고부터 세상의 도가 허물어지고 글도 또한
쇠퇴했다. 따라서 글 짓는 이는 종종 문자를 앞세우고 비와 흥은 뒤
로 돌렸다. 그 풍격은 산만하여 정도로 돌아오지 않았고 글을 꾸미
면서 뜻은 버리기에 이르렀으니, 윤색이 정교해질수록 실속은 더욱
잃어버렸다.……천하가 온통 뒤따라 바람과 구름을 치달리는 듯했다.
문채는 말하기에 부족하고 말은 뜻을 나타내기에 부족하니, 또한 백
목련으로 배를 만들고 물총새 깃을 노로 삼아 땅에서 갖고 놀면 냇

행위를 승인하고 전리품을 접수하였다.
153) ≪說文解字·言部≫, "직언을 '언'이라 하고, 논변을 '어'라 한다.直言曰言, 論難曰語"
154) 독고급(725~777), 자는 지지至之, 시호는 헌惠, 낙양洛陽(지금의 하남 낙양시) 사람.
　　　상주자사常州刺史를 지냈으며 고문운동古文運動의 선구자로 알려져 있다. 저서로
　　　≪비릉집毘陵集≫이 있다.

물을 건너는 쓸모가 없는 것과도 같다.

志非言不形, 言非文不彰. 是三者相爲用, 亦猶涉川者假舟楫而後濟. 自
典謨缺, 雅頌寢, 世道陵夷, 文亦下衰. 故作者往往先文字, 後比興. 其
風流蕩而不返, 乃至有飾其詞而遺其意者, 則潤色愈工, 其實愈喪.……天
下雷同, 風馳雲趨. 文不足言, 言不足志, 亦猶木蘭爲舟, 翠羽爲楫, 玩
之於陸而無涉川之用.(≪毗陵集≫ 권13)

그가 "뜻을 나타내기 충분하다足志"와 "말하기에 충분하다足言"
를 풍자와 칭송(비와 흥)으로 본 것은 바로 "시는 뜻을 말한 것"의
영향이지, 그 두 용어의 본뜻은 아니다. 또한 이 두 용어와 〈모시서·
대서〉의 말을 종합한 것도 있다. 상형向衡155)의 ≪문도원귀文道元
龜≫에서는 "지사의 글志士之文"에 대해 다음과 같이 논한다.

지사의 작품은 꿋꿋이 정성을 세우고 분발하여 서술한 것이 있다.
말에는 반드시 풍간이 있고 뜻에는 반드시 가는 곳이 있어, 표현은
과묵하되 내용은 간절하고 기세는 드높되 어조는 근심스럽다. 이것
이 바로 감동 격발시키는 도리이다.

志士之作, 介然以立誠. 憤然有所述. 言必有所諷. 志必有所之, 詞寡而
意懇, 氣高而調苦, 斯乃感激之道焉.(≪全唐文≫ 권394)

글을 논하되 "말"과 "뜻"을 동시에 든 것은 자연히 공자의 말에
서 온 것인데, "풍간이 있고", "가는 곳이 있어"는 도리어 전부 〈모
시서·대서〉의 뜻이다. 또한 유면柳冕156)은 〈형남 배상서에게 답하

---

155) 역자주 : 상형은 당 숙종肅宗 지덕至德 연간에 산기상시, 검교예부상서檢校禮部尙書,
어사대부御使大夫 등을 역임한 것으로 알려져 있다.

156) 역자주 : 유면(730?∼804?), 자는 경숙敬叔, 포주蒲州 하동河東(지금의 산서 영제시永
濟市) 사람. 아버지의 대를 이어 사관史官이 되었고, 한유, 유종원과 함께 고문운동의
선구자로 일컬어진다.

여 문장을 논한 편지答荊南裴尚書論文書〉에서 이렇게 말했다.

> 군자인 유생은 배우면 도리가 되고 말하면 경전이 되며 행하면 가
> 르침이 되고 소리를 내면 음률이 되고 조화를 맞추면 음악이 됩니
> 다.……그러므로 마음에 있으면 뜻이고 말로 꺼내면 시인 것을 문장
> 이라 하고, 천지인을 아우른 것을 유생이라 부릅니다. 유생의 쓰임새
> 는 문장을 이릅니다. 말하되 문장이 되지 못하는 것을 군자는 부끄
> 러워합니다.
> 君子之儒, 學而爲道, 言而爲經, 行而爲教, 聲而爲律, 和而爲音……故
> 在心爲志, 發言爲詩, 謂之文, 兼三才而名之曰儒. 儒之用, 文之謂也.
> 言而不能文, 君子恥之.(≪全唐文≫ 권527)

여기서 "뜻", "말", "문장"을 한꺼번에 든 것은 바로 그야말로 〈모
시서·대서〉의 구절을 베낀 것이다. "문장"은 이른바 문장과 가르
침이 하나로 합쳐졌다고 할 때의 문장이니, 쓰임새는 바로 풍자와
칭송에 있다. 유면은 또한 〈서급사에게 주어 문장을 논하는 편지與
徐給事論文書〉에서 이렇게 말한다.

> 문장은 교화에 근본을 두고, 치세와 난세를 형상화하며, 국풍에 귀속
> 됩니다. 따라서 군자의 마음에 있으면 뜻이 되고 군자의 말을 나타
> 내면 문장이 되며 군자의 도를 논의하면 가르침이 됩니다.
> 文章本於教化, 形於治亂, 繫於國風. 故在君子之心爲志, 形君子之言爲
> 文, 論君子之道爲教.(≪全唐文≫ 권527)

역시 "뜻", "말", "문장"을 한꺼번에 들었으니 또한 〈모시서·대
서〉를 베낀 것이다. 하지만 "뜻" 바깥에 또 옥상옥屋上屋으로 "도"
를 하나 더했으니, 이는 육조 이래 "문장으로 도를 밝힌다文以明道"

는 이론의 영향이다. 도의 개념은 뜻의 개념보다 훨씬 광범위하니 그것으로 문장을 논한다면 아마 더 알맞을 것이다. "문장으로 뜻을 말한다文以言志"는 이론이 성숙을 거쳐도 아직 확립되지 않은 것은 아마 바로 이런 까닭에서일 것이다.157)

_____

157) 金克木의 〈爲載道辯〉을 참고하라. 民國 24년 12월 5일자 天津 ≪益世報·讀書週刊≫ 에 보인다.

02
⋮

비
흥

1

모시毛詩와 ≪정전鄭箋≫[1])에서 풀이한 흥

〈모시서·대서〉에 이런 말이 있다.

> 시에는 육의가 있다. 첫째는 풍, 둘째는 부, 셋째는 비, 넷째는 흥,
> 다섯째는 아, 여섯째는 송이다.
> 詩有六義焉：一曰風, 二曰賦, 三曰比, 四曰興, 五曰雅, 六曰頌.

≪주례周禮≫ 춘관春官 태사大師에는 "육시六詩"로 되어 있는데
순서는 같다. 공영달孔穎達의 ≪모시정의毛詩正義≫에서는 이렇게
말한다.

> 그렇다면 풍, 아, 송이란 시편의 상이한 체제이고 부, 비, 흥이란 시
> 문의 상이한 문체일 따름이다. 크고 작음이 다른데 한데 아울러 육
> 의가 될 수 있는 것은 부, 비, 흥은 시의 쓰임새이고 풍아송은 시의
> 이루어진 형태이니, 저 세 가지(부, 비, 흥)를 써서 이 세 가지(풍,
> 아, 송)를 만들었기에 함께 원리로 일컬어진 것이지 따로 편제가 있

---

1) 역자주 : 정현이 ≪모시고훈전≫을 풀이한 ≪모시전전毛詩傳箋≫을 ≪정전≫으로 약칭
한다.

는 것은 아니다.

然則風雅頌者, 詩篇之異體, 賦比興者, 詩文之異辭耳. 大小不同, 而得
並爲六義者, 賦比興是詩之所用, 風雅頌是詩之成形, 用彼三事, 成此三
事, 是故同稱爲義, 非別有篇卷也.2)

부, 비, 흥은 또한 간단히 시삼의詩三義라고도 하는데 종영의
〈시품서〉에 보인다. 풍, 아, 송의 의미는 역대로 거의 어떠한 이설
이 없는 듯하다. 청대 중엽 이후에 이르러서야 비로소 점차 새로운
해석이 나오게 되었다.3) 부, 비, 흥의 의미, 특히 비와 흥의 의미는
반대로 뒤엉킴이 심한 듯하다. ≪시집전詩集傳≫4) 이후로 뒤엉킴이
더욱 심해져서 ≪시경≫을 해설하는 사람들이 너는 너대로 나는 나
대로라 해설을 할수록 혼란스러워졌다. ≪시경≫론에는 세 가지 중
요하면서도 기본적이라고 할 만한 관념이 있다. "시는 뜻을 말한
것詩言志",5) "비흥比興", "온유돈후溫柔敦厚"라는 "시의 가르침詩
敎"6)이다. 후세에 ≪시경≫을 논할 때는 모두 이 세 가지를 금과옥
조로 삼았다. "시의 가르침"은 비록 공자의 말을 빌렸지만 〈모시서·
대서〉에서 파생된 뜻인 것 같다. 그것은 비흥과 가장 밀접한 관계
에 있다. ≪모전毛傳≫에서 흥이 있는 시興詩는 모두 주석과 설명

---

2) 이 설은 ≪정지鄭志≫에 뿌리를 둔 것이다. "남南"은 따로 빼어 풍, 아, 송과 함께 네
개의 체제가 되어야 하지만 여기서는 상세히 논하지 않는다.

3) 예컨대 阮元이 〈釋頌〉에서 "송"이 바로 "모양樣子"이며 또한 춤사위舞容이라고 한 것(≪揅
經室集≫ 卷一), 張炳麟 ≪小疋大疋說≫ 하편에서 "'아雅', '오烏'는 상고 시대에 소리가
같았다. …… 처음에는 진나라 소리가 '오오' 울렸다.雅烏古同聲……其初秦聲烏烏"라고 한 것,
또 고힐강 선생이 국풍을 각국의 토속음악으로 본 것(≪古史辨≫ 三下 647~648쪽), 傅
斯年 선생이 아를 지명으로 본 것(中央硏究院史語所 ≪集刊≫ 第一本 第一分 106쪽) 등
이 있다.

4) 역자주 : 남송 주자朱子의 ≪시집전≫을 말한다.

5) ≪今文尚書≫ 〈堯典〉.

6) ≪禮記≫ 〈經解〉.

을 거쳤는데 국풍에는 72수로 집계된다. 그리고 〈모시서·대서〉의 설에 따르면 "풍風"은 "교화風化", "풍자風刺"의 뜻인데, ≪모시정의≫에서는 "(교화와 풍자는) 모두 비유를 말하는 것으로, 직접 허물을 지목하여 말하지 않는 것이다.皆謂譬喩, 不斥言也"라고 하였다. 그렇다면 비흥에는 '교화'와 '풍자'의 기능이 있는데, 이른바 "비유"는 수사에 그치지 않고 "넌지시 간언하는 것諷諫"도 된다. 온유돈후한 시의 가르침은 곧 이런 작용을 가리킨다. 비와 흥의 뒤엉킴은 여기에 있고, 중요성도 여기에 있다.

  모시에서 주석으로 "흥이다.興也"라고 밝힌 총 116편은 전체 시 (305편)의 38퍼센트를 차지한다. 국풍 160편 가운데 흥이 있는 시는 72편이 있다. 소아는 74편 가운데 38편이니 비중이 가장 크다. 대아는 31편 가운데 겨우 4편만 있다. 송은 40편 가운데 단지 2편만 있어서 비중이 가장 작다.7) ≪모전≫의 "흥이다"는 통상 제1장 제2구 다음에 주석을 붙인다. 〈관저〉편 제1장에는 "관관 우는 저구새 황하 모래섬에 있다. 그윽한 곳의 숙녀는 군자의 좋은 짝.關關雎鳩, 在河之洲. 窈窕淑女, 君子好逑"이라고 하였는데, "興也"는 바로 "在河之洲" 다음에 있다. 다만 제1구 또는 제3구나 제4구 다음에 있는 것도 있다. 116편 가운데 흥을 제1장 제2구 다음에 둔 것은 모두 103편이고, 제1장 제1구 다음에 둔 것은 모두 3편,8) 제1장 제3구 다음에 둔 것은 모두 8편,9) 제1장 제4구 다음에 둔 것은 모두

---

7) 남송南宋 오영吳泳이 말했다. "모씨는 〈관저〉 이하 총 116편의 머리에 흥을 달았는데, 풍은 70편, 소아는 40편, 대아는 4편, 송은 2편에서 '흥이다'라고 주석을 달았다.毛氏自關雎而下總百十六(원래는 '百六十'으로 되어 있었다)篇, 首繫之興, 風七十, 小雅四十, 大雅四, 頌二, 注曰興也."(≪困學紀聞≫ 권3)

8) 〈江有汜〉, 〈芄蘭〉, 〈月出〉.

9) 〈葛覃〉, 〈行露〉, 〈采葛〉, 〈東方之日〉, 〈鴟鴞〉, 〈采芑〉, 〈黃鳥〉(小雅), 〈縣〉.

2편이다.10) 어느 구에서 흥을 표시하는가는 대체로 시의 의미에 따라 정하는데 늘 흥인 구 다음에 있다. 다만 어떤 때에는 흥이 아닌 구 다음에 있기도 하는데, 그것은 협운마韻11)에 따른 것인 듯하다. 주남 〈한광漢廣〉편 제1장의 경우 다음과 같다.

南有喬木, 不可休息. 남쪽에 높은 나무 있는데 쉴 수 없네.
漢有游女, 不可求思. 한수에 노니는 여자 있는데 잡을 수 없네.

시의 의미에 따르면 "興也"는 제2구 다음에 있어야 하지만 현재는 도리어 제4구 다음에 있다. 또 패풍邶風 〈종풍終風〉편 제1장을 보자.

終風且暴. 顧我則笑. 종일 바람이 사납네. 나를 돌아보고는 웃네.

대아 〈면緜〉편 제1장을 보자.

緜緜瓜瓞. 구불구불 참외덩굴.
民之初生, 우리 민족이 처음 살 때는
自土沮漆. 저수와 칠수에 머물렀네.

이들은 "興也"가 모두 제1구 다음에 있지 않고 각각 제2구와 제3구 다음에 있다. 이들은 아마 협운에 따라 "興也"를 두 번째 압운

---

10) 〈漢廣〉, 〈桑柔〉.

11) 역자주 : 한자의 음운이 시대에 따라 바뀌면서 남북조 이후 ≪시경≫의 압운자가 당시
의 발음으로는 맞지 않게 되었다. 이에 주자를 비롯한 몇몇 학자들은 특정 압운자의
발음을 다른 압운자의 발음에 맞추어 바꿔 읽어야 한다고 주장하였는데, 이것을 협운
이라고 한다. '協韻'으로 쓰기도 한다.

구 다음에 두었을 것이다. 고대의 저술은 체례가 본디 그렇게 엄밀하지는 않다.[12]

또한 제1장에 흥을 표시하지 않은 것은 두 편 뿐이다. 진풍秦風〈거린車鄰〉편 제1장에 ≪모전≫이 있지만 "興也"는 제2장 제2구 다음에 있다. 소아 〈남유가어南有嘉魚〉편 제1장, 제2장에 모두 ≪모전≫이 있지만 "興也"는 제3장 제2구 다음에 있다. 가장 특이한 것은 노송魯頌 〈유필有駜〉편이다. 제1장은 다음과 같다.

有駜有駜,　　　씩씩하다 씩씩해.
駜彼乘黃.　　　씩씩하구나 수레 끄는 누렁말이여.
夙夜在公,　　　아침 밤으로 공당에 있네.
在公明明.　　　공당에 있으며 부지런하네.
振振鷺,　　　　훨훨 백로여
鷺于下.　　　　백로가 내려오네.
鼓咽咽,　　　　북이 둥둥
醉言舞.　　　　취해서 춤추네.
于胥樂兮.　　　모두가 즐겁구나.

"駜彼乘黃" 다음에 ≪모전≫이 있는데, "鷺于下" 다음에는 이런 말이 있다.[13]

'振振'은 떼지어 나는 모습이다. '鷺'는 흰 새이다. 그로써 결백한 선비를 흥으로 일으켰다. '咽咽'은 북의 절주이다.
振振, 群飛貌. 鷺, 白鳥也, 以興潔白之士. 咽咽, 鼓節也.

---

12) 〈匏有苦葉〉, 〈東方之日〉, 〈伐木〉 세 편도 마찬가지이다.

13) 역자주 : 다음의 인용구는 정확히 말하면 제1장 마지막 구절인 "于胥樂兮"의 뒤에 나온다.

여기서는 "興也"라고 하지 않고 "그로써 흥으로 일으켰다以興"라고만 하였다. 소아 〈녹명鹿鳴〉편 제1장 제2구 뒤의 ≪모전≫에는 이런 말이 있다.

> 흥이다. '苹'은 산떡쑥이다. 사슴이 산떡쑥을 먹으면 요요하고 울며 서로 부르는데, 간절함이 속에서 나타난다. '그로써' 손님을 좋아하는 것을 '흥으로 일으킨 것'이니, 간절하게 서로 불러서 예를 이룸이 있는 것이다.
> 興也. 苹, 藜也. 鹿得藜, 呦呦然鳴而相呼, 懇誠發乎中. '以興'嘉樂賓客, 當有懇誠相招呼以成禮也.

여기서는 "興也" 이외에도 "以興"을 말하고 있다. 그러면 〈유필〉편도 흥이 있는 시로 볼 수 있다. "흥이다"라고 주석을 달지 않은 것은 앞에 "씩씩하구나 수레 끄는 누렁말이여"라는 비유가 있기 때문으로,[14] 다른 시의 '흥' 앞에 여타의 비유가 없는 것과는 다른 사례이다. 하지만 도대체 왜 굳이 제6구인 "鸞于下" 다음에 흥을 표시하여 특수한 사례를 만들었을까? 원래 주송周頌에는 〈진로振鷺〉편이 있는데 첫 4구는 다음과 같다.

> 振鷺于飛, 于彼西雝.   훨훨 백로가 나네, 저 서옹으로.
> 我客戾止, 亦有斯容.   내 손님 도착하니 또한 이 위용이 있네.

≪모전≫은 제2구 뒤에서 이렇게 말한다.[15]

---

14) ≪모전≫에서는 비유로 보고 있다.
15) 역자주 : 실제로는 제4구 뒤에 주석이 있다.

흥이다. '振振'은 떼지어 나는 모습이다. '鷺'는 흰 새이다. '雍'은 못이다.

興也. 振振, 群飛貌. 鷺, 白鳥也. 雍, 澤也.

시에서는 "훨훨 나는 백로"로 "손님"을 비유하는데 ≪모전≫에서 특별히 백로가 "흰 새"임을 지적하고 있는 것은 바로 이른바 "그로써 결백한 선비를 흥으로 일으켰다"는 뜻이다. "훨훨 백로, 백로가 나네.振振鷺, 鷺于飛"16)도 곧 "振鷺于飛"인데, 후자가 흥이니, 전자도 자연히 흥일 것이다. 〈거린〉편 제2장과 〈남유가어〉편 제3장이 흥이 되는 원리도 똑같다. 〈거린〉의 ≪모전≫에서는 "언덕에는 옻나무, 늪에는 밤나무.阪有漆, 隰有栗"를 흥으로 보고 있다. 당풍唐風 〈산유추山有樞〉편 제1장에는 "산에는 시무나무, 늪에는 비술나무.山有樞, 隰有楡"라고 하였는데 ≪모전≫에서는 "흥이다"라고 하였다. 제2장에서는 "산에는 가죽나무, 늪에는 찰피나무.山有栲, 隰有杻"라고 하고 제3장에서는 "산에는 옻나무, 늪에는 밤나무.山有漆, 隰有栗"라고 하였는데, "阪有漆"의 두 구와는 한 글자밖에 차이가 나지 않는다. ≪모전≫에서 "阪有漆" 두 구 다음에 흥을 표시했으면 "山有漆"의 두 구도 흥으로 보아야 한다. 그러면 〈산유추〉편 제1장의 "흥이다"는 전체 작품의 각 장을 관통하는 것이 된다. 〈남유가어〉편의 ≪모전≫에서는 "남쪽에 높은 나무 있네.17) 단박이 감고 있네.南有樛木, 甘瓠纍之"를 흥으로 보았다. 주남周南 〈규목樛木〉편 제1장에서 "남쪽에 높은 나무 있네, 새머루가 감고 있네.南有樛

---

16) 역자주 : 〈유필〉편 제2장의 구절이다.

17) 역자주 : 계복桂馥 등 고증학자들이 '樛木'을 높은 나무라는 뜻이라고 설명한 것에 따랐다.

木, 葛藟纍之"라고 하였는데 ≪모전≫에서 "흥이다"라고 한 것에 따르면, 〈남유가어〉편은 단지 "새머루"를 "단박"으로 바꾸기만 하고 나머지는 모두 같으므로, ≪모전≫에서도 흥이라고 했다. 종합하면 〈거린〉, 〈남유가어〉, 〈유필〉 세 편은 모두 '순서상 앞에 편집되어 있는 흥이 있는 시'와 유사한 구절이 있는 관계로 ≪모전≫에서 예에 따라 흥이라고 한 것이니 여타 흥이 있는 시와는 다르다.

유사한 사례로 또 소아의 〈원앙鴛鴦〉과 〈백화白華〉 두 편이 있다. 〈원앙〉편은 흥이 있는 시로, 제2장에서 "원앙새 어살에 있네, 왼쪽 깃 오므리네.鴛鴦在梁, 戢其左翼"라고 하였다. 〈백화〉편 제7장도 이 두 구로 시작한다. 하지만 〈백화〉편은 원래부터 흥이 있는 시로서 제1장에 이미 "흥이다"라고 주석을 달았으니, 제7장에는 주석을 달 필요가 없다. 한편 소남召南 〈초충草蟲〉편 제1장은 다음과 같다.

喓喓草蟲, 趯趯阜螽.	이요이요 풀벌레 풀쩍풀쩍 메뚜기.
未見君子, 憂心忡忡.	군자를 못 뵐 때는 근심이 시름시름.
亦既見止, 亦既覯止,	뵙고 나니 만나고 나니
我心則降.	내 마음 기쁘다네.

≪모전≫에서는 제2구에 흥을 표시했다. 그리고 소아 〈출거出車〉편 제5장은 다음과 같다.

喓喓草蟲, 趯趯阜螽.	이요이요 풀벌레 풀쩍풀쩍 메뚜기.
未見君子, 憂心忡忡.	군자를 못 뵐 때는 근심이 시름시름.
既見君子, 我心則降.	군자를 뵙고 나니 내 마음 기쁘다네.
赫赫南仲, 薄伐西戎.	혁혁한 남중이 서융을 정벌했네.

여기서는 앞의 여섯 구가 〈초충〉편 제1장과 거의 똑같다. 〈출거〉
편은 흥이 있는 시가 아니고 이 장에서도 흥을 지적하지 않은데다
가 전혀 ≪모전≫의 설명이 없는데, 아마 우연히 누락되었을 것이
다. 정풍鄭風 〈양지수揚之水〉편의 경우 제1장, 제2장의 첫 2구가
왕풍王風 〈양지수〉편 제2장, 제1장과 똑같다.[18] 하지만 왕풍에서는
흥이 있는 시라고 하고 정풍에서는 그러지 않았으니 이치에 맞지
않다. "興也" 두 글자가 옮겨 쓰는 과정에서 빠뜨려진 것으로 의심
된다.[19]

≪모전≫에서 "興也"의 "興"에는 두 가지 뜻이 있는데, 하나는
발단이고[20] 또 하나는 비유이다. 이 두 가지 뜻이 하나로 합쳐져야
"興"이 된다. ≪시경≫ 원문에서 "興"자는 모두 16번 보이는데, 그
중 하나인 대아 〈대명大明〉편 "내가 일어났노라維予侯興" 다음에만
≪모전≫의 설명이 있다.

홍은 일어남이다.
興, 起也.

≪설문해자≫ 三篇上 舁部와 같다.[21] "興也"의 "興"은 바로 "일

---

18) 역자주 : "드높은 물결은 좀모형 묶음을 흘려보내지 못하네.揚之水, 不流束楚"는 정풍
1장과 왕풍 2장이고, "드높은 물결은 땔감 묶음을 흘려보내지 못하네.揚之水, 不流束
薪"는 정풍 2장과 왕풍 1장이다.

19) 당풍 〈양지수〉편도 흥이 있는 시이다. ≪모전≫에서는 패풍, 용풍鄘風의 두 〈백주柏舟
〉, 패풍, 소아의 두 〈곡풍谷風〉, 당풍의 두 〈유체지두有杕之杜〉(역자주 : 앞의 시는 제
목이 〈체두杕杜〉이다)를 모두 흥이 있는 시로 판정했다. 또한 진풍秦風 〈무의無衣〉는
흥이지만 당풍 〈무의〉는 흥이 아닌데, 역시 "興也"가 빠진 것 같다.

20) 惠周惕 ≪詩說≫ 上 "≪모전≫에서는 유독 제1장의 발단을 흥으로 삼았다.毛氏獨以首
章發端者爲興."

21) 역자주 : 舁部의 '興'자에 대한 설명은 다음과 같다. "일어남이다. '舁'와 '同'을 따른다.

어나다"라는 뜻이다. 이 "興"자는 아마 공자의 "시에서 일어난다興
於詩"(≪논어·태백泰伯≫)와 "시는 감정을 일으킬 수 있다詩可以
興"(≪논어·양화≫)의 두 구절에서 나왔을 것이다.22) 하안何晏23)
의 ≪논어집해論語集解≫에서는 공자의 첫째 구절에 대해 포함包
咸24)의 설을 인용하여 "흥은 일어남이다. 수신으로는 ≪시경≫을
먼저 배워야 함을 말한 것이다.興, 起也. 言修身當先學詩"라고 하였
고, 둘째 구절에 대해 공안국孔安國25)의 설을 인용하여 "흥은 비유
를 끌어 비슷한 부류끼리 이은 것이다.興, 引譬連類."라고 하였다.
흥은 비유인데, 이런 비유는 역시 사람이 선을 향하도록 일깨워주
고 수신에 유익하므로 "시에서 일어난다"라고 한 것이다. "일어나
다"는 곧 발단이기도 하다. 흥이 발단이라는 것은, 116편의 흥이
있는 시 가운데 113편에서 모두 제1장에 흥이 표시된 것만 보아도
알 수 있다.(〈유필〉편은 특수용례이므로 계산에 넣지 않았다.) 주자
朱子 ≪시전강령詩傳綱領≫에 "흥이란 사물을 빌려 할 말을 일으킨
것이다.興者, 托物興辭"라고 되어있는데,26) "할 말을 일으킨 것"도

___

힘을 함께함이다.起也. 从舁从同. 同力也."

22) ≪주례≫ "육시"의 명칭은 원래 악곡의 노래에서 나온 것 같다. 이른바 "흥"은 모시의
"흥이다"의 "흥"과 다르다. 제3절(부, 비, 흥 통석)에서 이 문제를 다룰 것이다.

23) 역자주 : 하안(?~249), 자는 평숙平叔, 남양南陽 사람. 삼국시대 위나라의 시중, 이부
상서를 역임했다. 현학玄學에 뛰어났다. 저서로 ≪논어집해論語集解≫ 등이 있다.

24) 역자주 : 포함(기원전 7~65), 자는 자량子良, 회계會稽 곡아曲阿(지금의 강소 진강시
鎭江市) 사람. 시중, 대홍려大鴻臚를 역임했다. 저서로 ≪논어장구論語章句≫가 있다.

25) 역자주 : 공안국(기원전 156~74), 자는 자국子國, 노魯 지역 사람. 공자의 10세손. 한
무제 때 간대부諫大夫를 지냈다. 노 공왕이 공자의 옛 집을 허물 때 벽에서 고문古文
으로 된 ≪상서≫, ≪논어≫, ≪예기≫ 등이 발견되자 공안국이 이를 연구하여 금문今
文으로 해독하고 주석을 달아 상부에 보고했다. ≪논어훈해論語訓解≫ 등의 저술이 있
다고 전해진다.

26) 역자주 : ≪주자어류朱子語類≫ 권80의 강령에 관련 내용이 있다. "문인이 물었다. ≪시
전≫에서 육시를 설명하시면서 사물을 빌려 할 말을 일으키는 것이 흥이라고 하셨는
데 옛 설과는 다릅니다.問, 詩傳說六義, 以托物興辭爲興, 與舊説不同." ≪시집전詩集傳≫

사실은 발단이라는 뜻이다.

홍은 비유이고 '또한' 발단이기도 하니, 이는 '단지' 비유이기만 한 것과는 다르다. 이전 사람들은 홍의 이중 의미에 주의하지 않았기에 혼동이 끊이지 않았다. 그들은 홍이 비유라고 곧바로 말하지 못했는데, 그러면 비와 구별되지 않을 거라고 생각한 것이다. 사실 ≪모전≫에서는 명백히 홍이 비유라고 말하고 있다.

주남 〈관저〉 ≪모전≫ : 홍이다.······후비가 군자를 사랑하는 덕은······ 그윽한 곳에서 삼가 굳게 지키니 마치 저구새에 분별이 있는 것과 '같다.'
〈關雎〉傳 : 興也······后妃說樂君子之德,······愼固幽深, '若'雎鳩之有別焉.

패풍 〈모구〉 ≪모전≫ : 홍이다.······제후는 나라가 서로 이어져 우환이 미치는 것이 칡이 덩굴이 뻗어 서로 이어져 닿는 것과 '같다'고 생각했다.
〈旄丘〉傳 : 興也······諸侯以國相連屬, 憂患相及, '如'葛之蔓延相連及也.

위풍 〈죽간〉 ≪모전≫ : 홍이다.······낚시로 고기를 얻는 것은 부인이 예법을 기다려 가정을 이루는 것과 '같다.'
〈竹竿〉傳 : 興也······釣以得魚, '如'婦人待禮以成爲室家.

제풍 〈남산〉 ≪모전≫ : 홍이다.······나라의 임금이 존엄한 것은 남산이 우뚝한 것과 '같다.'
〈南山〉傳 : 興也······國君尊嚴, '如'南山崔崔然.

권1 〈관저〉편 제1장에 "홍이란 먼저 다른 사물을 말하여 읊으려는 말을 일으키는 것이다.興者, 先言他物, 以引起所詠之詞也."라고 하였다.

당풍 〈산유추〉 《모전》 : 흥이다.……나라의 임금이 재화가 있어도 쓰지 못하는 것은 산과 늪이 스스로 재물을 쓰지 못하는 것과 '같다.'
〈山有樞〉傳 : 興也……國君有財貨而不能用, '如'山隰不能自用其財.

당풍 〈주무〉 《모전》 : 흥이다.……남녀가 예법을 기다려 성혼하는 것은 땔나무와 꼴이 사람의 일을 기다린 뒤에 묶이는 것과 '같다.'
〈綢繆〉傳 : 興也……男女待禮而成, '若'薪芻待人事而後束也.

당풍 〈갈생〉 《모전》 : 흥이다.……칡이 자라면 뻗어서 좀모형을 덮고 거지덩굴이 자라면 들판에 덩굴뻗는 것은 부인이 남의 가문으로 출가하는 것을 '비유한다.'
〈葛生〉傳 : 興也……葛生延而蒙楚, 蘞生蔓於野, '喻'婦人外成於他家.

진풍 〈신풍〉 《모전》 : 흥이다.……옛날의 훌륭한 임금이 현인을 초빙하여 현인이 그리로 가는 것은 신속함이 새매가 날아 북림에 들어가는 것과 '같다.'
〈晨風〉傳 : 興也……先君招賢人, 賢人往之, 駛疾'如'晨風之飛入北林.

소아 〈청청자아〉 《모전》 : 흥이다.……군자가 인재를 육성할 수 있는 것은 언덕이 재쑥을 무성하게 기르는 것과 '같다.'
〈菁菁者莪〉傳 : 興也……君子能長育人材, '如'阿之長莪菁菁然.

대아 〈권아〉 《모전》 : 흥이다.……악인이 덕화를 입어 사라지는 것은 회오리바람이 굽은 언덕에 들어가는 것과 '같다.'
〈卷阿〉傳 : 興也……惡人被德化而消, '猶'飄風之入曲阿也.

진환陳奐[27] 《시모씨전소詩毛氏傳疏》 〈갈류葛藟〉편에서도 이러

---

27) 역자주 : 진환(1786~1863), 자는 석보碩甫, 호는 사죽師竹, 강소 장주長洲(지금의 소

한 사례를 인용하며 이렇게 말했다.

"若"이니 "如"니 "喩"니 "猶"니 하는 것은 다 비인데 ≪모전≫에서는 다 흥이라고 한다. 비란 사물에 견준 것이고 흥이란 어떤 일을 사물에 깃들인 것이다. ≪시경≫을 지은 이의 뜻은 먼저 어떤 일을 사물에 깃들이고 이어서 사물에 견준 것이니, 흥이라고 말하지만 비가 이미 거기에 깃들어 있는 것이다.

曰若曰如曰喩曰猶, 皆比也, 傳則皆曰興. 比者, 比方於物, 興者, 託事於物.28) 作詩者之意, 先以託事於物, 繼乃比方於物, 蓋言興而比已寓焉矣.

이것은 참으로 "잘못을 따라서 변명하는 것從而爲之辭"29)이니, ≪모전≫의 뜻은 애초에 명백한데 한번 "풀이疏"하니 도리어 모호해졌다. 다만 ≪모전≫의 뜻은 단지 ≪모전≫의 뜻일 뿐, "≪시경≫을 지은 이의 뜻"에 대해서는 말하기가 어렵다. 수많은 시 작품의 창작 의도는 지금까지도 정말 알기 어렵다. 우리가 아는 바에 따르면 모시학과 삼가시학에도 원래의 취지와 크게 다른 부분이 있다. ≪모전≫에서 말하는 흥은 어쩌면 많은 부분이 "시를 지은 이의 의도"에 꼭 들어맞지는 않을 것이다. 하지만 이 사항은 이 글에서 자세히 논할 수 없으므로 그저 개괄만 해두고 싶다.

≪모전≫의 흥이 있는 시에서 명백히 비유라고 한 것은 오직 주

주시蘇州市) 사람. 단옥재段玉裁에게 배우고 왕념손王念孫, 왕인지王引之 등과 교류했다. ≪시모씨전소詩毛氏傳疏≫ 등 모시 관련 저술이 전한다.

28) ≪주례≫ 태사大師 정현 주에서 정중鄭衆의 설을 인용한 것이다.

29) 역자주 : ≪맹자·공손추하公孫丑下≫ 제9장 "옛날의 군자는 잘못이 일식이나 월식과 같아서 사람들이 다 보았고, 고치면 사람들이 다 우러렀습니다. 지금의 군자는 어찌다만 잘못을 계속할 뿐이겠습니까. 게다가 잘못을 따라서 변명까지 합니다.古之君子, 其過也, 如日月之食, 民皆見之, 及其更也, 民皆仰之. 今之君子, 豈徒順之, 又從而爲之辭."

송 〈진로〉 한 편만 있는데, 이미 앞의 인용에서 보았듯이 "훨훨 백로가 나네振鷺于飛"는 손님을 비유한 것이라고 분명히 말했다. 다만 비유하는 뜻이 손님이 "결백한 선비潔白之士"라는 말인지는 확실히 알 수 없다. 다음으로 비유하는 뜻을 다 이해하기는 어렵지만, 평행하는 구절로 흥을 표시한 것도 비유로 확정할 수 있다. 주남 〈규목〉편은 다음과 같다.

南有樛木, 葛藟纍之.　　　남쪽에 높은 나무 있네 새머루가 감고 있네.
樂只君子, 福履綏之.　　　즐거우신 군자여 복록이 편안히 해주네.

또 정풍 〈탁혜蘀兮〉편은 다음과 같다.

蘀兮蘀兮, 風其吹女.　　　마른 나뭇잎아 마른 나뭇잎아 바람이 네게 부네.
叔兮伯兮, 倡予和女.　　　아우님 형님 노래 부르면 제가 당신께 화답하리다.

또 제풍 〈보전甫田〉편은 다음과 같다.

無田甫田, 維莠驕驕.　　　큰 밭은 갈지 마라 강아지풀만 무성한 것을.
無思遠人, 勞心忉忉.　　　멀리 있는 이는 생각 마라 타는 마음만 절절한 것을.

또 소아 〈서묘黍苗〉편은 다음과 같다.

芃芃黍苗, 陰雨膏之.　　　무성한 기장 싹 단비가 적셔주네.
悠悠南行, 召伯勞之.　　　아득한 남쪽 길 소백이 위로하네.

≪좌전≫ 은공隱公 11년 조에서는 주周의 속담을 인용하였다. "산에 나무가 있으면 목수가 치수 재고, 손님에게 예의가 있으면 주인이 가려 뽑네.山有木, 工則度之, 賓有禮, 主則擇之." ≪순자荀子≫ 〈대략大略〉편에서는 이런 말을 인용하였다. "구르는 공은 구덩이에서 멈추고 떠도는 말은 지혜로운 자에게서 그친다.流丸止於甌臾, 流言止於知者." 모두 평행의 비유이다.[30] 인용한 ≪시경≫ 각 구절과 견주어보면, ≪시경≫ 각 구절도 평행의 비유임은 의심할 나위 없다. 하지만 ≪시경≫에서 이러한 평행구는 절대 많지 않다. 다음은 흥인 구의 다음에 주제구가 이어지는데 전혀 평행이 아닌 경우이다. 어떤 때는 비유임을 알 수 있지만 어떤 때는 확신할 수 없는데 ≪모전≫에서는 모두 비유로 풀이한다. 전자에서 이미 비유의 뜻이 밝히기 어려운 점이 많았으니, 후자는 더욱 말할 것도 없다. 전자의 사례로 소아 〈절남산節南山〉편이 있다.

節彼南山, 維石巖巖.　　높은 저 남산에는 바위가 우뚝우뚝.
赫赫師尹, 民具爾瞻.　　높디높은 태사와 윤씨, 백성이 모두 당신
　　　　　　　　　　　　들을 우러러보네.

또한 앞에서 인용한 〈면〉편의 경우도 모두 확연히 비유이다. 후자로는 〈관저〉, 〈도요桃夭〉, 〈인지麟趾〉 등의 작품이 모두 비유이다. 하지만 이 두 가지 경우도 많지 않다. 이상에서 이른바 비유는 직유(Simile)를 가리킨다.

다음은 흥인 구가 외로이 달려있고 다음 구에 이어지지 않아 비

---

30) 진규陳騤 ≪문칙文則≫에서는 "대유對喩"라고 하였다. 唐鉞 ≪修辭格≫ 6쪽 및 黎錦熙 ≪修辭學·比興≫편 49쪽을 참고할 것.

유인지 여부도 알 수 없는 데 ≪모시毛詩≫에서는 모두 비유로 풀이한 경우이다. 여기서 "모시"라고 말한 것은 이런 시에서는 대부분 반드시 ≪모전≫과 〈모시서〉를 함께 보아야 모씨의 생각을 알수 있기 때문이다.31) ≪모전≫은 늘 〈모시서〉를 이어서 말하므로어떤 때는 너무 간략하고, 어떤 때는 너무 갑작스러워 ≪모전≫만보아서는 이해하기 쉽지 않다. 패풍 〈백주〉같은 경우는 이러하다.

> 둥둥 저 측백나무 배는 물결 따라 떠내려가네. (흥이다. '汎'은 흐르
> 는 모습이다. '柏'은 나무인데 배를 짓기에 적합하다. 물결 따라 떠내
> 려간다는 것은 그 배로 물을 건너지 않는 것이다.) 뒤척이며 잠들지
> 않으니 아픈 시름 있는 듯. ('耿耿'은 '儆儆'과 같다. '隱'은 아픔이다.)
> 汎彼柏舟, 亦汎其流. (興也. 汎, 流貌. 柏, 木, 所以宜爲舟也. 亦汎汎其
> 流, 不以濟度也.) 耿耿不寐, 如有隱憂. (耿耿, 猶儆儆也. 隱, 痛也.)

≪모전≫에서는 비유의 뜻을 직접적으로 말하지 않아서 독자로하여금 자세히 살펴보게 하려는 것 같지만 사실은 그렇지 않다. 〈모시서〉에서는 다음과 같이 말하고 있다.

> 〈백주〉는 인한데 불우함을 말한 것이다. 위 경공 때 인한 사람은 불
> 우하고 소인들이 임금 곁에 있었다.
> 柏舟, 言仁而不遇也. 衛頃公之時, 仁人不遇, 小人在側.

---

31) 역자주 : 여기서 〈모시서〉는 이른바 〈소서小序〉로, 각 작품에 대한 짧막한 설명을 말
한다.

측백나무 배가 물결 따라 떠내려간다는 것은 바로 "인한 사람이 불우함"을 비유한 것이니, 〈모시서〉와 ≪모전≫을 함께 보면 알 수 있다. 이 비유의 뜻이 잘 들어맞는지 여부는 별개의 일이지만, ≪모시≫의 뜻은 이와 같다. 또 패풍 〈북풍北風〉의 ≪모전≫에는 이렇게 되어 있다.

북풍은 싸늘하고 눈은 펑펑 온다. (흥이다. 북풍은 차가운 바람이다. '雱'은 성대한 모양이다.) 날 아끼고 좋아하는 이와 손잡고 길을 함께 가네. ('惠'는 아낌이다. '行'은 길이다.) 겸허하고 관대하더니 급박해졌구나. ('虛'는 겸허함이다. '亟'은 급함이다.)
北風其涼, 雨雪其雱. (興也. 北風, 寒涼之風. 雱, 盛貌.) 惠而好我, 攜手同行. (惠, 愛. 行, 道也.) 其虛其邪, 旣亟只且. (虛, 虛也. 亟, 急也.)

≪모전≫에서 서술하는 흥의 뜻은 너무 간략하지만 〈모시서〉에는 뚜렷이 설명되어 있다.

〈북풍〉은 학정을 풍자한 것이다. 위나라가 온통 위압과 학대를 자행하여 백성이 친하게 여기지 못하니 서로 붙잡고 떠나지 않는 이가 없었다.
北風, 刺虐也. 衛國並爲威虐, 百姓不親, 莫不相攜持而去焉.

전체 ≪시경≫ 중에는 이렇게 간략한 ≪모전≫이 많으니, 흥이 있는 시만 그런 것은 아니다. 또 앞에서 인용한 제풍 〈남산〉편의 ≪모전≫에는 이렇게 되어 있다.

남산은 우뚝하고 숫여우는 들러붙어 다니네. (흥이다. 남산은 제나라

남산이다. '崔崔'는 높고 큰 것이다. 나라 임금이 존엄함은 남산이 우
뚝함과 같다. 숫여우가 암컷을 좇는 것이 들러붙어 분별이 없으니
음양의 짝을 잃은 것이다.) 노나라로 난 길 평탄한데 제나라 공주는
길 따라 돌아가네. ('蕩'은 평평함이다. '齊子'는 문강이다.) 이미 돌아
갔는데 어찌 또 그리워하리. ('懷'는 그리움이다.)

南山崔崔, 雄狐綏綏. (興也. 南山, 齊南山也. 崔崔, 高大也. 國君尊嚴,
如南山崔崔然. 雄狐相隨, 綏綏然無別, 失陰陽之匹.) 魯道有蕩, 齊子由
歸. (蕩, 平易也. 齊子, 文姜也.) 旣曰歸止, 曷又懷止. (懷, 思也.)

"나라 임금"이 "음양의 짝을 잃은 것"이라면서 "'齊子'는 문강이
다"에서는 또 상세히 주를 달아 매우 구체적인데, 정작 나라 임금
이 누군지는 말하지 않으니 너무 변덕스럽지 않은가? 사실은 〈모시
서〉에서 일찌감치 "양공을 풍자한 것이다. 짐승 같은 짓으로 누이
동생과 간음하였다.刺襄公也. 鳥獸之行, 淫乎其妹"라고 지적하였다.
이렇게 보면 〈모시서〉는 ≪모전≫ 이후에 지어졌을 수 없게 된
다.32) 이러한 부류의 흥이 있는 구를 만약 비유라고 할 수 있다면

---

32) 〈모시서〉를 변별해내려는 사람들은 대체로 〈모시서〉와 ≪모전≫이 들어맞지 않는 부
   분을 든다. 하지만 ≪모전≫에는 본디 흥의 뜻을 뒤집어서 말하는 사례가 있다. 진풍
   秦風 〈종남終南〉의 ≪모전≫에서 "마땅함으로 마땅치 않음을 경계한 것이다.宜以戒不
   宜也"라고 하였고, 또한 〈황조黃鳥〉편에서 말한 흥의 뜻으로도 모두 증명할 수 있다.
   역자주 : 주자청은 흥이 있는 구절과 시의 전체 내용이 반대되는 경우를 가리킨 듯하
   다. 〈종남〉의 경우 제1장의 "종남산엔 무엇이 있지? 개오동과 매화나무.終南何有, 有條
   有梅"에 대해 정현은 "≪모전≫의 흥이란 임금에게 훌륭한 덕이 있으면 빛나는 의복
   이 있어야 마땅한 것이, 산의 나무에 크고 작은 종류가 있는 것과 같음을 비유한 것
   이다. 이것을 권계라고 한다.興者, 喻人君有盛德, 乃宜有顯服, 猶山之木有大小也, 此之
   謂戒勸"라고 하였다. 시의 전체 내용은 찬미이지만 해당 구절은 종남산과 달리 임금에
   게는 아직 예복이 마련되지 않은 상황을 일깨운 것으로 해석된다. 〈황조〉의 경우 제1
   장의 "자그마한 꾀꼬리 멧대추나무에 앉았네.交交黃鳥, 止于棘"에 대해 ≪모전≫에서
   "흥이다. '交交'는 작은 모양이다. 꾀꼬리는 때맞춰 오가며 자기 자리를 얻는다. 사람은
   수명대로 죽음으로써 또한 자기 자리를 얻는다.興也. 交交, 小貌. 黃鳥以時往來得其所,
   人以壽命終亦得其所"라고 하였다. 시의 전체 내용은 신하를 순장시킨 진 목공穆公에
   대한 풍자이지만 해당 구절은 꾀꼬리가 제자리를 얻는 모습과 그렇지 못한 인간을 대
   조시킨 것으로 해석된다.

그것은 은유로, 앞의 부류와는 다르다. 또한 다음은 흥이 있는 구도 외롭게 달려있고, 〈모시서〉와 《모전》에서 전혀 비유를 찾아낼 수 없는 경우이다. 주남 〈권이卷耳〉의 경우 〈모시서〉, 《모전》에는 이렇게 되어 있다.

〈권이〉는 후비의 뜻이다. 후비는 또한 군자를 보좌하여 현인을 찾아 관직에 선발하고, 신하가 부지런히 수고하는 것을 알게 해야 한다. 속으로 현인을 추천하려는 뜻이 있고, 그릇되고 사사로이 청탁하려는 마음은 없었다. 아침저녁으로 고민하다가 나라걱정에 이르게 되었다.
卷耳, 后妃之志也. 又當輔佐君子, 求賢審官, 知臣下之勤勞. 內有進賢之志, 而無險詖私謁之心. 朝夕思念, 至於憂勤也.

도꼬마리 뜯고 뜯어도 광주리에 차지 않네. (근심하는 자의 흥이다. '采采'는 뜯기를 일삼은 것이다. '卷耳'는 도꼬마리이다. '頃筐'은 삼태기의 일종으로 쉽게 채우는 용기이다.) 아아 내 그리운 사람 저 주왕실의 반열에 있기를. ('懷'는 그리움이다. '寘'는 배치함이다. '行'은 조정의 반열이다.)
采采卷耳, 不盈頃筐. (憂者之興也. 采采, 事采之也. 卷耳, 苓耳也. 頃筐, 畚屬, 易盈之器也.) 嗟我懷人, 寘彼周行. (懷, 思. 寘, 置. 行, 列也.)

《모시정의》에서는 이렇게 말한다.

'흥'이라고 하지 않고 '근심하는 자의 흥'이라고 한 것은 나머지 흥과 다른 점이 있음을 분명히 한 것이다. 나머지 흥에서는 나물 뜯기를 말할 때는 나물 뜯기를 가져다 비유하고, 생장을 말할 때는 생장으로써 비유한다. 여기서는 나물 뜯기를 말하면서 근심을 취하여 흥으

로 삼으니 특별히 '근심하는 자의 흥'이라고 한 것이다. 흥은 후비의
근심을 취했을 뿐 그가 나물 뜯는 것은 취하지 않았음을 말한 것이다.
不云興也, 而云憂者之興, 明有異於餘興也. 餘興言采菜, 卽取采菜喻,
言生長, 卽以生長喻. 此言采菜而取憂爲興, 故特言憂者之興. 言興取其
憂而已, 不取其采菜也.

≪모전≫과 공영달의 소의 뜻에 따르면 후비의 근심은 현인을 추
천하는 데에 있어서 "아침저녁으로 고민하다가 나라걱정에 이르게
되었다." 마음을 오로지 그 뜻에 쏟아 자나 깨나 생각하여 일상의
일은 전혀 신경 쓰지 않았다. 그래서 도꼬마리를 오며가며 뜯어도
얕은 광주리 하나를 채우지 못한 것이다. 나물 뜯어 한 광주리도
채우지 못한 이 사건은 바로 후비의 "나라걱정憂勤"을 보여준 것으
로, 바로 후비의 "나라걱정"의 일례이다. 그리하여 하나를 들면 그
것으로 나머지의 예가 되니, 다른 일상의 일도 알만하다. 하나를 들
어 나머지를 아는 것과 은유는 비슷한 점이 있으니,33) 그것을 흥이
있는 시라고 하는 것도 일리가 있다. 또한 소아 〈대동大東〉의 〈모
시서〉와 ≪모전≫에서는 이렇게 말한다.

〈대동〉은 난세를 풍자한 것이다. 동쪽 지방이 병역에 시달리고 재산
을 잃자 담의 대부가 이 시를 지어 병폐를 알렸다.
大東, 刺亂也. 東國困於役而傷於財, 譚大夫作是詩以告病焉.

수북한 밥그릇, 기다란 멧대추나무 주걱. (흥이다. '饛은 그릇에 가

---

33) Stephen J. Brown, *The World of Imagery*, pp.152∼153.
역자주 : 사물의 일부로 전체를 나타내는 수사법은 제유(synecdoche)라고 하는데, 인지
언어학에서는 환유(metonymy)에 포함시킨다.

득한 모양이다. '飧'은 익은 밥으로 기장을 말한다. '捄'는 긴 모양이
다. '匕'는 솥의 음식을 담는 것이다. '棘'은 붉은 심이다.) 주나라의
법도는 숫돌 같고 곧기가 화살 같다. (숫돌 같다는 것은 공물과 세금
이 고른 것이다. 화살 같다는 것은 상과 벌이 치우치지 않은 것이
다.) 군자가 따르는 것이요 소인이 보는 것이다. 뒤로 돌아보니 주르
르 눈물 난다.

有饛簋飧, 有捄棘匕. (興也. 饛, 滿簋貌. 飧, 熟食, 謂黍稷也. 捄, 長貌.
匕所以載鼎實. 棘, 赤心也.) 周道如砥, 其直如矢. (如砥, 貢賦平均也.
如矢, 賞罰不偏也.) 君子所履, 小人所視. 睠言顧之, 潸焉出涕.

〈모시서〉와 ≪모전≫의 설명에 따르면 이것은 현재를 슬퍼하며
과거를 그리는 시이다.[34] 마치 희곡 대사의 "생각해보면 그때 일은
어찌나 참담했는지.思想起, 當年事, 好不慘然"라는 말과도 같다.[35]
그런데 "그때 일"은 뒤엉킨 삼실같이 허다한데 어디서 말을 꺼낼
까? 이에 "밥 배불리 먹기喫飽飯"라는 일 하나를 들어 나머지의 예
로 삼는 것이다. 진환은 이 〈대동〉편에 대해 "흥은 옛 일을 풀어내
지금 일을 말하는 것도 흥체이다. 나머지는 모두 사물에 맡겨 비유
로 삼는 것이다.興者, 陳古以言今, 亦興體也. 餘皆託物以爲喩"라고
하였다. 그는 모시의 풀이가 괜찮다고 설명한다. 주남 〈갈담葛覃〉,
소아 〈벌목伐木〉, 〈원앙鴛鴦〉 등 작품의 흥의 의미도 앞의 두 편과
대동소이하다.[36] 또한 다음은 아마 가장 주의해야할 것인데, 빈풍

---

34) ≪鄭箋≫ : "이는 옛날 천자의 은혜가 두터웠음을 말한 것이다.此言古者天子之恩厚也."
　　 역자주 : 정현의 설명은 "군자가 따르는 것이요 소인이 보는 것이다.君子所履, 小人所
　　 視"에 대한 것이다.

35) 역자주 : 〈사랑이 어머니를 찾다四郞探母〉라는 경극 작품의 노래 가사이다. 북송 때
　　 양씨네 넷째 아들인 양연휘楊延輝는 요나라와의 전투에서 포로로 잡혀 공주의 배필이
　　 되었다. 어느 날 궁전 뜰에서 어머니를 그리며 이 노래를 불렀다.

36) 〈원앙〉의 ≪정전≫ : "흥이라고 한 것은 그('만물과 접함에 도가 있음'을 가리킨다.) 의

幽風〈치효鴟鴞〉와 소아〈학명鶴鳴〉두 편의 흥이 있는 시와 같이 흥이 있는 구 다음에 전혀 주제구가 나오지 않고 시 전체가 모두 비유인 경우이다. 하지만 시 전체가 다 흥인 것은 절대로 아니다. 오직 발단만 흥이고, 흥 이외의 비유는 비比이다. 이 사항은 뒤에서 상세히 논의한다.

≪시모씨전소≫에서는 주남〈규목〉편에 대해 이렇게 말한다.

> 생각건대 높은 나무가 아래로 굽어 늘어져 새머루가 위로 뻗을 수 있는 것은, 후비가 뭇 첩에게 은혜를 베풀 줄 알아서 그들이 후비와 친하게 지낼 수 있는 것을 비유한 것이다. ≪모전≫은 제1장에서 흥이라고 함으로써 이후의 장을 포괄했다. 시 전체가 이에 따랐다.
> 案樛木下曲而垂, 葛藟得而上曼之, 喻后妃能下逮其衆妾, 得以親坿焉. 傳於首章言興以晐下章也. 全詩倣此.

〈규목〉편 제2, 3장의 첫 두 구는 제1장을 반복한 것이다. 제1장이 흥이 있는 구이니, 제2, 3장도 자연히 흥이 있는 구라고 할 수 있다. 또한 이러한 흥이 있는 구가 다른 편의 장 첫머리에 있을 때에도 ≪모전≫은 역시 흥이 있는 구로 하였으니, 앞에서 논의한 〈거린〉, 〈남유가어〉, 〈유필〉의 세 편이 모두 이와 같다. 그 중 〈거

미를 확대한 것이다." "그 의미를 확대한 것"은 바로 하나를 들어 나머지의 예로 삼는 것이다. 진환은 〈갈담〉편에 대해 "흥의 의미가 〈원앙〉편과 같다.興義與鴛鴦篇同"라고 하였다. 〈권이卷耳〉편에서는 또한 〈갈담〉편은 "사물에 다가가 흥을 말한 것卽事以言興"이라고 하고, 〈권이〉편은 "사물에서 떨어져 흥을 말한 것離事以言興"이라고 하였다. 전자는 한 가지 사물을 들어 나머지 사물의 예로 삼은 것이고, 후자는 한 가지 사물을 들어 그 실정을 보인 것인데, 사실은 세분할 필요가 없다.

역자주 : 〈갈담〉편의 경우 칡베로 부인의 여러 가지 옷을 대표한 것이니, 〈원앙〉편에서 원앙새를 들어 임금이 만물과 접함을 대표한 것과 같다는 말이다. 〈권이〉편의 경우는 흥이 나물 캐기 자체를 말하려는 것이 아니라 후비의 근심을 나타내기 위한 것이라는 말이다. 이들 모두 한 가지 사물로 그와 연관되는 다른 사물, 또는 그 사물이 속한 범주 전체를 나타내는 환유에 해당한다.

린〉편 제2장 "언덕에는 옻나무, 늪에는 밤나무.阪有漆, 隰有栗"가 흥이 있는 구라면, 제3장의 "언덕에는 뽕나무, 늪에는 버드나무.阪有桑, 隰有楊"는 제2장을 반복한 것이므로 역시 함께 흥이 있는 구가 되는 것이다. 흥이 있는 시 가운데 시 전체에서 각 장이 반복되는 것은 모두 53편으로, 흥이 있는 시의 태반이다. 이들은 모두 "제1장에서 흥이라고 함으로써 다음 장을 포괄했다"고 할 수 있다. 또한 흥이 있는 시는 관례상 한 가지 "사물"을 비유로 하니, "관관 우는 저구새 황하 모래섬에 있다.關關雎鳩, 在河之洲"라든지, "비바람 싸늘한데 닭 울음 꼬끼오.風雨淒淒, 雞鳴喈喈"37)의 경우, 하나는 저구새를 중심으로, 다른 하나는 닭 울음을 중심으로 하여 모두 다 한 가지 사물이다. 간간이 두 가지 사물을 같이 드는 경우가 있지만 반드시 같은 부류이다. 이러한 흥이 있는 구는 종종 평행하니, "산에는 당체, 늪에는 연꽃.山有扶蘇, 隰有荷華",38) "칡이 자라 좀모형 덮고, 거지덩굴 뻗어 들판에 있네.葛生蒙楚, 蘞蔓于野"39) 같은 경우이다. 오직 앞에서 인용한 〈남산〉편만 흥이 있는 구가 뚜렷이 숫여우를 중심으로 한 가지 사물을 꿰어서 말한 것이지만, 《모전》은 두 가지 비유로 나누었으니 이것이 그나마 있는 예외이다. 《모전》에서 흥이 있는 시의 표준은 전혀 그리 명확하지 않다. 이런 흥이 있는 시를 사례로 하면 흥이 있는 시를 더 많이 판정할 수 있을 것 같다. 가장 두드러진 것은 소아 〈황황자화皇皇者華〉편으로, 제1장은 다음과 같다.

---

37) 역자주 : 정풍 〈풍우·風雨〉편 제1장이다.
38) 역자주 : 정풍 〈산유부소山有扶蘇〉편 제1장이다.
39) 역자주 : 당풍 〈갈생葛生〉편 제1장이다.

皇皇者華, 于彼原隰.　흐드러진 꽃 저 언덕과 늪에 있네.
駪駪征夫, 每懷靡及.　수많은 사신이 자기 생각만 하면 제 때 닿
　　　　　　　　　　지 못하리.

제2구 뒤에서 ≪모전≫은 이렇게 말한다.

　　'皇皇'은 '빛나다煌煌'와 같다. 높이 편평한 것은 언덕이라 하고, 아
　　래 습한 곳을 늪이라 한다. 충신이 사신 일을 받들어 임금의 명령을
　　빛내면서 멀고 가까움을 따짐이 없는 것은 꽃이 높고 낮음에 따라
　　빛깔을 바꾸지 않는 것과 '같다.'
　　皇皇, 猶煌煌也. 高平曰原. 下濕曰隰. 忠臣奉使, 能光君命, 無遠無近,
　　"如"華不以高下易其色.

　　≪모전≫에서는 명백히 "如"자를 써서 "흐드러진 꽃" 두 구가 비
유구임을 뚜렷이 하고 있지만, 그래도 이것을 흥이라고 말하지는 않
는다. 한편 패풍 〈연연燕燕〉편에 대해 〈모시서〉는 위衛나라 장강莊
姜이 대규戴嬀를 전송하는 것으로 보았다.[40] 제1장은 다음과 같다.

燕燕于飛, 差池其羽.　제비들이 날아갈 때 날개깃 활짝 펴네.
之子于歸, 遠送于野.　그이가 돌아가니 멀리 들판에서 전송하네.
瞻望弗及, 泣涕如雨.　바라보아도 닿지 않자 눈물이 비 오듯.

---

40) 역자주 : 장강은 제나라 공주로 위 장공莊公에게 시집왔다. 〈모시서〉에는 "장강이 친
　　정으로 돌아가는 첩을 전송한 것이다.莊姜送歸妾也"라고만 되어 있고, 대규의 이야기
　　는 ≪정전≫에 보인다. 그에 따르면 장강에게 자식이 없었는데 진陳에서 들어온 후궁
　　인 대규가 아들을 낳았다. 이름은 완完이었고 장강이 자기 아들로 삼았다. 장공이 죽
　　고 완이 즉위하자 주우州吁가 그를 죽였다. 대규는 그 때문에 친정에 돌아가고 말았
　　다. 그 때 장강이 대규를 전송하며 〈연연〉을 지은 것이다.

제2구 뒤에서 《모전》은 이렇게 말한다.

'燕燕'은 제비이다. 제비가 날 때는 반드시 날개깃을 활짝 편다.
燕燕, 鳦也. 燕之於飛, 必差池其羽.

《정전》은 이렇게 말한다.

날개깃 활짝 편다는 것은 꽁지깃을 펼친다는 말이다. 대규가 돌아갈 때 자기 옷을 돌아보는 것을 "흥으로 일으켰다."
差池其羽, 謂張舒其尾翼. "興"戴媯將歸, 顧視其衣服.

이것도 일리가 있는 말이다. 옛 사람은 아무래도 《모전》의 기준이 명확하지 않다는 것을 감히 말하지 못했던 것이다. 주남 〈종사螽斯〉편에 대해 《모시정의》에서는 《정지》에서 장일張逸에게 답한 내용을 다음과 같이 인용하였다.

이렇게 인간사가 없는 것은 사실 흥이다. 글의 뜻이 저절로 풀어지므로 말하지 않은 것이니, 여러 설에서 풀이하지 않은 것일 따름이다. 여러 편이 다 그러하다.
若此無人事, 實興也, 文義自解, 故不言之, 凡說不解者耳. 衆篇皆然.

이것은 분명 에둘러 감싸는 것이요, 그 설을 대신 맞춰주는 격이다.

《정전》에서 흥이 있는 시를 설명할 때는 상세하고 분명하며 조리가 있어서 《모전》보다 낫다. 그러나 "《시경》을 지은 이의 뜻"은 여전히 알기 어렵다. 정현은 "《시경》의 흥詩之興"은 "비슷하

게 하여 만든 것象而作之"으로 보았다.[41] ≪모전≫에서 말하는
"흥이다興也"에 대해 ≪정전≫에서는 대부분 "흥이란……을 비유한
것이다.興者喩"라고 설명한다. 예컨대 〈갈담〉편의 ≪정전≫은 다음
과 같다.

칡은 부녀자에게 할 일이 있는 것이다. 이 구절은 칡의 속성으로 인
해 흥을 일으킨 것이다. "흥이란", 칡이 골짜기 안으로 덩굴을 뻗은
것으로, 딸이 부모의 집에 있으면서 몸이 점차 나날이 자라는 것을
"비유한 것이다." 잎이 무성한 것은 용모가 아름다워진 것을 "비유
한 것이다."
葛者, 婦人之所有事也. 此因葛之性以興焉. "興者", 葛延蔓於谷中,
"喩"女在父母之家, 形體浸浸日長大也. 葉萋萋然, "喩"其容色美盛.

한편 〈도요桃夭〉편의 ≪정전≫은 다음과 같다.

'흥이란' 당시에 부녀자가 모두 나이가 차서 때맞춰 시집간 것을 '비
유한 것이다.'
'興者, 喩'時婦人皆得以年盛時行也.

〈종사〉편의 ≪모시정의≫에서는 "≪정전≫에서 말하는 '흥이
란……을 비유한 것이다'는 ≪모전≫에서 흥으로 일으킨 것이 그로
써 이 사물을 비유하려 한 것임을 말한 것이다. '흥'과 '비유'는 이

---

41) ≪주례≫ 천관天官 사구司裘 "왕의 상례에는 가죽옷을 본뜨고 가죽장식 수레를 꾸민
다.大喪廞裘, 飾皮車"에 대한 주이다.
역자주 : ≪주례주소周禮注疏≫에서 정현은 "내가 볼 때 '廞은 '興'으로, ≪시경≫의
흥과 같으니, 비슷하게 하여 만드는 것을 말한다. 귀신을 위한 부장품은 반드시 대충
작게 할 따름이다.玄謂廞, 興也, 若詩之興, 謂象似而作之. 凡爲神之偶衣物, 必沽而小耳"
라고 하였다.

름만 다르고 실질은 같다.箋言興者喩, 言傳所興者, 欲以喩此事也. 興喩名異而實同"라고 말한다. 어떤 때는 "흥이란……과 같다興者猶"라고도 하고, 어떤 때는 "……과 같다猶"라고만 하고, 어떤 때는 또 "그로써……을 비유한 것이다以喩"라고도 하지만 그런 표현은 모두 적다. 또한 ≪정전≫은 ≪모전≫의 흥이 있는 시의 사례를 참조하여 약간의 흥이 있는 시를 첨가했다. 〈연연〉편 외에도 소아 〈사월四月〉 편 첫머리의 "사월이면 여름이고, 유월은 더위가 시작하네.四月維夏, 六月徂暑." 두 구에 대해 ≪정전≫에서는 이렇게 말한다.

> '徂'는 '始'와 같다. 사월이면 입하가 되고, 유월이 되어야 비로소 무더위가 시작한다. 사람이 악을 행하는 것 또한 차례가 있어 하루아침의 일이 아님을 '흥으로 일으킨다.'
> 徂, 猶始也. 四月立夏矣, 至六月乃始盛暑. '興'人爲惡, 亦有漸, 非一朝一夕.

이 역시 분명히 '흥'을 말한 것이다. 또한 소남 〈은기뢰殷其靁〉편의 "우르릉 우레 남산 남쪽에 있네.殷其靁, 在南山之陽"에서 ≪정전≫은 이렇게 말한다.

> 우레는 '그로써' 호령을 '비유한 것이다.' 남산 남쪽에 있는 것은 또한 바깥에 있음을 '비유한 것이다.' 소남의 대부가 왕명으로 사방에 호령을 펴니, 우레가 우르릉 거리며 산 남쪽에서 소리를 내는 것'과 같다.'
> 靁'以喩'號令. 於南山之陽, 又'喩'其在外也. 召南大夫以王命施號令於四方, '猶'靁殷殷然發聲於山之陽.

"그로써……을 비유한 것이다"라는 말이나 "……과 같다"라는 말이나 바로 ≪모전≫의 흥이 있는 시라고 한 사례와 같다. 이 부류는 ≪정전≫에서 확장한 흥이 있는 시라고 할 수 있다. ≪정전≫이 비록 상세한 설명에 조리가 있지만, 흥이 있는 시의 비유 의미를 설명한 것은 ≪모전≫과 같이 모두 일반인의 상상을 한참 벗어난다. 황간黃侃[42]은 ≪문심조룡찰기文心雕龍札記≫ 〈비흥比興〉편에서 "스승의 말씀으로 전수받은 게 아니라면, 어찌 자기 생각으로 미루어 찾을 수 있으리오.自非受之師說, 焉得以意推尋"라고 했으니 틀린 말이 아니다. 이른바 "스승의 말씀"이란 오직 "사람을 알고 세상을 논하는 것知人論世"[43]일 뿐이다. "사람을 알고 세상을 논하는 것"의 결과가 왜 일반인의 상상에서 한참 벗어날 수 있을까? 이것이야말로 진짜 하루아침의 일이 아니기 때문이다.

---

42) 역자주 : 황간(1886~1935), 자는 계강季剛, 호는 양수거사量守居士, 호북 기춘현蘄春縣 사람. 장태염章太炎, 유사배劉師培에게서 소학小學과 경학을 배우고 북경대학, 중앙대학 등에서 교수로 있었다. 저서로 ≪집운성류표集韻聲類表≫, ≪문심조룡찰기文心雕龍札記≫, ≪일지록교기日知錄校記≫ 등이 있다.

43) 역자주 : ≪맹자・만장하萬章下≫ 제17장 "그의 시를 외고 그의 글을 읽으면서 그 사람을 모른다면 되겠는가? 그래서 그 시대를 논하는 것이다.頌其詩, 讀其書, 不知其人, 可乎. 是以論其世也."

흥의 기원 찾기

춘추시대에 열국의 대부가 외국에 방문할 때 보통 시를 읊어 뜻을 말하였는데, ≪좌전≫에 상세한 내용이 보인다. 시를 읊는 것은 대부분 혼자 노래하는 것이지만, 어떤 때는 악공에게 부르게 하기도 했다. 노래로 부를 때 어떤 때는 시 전체였고 어떤 때는 단지 한 두 장만 고르기도 했다.[44] 당시 사람들은 말을 할 때도 늘 시를 인용하여 증거로 삼곤 했다. 읊거나 인용한 시는 대부분 "시 삼백 편詩三百" 안에 있다. ≪시경≫은 한 장만 읊는 경우가 많은 듯하다. ≪좌전≫ 양공 28년에 노포계盧蒲癸는 "시를 읊을 때 장을 끊

---

44) ≪左傳≫ 僖公 23년 "공이 〈유월〉편을 읊었다公賦六月" 구절 다음에 ≪春秋左傳正義≫에서 인용한 劉炫의 설을 참조. 또한 ≪左傳≫ 襄公 20년에 계무자季武子가 송宋나라에 가서 "〈상체〉편의 제7장에서 끝까지 읊었다.賦常棣之七章以卒"에 대해 杜預는 "'제7장에서 끝까지'는 제8장까지 다한 것이다.七章以卒, 盡八章"라고 풀이하였다. 이 시는 8장에 이르러 마치니 "제7장에서 끝까지"란 제7, 8장 두 장을 읊은 것이다. 역자주 : 두예는 진秦 목공穆公이 읊은 〈유월〉을 비롯하여 ≪좌전≫에서 편명만 든 시가 대체로 제1장의 내용을 가리킨다고 보았다. 유현은 그와 달리 편명만 든 시가 마지막 장의 내용을 가리킨 사례, 소공 원년의 〈대명大明〉편 제1장을 읊었다고 명시한 사례를 들어 두예를 반박했다. 소아 〈상체〉 제7, 8장은 다음과 같다. "처자식과 화합하니 금과 슬 뜯는 듯. 형제간에 화목하면 즐겁고도 또 즐겁네. 그대 집안을 알맞게 다스리고 그대 처자식을 즐겁게 하게. 이를 궁리하고 도모하면 정말 그렇게 되리라.妻子好合, 如鼓瑟琴. 兄弟旣翕, 和樂且湛. 宜爾室家, 樂爾妻帑. 是究是圖, 亶其然乎." 양국의 우의관계를 형제지간에 비유한 것이다.

듯이, 내가 필요한 부분을 취하는 것이다.賦詩斷章, 余取所求焉"라고 말했다. 두예는 "비유하자면 시를 읊을 때 제1장만 취하는 것과 같다.譬如賦詩者, 取其一章而已"라고 풀이했다. "내가 필요한 부분을 취하는 것"은 곧 ≪국어≫에서 사해師亥가 말한 "시는 그로써 뜻을 이루는 것詩所以合意"(〈魯語〉下)이기도 하다. 시를 읊을 때 단지 한 두 장만 취하거나, 또한 한 장에서 한 두 구만 가져다가 자기 뜻에 맞추는 것을 "단장취의斷章取義"라고 하고, 시를 인용할 때도 역시 이와 같다. 이런 것은 모두 옛 시를 빌려 파생된 뜻을 더하고, 그 가운데 자기 뜻을 밝힐 수 있는 것을 가져다 쓰면 그만이다. "≪시경≫을 지은 이의 뜻"은 따지지 않는다. 가장 두드러진 예는 ≪좌전≫ 성공成公 12년 진晉나라 극지郤至가 초楚나라 자반子反에게 대답한 말이다.

세상이 잘 다스려질 때는 제후가 천자의 일을 마치고 한가해지면 서로 방문했습니다. 이때는 향례와 연례가 있습니다. 향례로써 공경과 검약을 가르치고, 연례로써 자애와 은혜를 보입니다. 공경과 검약으로써 예법을 행하고, 자애와 은혜로써 정사를 펼칩니다. 정사는 예법으로써 완성되고 백성은 그 덕에 쉴 수 있으니, 백관이 일을 볼 때는 아침에 하고 저녁에는 하지 않습니다. 이것이 임금이 백성을 지키는 방법입니다. 그래서 ≪시경≫에서 "씩씩한 무부는 임금의 간성이로다"라고 하였습니다. 세상이 어지러워지면 제후는 탐내는 마음을 내어 침략의 야욕을 꺼리지 않습니다. 한 두 길의 땅을 다투느라 백성의 재산과 생명을 탕진합니다. 무부를 부려 자기 심복, 팔다리, 발톱과 어금니로 삼습니다. 그래서 ≪시경≫에서 "씩씩한 무부는 임금의 심복이로다"라고 하였습니다. 천하에 도가 있다면 임금은 백성의 간성이 되어 자기 심복을 통제합니다. 난세가 되면 반대로 합니다.

世之治也, 諸侯間於天子之事, 則相朝也. 於是乎有享宴之禮. 享以訓共
儉, 宴以示慈惠. 共儉以行禮, 而慈惠以布政. 政以禮成, 民是以息, 百
官承事, 朝而不夕. 此公侯之所以扞城其民也. 故詩曰, 赳赳武夫, 公侯
干城. 及其亂也, 諸侯貪冒, 侵欲不忌. 爭尋常以盡其民. 略其武夫, 以
爲己腹心股肱爪牙. 故詩曰, 赳赳武夫, 公侯腹心. 天下有道, 則公侯能
爲民干城, 而制其腹心. 亂則反之.

이 네 구의 시는 모두 주남 〈토저兔罝〉편에 있는데, 앞의 두 구
는 제1장에 있고 뒤의 두 구는 제3장에 있다. 이 세 장의 시는 연
장체聯章體45)로 "씩씩한 무부는 임금의……이로다"의 두 구(제2장
에는 이 구 다음에 "임금의 좋은 짝이로다公侯好仇"로 되어 있다)는
전체 세 장의 구법이 동일하니 의미도 자연히 똑같다. 극지는 자기
논변의 편리를 위해 굳이 이들 네 구를 상반된 뜻으로 설정했으니,
당연히 천착이요 번잡한 논리에 견강부회한 것이다. ≪좌전≫의 기
록을 보면 그 당시 경대부들은 "≪시경≫ 삼백 편"에 대해 대체로
모두 익숙하여, 각 편의 본래 의미는 그들이 원래부터 뚜렷이 잘
아는 바였으니, 마치 우리가 피황희皮黃戲46)에 대해 잘 아는 것과
마찬가지이다. 그들은 시 읊는 것과 시 인용하는 것을 들을 때 오
직 읊고 인용하는 사람의 의도가 어디에 있는지에만 집중하였다.
원래의 시에 대한 이해가 읊고 인용하는 사람에 따라 왜곡될 리는
없었다. 흡사 후대에 시나 문장에서 전고를 사용할 때 단지 옛 전
적을 새로이 쓸 뿐, 원래의 뜻과 다 합치할 필요가 없었던 것과 같

---

45) 역자주 : 연장체는 한 편의 시가 몇 개의 연으로 이어진 체재로, 같은 형식이 반복되
면서 일부 글자만 변환되는 것을 특징으로 한다.
46) 역자주 : 경극京劇의 대표적인 곡조인 서피西皮와 이황二黃을 합쳐서 '피황'이라고 부
르는데, 피황희는 곧 경극을 말한다.

다. 독자가 작자의 기교를 감상할 때 그 때문에 원전의 뜻을 오해할 가능성은 전혀 없었다. 하지만 이러한 시와 문장에 주석을 다는 사람은 원전을 찾아서 사실에 맞는지 조사해야 한다. 그런데 ≪모전≫과 ≪정전≫에서 ≪시경≫을 풀이할 때는 그렇게 하지 않았다. "≪시경≫ 삼백 편"은 원래 사물을 접하여 감정을 말하는 작품이 많아서 당시의 뜻은 본디 이해하기 쉬웠다. 모씨나 정현의 손에 들어가자 의도적으로 깊이 파고들어 전부 시를 읊고 인용하는 방식으로 해설하고 끊어놓은 장의 뜻을 시 전체의 뜻으로 삼았으니, 결과는 자연히 일반인의 상상 밖으로 멀리 벗어나버린 것이다. 그리고 비나 흥을 설명할 때에는 더욱 그러했다.

≪좌전≫에서 기록한 읊은 시는 현재의 ≪시경≫에 보이는 것이 모두 58편으로, 국풍 25편, 소아 26편, 대아 1편, 송 1편이다. 인용한 시는 모두 84편으로, 국풍 26편, 소아 23편, 대아 18편, 송 17편이다. 중복된 것은 모두 계산에 넣지 않았다.[47] 두 항목을 합쳐서 중복되는 것을 빼면 모두 123편으로, 국풍 46편, 소아 41편, 대아 19편, 송 17편이니 전체 시에서 삼분의 일이나 차지한다. "≪시경≫ 삼백 편"이 당시에 유행하여 성황을 이룬 것이 광범위했음을 알 수 있다. ≪좌전≫에서 읊은 작품 가운데 ≪모전≫에서 흥이 있는 시로 판정한 것은 26편이고, 인용한 작품은 21편이 흥이 있는 시이다. 두 항목을 합쳐서 중복되는 것을 빼면 모두 40편으로 흥이 있

---

47) 勞孝輿 ≪春秋詩話≫의 계산에 따르되, 〈갈류〉한 편만 보충해 넣었다. 역자주 : ≪춘추시화≫에는 권1의 〈부시賦詩〉에 총 31칙則, 권3의 〈인시引詩〉에 총 75칙이 소개되어 있는데 편수는 기록되어 있지 않다. 주자청의 집계 근거가 무엇인지 알기 어렵다. 동치안董治安에 따르면 인용한 시는 국풍 23편, 소아 24편, 대아 19편, 송 17편이다. 읊은 시는 국풍 23편, 소아 23편, 대아 5편, 송 1편이다. 중복된 것은 계산하지 않았다. 〈從左傳國語看詩三百在春秋時期的流傳〉 부록 〈左傳所載引詩賦詩歌詩作詩綜表〉, ≪先秦文獻與先秦文學≫, 齊魯書社, 1994, 35~45쪽.

는 시 전체에서 삼분의 일만 차지한다. 시 읊기에서 뚜렷이 비유의 뜻을 쓴 9편 가운데 흥이 있는 시는 7편이 있다.[48] 시 인용하기에서 뚜렷이 비유의 뜻을 쓴 10편 가운데 흥이 있는 시는 5편이 있다.[49] 여기서는 ≪좌전≫에서 비유의 뜻을 분명히 설명하면서 모시와 서로 부합하는 다섯 편만 예로 들어 ≪좌전≫의 순서에 따라 논한다. 먼저 시 읊기를 보자. 문공 4년에 이렇게 되어 있다.

> 위나라 영무자가 방문하니 공이 그에게 연회를 베풀어주며 〈잠로〉편 및 〈동궁〉편을 읊었다. 그는 사례하지 않고 또한 답시를 읊지도 않았다. 의전 담당관에게 가만히 물어보게 하니 대답하기를, "저는 악공들이 연습하다가 그 곡을 읊은 줄 알았습니다. 옛날에 제후가 정월에 왕에게 조회하면 왕은 그들에게 연악을 베풀어 주는데 이때 〈잠로〉편을 읊었으니, 천자는 태양에 해당하고 제후는 그 명령을 시행하는 것입니다.
> 甯武子來聘, 公與之宴, 爲賦湛露及彤弓, 不辭, 又不答賦. 使行人私焉, 對曰, 臣以爲肄業及之也, 昔諸侯朝正於王, 王宴樂之, 於是乎賦湛露, 則天子當陽, 諸侯用命也.

〈잠로〉의 〈모시서〉와 ≪모전≫에 따르면 다음과 같다.

> 〈잠로〉는 천자가 제후에게 연회를 베푸는 것이다.
> 湛露, 天子燕諸侯也.

> 흥건한 이슬은 햇볕 아니면 마르지 않으리. (흥이다. '湛湛'은 이슬이

---

48) 〈湛露〉, 〈摽有梅〉, 〈鴻雁〉, 〈黍苗〉, 〈常棣〉, 〈野有蔓草〉, 〈鵲巢〉.
49) 〈葛藟〉, 〈行露〉, 〈谷風〉, 〈桑柔〉, 〈蓼莪〉.

가득한 모습이다. '陽'은 태양이다. '晞'는 마르는 것이다. 이슬이 흥
건하더라도 햇볕을 쬐면 마른다.) 훈훈한 밤의 술자리 취하지 않으
면 돌아가지 못하리. (≪모전≫ 생략)

湛湛露斯, 匪陽不晞. (興也. 湛湛, 露茂盛貌. 陽, 日也. 晞, 乾也. 露雖
湛湛然, 見陽則乾.) 厭厭夜飮, 不醉無歸. (傳略)

〈모시서〉와 ≪모전≫을 합쳐서 보면 바로 "천자는 태양에 해당
하고 제후는 그 명령을 시행한다"는 뜻이다. 또 ≪좌전≫ 양공 16
년에 제나라가 다시 노나라를 치자 노나라는 목숙穆叔을 진晉나라
에 사신으로 보내어 구원을 요청했다. 그는 "범선자를 만나 〈홍안〉
의 마지막 장을 읊었다. 선자가 말했다. '제가 여기 있는데 감히 노
나라가 머물 곳 없게 하겠습니까?'見范宣子, 賦鴻鴈之卒章, 宣子曰,
匄在此, 敢使魯無鳩乎"(두예 주 : '鳩'는 머묾이다.杜注, 鳩, 集也.)
〈홍안〉의 〈모시서〉에는 이렇게 되어 있다.

〈홍안〉은 선왕을 찬미한 것이다. 온 백성이 흩어져 사는 곳이 편안
하지 않자 그들을 다독여 부르고 정착하여 편히 머물게 하니 홀아비
과부도 제 자리를 얻지 못하는 이가 없을 정도였다.

鴻鴈, 美宣王也. 萬民離散, 不安其居, 而能勞來還定, 安集之, 至于矜
寡, 無不得其所焉.

시의 마지막 장 ≪모전≫에는 이런 말이 있다.

기러기 날 때 우우 슬피 우네. (편히 머물 곳을 찾지 못하니 우우거
리는 것이다.) 이 훌륭한 분은 우리가 고생한다고 하는데, 저 어리석
은 자는 우리가 교만해 보인다고 하네. ('宣'은 보이는 것이다.)

鴻鴈于飛, 哀鳴嗷嗷. (未得所安集, 則嗷嗷然.) 維此哲人, 謂我劬勞. 維彼愚人, 謂我宣驕. (宣, 示也.)

"편히 머물다"의 뜻은 바로 ≪좌전≫에서 비롯된 것이다. 한편 ≪좌전≫ 양공 19년에는 이렇게 되어 있다.

계무자가 진나라에 가서 군사 원조에 사례하자 진나라 임금이 그에게 향연을 베풀었다. 당시 범선자가 정권을 맡았는데 〈서묘〉를 읊었다. 계무자는 일어나 두 번 절하고 머리를 조아린 뒤 말했다. "작은 나라가 큰 나라를 우러름은 온갖 곡식이 단비를 우러름과 같습니다. 만약 늘 단비를 내려주신다면 천하가 화목하리니 어찌 저희 고을만이겠습니까."
季武子如晉拜師, 晉侯享之. 范宣子爲政, 賦黍苗. 季武子興, 再拜稽首曰, 小國之仰大國也, 如百穀之仰膏雨焉, 若常膏之, 其天下輯睦, 豈唯敝邑.

소아 〈서묘〉의 〈모시서〉와 ≪모전≫에 따르면 다음과 같다.

〈서묘〉는 유왕을 풍자한 것이다. 천하를 윤택하게 하지 못하니 경사가 소백의 직무를 집행할 수 없었다.
黍苗, 刺幽王也. 不能膏潤天下, 卿士不能行召伯之職焉.

무성한 기장 싹 단비가 적시네. (흥이다. '芃芃'은 크게 자란 모습이다.) 터벅터벅 남행길 소백이 위로하네. ('悠悠'는 다니는 모습이다.)
芃芃黍苗, 陰雨膏之. (興也. 芃芃, 長大貌) 悠悠南行, 召伯勞之. (悠悠, 行貌)

이른바 "천하를 윤택하게 하지 못하니"도 ≪좌전≫에서 비롯된 것이다.

다음은 시 인용하기이다. ≪좌전≫ 문공 7년에는 이렇게 되어 있다.

> 송나라 성공이 죽었다.……소공이 여러 공자를 제거하려 하자 악예가 말했다. "안 됩니다. 공족은 공실의 가지와 잎입니다. 만약 없앤다면 뿌리는 그늘로 덮을 수 없게 됩니다. 새머루조차도 뿌리를 그늘로 덮을 줄 알기에 군자가 그것을 비유로 삼았는데 하물며 나라의 임금이겠습니까."
> 宋成公卒.……昭公將去群公子. 樂豫曰, 不可. 公族, 公室之枝葉也. 若去之, 則本根無所庇陰矣. 葛藟猶能庇其本根, 故君子以爲比, 況國君乎.

왕풍 〈갈류〉의 〈모시서〉와 ≪모전≫에 따르면 다음과 같다.

> 〈갈류〉는 왕족이 평왕을 풍자한 것이다. 주 왕실은 도가 쇠퇴하여 온 친족을 저버렸다.
> 葛藟, 王族刺平王也. 周室道衰, 棄其九族焉.

> 구불구불 새머루 황하 가에 있네. (흥이다. '縣縣'은 길고 끊임없는 모습이다. 물가를 '滸'라고 한다.) 끝내 형제와 멀어져 다른 이를 아비라 하네. (형제의 도리가 이미 서로 멀어져 버렸다.) 다른 이를 아비라 하면서 또 나는 돌보지 않네.
> 縣縣葛藟, 在河之滸. (興也. 縣縣, 長不絶之貌. 水厓曰滸.) 終遠兄弟, 謂他人父. (兄弟之道, 已相遠矣.) 謂他人父, 亦莫我顧.

이른바 "온 친족을 저버렸다", "형제의 도리가 이미 서로 멀어져 버렸다"는 모두 ≪좌전≫에서 비롯된 것이다. 진환은 "이 시는 새머루로 인해 흥이 일어났고 또 새머루를 비유로 삼았다. 그래서 ≪모전≫에서 흥이라고 하였고, ≪좌전≫에서는 비로 본 것이다. 此詩因葛藟而興, 又以葛藟爲比, 故毛傳以爲興, 左傳以爲比"라고 하였다. ≪좌전≫의 "비"는 단지 비유로, ≪모전≫의 흥이 "발단"이라는 의미를 포함하는 것과는 다르니, 진환의 설명이 매우 정확하다. 다만 그는 그 다음에 다시 "흥이라고 말하지만 비가 이미 거기에 깃들어 있는 것"이라고 했는데, 그것은 도리어 모호하다. 한편 ≪좌전≫ 양공 31년에는 이렇게 되어 있다.

북궁문자가 위나라 양공을 모시고 초나라에 간 것은 송나라에서의 맹약 때문이다. 정나라를 지날 때 인단이 비림으로 나와 그들을 위로했는데 공식방문의 의전으로 했으나 위로라고만 하였다. 이에 북궁문자가 정나라 수도를 공식방문했다. 자우가 의전 담당이었다. 풍간자와 자태숙이 영접했다. 방문을 마치고 나와서 위나라 임금에게 말했다. "정나라는 예의가 있으니 여러 대에 걸쳐 복을 받고 대국의 토벌이 없을 것입니다. ≪시경≫에 '누가 뜨거운 것을 잡았을 때 물로 씻지 않을 수 있겠는가'라고 했습니다. 예의와 정치의 관계는 뜨거운 것에 데었을 때 물로 씻는 것과 같습니다. 물로 씻어서 뜨거운 것을 식힐 수 있다면 무슨 근심이 있겠습니까."
北宮文子相衛襄公以如楚, 宋之盟故也. 過鄭, 印段迋勞于棐林, 如聘禮而以(用)勞辭. 文子入聘. 子羽爲行人. 馮簡子與子大叔逆客. 事畢而出, 言於衛侯曰, 鄭有禮, 其數世之福也, 其無大國之討乎. 詩曰, 誰能執熱, 逝不以濯. 禮之於政, 如熱之有濯也. 濯以救熱, 何患之有.

대아 〈상유桑柔〉 제5장의 ≪모전≫은 다음과 같다.

계책을 삼가 신중히 세우지만 난리에 깎여나가는 처지. ('毖'는 삼감이다.) 그대에게 근심 걱정하도록 알리고 그대에게 벼슬 주는 법도를 가르치리. 누가 뜨거운 것을 잡았을 때 물로 씻지 않을 수 있겠는가. ('濯'은 뜨거운 것을 식히는 것이다. 예의도 또한 어지러움을 다스리는 것이다.) 어찌 잘 되겠냐고 한다면 서로 재난에 빠뜨리는 셈이라네.

爲謀爲毖, 亂況斯削. (毖, 愼也.) 告爾憂恤, 誨爾序爵. 誰能執熱, 逝不以濯. (濯, 所以救熱也. 禮, 亦所以救亂也.) 其何能淑, 載胥及溺.

"누가 뜨거운 것을 잡았을 때 물로 씻지 않을 수 있겠는가"라는 구절에 대한 ≪모전≫의 설명은 거의 완전히 ≪좌전≫과 같다. 〈상유〉는 흥이 있는 시이지만, 이 구절은 사실 〈모시서·대서〉에서 말하는 "비"이다. 이상의 다섯 가지 예에서 한편으로는 단장취의 또는 시로 뜻을 이루는 정황을 볼 수 있고, 다른 한편으로는 모시의 비와 흥이 ≪좌전≫의 영향을 받았음을 알 수 있다. 두 문헌이 서로 마주하는 상황에서는 단장취의라 하더라도 친절하고 알기 쉽다. 모시는 한결같이 시 읊기와 시 인용하기의 방식을 쓰고 있으면서도 배경 설명이 없기 때문에 어떤 때는 없는 사실을 꾸며낸다는 느낌이 들게 한다. ≪정전≫에서는 체계화에 힘쓰고 단장취의의 흔적을 지우기에 힘썼지만, 근본 태도는 ≪모전≫과 같으므로, 역시 없는 일을 꾸며내는 병폐를 피할 수 없다.

〈모시서〉의 주요 관점은 찬미와 풍자이다. 국풍과 아의 각 편 서문에서 분명히 "찬미"를 말한 것이 28편, 분명히 "풍자"를 말한 것이 129편으로 모두 154편이고,[50] 국풍, 소아 시 전체의 59퍼센트

---

50) 역자주 : 역자가 세어본 결과 〈모시서〉에 찬미는 34편, 풍자는 130편으로 보인다.(중복된 글자는 제외하고, 한 편의 서문에 "美"와 "刺"가 동시에 들어 있을 경우 처음에

남짓을 차지한다. 그중 흥이 있는 시는 67편으로, 찬미하는 시가 6편, 풍자하는 시가 61편으로, 흥이 있는 시 전체의 약 58퍼센트를 차지한다. 찬미와 풍자는 비나 흥에 전혀 제한을 받지 않고, 단지 일반적인 시의 효용일 뿐이다. 이른바 "시는 뜻을 말한 것"의 맨 처음 의미는 풍간과 칭송이니 곧 후대의 찬미와 풍자의 뜻이다. 고대에 천자는 정치를 하면서 공경에서 사에 이르기까지 시를 바치고 평민은 말을 전하게 했다.[51] 《시경》에서 시를 지은 의도를 밝힌 것은 12편이 있는데, 모두 풍간과 칭송에서 벗어나지 않는다.[52] 그런데 이 12편에서 오직 2편만 국풍이고 나머지는 전부 대아, 소아에 있다. 국풍시는 대개 민간에서 나오지는 않았지만,[53] 소아의 일부와 더불어 모두 "바친 시"가 아니라는 것은 의문의 여지가 없다. 유안劉安[54]이 이른바 "국풍은 여색을 좋아하되 넘치지 않고, 소아는 원망하되 어지럽지 않다.國風好色而不淫, 小雅怨誹而不亂"이니,[55] 어느 정도 이러한 시의 성질과 효용의 정곡을 찌른 것이다. 이것은 가요이지만, 귀족의 가요이다. 춘추시대에 국풍 시를 쓴 것은 비교적

나온 것을 집계.) 주자청의 집계 기준은 정확히 알기 어렵다.

51) 《國語》〈周語〉 상편에서 소공이 여왕에게 한 간언. 또 〈晉語〉 육편에서 범문자가 조문자에게 한 말, 《左傳》 襄公 14년에 사광이 진나라 평공에게 대답한 이야기가 있다.

52) 〈시언지〉편에 상세하게 설명했다.

53) 朱東潤, 〈國風出於民間論質疑〉(《讀詩四論》).

54) 역자주 : 유안(기원전 179~122), 패군沛郡 풍현豊縣(지금의 강소 서주시徐州市) 사람. 한 고조 유방의 손자로 회남왕淮南王에 봉해졌다. 〈이소전離騷傳〉을 지었고, 휘하의 문인을 동원하여 《회남자淮南子》를 편찬하였다.

55) 역자주 : 《문심조룡》〈변소辨騷〉편에 "옛날 한 무제가 〈이소〉를 좋아하여 회남왕 유안이 해설을 지었는데, '국풍은 여색을 좋아하되 넘치지 않고, 소아는 원망하되 어지럽지 않다. 〈이소〉같은 경우는 둘을 겸했다고 할 만하다.'라고 하였다.昔漢武愛騷, 而淮南作傳, 以爲國風好色而不淫, 小雅怨誹而不亂, 若離騷者, 可謂兼之"라고 되어 있다. 《사기》〈굴원가생열전屈原賈生列傳〉에도 같은 구절이 있는데, 출전이 나와 있지 않다.

늦은 때이다. ≪좌전≫ 희공 24년에 인용된 조풍曹風 〈후인候人〉이
처음이다. 노효여는 ≪춘추시화≫ 제2권에서 이렇게 말했다.

　　≪춘추≫는 희공 24년까지 80년이 된다. 이 해에 이르러 비로소 열
　　국의 국풍 시를 인용하기 시작했고, 앞에서 인용한 것은 모두 아, 송
　　이다. 국풍 시는 모두 때에 맞추어 지은 것임을 알 수 있다. 〈석인〉,
　　〈청인〉 따위가 그것이다. 그러나 좌구명이 다 표시하지 않은 것은,
　　보통 국풍 시에는 정확히 들어맞는 제목이 반드시 있지는 않았기 때
　　문이다. 〈모시서〉의 견강부회를 다 믿을 수 있겠는가.
　　春秋至僖二十四年爲八十年矣. 至此始引用列國之風, 前所引者皆雅頌.
　　可知風詩皆隨時所作, 如碩人, 淸人之類是也. 而左氏不悉標出者, 大抵
　　風詩未必有切指之題. 小序之傳會, 可盡信哉.

　국풍 시를 읊은 것은 문공 13년에 정鄭나라 자가子家가 읊은 용풍
〈재치載馳〉편이 처음인 것으로 보인다. 노효여는 이로써 "국풍 시는
모두 때에 맞추어 지은 것"이라고 추론하면서 위풍衛風 〈석인〉, 정
풍 〈청인〉 등을 예로 든 것이다. 하지만 시를 지은 시기에 대해 ≪
좌전≫에 기록이 있는 것은 오직 〈석인〉, 〈청인〉, 〈재치〉, 진풍秦風
〈황조黃鳥〉 네 편뿐이다.[56] 이 네 편에 따라 나머지 156편의 국풍
시를 유추해보면 모두 춘추 중엽 이후에 때에 맞추어 지은 것이지
만 참으로 믿기가 어렵다. 대개 국풍 시(와 소아의 일부)에 음악을
넣은 것은 비교적 늦었는데, 당시의 시는 소리를 쓰임으로 하였고,
음악을 넣은 뒤에야 널리 퍼질 수 있었다. 따라서 인용하거나 읊는
것도 늦어졌다. 하지만 노효여가 "국풍 시에는 정확히 들어맞는 제

---

56) 은공 3년, 민공 2년, 민공 2년, 문공 6년.

목이 반드시 있지는 않았기 때문이다. 〈모시서〉의 견강부회를 다 믿을 수 있겠는가"라고 한 것은 중요한 견해이다. 원래 희공 24년 이후로 국풍 시를 인용하고 읊는 일은 적지 않았다. 아, 송은 본디 풍자나 칭송의 작품이 많았으므로 단장취의를 하더라도 원래의 뜻에서 그리 멀어지지는 않았다. 하지만 국풍 시는 풍자나 칭송의 작품이 적었으므로 단장취의를 하면 흔히 원래의 뜻에서 많이 벗어났다. 당시에는 그렇게 해도 괜찮았다. 훗날 모시에서는 아예 전부 시 읊기나 시 인용하기의 방식으로 해설하니, 국풍 시(와 소아의 일부)에 대해서는 더욱 번잡한 논리에 견강부회가 되었다. 게다가 비유의 구절(비흥)은 더욱 그러했다.

'찬미와 풍자美刺'라는 명칭은 사실 춘추학파에 뿌리가 있다. 공양公羊,57) 곡량穀梁58) 학파에서 경을 해석할 때는 "칭찬과 나무람 褒貶"이라는 말을 쓰는 일이 많았는데, "잘한 점과 잘못美惡"이라는 말을 쓰기도 했다. ≪공양전≫ 은공 7년에 이런 말이 있다.

"등나라 후작이 죽었다." 어째서 이름을 말하지 않았는가? 작은 나라였기 때문이다. 작은 나라인데 "후작"이라고 한 것은 어째서인가? 꺼리지 않은 것이다. ≪춘추≫에서는 귀함과 천함에 같은 호칭을 꺼리지 않고, "잘한 점과 잘못"에 같은 표현을 꺼리지 않는다.

---

57) 역자주 : 공자가 썼다고 전해지는 ≪춘추≫에 대해 전국시대 제나라 때 자하子夏의 제자인 공양고公羊高가 풀이한 것이 전한 경제景帝 때 공양수公羊壽, 호무생胡毋生 등에 의해 금문으로 기록되었다고 전해진다. 이것을 ≪춘추공양전春秋公羊傳≫이라고 하며 한나라 때 학관에 세워져 춘추경학의 대표 학파로 자리 잡았다. ≪춘추≫의 내용을 문답식으로 풀이하여 미언대의를 드러냈다고 평가받는다. 하휴何休의 ≪춘추공양전해고春秋公羊傳解詁≫, 동중서의 ≪춘추번로春秋繁露≫ 등은 춘추공양학의 영향을 받은 저술이다.

58) 역자주 : 자하의 제자인 노나라의 곡량적穀梁赤이 전수한 것을 전한 선제宣帝 무렵에 금문으로 기록했는데, 이것을 ≪춘추곡량전春秋穀梁傳≫이라고 한다.

"滕侯卒." 何以不名. 微國也. 微國則其稱"侯"何. 不嫌也. 春秋貴賤不嫌同號, "美惡"不嫌同辭.

한편 희공 10년 "진나라에서 대부 이극을 죽였다.晉殺其大夫里克."의 경문經文에 대해 ≪공양전≫에서는 이렇게 말한다.

그러면 무엇 때문에 혜공이 진나라에 들어간 일을 말하지 않았는가? 진나라에서 임금이 나라를 드나든 일을 말하지 않은 것은 미리 문공을 위해 피한 것이다. 제나라 소백이 제나라에 들어갔을 때는 무엇 때문에 환공을 위해 피하지 않았는가? 환공은 재위 기간이 길고 "잘한 점"이 천하에 드러났기 때문에 그를 위해 옛 "잘못"을 피하지 않은 것이다. 문공은 재위 기간이 짧고 잘한 점이 천하에 드러나지 않았기 때문에 그를 위해 옛 잘못을 꺼린 것이다.

然則曷爲不言惠公之入. 晉之不言出入者, 踊(何休注, 豫也)爲文公諱也. 齊小白入于齊, 則曷爲不爲桓公諱. 桓公之享國也長, "美"見乎天下, 故不爲之諱本"惡"也. 文公之享國也短, 美未見乎天下, 故爲之諱本惡也.

이들은 모두 "잘함과 잘못美惡"을 함께 말했는데, 이들은 실사實辭59)이고 명사이다. "美惡"은 당시의 숙어였는데, 어떤 때는 형용사나 부사로 쓰기도 했다.60) 한편 ≪곡량전≫ 희공 원년에는 이렇게 되어 있다.

---

59) 역자주 : 실사는 실제의미를 띠는 어휘로 한 문장에서 단독으로 성분을 구성한다. 명사, 동사, 형용사, 수량사, 대명사 등이 있다.

60) ≪좌전≫ 양공 23년 "안 아픈 병은 아픈 돌침만 못하다.美疢不如惡石.", ≪국어≫ 〈진어〉 권1 "그는 나쁘게 시작하더라도 좋게 끝낼 것이다.彼將惡始而美終.", ≪순자≫ 〈부국富國〉편 "그러므로 누구는 아름답게 차리게 하고 누구는 나쁘게 차리게 하고故使或美或惡". 이들은 모두 "美"와 "惡"을 대구로 하고 있으니 숙어임을 알 수 있다.

"제나라, 송나라, 조나라의 군대가 형나라에 성을 쌓았다." 이는 앞에 언급한 군대이다. ≪춘추≫에서는 이번 일을 앞의 일과 별개의 일처럼 다루었는데, 제나라 임금의 공적을 '찬미'하려 한 것이다.

"齊師, 宋師, 曹師城邢." 是向之師也, 使之如改事然, '美'齊侯之功也.[61]

또한 희공 9년의 ≪곡량전≫은 다음과 같다.

"구월 무진일에 제후들이 규구에서 맹약을 했다." 환공과의 맹약은 날짜를 쓰지 않는데 여기서는 어째서 날짜를 썼는가? 환공을 '찬미'한 것이다. 천자의 금령을 알렸기 때문에 (날짜를) 마련한 것이다.

"九月戊辰, 諸侯盟於葵丘." 桓盟不日, 此何以日. '美'之也. 爲見天子之禁, 故備之(日)也.

이것은 오로지 "찬미"만 말한 것이다. "美"자는 추상적 용법으로 동사이다. "惡"자가 이렇게 추상적으로 쓰인 사례는 ≪공양전≫과 ≪곡량전≫에는 보이지 않는다. "刺"자는 있는데 ≪곡량전≫에만 한 번 보인다. 장공莊公 4년 ≪곡량전≫에 이런 말이 있다.

"겨울에 공이 제나라 사람과 고에서 사냥을 했다." "제나라 사람"이란 제나라 임금이다. "사람"이라고 한 것은 어째서인가? 공의 적을 낮춤으로써 공을 낮춘 것이다. 무엇 때문에 공을 낮추었는가? 복수를 하지 않으면 원한을 풀 수 없다. 임의로 원한을 푼 것을 풍자한

---

61) 범녕范寧의 풀이에 따르면 인용문 앞의 "제나라, 송나라, 조나라의 군대가 섭북에 주둔한 것은 형나라를 구원하려는 것이었다.齊師, 宋師, 曹師次於聶北, 救邢"라는 말은 "제나라 임금齊侯"이 아니라 "제나라 군대齊師"를 칭찬한 것으로, 제 환공이 형나라를 구원하려는 성의가 없었음을 비판한 것이다. 인용문에서 말하는 "제나라 군대齊師"는 앞에 언급한 섭북에 주둔한 제나라 군대이다. 여전히 "제나라 군대"라고 부르고 있지만 별도로 서술한 것은 또 다르니, 이번은 환공이 형나라의 사직을 보존시킨 공을 칭송한 것이다.

것이다.

"冬, 公及齊人狩於郜." "齊人"者, 齊侯也. 其曰"人"何也. 卑公之敵, 所以卑公也. 何爲卑公也. 不復讎而怨不釋, 刺釋怨也.

여기의 "美"와 "刺"는 바로 모시에서 근본으로 삼는 것이다. 하지만 ≪공양전≫과 ≪곡량전≫에서 말하는 '잘함과 잘못', '찬미와 풍자'는 모두 천착의 혐의를 면할 수 없다. ≪모전≫과 ≪정전≫도 아마 그 영향을 받았을 것이다. ≪시경≫에도 '美刺'의 '刺'자가 한 번 나온다. 위풍魏風 〈갈구葛屨〉편 마지막에 시를 지은 의도가 서술되어 있다.

維是褊心, 是以爲刺. 이 편협한 마음 때문에 풍자한다네.

이는 풍자시의 내재적 증거로, ≪시경≫이 찬미와 풍자로 이루어졌다는 설의 배후로 삼기에 충분하다. 생각건대 "'美'는 '좋음善'이다. 美, 善也."[62) 〈모시서〉에는 간혹 "기리다嘉"라는 말도 쓰인다.[63) "'刺'는 꾸짖음이다. 刺, 責也."[64) 〈모시서〉에는 간혹 "꾸짖다責", "꾀다誘", "타이르다規", "깨우치다誨" 등의 말도 쓰인다.[65) "권계하다戒"는 더욱 자주 쓰인다. 예컨대 진풍秦風 〈종남終南〉의 〈모시서〉에서는 "양공을 권계한 것이다.戒襄公也"라고 하였다. 제1장 "종남산에

---

62) ≪국어≫ 〈진어〉 권1, "그는 나쁘게 시작하더라도 좋게 끝낼 것이다"에 대한 위소韋昭의 풀이.

63) 대아 〈가락假樂〉의 서문, "성왕을 기린 것이다. 嘉成王也."

64) 대아 〈첨앙瞻卬〉편 "하늘은 무엇으로 꾸짖으시나?天何以刺"의 ≪모전≫.

65) 위풍韋風 〈모구旄丘〉의 서문, "위나라 임금을 꾸짖은 것이다.責衛伯也." 진풍陳風 〈형문衡門〉의 서문, "희공을 꾄 것이다.誘僖公也." 소아 〈면수沔水〉의 서문, "선왕을 타이른 것이다.規宣王也." 〈학명鶴鳴〉의 서문, "선왕을 깨우친 것이다.誨宣王也."

는 무엇이 있나, 개오동과 매실나무 있지.終南何有, 有條有梅"의
≪모전≫에서도 "마땅함으로 마땅치 않음을 경계한 것이다.宜以戒
不宜也"라고 하였다. 〈모시서〉와 ≪모전≫이 뚜렷하게 서로 부합한
다. 하지만 〈모시서〉에서는 시 바치기나 풍자와 칭송의 역사적 사
실에 근거하면서도 또한 춘추학파의 용어를 사용했는데, 역시 아무
까닭이 없지는 않은 것 같다. ≪맹자≫〈등문공滕文公〉 하편에는
이런 말이 있다.

> 세상이 쇠퇴하고 도리가 미약해지자 삿된 학설과 흉악한 행태가 일
> 어나니, 신하가 임금을 죽이는 경우도 있고 아들이 아비를 죽이는
> 경우도 있었다. 공자는 두려워서 ≪춘추≫를 지었다.……공자가 ≪춘
> 추≫를 완성하니 반역자와 패륜아가 두려워하였다.
> 世衰道微, 邪說暴行有作, 臣弑其君者有之, 子弑其父者有之. 孔子懼,
> 作春秋……孔子成春秋而亂臣賊子懼.

조기趙岐[66]는 "반역자와 패륜아가 ≪춘추≫의 나무람과 꾸짖음
을 두려워한 것을 말한 것이다.言亂臣賊子懼春秋之貶責也"라고 풀
이하였다. 한편 〈이루離婁〉 하편에서는 이렇게 말했다.

> 왕도의 자취가 사라지자 시가 없어졌고, 시가 없어진 뒤 ≪춘추≫가
> 일어났다. 진나라의 ≪승≫, 초나라의 ≪도올≫, 노나라의 ≪춘추≫는
> 매한가지이다. 다룬 사실은 제 환공, 진 문공의 일이고 쓴 글은 사관
> 의 문장이다. 공자가 말했다. "그 의리는 내가 남몰래 취한 것이다."
> 王者之迹熄而詩亡, 詩亡然後春秋作. 晉之乘, 楚之檮杌, 魯之春秋, 一

---

66) 역자주 : 조기(?~201), 자는 빈경邠卿. 경조京兆 장릉長陵(지금의 섬서 함양시咸陽市)
사람. 후한 헌제獻帝 때 태상太常 벼슬을 지냈다. ≪맹자≫ 주석으로 유명하다.

也. 其事則齊桓, 晉文, 其文則史. 孔子曰, 其義則丘竊取之矣.

초순焦循[67]은 ≪맹자정의孟子正義≫에서 "뭇 역사에는 의리가 없지만 ≪춘추≫에는 의리가 있다.諸史無義而春秋有義"라고 하였는데, 정확한 풀이이다. 이른바 "의리義"란 무엇일까? 위작인 손석孫奭의 소疏[68]에는 이렇게 되어 있다.

> ≪춘추≫는 의리로 판단한다.……상벌의 뜻을 칭찬과 나무람에 깃들이고, 칭찬과 나무람의 뜻은 한 마디 말에 깃들였을 따름이다.
> 蓋春秋以義斷之……以賞罰之意寓之褒貶, 而褒貶之意則寓於一言耳.

역사의 칭찬과 나무람이 시에서는 곧 풍간과 칭송이다. 맹자의 말을 다시 정리하면 다음과 같다. 시 바치기의 사적이 이미 쇠퇴하여 없어지자 공자가 풍간과 칭송의 의리를 역사에 부여하여 ≪춘추≫를 지었다. 그가 좋은 일은 칭찬하고 나쁜 일은 나무라서 천하 후세에 가르침을 내렸으니, "반역자와 패륜아가 두려워하였다." ≪맹자≫에서 ≪시경≫과 ≪춘추≫의 관계가 이토록 밀접하니, ≪시경≫에 서문을 붙인 사람이 시의 원문을 참조하여 "찬미와 풍자"라는 명칭을 쓴 것도 자연스러운 일일 것이다.

공자 시대에는 시 읊기가 행해지지 않고 아악이 훼손되니 시와 음악은 점점 분리되었다. 그래서 그는 ≪시경≫을 논할 때 의미의

---

67) 역자주 : 초순(1763~1820), 자는 이당理堂, 강소 양주시揚州市 사람. 조고루雕菰樓를 지어 학문 연구와 저술에 전념하였다. ≪역장구易章句≫, ≪맹자정의孟子正義≫ 등의 저술이 있다.

68) 역자주 : 이른바 ≪맹자주소孟子注疏≫는 송대 손석(962~1033)이 조기의 ≪맹자≫ 주석에 대해 붙인 해설로 알려져 있지만 주자 이래로 위작이라는 의심을 받고 있다.

측면에 치중했다. 그는 이렇게 말했다.

'시 삼백 편'을 한 마디로 말하면 '생각에 사악함이 없다.'이다.
'詩三百', 一言以蔽之, 曰, '思無邪.'(≪論語≫〈爲政〉)

≪논어집해≫에서는 포함을 인용하여 "바름으로 귀결된다.歸於
正"라고 하였다. 생각건대 "생각에 사악함이 없다"는 노송〈경駧〉
편 마지막 장에 보이는데, 그 다음 구는 "말이 달려가네思馬斯徂"
이다. ≪정전≫에 "'徂'는 '다니다'와 같다.……기르는 말이 달려갈
수 있도록 하는 것이다.徂, 猶行也.……牧馬使可走行"라고 하였다.
시 전체가 말을 기르는 일을 읊고 있다. 진환은 제1장에서 이렇게
말했다. "'思'는 어조사이다. '斯'는 '其'와 같다. '한없다', '끝없다'는
송축하는 말이다. '싫증이 없다', '사악함이 없다'에는 또한 권계의
뜻이 있다. '思'는 다 어조사이다.思, 詞也. 斯, 猶其也. 無疆, 無期,
頌禱之詞. 無斁, 無邪, 又有勸戒之義焉. 思皆爲語助." "사악함이 없
다"는 단지 전심으로 뜻을 이룬다는 의미이니 공자는 분명히 단장
취의를 한 것이다. 그는 이런 말도 했다.

시에서 일어나고 예에서 서고 음악에서 이룬다.
興於詩, 立於禮. 成於樂.(〈泰伯〉)

또한 이렇게 말했다.

너희는 어찌 시를 배우는 사람이 없느냐. 시는 감정을 일으킬 수 있
고 세상을 살필 수 있고 무리를 지을 수 있고 원망할 수 있다. 가까

이로는 부모를 섬기고 멀게는 임금을 섬길 수 있다.

小子何莫學夫詩. 詩可以興, 可以觀, 可以群, 可以怨. 邇之事父, 遠之事君.(〈陽貨〉)

이는 모두 "사악함이 없다"라는 의미에서 유추되어 나온 것이다. 공자가 "사악함이 없다"로 시를 논한 것은 후세에 끼친 영향이 매우 크다. 〈모시서·대서〉에서 이른바 "득실을 바로잡다正得失", "선왕은 시로 부부의 도리를 바로잡고 효도와 공경을 이룩하며 인륜을 두터이 하고 교화를 아름답게 하며 풍속을 변화시켰다.先王以是經夫婦, 成孝敬, 厚人倫, 美敎化, 移風俗", "감정에서 비롯되면서도 예의에서 멈춘다.發乎情, 止乎禮義" 등은 모두 "사악함이 없다"라는 말의 주석이다. ≪모전≫과 ≪정전≫의 주춧돌이 곧 이 개념이라고 할 수 있다. ≪모전≫과 ≪정전≫의 해석 방법은 맹자에게서 전수받은 것을 위주로 하고 있으나,[69] 이들은 맹자를 곡해했다. 맹자당시에는 아악이 쇠망하고 새로운 소리가 크게 일어나 시와 음악이 완전히 분리되니, 시에서는 의미 방면을 더욱 중시하였다. 맹자가 ≪시경≫을 해설할 때 비록 단장취의를 한 곳이 있음을 피할 수 없지만, 그는 시 전체의 해석을 중시하기 시작했다. 〈만장〉 상편에서

---

69) ≪곤학기문困學紀聞≫ 권3에 이렇게 되어 있다. "신배申培, 모공毛公의 시학은 다 순자에게서 나왔고, ≪한시외전≫은 순자의 책을 서술한 것이 많다. 지금 주남 〈권이〉의 '도꼬마리 뜯고 뜯어', 조풍 〈시구鳲鳩〉의 '시구새 뽕나무에 있네', 소아 〈소민小旻〉의 '감히 맨손으로 호랑이 못 잡고, 감히 걸어서 황하 못 건넌다'에 대해 말한 것을 보면 국풍과 아의 취지를 터득하였다.申毛之詩皆出於荀卿子, 而韓詩外傳多述荀書. 今考其言 '采采卷耳', '鳲鳩在桑', '不敢暴虎, 不敢馮河', 得風雅之旨." 그렇다면 노시魯詩, 모시의 두 학파에서 ≪시경≫을 해설하고 한시에서 ≪시경≫을 인용한 것은 모두 순자가 ≪시경≫의 뜻을 인용한 것에서 취함이 있는 것이다. 하지만 순자는 단지 ≪시경≫을 인용하여 논점을 세운 것이지, 본의는 ≪시경≫을 해설하는 데에 있지 않아서 맹자와는 다르다. 노시, 모시 등 여러 학파에서 ≪시경≫을 해설한 방법은 역시 맹자에게서 전수받은 것을 위주로 한다.

함구몽咸丘蒙이 이렇게 물었다.

≪시경≫에 "너른 하늘 아래 왕의 땅 아닌 곳 없네. 온 땅 끝까지 왕의 신하 아닌 이 없네."라고 하였습니다. 순 임금이 천자가 되셨다면, 감히 여쭙습니다만 고수가 신하 아닌 것은 어떻게 된 것입니까? 詩云, 普天之下, 莫非王土. 率土之濱, 莫非王臣. 而舜旣爲天子矣, 敢問瞽瞍之非臣如何.

맹자가 대답했다.

이 시는 그것을 말한 것이 아니다. 왕의 일에 고생하느라 부모를 모시지 못하자, "이것은 왕의 일이 아닌 것이 없는데 나 혼자 훌륭하다고 고생하네"라고 한 것이다. 그러니 ≪시경≫을 해설하는 사람은 글자로 시구를 훼손하지 않으며 시구로 시인의 뜻을 훼손하지 않는다. 자신의 마음으로 시인의 뜻을 맞이하는 것이 시를 터득하는 길이다. 예컨대 시구대로만 한다고 하자. 대아 〈운한〉편에 "주나라의 나머지 백성이 한 명도 남지 않으리"라고 하였는데, 이 말만 믿는다면 주나라에는 남은 사람이 없게 된다.
是詩也, 非是之謂也. 勞於王事, 而不得養父母也曰, 此莫非王事, 我獨賢勞也. 故說詩者, 不以文害辭, 不以辭害志. 以意逆志, 是爲得之. 如以辭而已矣, 雲漢之詩曰, 周餘黎民, 靡有孑遺. 信斯言也, 是周無遺民也.

함구몽이 든 시는 소아 〈북산〉편이다. 시 전체의 주제는 함구몽이 든 네 구 다음의 "대부들을 골고루 쓰지 않아, 내가 일을 맡으며 혼자 훌륭하네.大夫不均, 我從事獨賢"의 두 구에 있으니, 맹자의 견해가 맞다. 함구몽은 단장취의를 했지만 맹자는 반대로 시 전체를 들어 설명하고 있다. 이것은 새로운 태도이다. 춘추시대의 시 읊기는 작품 전체가 있더라도, 중점은 소리에 있고 의미를 취하는 일은 매우 적었다. 시 인용하기에는 그래도 작품 전체의 의미를 설명하는 경우가 있다. 예컨대 ≪좌전≫ 은공 3년에서 군자는 이렇게 말한다. "국풍에는 〈채번〉과 〈채빈〉이 있고, 아에는 〈행위〉와 〈형작〉이 있는데 충성과 믿음을 밝힌 것이다.風有采蘩, 采蘋, 雅有行葦, 泂酌, 昭忠信也." 두예의 주석에는 이렇게 되어 있다. "충성과 믿음의 행동이 있다면, 변변찮은 물건이라도 다 쓰임이 될 수 있음을 밝힌 것이다.明有忠信之行, 雖薄物皆可爲用." 하지만 단지 이 예 하나뿐이니 우연히 나온 것이다. 맹자에 이르러서야 의도적으로 작품 전체의 뜻에 주목하게 된다. 그가 함구몽과 소아 〈북산〉편을 논한 것과, 공손추와 소아 〈소반〉, 패풍 〈개풍〉편의 부모를 원망함과 원망하지 않음을 논한 것은(〈고자〉 하편) 모두 시 전체를 갖고 논한 것이다. 그런데 함구몽에게 대답한 한 토막의 이야기에서 그의 주장을 훨씬 뚜렷하게 드러내고 있다. "글자로 시구를 훼손한다.以文害辭", "시구로 시인의 뜻을 훼손한다.以辭害志"는 바로 단장취의를 가리켜 말한 것으로, 그는 그렇게 시를 해설하는 것에 반대했다. "자신의 마음으로 시인의 뜻을 맞이하는 것以意逆志"에 대해 조기의 주석에는 이렇게 되어 있다.

사람 마음이 서로 멀지 않으니, 자신의 마음으로 시인의 뜻을 맞이하는 것이 그 실제를 얻는 것이다.
人情不遠, 以己之意逆詩人之志, 是爲得其實矣.

≪설문해자≫ 二篇下의 辵部에서는 "'逆'은 맞이함이다.逆, 迎也"

라고 하였다. ≪주례≫ 천관天官 사회司會에서는 "크고 작은 나라의 도성과 변경 관부의 치적을 접수한다.以逆邦國都鄙官府之治"라고 하였고, 〈사서司書〉에서는 "뭇 관리의 징세 실적을 접수한다.以逆群吏之徵令"라고 하였다. 정현의 주에서는 이들에 대해 모두 "'逆'은 받아서 검사하는 것이다.逆受而鉤考之"라고 하였다. 한편 〈지관地官·향사鄕師〉에서는 "복무 상황을 점검한다.以逆其役事"라고 하였는데, 정현 주에서도 "'逆'은 검사와 같다.逆, 猶鉤考也"라고 하였다. 자기의 마음으로 시인의 뜻을 "접수"하여 거기에 "검사"를 더하니, "시는 그로써 뜻을 이루는 것"과는 정반대이다. 어떻게 자기의 마음으로 시인의 뜻을 "검사"할 것인가? 조기는 "사람 마음이 서로 멀지 않다"는 설을 꺼냈는데 매우 적절하다. 하지만 한 마디를 더 하자면, 뜻을 맞이할 때는 반드시 문자와 시어에 의지해야 한다. 문자와 시어는 바로 시의 자구이다. "문자로 시어를 훼손한다"거나 "시어로 시인의 뜻을 훼손한다"면 물론 안 되겠지만, 자구를 떠나서 작품 전체의 의미를 찾는 것도 안 될 일이다. 맹자가 〈북산〉 등 세 편의 시를 논할 때는 오직 시 원문에만 의지해서 시의 의미를 해설한 것으로 보인다. 그는 이 시들이 언제, 누구의 시인지에 대해서는 전혀 언급한 적이 없다.[70] 여기까지의 "자신의 마음으로 시인의 뜻을 맞이하기"는 아무런 폐단이 없었다. 다만 맹자는 이런 말도 했다.

천하의 훌륭한 선비를 벗 삼아도 충분치 않다면 또 이전 시대로 올라가 옛 사람을 논할 일이다. 그의 시를 외고 그의 책을 읽으면서

---

70) 조기 주에서는 〈소반〉편을 윤길보尹吉甫의 아들 백기伯奇의 시로 보았다.

그 사람을 모른다면 되겠는가? 이에 그 시대를 논하게 된다. 이것이
이전 시대로 올라가 벗하는 것이다.

以友天下之善士爲未足, 又尙(上)論古之人. 頌(誦)其詩, 讀其書, 不知
其人, 可乎. 是以論其世也. 是尙友也.(萬章下)

이 발언에서는 오직 "이전 시대로 올라가 옛 사람을 논할 일",
"시 외기誦詩", "책 읽기讀書"와 "그 사람을 알고 그 시대를 논하기
知人論世"에 집중할 뿐, "시 외기"와 "책 읽기"를 하려면 반드시
"그 사람을 알고 그 시대를 논하기"를 해야 이해가 된다는 뜻은 전
혀 포함하고 있지 않다. ≪모시≫와 ≪정전≫에서 맹자를 뒤따라
시 전체의 해설에 중점을 둔 것은 당연히 올바른 길이다. 하지만
이들은 "그 사람을 알고 그 시대를 논하기"를 곡해하고 아울러 "생
각에 삿됨이 없다"라는 한 가지 뜻으로 고정시킨 "자기 마음으로
시인의 뜻을 맞이하기"를 사수하고 있었으니, 급기야 시를 해설하
는 것이 아니라 역사를 증명하는 것이 되고 말았다. 단장취의를 하
면서 "생각에 사악함이 없다"로 시를 논하는 것은 괜찮다. "문채
있는 말文辭"에 근거하여 "자기 마음으로 시인의 뜻을 맞이하기",
또는 "그 사람을 알고 그 시대를 논하면서" "자기 마음으로 시인의
뜻을 맞이하기"를 해도 역시 어느 정도 "시를 지은 사람의 의도"를
알 수 있다. 사람 마음은 서로 멀지 않기 때문이다. 하지만 이들은
아예 "생각에 사악함이 없다"라는 한 가지 뜻에 따라 먼저 "시를
지은 사람의 의도"에 틀을 정해놓고, 이 틀 속에서 "자기 마음으로
시인의 뜻을 맞이하고", 시로 역사를 증명하느라 사람 마음은 자연
스레 돌아보지 못했다. 그 결과 자연히 일반인의 상상에서 한참 벗
어나버린 것이다. 물론 ≪모전≫과 ≪정전≫에서 시로 역사를 증명

한 것에도 그들 나름의 객관적인 표준이 있었다. 바로 ≪시경≫의 나라 구별과 각 편의 차례이다.71) 정현은 이들에 근거하여 체계적으로 사료를 부합시켜 〈시보詩譜〉를 지었다. 하지만 나라 구별과 각 편의 차례는 모두 시 외부의 불확실한 표준일 뿐, 시의 의미와는 관계가 극히 적어 근거로 삼기 충분하지 않다. 바로 이러한 번잡한 논리에 견강부회하는 국면에서 부, 비, 흥의 해석이 나왔다. 그리고 비와 흥의 의미는 사람의 일반적인 감정에서 더욱 동떨어져 가장 복잡하게 뒤엉켰지만, 가장 사람들의 존중을 받았다.

---

71) ≪古史辨≫ 권3하 顧頡剛 〈毛詩序之背景與旨趣〉를 참고할 것.

3

부, 비, 흥 통석通釋

≪주례≫ 춘관春官 태사大師 "육시를 가르친다教六詩"에 대해 정현은 이렇게 풀이했다.

부는 '펼침'을 말하니, 지금의 정치 교화의 좋고 나쁨을 그대로 펼치는 것이다.
賦之言'鋪', 直鋪陳今之政敎善惡.

〈모시서·대서〉의 공영달孔穎達 정의正義에서는 이것을 인용하여 다음과 같이 말했다.

시문에서 그 일을 곧바로 진술하여, 비유하지 않은 것은 다 부의 표현이다.
詩文直陳其事, 不譬喩者, 皆賦辭也.

이 "부賦"자는 ≪좌전≫의 시 읊기賦詩에서 나온 것으로 보인다. ≪좌전≫의 시 읊기는 혼자 노래하거나 악공에게 옛 시를 읊게 한 것으로, 앞에서 이미 자세히 다루었다. 그런데 다른 의미가 하나 더

있다. ≪좌전≫ 은공 원년에서는 정鄭 장공莊公이 어머니 강씨姜氏
에게 "굴을 파서 찾아뵌 일隧而相見"을 기록하며 이렇게 말했다.

> 장공이 들어서서 읊었다. "큰 굴 안에 즐거움이 훈훈하네요." 강씨가
> 나와서 읊었다. "큰 굴 밖에는 즐거움이 넘쳐흐를 거요."
> 公入而賦, "大隧之中, 其樂也融融." 姜出而賦, "大隧之外, 其樂也洩洩."

공영달은 ≪춘추좌전정의春秋左傳正義≫에서 "시를 읊은 것은
스스로 시를 지었음을 말한다.賦詩, 謂自作詩也"라고 말했다. 한편
≪좌전≫ 희공 5년에는 이렇게 되어 있다.

> (사위가) 물러나 읊었다. "여우 가죽옷 어지럽네. 나라 하나에 공이
> 세 분, 나는 누구를 따를지."
> (士蒍)退而賦曰, "狐裘尨茸, 一國三公, 吾誰適從."

두예는 "사위가 스스로 지은 시이다.士蒍自作詩也"라고 풀이했다.
전자는 사실을 그대로 펼쳤지만 후자는 비유로 시작하고 있다. 이
는 아마 시 읊기의 비교적 이른 시기의 모습일지도 모른다.[72] 한편
소아 〈상체常棣〉에 대해 ≪모시정의≫에서는 ≪정지≫에서 조상趙
商에게 답한 내용을 다음과 같이 인용하였다.

> 시를 읊은 것 중에 어떤 것은 지은 시이고, 어떤 것은 옛 시를 읊
> 은 것이다.
> 凡賦詩者, 或造篇, 或誦古.

---

[72] ≪좌전≫에서 다른 나라를 방문하여 시를 읊은 기록은 희공 23년에 시작된다.

"지은 시"는 앞에서 든 두 사례 외에도 위衛나라 사람이 읊은 〈석인〉편, 허목부인이 읊은 〈재치〉편, 정나라 사람이 읊은 〈청인〉편, 진秦나라 사람이 읊은 〈황조〉편 등이 있는데, 역시 시 바치기의 유형인 듯하다.73) 그 가운데 오직 〈황조〉편만 각 장에서 모두 비유로 시작한 것이고, 나머지 세 편은 모두 사실을 그대로 펼친 것이다. "옛 시를 왼 것"은 다른 나라를 방문하여 시를 읊는 것이 모두 이에 해당한다. "외기誦"에는 "노래歌"라는 뜻도 있으니 ≪시경≫ 소아 〈절남산〉의 "가보가 노래를 지어家父作誦"로 증명할 수 있다.

정현이 ≪주례≫의 "육시"를 풀이한 것은 의미를 중시하던 시대의 해석이다. 풍, 부, 비, 흥, 아, 송은 원래는 모두 악곡이 있는 노래의 명칭이었던 것 같다. 합쳐서 "육시"라고 말한 것은 바로 소리를 쓰임으로 한 것이다. 〈모시서·대서〉에서는 "육의六義"로 바꾸었는데, 바로 뜻을 쓰임으로 한 것이다. 하지만 정현이 "부賦"를 "포鋪"로 풀이하고, 가차假借하여 "펼치다鋪陳"라고 한 데에서 역시 악곡이 있는 노래의 흔적을 찾을 수 있다.74) 대아 〈권아〉편에 "펼친 시 많지 않지만矢詩不多"이라는 말이 있는데, 그 앞의 "소리를 펼친다以矢其音"에 대해 ≪모전≫에서는 "'矢'는 펼침이다.矢, 陳也"라고 하였다. 초사 〈구가九歌·동군東君〉의 "시를 펼치며 무리지어 춤추네展詩兮會舞"에 대해 왕일王逸75)은 "展"을 "펴다舒"로

---

73) 자세한 내용은 〈시언지〉편 참조.

74) 역자주 : 가차는 육서六書의 하나로, 음이 같은 글자를 빌려 쓰는 것이다. 당시에 "부"와 "포"는 음이 같았기 때문에 정현이 '부'의 풀이에 '포', 나아가 '포진'의 뜻을 빌린 것이다.

75) 역자주 : 왕일(?~?), 자는 숙사叔師, 남군南郡 의성宜城(지금의 호북 양양시襄陽市) 사람. 후한 때 예주자사豫州刺史 등의 관직을 역임했다. 최초로 초사의 완전한 주석서인

풀이하였고, 홍흥조洪興祖[76)의 ≪초사보주楚辭補注≫에서는 "'展詩'는 '시 펼치기'와 같다.展詩猶陳詩也"라고 하였다. "矢詩"와 "展詩"도 "시 읊기賦詩"이니 "부"는 원래 합창이었을 것이다. 고대에는 합창이 많았는데 춘추시대의 시 읊기에 가서야 독창이 많아졌다. 다만 악공이 읊을 때는 역시 합창이었을 것이다.[77) 그런데 대아 〈증민烝民〉편에는 이런 말이 있다.

仲山甫之德, 柔嘉維則.　　중산보의 덕은 훌륭하고 모범이 된다.

......

天子是若, 明命使賦.　　천자를 따르며 왕명을 편다.

王命仲山甫,　　왕이 중산보에게 명하셨다.

......

出納王命, 王之喉舌.　　왕명을 출납하니 왕의 목구멍과 혀로구나.

賦政于外, 四方爰發.　　바깥에 정사를 펴니 사방이 호응한다.

　　앞 장에 대해 ≪모전≫에서는 "'賦는 펴는 것이다.賦, 布也"라고 하였다. 다음 장의 "賦"자는 뜻이 같을 것이다. 춘추시대 열국 대부의 빙문聘問에도 "명을 펴다賦命", "정사를 펴다賦政"의 뜻이 있었으니, 시를 노래하면서 "부"라고 한 것은 아마 이 뜻과 관련이 있을 것이다. 시를 빌려 "명을 펴기"는 역시 바로 시를 빌려 뜻을 말

≪초사장구楚辭章句≫를 지었다. 작품으로 〈구사九思〉가 전한다.

76) 역자주 : 홍흥조(1090~1155), 자는 경선慶善, 호는 연당練塘, 단양(지금의 강소 단양시) 사람. 남송 고종高宗 때 태상박사太常博士를 지냈다. ≪초사보주楚辭補注≫, ≪논어설論語說≫ 등의 저술이 있다.

77) 북경대학문과연구소北京大學文科研究所 녹흠립逯欽立 군에게 ≪육의참석六義叅釋≫이라는 책이 있다. 본 장에서 부, 비, 흥의 원초적 의미를 살펴본 것은 모두 그가 수집한 자료에 근거하였기에 특별히 이 자리를 빌려 사의를 표한다.

하는 것이라고 할 수 있다. 과연 이와 같다면 부, 비, 흥의 "부"는 얼마간 정치적 의미를 띠니, 정현이 풀이한 "지금의 정치 교화의 좋고 나쁨을 그대로 펼치는 것"이 완전히 탁상공론은 아닌 셈이다.

≪순자≫ 〈부〉편에서 말하는 "부"도 "스스로 지은 시自作詩"라는 뜻이다. 이들은 모두 〈예禮〉, 〈지知〉, 〈구름雲〉, 〈누에蠶〉, 〈대바늘箴〉 다섯 편과 〈궤시佹詩〉 한 편이다. 앞의 다섯 편은 비유인 것도 같고 수수께끼인 것도 같다. 오직 〈궤시〉 한 편만 "일을 곧바로 진술"하는 표현이 많다. 반고는 〈양도부兩都賦〉 서문에서 "부란 옛 시의 유파이다.賦者, 古詩之流也"라고 하였다. 왕기손王芑孫[78]은 ≪독부치언讀賦厄言≫ 〈도원導源〉편에서 순자와 반고를 함께 풀이하며 이렇게 말했다.

"궤시"란 별도로 나온 말이고, "유파"란 밑으로 내려가는 말이다. 시와 체재가 나뉘었으나 내용은 비, 흥을 겸하니, 잠언과 찬송에 뛰어나다.
曰"佹", 旁出之辭, 曰"流", 每下之說. 夫旣與詩分體, 則義兼比興, 用長箴頌矣.

여기서 말하는 부는 시의 별격 또는 변체로, 부, 비, 흥의 "부"와는 의미가 무관하다. ≪한서≫ 권30 〈예문지藝文志〉에서는 이렇게 말하고 있다.

춘추시대 이후에 주 왕실의 도리가 점차 무너졌다. 방문하여 시를

---

78) 역자주 : 왕기손(1755~1817), 자는 염풍念豐, 호는 척보惕甫, 능가산인楞伽山人, 장주長洲(지금의 강소 소주시) 사람이다. 장서가이면서 오언고시 및 부론賦論에 뛰어났다. ≪능가산방집楞伽山房集≫, ≪연아당집淵雅堂集≫ 등의 저작이 있다.

읊는 전통이 여러 나라에 행해지지 않고 시를 배우는 선비가 재야에서 할 일 없이 지내니, 현인이 실의한 내용의 부가 지어졌다. 학식 높은 유생인 순자와 초의 신하 굴원이 참언을 입고 나라를 근심하여 둘 다 부를 지어 풍간하는데, 모두 슬퍼하는 옛 시의 뜻이 있었다. 그 뒤 송옥, 당륵, 한나라의 매승, 사마상여, 양웅에 이르기까지 다투어 화려하고 웅장한 문장을 지으니 풍유의 뜻은 없어졌다. 그래서 양웅이 후회하며 "≪시경≫을 지은 사람의 부는 아름다움에 규범이 있지만 사 짓는 사람의 부는 아름다움이 지나치다"라고 말했다.
春秋之後, 周道浸壞. 聘問歌詠不行於列國, 學詩之士逸在布衣, 而賢人失志之賦作矣. 大儒孫卿及楚臣屈原離讒憂國, 皆作賦以風, 咸有惻隱古詩之義. 其後宋玉, 唐勒, 漢興枚乘, 司馬相如, 下及揚子雲, 競爲侈麗閎衍之詞, 沒其風諭之義. 是以揚子悔之曰, 詩人之賦麗以則, 辭人之賦麗以淫.

부의 변화는 두 유파를 이루었다. 〈양도부〉 서문에서는 또한 한이 일어난 이후 언어시종言語侍從[79]을 맡은 신하와 공경대신公卿大臣들이 부를 지어 "어떤 사람은 아랫사람의 사정을 펴내어 에둘러 깨우치려 했고, 어떤 사람은 윗사람의 덕성을 펴서 충효를 다하고자 했으니或以抒下情而通諷諭, 或以宣上德而盡忠孝", 이는 "아, 송에 버금가는 것雅頌之亞"이라고 하였다. "성제 시대에 논의하여 기록하니 상주한 것이 천여 편이었다.孝成之世, 論而錄之, 蓋奏御者千有餘篇." 부는 비록 ≪시경≫에서 나왔지만, 이때는 초사의 영향을 받아 기세가 대단하였으니,[80] 이미 ≪시경≫을 벗어나 스스로 운문

---

79) 역자주 : 언어시종이란 사마상여, 동방삭 등 말과 글을 다루는 솜씨로 임금을 보좌한 문인을 가리킨다.

80) ≪文心雕龍≫ 〈銓賦〉편 "부란 ≪시경≫을 지은 사람에게서 생명을 받아 초사에서 영역을 넓힌 것이다.賦也者, 受命於詩人, 而拓宇於楚辭[者]也."

의 한 갈래가 된 것이다. 종영의 〈시품서〉에서는 "말에 기대어 사물을 그리는 것寓言寫物"을 부라고 하였으니, 곧 이런 부의 체재를 가리켜 말한 것이다. 다만 부에서 "스스로 지은 시"라는 의미는 아직 남아있어서, 후세에 이른바 "시를 읊다賦詩", "~을 읊다賦得"81)는 다 그것을 가리킨다. 〈예문지〉에서는 부를 네 가지 부류로 나누었다.82) 유사배劉師培83)는 "잡부 십이 가雜賦十二家"는 총집總集이고, 나머지 세 부류는 모두 별집別集이라고 하였다. 세 부류 가운데 "굴원 이하 이십 가는 모두 감정을 풀어내고 흥을 깃들인 작품이다.屈平以下二十家, 均緣情託興之作." "육가 이하 이십일 가는 모두 언어를 잘 구사한 작품이다.陸賈以下二十一家, 均騁辭之作." "순자 이하 이십오 가는 모두 사물을 설명하고 정황을 비유한 작품이다. 荀卿以下二十五家, 均指物類情之作."84) 한 이후에는 변화에 변화를 더하여, 제량齊梁 시기에서 당唐 초기까지의 "배체俳體"의 부,85) 당 말기에서 송宋까지의 "문체文體"의 부86)도 있었다. 전자는 "펼치는

---

81) 역자주 : "賦得"은 기성 작품의 구절을 따오거나 시회에서 주어진 제목에 따라 시를 지을 때 제목 맨 앞에 쓰는 표현이다. 나중에는 자연 경물을 마주하여 즉석으로 지은 시에도 이러한 제목을 쓰게 되었다.

82) 역자주 : ≪한서≫ 〈예문지〉에 따르면, 굴원류는 굴원부屈原賦 25편에서 왕포부王褒賦 16편까지 20가 361편이고, 육가류는 육가부陸賈賦 3편에서 표기장군주우부驃騎將軍朱宇賦 3편까지 21가 274편이고, 순자류는 손경부孫卿賦 10편에서 좌풍익사로공부左馮翊史路恭賦 8편까지 25가 136편이고, 잡부는 객주부客主賦 18편에서 은서隱書 18편까지 총 12가 233편이다.

83) 역자주 : 유사배(1884~1919), 자는 신숙申叔, 호는 좌암左盦, 강소 의징儀徵(지금의 양주시揚州市) 사람. 좌전학파의 관점을 계승했다. 북경대학 교수로 있으면서 육조 변려문, 문선학文選學을 가르친 결과물이 ≪중국중고문학사강의中國中古文學史講義≫이다.

84) ≪左盦集≫ 권8 〈漢書藝文志書後〉.

85) 역자주 : 배체는 한대의 고체古體에서 발전하여 자구의 대우對偶와 음절의 조화를 맞추기에 힘쓴 양식이다. 포조鮑照의 〈무성부蕪城賦〉 등이 있다.

86) 역자주 : 문체는 당송 고문운동의 영향으로 압운과 대우가 비교적 자유로운 양식이다. 구양수의 〈추성부秋聲賦〉, 소식의 〈적벽부〉 등이 있다.

것을 아름답게 여겨 표현에 전념한 것以鋪張爲靡而專於詞者"이고, 후자는 "의론을 편하게 여겨 이치에 전념한 것以議論爲便而專於理" 이니, 이것이 이른바 "고부古賦"이다.87) 당송 시대에 선비를 뽑을 때는 또 율부律賦가 있어서 평측平仄을 조화롭게 하고 대장對仗에 힘쓰며 팔운八韻88)보다도 제한이 심했다. 이들은 또다시 부의 체재 가 분화한 것이다.

'비'도 원래는 아마 악곡이 있는 노래의 명칭으로, 옛 곡조를 바 꾼 새로운 노래였을 것이다. ≪주례≫ 태사에서 정현의 주석에는 이렇게 되어 있다.

> 비는 지금의 실정을 보고 감히 곧바로 말하지 못하여 비슷한 부류를 취해서 말하는 것이다. 흥은 지금의 선정을 보고 아첨을 피하여 좋 은 일을 들어서 비유로 권하는 것이다.
> 比, 見今之失, 不敢斥言, 取比類以言之. 興, 見今之美, 嫌於媚諛, 取善 事以喻勸之.89)

"비"의 풀이는 〈모시서・대서〉의 "아름다운 표현을 위주로 하 여 넌지시 간언한다.主文而譎諫"의 의미를 설명한 것이다. 주자는 〈모시서・대서〉의 이 말을 풀이하면서 "시어의 표현을 위주로 하 면서 거기에 간언을 깃들인다.主於文詞而託之以諫"90)라고 하였다.

---

87) ≪四庫提要≫〈總集類三〉, 元 祝堯 編 ≪古賦辨體≫條.

88) 역자주 : 팔운시는 청대 과거시험에 쓰인 시체로 오언시에 운자를 여덟 번 쓰게 하는 등 요구하는 형식이 엄격했다.

89) ≪주례≫ 대사악大司樂 "흥, 도, 풍, 송, 언, 어興道諷誦言語."에 대한 정현의 주석은 다음과 같다. "흥은 좋은 것으로 좋은 일을 비유한 것이다. 興者, 以善物喻善事."

90) ≪呂氏家塾讀詩記≫ 권2.

"아름다운 표현을 위주로 한다主文"는 바로 비와 흥을 가리키는 듯하다. 정현이 흥을 풀이한 것 또한 ≪논어≫의 "시에서 일어난다"와 "시는 감정을 일으킬 수 있다"의 두 구절에 근거를 두고 있을 것이다. 그는 한편 정사농鄭司農(정중鄭衆)[91]의 말을 다음과 같이 인용했다.

비는 사물에 견준 것이다. 흥은 어떤 일을 사물에 깃들인 것이다.
比者, 比方於物也. 興者, 託事於物.

≪모시정의≫에서는 '사농'의 말을 이렇게 풀이했다.

"비는 사물에 견준 것이다", "~와 같다"라고 말한 것들은 다 비의 표현이다.
比者, 比方於物, 諸言如者, 皆比辭也.

"흥은 어떤 일을 사물에 깃들인 것이다"에서 흥은 일으킴이다. 비유를 취해 같은 부류를 끌어다 써서 자기 마음을 일으킨 것으로, 시문에서 풀, 나무, 짐승을 들어 뜻을 나타낸 것들은 다 흥의 표현이다.
興者, 託事於物, 則興者, 起也. 取譬引類, 起發己心, 詩文諸舉草木鳥獸以見意者, 皆興辭也.

정현은 찬미와 풍자로 각각 비와 흥을 분석했지만 그가 흥이 있는 시를 풀이할 때는 오히려 풍자의 뜻이 많았다. 그 자신이 먼저 이론과 실제가 일치하지 않으니 사람들이 믿기는 절로 어려운 법이

---

91) 역자주 : 정중(?~83), 자는 중사仲師, 하남 개봉시開封市 사람. 후한 때 급사중給事中, 대사농大司農을 지냈다. ≪춘추좌씨전조례春秋左氏傳條例≫, ≪효경주孝經注≫ 등의 저작이 있다.

다. ≪모시정의≫에서는 "실제로는 글을 짓는 형식이 이치상 원래 마땅히 그러한 것이지 '피함'이나 '두려움'이 있는 것은 아니다.其實 作文之體, 理自當然, 非有所 '嫌' '懼'也라고 하였으니 역시 불신의 의미이다.[92] 이러한 설은 논하지 않아도 될 것이다. 정중의 설은 너무 간략하여 자세히 고찰하기 어렵다. 공영달의 풀이가 참고할 만할 따름이다. 그가 '흥'을 "비유를 취해 같은 부류를 끌어다 쓰는 것"으로 본 것은 참으로 옳다. 다만 '발단'이라는 뜻을 확정하지 않은 것은 아직 비와 뒤엉켜 분명치 않은 점이다. "'~와 같다'라고 말한 것들"을 '비'로 본 것은 육조 시대의 경전에 대한 설명에 뿌리를 둔 것으로, ≪문심조룡≫ 〈비흥〉편에서 든 '비'의 사례에서 볼 수 있다. 이렇게 '비'를 풀이하면 경계 구획이 정연하지만 도리어 너무 협소해진다. 살펴보면 ≪시경≫에서 "'~와 같다'라고 말한 것들"이 대략 140여 구이고, "~와 같다"라고 말하지 않은데다 흥이 있는 구도 아니지만 비유임을 알 수 있는 것들이 대략 140여 연聯[93](단독의 구도 끼어있다)이다―소아에 많다. 공영달의 소에 따르면, 이 140여 연은 비와 흥 사이의 경계지대가 되어 양편에서 모두 관여할 수 없다. 이런 것들은 도대체 무엇일까? 어쩌면 공영달의 의견은 진환과 똑같이 이들 연의 비유를 모두 '흥'으로 치는 것인 듯하다. 진환은 일찍이 세 가지 사례를 든 적이 있다. 첫째는 "실제로는

92) 역자주 : ≪모시정의≫의 인용구는 〈관저〉편의 〈모시서·대서〉에서 육의六義를 설명한 대목에 관한 주석이다. 인용구의 앞에서는 다음과 같이 말하였다. "(정현이) 부는 그 일을 곧바로 진술한 것이라 했는데 비와 흥에서 '감히 곧바로 말하지 못하여'나 '아첨을 피하여'라고 한 것은, 표현에서 분명히 지적하지 않아 마치 피하거나 두려워하는 뜻이 있는 것 같았기 때문이다. 賦則直陳其事, 於比興云, 不敢斥言, 嫌於媚諛者, 據其辭不指斥, 若有嫌懼之意."

93) 역자주 : 두 구를 묶어 한 연으로 한다.

흥이지만 ≪모전≫에서 흥이라고 말하지 않은 것實興而傳不言興者"94)으로, 이것은 ≪정지≫에서 장일에게 답한 말에 뿌리를 두고 있는데, 앞에서 이미 인용하였다. 작품 첫머리에 있는 수많은 비유의 연이 이렇게 흥이 되는 셈이다. 둘째는 여러 장이 "각자 흥이 되는 것各自爲興"이다. 제풍 〈남산〉편, 소아 〈백화〉편의 경우 제1장이 흥인 것 외에도 그는 나머지 장도 "각자 흥이 된다"라고 하였다. 이렇게 매 장 첫머리에 있는 수많은 비유의 연도 흥이 되는 셈이다. 셋째는 하나의 장에서 "흥의 문체를 많이 쓰는 것多用興體"으로, 진풍秦風 〈겸가蒹葭〉편 및 패풍 〈포유고엽匏有苦葉〉편, 소아 〈벌목〉편이 모두 그러하다. 소아 〈학명〉편 같은 경우는 "시 전체가 다 흥이다.全詩皆興." 그러면 하나의 장 가운데에 있는 수많은 비유의 연도 또한 흥이 되는 셈이다.

그가 든 이 세 가지 예에도 상당한 근거가 있다. 첫 번째 예는 ≪정전≫에서는 흥이라고 했지만 ≪모전≫에서 흥이라고 하지 않은 시에 근거한 것으로, 앞에서 이미 언급했다. 하지만 이것은 ≪모전≫이 소략하고 ≪정전≫이 치밀하여 이후에는 ≪정전≫이 우위에 놓였기 때문이다. 정현은 공공연히 ≪모전≫을 고치고 싶지 않았다. 그래서 장일에게 대답할 때 "글의 뜻이 저절로 풀어지므로 (≪모전≫에서) 말하지 않은 것文義自解, [傳]故不言之"이라고 하였으니 그것은 겉치레의 말일 뿐 사실은 의지하기에 부족하다. 진환은 오히려 정현의 설에 따라서 그러한 시가 "실제로는 흥實興"이라고 믿었지만, 아마 그것은 ≪모전≫의 본의가 아니었을 것이다. 두 번째 예는 "제1장에서 흥이라고 함으로써 이후의 장을 포괄한 것首章言興以晐下章"

---

94) 패풍 〈연연〉의 ≪모전≫에 대한 풀이.

의 통상적인 예에 근거한 것이다. 하지만 그 통례는 사실 통하지 않는다. 왜냐하면 대다수 흥이 있는 시는 모두 몇 장의 부賦를 끼고 있고, 아雅의 흥이 있는 시는 그런 것이 더욱 많기 때문이다. 이것은 개괄할 도리가 없다. 세 번째 예는 뚜렷한 근거가 없는데, 어쩌면 단지 ≪모전≫과 ≪정전≫에서 이들 비유의 연을 해설할 때, 흥이 있는 구를 해설하는 것과 방법과 태도가 똑같기 때문일 것이다. 이들은 확실히 똑같다. 이러한 비유의 연에 ≪모전≫의 설명이 늘 있지는 않다. 하지만 대아 〈상유〉 제5장의 "누가 뜨거운 것을 잡았을 때 물로 씻지 않을 수 있겠는가.誰能執熱, 逝不以濯"의 경우 ≪모전≫에서 예의로 어지러움을 구하는 것이라고 풀이했는데, 앞의 인용에 보인다. 한편 〈학명〉 제1장 마지막의 "다른 산의 돌은 숫돌로 할 수 있네.它山之石, 可以爲錯"에 대해 ≪모전≫에서는 이렇게 말했다.

'錯'은 돌인데, 옥을 쫄 수 있다. 현인을 천거할 때 타국의 적체된 인사까지 기용하면 나라를 다스릴 수 있다. (〈모시서〉, "선왕을 일깨운 것이다.")
錯, 石也, 可以琢玉. 擧賢用滯, 則可以治國. (序, 誨宣王也.)

한편 〈포유고엽〉편 제2장 첫머리의 "깊은 물 가득한 곳 건너네, 요요 까투리 우네.有瀰濟盈, 有鷺雉鳴"에 대해 ≪모전≫에서는 이렇게 말했다.

'瀰'는 깊은 물이다. '盈'은 가득 참이다. 깊은 물은 사람이 어렵게 여기는 곳이다. '鷺'는 까투리 울음소리이다. 위나라 임금의 부인은 음란한 뜻이 있어 사람에게 여색을 보여주고 듣기 좋은 말로 꾀어 예의의 어려움을 돌아보지 않아서 급기야 선공이 음탕한 짓을 하게 만들었다. (〈모시서〉, "위 선공을 풍자한 것이다. 공과 부인이 함께 음란한 짓을 했다.")

瀰, 深水也. 盈, 滿也. 深水, 人之所難也. 鷕, 雌雉聲也. 衛夫人有淫佚之志, 授人以色, 假人以辭, 不顧禮義之難, 至使宣公有淫昏之行. (序, 刺衛宣公也. 公與夫人並爲淫亂.)

한편 빈풍 〈벌가伐柯〉편 제1장에 대해 ≪모전≫에서는 이렇게 말했다.

도끼자루 베려면 어떡하나, 도끼 아니면 안 되지. ('柯'는 도끼자루이다. 예의 역시 나라를 다스리는 자루이다.) 아내 맞으려면 어떡하나, 중매 아니면 안 되지. (중매는 그로써 예의를 갖추는 것이다. 나라를 다스릴 때 예의를 갖추지 못하면 편안하지 않다.) (〈모시서〉, "주공을 찬미한 것이다. 주 왕실의 대부가 조정에서 주공을 알아주지 않음을 풍자한 것이다.")

伐柯如何, 匪斧不克. (柯, 斧柄也. 禮義者, 亦治國之柄.) 取妻如何, 匪媒不得. (媒, 所以用禮也. 治國不能用禮則不安.) (序, 美周公也. 周大夫刺朝廷之不知也.)

앞의 두 사례는 뜻이 숨겨진 은유이고 마지막 예는 확연히 드러난 비유이다. ≪정전≫은 사례가 너무 많아서 생략한다. 이런 식으로 "자신의 마음으로 시인의 뜻을 맞이"하면서 천착하고 견강부회한 것은 확실히 흥이 있는 시를 해설한 것과 똑같다. 그런데 공영달의 소에서 말하는 '비'에 대해서도 ≪모전≫과 ≪정전≫은 여전히 이런 방법과 태도로 해설하고 있다. 여기서는 일단 ≪모전≫만 인용하기로 한다. 패풍 〈간혜簡兮〉편 제2장 첫머리의 "힘 있는 것이 호랑이 같고, 말고삐 쥔 것이 천 짜는 듯하네.有力如虎, 執轡如組"에 대하여 ≪모전≫에서는 이렇게 말하고 있다.

> '組'는 천을 짜는 것이다. 무력을 호랑이에 견줄 만하면 어지러움을 다룰 수 있다. 뭇 사람을 다루는 데에 아름다운 무늬가 있는 것은 뭇 사람을 잘 다스리는 것을 말한다. 가까운 것을 움직여 먼 곳까지 성취시키는 것이다. (〈모시서〉, "현인을 쓰지 않는 것을 풍자한 것이다. 위나라의 현자가 악관으로 벼슬하고 있는데, 모두 왕을 모실 만한 사람들이었다.")
> 組, 織組也. 武力比於虎, 可以御亂. 御衆有文章, 言能治衆. 動於近, 成於遠也. (序, 刺不用賢也. 衛之賢者仕於伶官, 皆可以承事王者也.)

한편 대아 〈대명〉편 제7장 첫머리의 "은상의 무리는 모인 것이 숲과 같네. 목야에 진을 쳤는데 내가 일어났노라.殷商之旅, 其會如林矢于牧野, 維予侯興"에 대해 ≪모전≫에서는 이렇게 말하고 있다.

> '旅'는 무리이다. '숲과 같다'는 것은 무리이지만 쓸모가 되지 못함을 말한다. '矢'는 진을 치는 것이다. '興'은 일어남이다. 천하가 주나라에 희망을 건다는 말이다. (〈모시서〉, "문왕에게 밝은 덕이 있어서 하늘이 다시 무왕에게 천명을 내린 것이다.")
> 旅, 衆也. 如林, 言衆而不爲用也. 矢, 陳. 興, 起也. 言天下之望周也. (序, 文王有明德, 故天復命武王也.)

이 또한 똑같이 "자신의 마음으로 시인의 뜻을 맞이"하면서 천착하고 견강부회한 것이 아닌가? 진환(과 공영달?)이 말한 "흥"과는 무슨 구별이 있는가? 그의 세 가지 예는 보아하니 역시 헛수고였다.

140여 연의 비유와 140여 개의 "~와 같다"가 쓰인 구절은 사실
〈모시서·대서〉에서 말하는 "비"이다. 그 비유의 연이 너무나 흥과
비슷해서 후세에는 모두 '비'와 '흥'을 함께 이어서 불렀으니, 전혀
터무니없는 것도 아니다. '비'는 유사한 것이고 전례이다.95) 다만
이 '비'의 뜻도 아마 ≪좌전≫에서 나왔을 것이다. 앞에서 인용한
문공 7년의 "군자가 '새머루'를 비유로 삼았다君子以'葛藟'爲比"는
것이 곧 비의 고향이다. "비比"자에는 악곡이 있는 노래라는 배경,
경전의 근거, 정치교화의 의미가 있으니, 그저 "다른 사물을 취하여
분명히 한다.取也(他)物而以明之"(≪묵자墨子·소취小取≫)는 뜻의
"비譬"와는 다르다.

'흥'도 원래는 악곡이 있는 노래의 명칭으로, 악기 합주로 시작하
는 새로운 노래였을 것이다. 왕일은 ≪초사장구楚辭章句≫에서 이
렇게 말했다.

〈이소〉의 문장은 ≪시경≫에 따라 흥을 취하고, 유사한 것을 끌어다
비유하였다. 그래서 좋은 새와 향기로운 풀은 충직한 사람에게 짝지
우고, 나쁜 새와 냄새나는 물건은 남 헐뜯고 간사한 사람에 견주고,
"신령하고 심원하신 분"과 "아름다운 사람"은 임금에 짝 맞추고, "복
비"와 "미녀"로 훌륭한 신하를 비유하고, 규룡과 난봉에 군자를 깃
들이고, 돌개바람 음산한 기운을 소인으로 삼았다. 표현은 온순하면
서 단아하고, 내용은 뚜렷하다.

---

95) 위서인 ≪귀곡자鬼谷子≫ 〈반응反應〉편, "사물에는 전례와의 비교가 있다. 事有比"에
대한 주석, "비교는 전례를 견준 것을 말한다.比謂比例" 또한, "비교는 사물의 언사를
견준 것이다.比者, 比其辭也"의 주석, "비교는 유사한 것에 견준 것을 말한다.比謂比類
也." 역자주 : ≪귀곡자≫는 당대 유종원柳宗元 이래로 후대인의 위작이라는 설이 계
속 제기되었다. 도홍경陶弘景이 주석한 명대 정통도장본正統道藏本 외에 몇 가지 판본
이 있다.

離騷之文, 依詩取興, 引類譬諭. 故善鳥香草以配忠貞, 惡禽臭物以比讒
佞, "靈修" "美人"以媲於君, "宓妃" "佚女"以譬賢臣, 虬龍鸞鳳以託君
子, 飄風雲霓以爲小人. 其詞溫而雅, 其義皎而朗.

이른바 "≪시경≫에 따라 흥을 취함"은 "생각에 사악함이 없다"
의 취지에 따라 비유를 취한 것으로 보인다. 초사는 체제가 ≪시경≫
과 달라서 장을 나누지 않으니, "흥이다"의 "흥"이 있을 수 없다.
주자는 ≪초사집주楚辭集注≫에서 "≪시경≫은 흥이 많되 비와 부
는 적고, 〈이소〉는 흥이 적되 비와 부는 많다.詩之興多而比賦少, 騷
則興少而比賦多."라고 하였다.96) 그가 든 흥이 있는 구 가운데 〈구
가·상부인湘夫人〉의 경우는 다음과 같다.

沅有茞兮澧有蘭,　　원수에는 구릿대 있고 예수에는 등골나물 있네.
思公子兮未敢言.　　상군이 생각나지만 감히 말할 수 없네.

주자의 "흥"은 "사물에 맡기는 흥의 표현으로, 애초에 뜻을 취하
지 않는託物興詞, 初不取義"97) 것으로, ≪모전≫과는 다르다. 왕일
도 구릿대와 등골나물은 보통의 풀과는 달라서 "상부인의 아름다움
이 역시 뭇사람과 다름을 흥으로 일으켰다.以興湘夫人美好亦異於衆
人"고 하였다. 여기서는 비록 ≪모전≫의 "興"자를 썼지만 사실은
의외로 사람 마음과 멀지 않은 비유이다. 초사는 사실 "흥"이라고
할 것이 없다. 왕일의 주석에서도 "생각에 사악함이 없다"라는 개
념의 영향을 받아서 자연스럽게 견강부회를 면하지 못하였다.98) 다

---

96) 〈離騷序〉에 붙인 주.
97) 역자주 : 〈離騷序〉에 붙인 주.

만 ≪사기≫ 〈굴원열전〉과는 그래도 부합하므로 대체로 번잡함이
심한 지경에는 이르지 않았다. 그래서 현재까지도 일반적으로 그의
해석을 받아들일 만하다.

초사의 "유사한 것을 끌어온 비유引類比喩"는 사실 후세에 '비'의
개념이 되었다. 후세에 비의 문체로 된 시에는 크게 네 가지 부류
가 있다고 할 수 있다. 역사를 읊은 시詠史, 신선에 대한 시遊仙, 남
녀 사랑의 노래艷情, 사물을 읊은 시詠物이다.[99] 역사를 읊은 작품
은 옛 것으로 지금을 비유했는데 좌사左思[100]가 창시자로, ≪시품≫
상편에서는 그가 "에둘러 깨우침의 극치를 얻었다.得諷諭之致"라고
하였다. 하작何焯[101]은 ≪의문독서기義門讀書記·문선文選≫(제2권)
에서 장협張協(張景陽)[102]의 〈역사를 읊은 시〉에 대해 다음과 같이
평했다.

역사를 읊는 것은 옛 일을 미화하여 정회를 읊는 것에 지나지 않는

---

98) 주자 〈초사집주서楚辭集注序〉에서는 왕일의 책을 논하면서 "어떤 곳에서는 꽉 막혀서
성정에서 멀어지고, 어떤 곳에서는 너무 엄격해서 바른 이치를 손상시켰다.或以迂滯而
遠於性情, 或以迫切而害於義理"라고 말한 바 있다.

99) 육조 시대의 오가吳歌, 서곡西曲의 해성諧聲의 문체도 비의 일종이지만 일반적으로는
말장난俳諧으로 간주하므로 여기서는 논하지 않는다. 역자주 : 오가와 서곡은 강남 지
역의 악부 민가인데, 동음이의어로 된 일종의 은어를 자주 쓴다. 예를 들어 '련蓮(연
꽃)은 '련戀'(사랑)을 뜻하고 '사絲'(실)는 '사思'(그리움)를 뜻하며 '오자梧子'(오동나무
열매)는 '오자吾子'(사랑하는 임)를 뜻한다. 이것을 해성 또는 쌍관雙關이라고 한다.

100) 역자주 : 좌사(250?~305), 자는 태충太沖, 임치臨淄(지금의 산동 치박시淄博市) 사람.
진晉 무제 때 비서랑이 되었다가 뒤에 정치적으로 실의하여 저술에 전념하였다. 작품
으로 〈삼도부三都賦〉와 역사를 읊은 시가 유명하다.

101) 역자주 : 하작(1661~1722), 자는 기첨屺瞻, 호는 의문義門, 다선茶仙, 강소 장주長洲
(지금의 소주시) 사람. 서적 교감校勘과 서예에 능했다. 독서 교정 기록인 ≪의문독서
기義門讀書記≫가 있다.

102) 역자주 : 장협(?~307?), 자는 경양景陽, 안평安平(지금의 하북 형수시衡水市) 사람. 서
진 때 중서시랑 등을 역임하다가 혜제惠帝 말 정치가 어지러워지자 은거했다. 종영
〈시품서〉에서 형제인 장재張載, 장항張亢과 함께 삼장三張으로 병칭되었다.

다. 본래의 전기를 고쳐 쓰되 꾸밈을 더하지 않았으니, 이것이 정격이다. 좌사는 스스로 가슴속 심사를 펴냈으니 이는 또한 변격이다. 詠史者不過美其事而詠歎之. 檃括本傳, 不加藻飾, 此正體也. 太冲多自攄胸臆, 乃又其變.

신선에 대한 시는 신선으로 속세를 비유했는데 곽박郭璞[103]이 창시자이다. ≪시품≫ 중편에서는 그가 "시어에 비분강개가 많아 심오한 도에 어긋난다.……바로 곤궁한 회포를 읊은 것으로 뭇 신선의 흥취는 아니다.詞多慷慨, 乖遠玄宗……乃是坎壈詠懷, 非列仙之趣也." 이선李善[104]의 ≪문선주文選注≫ 권21에서도 이렇게 말했다.

신선에 대한 시는 모두 속세의 그물을 더럽게 여기고 관직을 미미하게 생각하며, 높은 하늘에서 노을을 먹고 선계에서 옥을 먹는 내용이다. 하지만 곽박의 작품은 시에 자기 이야기가 많다. 비록 뜻이 가슴 속에서 비좁지만 표현에는 세속의 얽매임이 없다. 그의 견해가 이전 사람의 식견과 다른 것은 참으로 까닭이 있도다.
凡遊仙之篇皆所以滓穢塵網, 錙銖纓紱, 飡霞倒景, 餌玉玄都. 而璞之制, 文多自敍. 雖志狹中區, 而辭無(兼)[105]俗累. 見非前識, 良有以哉.

남녀 사랑의 작품은 남녀로 군주와 신하를 비유했으니 이른바 조우遭遇와 불우不遇의 감정이다. 중당中唐 시기의 경우 장적張籍의

---

103) 역자주 : 곽박(276~324), 자는 경순景純, 하동河東 문희聞喜(지금의 산서 문희현) 사람. 동진의 대장군 왕돈王敦의 기실참군記室叅軍으로 있으면서 왕돈의 모반을 막으려다가 죽임을 당했다. ≪이아爾雅≫, ≪방언方言≫, ≪산해경山海經≫의 주석과 신선에 대한 시로 유명하다.

104) 역자주 : 이선(630~689), 악주鄂州 강하江夏(지금의 호북 무한시武漢市) 사람. ≪문선주文選注≫를 지었다.

105) 역자주 : 주자청은 원문의 '無'를 '兼'으로 본 듯하다. 이 경우에는 '표현에는 세속의 얽매임까지 겸비하고 있으니'로 풀이된다.

〈절개 있는 아내의 노래節婦吟〉,106) 왕건王建의 〈새색시新嫁娘〉,107)

주경여朱慶餘의 〈시험을 앞두고 장적에게 올리는 시近試上張水部〉108)

는 모두 사람들의 입에 전해지고 있다. 그리고 만당 시기 이상은李

商隱의 〈무제無題〉 여러 편은 더욱 명성이 높은데, 비유의 의미를

다 밝히기 어려운 것이 애석할 뿐이다. 영물시詠物詩는 사물로 사

람을 비유했는데 육조 시대에 시작되었다. 포조鮑照의 경우 〈부도

조와 헤어지며 드리다.贈傅都曹別〉109)에서 석별의 감회를 서술했는

---

106) 역자주 : 장적(766?~830?), 자는 문창文昌, 화주和州 오강烏江(지금의 안휘 마안산시 馬鞍山市) 사람. 수부원외랑水府員外郞, 국자사업國子司業 등을 역임했다. 〈절개 있는 아내의 노래〉는 〈동평 이사도 사공께 부치다寄東平李司空師道〉라는 부제가 있으며 내용은 다음과 같다. "당신은 제게 남편 있는 줄 알면서 구슬을 두 개 주었죠. 당신 따뜻한 마음을 알고 붉은 비단 저고리에 매었지요. 저희 집 높은 건물은 황실 원림에 붙어 있고 남편은 창을 들고 대궐에 있어요. 당신 마음 씀씀이 해와 달과 같은 줄은 알지만 남편 섬겨 죽으나 사나 함께하기로 맹세했어요. 당신께 구슬 돌려주니 두 눈에 눈물 흐르네요. 시집가기 전에 만나지 못한 게 아쉬워서요.君知妾有夫, 贈妾雙明珠. 感君纏綿意, 繫在紅羅襦. 妾家高樓連苑起, 良人執戟明光裏. 知君用心如日月, 事夫誓擬同生死. 還君明珠雙淚垂, 恨不相逢未嫁時."

107) 역자주 : 왕건(768~835), 자는 중초仲初, 영천潁川(지금의 하남 허창시許昌市) 사람. 섬주사마陝州司馬를 지냈고 장적과 함께 악부시로 유명하다. 〈새색시〉의 내용은 다음과 같다. "결혼한 지 사흘 만에 주방에 들어가 손 씻고 국 끓인다. 어머님 입맛을 몰라서 시누이 먼저 맛보게 한다.三日入廚下, 洗手作羹湯. 未諳姑食性, 先遣小姑嘗."

108) 역자주 : 주경여(?~?), 이름은 주가구朱可久, 경여는 자이다. 월주越州(지금의 절강 소흥시紹興市) 사람. 비서성교서랑秘書省校書郞을 지냈다. ≪전당시全唐詩≫에 시 177수가 전한다. 〈근래 시험 삼아 장적에게 올리는 시〉의 내용은 다음과 같다. "신방에 간 밤의 촛불 켜놓고 새벽 되면 안방 앞에서 시부모님께 문안 인사 올리리라. 화장 마치고 나지막이 신랑에게 묻는다. 눈썹 그렸는데 이 정도 진하면 괜찮나요.洞房昨夜停紅燭, 待曉堂前拜舅姑. 妝罷低聲問夫婿, 畫眉深淺入時無."

109) 역자주 : 포조(416?~466), 자는 명원明遠, 경구京口(지금의 강소 진강시鎭江市) 사람. 남조 송나라 임해왕臨海王 막부의 전군참군前軍叅軍을 지냈다. ≪포참군집鮑叅軍集≫이 전한다. 〈부도조와 헤어지며 드리다〉의 내용은 다음과 같다. "날렵한 큰기러기 강에서 놀 때 외로운 기러기는 모래섬에 앉아 있었지. 우연히 만나 둘이 서로 친하니 인연과 감정이 함께 끝없었지. 바람과 비는 곧잘 동서로 나뉘어 있어 한 번 떨어지면 금방 만 리라네. 한데 머물던 시절 추억하면 그 목소리 그 자태 마음과 귀에 가득한 걸. 저물녘 물가는 차갑고 시름겨운 구름 하늘 가득 피어오른다. 짤따란 깃촉이라 날아오르지 못하고 안개 속에서 배회한다.輕鴻戱江潭, 孤雁集洲沚. 邂逅兩相親, 緣念共無已. 風雨好東西, 一隔頓萬里. 追憶棲宿時, 聲容滿心耳. 落日川渚寒, 愁雲繞天起. 短翮不能翔, 徘徊煙霧裏."

데, 시 전체에서 기러기를 비유의 도구로 삼았다. 또한 한유의 〈우는 기러기鳴雁〉에서는 가난의 정경을 서술했는데, 시 전체에서 역시 기러기를 비유로 삼았다. 이 네 가지 부류의 근원은 모두 왕일이 주석을 단 초사에 있다. 〈이소〉만 보기로 하자.

湯禹嚴而求合兮,　　탕임금 우임금은 공경스레 뜻이 맞는 이를 찾았기에
摯咎繇而能調.　　이윤과 고요를 얻어 조화를 이루었다.
苟中情其好修兮,　　참으로 마음에서 아름다움을 좋아한다면
又何必用夫行媒.　　또 어찌 중매가 필요하겠는가.

이는 옛 일로 지금을 비유한 것 아닌가?

前望舒使先驅兮,　　망서를 앞세워 먼저 달리게 하고
後飛廉使奔屬.　　비렴은 뒤에서 따라오라 한다.
鸞皇爲余先戒兮,　　난새 봉황은 내 길잡이가 되었는데
雷師告余以未具.　　천둥의 신은 아직 준비가 안됐다고 알려온다.
吾令鳳鳥飛騰兮,　　나는 봉황새가 날아올라
繼之以日夜.　　밤낮으로 잇도록 한다.
飄風屯其相離兮,　　돌개바람 모여서 함께 붙어 있다가
帥雲霓而來御.　　무지개 거느리고 와서 맞이한다.

이는 신선으로 속세를 비유한 것 아닌가?

惟草木之零落兮,　　초목이 시들어 떨어질 생각에
恐美人之遲暮.　　미인이 나이들까 걱정이다.

이는 남녀로 군신을 비유한 것 아닌가?

余以蘭爲可恃兮,　나는 등골나물이 믿을 만하다 여겼거늘
羌無實而容長.　　실속은 없고 겉만 그럴듯하네.
委厥美以從俗兮,　그 아름다움 버리고 세속에 따라
苟得列乎衆芳.　　구차히 뭇 향초의 대열에 끼었네.
椒專佞以慢慆兮,　산초나무는 아첨만 하면서 방자하고
樧又欲充夫佩幃.　머귀나무는 또 향주머니를 채우려 드네.
旣干進而務入兮,　벼슬길 나아가 조정에 들어가려 애쓰면서
又何芳之能祗.　　또 무슨 향기를 간직할 수 있겠는가.

　이는 사물로 사람을 비유한 것 아닌가? ≪구장九章≫의 〈귤송橘頌〉은 더욱이 작품 전체가 사물로 사람을 비유한 좋은 예시이다. ≪시경≫에는 비록 위풍魏風 〈석서碩鼠〉, 빈풍 〈치효〉, 소아 〈학명〉 등 비의 문체로 된 작품이 있긴 하나, 너무 적고 영향력이 드러나지 않는다. 후세에서 말하는 “비比”는 일반적 의미가 비유이고, 특수한 의미는 곧 비의 문체로 된 시이지 〈모시서·대서〉의 “비”를 가리키는 것이 절대로 아니다. 하지만 ≪시경≫ 및 모시와 정현의 방법으로 시를 해설하는 사람에 대해서는 그래도 별도로 논의해야 한다. 비의 문체로 된 시가 단지 “비”의 특수한 의미일 뿐이라고 말하는 것은, 이 네 가지 부류의 시에서 우의寓意가 없는 것은 물론 별격으로 칠 수밖에 없고, 우의가 있으면서 너무 공들여 지은 것, 특히 뒤의 두 부류는 옹색함을 면할 수 없어서 이 또한 별격으로 칠 수밖에 없기 때문이다. 게다가 수량도 어차피 많지 않다.
　후대에는 ‘비흥’으로 이어서 말하는 경우가 많았다. 보통 ‘흥’은 곧 ‘비유’ 또는 ‘비의 문체比體’의 “비”였고, 모시나 정현의 뜻으로 쓴 것은 거의 없었다. 그런데 ‘흥’에도 두 가지 변형된 의미가 있었

다. ≪유우석집劉禹錫集≫ 권23 〈동무릉집 서문董武陵集序〉에는 이런 말이 있다.

> 시란 문장이 온축된 것이다. 뜻을 얻으면 말은 잃게 되니 미묘하면서도 능숙하기 어렵다. 경지는 형상 바깥에서 생기니 정교하면서도 조화가 적다.
> 詩者, 其文章之蘊邪. 義得而言喪, 故微而難能. 境生於象外, 故精而寡和.

이것은 당나라를 대표하는 일종의 시론詩論이다. 대략 장자莊子의 "뜻을 얻으면 말은 잊는다得意忘言"와 선불교의 "언어에서 벗어나기離言"에서 받은 영향이다. 유우석은 이른바 언외지의言外之義, 상외지경象外之境에 대해서는 풀이하지 않았다. 송대 유학자들이 도학道學을 제창할 때도 도교와 선불교의 영향을 받았다. 그들도 책을 읽을 때 글의 뜻만 알아서는 안 되고, "반드시 조용히 깊이 들어가 말없이 알고 마음으로 통달한 뒤에야 미묘한 것으로 나아갈 수 있다.必優游涵泳, 默識心通, 然後能造其微"[110]라고 하였다. ≪근사록近思錄≫ 권14 〈성현기상문聖賢氣象門〉에서는 증자曾子의 말을 논하고 있다.

> 증자가 성인의 배움을 전수할 때……"나는 올바름을 얻고서야 죽으

---

110) 程頤, 〈春秋傳序〉.(≪二程全書‧伊川經說4≫) 또한 ≪詩人玉屑≫ 권6에서는 주자가 "시에 대해 이야기說詩"할 때 "글 뜻을 이해하는 것이 한 겹이요, 뜻이 좋은 점을 식별하는 것이 한 겹이다.曉得文義是一重, 識得意思好處是一重"라고 논한 것을 인용했다. 또한 陸九淵의 ≪象山全集≫ 권35에서는 "책을 읽을 때 글 뜻을 이해하지 못해서는 안 된다. 하지만 오직 글 뜻을 이해하는 것만 옳다고 한다면 단지 어린아이의 배움일 뿐이니, 의미가 어디에 있는지를 보아야 한다.讀書固不可不曉文義, 然只以曉文義爲是, 只是兒童之學, 須看意旨所在"라고 하였다.

리라"라고 한 말은 문구 이해를 잠시 놓아두고, 오직 그 기상이 몹시 좋음을 보아야 한다. 그가 본 것이 크기 때문이다. 후세 사람은 비록 좋은 말이 있더라도 그저 기상이 비루하기 때문에 끝내 도를 터득하지 못하였다.

曾子傳聖人學……如言吾得正而斃, 且休理會文字, 只看他氣象極好. 被他所見處大. 後人雖有好言語, 只被氣象卑, 終不類道.

"오직 기상을 보라只看氣象"는 역시 "미묘한 것으로 나아감造微"과 같은 뜻일 것이다. 또한 주자는 위응물韋應物111)의 시가 "다만 자유로워 기상이 도에 가깝다.直是自在, 氣象近道"라고 논했다.112) 기상은 도를 나타낸 것이요, 또한 수양 공부를 나타낸 것이기도 하다. 이 관념은 "시에서 일어난다興於詩", "시는 감정을 일으킬 수 있다詩可以興"에서 와서 그것을 확충한 것에 지나지 않음을 알 수 있다. 시를 읽으면서 오직 기상만 본다면 그 결과는 두 가지 형태로 나타난다. 황정견黃庭堅 〈쾌각에 올라登快閣〉 시의 경우 "산마다 잎 지는 나무에 하늘은 아득하고, 한 줄기 맑은 강에 비친 달은 또렷하다.落木千山天遠大, 澄江一道月分明"라고 하였다. 명나라 주계봉周季鳳113)의 〈산곡선생별전山谷先生別傳〉에서는 "나무에 잎 지고 강이 맑은 것은 근원이 홀로 있으니 안연의 극기복례의 공로가 있다.木落江澄, 本根獨在, 有顔子克復之功"114)라고 하였는데, 단

---

111) 역자주 : 위응물(737～792), 장안長安(지금의 섬서 서안시西安市) 사람. 소주자사蘇州刺史를 지냈다. 산수, 전원을 제재로 한 시가 많다.

112) ≪朱子語類≫ 권140.

113) 역자주 : 주계봉(1464～1528), 자는 공의公儀, 호는 미헌未軒, 시호는 강혜康惠. 명대의 정치가이다.

114) 앞의 두 마디는 趙景偉의 〈黃庭堅謚議〉에서 비롯되었는데 ≪山谷全書≫ 首卷二에 보인다. 송대의 張戒는 ≪歲寒堂詩話≫에서 이렇게 말했다. "이 시구는 단지 '아득하다'와 '또렷하다'라는 말이 특이할 뿐, 실상을 살펴보면 어린아이의 말이다.此但以遠大分

장취의가 아닐까? 또 심덕잠沈德潛115)의 ≪당시별재집唐詩別裁集·범례凡例≫에는 이런 말이 있다.

> 옛 사람의 말에는 포함된 것이 끝이 없다. 후세 사람이 읽으면 성정의 깊이와 높이에 따라 각자 깨달음이 있다. 예컨대 진풍 〈신풍〉을 좋아하니 자애로운 아비가 감동하고, 소아 〈녹명〉을 가르치니 형제가 함께 식사하는 것이 시를 터득한 것이다. 동중서가 ≪시경≫에는 확고한 풀이가 없다고 했으니 이 사물과 이 뜻에서……
>
> 古人之言包含無盡. 後人讀之, 隨其性情淺深高下, 各有會心. 如好晨風而慈父感悟,116) 講鹿鳴而兄弟同食,117) 斯爲得之. 董子曰, 詩無達詁. 此物此志也.118)

심덕잠의 말에 따르면 시는 이해하고자 하는 대로 이해하면 되는

明之語爲新奇, 而究其實, 乃小兒語也."

115) 역자주 : 심덕잠(1673~1769), 자는 확사碻士, 호는 귀우歸愚, 장주(지금의 강소 소주시) 사람. 청 건륭제 때 예부시랑을 지냈다. 시는 격조格調를 중시해야 한다고 주장했다. ≪당시별재집唐詩別裁集≫, ≪고시원古詩源≫ 등을 편찬했다.

116) 위衛 문후文侯의 고사로, ≪한시외전韓詩外傳≫ 권8에 보인다. 역자주 : 위 문후가 아들 중 연장자인 격擊을 중산中山의 임금으로 보내고 아우를 세자로 삼았는데, 격이 조창당趙蒼唐을 사신으로 보내어 아버지인 문후에게 안부를 여쭈었다. 문후가 중산의 임금은 무엇을 좋아하냐고 묻자 조창당은 ≪시경≫ 〈신풍〉편을 좋아한다고 대답했다. 〈신풍〉 제1장은 다음과 같다. "휙 나는 새매 울창한 북림. 군자를 뵙지 못하니 근심이 가득하네. 어찌하나 어찌하나 나를 잊는 일 많으시니.鴥彼晨風, 鬱彼北林, 未見君子, 憂心欽欽. 如何如何, 忘我實多." 문후는 격이 자신을 그리워함을 알고 불러서 세자로 삼았다.

117) 배안조裵安祖의 고사로, ≪위서魏書≫ 권45 〈배준전裵駿傳〉에 보인다. 역자주 : 배안조가 여덟아홉 살 때 스승에게서 ≪시경≫을 배웠는데, 〈녹명〉편을 읽고는 "사슴도 먹을 때는 서로 부르는데 사람은 어떻겠는가"라고 말하고는 그때부터 혼자서 밥 먹는 일이 없었다고 한다. 〈녹명〉 제1장은 다음과 같다. "요요 사슴이 울며 들판의 산떡쑥 먹네. 나한테 좋은 손님 있어서 슬 뜯고 생황 부네. 생황 연주하며 예물 광주리를 올리네. 나를 좋아하는 사람이여 내게 큰 길을 보여주시길.呦呦鹿鳴, 食野之苹. 我有嘉賓, 鼓瑟吹笙. 吹笙鼓簧, 承筐是將. 人之好我, 示我周行."

118) 역자주 : 이 구절 바로 뒤에는 "평점과 주석이란 다 후세 사람의 편협한 견해이다. 評點箋釋, 皆後人方隅之見"라는 말이 이어진다.

법이니, 이것은 없는 일을 꾸며내는 것 아닌가? 한편 주제周濟[119]의 ≪송사가사선 서문宋四家詞選序≫에는 이렇게 되어 있다.

사는 깃들임이 아니면 들어갈 수 없고 오직 깃들임뿐이면 나올 수 없으니, 각각의 사물을 끌어다 펴서 같은 부류에 통하는 일이 많다. 마음 내달리니 나풀대는 거미줄에 날리는 꽃잎 걸리듯 하고, 붓을 입에 무니 영 땅의 도끼가 파리날개 깎는 것 같다.[120] 두께가 없는 것으로 틈새에 들어가는 것이[121] 이미 익숙해지면, 뜻을 감지하고 깃들임이 생겨 같은 부류를 빌려 통달하니, 백 년 천 년이 지나도 진인眞人의 말씀에 어김이 없는 것,[122] 이것이 들어감이다. 감정을 읊음이 유독 깊으면 경지를 쫓아 반드시 깨어나니, 성숙시킨 세월이 오래면 어둠 속에서 화살을 쏘아도 아무렇지 않게 맞춘다. 비록 펼친 것이 평범하고 담백하며 그려낸 것이 쉽다고 해도, 만감은 종횡으로 모여 있고 오장五臟에는 주인이 없는 것이다. 그 작품을 읽는 사람의 경우, 못에 다가서서 물고기를 살필 때 뜻은 방어나 잉어에 있으니,[123] 한밤중에 번개에 놀라 동서를 분간하지 못하고, 어린아

---

119) 역자주 : 주제(1781~1839), 자는 보서保緖, 호는 미재未齋, 강소 형계荊溪(지금의 의흥시宜興市) 사람. 장혜언張惠言의 사학詞學 이론을 계승 발전시킨 상주사파常州詞派의 주요 인물이다. ≪송사가사선宋四家詞選≫을 편찬하였고 ≪사변詞辨≫ 10권 등의 저서가 있다.

120) 역자주 : ≪장자·서무귀徐無鬼≫에 이런 이야기가 전한다. 초나라 영 땅의 사람이 벽을 바르다 코끝에 파리날개 만한 흙이 묻었다. 석石이라는 장인에게 떼어 달라고 하자 도끼를 휘둘러 바람이 일었다. 그런데 코끝의 흙만 깎이고 얼굴에는 아무 일도 없었다는 것이다.

121) 역자주 : ≪장자·양생주養生主≫에 이런 이야기가 전한다. 요리사가 임금을 위해 소를 잡을 때 칼날이 소의 몸에 들어가는 것은 얇은 것이 틈새로 들어가듯 하므로 칼을 19년 동안 써도 새것처럼 날카롭다고 하였다.

122) 역자주 : ≪장자·서무귀≫에 따르면 위魏의 임금이 서무귀에게서 진인의 말씀을 들은 것은 유배되어 산골짝에 사는 사람이 형제 친척의 인기척을 듣는 것과도 같이 기쁜 일이라고 비유하였다.

123) 역자주 : ≪설원說苑·정리政理≫에 이런 이야기가 전한다. 복자천宓子賤이 선보單父의 수령이 되어 임지로 떠날 때 들은 정치에 대한 조언 가운데 낚시의 비유가 있었다. 미끼를 곧바로 무는 것은 양교陽橋라는 물고기인데 살이 적고 맛이 없지만, 있는

이가 엄마를 따라 웃고 울며, 시골 사람이 연극을 보고 기뻐하고 성
내듯이 한다면 잘 나온 것이라고 할 만하다.

夫詞非寄託不入, 專寄託不出, 一物一事, 引而伸之, 觸類多通. 驅心若
游絲之縛飛英, 含毫如郢斤之斲蠅翼. 以無厚入有間, 旣習已, 意感偶生,
假類畢達, 閱載千百, 聲欬弗違, 斯入矣. 賦情獨深, 逐境必寤, 醞釀日
久, 冥發妄中. 雖鋪敍平淡, 摹績淺近, 而萬感橫集, 五中無主. 讀其篇
者, 臨淵窺魚, 意爲魴鯉, 中宵驚電, 罔識東西, 赤子隨母笑啼, 鄕人緣
劇喜怒, 可謂能出矣.

　"잘 들어간 것能入"은 다른 사람에게서 감동받는 것이고 "잘 나
온 것能出"은 다른 사람을 감동시키는 것이다. 그는 같은 부류에
따라 끌어다 펴기를 잘하는 사람이 옛 사람의 사를 읽으면서 오랜
시간이 지나면, 그 속의 비유하는 뜻을 알아들어 어디를 가든 통하
지 않는 일이 없고 모두 옛 사람의 뜻에 부합된다고 하였다. 이런
사람은 자기 스스로 사를 지어도 사물에 따라 자기 뜻을 비유할 줄
알아서, 독자로 하여금 멍하니 넋을 놓은 채 단지 그가 쓴 대로 따
라서 웃고 울며 기쁘고 노여워할 줄밖에 모르도록 한다. 주제가 말
하는 것은 사 작품의 감정의 원리로, 슬픈 것을 읽으면 역시 슬퍼
지고, 기쁜 것을 읽으면 역시 기뻐지니 이른바 옛 사람에 부합되는
것은 여기에 있다. 희비의 내상에 내해 말하자면, 인한 자는 인을
보고 지혜로운 자는 지혜를 보는 법이니 각자 깨달음이 있더라도
괜찮다. 이는 심덕잠의 설에 비하면 치밀하지만, 대략의 뜻은 같다.
뒤에 담헌譚獻이 ≪주씨사변周氏詞辯≫에 쓴 평어 가운데 "작자가

　　뜻 없는 듯 미끼를 무는 듯 물지 않는 듯 하는 것은 방어魴魚라는 물고기로 살도 많
　고 맛이 좋다고 하였다. 주제가 이 고사를 인용한 것은 깃들임의 비유도 이 방어와
　같아야 한다는 말이다.

반드시 그렇게 한 것은 아니지만, 독자가 어째서 절대로 그렇지 않다고 하겠는가.作者未必然, 讀者何必不然"124)라는 말이 있는데, 그것은 다시 희비의 대상에 대해 말한 것이다. 하지만 이러한 단장취의와 없는 일을 꾸며내는 것은 어쨌든 모시와는 그다지 같지 않다. 같은 부류에 따라 끌어다 편 결과는 그래도 사람 마음에서 너무나 멀리 동떨어진 지경이 되지는 않았다. 게다가 ≪근사록≫과 심덕잠, 주제 두 사람은 대체로 주목한 것이 독자의 수용이지 시 작품의 이해가 아님을 분명히 말했으니, 그 정도면 크게 문제될 것도 없다. 이상의 갖가지 설에서 말한 것은 모두 "언어 바깥의 의미言外之義"인데, 이것을 "흥상興象"125)이라고 할 수 있다.

한 말에서 진晉대에 이르기까지 늘 모양의 흡사함으로 사람을 '품평題目'하였는데, ≪세설신어世說新語≫의 경우 제1편에서 곽림종郭林宗(곽태郭泰)이 이렇게 말했다. "숙도(황헌)는 드넓은 것이 만 이랑의 못과 같아서 맑히려 해도 맑아지지 않고 흔들어도 흐려지지 않는다.叔度(黃憲)汪汪如萬頃之陂. 澄之不淸, 擾之不濁." 후대에도 또

---

124) 역자주 : 담헌(1832~1901), 원래 이름은 담정헌譚廷獻, 자는 중수仲修, 호는 복당復堂, 절강 인화仁和(지금의 항주시杭州市) 사람. ≪복당류집復堂集≫, ≪복당사復堂詞≫ 등의 저작이 있다. ≪周氏止庵詞辨≫의 蘇軾〈卜算子(雁)〉상단에 평어가 있는데 다음과 같다. "장혜언의 ≪사선≫에서 〈고반〉편을 비라고 했는데, 그 말은 밑도 끝도 없는 것이 아니다. 이는 역시 내가 말한 '작자가 반드시 그렇게 한 것은 아니지만, 독자가 어째서 절대로 그렇지 않다고 하겠는가'이다.皋文詞選以考槃爲比, 其言非河漢也. 此亦鄙人所謂作者未必然, 讀者何必不然." 작자가 꼭 비유를 썼다는 법은 없지만 독자가 굳이 비유가 아니라고 볼 필요도 없다는 뜻이다.

125) ≪周禮·天官·司裘≫, "왕의 상례에는 가죽옷을 본뜨고 가죽장식 수레를 꾸민다.大喪廞裘, 飾皮車"에 대해 정의正義에서는 "생전의 가죽옷을 본떠서 만드는 것이다.興象生時裘而爲之"라고 하였으니, "興象"은 바로 "비슷하게 본뜨다象似"의 뜻이다. 殷璠의 〈河嶽英靈集序〉에는 이런 말이 있다. "재주가 작고 얕은 무리들이……이단에 힘써서 함부로 천착을 일삼으니, 이치는 부족하고 말은 늘 군더더기가 있어 도무지 흥상이 없고 경박한 화려함만 귀하게 여겼다.挈瓶肤受之流……攻乎異端, 妄为穿鑿, 理則不足, 言常有餘, 都無興象, 但貴輕艶." 여기서 "흥상"은 바로 "비흥比興"이다. 지금 이 명칭을 차용하지만 뜻은 약간 다르다.

한 모양의 흡사함으로 시문을 논했으니, ≪시품≫ 상권에 인용된 이충李充126)의 〈한림론翰林論〉의 경우, 반악을 이렇게 논평했다. "훨훨 날아오른 새에 깃털이 있는 듯 의복에 비단이 있는 듯하다. 翩翩然如翔禽之有羽毛, 衣服之有綃縠." 당 말에 이르면 사공도司空圖127)가 맛으로 시를 비유했는데, 귀한 것은 짠맛 신맛의 바깥에 있다고 여겼다. 이른바 맛 바깥의 맛味外味이다. 또한 ≪이십사시품二十四詩品≫을 지어 모양이 흡사한 말을 모아 크게 이루었다. 남송 오도손敖陶孫128)의 ≪구암시평臞庵詩評≫에서도 오로지 모양이 흡사한 말을 써서 역대의 시인을 비평하였다.129) 한편 선禪을 빌려 시를 비유한 엄우嚴羽130)는 "흥취興趣"라는 개념을 내어놓았다. ≪창랑시화滄浪詩話≫ 〈시변詩辨〉에 이런 말이 있다.

시에는 별도의 재능이 있으니 책에 관계된 것은 아니다. 시에는 별도의 흥취가 있으니 이치에 관련된 것은 아니다.……시란 성정을 읊는 것이다. 성당의 여러 시인은 오직 흥취에 집중하여 영양이 뿔을 걸면 발자취를 찾을 수 없다. 따라서 그 오묘한 곳은 투철하고 영롱

---

126) 역자주 : 이충(?~362?), 자는 홍도弘度, 강하江夏(지금의 호북 효감시孝感市) 사람. 동진 때 중서시랑을 지냈다. 원제元帝 때 ≪사부서목四部書目≫을 편찬하여 당시의 문헌을 갑甲(경전), 을乙(역사), 병丙(제자), 정丁(시부)의 네 가지로 분류하였다. 〈한림론翰林論〉, ≪논어주論語注≫ 등의 저작이 있다.

127) 역자주 : 사공도(837~908), 자는 표성表聖, 호는 지비자知非者, 사주泗州 임회臨淮(지금의 강소 회안시淮安市) 사람. ≪이십사시품二十四詩品≫ 등의 시론 저작이 있다.

128) 역자주 : 오도손(1154~1227), 자는 기지器之, 호는 구옹臞翁 또는 구암臞庵. 관직이 온릉통판瀴陵通判에 이르렀다. 주희朱熹를 추종하다가 권력자인 한탁주韓侂冑의 탄압을 받아 은거하기도 했다. 저작으로 ≪강호집江湖集≫, ≪구암시평臞庵詩評≫ 등이 있다.

129) ≪시인옥설詩人玉屑≫ 권2.

130) 역자주 : 엄우(1192?~1245?), 자는 단구丹丘, 호는 창랑포객滄浪逋客, 소무邵武(지금의 복건 소무시) 사람. 남송 이종理宗 때 주로 활동한 것으로 추정된다. ≪창랑시화滄浪詩話≫ 등의 저작이 있다.

하여 이룰 수 없다. 마치 허공의 소리, 형상의 빛깔, 수면의 달, 거울에 비친 모습과 같다. 말은 다하였어도 뜻은 끝이 없다.

夫詩有別材, 非關書也. 詩有別趣, 非關理也……詩者, 吟詠情性也. 盛唐諸人惟在興趣. 羚羊掛角, 無迹可求. 故其妙處, 透徹玲瓏, 不可湊泊, 如空中之音, 相中之色, 水中之月, 鏡中之象. 言有盡而意無窮.

〈시평詩評〉에서는 또 이렇게 말하였다.

시에는 시어, 이치, 뜻, 흥취가 있다. 남조의 시인은 시어를 높였는데 이치에 흠이 있었고, 우리 송나라의 시인은 이치를 높였는데 뜻과 흥취에 흠이 있다. 당나라의 시인은 뜻과 흥취를 높였는데 이치가 그 안에 있었다. 한, 위의 시는 시어, 이치, 뜻, 흥취가 발자취를 찾을 수 없다.

詩有詞理意興. 南朝人尚詞而病於理. 本朝人尙理而病於意興. 唐人尙意興而理在其中. 漢魏之詩, 詞理意興, 無迹可求.

이른바 "별도의 흥취", "뜻과 흥취", "흥취"는 모두 형상 바깥의 경지라 할 수 있다. 이러한 형상 바깥의 경지에 대해서는 독자 역시 같은 부류에 따라 끌어다 펴서 각자 얻는 바가 있을 것이다. 얻는 것은 감각感覺의 경계境界로, 앞에서 말한 기상氣象이니 감정의 이치情理니 하는 개념과는 다르다. 다만 또한 "사람 마음에서 멀지 않은 것人情不遠"을 표준으로 해야 할 것이다. 청대 김성탄金聖嘆[131]의 비평에서는 "흥취"라는 개념을 자주 쓰고 있다. 하지만 그가 ≪서

---

131) 역자주 : 김성탄(1608~1661), 이름은 김인서金人瑞, 성탄은 자이다. 강소 소주 사람. ≪장자莊子≫, ≪이소離騷≫, ≪사기史記≫, ≪두공부집杜工部集≫, ≪수호전水滸傳≫, ≪서상기西廂記≫를 육재자서六才子書로 명명하고 각각에 대한 평론을 지었다. 소설과 희곡을 기존의 정통문학과 나란한 반열에 올렸다고 평가받는다.

상기西廂記≫ 제1권 〈장군서가 도량에서 안달하다 제4절張君瑞鬧
道場第四折〉에 대해 비평한 한 토막 이야기(김성탄본에서는 제목이
〈불공에서 안달하기鬧齋〉로 되어 있다)의 경우, 역시 극단적인 사
례이다. 이 절의 첫 곡인 〈쌍조雙調 신수령新水令〉에서 장생張生은
이렇게 노래한다.

梵王宮殿月輪高,	절의 법당에 보름달 높이 떠있고
碧琉璃瑞烟籠罩.	푸른 유리기와는 안개에 덮여있네.
香烟雲蓋結,	향 연기는 구름처럼 엉겨있고
諷咒海波潮.	염불 주문 바닷물같이 차오른다.
幡影飄飄.	깃발 나부끼니
諸檀越盡來到.	여러 시주님 다들 오시네.

김성탄은 곡 앞에 이렇게 평하였다.

내 친구 착산선생이 내게 이렇게 말한 적이 있다. "광씨 형제가 살
던 여산132)은 천하의 진기한 경치라네. 장강 물길로 여러 날을 갈
때는 애초에 생각도 못하다가 문득 갠 하늘을 가르고 비취빛 봉우리
가 꽂혀서 가운데를 반으로 나누니 비단 한 필을 걸어둔지라. 뱃사
공이 놀라서 '이게 바로 여산인가 보네요.' 했는데 여산에 닿으려면
아직 한참 남았거든. 다시 이틀을 갔더니 점차 보이지 않았는데, 웬
걸 이미 여산에 도착한 거야." 내가 듣고는 너무나 기뻐서 가서 구
경하려고 했지만 지지부진 뜻대로 안 되었다.……하지만 마음속에는
하루라도 생각하지 않은 적이 없어서 밤이면 꼭 꿈자리에 나타난 것
이 하루 이틀이 아니었다. 꿈만 꾸면 장강 물길을 말 달리듯 가서

---

132) 역자주 : 은말 주초에 광속匡俗 칠형제가 이곳에 은둔하며 살았는데 사람들이 신선의
　　오두막이라고 불러서 지금의 여산이라는 이름이 생겼다고 한다.

푸른 연봉오리가 하늘에 꽂힌 것을 우러러보니 하나하나가 착산의 말 그대로였다. 잠에서 깨어 꿈인 줄 알고서도 온 몸이 다 상쾌했다.
吾友斲山先生嘗謂吾言, 匡廬眞天下之奇也. 江行連日, 初不在意, 忽然於晴空中劈插翠嶂, 平分其中, 倒掛匹練. 舟人驚告, 此卽所謂廬山也者, 而殊未得至廬山也. 更行兩日, 而漸乃不見, 則反已至廬山矣. 吾聞而甚樂之, 便欲往看之, 而遷延未得……然中心則殊無一日曾置不念, 以至夜必形諸夢寐, 常不一日二日, 必夢見江行如駛, 仰觀靑芙蓉上插空中, 一一如斲山言, 寤而自覺, 遍身皆暢然焉.

뒤에 마침 서강133)에서 온 사람이 있어서 소매를 잡고 서둘러 물었더니 "그런 건 없소"라는 것이었다. 나는 화가 나서 "당신이 무식해서 전혀 모르는구려"라고 했다. 뒤에 또 서강에서 온 사람이 있기에 또 소매를 붙들고 다급하게 물었더니 다시 "그런 건 없습니다"라고 하였다. 나는 또 화가 나서 "이 사람도 무식하구만"이라고 했다. 그 뒤 서강에서 온 사람이라면 죄다 물어봤더니, "그렇다"와 "아니다"가 반반이었다. 나는 의아해서 다시 착산에게 물었더니, 착산은 어안이 벙벙하여 실소를 하였다. "나도 직접 본 건 아니야. 예전에 서강에서 온 사람이 많았는데 누구는 그렇다고 하고 또 누구는 아니라고 하더군. 그러니 나는 그렇다고 하는 사람이면 믿고 아니라고 하는 사람은 말할 것도 없다고 생각했지. 왜냐고? 만약 여산이 정말 그렇다고 한다면 내가 그 사람 말을 믿은 것이 참이지 거짓은 아닐세. 설령 여산이 그렇지 않다 해도 그건 천지의 잘못이지. 정말로 천지의 큰 힘과 천지의 큰 지혜와 천지의 큰 학문과 천지의 큰 놀이로 한다면, 이런 진기한 경치를 지어서 우리 후대 사람을 즐겁게 하는데에 무엇이 어렵기에 굳이 그걸 아깝다고 내놓지 않을까?"
後適有人自西江來, 把袖急叩之, 則曰, 無有是也. 吾怒曰, 彼傖固不解也. 後又有人自西江來, 又把袖急叩之, 又曰, 無有是也. 吾又怒曰, 此

---

133) 역자주 : 여산이 있는 지금의 강서성江西省 일대를 서강이라고 하였다.

又一儈也. 既而人苟自西江來, 皆叩之, 則言然不然各半焉. 吾疑, 復問 蚷山. 蚷山啞然失笑言, 吾亦未嘗親見. 昔者多有人自西江來, 或言如是 云, 或亦言不如是云. 然吾於言如是者卽信之. 言不如是者, 置不足道焉. 何則. 夫使廬山而誠如是, 則是吾之信其人之言爲眞不虛也. 設苟廬山而 不如是, 則是天地之過也. 誠以天地之大力, 天地之大慧, 天地之大學問, 天地之大游戲, 卽亦何難設此一奇以樂我後人, 而顧吝不出此乎哉.

내가 들으니 다시 즐겁고 득의양양하여 줄곧 지금에 이르렀다. 단지 꿈에서만이 아니라 보통은 낮에도 종종 여산을 만난다. 나는 ≪좌전≫ 을 읽을 때 종종 여산을 만나고, ≪맹자≫를 읽을 때 종종 여산을 만나고, ≪사기≫, ≪한서≫를 읽을 때 종종 여산을 만난다. 이제 ≪서상기≫를 읽을 때도 종종 여산을 만난다. ≪서상기≫를 읽을 때 도 종종 여산을 만난다는 것은 무슨 말인가? 이 편 처음의 〈신수령〉 제1구에서 "절의 법당에 보름달 높이 떠있고"라고 했는데 일곱 자에 불과하다. 하지만 나는 이야말로 '장강 물길로 갈 때는 애초에 생각 도 못한 것'이고 이야말로 '갠 하늘을 가르고 진기한 비췻빛이 꽂힌 것'이며 이야말로 '여산에 닿으려면 아직 한참 남은 것'이고 이야말 로 '여산에 도착해도 도리어 보이지 않는 것'이라고 생각한다. 참으 로 큰 힘이요, 참으로 큰 지혜이며, 참으로 큰 놀이이고, 참으로 큰 학문이다. 이것은 내 친구 착산이 가르쳐준 것이다. 나는 이번 생에 는 이미 서강에 진짜로 갈 필요가 없어졌다. 내가 이번 생에는 비록 끝내 서강에 가지 못하겠지만, 나는 여산을 보고 또 봐도 질리지 않 는다. 여산은 진짜 천하의 진기한 경치이다.

吾聞而又樂之. 中心忻忻, 直至於今. 不維必夢之, 蓋日亦往往遇之. 吾 於讀左傳往往遇之, 吾於讀孟子往往遇之, 吾於讀史記漢書往往遇之. 吾 今於讀西廂亦往往遇之. 何謂於讀西廂亦往往遇之. 如此篇之初, 新水令 之第一句云, 梵王宮殿月輪高, 不過七字也. 然吾以爲眞乃江行初不在意 也, 眞乃晴空劈揷奇翠也, 眞乃殊未至於廬山也, 眞乃至廬山卽反不見 也. 眞大力也, 眞大慧也, 眞大游戲也, 眞大學問也. 蓋吾友蚷山之所教也. 吾此生亦已不必眞至西江也, 吾此生雖然終亦不到西江, 而吾之熟睹廬山亦未厭也. 廬山眞天下之奇也.

김성탄은 곡 뒤에서 다시 평하기를, 이 구절은 장생이 원래 다음 날 아침에 법당에 가서 향을 사르는 기회를 틈타 앵앵을 보기로 했지만, 마음이 불타듯이 다급해서 전날 밤에 법당에 가서 기다리는 것을 묘사한 것이라고 했다. 하지만 원문에는 장생의 노래 앞에 이런 대사가 있다. "오늘은 이월 보름, 스님이 향을 사르라고 하시니 한 번 가봐야겠다.今日二月十五日, 和尙請拈香, 須索走一遭." 분명히 아침이다. 곡 원문의 다음 구는 "푸른 유리기와는 안개에 덮여 있네"인데, 향 연기가 있는 것을 설명한 것이다. 그 다음으로는 내용이 더욱 분명하다. "보름달 높이 떠있고"는 단지 달이 아직 지지 않은 것으로, 이른 아침을 나타낸 것이지 저녁은 결코 아니다. 김성탄의 말이야말로 "글자로 시구를 훼손한 것以文害辭"이며 "시구로 시인의 뜻을 훼손한 것以辭害志"이다.

4

비흥으로 시를 논하다

가장 먼저 비흥의 기능을 의심한 것은 종영이다. 〈시품서〉에는 이런 말이 있다.

만약 오로지 비, 흥만 쓴다면 병폐는 뜻이 심오함에 있으니, 뜻이 심오하면 시어가 난해해진다. 만약 그저 부체만 쓴다면 병폐는 뜻이 부염함에 있으니, 뜻이 부염하면 문장이 산만해진다. 유희가 유랑이 되고 문장에 멈춤이 없어서 난잡한 허물이 생긴다.
若專用比興, 患在意深, 意深則詞躓. 若但用賦體, 患在意浮, 意浮則文散. 嬉成流移, 文無止泊, 有蕪漫之累矣.[134]

그가 말한 것은 오로지 비흥만 쓰거나 부만 쓸 때의 문제이다. 하지만 이는 또한 "뜻이 심오함"과 "시어가 난해함"이 비흥의 문제라는 것을 첫 번째로 지적한 것이기도 하다. 같은 시기에 유협劉勰이 흥을 논할 때도 "밝아도 그리 환하지 않아서 주석을 달아야 보

---

134) 〈시품서〉에 "글이 다했는데 뜻에 여운이 있는 것이 흥이다. 사물로 인해 뜻을 비유한 것이 비이다.文已盡而意有餘, 興也. 因物喻志, 比也"라고 했는데 이전의 해석과 약간 다르다.

인다明而未融, 故發注而後見"라고 하였다.135) 청대의 진항陳沆136)이
지은 ≪시비흥전詩比興箋≫은 위원魏源137)의 서문에 이런 말이 있다.

한나라 이후에 시체가 변하여 오언이 되었다. 고시십구수에는 매승
枚乘의 시가 많았다. 악부 고취곡 십여 장은 다 시경, 초사의 취지이
다. 장형의 〈사수〉, 조식曹植의 〈칠애〉, 조조曹操의 광활한 "술 마시
며 노래 들으니"에는 풍운의 기운이 있다. 그 뒤 완적, 부현, 도연명,
포조, 강엄江淹, 진자앙, 이백, 한유韓愈는 모두 비흥으로 악부 금조
를 지었는데, 위로 올바른 시작인 시경을 법도로 삼았다. 중당 이후
에 부체로 일관한 것을 보면, 참으로 예와 지금의 수준이 다르다.
由漢以降, 變爲五言. 古詩十九章, 多枚叔之詞. 樂府鼓吹曲十餘章, 皆
騷雅之旨. 張衡四愁, 陳思七哀, 曹公蒼莽, 對酒當歌, 有風雲之氣. 嗣後,
阮籍, 傅玄, 陶淵明, 鮑明遠, 江文通, 陳子昂, 李太白, 韓昌黎, 皆以比
興爲樂府琴操, 上規正始. 視中唐以下純乎賦體者, 固古今升降之殊哉.

위원은 "비흥"의 가치를 부보다 높이 쳤다. 이는 진자앙, 이백,
백거이, 주자 등의 영향이다. 또한 시가 중당 이후에 이르면 부체로
일관하고 있는데, 이전에는 여전히 "비흥"을 쓰고 있었다고 말하였
다. 하지만 한대 악부시야말로 부체가 많고, 도연명과 사령운도 부
체를 위주로 하며, 두보와 한유는 더욱 그러하다. 위원은 단지 소수

---

135) ≪文心雕龍≫ 〈比興〉.

136) 역자주 : 진항(1785~1826?), 자는 태초太初, 호는 추방秋舫. 기수薪水(지금의 호북성
희수현浠水縣) 사람. 관직은 사천도감찰어사四川道監察御史에 이르렀다. 저작으로 ≪간
학재시존簡學齋詩存≫, ≪시비흥전詩比興箋≫ 등이 있다. 위원魏源으로부터 "한 시대
문장의 으뜸一代文宗"으로 일컬어졌다.

137) 역자주 : 위원(1794~1857), 원래 이름은 위원달魏遠達, 자는 묵심黙深, 호는 양도良
圖, 호남 소양邵陽(지금의 소양시) 사람. 도광제道光帝 때 고우지주高郵知州를 지내다
가 만년에는 절강 항주에 은거하였다. 임칙서林則徐와 교유했으며 서방의 기술을 배
울 것을 주장하였다. ≪해국도지海國圖志≫, ≪시고미詩古微≫ 등의 저작이 있다.

의 예만 골라냈을 뿐, 대략적인 결론은 낼 수 없었다. 이는 서문을 짓는 격식상 제목에 들어맞는 말을 몇 마디 하지 않을 수 없었던 것이지, 사실은 전혀 그렇지 않았음을 알 수 있다. 게다가 그가 말하는 "비흥"도 ≪모시≫와 ≪정전≫의 뜻은 절대로 아니고 단지 후세에서 일컫는 "비흥"일 뿐이다.

황간의 ≪문심조룡찰기≫ 〈비흥〉편에는 "흥의 뜻은 쓰이는 일이 드물다興義罕用"는 것을 논한 말이 있는데, 가장 정확히 이해한 것이다. 그는 다음과 같이 말한다.

> 흥에서 의미를 취하는 것은 털끝 하나로 차이가 나고, 감정의 이해는 은미함에 있으니, 스승의 말씀으로 전수받은 게 아니라면, 어찌 자기 생각으로 미루어 찾을 수 있으리오. 유협은 "밝아도 그리 환하지 않아서 주석을 달아야 보인다"고 하였고, 공영달은 "모공이 특별히 흥을 말한 것은 그 이치가 숨어있기 때문"이라고 했으니 참으로 제대로 살핀 말씀이다. 맹자가 말했다. "시를 배우는 사람은 자신의 마음으로 시인의 뜻을 맞이한다." 이 말씀은 해설이 이미 갖춰진 뒤에야 참으로 마땅한 말이 될 것이다. 만약 흥의 뜻이 깊어서 시인이 본디 시를 지은 의도가 분명하지 않은데도 탐구를 일삼으면 천착의 폐단은 반드시 이 때문에 더욱 많아질 것이다.
> 夫其取義差在毫釐, 會情在乎幽隱, 自非受之師說, 焉得以意推尋. 彦和謂, 明而未融, 發注後見. 沖遠(孔穎達)謂, 毛公特言, 爲其理隱, 誠諦論也. 孟子云, 學詩者以意逆志. 此說施之說解已具之後, 誠爲讜言. 若乃興義深婉, 不明詩人本所以作, 而輒事探求, 則穿鑿之弊固將滋多于此矣.

한대 이후로 시인은 흥의 뜻을 쓰는 일이 적었다. 본디 시의 도가 쇠퇴한 것도 있지만, 또한 문장을 지어서 깊은 뜻으로 사람을 깨우칠 때 만약 읽는 사람이 흐리멍덩하여 이해하지 못하면 감동의 기능이 드러나지 않기 때문이다. 비를 쓰느라 흥을 잊은 것은 추세가 그렇게 만든 것이다. 비록 사마상여나 양웅이라 하더라도 말로가 어땠는가. 하지만 예로부터 명작은 역시 "비흥"이 아울러 존재하는 경우가 있었다. 시대가 변화하면서 해석이 더욱 분분할 뿐이다. 한 권의 시집이 서로 다른 해설을 감당하지 못한다. 죽은 사람은 살아나지 않고, 유묵은 말이 없으니 완적의 시를 풀이하면 시마다 위나라가 진나라에 선양한 것을 꾸짖은 것이라 하고, 두보의 작품을 해설하면 편마다 조정을 염려한 것이라고 하였다. 비록 당시에 시인이 절대로 사물에 맡겨서 발단을 삼지 않았다고는 못하지만, 후세 사람이라면 언어를 떠나서 형상을 찾아서는 안 된다. 이러한 관점에서 보면 비를 쓴 것은 오랜 시간이 지나도 모호함에 빠지지 않지만, 흥을 쓴 것은 말이 끝나자마자 논쟁이 붙는다. 옛 글을 읽으면 흥의 뜻이 이해하기 어려움을 알게 된다. 스스로 글을 지을 때도 마침내 흥의 뜻을 멀리하고 잘 쓰지 않게 된다. 이것이 흥이 점차 쇠미해지고 소멸된 까닭이다.

自漢以來, 詞人鮮用興義. 固緣詩道下衰, 亦由文詞之作, 趣以喩人. 苟覽者恍惚難明, 則感動之功不顯. 用比忘興, 勢使之然. 雖相如子雲, 末如之何也. 然自昔名篇, 亦或兼存"比興". 及時世遷貿, 而解者祗益紛紜. 一卷之詩, 不勝異說. 九原不作, 煙墨無言, 是以解嗣宗之詩, 則首首致譏禪代, 箋少陵之作, 則篇篇系念朝廷. 雖當時未必不託物以發端, 而後世則不能離言而求象. 由此以觀, 用比者歷久而不傷晦昧, 用興者說絶而立致辨爭. 當其覽古, 知興義之難明. 及其自爲, 亦遂疏興義而希用. 此興之所以浸微浸滅也.

황간의 말에서 추론하면, ≪시경≫에서 흥이 있는 구가 대부분 비유이긴 하나 ≪모전≫과 ≪정전≫에서 풀이한 흥의 뜻은 사실 반드시 "시를 지은 사람의 뜻"이 아닐지도 모른다고 말할 수 있다. 왜냐하면 그렇게 지은 시는 "읽는 사람이 흐리멍덩하여 이해하지 못하도록" 만들 수 있기 때문이다. ≪모전≫과 ≪정전≫에서 말하는 것이 "시를 지은 사람의 뜻"이 아니라면, "천착의 폐단"이나 "언어를 떠나서 형상을 찾는 것"을 면하지 못한 것은 아닐까? 황간은 아마 그렇게 생각하지는 않았을 것이다. 그는 옛 것을 좋아하는 일반적인 사람들과 마찬가지로, 모공과 정현이 ≪시경≫의 옛 시대에서 멀지 않아서 "스승의 말씀으로 전수받았으니" 당연히 믿을 만하다고 줄곧 여겼다. 이른바 "해설이 이미 갖춰졌다"는 것은 바로 ≪모전≫과 ≪정전≫을 말한 것이다. 후세에는 시경학에 전문가가 없어서 "스승의 말씀"이 남아있지 않으니, ≪모전≫과 ≪정전≫에서 "자신의 마음으로 시인의 뜻을 맞이하는" 방법으로 시를 풀이하려 해도 당연히 될 일이 아니라는 것이다. 하지만 황간이 말하는 "비"는 역시 후세의 "비"이다. ≪모전≫과 ≪정전≫의 "비"란 사실 "읽는 사람이 흐리멍덩하여 이해하지 못하도록" 만들 뿐이다.

하지만 후대에 "비흥"으로 시를 해설한 예는 여전히 적지 않다. 시작은 송대 사람이었다. 여기서는 두 부류로 나뉜다. 첫째는 ≪모전≫과 ≪정전≫의 영향을 받은 것이라 할 수 있는데, 자잘하고 지리멸렬한 것이 원조보다도 심해졌다.138) ≪시인옥설詩人玉屑≫139) 권9 "사물에 맡기기託物" 항목에는 매요신梅堯臣(?)의 ≪속금침시격續金針詩格≫140)에서 두보의 〈이른 아침早朝〉141)을 풀이한 것이

---

138) 고룡진顧龍振, ≪시학지남詩學指南≫에 이런 부류의 책이 매우 많이 수록되어 있다.

139) 역자주 : ≪시인옥설≫은 남송 위경지魏慶之가 지은 시화집으로 총 12권이고 ≪시경≫, 초사에서 남송의 시인에 이르기까지 논하였다.

140) 역자주 : 매요신(1002~160), 자는 성유聖兪, 호는 완릉선생宛陵先生, 선주宣州 선성宣城(지금의 안휘 선성시) 사람. 구양수의 추천으로 국자감직강國子監直講, 상서도관원외랑尙書都官員外郞 등의 관직에 있었다. 〈전가사시田家四時〉, 〈노산산행魯山山行〉 등의 작품이 유명하다. ≪시인옥설≫의 해당 항목은 "매요신은 ≪속금침시격≫이 있고, 장상영張商英은 ≪율시격≫이 있고, 홍각범은 ≪금련≫이 있는데 이 세 권은 모

인용되어 있다.

　　"깃발에는 따뜻한 햇볕에 용과 뱀이 꿈틀대고 궁전에는 살랑대는 바
　람에 제비와 참새 높이 나네"의 경우, 깃발은 호령을 비유하고 따뜻
　한 햇볕은 치세를 비유하며 용과 뱀은 임금과 신하를 비유한다. 호
　령은 치세에 임금이 내는 것이요 신하가 받들어 행하는 것임을 말한
　다. 궁전은 조정을 비유하고 살랑대는 바람은 정치 교화를 비유하며
　제비와 참새는 서민을 비유한다. 조정의 정치 교화가 막 베풀어져
　서민이 교화되니 각기 제 자리를 찾았음을 말한다.
　如"旌旗日暖龍蛇動, 宮殿風微燕雀高", 旌旗喩號令, 日暖喩明時, 龍蛇
　喩君臣. 言號令當明時, 君所出, 臣奉行也. 宮殿喩朝廷, 風微喩政教,
　燕雀喩小人. 言朝廷政教纔出而小人向化, 各得其所也.

　　이것은 없는 일을 꾸며내는 것 아닌가! ≪시인옥설≫에서 이른바
"사물에 맡기기託物"는 어떤 때는 후대에 말하는 "비"를 가리키고,
어떤 때는 후대에 말하는 "비흥"을 함께 포함한다. 세상에 전해지
는 당송 시대의 시격詩格 관련 부류의 책에는 이렇게 터무니없이
시구나 시의 사물을 해설하는 경우가 많으니 한 때의 풍조인 듯하
다.142) 하지만 이런 해설은 명백히 "천착"이요 명백히 "언어를 떠

　　　두 시를 논한 것이다.梅聖俞有續金針詩格, 張天覺有律詩格, 洪覺範有禁臠, 此三書皆論
　　　詩也"로 시작한다. 하지만 송대 진진손陳振孫의 ≪직재서록해제直齋書錄解題≫ 권22에
　　　는 "≪금침시격≫ 1권, 백거이 지음, ≪속금침시격≫ 1권, 매요신 지음. 이들은 다 이
　　　름만 빌린 것이다.金針詩格一卷, 白居易撰, 續金針詩格一卷, 梅堯臣撰, 大抵皆假託也"라
　　　고 되어 있다. 주자청이 매요신 이름 뒤에 물음표를 넣은 것은 그 때문일 것이다.
141) 역자주 : 제목은 판본에 따라 〈중서사인 가지의 '이른 아침 대명궁'시에 화답하여奉和
　　　賈至舍人早朝大明宮〉 또는 〈和賈至舍人早朝大明宮之作〉 등으로 되어 있다.
142) 王士禛 ≪香祖筆記≫ 卷六, "송나라 때 황실을 위하는 학자는 천착에 힘썼다. 두보
　　　〈우임금 사당〉 시의 '빈 뜰에 귤과 유자가 주렁주렁'은 ≪상서≫ 〈우공〉편의 '귤과
　　　유자를 싸서 바친다'라는 구절을 말한 것이라든지, '옛 건물에는 용과 뱀이 그려져
　　　있다'는 우임금이 용과 뱀을 몰아서 늪으로 쫓아낸 것이라든지 하는 설이 있었다. 나

나서 형상을 찾는" 격이지만, 시격 같은 책은 위작이 많은데다 전 승 연원이 너무 비루하여 사람들의 중시를 받지 못했다.143) 사방득 謝枋得이 주해한 장천章川(조번趙蕃), 간천澗川(한표韓淲) 두 선생 의 ≪선당시選唐詩≫144)에도 간혹 이런 방법이 쓰였지만 아주 적 다. 이 또한 시격 같은 책에서 받은 영향일 것이다.

둘째는 체계적으로 부, 비, 흥이나 '비흥'을 써서 시를 해설한 것 이다. 주자의 ≪초사집주≫가 첫 번째 책이다. 그는 ≪시집전≫의 방식으로 ≪초사≫ 각 편의 장을 나누고 주석을 달아 부, 비, 흥을 밝혔다. 하지만 그가 말하는 '비', '흥'은 ≪모전≫, ≪정전≫과 다 같지는 않다. 그는 공중지鞏仲至(공풍鞏豊)145)에게 답하는 편지(문 집 64)146)에서 또한 이렇게 말했다.

예와 지금의 시는 모두 세 번의 변화가 있었습니다. 전적에 기록된 순임금과 하나라 이래 위나라 진나라까지가 한 단계입니다. 진나라 송나라의 안연지, 사령운 이후 초당 시기에 이르기까지가 한 단계입

는 어렸을 때 이런 설을 보고는 바로 웃음이 나왔다.宋時爲王氏之學者務爲穿鑿. 有稱 杜子美禹廟詩空庭垂橘柚, 謂厥包橘柚錫貢也, 古屋畫龍蛇謂驅龍蛇而放之菹也. 予童時見 此說, 卽知笑之."

143) 黃魯直의 〈大雅堂記〉에서는 두보 시를 이렇게 논평했다. "천착을 좋아하는 사람은 시 의 주제는 버리고 흥을 쓴 곳을 가져다가 숲속, 냇물, 인물, 초목, 물고기, 벌레만 만 나면 사물마다 다 깃들임이 있다고 여긴다. 세간에서 은어를 분석하는 것처럼 하면 두보의 시는 땅에 버려질 것이다.彼喜穿鑿者棄其大旨, 取其發興, 於所遇林泉人物草木魚 蟲, 以爲物皆有所託, 如世間商度隱語者, 則子美之詩委地矣."(≪山谷全書正集≫ 권16)

144) 역자주 : 사방득(1226~1289), 자는 군직君直, 호는 첩산疊山, 신주信州(지금의 강서 상요시上饒市) 사람. 남송의 시인으로 원나라에 항쟁하다가 잡혀서 대도大都(지금의 북경)에서 죽었다. 저작으로 ≪첩산집疊山集≫이 있다. 조번(1143~1229)은 호가 장 천, 한표(1159~1224)는 호가 간천인데 이들은 친구로서 "상요이천上饒二川"이라고 불렸다. 강서시파江西詩派의 대표적 인물이다.

145) 역자주 : 공풍(1148~1217), 자는 중지, 호는 율재栗齋. 주자의 제자이다.

146) 역자주 : ≪朱子全書≫ 권65에 있다.

니다. 심전기沈佺期, 송지문宋之問 이후 율시 짓기가 정착되어 오늘
날까지가 또 한 단계입니다.……따라서 일찍이 경전과 역사서의 여러
책에 실린 운문에서 아래로 ≪문선≫의 한나라와 위나라의 옛 가사
및 곽박과 도연명이 지은 것까지, 내 나름대로 베껴다가 하나로 엮
어서 ≪시경≫과 ≪초사≫의 뒤에 붙이려 했는데, 이것이 시의 근본
준칙이라고 생각했습니다. 또 그 다음 시대의 두 단계 가운데 옛 것
에 가까운 것을 가려 각기 하나로 엮어서 그 날개와 호위로 삼았습
니다. 기준에 부합되지 않는 것은 다 버렸습니다.

古今之詩凡有三變, 蓋自書傳所記虞夏以來下及魏晉, 自爲一等. 自晉宋
間顏謝以後下及唐初, 自爲一等. 自沈宋以後定著律詩下及今日, 又爲一
等……故嘗妄欲抄取經史諸書所載韻語, 下及文選, 漢魏古詞, 以盡乎郭
景純, 陶淵明之所作, 自爲一編而附於三百篇, 楚辭之後, 以爲詩之根本
準則. 又於其下二等之中擇其近於古者, 各爲一編, 以爲之羽翼興衛. 其
不合者, 則悉去之.

하지만 그는 단지 ≪시집전≫과 ≪초사집주≫만 지었을 뿐 이하
의 세 편은 모두 책으로 완성하지 못했다. 원대에는 유리劉履[147]가
있었는데, 주자의 뜻을 계승하여 ≪풍아익風雅翼≫ 한 질을 편찬했
다. 여기에는 ≪선시보주選詩補注≫가 포함되어 있는데, 소명태자
昭明太子[148]가 ≪문선≫에서 선별한 것을 위주로 빼거나 보충을 더
하여 "주석에 대해서는 (주자가) ≪시경≫에 전을 짓고 ≪초사≫에
주를 단 것을 모범으로 하였다.至其注釋, 則以[朱子]傳詩, 注楚辭者
爲成法."[149] 다만 사언시는 장별로 나누어 설명할 때도 있는데 오

---

147) 역자주 : 유리(?~?), 자는 탄지坦之, 원말명초의 문인으로 벼슬에 나가지 않았다. ≪
풍아익風雅翼≫을 편찬했다.

148) 역자주 : 소명태자(501~531), 성명은 소통蕭統, 자는 덕시德施, 양 무제武帝의 태자
였으나 일찍 죽고 시호를 소명이라고 하였다. 중국 최초의 시문총집인 ≪문선≫(≪소
명문선≫이라고도 한다)을 편찬했다.

언시는 한 편을 단위로 하였다. 또한 ≪선시보유選詩補遺≫가 있는데 "요순 이래 진晉나라에 이르기까지의 기록과 제자서, 문집에 흩어져 발견되는 모든 옛 노래 가사唐虞而降以至於晉, 凡古歌辭之散見於傳記諸子集者"에서 선발한 것이다. 또한 ≪선시속편選詩續編≫이 있는데, "바로 당송 시대의 여러 작품乃李唐趙宋諸作"이다. ≪사고전서총목제요四庫全書總目提要≫ 총집류삼總集類三에서는 이 책에 대해 다음과 같이 논하고 있다.

> 한위의 시가를 편과 장마다 억지로 비, 흥으로 나눈 것은 더욱 각주구검이요, 견강부회와 지리멸렬을 면할 수 없다. 주자가 이런 식으로 ≪초사≫에 주를 단 것조차도 이의가 있는데 하물며 또 서시의 찡그림을 흉내 내는 지경[150]임에랴. 주요 내용이 정도를 놓치지 않고 또한 전부가 고루함에 빠지지는 않았으며, 또한 주석과 논평이 역시 제법 상세하고 풍부한 점에서는 그래도 무식한 공리공담은 아니니……진실로 참고로 남겨두기에 무방하다.
> 至於以漢魏篇章强分比興, 尤未免刻舟求劍, 附合支離. 朱子以是注楚辭, 尚有異議, 況又效西子之矉乎. 以其大旨不失於正而亦不至全流於膠固, 又所箋釋評論亦頗詳贍, 尚非柝腹之空談……固不妨存備叄考焉.

여기서 말하는 "각주구검이요, 견강부회와 지리멸렬을 면할 수 없다", "또한 전부가 고루함에 빠지지는 않았으며, 또한 주석과 논평이 역시 제법 상세하고 풍부한 점"은 우리가 지금 ≪초사집주≫

---

149) 원나라 戴良의 ≪風雅翼≫ 서문.
150) 역자주 : ≪장자≫ 〈천운天運〉편에 따르면, 월나라 서시는 가슴에 통증이 있어 찡그리고 지냈는데 그 마을의 추녀가 보고는 아름답다고 여겨 똑같이 찡그리고 다녔다. 마을 사람들은 그것을 보고는 바깥 출입을 못하거나 달아났다. 여기서는 주자를 서시에 비유하였다.

에 대한 평론으로 바꾸어도 무방할 것이다. 후자의 가치가 전자의
부류보다 훨씬 높다.[151]

한편 앞에서 언급한 진항의 ≪시비흥전≫이 있는데, 오로지 '비
흥'의 시만 말하여 주자 등과는 또 약간 다른 점이 있다. 위원의 서
문에서는 그가 "옛 ≪시경≫을 주석하는 방법으로 한, 위, 당의 시
에 주석을 달아 독자로 하여금 '비흥'이 일어난 곳을 알면 곧 뜻이
가는 곳을 알도록 하였다.以箋古詩三百篇之法, 箋漢魏唐之詩, 使讀
者知'比興'之所起, 卽知志之所之也"라고 하였다. 그의 책에서는 주
석을 '전箋'이라고 했는데 물론 앞 시대의 ≪정전鄭箋≫을 우러른
것이리라. 각 시에서는 비흥을 전혀 분별하여 설명하지 않고 오직
역사로 시를 증명하는 데에 집중하고 있다. 그가 말하는 '비흥'은
구분되지 않으니, 사실은 단지 〈모시서·대서〉의 '비'인 것으로 보
인다. 그가 비유를 취하는 것은 그래도 확실히 ≪모전≫, ≪정전≫
의 계통이므로, 시격 같은 책에서 모호한 영향을 받은 것과는 함께
논할 일이 아니다. ≪모전≫, ≪정전≫의 권위가 워낙에 커서 그의
이 책도 적지 않은 존중을 받고 있다. 진항 이전에 장혜언張惠
言[152]의 ≪사선詞選≫에서도 ≪모전≫, ≪정전≫의 방법으로 사를
설명했다. ≪사선≫ 서문에는 이렇게 되어 있다.

전하는 말에[153] 안에서 뜻한 것을 밖으로 말하는 것을 사라고 한다.
감정을 풀어내는 발단은 미묘한 말에서 '흥으로 일으켜' 상대방을 감

---

151) 역자주 : 상세한 주석이 지리멸렬한 비흥 해석보다 낫다는 뜻으로 이해된다.

152) 역자주 : 장혜언(1761~1802), 원래 이름은 장일명張一鳴, 자는 고문皐文, 호는 명가
茗柯, 무진武進(지금의 강소 상주시常州市) 사람. ≪주역≫을 깊이 연구하여 혜동惠棟,
초순焦循과 함께 이름이 높았다. ≪사선詞選≫을 편찬해 상주사파를 열었다.

153) 역자주 : '詞에 대한 허신 ≪설문해자≫의 설명이다.

동시키는데 노래로 모두 묘사된다. 서민 남녀는 슬픔과 즐거움으로 감정을 말하지만, 현인과 군자가 원망을 숨기고 스스로 말하지 못하는 감정은, 완곡하고 오묘하게 그 뜻을 비유한다. ≪시경≫의 '비흥'과 변풍의 논의와 굴원의 노래가 그에 가까울 것이다.

傳曰, 意內而言外謂之詞. 其緣情造端, "興"於微言, 以相感動, 極命風謠. 里巷男女, 哀樂以道, 賢人君子, 幽約怨悱, 不能自言之情, 低徊要眇, 以喩其致. 蓋詩之比興, 變風之義, 騷人之歌則近之矣.154)

책의 작품 풀이에도 누차 '興'자를 쓰고 있다. 온정균溫庭筠155) 〈경루자更漏子〉156)의 경우 제1수 다음에 "'가을 기러기 놀라고' 이하 세 구는 즐거움과 슬픔이 다름을 말한다. 뒤의 '꿈을 길게 꾼들 임은 모르실테지'를 '흥으로 일으킨다.'驚塞雁三句言懽戚不同, '興'下夢長君不知"라고 하였다. 또 안수晏殊157) 〈답사행踏莎行〉 다음에는 "이 사도 '흥으로 일으키는' 것이 있으니 구양수 〈접련화〉의 유파일까.此詞亦有所'興', 其歐公蝶戀花之流乎"라고 하였다. 송나라 나대경

---

154) 역자주 : 원문의 표점은 郭紹虞 主編, ≪中國歷代文論選≫ 제3책, 上海 : 上海古籍出版社, 1980, 557쪽에 따랐다.

155) 역자주 : 온정균(812?~870?), 원래 이름은 온기溫岐, 자는 비경飛卿, 기祁(지금의 산서 진중시晉中市) 사람. 국자조교國子助敎 벼슬을 지냈다. 이상은과 함께 만당晩唐 시기 대표적인 시인으로 일컬어지며 〈상산의 아침 여행商山早行〉 등의 작품이 유명하다. 사 70여 수가 ≪화간집花間集≫ 등에 수록되어 있다.

156) 역자주 : 〈경루자〉는 사의 곡조인 사패詞牌 이름으로, 온정균의 〈경루자〉는 ≪화간집≫에 6수가 실려 있다. 그중 첫 수는 다음과 같다. "수양버들 길고 봄 비 가는데 꽃 너머 멀리 울리는 물시계 소리. 가을 기러기 놀라고 성의 까마귀 일어나는데 그림 병풍엔 금실 자고새.柳絲長, 春雨細, 花外漏聲迢遞. 驚塞雁, 起城烏, 畫屛金鷓鴣." "안개 옅어져서 발과 장막으로 들어오니 서글프다 규방의 못가 정자는. 촛불 가리우고 비단 발 드리우고 꿈을 길게 꾼들 임은 모르실테지.香霧薄, 透簾幕, 惆悵謝家池閣. 紅燭背, 繡簾垂, 夢長君不知."

157) 역자주 : 안수(991~1055), 자는 동숙同叔, 무주撫州(지금의 강서 무주시) 사람. 시호는 원헌元獻, 집현전학사集賢殿學士, 병부상서 등을 지내고 임치공臨淄公에 봉해졌다. 구양사와 더불어 북송 초기 사 창작으로 유명하며 ≪주옥사珠玉詞≫ 등의 작품집이 전한다.

羅大經[158]의 ≪학림옥로鶴林玉露≫ 권4에서 신기질辛棄疾[159]의 〈보살만菩薩蠻〉 '강서 조구의 벽에 쓰다書江西造口壁'를 논한 것에 따르면, "남쪽으로 갓 피난갈 무렵 오랑캐가 융우태후를 쫓았는데 태후를 모신 배가 조구에 이르니 따라잡지 못하고 돌아갔다. 신기질이 이로부터 흥을 일으켰다.南渡之初, 虜人追隆祐太后, 御舟至造口, 不及而還. 幼安自此起興." 또 진혹陳鵠[160]은 ≪기구속문者舊續聞≫ 권2에서 소식이 황주黃州에서 지은 〈복산자卜算子〉 사의 "차가운 나뭇가지 까다롭게 고른 끝에 앉기를 마다하네.揀盡寒枝不肯棲"가 "새가 나무를 가린다는 뜻을 흥으로 취한 것이다.取興鳥擇木之意"라고 평론하였다. 송나라 사람은 이미 '비흥'으로 사를 논한 것이다. 장혜언에 이르러서야 더욱 성대함을 발휘하니 사의 체재도 이로써 존귀해졌다.[161]

시의 논의에서는 당나라 이래로 "비흥"이 줄곧 가장 중요한 관념의 하나였다. 후대에 이른바 "비흥"은 비록 ≪모전≫, ≪정전≫과 완전히 같지는 않지만, 시를 논하는 사람이 중시한 것은 "비"나

---

158) 역자주 : 나대경(1196∼1252?), 자는 경륜景綸, 호는 유림儒林, 학림鶴林, 길주吉州 길수吉水(지금의 강서 길안시吉安市) 사람. 저작으로 정치, 문학에 관한 기록이 풍부한 필기집 ≪학림옥로鶴林玉露≫ 18권이 있다.

159) 역자주 : 신기질(1140∼1207), 자는 유안幼安, 호는 가헌稼軒, 산동 제남濟南(지금의 제남시) 사람. 소식과 더불어 북송 사의 호방한 풍격을 대표한다. 시호는 충민忠敏. ≪가헌장단구稼軒長短句≫ 등의 사집이 전한다.

160) 역자주 : 진혹(1174∼1224), 자는 서당西塘, 남양 사람. 필기집 ≪기구속문者舊續聞≫ 10권이 있다.

161) 譚獻 ≪篋中詞≫ 권3에서 "성률에 맞추는 사에 대한 학문은 두 장씨로부터 존귀해지기 시작했다.倚聲之學, 由二張而始尊"라고 하였다. 두 장씨는 바로 장혜언과 동생인 장기張琦이다. 또한 주제周濟에 대해서는 "장씨의 뜻을 미루어 밝히고 확대했으니 이 사의 도리가 마침내 저작의 숲에 함께하게 되었고, 시부 및 문필과 정격과 변격을 함께하게 되었다.推明張氏之旨而廣大之, 此道逢與於著作之林, 與詩賦文筆同其正變"라고 하였다.

"흥" 자체가 아니라 시의 효용이었다. 백거이는 이런 시의 논의에서 가장 중요한 대표자이다. 그는 원구元九(원진元積)에게 준 편지에서 주나라가 쇠망하고 진나라가 흥기한 이래로 육의六義가 점차 미약해지다가 육조 시대가 되자 사람들이 "눈바람을 읊고 화초를 감상하여嘲風雪, 弄花草" 육의가 완전히 사라졌다고 하였다. 당나라가 일어난 뒤 삼백 년 동안 시인은 이루 헤아릴 수 없었지만, "시의 풍아와 비흥을 찾는 이는 열에 하나도 없었으니索其風雅比興, 十無一焉" 그가 바로 두보였다. "그러나 신안, 석호, 동관의 관리, 갈대, 화문에 대한 시와 '부잣집에는 술과 고기 냄새, 길에는 얼어 죽은 시체' 같은 시구를 그러모아도 삼사십 수에 지나지 않는다.撮其新安, 石壕, 潼關吏, 蘆子, 花門之章, 朱門酒肉臭, 路有凍死骨之句, 亦不過三四十."162) 이는 "시의 도리가 무너진 것詩道崩壞"이다.163) 백거이는 시가가 위로는 "당시의 정사를 살피도록 돕고補察時政", 아래로는 "사람의 마음을 잘 이끌어洩導人情" 주어야 하고, 또한 "노래와 시는 모두 일 때문에 지어졌다歌詩合爲事而作"고 말했다. 그는 또한 간관諫官을 맡았을 때 "달마다 간언 쓸 원고지를 신청하여 상주하는 외에, 사람들의 병폐를 낮게 하고 시대의 잘못을 고칠 수 있으되 지적하기 곤란한 것이 있을 때마다 노래로 읊어서 조금씩 점차 윗사람에게 들리기를 바랐다.月請諫紙, 啟奏之外, 有可以救

---

162) 역자주 : 백거이가 열거한 작품은 각각 〈新安吏〉, 〈石壕吏〉, 〈潼關吏〉, 〈塞蘆子〉, 〈留花門〉 및 〈自京赴奉先縣詠懷五百字〉이다. 인용된 원문은 平岡武夫, 今井淸 校定, 《白氏文集》 제2권, 京都 : 京都大学人文科学研究所, 1971, 212쪽과 顧學頡 校點, 《白居易集》, 北京 : 中華書局, 1988, 961쪽의 교감에 따랐다.

163) 역자주 : 앞의 〈여원구서〉 인용구 다음에 이어지는 구절이다. "두보조차도 이러한데 하물며 두보에 못 미치는 사람들은 어떻겠습니까. 저는 일찍이 시의 도리가 무너진 것이 애통하여……杜尙如此, 況不逮杜者乎. 僕嘗痛詩道崩壞……"

濟人病, 裨補時闕而難於指言者, 輒詠歌之, 欲稍稍遞進聞於上." 그는 자신의 시를 네 가지로 분류했다. 첫째는 "풍유시諷諭詩"이다. 그는 다음과 같이 말한다.

습유가 된 이래로 찬미, 풍자, 흥, 비에 관해 겪고 느낀 것, 무덕에서 원화 연간까지 일에 따라 제목을 짓고 신악부라고 이름 붙인 것이 모두 백 오십 수인데 이들을 풍유시라고 합니다.
自拾遺來, 凡所遇所感關於美刺興比者, 又自武德訖元和, 因事立題, 題 爲新樂府者, 共一百五十首, 謂之諷諭詩.

둘째는 "한적시閑適詩"이다. 그는 이어서 말한다.

또 공무에서 벗어나 혼자 있거나 병으로 물러나 한가로이 지낼 때 만족을 알고 마음의 평화를 간직하며 성정에 대해 음미한 것이 백 수인데 이들을 한적시라고 합니다.
又或退公獨處, 或移病閑居, 知足保和, 吟玩情性者一百首, 謂之閑適詩.

그는 또 이렇게 말한다.

그러므로 제 뜻은 천하를 함께 구제하는 데에 있고, 행실은 나 홀로 선을 지키는 데에 있습니다. 받들어 시종일관하는 것은 도이고, 말로 꺼내는 것은 시입니다. 풍유시라는 것은 천하를 함께 구제하는 뜻이고, 한적시라는 것은 나 홀로 선을 지키는 뜻입니다. 그러니 제 시를 보시면 제 도를 아실 것입니다.
故僕志在兼濟, 行在獨善, 奉而始終之則爲道, 言而發明之則爲詩. 謂之 諷諭詩, 兼濟之志也. 謂之閑適詩, 獨善之義也. 故覽僕詩, 知僕之道焉.

이것이야말로 시로써 도를 밝힌 것詩以明道이라 할 수 있다. "천하를 함께 구제하기"와 "나 홀로 선을 지킴" 모두 도이니, 위로 "당시의 정사를 살피도록 돕고", 아래로 "사람의 마음을 잘 이끌어주는 것"은 모두 시가의 효용이다. 하지만 주의해야 할 것은 그의 "풍유시"는 단지 일부만 후대에서 말하는 "비흥"이지, 대부분은 역시 부체賦體로, 신악부도 그렇고 "겪고 느낀" 여러 작품의 일부도 그렇다. 그러나 〈장한가長恨歌〉나 〈비파행琵琶行〉 같은 부체의 시는 당시와 후대에 널리 불렸는데 도리어 "풍유시"에는 있지 않고 "감상시感傷詩"에 들어있다. 더 주의해야 할 것은 그가 "풍아와 비흥"을 말하고 또한 "찬미, 풍자, 흥, 비"를 말했는데, "풍아"와 "비흥"은 모두 부체로 된 시를 포함하고 있지 않은가! 사실 ≪모전≫과 ≪정전≫이 경학자에게 존숭되기는 했지만, 문인이 시를 지을 때는 도리어 줄곧 처방전대로 약을 만들지는 못하고 자기의 기준에 따라 비유를 써왔다. 왜냐하면 ≪모전≫이나 ≪정전≫ 식으로 한다면, 자기가 주석을 달지 않고서는 아무도 알아보지 못할 것이기 때문이다. 건안 이후의 작가 중 ≪모전≫과 ≪정전≫ 식의 "비흥"으로 시를 지은 사람은 한 명도 없다고 말할 수 있다. 초사楚辭식의 비유로 시를 지은 이는 그래도 있으니, 완적이 창시자이다. 그런데 이런 종류는 후대의 비체比體를 포함시켜도 여전히 많지 않다. 부체가 결국에는 주류인 것이다. 부체로 된 시 중에 오히려 비유가 적지 않으니 후대의 "비"는 바로 이런 비유가 다수이다. 이런 '비'와 비체로 된 시에 유추를 더한 것이 곧 후대의 '흥'이다. 따라서 후대에 시를 논할 때 말하는 '비흥'은 〈모시서·대서〉의 '비'나 '흥'이 전혀 아닌 셈이다. 하지만 시가 "부부의 법도를 세우고 효와 공경을 이루며 인륜을 두터이 하고 교화를 아름답게 하며 풍속을 바꾸고經夫婦, 成孝敬, 厚人倫, 美敎化, 移風俗" "감정에서 나오고 예의에서 그치는 것發乎情, 止乎禮義"이라는 〈모시서·대서〉의 주요 내용은 그래도 처음부터 끝까지 굳건하게 보존되고 있다. 이는 "시의 가르침詩敎"이라 할 수 있고, 또한 "시는 뜻을 말한 것詩言志" 또는 시로써 도를 밝힌 것이라고도 할 수 있다. 이런 관념을 대표하는 것이 백거이가 열거한 "풍아", "비흥", "찬미와 풍자"라는 세 가지 명칭이다. 하지만 "풍아"와 "찬미와 풍자"는 모두 이미 부, 비, 흥을 아울러 말한 것인데, 부는 "그 일을 곧바로 진술하여" '비흥'이 "아름다운 표현을 위주로 하여 에둘러 간언하니, 말하는 이는 벌 받을 일이 없고 듣는 이는 삼가기에 충분한 것"에 미치지 못했다. 그래서 백거이 이후로는 '비흥'이라는 명칭이 가장 많이 쓰였다. 그렇다면 시를 논하면서 '비흥'을 높일 때 높이는 것은 '비', '흥' 자체의 가치에만 있는 것이 전혀 아니고, "시로써 뜻을 말하기詩以言志", 시로써 도를 밝히기라는 효용에 있는 것이다. 이러한 측면을 이해한다면, 담헌이 ≪협중사篋中詞≫164) 권5에서 장춘림蔣春霖의 〈양주만揚州慢〉 사165)를 "부체가 이 정도면 도리어 비흥보다 낫다.賦體至此, 轉高於比興"고 평한 것은 조금도 이상히 여길 것이 없어진다.

---

164) 역자주 : ≪협중사≫는 담헌이 편찬한 청대 사선집詞選集으로 청초 오위업吳偉業부터 담헌 당대의 장역莊棫까지 총 209인의 590여 수를 싣고 있다.

165) 제목은 "계축년 십일월 스무이레에 적군이 경구로 달아났는데, 관군이 양주를 수복했다는 소식을 듣다.癸丑十一月二十七日賊趨京口, 報官軍收揚州"이고, 후반부(하편下片) 는 다음과 같다. "병화의 잿더미는 곳곳임을 피란민은 익히 보고도 놀란다. 부채로 먼지바람 막던 이, 별장 내기 바둑 두던 이에게 묻노니 창생들은 어찌할 건가. 달이 캄캄한데 반딧불은 어디에 떠다니나. 가을바람 어두운데 도깨비불 반짝이네. 더욱 가슴 아픈 것은 남쪽 바라보니 장강 건너 무수히 푸른 산봉우리.劫灰到處, 便遺民見慣 都驚. 問障扇遮塵, 圍棋賭墅, 可奈蒼生. 月黑流螢何處. 西風黯鬼火星星. 更傷心南望, 隔 江無數峰青. 역자주 : 장춘림(1818~1868), 자는 녹담鹿潭, 강소 강음江陰(지금의 강음 시) 사람. 대표작인 ≪수운루사水雲樓詞≫는 태평천국운동의 병란에 대한 아픔이 잘 드러나 "사로 쓰인 역사詞史"로 일컬어진다.

03
:

시
교

1

육예의 가르침

"시교"라는 말은 ≪예기≫ ⟨경해經解⟩편에 처음 보인다.

공자가 말했다. "그 나라에 들어가면 그 나라의 가르침을 알 수 있
다. 그 나라 사람의 됨됨이가 온유돈후한 것은 ≪시경≫의 가르침이
다. 두루 통달하여 아는 것이 깊은 것은 ≪서경≫의 가르침이다. 박
식하면서 알기 쉽고 선량한 것은 ≪악경≫의 가르침이다. 청정하면
서 미묘한 것은 ≪역경≫의 가르침이다. 공손하며 정중한 것은 ≪예
경≫의 가르침이다. 글을 지어 일에 견주는 것은 ≪춘추경≫의 가르
침이다. 그래서 ≪시경≫을 놓치면 어리석고 ≪서경≫을 놓치면 미
혹되며 ≪악경≫을 놓치면 사치스럽고 ≪역경≫을 놓치면 해를 입고
≪예경≫을 놓치면 번잡해지며 ≪춘추경≫을 놓치면 어지러워진다."
孔子曰, 入其國, 其敎可知也. 其爲人也溫柔敦厚, 詩敎也. 疏通知遠,
書敎也. 廣博易良, 樂敎也. 潔靜精微, 易敎也. 恭儉莊敬, 禮敎也. 屬辭
比事, 春秋敎也. 故詩之失, 愚. 書之失, 誣. 樂之失, 奢. 易之失, 賊.
禮之失, 煩. 春秋之失, 亂.

"그 나라 사람의 됨됨이가 온유돈후하면서 어리석지 않다면 ≪시경≫
에 조예가 깊은 것이다. 두루 통달하여 아는 것이 깊으면서 미혹되

지 않는다면 ≪서경≫에 조예가 깊은 것이다. 박식하고 알기 쉽고
선량하면서 사치스럽지 않다면 ≪악경≫에 조예가 깊은 것이다. 청
정하고 미묘하여 해를 입지 않는다면 ≪역경≫에 조예가 깊은 것이
다. 공손하고 정중하여 번잡하지 않다면 ≪예경≫에 조예가 깊은 것
이다. 글을 지어 일에 견주되 어지럽지 않다면 ≪춘추경≫에 조예가
깊은 것이다."

其爲人也溫柔敦厚而不愚, 則深於詩者也. 疏通知遠而不誣, 則深於書者
也. 廣博易良而不奢, 則深於樂者也. 潔靜精微而不賊, 則深於易者也.
恭儉莊敬而不煩, 則深於禮者也. 屬辭比事而不亂, 則深於春秋者也.

≪경전석문≫에서는 정현이 "〈경해〉란 육예의 정치교화 득실을 기
록한 것이다.經解者, 以其記六藝政敎得失"라고 한 말을 인용하였다.
여기서 논한 것은 육경의 가르침이다. 시교가 첫머리에 있긴 하지만
여섯 가지 중의 하나일 뿐이다. ≪예기≫는 한나라 유생의 저술인데[1]
거기서 공자를 인용하는 것은 유가에 전해지는 이야기일 뿐, 꼭 진
짜로 공자의 말일 수는 없다. 게다가 이 두 단락의 글은 더욱이 그
렇다. ≪회남자≫〈태족泰族〉편에서도 육예의 가르침을 논하는데 문
장이 이와 상당히 비슷하지만 공자를 언급하지는 않고 있다.

육예는 과목이 다르나 가르침은 같다.(≪북당서초≫ 권95에서는 "육
예는 쓰임새가 다르나 다 통한다"라고 인용되어 있다.) 온화하고 은
혜롭고 부드러우며 선량한 것은 ≪시경≫의 풍격이다. 방대하고도
돈후한 것은 ≪서경≫의 가르침이다. 맑고 밝으며 조리 있는 것은
≪역경≫의 뜻이다. 공손하고 검약한 것은 ≪예경≫의 행위이다. 관
대하고 여유로우면서 간결한 것은 ≪악경≫의 교화이다. 풍자하고

---

1) 역자주 : 일반적으로 전한 선제宣帝 때의 박사인 대성戴聖이 전수한 49편을 지금의
≪예기≫라고 한다.

비판하며 변론하는 것은 《춘추경》의 은미함이다. 따라서 《역경》을 놓치면 귀신에 빠지고, 《악경》을 놓치면 지나침에 빠지고, 《시경》을 놓치면 어리석고, 《서경》을 놓치면 형식에 얽매이고, 《예경》을 놓치면 윗사람을 거스르고, 《춘추경》을 놓치면 남을 헐뜯는다. 이 여섯 가지는 성인이 아울러 쓰되 조절하셨다. 근본을 놓치면 어지러워지고 근본을 얻으면 잘 다스려진다. 아름다움은 조화에 있고 놓침은 변칙에 있다.

六藝異科而皆同道(北堂書鈔九十五引作六藝異用而皆通). 溫惠柔良者, 詩之風也. 淳龐敦厚者, 書之教也. 清明條達者, 易之義也. 恭儉尊讓者, 禮之爲也. 寬裕簡易者, 樂之化也. 刺幾(譏)辯義(議)者, 春秋之靡也. 故易之失, 鬼. 樂之失, 淫. 詩之失, 愚. 書之失, 拘. 禮之失, 忮. 春秋之失, 訾. 六者, 聖人兼用而財(裁)制之. 失本則亂, 得本則治. 其美在調, 其失在權.

"육예六藝"는 본디 예절, 음악, 활쏘기, 수레몰기, 글씨쓰기, 셈하기였는데 《주관周官》 보씨保氏와 대사도大司徒 항목에 보인다. 한나라 때에 들어서야 이것이 경전을 가리키게 되었다.[2] 이른바 "육예는 쓰임새가 다르나 다 통한다"는 것은 풍우란馮友蘭[3] 선생이 〈잡가원론原雜家〉에서 "본말론적 도술통일론本末說的道術統一論"이라고 부른 것[4]으로, 바로 한나라 유생이 말하는 "육학六學"이다. 육예는 각기 가르침이 되는 방식이 있고 각기 득실이 있으나

<hr>

[2] 許沖〈上說文解字表〉의 "(설문해자는) 육예의 여러 책의 글자를 풀이한 것입니다.六藝群書之詁" 구절 다음의 단옥재段玉裁 주석. 《說文解字注》 권15下에 보인다.

[3] 역자주 : 풍우란(1895~1990), 자는 지생芝生, 하남 남양시 사람. 미국 콜럼비아대학교 철학과에서 존 듀이에게 배운 뒤 청화대학에서 교수를 역임했다. 《중국철학사》등의 저작이 있다.

[4] 《雲南大學學報》 第1期. 역자주 : 풍우란에 따르면 《회남자》에서는 무위의 도를 근본으로, 그밖의 학파의 주장을 말단으로 삼아 제 학설의 통일을 추구했다. 풍우란 지음, 박성규 옮김, 《중국철학사》 (상), 까치, 1999, 780~785쪽 참조.

귀결점은 하나이다. 〈태족〉편의 "풍격", "뜻", "행위", "교화", "은미함"은 사실 모두 "가르침"이다. 〈경해〉편은 일률적으로 "가르침"이라고 했으니 더욱 분명히 드러나 있다.— 〈경해〉편은 《회남자》이후에 완성되었을 것이므로 육예의 가르침을 논한 것이 〈태족〉편보다 명확할 것이다. 〈태족〉편은 "《시경》의 풍격"과 "《서경》의 가르침"을 혼동했으나,5) 〈경해〉편은 분명하게 나누었다.

한나라 유생의 육학은 동중서가 분명하게 설명했다. 《춘추번로》〈옥배玉杯〉편에 이런 말이 있다.

군자는 지도자가 악한 방식으로 사람을 복종시킬 수 없음을 알기에 육예를 가려 뽑아서 지도자를 가르친다. 《시경》과 《서경》으로 뜻을 갖추도록 하고, 《예경》과 《악경》으로 가르친 것을 순수하게 만들고, 《역경》과 《춘추경》으로 앎을 분명히 한다. 육학은 모두 위대하면서 각각 장점이 있다. 《시경》은 뜻을 말하기에 본바탕에 뛰어나고, 《예경》은 절차를 제정하여 문식에 뛰어나고, 《악경》은 덕을 노래하니 풍류에 뛰어나고, 《서경》은 공적을 드러내니 사무에 뛰어나고, 《역경》은 천지에 근본을 두니 술수에 뛰어나고, 《춘추경》은 시비를 바로잡으니 통치에 뛰어나다. 지도자는 육경의 뛰어난 점을 아울러 터득할 수는 있으나 자세한 내용을 두루 열거할 수는 없다.
君子知在位者之不能以惡服人也, 是故簡六藝以贍養之. 詩書具其志, 禮樂純其養, 易春秋明其知. 六學皆大而各有所長. 詩道志, 故長於質. 禮制節, 故長於文. 樂詠德, 故長於風. 書著功, 故長於事. 易本天地, 故長於數. 春秋正是非, 故長於治人. 能兼得其所長, 而不能遍舉其詳也.

---

5) 역자주 : 《서경》의 가르침을 돈후하다고 한 것을 가리키는 듯하다.

그는 육예를 "《시경》과 《서경》", "《예경》과 《악경》", "《역경》과 《춘추경》"의 세 과목으로 나누고, 또한 "육학은 모두 위대하면서 각각 장점이 있다"고 했으니, 시교를 특별히 중시한 것은 전혀 아니라는 점에서 〈경해〉편 및 〈태족〉편과 같다는 것을 알 수 있다. 《한서》 권88 〈유림전儒林傳〉 서문에서도 다음과 같이 말한다.

> 옛 유생은 육예의 문헌을 널리 배웠다. 육예란 왕의 교화의 전적으로, 옛 성인이 천도를 밝히고 인륜을 바로잡으며 치세로 이르게 하던 법도이다.……진시황에 이르러……육학은 이때부터 결손이 생기게 되었다. 古之儒者, 博學虖六藝之文. 六藝(원래는 "학學"이라고 되어 있지만, 왕념손王念孫 《독서잡지讀書雜志》의 교감에 따라 바꾸었다.)者, 王教之典籍, 先聖所以明天道, 正人倫, 致至治之成法也.……及至秦始皇……六學從此缺矣.

이것이 바로 "과목이 다르나 가르침은 같다"는 말이다. 육예는 처음에 오직 "시서예악詩書禮樂"만 병칭되었다. 《논어》 〈술이述而〉편에 "《시경》, 《서경》과 예식 집행은 다 아언으로 하셨다. 詩書執禮, 皆雅言也."라고 하였고, 〈태백泰伯〉편에 "시에서 일어나고, 예에서 서고, 음악에서 이룬다.興於詩, 立於禮, 成於樂"라고 하였다. 전자는 "시서詩書"와 예禮가 병칭되었고 후자는 시와 예, 악이 병칭되었다. 《장자》 〈서무귀徐无鬼〉편에 "한편으로는 시서예악으로 말씀드리고橫說之則以詩書禮樂"라고 하였고, 《순자》 〈유효儒效〉편에는 "그러므로 시서예악의 도의 귀결점은 이것(성인)이다.故詩書禮樂之'道'歸是矣(왕선겸王先謙 《순자집해荀子集解》에서 인용한 유태공劉台拱의 설에 따라 '道'자를 넣었다)"라고 하였으니, "시서예악"은 이미 관용어가 되었다. 시서예악에 역, 춘추를 더한 것이 바로 "육경"이요, 또한 육예이다. ≪장자≫ 〈천운天運〉편과 〈천하天下〉편에는 모두 시, 서, 예, 악, 역, 춘추가 열거되어 있는데, 전자에서는 이들을 함께 "육경"이라고 명시하였다. ≪순자≫ 〈유효〉편의 또 다른 곳에서는 시, 서, 예, 악, 춘추만 열거되고 역은 없다. 그 당시에 "육경"은 아직 정설이 없었음을 알 수 있다. 단옥재의 ≪설문해자서주說文解字敍注≫에서 이런 측면을 이야기하고 있다.

> 주나라 사람이 익힌 문장은 예, 악, 시, 서를 급선무로 하였다. 그래서 ≪좌전≫에서는 "예악을 말하고 ≪시경≫과 ≪서경≫을 소중히 여깁니다"고 하였고, 〈왕제〉에서는 "봄과 가을에는 예악을 가르치고 겨울과 여름에는 ≪시경≫과 ≪서경≫을 가르친다"고 하였다. 그런데 ≪주역≫은 용도가 점치는 데에 있고 도리가 정밀함과 미묘함을 취하므로 사람들에게 가르치지 않았다. ≪춘추≫는 여러 나라에서 사관이 관장하므로 역시 사람들에게 가르치지 않았다. 따라서 한선자가 노나라에 갔을 때 ≪주역≫의 상전과 노나라의 ≪춘추≫를 보고자 했던 것이다.6) 이 둘은 사람들이 늘 익히던 것이 아님이 분명하다. 周人所習之文, 以禮樂詩書爲急. 故左傳曰, 說禮樂而敦詩書,7) 王制曰, 春秋敎以禮樂, 冬夏敎以詩書. 而周易, 其用在卜筮, 其道取精微, 不以敎人. 春秋則列國掌於史官, 亦不以敎人. 故韓宣子適魯, 乃見易象與魯春秋. 此二者非人所常習明矣.8)

---

6) 역자주 : ≪左傳≫ 昭公 2년에 보인다.

7) ≪左傳≫ 僖公 27년.

8) 許沖 〈上說文解字表〉의 "(설문해자는) 육예의 여러 책의 글자를 풀이한 것입니다.六藝群書之詁" 구절 다음의 단옥재段玉裁 주석. ≪說文解字注≫ 권15下에 보인다.

단옥재가 《주역》과 《춘추》는 주나라 사람이 평소에 익히던 것이 아니라고 지적한 것은 확실히 믿을 만하다. 하지만 주나라 사람이 익힌 문장에는 단지 《시경》과 《서경》만 있었던 것 같다. 예와 악은 실행이지 문장은 아니다. 《예고경禮古經》9) 등은 대체로 전국시대의 기록물이므로 공자도 "예식 집행"이라고만 한 것이다. 악은 본디 경이 없으니 더욱 논쟁거리가 못 된다. 하지만 《시경》은 노래에 있었고, 옛 서적에 자주 "시 삼백 편"으로 일컬어졌으니, 모두 사람들이 평소에 익혔던 것 같다. 《서경》은 읊기가 불편하고, 또 정해진 편수도 없이 훼손된 죽간에 흩어진 문헌이니 반드시 모두 사람들이 평소에 익힌 것이라고 할 수는 없다. 《시경》이 육경의 첫머리에 놓인 것은 전혀 우연이 아니다.

동중서는 육경의 옛 순서에 따라 《시경》과 《서경》, 《예경》과 《악경》, 《역경》과 《춘추경》의 세 과목으로 나누었는데, 이는 전통의 변화 발전에 부합한다. 전한 금문경학今文經學10)에서 육예를 순서대로 나열할 때는 대체로 옛 전승의 차례에 따랐다. 이 차례의 근거는 육학이 발전한 역사이다. 후대에 고문경학古文經學이 흥성하자 고문경학자는 육예가 저술된 시대에 따라 순서를 다시

---

9) 역자주 : 《한서》〈예문지〉에 따르면 《예고경》은 56편으로, 전한 경제景帝 때 노魯 공왕恭王이 공자가 살던 집을 허물다가 벽에서 발견한 여러 문헌 중 하나이고 고문古文으로 기록되었다고 한다. 현재는 전하지 않으며 《의례》, 《예기》 등에 일부 내용이 산재하는 것으로 추정된다.

10) 역자주 : 진시황의 분서갱유 이후 전한 초부터 민간의 경서를 다시 수집하여 당시의 서체인 예서隸書로 기록하기 시작했다. 문제文帝 이래로 조정에 학관을 설치하고 《시경》을 비롯한 각 경서마다 박사를 세웠는데 이들은 예서로 경서를 연구하고 강습하였다. 이들의 학문을 금문경학이라고 한다. 한편 전한 때 전서篆書 및 진나라 이전의 서체로 된 경서가 잇따라 발견되었고, 민간에는 조정의 학관과 다른 학설이 전승되기도 하였다. 이들의 학문을 고문경학이라고 하며, 평제平帝 때 유흠이 고문경학에도 박사를 세울 것을 주장하기도 했지만 일반적으로는 재야에서 유행했다.

배열했다. 《역경》의 팔괘는 복희伏羲가 그린 것으로 전해지고, 《서경》에는 〈요전堯典〉이 있다. 이 두 가지는 응당 《시경》의 앞에 있게 된다. 따라서 《한서》〈예문지〉에 이르면 육예의 순서는 《역경》, 《서경》, 《시경》, 《예경》, 《악경》, 《춘추경》으로 바뀐다. 〈유림전〉서문에는 경을 전수한 여러 유생이 열거되어 있는데, 역시 이 순서에 따랐다. 《시경》은 세 번째로 바뀌었다. 이는 일단 전한 때 음양오행설이 극성했기 때문이다. 한나라 유생은 본래 여러 경전에 통달하여 활용하기를 중시했는데, 음양오행설이 바로 당시에 크게 쓰였기에 여러 사람이 모두 그 방향으로만 달려갔다. 이에 《주역》과 《상서》〈홍범洪範〉편이 인기 있는 학문이 되었다. 그리고 당시에는 온 육학이 어느 정도는 모두 음양오행설과 관련이 있었다. 또 한편으로 이들 육학은 모두 일반적인 정치교화의 효용을 발휘하고자 온 힘을 다하고 있었다. 이러한 정황은 《한서》〈유림전〉을 보면 알 수 있다.

1. 《역경》.

선제 때 경방이 《역경》에 밝다는 것을 듣고 문하 제자를 찾아 양구하를 얻었다.……양구하가 입궁하여 강의하니 임금이 좋아하여 양구하를 낭관으로 삼았다.……점술이 효험이 있자, 이로써 총애를 받아 태중대부, 급사중 및 소부까지 되었다.

경방은……재이에 밝아서 총애를 얻었다.

비직은……《역경》을 전공하여 낭관에서 선보현령까지 되었다. 점치기에 뛰어났다.

고상은……《역경》을 전공하여……오로지 음양과 재이만 강의했다.

易: 宣帝時, 聞京房爲易明, 求其門人得[梁丘]賀.……賀入說, 上善之, 以賀爲郞.……以筮有應, 繇是近幸, 爲大中大夫, 給事中, 至少府.

京房……以明災異得幸.

費直……治易爲郎, 至單父令. 長於卦筮.

高相……治易……專說陰陽災異.

2. ≪서경≫.

허상은……산술에 뛰어났고 ≪오행≫을 지어 역법을 논했다.

이심은……재이를 잘 강의하여 기도위가 되었다.

書: 許商……善爲算, 著五行論曆.

李尋……善說災異, 爲騎都尉.

3. ≪시경≫.

신공은……임금을 뵙자, 임금이 치세와 난세의 일을 물었다. 신공
은……대답했다. "치세는 말을 많이 하는 것에 달려 있지 않고, 힘써
행하는 것이 어떤지를 돌아볼 뿐입니다."……바로 태중대부로 삼
고……명당의 일을 논의하게 했다.……제자 중 박사가 된 이가 열 몇
사람이었다.……관리와 백성을 다스리는데 다들 청렴과 절조로 칭찬
을 들었다. 학관의……

왕식은……창읍왕의 스승이 되었다. 소제가 죽자 창읍왕이 제위를 이
었는데 행실이 음란하여 폐위되고 창읍왕의 뭇 신하들은 다 옥에 간
히고 사형 당했다. 오직 중위 왕길과 낭중령 공수만이 수차례 간언
한 일로 인해 사형에서 감형되었다. 왕식이 감옥에 갇혀 죽게 되자
심문관이 물었다. "스승께서는 왜 간언서가 없습니까?" 왕식이 대답
했다. "저는 시 삼백 편을 아침저녁으로 왕에게 가르쳤는데, 충신과
효자에 관한 편에서는 왕을 위해 반복하여 읽어드리지 않은 적이 없
습니다. 나라를 망치고 도리를 어긴 임금에 대해서는 눈물을 흘리며
왕을 위해 자세히 설명하지 않은 적이 없습니다. 저는 ≪시경≫으로
간언을 했기에 간언서가 없습니다." 심문관이 보고하니 역시 사형에
서 감형되었다.

詩: 申公……見上, 上問治亂之事. 申公……對曰, 爲治者不在多言, 顧

力行何如耳.……卽以爲大中大夫,……議明堂事.……弟子爲博士十餘
人……其治官民, 皆有廉節稱. 其學官……11)
王式……爲昌邑王師. 昭帝崩, 昌邑王嗣立, 以行淫亂廢, 昌邑群臣皆下
獄誅, 唯中尉王吉, 郎中令龔遂以數諫減死論. 式繫獄當死, 治事使者責
問曰, 師何以亡諫書. 式對曰, 臣以詩三百五篇朝夕授王, 至於忠臣孝子
之篇, 未嘗不爲王反復誦之也. 至於危亡失道之君, 未嘗不流涕爲王深陳
之也. 臣以三百五篇諫, 是以亡諫書. 使者以聞, 亦得減死論.

4. ≪예경≫.

노나라 서생은 의례를 잘 했다. 문제 때 서생은 의례로 예관대부가
되었는데,……손자인 서연, 서양에게 전수했다.……서양 역시 의례로
대부에서 광릉내사까지 되었다. 서연과 서씨의 제자인 공호만의, 환
생, 선차는 모두 예관대부가 되었다. 그리고 하구의 소분은 ≪예경≫
으로 회양태수까지 되었다.
禮: 魯徐生善爲頌(容). 孝文時, 徐生以頌爲禮官大夫, 傳……孫延, 襄……
襄亦以頌爲大夫, 至廣陵內史. 延及徐氏弟子公戶滿意, 桓生, 單次皆爲
禮官大夫. 而瑕丘蕭奮以禮至淮陽太守.

5. ≪춘추경≫.

휴맹은……부절령이 되었는데 재이를 강의했다가 사형되었다.
春秋: 眭孟……爲符節令, 坐說災異誅.

　여기서 ≪역경≫, ≪서경≫, ≪춘추경≫의 세 학파 모두 '음양재
이'를 말하고 있다. 그리고 다른 곳에 보이는 예로, 제시齊詩에서
"오제五際"12)를 말한 것이나, ≪예경≫ 학파에서 "명당음양明堂陰

---

11) 역자주 : 원문에는 구두점이 "皆有廉節, 稱其學官."으로 되어 있으나 의미상 맞지 않는
　　듯하다.
12) ≪한서≫ 권75 〈익봉전翼奉傳〉에 익봉의 상소문이 실려 있는데 이런 말이 있다. "≪역

陽"13)을 말한 것도 마찬가지이다. 이 또한 이른바 "과목이 다르나 가르침은 같다"는 것의 또 한 가지 측면에 지나지 않는다.

'음양재이'는 이른바 천인天人 관계의 학문이다. 음양가陰陽家의 말이지 유가의 말은 아니다. 한나라 유생은 공자를 존숭했기에 결국 유가의 본래 면목을 유지하지 않고 음양가를 정통으로 받들 수는 없었다. 따라서 일반적으로 논리를 세울 때는 역시 인간사의 정치 교화에 주목할 뿐이었다. 앞에서 인용한 〈유림전〉에서 ≪역경≫은 점술을 주관하고 ≪시경≫은 간언을 담당하며 ≪예경≫은 의례를 익힌 것이 바로 일반적인 정치 교화의 효용이었다. 한편 ≪서경≫은 "사무에 뛰어나다." ≪상서대전尙書大傳≫14)에는 자하子夏가 공자에게 ≪서경≫의 가르침을 이야기한 것이 기록되어 있다. "≪상서≫에서 사무를 논한 것은 환하게 해와 달이 번갈아 빛나는 것과 같고 차례차례 삼성과 진성이 갈마들어 다니는 것과 같습니다. 위로는 요순의 도가 있고 아래로는 삼왕의 법이 있습니다.書之論事也, 昭昭若日月之代明, 離離若叄辰之錯行. 上有堯舜之道, 下有三王之義"15) 이 몇 마디 말로 이른바 ≪서경≫의 가르침을 설명할 수 있다. ≪춘

경≫에는 음양이 있고, ≪시경≫에는 오제가 있고, ≪춘추경≫에는 재이가 있습니다.易有陰陽, 詩有五際, 春秋有災異." 안사고顔師古의 주석에 맹강孟康의 말이 인용되어 있다. "≪시내전≫에 '오제는 묘, 유, 오, 술, 해이다. 음양이 순환하고 변화하는 해에 이 때가 되면 변동의 정세가 있다'고 하였다.詩內傳曰, 五際, 卯酉午戌亥也. 陰陽終始際會之歲, 於此則有變改之政也."

13) ≪한서≫ 〈예문지〉에 "≪명당음양≫ 33편明堂陰陽三十三篇", "≪명당음양설≫ 5편明堂陰陽說五篇"이 있다.

14) 역자주 : 전한 경제 때 복생伏生이 분서갱유로 사라졌던 ≪상서≫를 전수한 뒤, 제자들이 그의 설을 모아서 ≪상서대전≫을 만들었다고 한다.

15) ≪藝文類聚≫ 권64 居處部에서 인용. 역자주 : 해당 구절은 ≪공총자孔叢子≫ 〈논서論書〉편에 "書之論事也, 昭昭然若日月之代明, 離離然若星辰之錯行, 上有堯舜之德, 下有三王之義."라고 되어 있는데 뜻은 기본적으로 같다.

추경≫은 "통치에 뛰어나다." ≪춘추번로≫ 〈정화精華〉편에는 "≪춘추≫에서 쟁송을 처결할 때는 반드시 사건의 근본을 파고들어 당사자의 뜻을 따진다. 뜻이 사악한 자는 죄의 성립을 기다리지 않고, 주모자는 가중 처벌하며, 근본이 곧은 자는 감형한다.……재판에서 판결할 때 자세히 살피지 않을 수 있겠는가.春秋之聽獄也, 必本其事而原其志. 志邪者不待成, 首惡者罪特重, 本直者其論輕……聽訟折獄, 可無審耶"라고 되어 있다. ≪한서≫ 권30 〈예문지〉에는 "≪공양동중서치옥≫ 16편公羊董仲舒治獄十六篇"이 있다. ≪후한서≫ 권78 〈응소전應劭傳〉에 응소의 말이 기록되어 있다. "동중서가 늙고 병들어 벼슬을 내어놓자 조정에서는 정치적 논의가 있을 때마다 번번이 정위장탕을 몸소 거처로 보내어 일의 득실을 문의하게 했다. 이에 ≪춘추결옥≫ 232조를 지었는데 늘상 경전에 따라 응답했다.董仲舒老病致仕, 朝廷每有政議, 數遣廷尉張湯親至陋巷, 問其得失. 於是作春秋決獄二百三十二事, 動以經對." 이것이 바로 ≪춘추경≫의 가르침이다. 이런 것들이 이른바 육학으로, "과목이 다르나 가르침은 같다"가 가리키는 것은 이런 것들을 위주로 한다. 이 육학에 대해 말하자면, 응용 범위가 가장 넓은 것으로는 역시 ≪시경≫을 들 수 있다. ≪시경≫과 ≪서경≫의 전승이 ≪예경≫, ≪역경≫, ≪춘추경≫보다 훨씬 이르다는 것은 앞에서 이미 말했다. 완원阮元[16]은 ≪시서고훈詩書古訓≫ 6권을 편집하여 진秦 이전과 한대漢代의 저술에서 ≪시

---

16) 역자주 : 완원(1764~1849), 자는 백원伯元, 호는 운대芸臺, 강소 의징儀徵(지금의 양주시揚州市) 사람. 청나라 건륭제, 가경제嘉慶帝, 도광제道光帝 삼대에 걸쳐 양광총독兩廣總督, 태부太傅 등의 벼슬을 역임했다. 시호는 문달文達. 대진戴震에게서 한대 이래의 고증학을 배워 크게 발전시켰다. ≪경적찬고經籍纂詁≫, ≪십삼경주소교감기十三經註疏校勘記≫, ≪황청경해皇淸經解≫ 등 경학 방면의 중요한 서적을 편찬하였고, 항주杭州에 고경정사詁經精舍, 광주廣州에 학해당學海堂을 지어 후학을 양성하였다.

경≫과 ≪서경≫을 인용한 글을 열거했다. ≪속경해續經解≫[17]의 판본으로는 이 책이 열 권으로 나뉘는데, ≪시경≫이 일곱 권을 차지하고 ≪서경≫은 세 권밖에 없다. ≪시경≫을 인용한 것이 유독 많음을 알 수 있다. 여기에는 세 가지 원인이 있다. ≪한서≫〈예문지〉에는 "≪시경≫이 진나라 분서갱유를 거치고도 온전했던 것은, 암송으로 인해 죽간이나 백서에만 기록된 것만은 아니었기 때문이다. 凡三百五篇, 遭秦而全者, 以其諷誦, 不獨在竹帛故也"라고 하였다. ≪시경≫은 암송 덕에 온전했고 암송 덕에 전승되었는데, 더욱이 암송 덕에 널리 전승되었다. ≪역경≫도 전혀 망실되지 않았으니, ≪한서≫〈유림전〉서문에는 "진나라 때 유학을 금지하였으나 ≪역경≫은 점서였으므로 유독 금지되지 않았기에 전수자가 끊이지 않았다. 及秦禁學, 易爲筮卜之書, 獨不禁, 故傳受者不絕"라고 하였다. 하지만 ≪역경≫은 한대에 비록 인기 있는 학문이 되었지만 유행의 폭은 도저히 ≪시경≫에 못 미쳤다. 이것은 바로 ≪시경≫이 줄곧 사람들의 입으로 암송되었기 때문이다. 노효여 ≪춘추시화≫ 권3에서 시 인용하기에 대해 다음과 같이 논하였다.

춘추시대에는 조회의 방문 예식에서 사물의 미세한 이치까지 모두 ≪시경≫을 인용하여 득실을 증명했다. 크게는 공경대부에서 천직의 사졸에 이르기까지, 논변할 때 다 ≪시경≫을 인용함으로써 그 취지를 밝혔다.……암송하고 인용할 수 있는 것은 당시에 오직 ≪시경≫과 ≪서경≫ 뿐이었다. 그런데 ≪좌전≫에서 인용한 것 중에 ≪역경≫은 드물게 보이고, ≪서경≫은 열에 두셋이다. ≪시경≫의 경우, 입에서 나오는 대로 눈에서 보이는 대로 콸콸 장강 황하 물길을 터놓

---

17) 역자주 : 왕선겸이 편찬한 ≪황청경해속편皇淸經解續編≫을 말한다.

은 듯하니, 모두 마음 속 깊은 곳의 사물이요, 꿈에서도 읊던 것이기 때문이다. 어찌 ≪시경≫의 가르침이 사람의 마음을 적셔 만족시키는 것이 지극히 심원하여 끝없는 것이 아니겠는가.

春秋時自朝會聘享以至事物細微, 皆引詩以證其得失焉. 大而公卿大夫, 以至輿臺賤卒, 所有論說, 皆引詩以暢厥旨焉……可以誦讀而稱引者, 當時止有詩書. 然傳之所引, 易乃僅見, 書則十之二三. 若夫詩則橫口之所出, 觸目之所見, 沛然決江河而出之者, 皆其肺腑中物, 夢寐間所呻吟也. 豈非詩之爲敎所以浸淫人之心志而厭飫之者, 至深遠而無涯哉.

여기서 말한 것이 비록 당시의 정황에 다 들어맞는 것은 아니지만, ≪시경≫이 사람의 입으로 암송된 것은 확실히 사실이다.—망실된 것이 없다는 점과 암송되었다는 점의 두 가지 외에도 ≪시경≫은 말이 간략하여 비슷한 부류끼리 미루어 단장취의할 수 있어 자신의 말을 인증하기에 편리하다는 점 또한 ≪시경≫의 유행에 일조했다. 동중서는 "≪시경≫에는 명쾌한 풀이가 없고 ≪역경≫에는 명쾌한 점괘가 없으며 ≪춘추경≫에는 명쾌한 말이 없다.詩無達詁, 易無達占, 春秋無達辭"[18]라고 했다. 이는 경전 해석에 대한 것이지, 문헌 인용에 대한 것은 아니다.—왕응린이 "≪시경≫에는 명쾌한 풀이가 없다"가 바로 ≪맹자≫의 "글자로 시구의 뜻을 해쳐서는 안 되고, 시구로 시인의 뜻을 해쳐서는 안 된다"라고 한 것[19]은 맞는 말이다.—문헌 인용하기에 대해 말하자면, ≪시경≫처럼 탄력성이 풍부한 것은 유일무이하다고 할 수 있다.

---

18) ≪春秋繁露≫ 精華篇.
19) ≪困學紀聞≫ 권3.

2

저술에서 시 인용하기

    말로 ≪시경≫을 인용한 것은 춘추시대에 처음 나타났는데, ≪좌전≫에 기록이 매우 많다. 개인의 저술은 ≪논어≫에서 비롯되었는데,[20] 저술에서 ≪시경≫을 인용한 것은 바로 ≪논어≫에서 시작되었다. 이후에 ≪묵자≫와 ≪맹자≫도 늘 ≪시경≫을 인용했고, ≪순자≫가 ≪시경≫을 인용한 것은 독보적으로 많다. ≪순자≫가 ≪시경≫을 인용할 때는 한 토막의 논의 뒤에 증명과 판단의 용도로 했는데, 이 또한 이전 사람보다 일관적이다. 순자가 한나라 유생에게 미친 영향이 가장 컸다. 한나라 유생의 저술에서 ≪시경≫을 인용한 것 또한 순자의 방식을 배운 것이다. 한나라 사람의 시교詩敎는 순사가 시조일 것이다. 왕중汪中[21]은 ≪술학述學≫〈순경자통론荀卿子通論〉에서 다음과 같이 말한다.

---

20) 근래에 노자의 책이 공자 이후에 나왔다고 보는 사람이 많은데, 믿을 만하다.

21) 역자주 : 왕중(1744~1794), 자는 용보容甫, 강도江都(지금의 강소 양주시揚州市) 사람. 완원, 초순焦循과 함께 양주학파의 대표 인물. 저작으로 ≪술학述學≫, ≪광릉통전廣陵通典≫, ≪용보유시容甫遺詩≫ 등이 있다.

순자의 학문은 공자에서 나왔지만 여러 경전에 공자보다 더욱 큰 공이 있다. 《경전석문·서록》에 따르면, 모시는……어떤 사람에 따르면, 자하가 증신에게 전수하고,……근모자가 조나라 사람 순자에게 전수하고, 순자는 노나라 사람 대모공에게 전수했다. 이것으로 말하면 모시는 순자가 전수한 것이다. 《한서》 초 원왕 유교의 열전에 따르면 어렸을 때 노나라 목생, 백생, 신공과 함께 《시경》을 부구백에게서 전수받았는데, 부구백은 순자의 문인이었다.……이것으로 말하면 노시는 순자가 전수한 것이다. 한시에서 남은 것은 《한시외전》일 따름이다. 거기서 순자를 인용하여 《시경》을 풀이한 것이 마흔 네 군데이다. 이것으로 말하면 한시는 순자의 서자이다.……공자의 칠십 제자가 죽은 뒤 한나라의 여러 유학자가 아직 일어나기 전까지 전국시대와 포악한 진나라의 난리를 거치면서 육예의 전수가 끊기지 않은 것은 바로 순자 덕분이다.

荀卿之學, 出於孔氏而尤有功於諸經. 經典敍錄, 毛詩……一云子夏傳曾申.……根牟子傳趙人孫卿子. 孫卿子傳魯人大毛公. 由是言之, 毛詩, 荀卿子之傳也. 漢書楚元王交傳, 少時嘗與魯穆生, 白生, 申公同受詩於浮邱伯. 伯者, 孫卿門人也.……由是言之, 魯詩, 荀卿子之傳也. 韓詩之存者, 外傳而已. 其引荀卿子以說詩者, 四十有四. 由是言之, 韓詩, 荀卿子之別子也.……蓋自七十子之徒旣歿, 漢諸儒未興, 中更戰國暴秦之亂, 六藝之傳賴以不絶者, 荀卿也.

　순자는 사실상 한나라 때 육학의 시조였다. 그리고 사가시四家詩는 제시齊詩를 빼면 모두 그가 전수한 것이니, 순자가 시학 방면의 영향이 더욱 크다는 것을 알 수 있다. 사가 가운데 모시는 유행이 비교적 늦었다. 노시, 제시, 한시는 따로 삼가시三家詩라고 부른다. 《사기》 권121 〈유림전〉에는 "한영은 《시경》 시인의 뜻을 미루어 짐작하여 내전과 외전 수만 자를 지었는데, 그 말이 제시나 노시와는 달랐지만 귀결점은 한 가지였다.嬰22)推詩人之意, 而作內外傳數萬言, 其語頗與齊魯間殊, 然歸一也"라고 하였다. 제시는 비록 음양오행설의 색이 짙었지만 "귀결점"은 여전히 정치 교화에 있었다. 모시는 유가의 경전 및 제자諸子와 긴밀히 부합되었기 때문에 사람들에게 중시되었으니, 더욱 그러하다는 것은 말할 필요도 없다. 진교종陳喬縱23)은 ≪한시유설고韓詩遺說考≫ 서문에서 먼저 ≪사기≫〈유림전〉의 "귀결점은 한 가지였다"는 말을 인용하고는 이어서 다음과 같이 말했다.

지금 ≪한시외전≫의 글을 보면 공자의 말씀과 ≪춘추≫의 잡설이 기록되었는데, 시를 인용하여 사건을 증명하기도 하고, 사건을 인용하여 시를 설명하기도 하여, "법도와 경계를 밝게 드러나게 한다." (정현 〈시보서〉의 말) 비록 경문의 풀이에 전념한 저작은 아니지만, 같은 부류에서 유추한 것이나 단장취의한 것을 요약하면 다 성인 문하의 자하, 자공이 ≪시경≫을 말한 뜻과 부합되는 측면이 있다. 하물며 미언대의가 종종 있어서, 위로는 하늘과 사람의 본성을 미루어 모두 인의예지로 선함에 따르는 마음이 있음을 밝히고, 아래로는 만물의 사정을 살펴 동식물의 이름을 아는 것이 많으며, 풍아의 정격과 변격을 고찰하고 왕도의 흥망성쇠를 알게 되니, 진실로 천명의 도리의 온축이자 고금의 득실의 숲임에라.
今觀外傳之文, 記夫子之緖論與春秋雜說, 或引詩以證事, 或引事以明詩, 使爲法者章顯, 爲戒者著明(鄭玄詩譜序語). 雖非專於解經之作, 要其觸類引伸, 斷章取義, 皆有合於聖門商, 賜言詩之義也. 況夫微言大義

---

22) 역자주 : 원문에는 '韓生'(한생)으로 되어 있으나 ≪사기≫ 원문에 따라 고쳤다.
23) 역자주 : 진교종(1809~1869), 자는 박원樸園. 아버지인 진수기陳壽祺의 유업을 이어 ≪삼가시유설고三家詩遺說考≫, ≪금문상서경설고今文尚書經說考≫를 편찬하는 등 금문경학의 실전된 문헌을 수집하여 정리한 성과가 전해진다.

往往而有, 上推天人性理, 明皆有仁義禮智順善之心, 下究萬物情狀, 多識於鳥獸草木之名, 考風雅之正變, 知王道之興衰, 固天命性道之蘊而古今得失之林邪.

　이 단락의 말은 한두 군데를 제외하면 사가시의 총론으로 볼 수 있고, 또한 저술에서 시 인용하기의 총론으로도 볼 수 있으며, 한나라 시교의 총론으로도 볼 수 있다.

　저술에서 시를 인용한 한나라 사람으로는 유향劉向24)을 가장 먼저 들어야 한다. 그는 집안에서 대대로 노시를 익혔다.25) ≪한서≫ 권36 유향의 열전26)에 이런 말이 있다.

　제가 세상을 보니 법도를 어김이 점점 지나친데, 조씨, 위씨의 무리는 천한 신분에서 출세하여 예법 제도를 넘나듭니다. 제가 보기에 왕도는 안에서 밖으로 파급되고, 가까운 것에서 시작됩니다. 그래서 ≪시경≫과 ≪서경≫에 실린 현명한 왕비와 정숙한 부인이 나라와 집안을 흥성하게 만들어 법칙으로 삼을 만한 이야기 및 총애하는 여자가 나라를 어지럽히고 망친 이야기를 발굴하여 차례를 매겨 ≪열녀전≫ 총 여덟 편을 지어서 천자를 경계시키고자 합니다. 또한 갖가지 행실과 사건을 기록한 것을 따다가 ≪신서≫와 ≪설원≫ 총 오십 편을 지어서 바칩니다.
　向睹俗彌奢淫, 而趙衛之屬起微賤, 踰禮制.27) 向以爲王敎由內及外, 自

---

24) 역자주 : 유향(기원전 77~6), 자는 자정子政, 팽성彭城(지금의 강서 서주시徐州市) 사람. 초楚 원왕元王 유교劉交의 후손으로 광록대부, 중루교위中壘校尉를 지냈다. 황실 소장 도서를 교열하며 ≪별록別錄≫을 지었고, ≪신서新序≫, ≪설원說苑≫, ≪전국책戰國策≫, ≪열녀전列女傳≫, ≪열선전列仙傳≫, ≪초사楚辭≫, ≪산해경山海經≫ 등을 편찬했다.

25) 진교종 ≪노시유설고魯詩遺說考≫ 서문에 보인다.

26) 역자주 : 〈초원왕전〉에 있다.

27) 顔師古注, "조황후, 소의, 위첩여이다. 趙皇后, 昭儀, 衛婕妤也."

近者始. 故採取詩書所載賢妃貞婦, 興國顯家可法則, 及孽嬖亂亡者, 序次爲列女傳, 凡八篇, 以戒天子. 及采傳記行事, 著新序, 說苑凡五十篇, 奏之.

그의 이 세 가지 책은 "시를 인용하여 사건을 증명하기도 하고, 사건을 인용하여 시를 설명하기도 한 것"이 많은데, ≪열녀전≫에서 시를 인용한 것이 더욱 빈번하고 치밀하다. ≪한서≫의 유향 열전에는 그가 임금에게 바친 글이 다섯 편 있는데, 한 편은 황릉 조성에 대해 간언한 것이고, 나머지 편은 모두 재이를 논한 것이다. 각 편에는 누차 시를 인용했는데 빈번하고 치밀한 것이 ≪열녀전≫에 못지않다. 그의 의도는 모두 "법도와 경계를 밝게 드러나게" 하려는 것이다. 그가 저술에서 시를 인용할 때는 파생되는 것이 넓건 좁건 간에 의도가 모두 여기서 벗어나지 않는다. 완원은 ≪시서고훈≫ 서문에서 이렇게 말했다.

시 삼백 편, ≪상서≫ 수십 편, 공자와 맹자는 이것을 배움으로 삼고, 가르침으로 삼았다. 그래서 말 한 마디 행실 하나도 다 깊이 받들어 의심치 않았다. 공자가 ≪효경≫을 짓고 자사가 ≪중용≫을 짓고 맹자가 일곱 편의 글을 지을 때,……≪시경≫과 ≪서경≫을 인용하여 증거로 삼는 일이 많았다. 예컨대 "세상 사람들이 또한 이 일의 뜻을 아는가, ≪시경≫에서 뭐라 뭐라 한 것이 바로 이것이다.……"라고 하였으니, 그러지 않으면 도리어 자신의 말에 편견이나 폐단이 있어서 사람들을 가르치기에 부족할까 염려하였다.……내가 ≪시서고훈≫에 수록한 것은……바로 ≪논어≫, ≪효경≫, ≪맹자≫, ≪예기≫, ≪대대예기≫, ≪춘추≫ 삼전, ≪국어≫, ≪이아≫ 등 십경을 총괄한 것이다.……≪전국책≫까지 내려오면, ≪시경≫과 ≪서경≫을 인용한 것이 드물다.……한대에 들어……≪시경≫과 ≪서경≫이 다시 나와 조정과 재야에서 외고 익히니, 인심이 정도로 돌아왔다. 제자서와 역사서에서 ≪시경≫과 ≪서경≫을 인용할 때 옛 가르침을 보존한 것이 많은데……진나라에서 끊은 것은, 한나라 진나라 이전에는 아직 도교와 불교를 가르침으로 삼지 않았고, 말한 것이 모두 정치와 언행에 대한 것이라 공허한 말을 숭상하지 않았기 때문이다.

詩三百篇, 尙書數十篇, 孔孟以此爲學, 以此爲敎. 故一言一行, 皆深奉不疑. 卽如孔子作孝經, 子思作中庸, 孟子作七篇,……多引詩書以爲證據. 若曰世人亦知此事之義乎. 詩曰某某卽此也,……否則尙恐自說有偏弊, 不足以訓於人.……元錄詩書古訓……乃總論語, 孝經, 孟子, 禮記, 大戴記, 春秋三傳, 國語, 爾雅十經……降至國策, 罕引詩書.……漢興……詩書復出, 朝野誦習, 人心反正矣. 子史引詩書者, 多存古訓……以晉爲斷. 蓋因漢晉以前, 尙未以二氏爲訓, 所說皆在政治言行, 不尙空言也.[28]

이른바 "이것을 배움으로 삼고, 가르침으로 삼았다. 그래서 말 한 마디 행실 하나도 다 깊이 받들어 의심치 않았다"와 "≪시경≫과 ≪서경≫을 인용하여 증거로 삼는 일이 많았다"에서 바로 단옥재가 ≪시경≫과 ≪서경≫은 주나라 사람이 늘 익힌 것이라고 말한 것을 알 수 있다. "말한 것이 모두 정치와 언행에 있다"는 ≪시경≫과 ≪서경≫의 용도를 인증한 것으로, ≪시경≫과 ≪서경≫의 가르침에 불과하다. ≪시경≫과 ≪서경≫의 가르침은 합쳐서 말하면 "과목이 다르나 가르침은 같다"이고, 나눠서 말하면 또한 각기 차이가 있다. 여기서는 한나라 사람이 시를 인용한 것만 논의하되, 저술을 위주로 대략적으로 분류하여 이른바 시교의 배경이 어떤 모습인지 살펴보려 한다.

---

28) ≪揅經室續集≫ 권1.

완원은 단지 개괄적으로 "정치와 언행"을 거론했지만, 저술에서 《시경》을 인용할 때는 도덕 교화를 선양한 것이 가장 많다고 할 수 있다. 도덕 교화는 언행에 속하지만, 광의의 정치로 포괄할 수도 있다. 예컨대 《한시외전》 권5에서 말한 것은 다음과 같다.

> 덕이란 천지의 광대함을 포함하고 일월의 밝음에 짝하며, 사계절의 순환에 서고 음양의 교체에 임한다. 추위와 더위도 그것을 움직일 수 없고, 사계절도 그것을 바꿀 수 없으며, 태음으로 거둬들여도 젖지 않고, 태양으로 흩어도 마르지 않는다. 깨끗하고 맑아 모든 것을 갖추었고, 엄숙하고 굳세어 신령하며, 세상에서 지극히 정교하여 오묘한 것이 덕이다. 성인이 아니면 그 누가 이에 함께할 수 있겠는가. 《시경》에 "덕은 가벼움이 터럭 같지만, 그것을 들 수 있는 사람은 드물다"(대아 〈증민〉)고 하였다.
> 德也者, 包天地之大, 配日月之明, 立乎四時之周, 臨乎陰陽之交. 寒暑不能動也, 四時不能化也, 歛乎太陰而不濕, 散乎太陽而不枯. 鮮潔清明而備, 嚴威毅疾而神, 至精而妙乎天地之間者, 德也. 微聖人, 其孰能與於此矣. 詩曰, 德輶如毛, 民鮮克舉之.(大雅, 烝民)

이것이 진교종이 말한 미언대의로, 또한 시를 인용해 판단을 내린 것이다. 또 《열녀전列女傳》 권3 〈노칠실녀전魯漆室女傳〉에 이런 말이 있다.

> 칠실의 여자가 말했다. "……노나라에 환난이 있어서 임금과 신하, 부모와 자식이 모두 그 곤욕을 치르고 화가 서민에게 미치는데, 여자라고 혼자 편안히 피해 있겠습니까. 저는 몹시 걱정이 됩니다."…… 군자는 말한다. "깊구나, 칠실 여자의 생각이. 《시경》에 '나를 아는 이는 나더러 마음에 근심이 있다고 하고, 나를 모르는 이는 나더러

무엇을 찾느냐고 하네.'(왕풍 〈서리〉)라고 하였는데 이것을 말한 것이다."

漆室女曰……夫魯國有患者, 君臣父子皆被其辱, 禍及衆庶, 婦人獨安所避乎. 吾甚憂之.……君子曰, 遠矣漆室女之思也. 詩云, 知我者, 謂我心憂, 不知我者, 謂我何求.(王風, 黍離) 此之謂也.

여기서는 칠실의 여자가 나라를 염려하는 미덕을 찬탄하였으니, 이것이 "시를 인용하여 사건을 증명하기"이다. 또한 권4 〈위선부인전衛宣夫人傳〉에 이런 말이 있다.

시동생이 즉위하여 그에게 청했다. "위나라는 작은 나라라서 주방두 개는 안 되니 주방을 함께 합시다." 부인은 "오직 부부라야 주방을 함께 하는 법입니다"라고 말하며 끝내 들어주지 않았다. 위나라임금은 사람을 시켜 친정인 제나라의 형제에게 호소하게 했다. 제나라의 형제들은 다 부인이 새로 즉위한 임금과 함께 하기를 원해서사람을 시켜 의향을 알렸다. 그래도 끝내 들어주지 않고는 시를 지었는데 다음과 같다. "내 마음 돌이 아니니 굴릴 수도 없네. 내 마음자리가 아니니 말 수도 없네."(패풍 〈백주〉)

弟立, 請曰, 衛小國也, 不容二庖, 請願同庖. 夫人曰, 唯夫婦同庖, 終不聽. 衛君使人愬於齊兄弟. 齊兄弟皆欲與君, 使人告女. 女終不聽, 乃作詩曰, 我心匪石, 不可轉也. 我心匪席, 不可卷也.(邶風, 柏舟)

여기서는 패풍 〈백주〉가 "한결같이 곧은貞一"[29] 위나라 선부인이 지은 것임을 말한 것이니, 이는 "사건을 인용하여 시를 설명하기"이다. 도덕 교화에 버금가는 것이 정치를 논하는 시 인용이다.

---

29) 역자주 : 〈위선부인전〉 말미에 "군자가 그의 한결같이 곧음을 아름다이 여겨서 뽑아다 ≪시경≫에 넣었다.君子美其貞一, 故擧而列之於詩也"라는 말이 있다.

예컨대 ≪춘추번로≫ 권16 〈산천송山川頌〉에 이런 말이 있다.

또한 흙이 쌓여 산이 되지만 손실이 없고, 높은 것이 되어도 해될 것이 없으며, 큰 것이 되어도 잘못이 없다. 위는 작고 아래는 커서, 오래도록 후세를 편안히 한다. 움직이는 일 없이 버젓이 홀로 머무는 것이 바로 산의 뜻이다. ≪시경≫에 '우뚝한 저 남산에 바위가 첩첩이네. 혁혁한 태사와 윤씨, 사람들이 모두 당신을 우러르네.'(소아 〈절남산〉)라고 하였는데 이것을 말한 것이다."

且積土成山, 無損也, 成其高, 無害也, 成其大, 無虧也. 小其上, 泰其下, 久長安後世. 無有去就, 儼然獨處, 惟山之意. 詩云, 節彼南山, 惟石巖巖. 赫赫師尹, 民具爾瞻.(小雅, 節南山) 此之謂也.

이것은 산으로 지도자의 기상을 상징한 것이다. 한편 ≪신서新書≫[30) 〈예禮〉편에서는 이렇게 말하고 있다.

그러므로 예란 아랫사람을 보살피는 것이다.……≪시경≫에 "내게 모과를 주었는데 패옥으로 보답한다. 보답이 아니라, 길이 우호를 다지자는 것"(위풍 〈모과〉)이라고 했다. 윗사람이 조금만 주면 아랫사람은 몸으로 갚게 되는데, 감히 보답이라 하지 않고, 길이 우호관계를 맺기를 원하는 것이다. 옛날에 아랫사람을 기르는 일은 베풀고 보답하는 것이 이와 같았다.

故禮者, 所以恤下也.……詩曰, 投我以木瓜, 報之以瓊琚. 匪報也, 永以爲好也.(衛風, 木瓜) 上少投之, 則下以軀償矣, 弗敢謂報, 願長以爲好. 古之蓄其下者, 其施報如此.

---

30) 역자주 : ≪신서≫는 한나라 가의賈誼(기원전 200~168)의 저술로 총 10권이고, 유교 사상에 바탕을 둔 정치 논설이다.

이는 신하를 대접하는 도리를 논한 것으로, 이른바 같은 부류에서 유추한 것이다. 또 ≪한서≫ 권6 〈무제기武帝紀〉의 경우 원수元狩 원년의 조서에서 이렇게 말하였다.

임금이 마음이라면, 백성은 팔다리와 같다. 팔다리가 다치면 마음이 아프다. 일전에 회남왕과 형산왕이 학문을 닦으면서 재물을 뿌렸다. 두 나라는 땅이 인접했는데 사특한 말에 홀려서 찬역을 했으니, 이는 짐이 부덕한 죄이다. ≪시경≫에 "근심이 적적하여 나라의 학정을 염려하노라"(소아 〈정월〉)라고 하였다. 이미 천하의 죄인을 사면했으니 다 씻어버리고 천하 백성과 다시 시작한다.
蓋君者心也, 民猶肢體. 肢體傷則心憯怛. 日者淮南, 衡山修文學, 流貨賂, 兩國接壤, 怵於邪說而造簒弑, 此朕之不德. 詩云, 憂心慘慘, 念國之爲虐.(小雅, 正月) 已赦天下, 滌除與之更始.

조서에서 시를 인용하여 스스로를 탓하니 한나라 때 ≪시경≫의 활용이 광범위했음을 알 수 있다. 한편 ≪후한서≫ 권87 〈유도전劉陶傳〉에서 유도는 건의문을 올린다.

제가 ≪시경≫을 욀 적에 〈홍안〉의 들판에서 고생하고 담 쌓는 일을 슬퍼한 대목(소아 〈홍안〉 "그이가 부역에 가니 들판에서 고생하네.", "그이가 담을 쌓는데 백 칸이 다 지어졌네.")에 이를 때마다 먹먹하여 길게 고민하다가 중간에 한숨을 쉬었습니다. 최근에 부역에 나선 인부가 굶고 고생하는 소리가 이 노래보다 심하다고 들었습니다.
臣嘗誦詩, 至於鴻鴈于野之勞, 哀勤百堵之事,(小雅, 鴻雁, 之子于征, 劬勞于野. 之子于垣, 百堵皆作.) 每唱爾長懷, 中篇而歎. 近聽征夫飢勞之聲, 甚於斯歌.

옛 일을 슬퍼하고 요즘 일에 마음 아파하니 온화한 인자의 말로
서, "온유돈후"의 주석으로 삼을 만하다.

시를 인용하여 학문 수양을 논한 사례도 적지 않다. ≪예기≫
〈대학〉의 경우를 보자.

> ≪시경≫에서 말하길, "저 기수 물굽이를 바라보니 조개풀 우거졌네.
> 아름다운 군자는 자른 듯, 깎은 듯, 쫀 듯, 간 듯하네. 위엄 있고 의
> 젓하며, 훤하시고 우람하시니, 아름다운 군자는 끝내 잊을 수 없어
> 라."(위풍 〈기욱〉) "자른 듯, 깎은 듯"이란 배움을 말한다. "쫀 듯, 간
> 듯"이란 스스로를 닦는 것이다. "위엄 있고 의젓하며"란 엄격한 것이
> 다. "훤하시고 우람하시니"란 위의이다. "아름다운 군자는 끝내 잊
> 을 수 없어라"라는 것은 성대한 덕과 지극한 선을 백성이 잊을 수
> 없다는 말이다.
> 詩云, 瞻彼淇澳, 菉竹猗猗. 有斐君子, 如切如磋, 如琢如磨. 瑟兮僩兮,
> 赫兮喧兮. 有斐君子, 終不可諼兮.(衛風, 淇澳) 如切如磋者, 道學也. 如
> 琢如磨者, 自修也. 瑟兮僩兮者, 恂慄也. 赫兮喧兮者, 威儀也. 有斐君
> 子, 終不可諼兮者, 道盛德至善, 民之不能忘也.

절차탁마는 오래전부터 덕에 나아가 학업을 닦는다는 격언이 되
어 있으니, 여기서도 시교가 드넓고 깊음을 알 수 있다. 또한 ≪한
시외전≫ 권3에는 이런 말이 있다.

> 묻는 이가 말한다. "인한 사람은 왜 산을 좋아합니까." "산이란 만민
> 이 우러르는 것입니다. 초목이 자라고 만물이 길러지고 날짐승이 앉
> 고 길짐승이 쉬니, 사방에서 유익함을 취하면 그것을 줍니다. 구름을
> 내고 바람을 이끌어 천지에서 우뚝합니다. 천지는 산에서 이루어지
> 고, 나라는 산이 있어 편안합니다. 그래서 인한 사람이 산을 좋아합

니다. ≪시경≫에 "태산이 우뚝하니 노나라가 우러른다"(노송魯頌〈비궁閟宮〉)고 하였는데 산을 좋아한다는 말입니다."

問者曰, 夫仁者何以樂於山也. 曰, 夫山者, 萬民之所瞻仰也. 草木生焉, 萬物植焉, 飛鳥集焉, 走獸休焉, 四方益取與焉. 出雲道風, 嵷乎天地之間. 天地以成, 國家以寧. 此仁者所以樂於山也. 詩曰, 太山巖巖, 魯邦所瞻. 樂山之謂也.

"인한 사람은 산을 좋아한다仁者樂山"는 원래 공자의 말(≪논어≫〈옹야雍也〉)인데, 여기서는 단장취의하여 인자가 수양하는 기개를 나타내었다. 시 인용하기도 단장취의의 증거이다. 이 단락은 앞에서 인용한 〈산천송〉과 비교해서 볼 만하다. 한편 ≪한시외전≫ 권2에는 이런 말이 있다.

윗사람을 사람들이 대할 때는 낯빛이 우선이요, 음성은 그 다음이고, 행동은 그 뒤이다. 그래서 멀리서 보았을 때 임금으로 알맞은 것은 용모이고, 가까이 있을 때 믿을 만한 것은 낯빛이며, 꺼냈을 때 속이 편안한 것은 말이고, 오래 지나도 볼만한 것은 행동이다. 그래서 군자의 용모와 낯빛은 천하가 법식으로 삼아서 바라보며, 말소리를 듣지 않아도 임금인 줄 알게 만드는 것이다. ≪시경≫에 "얼굴이 붉으시니 우리 임금이시다"(진풍 〈종남〉)라고 하였다.

上之人所遇, 色爲先, 聲音次之, 事行爲後. 故望而宜爲人君者, 容也. 近而可信者, 色也. 發而安中者, 言也. 久而可觀者, 行也. 故君子容色, 天下儀象而望之, 不假言而知爲人君者. 詩曰, 顏如渥丹, 其君也哉.(秦風, 終南)

용모와 낯빛도 학문 수양의 표현이다. 맹자는 "인의예지가 마음에 뿌리박히면 빛깔을 내는 것이 청아하게 얼굴에 드러나고 등에 가득하며 사지에 뻗는다.(〈진심〉상)仁義禮智根於心, 其生色也, 睟然 見於面, 盎於背, 施於四體(〈盡心〉上)"라고 했는데, 바로 이 뜻이다. 도덕 교화, 정치, 학문 수양은 모두 사람의 일에 속한다. 사람의 일 과 상대되는 것은 하늘의 도이다. 하늘의 도를 논할 때도 늘 시를 인용했다. 예컨대 ≪예기≫ 〈중용〉에는 이런 말이 있다.

> ≪시경≫에 "덕은 가벼움이 터럭 같지만"(대아 〈증민〉)이라고 하였 는데 터럭은 오히려 견줄 부류가 있다. "하늘의 일은 소리도 냄새도 없다"(대아 〈문왕〉)고 해야 지극하다.
> 詩曰, 德輶如毛,(大雅, 烝民) 毛猶有倫. 上天之載, 無聲無臭,(大雅, 文 王) 至矣.

이것은 바로 ≪논어≫에서 공자가 말한 "하늘이 무슨 말을 하더 냐. 사계절이 운행하고 만물이 태어나는데, 하늘이 무슨 말을 하더 냐.(〈양화〉) 天何言哉. 四時行焉, 百物生焉, 天何言哉(〈陽貨〉)"이다. 한편 ≪춘추번로≫ 〈요순은 마음대로 선양을 하지 않았고 탕왕 무 왕은 사람을 함부로 죽이지 않았다.堯舜不擅移湯武不專殺〉편에서는 이렇게 말한다.

> 또 하늘이 백성을 낳은 것은 왕을 위함이 아니요, 하늘이 왕을 세운 것은 백성을 위한 것이었다. 그래서 그 덕이 백성을 안락하게 하기 에 충분하면 하늘이 명을 주시고, 악이 백성을 해치기에 충분하면 하늘이 빼앗는다. ≪시경≫에 "은나라 후예들이 훤칠하고 민첩하여 주나라 수도에서 제사 술을 따르네.", "주나라에 복종하니 천명은 일 정함이 없구나"(대아 〈문왕〉) 라고 하였는데, 하늘이 정해놓고 주는 일도, 정해놓고 빼앗는 일도 없다는 말이다.

且天之生民, 非爲王也, 而天立王以爲民也. 故其德足以安樂民者, 天予
之. 其惡足以賊害民者, 天奪之. 詩云, 殷士膚敏, 祼將于京, 侯服于周,
天命靡常.(大雅, 文王) 言天之無常予, 無常奪也.

"천명은 일정함이 없구나"는 음양가의 오덕종시설五德終始說[31]
의 해석에 따라 한대의 일반적인 신앙이 되었다. 여기서는 그래도
오덕의 설을 언급하지는 않고 간단히 시를 인용하여 증거로 삼았
다. 또한 한나라 사람이 늘 말하는 재이도 하늘의 도에 속했다. 〈반
드시 인하고도 지혜롭다必仁且智〉편에 따르면 다음과 같다.

천지의 만물에 일정치 않은 변동이 있는 것을 이라고 하며, 작은 것
은 재라고 한다. 재가 늘 먼저 오고 이는 뒤에 따른다. 재는 하늘의
견책이다. 이는 하늘의 위협이다. 견책을 해도 알지 못하면 위협으로
두렵게 만든다. ≪시경≫에 "하늘의 위협을 두려워한다"(주송 〈아장〉)
라고 했는데, 아마 이것을 이른 것이리라.
天地之物有不常之變者, 謂之異, 小者謂之災. 災常先至而異乃隨之. 災
者, 天之譴也. 異者, 天之威也. 譴之而不知, 乃畏之以威. 詩云, 畏天之
威.(周頌, 我將) 殆此謂也.

이 단락은 "재이"의 정의라고 할 수 있다. ≪한서≫ 권9 〈원제기
元帝紀〉에서 영광永光 4년 유월에 "무인일 그믐날에 일식이 있었
다.戊寅晦, 日有蝕之." 이에 조서를 내렸다.

지금 짐은 왕도에 어두워서 아침저녁으로 근심 노력하나 그 이치를

---

31) 나무木, 불火, 흙土, 쇠金, 물水의 다섯 가지 덕이 순환한다는 논리에 따라 왕조가 교
체된다는 설.

깨닫지 못하여, 어디를 보나 어지럽지 않은 곳이 없고, 무엇을 들으나 미혹되지 않은 말이 없으니, 그래서 명령에 번복이 많아 민심을 아직 얻지 못했다.……공경대부는 호오가 달라서 간교함에 끌려 나쁜 일을 하거나 서민을 침탈하기도 하니 많은 이들이 어디서 명령에 귀복하겠는가. 또한 유월 그믐인데 일식이 생겼다. ≪시경≫에서도 말하지 않던가, "지금 이 백성들이 또한 몹시 슬퍼하네."(소아 〈시월지교〉)

今朕晻于王道, 夙夜憂勞, 不通其理, 靡瞻不眩, 靡聽不惑, 是以政令多還, 民心未得,……公卿大夫, 好惡不同, 或緣姦作邪, 侵削細民, 元元安所歸命哉. 迺六月晦, 日有蝕之. 詩不云虖, 今此下民, 亦孔之哀.(小雅, 十月之交)

〈시월지교〉는 바로 일식의 재이를 기록한 시이므로,[32] 조서에서 시를 인용해 말한 것에서 민생이 슬퍼할 만하고, 하늘의 변화는 두려워할 만함을 알 수 있으니, 이는 자기에게 죄를 묻고 아울러 공경대부를 독려하는 뜻이다.

그밖에 시를 인용하여 역사적 사건을 서술하거나, 제도를 규명하거나, 풍속을 기록한 것이 있다. 예컨대 ≪한서≫ 권73 〈위현성전韋玄成傳〉에서 태복太僕 왕순王舜과 중루교위中壘校尉 유흠劉歆이 (종묘에 대해) 다음과 같이 논의했다.

저희가 듣기로, 주나라 왕실이 쇠퇴하니 사방 오랑캐가 함께 침범했는데 험윤이 가장 강했으니 지금의 흉노가 그것입니다. 선왕 때에 이르러 그를 정벌하자, 시인이 찬미하고 칭송하여 "험윤을 쳐서 태원에 이르렀다"(소아 〈유월〉)고 하였고, 또한 "(수레 소리) 덜컹덜컹 쿵쾅쿵쾅, 천둥 같고 우레 같다. 훌륭하고 믿음직한 방숙께서 험윤을

---

32) 역자주 : 제1장의 첫 4구는 다음과 같다. 十月之交, 朔月辛卯. 日有食之, 亦孔之醜.(시월 초하루 신묘일에 일식이 있으니 참으로 흉하구나.)

정벌하니 형 땅 오랑캐도 굴복한다"(소아 〈채기〉)고 하였습니다. 그래서 중흥이라 일컫는 것입니다.……무제께서는……대장군, 표기장군, 복파장군, 누선장군 등을 보내어 남쪽으로 백월을 멸망시키고,……북쪽으로 흉노를 쫓아내어 혼야의 십만 명을 항복시켰습니다.……동쪽으로 조선을 쳐서……흉노의 왼팔을 잘랐습니다. 서쪽으로 대원을 쳐서……흉노의 오른 어깨를 찢었습니다.……중흥의 공적이 이보다 높은 것이 없습니다.……

臣聞周室旣衰, 四夷並侵, 獫狁最彊, 於今匈奴是也. 至宣王而伐之, 詩人美而頌之曰, 薄伐獫狁, 至于太原,(小雅, 六月) 又曰, 嘽嘽推推, 如霆如雷. 顯允方叔, 征伐獫狁, 荊蠻來威,(小雅, 采芑) 故稱中興.……孝武皇帝……遣大將軍, 驃騎, 伏波, 樓船之屬, 南滅百粤,……北攘匈奴, 降昆邪十萬之衆.……東伐朝鮮,……斷匈奴之左臂. 西伐大宛……裂匈奴之右肩.……中興之功未有高焉者也.……

여기서는 시를 인용해 역사를 서술했는데, 무제의 중흥을 찬송한 것이다. 또 ≪한시외전≫ 권8에 이런 말이 있다.

이에 황제는 노란 옷을 입고 노란 면관을 쓰고 궁전에서 재계하였는데, 봉새가 햇빛을 가리며 날아왔다. 황제는 동쪽 계단을 내려와 서쪽을 향해 두 번 절하고 고개를 숙이며 말했다. "하느님이 복을 내리시니 감히 명을 받들지 않을 수 없습니다." 봉새는 황제의 동쪽 원림에 머물렀다. 황제의 오동나무에 앉아 황제의 대나무 열매를 먹으며 죽을 때까지 떠나지 않았다. ≪시경≫에 "봉황이 날며 날개깃 펄럭이다 여기 앉았네"(대아 〈권아〉)라고 하였다.

於是黃帝乃服黃衣, 戴黃冕, 致齋于宮, 鳳乃蔽日而至. 黃帝降于東階, 西面, 再拜稽首曰, 皇天降祉, 不敢不承命. 鳳乃止帝東囿(원래는 '國'인데, ≪설원說苑≫ 〈변물辨物〉편에 따라 교정했다.), 集帝梧桐, 食帝竹實, 沒身不去. 詩曰, 鳳凰于飛, 劌劌其羽, 亦集爰止.(大雅, 卷阿)

이것은 신화이지만 옛사람의 눈에는 이 또한 역사이다. 이것은 시를 인용해 역사를 서술한 것이 아니라 시를 인용해 역사를 증명한 것이다. 한편 채옹蔡邕33) 〈독단獨斷〉 하下에서는 다음과 같이 말했다.

종묘의 제도는 고문경학에서 여긴 바가 다음과 같다. 임금의 거처는 앞에는 조당朝堂이 있고 뒤에는 침전寢殿이 있는데, 죽으면 앞에 묘당을 지어 조당을 본뜨고, 뒤에는 침묘寢廟를 지어 침전을 본땄다. 묘당에는 신주를 보관하고 소목을 세웠다. 침묘에는 옷과 관, 안석과 지팡이가 있었는데 생전의 도구를 본떴으니 이것을 통틀어 종묘라고 하였다. ≪예기≫ 〈월령〉편에 "먼저 침묘에 올린다"고 하였다. ≪시경≫에 "공후의 사당이라네"(소남 〈채번〉)라고 하였고, 칭송의 노래에는 "침묘가 웅장하다"(노송 〈비궁〉)고 하였으니 말이 서로 연관된다.
宗廟之制, 古學以爲人君之居, 前有朝, 後有寢. 終則前制廟以象朝, 後制寢以象寢, 廟以藏主, 列昭穆. 寢有衣冠几杖, 象生之具, 總謂之宮. 月令曰, 先薦寢廟. 詩云, 公侯之宮.(召南, 采蘩) 頌曰, 寢廟奕奕.(魯頌, 閟宮. ≪모시≫에는 '新廟'라고 되어 있으니, 채옹은 ≪노시魯詩≫에 의거했을 것이다) 言相連也.

이것은 시를 인용하여 종묘 제도를 증명한 것이다. 또한 ≪춘추번로≫ 〈교제郊祭〉34)편에서는 다음과 같이 말한다.

자식이 되어 부모를 섬기지 않으면, 천하에 옳다고 여길 이가 없다.

---

33) 역자주 : 채옹(132~192), 자는 백개伯喈, 진류陳留(지금의 하남 개봉시) 사람. 후한 헌제 때 좌중랑장左中郞將을 지냈다. 영제靈帝 희평熹平 연간에 육경六經의 글자를 교정해서 태학太學 정문 앞에 비석으로 세웠으니, 이것이 희평석경熹平石經이다. 〈술행부述行賦〉, 〈독단獨斷〉 등의 문장이 전하며, 서예에 능해 '비백飛白'이라는 서체를 창안했다.
34) 역자주 : 원문에는 '郊祀'라고 되어 있는데 ≪춘추번로≫에 따라 고쳤다.

지금 하늘의 아들이 되어 하늘을 섬기지 않는다면 어찌 이와 다를 수 있겠는가. 그러한 까닭에 천자는 매년 정월이 되면 반드시 먼저 교제로써 하늘을 흠향시키고 나서 삼가 땅에 제사를 지내니, 이는 자식의 예법을 행한 것이다. 군대를 일으킬 때마다 반드시 먼저 교제로써 하늘에 알리고 나서 삼가 정벌하니, 이는 자식의 도리를 행한 것이다. 문왕이 천명을 받아 천하에 왕 노릇할 때, 먼저 교제를 지내고 나서 삼가 일을 행했는데, 이는 곧 군대를 일으켜 숭을 친 것이다. 그에 대한 시는 다음과 같다. "우거진 산유자나무 떨기, 베어다 불을 땐다. 장엄하신 왕이시여 좌우 신하 민첩하네. 장엄하신 왕이시여 좌우 신하 옥그릇 받든다. 옥그릇 받든 모습 엄숙하니 훌륭한 이에게 어울리네."(대아 〈역복〉) 이는 교제에 대한 내용이다. 그 뒤는 다음과 같다. "두둥실 경수에 뜬 배 많은 이가 노를 젓네. 주나라 왕께서 나아가시니 전군이 뒤를 따르네."(앞의 시) 이는 정벌에 대한 내용이다.

爲人子而不事父者, 天下莫能以爲可. 今爲天之子而不事天, 何以異是. 是故天子每至歲首, 必先郊祭以享天, 乃敢爲地, 行子禮也. 每將興師, 必先郊祭以告天, 乃敢征伐, 行子道也. 文王受天命而王天下, 先郊乃敢行事, 而興師伐崇. 其詩曰, 芃芃棫樸, 薪之槱之. 濟濟辟王, 左右趨之. 濟濟辟王, 左右奉璋. 奉璋峨峨, 髦士攸宜.(大雅, 棫樸) 此郊辭也. 其下曰, 淠彼涇舟, 烝徒楫之. 周王于邁, 六師及之.(同上) 此伐辭也.

여기서는 시를 인용하여 교제의 제도를 설명하였다. 한편 ≪한서≫ 권28 〈지리지〉에서는 다음과 같이 말하였다.

천수와 농서는 산에 나무가 많아서 사람들이 판자로 집을 짓는다. 안정, 북지, 상군, 서하는 다 융적에 바짝 붙어 있어 군용 장비 다루기를 익히고, 기상이 높아서 사냥을 우선으로 한다. 그래서 진풍에 "판잣집에 있으리"(〈소융〉)라고 하였고, 또한 "왕께서 군대를 일으키

시면 제 갑옷과 무기를 닦아 당신과 길을 함께 하리이다.”(〈무의〉)라
고 하였다. 〈거린〉, 〈사철〉, 〈소융〉편은 모두 수레와 말, 사냥 등을
노래하고 있다.

天水, 隴西, 山多林木, 民以板爲室屋. 及安定, 北地, 上郡, 西河, 皆迫
近戎狄, 修習戰備, 高上氣力, 以射獵爲先. 故秦詩曰, 在其板屋,(小戎)
又曰王于興師, 修我甲兵, 與子偕行.(無衣) 及車轔, 四載,35) 小戎之篇,
皆言車馬田狩之事.

이는 풍속을 기록하려고 시를 인용한 것이다.

또한 시를 인용하여 천문과 지리를 설명한 것이 있다. 또한 시를
은어로 활용한 것도 있다. 그리고 시 작품에 음악을 넣는 의의 역
시 저술에서 자주 언급된다. 예컨대 《한서》 권26 〈천문지〉에서는
다음과 같이 말한다.

> 서쪽은 비에 해당한다. 비는 소음의 자리이다. 달이 궤도를 놓치고
> 미끄러져 서쪽으로 필성에 들면 비가 많이 온다. 그래서 《시경》에
> 서 “달이 필성에 걸리니 큰 비가 오겠다”(소아 〈점점지석〉)고 한 것
> 은 비가 많이 오는 것을 말한 것이다.
> 西方爲雨, 雨, 少陰之位也. 月失中道, 移而西入畢, 則多雨. 故詩云, 月
> 離于畢, 俾滂沱矣,(小雅, 漸漸之石) 言多雨也.

이 《시경》 두 구의 천문학은 일찌감치 공자의 이야기에 반영되
어 있다. 《사기》 권67 〈중니제자열전仲尼弟子列傳〉에 이런 말이
있다.

---

35) 역자주 : 모시에는 '馵驖'로 되어 있다.

어느 날, 어느 제자가 (유약에게) 나아가 물었다. "전에 공자께서 길을 떠나실 때 제자에게 우비를 갖고 가게 하셨는데, 조금 지나자 과연 비가 내렸습니다. 제자가 '선생님께서는 어떻게 비가 올 줄 아셨습니까'라고 여쭈니 공자께서는 '≪시경≫에서도 말하지 않느냐, "달이 필성에 걸리니 큰 비가 오겠다"라고. 어제 저녁에 달이 필성에 머물지 않더냐.'라고 하셨습니다."

他日, 弟子進問[有若]曰, 昔夫子當行, 使弟子持雨具, 已而果雨. 弟子問曰, 夫子何以知之. 夫子曰, 詩不云乎, 月離于畢, 俾滂沱矣. 昨暮月不宿畢乎.

이야기가 다 참은 아니겠지만, 노효여가 "사물의 미세한 이치까지 모두 ≪시경≫을 인용하여 득실을 증명했다"(앞에 보인다)고 한 말은 확실히 일리가 있다. 한편 ≪한서≫ 〈지리지〉에 이런 말이 있다.

위나라도 성이 희인데, 진나라 남쪽 황하 물굽이에 있었다. 그래서 위풍에 "저 분수 물굽이"(〈분저여〉), "황하 가에 놓았네"(〈벌단〉)라고 하였다.

魏國亦姬姓也, 在晉之南河曲, 故其詩曰, 彼汾一曲,(汾沮洳) 寘之河之側.(伐檀)

여기서는 시를 인용하여 위나라의 지리를 설명하였다. 시를 은어로 활용한 것은 춘추시대에 이미 있었는데,36) 한나라 말에 이르러

---

36) 고힐강 선생은 〈춘추전국시대 ≪시경≫의 지위詩經在春秋戰國間的地位〉라는 글에서 "가장 이상한 시의 활용은 시구를 헐후어(歇後語, 진의를 담은 뒷부분을 생략한 비유적 상용구)나 수수께끼처럼 다룬 것"이라고 하였다. 그는 ≪국어≫ 〈노어魯語〉 하편에서 숙손목자叔孫穆子가 "제 임무는 〈포유고엽〉에 해당합니다. 豹之業及匏有苦葉矣"라고 말한 것과 ≪좌전≫ 정공 10년에 사적駟赤이 "제 임무는 〈양지수〉 마지막 장 네 마디에 있습니다.臣之業在揚水卒章之四言矣"라고 말한 것을 예로 들었다.(≪古史辨≫ 三下, 340~341쪽.) 역자주 : ≪국어≫에서 숙손표叔孫豹는 패풍 〈포유고엽〉 제1장 "박에는

서도 아직 이러한 풍조가 남아 있었다. ≪후한서≫ 권83 〈서치전徐
稚傳〉에 이런 말이 있다.

……임종이 모친상을 당하자 서치가 조문하러 가서 꼴풀 한 묶음을
여막 앞에 놓고 떠났다. 사람들이 이상하게 여기면서도 무슨 뜻인지
몰랐다. 임종이 말했다. "이건 분명히 남쪽의 고명한 선비인 서치입
니다. ≪시경≫에 이런 말이 있지 않습니까, '꼴풀 한 묶음이여, 사람
이 옥과 같네.'(소아 〈백구〉) 저는 그 말을 감당할 덕이 없습니다."
……及林宗有母憂, 稚往弔之, 置生芻一束於廬前而去. 衆怪, 不知其故.
林宗曰, 此必南州高士徐孺子也. 詩不云乎, 生芻一束, 其人如玉.(小雅,
白駒) 吾無德以堪之.

이는 말없는 은어이므로 "사람들이 이상하게 여기면서도 무슨 뜻
인지 몰랐던 것"이다. 한편, 음악을 넣은 시 작품의 의의를 해석한
것으로 ≪예기≫ 〈사의射義〉가 있다.

활쏘기의 절도에서 천자는 〈추우〉를 절도로 삼고, 제후는 〈이수〉를
절도로 삼으며, 경대부는 〈채빈〉을 절도로 삼고, 사는 〈채번〉을 절
도로 삼는다. 〈추우〉는 관리가 갖춰져 있는 것을 즐거워하는 것이요,
〈이수〉는 조회가 때맞춰 열림을 즐거워하는 것이요, 〈채빈〉은 법도
에 따르는 것을 즐거워하는 것이요, 〈채번〉은 직무를 놓치지 않음을
즐거워하는 것이다.
其節, 天子以騶虞爲節, 諸侯以貍首爲節, 卿大夫以采蘋爲節, 士以采蘩

쓴 잎 있고, 제수에는 깊은 나루 있네. 깊으면 옷을 벗고 얕으면 옷을 걷으리.匏有苦
葉, 濟有深涉. 深則厲, 淺則揭"를 활용했다. 무슨 일이 있어도 물을 건너 군대를 진격
시키겠다는 의지이다. ≪좌전≫에서 사적은 당풍 〈양지수揚之水〉 마지막 장의 네 구
"출렁이는 물, 흰 바위 반짝이네. 저는 명령을 들었으니, 감히 사람에게 알리지 않
겠습니다.揚之水, 白石粼粼. 我聞有命, 不敢以告人"를 활용했다. 숙손叔孫의 명령에 따
르겠다는 뜻이다.

爲節. 騶虞者, 樂官備也. 貍首者, 樂會時也. 采蘋者, 樂循法也. 采蘩者, 樂不失職也.

여기서 〈이수〉편은 사라진 시이다.

한나라 사람의 저술에서 시 인용이 많고 시 활용이 폭넓은 것은 이상의 각 항목에서 알 수 있다. 대략과 세부를 불문하고 그들은 모두 시 인용하기를 좋아하여 어떤 것은 판단하고 어떤 것은 증명했다—이들은 자연히 능숙하게 외우지 않고는 불가능한 것이다. 진교종이 말한 "위로는 하늘과 사람의 본성을 미루어 밝히고", "아래로는 만물의 사정을 살펴서", "고금의 득실의 숲"에 이르기까지, 총체적으로 말하면 삼라만상을 포괄한 것이다. 춘추시대 이후에는 한나라 때 시의 쓰임새를 다할 수 있었음을 꼽아야 할 것이다. 춘추시대에 시를 활용한 것은 아직 단지 의례, 에둘러 간언하기, 시 읊기, 담화에 한정되었다.[37] 한나라의 의례에는 별도로 악가를 제작하여 시 읊기도 일찌감치 행해지지 않았다. 그러나 저술에서 시를 활용한 것은 범위가 넓어서 오히려 춘추시대를 뛰어넘었다. 공자가 말했다.

> 너희는 어찌 시를 배우는 사람이 없느냐. 시는 감정을 일으킬 수 있고 세상을 살필 수 있고 무리를 지을 수 있고 원망할 수 있다. 가까이로는 부모를 섬기고 멀게는 임금을 섬기며 조수초목의 이름을 많이 알 수 있다.(≪논어≫ 〈양화〉)
> 小子何莫學夫詩. 詩可以興, 可以觀, 可以群, 可以怨. 邇之事父, 遠之事君. 多識於鳥獸草木之名.(論語, 陽貨)

---

37) 〈詩經在春秋戰國間的地位〉 글 가운데에 보인다. ≪古史辨≫ 三下, 322쪽.

이것은 시교라는 개념의 근원이다. 공자의 시대는 바로 시의 소리를 쓰임새로 하던 시대에서 시의 뜻을 쓰임새로 하는 시대로 넘어가는 시기였기에, 그는 단지 시교의 이 개념적 조건을 제시했을 따름이다. 한나라 때에 이르러서야 이 개념이 비로소 형성되고 충분히 발전했다. 하지만 어떻게 발전했든지 간에, 이 개념의 핵심은 오직 도덕 교화, 정치, 학문 수양의 몇 가지 측면—완원이 말하는 정치와 언행—이니 바로 감정을 일으키고 세상을 살피고 무리를 짓고 원망하는 것일 뿐이었다. "온유돈후"라는 말은 곧 여기서 정제되어 나왔다. ≪논어≫에서 공자가 시, 예, 악을 논한 것은 매우 상세하여 이런 말도 했다.

시에서 일어나고 예에서 서며 음악에서 이룬다.
興於詩, 立於禮, 成於樂.(泰伯)

마치 삼위일체를 보는 듯하다. 이로 인하여 ≪예기≫ 〈경해〉편에 기록된 공자가 ≪시경≫의 가르침, ≪악경≫의 가르침, ≪예경≫의 가르침을 논한 이야기는 비교적 친절하고 근거가 있으니, 나머지 세 과목이 완전히 공자에 가탁한 데서 나온 것과는 다르다. 한나라 때 ≪시경≫과 예악은 비록 일찌감치 영역이 나뉘었지만, 이른바 "온후돈후"는 여전히 시, 예, 악을 합쳐서 보아야 비로소 뚜렷해진다. ≪한시외전≫ 권8에는 ≪시경≫에 관한 이야기가 하나 있다.

(위나라) 문후가 말했다. "중산의 임금은 또 무엇을 좋아하는가?" (창당이) 대답했다. "≪시경≫을 좋아합니다." 문후가 말했다. "≪시경≫에서 어느 편을 좋아하는가?" "〈서리〉편과 〈신풍〉편을 좋아합니

다." 문후가 말했다. "〈서리〉편은 어떤 시인가?" 대답했다. "저 찰기장 수북하네, 저 메기장 싹이여. 가는 길 터벅터벅 마음 속 요동치네. 나를 아는 이는 나더러 마음에 근심 있다고 말하지만, 나를 모르는 이는 나더러 무엇을 찾느냐네. 아득한 하늘이시어 이는 누구 잘못입니까." 문후가 말했다. "원망하는가." "감히 원망이 아니옵고, 때때로 그리워하는 것입니다."[38] 문후가 말했다. "〈신풍〉은 무엇을 말한 것인가?" 대답했다. "휙 나는 저 새매여. 울창하다 북쪽 숲. 군자를 뵙지 못하니 근심이 가득하네. 어떡하나 어떡해. 나를 잊을 때가 너무 많으니.—이것은 스스로 자신을 잊었다고 한 것입니다." 이에 문후는 크게 기뻐했다.……마침내 태자 소를 폐위하고 중산의 임금을 불러서 후사로 삼았다.

[魏]文侯曰, 中山之君亦何好乎. [蒼唐]對曰, 好詩. 文侯曰, 於詩何好. 曰, 好黍離與晨風. 文侯曰, 黍離何哉. 對曰, 彼黍離離, 彼稷之苗. 行邁靡靡, 中心搖搖. 知我者, 謂我心憂. 不知我者, 謂我何求. 悠悠蒼天, 此何人哉. 文侯曰, 怨乎. 曰, 非敢怨也, 時思也. 文侯曰, 晨風謂何. 對曰, 鴥彼晨風, 鬱彼北林. 未見君子, 憂心欽欽. 如何如何, 忘我實多.—此自以忘我者也.(원본에는 이 마지막의 일곱 자가 없다. 허유휼許維遹 선생이 ≪문선≫〈사자강덕론四子講德論〉 주석과 ≪어람御覽≫ 권779에 근거하여 보충했다.) 於是文侯大悅……遂廢太子訴, 召中山君以爲嗣.

이는 유명한 이야기로, 전한 왕포王褒가 지은 〈사자강덕론〉에서 이미 인용했다.[39] 송나라 왕응린은 ≪곤학기문≫ 권3에서 "시에서 일

---

38) 피석서皮錫瑞는 ≪시경통론詩經通論≫〈시교의 온후돈후는 완곡하여 직언하지 않는 것에 있음을 논하다〉조목에 주석을 끼워서 말했다. "한시韓詩에서는 〈서리〉를 백기伯奇의 아우 백봉伯封이 지어 효자의 일을 말했기에 부친을 감동시킨 것으로 보았다. 모시에서 주 왕실을 불쌍히 여긴 내용으로 본 것과는 다르다."

39) 인용구는 "태자 격이 〈신풍〉을 외니 문후가 그 뜻을 알아차렸습니다.太子擊誦晨風, 文侯論其指意."이다. 역자주 : 왕포(기원전 90~51), 자는 자연子淵, 촉蜀 자중資中(지금의 사천 자양시資陽市) 사람. 양웅과 나란히 일컬어지는 사부가로, 〈통소부洞簫賦〉, 〈성주득현신송聖主得賢臣頌〉 등의 작품이 전한다.

어나고"의 사례를 열거했는데, 첫 번째가 바로 "아들 격(중산의 임금 이름이 격이다)이 〈신풍〉, 〈서리〉를 좋아하니 아버지가 깨달았다.子擊好晨風黍離而慈父感悟"이다. 그 다음은 주반周磐[40]이다. ≪후한서≫ 권69의 열전에 이런 말이 있다.

> 가난하게 살며 어머니를 모셨는데, 형편이 영세하여 충분하지 않았다. ≪시경≫을 외다가 〈여분〉편 마지막 장에 이르자, 크게 한숨을 쉬고는 평민의 가죽 띠를 풀어버리고 효렴의 추천에 응하러 갔다. 居貧養母, 儉薄不充. 嘗誦詩至汝墳之卒章, 慨然而歎, 乃解韋帶, 就孝廉之擧.

주남 〈여분〉편 마지막 장에서는 "방어의 붉은 꼬리, 왕실이 불타는 듯. 불타는 듯하지만 부모가 계신다.魴魚頳尾, 王室如燬. 雖則如燬, 父母孔邇"고 하였다. 장회태자章懷太子[41]의 ≪후한서≫ 주석에서는 ≪한시설군장구韓詩薛君章句≫의 "부모가 굶주림과 추위에 몹시 시달리는 근심 때문에 녹봉을 위한 벼슬을 한다.以父母甚迫近飢寒之憂, 爲此祿仕"를 인용하였다. 주반은 "시에서 일어나興於詩" "그리하여 부모를 위해 벼슬길에 나선而爲親從仕"(≪곤학기문≫의 말) 것이다. 후대에 책을 읽다가 분발하여 일어난 사례가 또한 있는데, 대다수는 역시 "시에서 일어난 것"이고 효심이 위주이다.[42]

---

40) 역자주 : 주반(49~121), 자는 견백堅伯, 여남汝南(지금의 하남 주마점시駐馬店市) 사람. 고문경학을 배운 뒤 효렴으로 천거되어 현령 등으로 있다가 그만두고 제자를 양성하였다.

41) 역자주 : 장회태자(655~684), 이름은 이현李賢, 자는 명윤明允, 장회태자는 시호. 당나라 고종高宗의 여섯 째 아들. 황태자로 책봉되기도 하였으나 측천무후의 핍박으로 자결하고 건릉乾陵에 배장陪葬되었다. ≪후한서≫의 주석을 편찬하였다.

42) ≪太平御覽≫ 권616에 보인다.

이런 것들은 모두 실천적인 온유돈후의 시교이다. 그러나 근원을 따져서 논의하자면, 부모를 섬기고 임금을 섬기는 것은 모두 예禮의 항목이고, 예악은 서로 쓰임이 되어 서로 반대되면서도 보완이 된다. 그러니 ≪시경≫의 가르침의 의의를 이해하려면 결국 ≪악경≫의 가르침과 ≪예경≫의 가르침을 벗어날 수 없다.

3

온유돈후

≪예기≫ 〈경해〉편의 공영달 ≪예기정의≫에서는 "온유돈후" 관련 구절을 이렇게 풀이했다.

'온'은 안색이 온화한 것이고 '유'는 성정이 유순한 것이다. ≪시경≫은 천천히 에둘러 간언하지, 사정을 곧바로 지적하지 않으므로 온유돈후라고 한다. 이것이 시교이다.

溫謂顏色溫潤. 柔, 謂情性和柔. 詩依違諷諫, 不指切事情, 故云溫柔敦厚, 是詩教也.

또한 "≪시경≫을 놓치면 어리석고"에 대해서 이렇게 풀이했다.

≪시경≫은 돈후함을 위주로 한다. 만약 절제하지 않는다면 어리석음에 빠진다.

詩主敦厚. 若不節之則失在於愚.

또한 "온유돈후하면서 어리석지 않다" 관련 구절은 이렇게 풀이했다.

이 경전은 시로 백성을 교화시키는데, 돈후함을 쓰더라도 의리로 절제할 수 있다. 백성이 돈후하더라도 어리석음에 이르지 않도록 하고 싶다면, 이는 윗사람이 ≪시경≫의 이치에 깊이 통달하여 시로 백성을 교화시킬 수 있느냐에 달려있다. 그래서 "≪시경≫에 조예가 깊다"고 한 것이다.

此一經以詩化民, 雖用敦厚, 能以義節之. 欲使民雖敦厚, 不至於愚, 則是在上深達於詩之義理, 能以詩教民也. 故云深於詩者也.

더욱 중요한 것은 ≪예기정의≫의 다음 대목이다.

그런데 시는 음악의 가사이니 ≪시경≫과 ≪악경≫은 하나인데도 가르침이 별도인 것은, 소리와 방패, 도끼 등의 무용도구로써 사람을 가르치는 경우는 ≪악경≫의 가르침이요, 시어의 찬미와 풍자로써 넌지시 깨우쳐 사람을 가르치는 경우는 ≪시경≫의 가르침이기 때문이다. 이는 정치로 백성을 가르치는 것이므로 육경이 있는 것이다.……이 육경은 임금이 교화를 베푸는 것만 논하였으니, 이로써 백성을 가르치면 백성이 따를 수 있지만, 행하여 최고의 경지에 이르게까지 할 수는 없다. 만약 훌륭한 임금이 백성의 부모가 되면 백성에게 은혜를 최고의 경지에까지 내려줄 수 있을 테니, 그러면 ≪시경≫에 좋고 싫어하는 감정이 있게 되고, ≪예경≫에 정치의 요체가 있게 되고, ≪악경≫에 성정을 조화롭게 하는 것이 있게 되어 모두 백성과 최고의 경지에 이를 수 있고 백성은 윗사람과 감정을 함께 할 수 있다. 그래서 〈공자한거〉편에서 "뜻이 이르는 곳에 ≪시경≫도 이르고, ≪시경≫이 이르는 곳에 ≪예경≫도 이르며, ≪예경≫이 이르는 곳에 ≪악경≫도 이른다"고 하였으니 바로 이것이다. ≪서경≫, ≪역경≫, ≪춘추경≫은 은혜의 마음을 서로 느끼고 백성과 함께 최고의 경지에 이르는 것이 아니다. 그래서 〈공자한거〉에는 ≪서경≫, ≪역경≫ 및 ≪춘추경≫이 없다.

然詩爲樂章, 詩樂是一, 而教別者, 若以聲音干戚以教人, 是樂教也. 若以詩辭美刺諷喻以教人, 是詩教也. 此爲政以教民, 故有六經……此六經者, 惟論人君施化, 能以此教民, 民得從之, 未能行之至極也. 若盛明之君爲民之父母者, 則能恩惠下極於民, 則詩有好惡之情, 禮有政治之體, 樂有諧和性情, 皆能與民至極, 民同上情, 故孔子閒居云, 志之所至, 詩亦至焉. 詩之所至, 禮亦至焉. 禮之所至, 樂亦至焉, 是也. 其書, 易, 春秋, 非是恩情相感, 與民至極者,43) 故孔子閒居無書易及春秋也.

여기서는 이른바 육경을 두 과로 나누었는데, ≪시경≫, ≪예경≫, ≪악경≫을 "은혜의 마음을 서로 느끼고 백성과 함께 최고의 경지에 이르는 것"으로 하였다. ≪시경≫, ≪예경≫, ≪악경≫은 삼위일체로, ≪논어≫에서 공자가 한 말과 부합한다. 그리고 "시로 백성을 교화시킨다"라는 말과 "윗사람이 ≪시경≫의 이치에 깊이 통달하여 시로 백성을 교화시킬 수 있느냐에 달려있다"라는 말은 〈모시서·대서〉의 뜻을 개괄한 것인데, 〈모시서·대서〉는 또한 공자가 말한 "시 배우기學詩"라는 말 한 마디44)의 연장과 발전이다. "의리로 절제"한다는 것은 바로 〈모시서·대서〉에서 말한 "감정을 꺼내되 예의에서 멈추는 것發乎情, 止乎禮義"이니, 유가에서 말하는 "치우치지 않는 것을 '중'이라고 한다不偏之謂中"(≪예기≫ 〈중용〉)일 따름이다. 시교는 결국 내용을 위주로 하니, "시어의 찬미와 풍자로써 넌지시 깨우쳐 사람을 가르친다"라고 말하는 것이다. 찬미와 풍자, 넌지시 깨우치기는 정치와 떨어질 수 없으니, 이른바 "≪시경≫은 천천히 에둘러 간언하지, 사정을 곧바로 지적하지 않는다"라는 것

---

43) 역자주 : 주자청의 원문에는 "與民相感, 恩情至極"이라고 되어 있는데 여기서는 완원의 십삼경주소본에 따라 수정하였다.

44) 역자주 : ≪논어≫ 〈양화〉편의 구절을 가리키는 듯하다.

은, 바로 찬미와 풍자, 넌지시 깨우치기를 가리킨 말이다.

공자의 시대에 시와 음악은 딴 살림을 차리기 시작했다. 이전에는 시가 소리를 쓰임새로 하였다. 공자가 시를 논하면서 비로소 시의 의미에 편중하기 시작했다. 맹자에 이르러서는 시와 음악이 이미 완전히 다른 집안이 되었다. 그가 시를 논할 때는 그야말로 뜻을 쓰임새로 하게 되었다. 순자부터 한나라 사람들에 이르기까지 시를 인용할 때도 역시 모두 이 전통을 이어받아 뜻을 쓰임새로 하였다. 앞에서 분석한 한대의 각 사례에서 그것을 발견할 수 있다. 다만 "시는 음악의 가사이니 《시경》과 《악경》은 하나"라는 것은 오래된 전통이므로, 시와 음악이 분가한 뒤에도 여전히 큰 영향력이 있었다. 음악을 논할 때 시를 잊어버릴 수는 없었다. 《예기》〈악기〉에서는 다음과 같이 말한다.

> 덕은 본성의 실마리이다. 음악은 덕의 꽃이다. 쇠붙이, 돌, 명주실, 대나무는 음악의 도구이다. 시에서는 뜻을 말하고, 노래에서는 소리를 길게 늘이며, 춤에서는 모습을 움직인다. 세 가지가 마음에 뿌리내린 뒤에 음악의 기운이 따라온다.
> 德者性之端也. 樂者德之華也. 金石絲竹, 樂之器也. 詩言其志也, 歌詠其聲也, 舞動其容也. 三者本於心, 然後樂氣(완원의 판본에는 원래 "器"라고 되어 있는데 〈校勘記〉에 따라 고쳤다)從之.

시는 노래, 춤과 하나가 된다. 또한 "악사는 시의 노래에 밝다.樂師辨乎聲詩"라고 하였다. 또한 "그런 다음에 여섯 가지 음률을 바로잡고, 다섯 가지 소리를 조화시켜서 시의 찬송을 현을 타며 노래했는데, 이것을 덕음이라고 한다. 덕음을 음악이라고 한다.然後正六

律, 和五聲, 弦歌詩頌, 此之謂德音. 德音之謂樂"라고 하였다. 모두 "≪시경≫과 ≪악경≫이 하나"임을 말하고 있다. 시를 논할 때도 음악을 잊어버릴 수는 없었다. 〈모시서·대서〉에서는 다음과 같이 말한다.

감정이 속에서 움직여 말로 드러나는데, 말로는 부족하여 탄식한다. 탄식으로 부족하니 길게 노래한다. 길게 노래해도 부족하면 모르는 새 손이 춤추고 발이 땅을 구른다. 감정은 소리로 나오는데, 소리가 문채를 이룬 것을 음이라고 한다. 치세의 음은 편안하고 즐거우니 정치가 조화롭기 때문이다. 난세의 음은 원망스럽고 노여우니 정치가 어그러졌기 때문이다. 망국의 음은 슬프고 애달프니 백성이 곤궁하기 때문이다.

情動於中而形於言, 言之不足, 故嗟歎之, 嗟歎之不足, 故永歌之, 永歌之不足, 不知手之舞之足之蹈之也. 情發於聲, 聲成文謂之音. 治世之音, 安以樂, 其政和. 亂世之音, 怨以怒, 其政乖. 亡國之音, 哀以思, 其民困.

"감정이……구른다"는 역대로 시를 논할 때 몇 차례나 인용되었는지 모른다. 하지만 이 단락 전체는 〈악기〉에서도 여기저기에 보이니, 실상은 모두 음악을 논한 것이다. 그리고 시교는 더더욱 음악을 떼어놓고 이야기할 수 없다. 첫째로 소리가 인간을 감화시키는 것이 글에 비해 훨씬 광대하다. 만약 단지 "시어의 찬미와 풍자로써 넌지시 깨우침"에만 눈길을 주면 시교는 협소함을 면치 못할 것이다. 둘째로 소리를 쓰임새로 하는 시의 전통─음악의 전통이기도 하다─은 뜻을 쓰임새로 하는 시의 전통보다 훨씬 오래되었고, 영향이 훨씬 크니, 시교가 만약 의미에만 초점을 맞춘다면 부족함을 면치 못할 것이다. 그래서 "온유돈후"는 다의어이다. 한편으로는

"시어의 찬미와 풍자로써 넌지시 깨우침"의 효용을 가리키고, 한편으로는 또한 "시와 음악은 하나"라는 배경과 관련이 있다. 음악이 가르침이 되는 까닭을 살펴보기만 하면 금방 알 수 있다. 〈경해〉편에서는 "박식하고 알기 쉽고 선량함"을 ≪악경≫의 가르침으로 보았다. ≪예기정의≫에서는 "음악은 조화를 본질로 삼아 쓰이지 않는 곳이 없으니, 이것이 박식함이다. 간단하고 좋아서 사람들이 따라 교화되도록 하니, 이것이 알기 쉬움이고 선량함이다.樂以和通爲體, 無所不用, 是廣博. 簡易良善, 使人從化, 是易良"라고 하였다. 〈악기〉에서 ≪악경≫의 가르침을 설명한 것이 가장 상세하다. 〈악기〉의 말은 다음과 같다.

> 음악이란 성인이 즐기신 것이라 민심을 선도할 수 있다. 사람을 감화시키는 것이 깊고 풍속을 바꾸므로 옛날 훌륭한 임금은 그 가르침을 밝게 드러내었다.
> 樂也者, 聖人之所樂也, 而可以善民心. 其感人深, 其移風易俗, 故先王著其敎焉.

"음악은 조화를 본질로 삼는다." 그러므로 "음악이란 천지의 조화이다.樂者, 天地之和也", "소리가 달라도 함께 아끼는 것이다.異文合愛者也"라고 하였고, 또한 "인은 음악에 가깝다.仁近於樂", "음악은 조화를 돈독히 한다.樂者敦和"라고 하였다. 또한 "배움의 등급을 세우고 절주를 널리 보급하되, 화려한 문채는 덜어내어 인후함을 헤아렸다.立之學等, 廣其節奏, 省其文采, 以繩德厚"라고 하였고, 한편 "음악이란 천지의 운명이자 중용의 법도이며, 인정에서 빠질 수 없는 것이다.樂者天地之命, 中和之紀, 人情之所不能免也"라고 하였다. 소극적인 측면에서 보면 "음악이 지극하면 원망이 없다.樂至則無怨", "포악한 자가 나오지 않고 제후는 복종하며, 전쟁이 일어나지 않고 형벌을 쓸 일이 없으며, 백성은 근심이 없고 천자는 성날 일이 없으니, 이와 같으면 음악이 잘 된 것이다.暴民不作, 諸侯賓服, 兵革不試, 五刑不用, 百姓無患, 天子不怒, 如此則樂達矣." "중용의 법도"에서 "중"은 '알맞음適'이란 뜻이다. ≪여씨춘추呂氏春秋≫〈적음適音〉편에 이런 말이 있다.

> 소리에도 알맞음이 있다.……너무 크거나 너무 작거나 너무 높거나 너무 낮은 소리는 다 알맞음이 아니다. 무엇을 알맞음이라고 하는가? 가운데가 소리의 알맞음이다. 무엇을 가운데라고 하는가? 가볍기가 균을 벗어나지 않고 무겁기가 석을 넘어가지 않으니, 대소경중의 가운데이다.
> 夫音亦有適.……太鉅, 太小, 太淸, 太濁, 皆非適也. 何謂適, 衷, 音之適也. 何謂衷, 小(원래 '大'로 되어 있는데 허유휼 선생의 ≪여씨춘추집석呂氏春秋集釋≫에서 인용한 도홍경陶鴻慶의 설에 따라 바꾸었다.) 不出鈞, 重不過石, 小大輕重之衷也.

"충衷"과 "중中"은 함께 쓰인다. "알맞음適"에는 또한 "절제함節"의 뜻이 있다. 〈중기重己〉편의 "따라서 성인은 반드시 욕망을 알맞게 하는 것을 우선으로 하였다.故聖人必先適欲"에 대한 고유高誘[45]의 주석은 "알맞음은 절제와 같다.適猶節也"라고 하였다. 또한 ≪순자≫〈권학勸學〉편에서 "시란 알맞은 소리가 머무는 것이다.詩者,

---

45) 역자주 : 고유(?~?), 탁군涿郡(지금의 하북 보정시保定市) 사람. 후한 헌제 때 사공연司空掾 등의 관직에 있었다. ≪여씨춘추주呂氏春秋注≫ 외에 ≪맹자장구孟子章句≫, ≪효경주孝經注≫ 등의 주석서를 지었다고 한다.

中聲之所止也"(왕선겸王先謙의 ≪순자집해荀子集解≫에서는 "이는 음악을 말한 것이 아니라, 시와 음악을 아우른 것이다.此不言樂, 以 詩樂相兼也"라고 하였다)라고 하였는데, 이른바 "中聲"은 이 이중의 뜻[46]을 겸비하고 있다. 양경의 주석에는 "시는 음악의 가사를 말하 는데, 소리를 조절하여 중용에 이르면 멈춤으로써 지나침으로 빠지 게 하지 않는 것이다.詩謂樂章, 所以節聲音, 至乎中而止, 不使流淫也" 라고 하였는데, 대체로 맞는 말이다. 이상에서 인용한 ≪예기≫〈악 기〉와 ≪순자≫의 말은 모두 "온유돈후"의 주석으로 삼을 만하니, 이 ≪악경≫의 가르침 역시 시교가 아닌 적이 없었던 것이다.

예악은 떨어져 혼자 설 수 없다. 비록 〈악기〉에서 "음악은 같음 이요, 예는 다름이다. 같으면 서로 친하고 다르면 서로 공경한다.樂 者爲同, 禮者爲異. 同則相親, 異則相敬"라고 하였고, 또한 "예는 백 성의 마음을 절제하고, 음악은 백성의 소리를 조화롭게 한다.禮節 民心, 樂和民聲"라고 하였으며, 또한 "음악은 천지의 조화이다. 예는 천지의 질서이다.樂者, 天地之和也. 禮者, 天地之序也"라고 하여 예 악의 효용이 상반된 것 같지만, "예악의 실정은 같다.禮樂之情同"라 고 했는데, ≪예기정의≫에서는 "치세로 만드는 것이 같다致治是 同"라고 하였다. 또한 다음과 같이 말했다.

그러한 까닭에 옛날의 임금이 예악을 제정한 것은 그로써 입과 배, 눈과 귀의 욕구를 다하려는 것이 아니라, 그로써 사람이 호오를 다 스려 인간의 올바른 도리로 되돌아가도록 가르치려는 것이었다.
是故先王之制禮樂也, 非以極口腹耳目之欲也, 將以教民平好惡而反人

---

46) 역자주 : "알맞음適"과 "절제함節"의 두 가지 의미를 가리키는 듯하다.

道之正也.

그래서 "음악을 알면 예에 가깝다.知樂則幾於禮矣"라고 하는 것
이다. "호오를 다스림"은 "조화和"이고 또한 "절제節"이다. 양자는
상반되면서도 상보적이다. ≪논어≫에서 유자有子가 말했다.

> 예의 쓰임은 조화가 귀하다.……조화를 알아 조화롭되 예로써 절제하
> 지 않으면 또한 행할 수 없다.(〈학이〉)
> 禮之用, 和爲貴……知和而和, 不以禮節之, 亦不可行也.(學而)

예도 조화를 귀하게 여기니, "조화"와 "절제"는 한 사물의 양면
으로, 추구하는 것은 "다스림"이요, 또한 "알맞음"이고, "가운데"임
을 알 수 있다. 공자는 〈관저〉가 "즐거우면서 지나치지 않고, 슬프
되 마음 아프지 않다.樂而不淫, 哀而不傷"(≪논어≫ 〈팔일八佾〉)라
고 논평했다. 하안은 ≪논어집해≫에서 공안국이 "즐거움이 지나침
에 이르지 않고, 슬픔이 상심에 이르지 않는 것은 조화로움을 말한
것이다.樂不至淫, 哀不至傷, 言其和也"라고 말한 것을 인용했다. 이
는 "조화"이자 동시에 "절제"이다. 또한 ≪관자管子≫47) 〈내업內業〉
편에는 이런 말이 있다.

> 사람의 삶은 반드시 평온함으로 영위해야 한다. 그것을 놓치는 까닭
> 은 반드시 기쁨, 노여움, 근심걱정 때문이다. 그래서 노여움을 그치

---

47) 역자주 : 전국시대에서 진한 시대에 걸쳐 제나라 지역의 직하稷下 학파가 관중管仲의
이름을 붙여 편찬한 치국에 관한 학술서적이다. 시대와 관점에 따라 도가 또는 법가에
귀속시키지만, 유가, 명가名家, 음양가, 농가 등의 관점을 모두 포괄하고 있다. 86편이
있었다고 전하지만 현재 76편만 남아있다.

는 데에는 시보다 나은 것이 없고, 근심을 없애는 데에는 음악만한 것이 없으며, 음악을 절제하는 데에는 예만한 것이 없고, 예를 지키는 데에는 공경만한 것이 없으며, 공경을 지키는 데에는 평정만한 것이 없다.

凡人之生也, 必以平正. 所以失之, 必以喜怒憂患. 是故止怒莫若詩, 去憂莫若樂, 節樂莫若禮, 守禮莫若敬, 守敬莫若靜.

시와 예악이 함께 논의되고 있는데, "공경"이라든지, "절제"라든지, "평온"이라고 하는 것은 또한 모두 〈악기〉와 서로 부합된다. 그리고 "노여움을 그치는 데에는 시보다 나은 것이 없고"라는 말은 더욱이 온유돈후의 취지를 담고 있다. 〈경해〉편에서는 "공손하며 정중한 것"을 ≪예경≫의 가르침이라고 했는데, ≪예기정의≫에서는 "예는 공손, 절약, 엄숙, 신중을 근본으로 한다.禮以恭遜, 節儉, 齊(齋)莊, 敬愼爲本"라고 하였다. 공손은 "절제"이고, 정중은 "공경"이다. 또 다른 각도에서 보면, 이들 역시 한 사물의 양면이다. 고대에는 시를 바쳐 넌지시 간언하는 전통─한나라 왕식도 ≪시경≫ 305편을 간언서로 삼았지만, ≪국어≫ 〈주어周語〉 상편에서 소공은 여왕에게 "천자는 정치를 할 때 공경에서 사까지는 시를 바치게 하고……그런 뒤에 왕께서 헤아리시면 일이 행해지는 것이요 어그러지지 않습니다"라고 간언했고, 〈진어晉語〉 육편에서 범문자 또한 조문자에게 옛날의 임금은 "관리들에게 조정에서 간언하게 하는데, 직위에 있는 자들은 시를 바쳐서 숨기지 못하게 합니다"라고 말했다─이 있었다. ≪백호통白虎通≫[48] 〈간쟁諫諍〉편에서는 다음과 같

---

48) 역자주 : 후한 장제章帝의 명으로 관료와 학자가 낙양의 백호관白虎觀에 모여 오경의 예법 제도를 논의했는데, 그 결과를 반고班固가 정리한 책이다. ≪백호통의白虎通義≫, ≪백호통덕론白虎通德論≫이라고도 한다.

이 말하고 있다.

(사람에게 인, 의, 예, 지, 신이 있으므로 다음을 알 수 있다.)[49] 간쟁에는 다섯 가지가 있다. 첫째는 넌지시 간언하기, 둘째는 부드럽게 간언하기, 셋째는 살펴서 간언하기, 넷째는 가리켜 간언하기, 다섯째는 위험에 빠지며 간언하기이다. 넌지시 간언하기는……재앙과 환난의 싹을 알아채고, 그 일이 아직 드러나지 않았을 때를 깊이 살펴서 넌지시 알린다.……부드럽게 간언하기는……꺼내는 말이 공손하고 온순하여 임금의 마음을 거스르지 않는다.……살펴서 간언하기는……임금의 안색을 보아서 기쁘지 않으면 잠시 물러난다. 기쁘면 다시 나아가 예의로써 나아가고 물러난다.……가리켜 간언하기는……가리킴은 가늠함이다. 해당 사안을 정확하게 가늠하여 간언한다.……위험에 빠지며 간언하기는……측은함이 속에서 우러나와 나라의 잘못을 솔직히 말하여, 뜻을 굳게 하며 자신의 목숨을 잊은 채 임금을 위해 일신의 안녕을 잃는 위험을 피하지 않는다.……공자가 말했다. "간언에 다섯 가지가 있는데, 나는 간언 중 넌지시 하는 것을 따르겠다." 임금을 섬길 때……떠나되 비방하지 않고, 간언하되 사람들 앞에서 대놓고 하지 않는다. 그러므로 〈곡례〉에서 "신하된 이는 드러내어 간언하지 않는다"라고 한 것이다.

諫有五. 其一曰諷諫, 二曰順諫, 三曰闚諫, 四曰指諫, 五曰陷諫. 諷諫者……知禍患之萌, 深睹其事未彰而諷告焉……順諫者……出詞遜順, 不逆君心……闚諫者……視君顏色不悅, 且卻. 悅則復前, 以禮進退……指諫者……指者, 質也, 質相其事而諫……陷諫者……惻隱發於中, 直言國之害, 勵志忘生, 爲君不避喪身……孔子曰, 諫有五, 吾從諷之諫. 事君……去而不訕, 諫而不露. 故曲禮曰, 爲人臣不顯諫.

---

49) 역자주 : 원문은 인용된 부분 앞에 "人懷五常, 故知"의 여섯 글자가 있다.

여기서 앞의 세 가지는 완곡한 말이고 뒤의 두 가지는 직설적인 말이다. 완곡한 말이 오분의 삼을 차지하니 간쟁은 이러한 종류를 귀하게 여김을 알 수 있다. 그리고 글에서 공자의 말을 인용할 때 유독 "넌지시 간언하기"를 내세우고, 아울러 "간언하되 사람들 앞에서 대놓고 하지 않는 것"과 〈곡례〉의 드러내어 간언하지 않는다는 등의 말로 취지를 부연 설명했다. ≪문선≫ 〈감천부甘泉賦〉의 이선 주석에 "감히 똑바로 말하지 않는 것을 풍이라고 한다. 不敢正言謂之諷"50)라고 하였는데, 대체로 에둘러 간언하기는 훨씬 완곡했다. 〈모시서·대서〉에서는 "아랫사람은 풍으로 윗사람을 풍자했는데 아름다운 문장을 위주로 하여 넌지시 간언하니, 말하는 사람은 죄가 없고 듣는 사람은 조심하기에 충분했다. 下以風刺上, 主文而譎諫, 言之者無罪, 聞之者足以戒"라고 하였다. 정현의 전箋에는 "풍으로 풍자하기風刺"는 "비유할 뿐 지적하지 않음을 말한 것謂譬喻不斥言"이고, "넌지시 간언하기는 읊고 노래하여 소리에 높낮이가 있도록 하고, 곧바로 간언하지 않는 것이다. 譎諫, 詠歌依違, 不直諫"라고 하였다. "아름다운 문장을 위주로 하기"는 문채 있는 말文辭을 가리킨 것이니,51) 바로 "시어의 찬미와 풍자로써 넌지시 깨우침"을 말한 것이다. 넌지시 간언하기는 곧 "에둘러 간언하기"인 것 같은데, 시를 바쳐 넌지시 간언하는 것을 가리키는 것 같다. 넌

---

50) "〈감천부〉를 올려 풍자하였다. 奏甘泉賦以風"의 구절 다음에 〈모시서〉의 "아랫사람은 풍으로 윗사람을 풍자했다. 下以風刺上"를 인용하며 "풍風의 발음은 풍諷이다. 감히 똑바로 말하지 않는 것을 풍이라고 한다. 音諷. 不敢正言謂之諷"라고 하였다.

51) 정현의 전에 "'主文'은 음악의 궁, 상, 각, 치, 우와 상응하는 것을 위주로 한 것이다. 主文, 主與樂之宮商相應也"라고 하였는데, 정확하지 않은 듯하다. 주자는 "문채 있는 말을 위주로 하여 거기에 맡겨 간언한다. 主於文辭而託之以諫"라고 풀이했는데(≪呂氏家塾讀詩記≫ 권3에 보인다), 여기서는 주자의 설에 따른다.

지시 간언할 때 시를 쓰는 것이 자연스레 가장 완곡한 것이 된다. 간쟁은 임금과 신하의 일이므로 예에 속한다. 시 바치기는 "온유돈후"를 위주로 하니 바로 ≪예경≫의 가르침이자 또한 시교이기도 하다.

"온유돈후"는 '조화'요, '친함'이요, 또한 '절제'요, '공경'이요, 또한 '알맞음'이요, '중용'이다. 이는 은주殷周 이래의 전통 사상을 대표한다. 유가에서 중용의 도를 중시하는 것은 바로 이러한 전통 사상을 계승한 것이다. 곽말약郭沫若[52] 선생은 〈주대 예기 명문의 전통사상 고찰周彝銘中之傳統思想考〉(≪金文叢考≫ 권1)에서 다음과 같이 정치사상을 논하였다.

> 신하는 삼가 임금의 명령을 따르니, 임금은 이로써 신하에게 명령하고 신하 또한 이로써 임금에게 맹세했다.……정치에서는 무력을 숭상하여……정벌로써 사방 이민족에게 위엄을 세우고 형벌로써 내부에 위엄을 세웠는데, 그것이 너무 지나치면 인민은 내몰린 끝에 반란의 위험을 무릅쓴다. 그러므로 역시 포학을 경계로 삼아 서민의 반란을 막고, 홀아비와 과부 해치는 것을 경계로 삼아 중용의 도를 쓰도록 힘썼다.

한편 도덕사상에 대해 다음과 같이 논했다.

> 덕이란 글자는 주나라 때 문헌에 처음 보이는데, 문헌에서는 "마음 살피기"를 덕으로 보았다. 그래서 덕을 밝히는 것은 마음을 밝히는

---

52) 역자주 : 곽말약(1892~1978), 원래 이름은 개정開貞, 말약은 필명. 자는 정당鼎堂, 호는 상무尙武, 사천 낙산시樂山市 사람. 일본 규슈제국대학을 졸업하고 중국과학원 원장 등을 역임했다. 시인이자 역사학자로 〈천구天狗〉, 〈여신女神〉 등의 작품과 ≪중국고대사회연구中國古代社會硏究≫, ≪갑골문자연구甲骨文字硏究≫, ≪중국사고中國史稿≫ 등의 저서가 있다.

데에 달린 것이다. 마음을 밝히는 도에서는 겸허하고자 하고, 부드럽
고자 하며, 경건하고자 하고, 과감하고자 하니, 이것은 내부에서 얻
는 것이다. 외부에서 얻는 것은 귀신에게 제사 올리는 것, 조상의 덕
성을 본받는 것, 효도와 우애를 돈독히 하는 것, 사무에 신중한 것,
그에 덧붙여 안일함이 없도록 하는 것에 달려 있다.

여기서 말한 군신의 직분은 "중용의 도" 및 "겸허", "부드러움",
"효도와 우애를 돈독히 하는 것, 사무에 신중한 것" 등인데, "온유
돈후"라는 말의 함의에 다 들어있다. 주나라 사람의 문화는 은나라
사람을 계승했다. 이런 몇 가지 사상은 참으로 근원과 유파가 장대
한 것이다. 그리고 "중용"은 특히 중요한 개념이다. "온유돈후"에는
본래 "중도"가 이미 갖춰져 있다. 하지만 이 온유돈후를 말한 사람
(공자는 아닐 것이다)은 사람들이 "시구로 시인의 뜻을 훼손以辭害
志"할까봐 한 걸음 더 나아가 "≪시경≫을 놓치면 어리석다"라고
말하면서, 반드시 "온유돈후하면서 어리석지 않아야" 비로소 "≪시
경≫에 조예가 깊은 것"이라고 하였다. 이른바 "어리석음"이란 중
용의 도를 넘어선 것이다. ≪맹자≫〈고자〉하편에 다음과 같은 말
이 있다.

공손추가 물었다. "고자가 '〈소반〉은 소인의 시'라고 했습니다." 맹자
가 말했다. "왜 그렇게 말했는가." "원망 때문이랍니다." "고루하다,
고 어르신이 ≪시경≫ 읽는 것. 여기 어떤 사람이 있다고 치자. 월
나라 사람이 활을 당겨서 그를 맞혔다면 그 사람은 그때 일에 대해
웃으며 이야기할 테니, 다름이 아니라 서먹한 사이이기 때문이다. 형
님이 활을 당겨서 그를 맞혔다면 그 사람은 그때 일에 대해 흐느끼
며 이야기할 테니, 다름이 아니라 피붙이이기 때문이다. 〈소반〉의

원망은 어버이를 사랑하기 때문이다. 어버이를 사랑하는 것은 인이다. 고루하구나, 고 어르신이 ≪시경≫ 읽는 것이." "〈개풍〉에서는 왜 원망하지 않습니까." "〈개풍〉은 어버이의 잘못이 작은 것이고, 〈소반〉은 어버이의 잘못이 큰 것이다.53) 어버이의 잘못이 큰데도 원망하지 않는다면 이는 서먹함이 더한 것이다. 어버이의 잘못이 작은데도 원망한다면 이는 물살이 돌을 건드리지도 못하게 하는 것(조기의 주석에서 물결이 치는 것이라고 하였다)이다. 서먹함이 더한 것은 불효이다. 건드리지도 못하게 하는 것 또한 불효이다."

公孫丑問曰, 高子曰, 小弁, 小人之詩也. 孟子曰, 何以言之. 曰, 怨. 曰, 固哉, 高叟之爲詩也. 有人於此, 越人關弓而射之, 則己談笑而道之. 無他, 疏之也. 其兄關弓而射之, 則己垂涕泣而道之. 無他, 戚之也. 小弁之怨, 親親也. 親親, 仁也. 固矣夫, 高叟之爲詩也. 曰, 凱風何以不怨. 曰, 凱風, 親之過小者也. 小弁, 親之過大者也. 親之過大而不怨, 是愈疏也. 親之過小而怨, 是不可磯(趙岐注, 激也)也. 愈疏, 不孝也. 不可磯, 亦不孝也.

고자는 〈소반〉 시(소아)가 어버이를 원망한 것이므로 소인의 시라고 하였고, 공손추는 아울러 〈개풍〉 시(패풍)에서 어버이를 원망하지 않는 것을 들어 반증으로 삼고 있다. 맹자는 시에서도 중용에 맞기만 하면 어버이를 원망할 수 있다고 말한다. 그는 어떻게 〈소반〉편의 원망이 중용에 맞고, 〈개풍〉편의 원망하지 않음도 중용에 맞는지, 그리고 중용에 맞는 것이 인이고, 효이기도 하다고 풀이한다. 고자는 어버이를 원망하는 것이라면 모두 중용에 맞지 않다고 여겼으니, 그의 관점은 너무 고지식함을 면하지 못했다. 그의 그런

---

53) 역자주 : 〈모시서〉에 따르면 〈소반〉은 서주 유왕幽王이 태자를 쫓아내자 태자의 사부가 지은 시라고 하였고, 〈개풍〉은 위衛나라의 일곱 아들을 둔 어머니가 수절하지 못하자 아들들이 그것을 자신의 탓으로 돌리는 효심을 사람들이 찬미한 시라고 하였다.

관점이 바로 중용의 도를 넘어선 것이다. 맹자는 그가 "고루하다"고 비판했는데, "고루함"이 바로 "≪시경≫을 놓치면 어리석다"의 "어리석음"이다. 맹자가 ≪시경≫을 논한 것처럼 해야 비로소 "온유돈후하면서 어리석지 않고" 비로소 "≪시경≫에 조예가 깊은 것"이 된다.─≪시경≫을 논하기가 이와 같다면 "사람의 됨됨이爲人"도 이와 같다. 이른바 "어리석은 충성愚忠"이나 "어리석은 효도愚孝" 모두 중용의 도를 넘어선 것이고, 중용의 도를 넘어서면 "놓쳐서 어리석음失之愚"이 된다.

중용의 도를 넘어선 것이 있다면 자연히 중용에 못 미친 것도 있다. 다만 못 미치면 미치도록 노력할 수 있으니, 넘어선 것을 되돌리는 어려움과는 같지 않다. 그래서 〈경해〉편의 여섯 가지 놓침은 모두 중용의 도를 넘어선 것을 말한다. 시교에서 보면 더욱 이와 같이 현저하다. 고자가 〈소반〉편을 소인의 시라고 본 것은, 말하자면 그 작품이 중용에 못 미쳤다는 말이지만 그는 틀렸다. 한나라 때 굴원의 〈이소경離騷經〉에 대해 벌어진 논쟁 또한 〈이소경〉이 중용에 미치지 못하는지, 또는 충분히 온유돈후하지 못한지 여부를 토론한 것이다. ≪사기≫ 권84 〈굴원가생열전屈原賈生列傳〉에서 이렇게 말하였다.

> 굴원은 도를 바로잡고 행동을 곧게 하며 충성과 지혜를 다하여 임금을 섬겼으나, 헐뜯는 자들이 이간질하였으니 곤궁하다고 할 만하다. 믿음직하되 의심을 받고 충성스럽되 비방을 입었으니 원망이 없을 수 있겠는가. 굴원이 〈이소〉를 지은 것은 원망에서 나온 것이다.
> 屈平正道直行, 竭忠盡智以事其君, 讒人間之, 可謂窮矣. 信而見疑, 忠而被謗, 能無怨乎. 屈平之作離騷, 蓋自怨生也.

또 회남왕 유안劉安이 지은 〈이소전離騷傳〉을 인용했다.54)

국풍은 여색을 좋아하되 지나치지 않고, 소아는 원망하되 어지럽지
않다. 〈이소〉의 경우는 둘을 겸했다고 할 수 있다.……문장은 간결하
고 표현은 은미하며 뜻은 고결하고 행동은 강직했다. 경으로 일컫기
에는 문장이 작으나 가리키는 것은 지극히 크고, 비유를 든 것은 알
기 쉬워도 뜻을 나타낸 것은 심원하다.……더러운 진흙 속에 빠지더
라도 구정물에서 매미처럼 허물을 벗어서, 풍진 세상 밖을 떠다니며
세상의 때를 묻히지 않아, 말끔히 진흙 속에서도 때 묻지 않은 이였
다. 이 지조를 미루어보면 해와 달과도 빛을 다툴 수 있을 것이다.
國風好色而不淫, 小雅怨誹而不亂. 若離騷者, 可謂兼之矣.……其文約,
其辭微, 其志潔, 其行廉. 其稱文小而其指極大, 擧類邇而見義遠……濯
淖汚泥之中, 蟬蛻於濁穢. 以浮游塵埃之外, 不獲世之滋垢, 皭然泥而不
滓者也. 推此志也, 雖與日月爭光可也.

유안은 ≪시경≫의 이치로 〈이소〉를 논했는데, 이른바 "여색을
좋아하되 지나치지 않다"나 "원망하되 어지럽지 않다"는 모두 중용
을 얻은 것이다. 그래서 비록 "원망에서 나온 것"이지만 온유돈후
를 잃지 않았다. 하지만 반고는 그렇지 않다고 생각했다. 그는 〈이
소서離騷序〉를 지어 유안의 말을 인용하고는 "이 논평은 진상보다
지나친 듯하다"라고 하고, 또 이렇게 말했다.

또한 군자가 길이 막히는 것은 운명이다. 그래서 물에 잠긴 용은 드
러나지 않지만 근심이 없다. 〈관저〉에서는 주나라의 도에 대해 슬퍼
하면서도 마음아파하지는 않았다. 거백옥55)은 감출만한 지혜가 있었

---

54) ≪사기≫에는 이 글의 출처가 전혀 밝혀져 있지 않다. 여기서는 반고의 〈이소서離騷序〉,
홍흥조洪興祖의 ≪초사보주楚辭補注≫에 인용된 것에 따랐다.

고, 영무자56)는 바보 같은 본성을 간직했으니 모두 그로써 목숨을 보전하고 해로움을 피하여 세상의 재난을 받지 않았다. 그래서 대아에서는 "밝고도 또 훤하여 자신을 지키네"(〈증민〉)이라고 하였으니, 이것이 귀한 것이다. 지금 굴원의 경우에는 재주를 드러내 스스로를 드날려서 위험한 나라의 뭇 소인들과 경쟁하다가 훼방꾼을 만났다. 그리하여 회왕을 탓하고 자초와 자란을 미워하며 마음이 근심과 괴로움으로 가득 찼다. 본인이 적합한 사람이 아닌데도 억지로 밀어붙이다가 용납되지 못하자 분개하여 강에 빠져 죽었으니, 역시 자신의 고결함을 손상시킨 괄괄하고 고집스러우며 고고한 선비이다. 곤륜산을 자주 언급한다거나 죽은 복비와 결혼한다는 등의 허무한 말은 다 올바른 법도나 경전에 실린 것이 아니니, 그에 대해 ≪시경의≫ 풍과 아를 겸비했다거나 해와 달과 빛을 다툰다고 하는 것은 지나치다.……비록 명철한 그릇은 아니지만 교묘한 재주꾼이라고 할 만하다.

且君子道窮, 命矣. 故潛龍不見是而無悶. 關雎哀周道而不傷. 蘧瑗持可懷之智, 甯武保如愚之性, 咸以全命避害, 不受世患. 故大雅曰, 旣明且哲, 以保其身.(烝民) 斯爲貴矣. 今若屈原, 露才揚己, 競乎危國群小之間, 以離讒賊. 然責數懷王, 怨惡椒蘭, 愁神苦思, 强非其人, 忿懟不容, 沈江而死. 亦貶絜(潔)狂狷景行之士. 多稱崑崙, 冥婚宓妃, 虛無之語, 皆非法度之政(正), 經義所載. 謂之兼詩風雅, 而與日月爭光, 過矣…… 雖非明智之器, 可謂妙才者也.

---

55) 역자주 : 거백옥(기원전 585?~484?), 이름은 원瑗, 백옥伯玉은 자, 춘추시대 위衛나라의 대부. 공자의 벗으로 ≪논어≫ 〈위령공衛靈公〉 7장에 "군자로다, 거백옥이여. 나라에 도가 있으면 벼슬하고, 도가 없으면 능력을 거두어 품을 수 있으니.君子哉蘧伯玉. 邦有道則仕, 邦無道則可卷而懷之"라는 말이 있다.

56) 역자주 : 영무자(?~?), 이름은 유兪, 무武는 시호, 춘추시대 위衛나라의 대부. 위 문공文公과 성공成公 때 신중한 처신으로 알려졌다. ≪논어≫ 〈공야장〉 21장에 "영무자는 나라에 도가 있으면 지혜로웠고 도가 없으면 어리석었다. 그 지혜는 따라할 수 있지만 그 어리석음은 따라할 수 없다.甯武子, 邦有道則知, 邦無道則愚. 其知可及也, 其愚不可及也"라는 말이 있다.

여기서는 굴원의 사람됨과 그의 문장에 나타난 원망이나 비유가 모두 중용에 못 미침을 말하고 있다. 요컨대 "재주를 드러내 스스로를 드날린 것"은 온유돈후가 되기에 부족하다는 말이다. 뒤에 왕일이 ≪초사장구≫를 지었는데, 서문에서 굴원이 "홀로 ≪시경≫ 시인의 뜻에 따라 〈이소〉를 지었다. 그로써 위로는 에둘러 간언하고 아래로는 스스로를 위로했다.獨依詩人之義而作離騷. 上以諷諫, 下以自慰"라고 지적했다. 또한 반고를 반박하여 이렇게 말했다.

> 굴원의 경우 충성과 절개의 자질을 품고 청렴과 결백의 품성이 몸에 배었다. 충직함은 숫돌이나 화살과 같고 언사는 단청과 같아, 나아가면 지모를 감추지 않고 물러나도 생명을 돌보지 않았으니, 이는 세상에서 빼어난 품행이요 선비 가운데 으뜸이다. 그러나 반고는 이러이러하다고 말했다. 옛날 백이와 숙제는 나라를 양보하고 분수를 지켜 주나라 곡식을 먹지 않아 끝내 굶어서 죽었다. 어찌 세상에 바라는 것이 있어 원망한 것이라고 말할 수 있겠는가. 오히려 ≪시경≫ 시인이 군주를 원망하고 풍자하여 "오호 어린애는 좋고 나쁨을 아직 모르네", "얼굴만 보고 가르칠 것이 아니라 귀를 잡아끌어야겠네"(대아 〈억〉)라고 하였으니, 풍자하는 말이라면 이것이 적절한 예이다. 하지만 공자는 이것이 대아(크게 전아함)라고 논하셨다. 이들을 가져다 견주어보면 굴원의 노래는 관대하고 온순하니 어찌 임금이 지혜롭지 못하다고 해서 귀를 잡아당기겠는가. 그런데도 논자는 재주를 드러내어 스스로를 드날렸다느니, 윗사람을 원망하고 풍자했다느니, 적합한 사람이 아닌데도 억지로 밀어붙였다느니 하였으니, 중용을 잃은 듯하다.
> 今若屈原, 膺忠貞之質, 體淸潔之性, 直若砥矢, 言若丹靑, 進不隱其謀, 退不顧其命. 此絕世之行, 俊彦之英也. 而班固云云. 昔伯夷叔齊, 讓國守分, 不食周粟, 遂餓而死. 豈可復謂有求於世而怨望哉. 且詩人怨主刺

上曰, 嗚呼小子, 未知臧否, 匪面命之, 言提其耳.(大雅, 抑) 風諫之語,
於斯爲切. 然仲尼論之, 以爲大雅. 引此比彼, 屈原之詞, 優游婉順, 寧
以其君不智之故, 欲提其耳乎. 而論者以爲露才揚己, 怨刺其上, 強非其
人, 殆失厥中矣.

또한 "〈이소〉의 문장은 오경에 기대어 뜻을 취했다.……참으로 박
식하고 원대하다.離騷之文, 依五經以立義焉……誠博遠矣"라고 한 것
역시 반고를 반박한 것이다. 왕일도 또한 굴원의 사람됨이 "중용의
길을 가는中行"57) 선비는 절대로 아니라고 생각했을 터이나, 중용
에 못 미친 것이라 생각하지 않고, "세상에서 빼어나다"―"세상에
서 빼어남"은 중용의 도를 넘어선 것이다―고 생각했다. 굴원의 문
장에 대해 왕일은 도리어 "관대하고 온순"하여 "≪시경≫ 시인의
뜻"―"관대하고 온순함"이 바로 온유돈후이다―에 부합된다고 보았
다. 굴원의 "세상에서 빼어난 품행"은 스스로 강물에 몸을 던진 것
에 있다. 스스로 강물에 몸을 던진 것은 확실히 중용에 맞지 않다―
중용의 도를 넘어섰다고 한다면 안 될 것도 없다. 전국시대의 문장
은 늘어놓고 펼쳐서 독특함이 있다. 굴원은 시대의 영향을 받아
"문체는 풀어지고體慢"58) 표현이 직설적이라 ≪시경≫처럼 "사정을

---

57) 역자주 : ≪논어≫ 〈자로子路〉편의 "공자가 말했다. '중용의 길을 가는 이를 만나 사귀
지 못한다면 반드시 괄괄하고 고집스러운 이로 하리라. 괄괄한 이는 진취적이고, 고집
스러운 이는 절대 하지 않는 것이 있다.子曰, 不得中行而與之, 必也狂狷乎. 狂者進取,
狷者有所不爲也"에서 나온 말인 듯하다.

58) ≪문심조룡≫ 〈변소辨騷〉편에서 초사를 "문체는 하, 상, 주보다 풀어졌다體慢於三代"라
고 논하였다. 역자주 : 일반적으로 현대의 교감校勘에 따르면 해당 구절은 "그래서 전
아함을 논한 것은 저와 같고 부풀림을 말한 것은 이와 같다. 참으로 초사가 문체는
하, 상, 주를 본받았으나 풍격은 전국시대에 잡스러워졌으니, 바로 시경의 도박꾼이자
사부의 영웅임을 알겠다.故論其典誥則如彼, 語其夸誕則如此. 固知楚辭者, 體憲於三代, 而
風雜於戰國, 乃雅頌之博徒, 而詞賦之英傑也"이다. 판본에 따라 '體憲'이 '體慢'으로, '風
雜'이 '風雅'로 되어 있는데 그 경우 번역은 "문체는 하, 상, 주보다 풀어졌으나 풍격은
전국시대보다 전아하니"로 풀 수 있다. 주자청은 이 판본에 따른 것으로 보인다.

곧바로 지적하지 않을" 수는 없는 것도 있었다. 하지만 ≪사기≫에서 설명한 것이 정확하다.

> 굴원은……비록 쫓겨났지만 초나라를 돌아보며 회왕에게 미련을 두고 돌아갈 것을 잊지 않았다. 다행히 임금이 한 번 깨쳐서 세상이 한 번 바뀌기를 바랐다. 임금을 모시고 나라를 일으켜 형세를 뒤집으려고 작품 속에 세 번이나 뜻을 드러냈다. 하지만 끝내 어찌할 수 없었다.
> 屈平……雖放流, 睠顧楚國, 系心懷王, 不忘欲反, 冀幸君之一悟, 俗之一改也. 其存君興國而欲反覆之, 一篇之中三致志焉. 然終無可奈何.

또한 사람이 궁지에 몰리면 하늘에 부르짖고, 병이 들면 부모를 찾는 것으로 자신의 원망을 비유했다. 그의 이러한 원망은 오직 줄기찬 충군애국의 정성이니 이만하면 온유돈후라 해야 할 것이다. 그의 "비슷한 부류로 비유함引類譬喩"을 말하자면, 비록 "경전에 실린 것經義所載"은 아니지만, "≪시경≫에 기대어 흥을 취한 것依詩取興"이면서[59] 곡은 달라도 솜씨는 같으니 결코 시교를 어그러뜨리지 않는다. 반고도 "후세에……그의 느긋함을 본뜨지 않는 자가 없음後世莫不……則象其從容"[60]을 인정했다. 이 느긋한 기상은 곧 온유돈후한 표현이니, "교묘한 재주꾼"이 가질 수 있는 것만은 아니었다. 그렇다면 "재주를 드러내 스스로를 드날린 것"은 확실히 "중용을 놓친失中" 평어이니, 회남왕이 굴원을 논한 것은 전혀 "진상보다 지나친" 것이 아니다.

---

59) 이상에서 인용한 세 구절은 모두 왕일 〈이소경장구離騷經章句〉 서문에 보인다. 역자주 : "경전에 실린 것經義所載"은 반고의 〈이소서〉에 나오는 말이다.
60) 〈離騷序〉.

한나라 이후 시대가 바뀌고 또 서적이 점차 많아져서 학자들이 오로지 경전만 읽을 필요가 없어지자 경학은 쇠퇴해갔다. ≪시경≫을 암송하는 일이 적어지니 ≪시경≫을 인용하는 일도 자연히 적어졌다. 악부시가 비록 ≪시경≫을 대신하여 일어났지만 응용 범위가 넓지 않아 ≪시경≫의 권위적 지위를 얻지 못했다. 건안 이후 오언시에는 점차 작가가 생겼는데 그들은 더더욱 일체를 포괄하는 역량이 없었다. 저술에서도 자연히 이런 시를 인용하지 않았다. 시교의 전통은 그로 인해 명성과 위세가 크게 줄었다. 그러나 한나라 말에서 초당初唐61) 시기까지 시는 비록 "감정을 풀어낸 것"이 많고 "뜻을 말한 것"이 적었지만,62) "여유로워 촉박하지 않으니優游不迫"63) 그래도 온유돈후라고 할 수 있다. 이 전통은 여전히 상당한 역사적 배경 속에서 살아남은 셈이다. 성당 시기에는 시의 산문화가 시작되어 송대에 이르러 크게 성행했다. 시로 이치를 설파하는 것이 기풍으로 되었다. 이에 한편으로는 당시의 산문화된 시를 공격하고, 또 한편으로는 풍인風人의 시64)를 제창하는 사람이 나왔다. 이런

---

61) 역자주 : 전통 시기에 당나라 시의 문체와 풍격을 네 시기로 구분하여 선집과 평론에 활용하는 경향이 있었는데, 초당은 고조부터 현종 개원開元 연간 초기까지, 성당盛唐은 초당 이후 대종 대력大曆 연간까지, 중당中唐은 그 이후 문종 대화大和 연간까지, 만당晩唐은 그 이후 당 멸망까지를 말한다.

62) 陸機 〈文賦〉 : "시는 감정을 풀어내면서 아름답다.詩緣情而綺靡." ≪今文尙書≫ 〈堯典〉 : "시는 뜻을 말한 것이다.詩言志." ≪左傳≫ 襄公 27년 : "시는 뜻을 말한 것이다.詩以言志." "뜻을 말하기"는 정치 교화와 떨어질 수 없다. 관련 내용은 〈시언지〉편에서 자세히 설명했다.

63) 嚴羽 ≪滄浪詩話≫ 〈詩辯〉에서 "(시의) 대략적 내용에는 두 가지가 있는데, 여유로워 촉박하지 않은 것과 굳건하면서 순통한 것이다.[詩之]大槪有二, 曰優游不迫, 曰沈著痛快"라고 하였다.

64) 역자주 : 엄우 ≪창랑시화≫ 〈시체詩體〉편에 따르면, 풍인의 시는 잡체시雜體詩에 속하며, 앞의 구에서 말한 것을 뒤의 구에서 뜻풀이를 하는 형태이고 〈자야가子夜歌〉, 〈독곡가讀曲歌〉 등의 악부민가에서 많이 쓴 문체이다.

의견은 북송 때 있었는데 남송 중엽에 가장 성행했다.[65] 이것은 온
유돈후의 시교를 다시금 진흥시킨 것이다. 한편으로는 도학가들도
시교를 논의했다. 도학가는 "문장은 도를 싣는 것이다"를 주장하면
서 자연스레 "시는 뜻을 말한 것이다"도 주장하였다. 당시 시교가
쇠퇴를 거친데다 시 또한 산문화되었기에 "온유돈후"만 말하기에는
이미 사람들을 계발시키기에 충분치 않았다. 그래서 그들은 한 걸
음 더 나아가 ≪논어≫에 기록된 공자의 시론인 "생각에 사악함이
없다"라는 말을 가르침으로 삼았다. 그들이 중시한 것은 도에 있었
지 시에 있지 않았다. 북송의 정자程子와 사량좌謝良佐는[66] 시를 논
할 때 이미 특별히 이 한 마디를 끄집어내었다.[67] 하지만 남송 초
여조겸呂祖謙[68]의 ≪여씨가숙독시기呂氏家塾讀詩記≫에 이르러서야

---

65) 북송 때 沈括은 韓愈의 시를 논하면서 "압운한 산문押韻之文"이지, 시가 아니라고 하
   였다. 惠洪의 ≪冷齋詩話≫ 권2에 보인다. 남송 때 국풍 시인의 시를 제창한 것은 劉
   克莊과 嚴羽가 대표적이다. 劉克莊의 설은 ≪後村先生大全集≫에 산현하고, 嚴羽의 설
   은 ≪滄浪詩話≫에 보인다.

66) 역자주 : 정자(1033~1107), 정씨 형제 중 정이程頤를 가리킨다. 자는 정숙正叔, 호는
   이천伊川, 하남 낙양 사람. 형 정호程顥와 함께 북송 성리학의 대표자로 일컬어진다.
   ≪역전易傳≫ 등의 저술이 있다. 사량좌(1050~1103), 자는 현도顯道, 채주蔡州 상채
   上蔡(지금의 하남 주마점시駐馬店市) 사람. 정호와 정이에게 배웠는데, 유초游酢, 여대
   림呂大臨, 양시楊時와 함께 정문사선생程門四先生으로 불린다. ≪논어설論語說≫ 등의
   저술이 있다.

67) ≪呂氏家塾讀詩記≫ 권1에 정자가 "생각에 사악함이 없다는 것은 잠됨이다.思無邪, 誠
   也"라고 한 말이 인용되었고, 또 사량좌가 "……거기서(시에서) 말하는 것이 전부 즐겁
   되 지나치지 않으며 근심하되 다급하지 않으며 원망하되 성내지 않고 슬퍼하되 마음아
   파하지 않는다.……이들과 근심걱정, 그리움과 염려를 읊은 작품 중에서 어느 쪽이 여
   유로워 촉박하지 않겠는가. 공자가 그래서 이것을 취한 것이다. 시 짓는 이가 이렇게
   하는데 시 읽는 이가 사악한 마음으로 읽을 수 있겠는가.……其爲言率皆樂而不淫, 憂
   而不困, 怨而不怒, 哀而不愁……其與憂愁思慮之作, 孰能優游不迫也. 孔子所以有取焉. 作
   詩者如此, 讀詩者其可以邪心讀之乎"라고 한 말이 인용되어 있다.

68) 역자주 : 여조겸(1137~1181), 자는 백공伯恭, 호는 동래東萊, 무주婺州(지금의 절강
   금화시金華市) 사람. 비서성 비서랑을 지냈으며, 주자, 육구연陸九淵 등과 학문적으로
   긴밀하게 교류하였다. ≪동래박의東萊博議≫ 등의 저술이 있으며, 주자와 함께 ≪근사
   록近思錄≫을 편찬하였다.

더욱 이 주장을 강조했으니, 그는 이 설의 중요한 대표자가 되었다. 그는 "≪시경≫을 지은 사람의 생각에는 모두 사악함이 없다.作詩之人所思皆無邪"고 생각했고,69) "시 짓는 사람이 사악함 없는 생각으로 짓고, 배우는 사람 또한 사악함 없는 생각으로 보면, 애달파하고 경계하는 뜻이 은연중에 저절로 언어 너머에 드러난다.詩人以無邪之思作之, 學者亦以無邪之思觀之, 閔惜懲創之意隱然自見於言外"고 생각했다.70) 주자는 반대로 이렇게 ≪시경≫을 논하는 것은 억지가 너무 심하다고 여겨 "그이가 비록 사악함 있는 생각으로 지어도 내가 사악함 없는 생각으로 읽으면 그이가 스스로 그려낸 추한 모습은 바로 내가 알아채고 경계하는 밑천이 되는 것이다.彼雖以有邪之思作之而我以無邪之思讀之, 則彼之自狀其醜者, 乃所以爲吾警懼懲創之資"라고 하는 것이 낫다고 생각했다. 또한 "왜곡된 설명으로 그이에게 사악함이 없음을 증명하는 것보다는 돌이켜 내게서 손쉽게 사악함을 찾는 것이 낫다. 교묘히 반박해서 그이에게 사악함이 없음을 귀결시키는 것보다는 돌이켜 내게서 절실하게 사악함을 따지는 것이 낫다.曲爲訓說而求其無邪於彼, 不若反而得之於我之易也. 巧爲辨駁而歸其無邪於彼, 不若反而責之於我之切也"라고도 하였다.71) 이것이 훨씬 순통하다.

주자는 아마 명시적으로 "생각에 사악함이 없다"를 시교로 삼은 첫 번째 사람일 것이다. 그는 비록 ≪여씨가숙독시기≫의 서문에서

---

69) 朱子는 〈讀呂氏詩記桑中篇〉에서 "공자가 생각에 사악함이 없다고 한 것은……시 지은 사람의 생각에 모두 사악함이 없다고 여긴 것은 아니다.孔子之稱思無邪也……非以作詩之人所思皆無邪也."라고 하였다.(≪朱文公文集≫ 권70)

70) ≪呂氏家塾讀詩記≫ 권5.

71) 〈讀呂氏詩記桑中篇〉에 보인다.

여전히 "온유돈후의 가르침溫柔敦厚之敎"을 말했지만, ≪시집전詩集傳≫의 서문에서 "시가 가르침이 되는 이유詩之所以爲敎"를 논할 때는 오직 "생각에 사악함이 없다"라는 말만 꺼냈다. 그는 이렇게 말했다.

시란 사람의 마음이 사물을 느껴서 말로 나타내고 남은 것이다. 마음의 느낌에는 사악함과 올바름이 있으니 말의 나타냄에 옳고 그름이 있다. 오직 성인이 윗자리에 있으면 느끼는 것이 올바르지 않음이 없어서 말이 다 가르침으로 삼을 만하다. 만약 느낌이 잡되어 드러낸 것에 가려낼 것이 없을 수 없게 되면, 윗사람은 반드시 스스로 돌이킬 것을 생각하고 그로 인해 권장하고 경계할 수 있다. 이 역시 가르침이 되는 것이다.

詩者, 人心之感物而形於言之餘也. 心之所感有邪正, 故言之所形有是非. 惟聖人在上, 則其所感者無不正, 而其言皆足以爲敎. 其或感之之雜, 而所發不能無可擇者, 則上之人必思所以自反, 而因有以勸懲之. 是亦所以爲敎也.

옛날 주나라가 성대하던 시절에 위로는 국가 제사나 조정 행사로부터 아래로는 지역 마을과 거리 골목에 이르기까지 말이 순수하여 올바름에서 나오지 않은 것이 없었다. 성인은 처음부터 거기에 성률을 맞추어 지역 주민에게 직용하고 나라에 적용하여 천히를 교회시켰다. 제후국의 시는 천자가 순시할 때 반드시 펼쳐서 관람하고는 그로써 승급과 강등의 규정을 시행했다. 시간이 흘러 소왕 목왕 이후에는 점차 쇠퇴하였다. 주나라가 동쪽으로 옮기니 마침내 폐지하여 시를 논하지 않게 되었다. 공자가 그 때 태어났는데 자리를 얻지 못했으니 권장과 경계, 승급과 강등의 정책을 행할 수 없었다. 이에 다만 시가 기록된 전적을 들어 검토하여 겹치는 것을 빼고 어지러운 것을 바로잡았는데, 선이 법도로 삼기에 부족하다거나 악이 경계로 삼기에 부족하다면 역시 손질하여 뺐었으니, 이로써 간결함을 따라 원대함을 드러냈다. 배우는 사람이 이것을 보고는 득실을 살펴서 좋은 것은 스승으로 삼고 나쁜 것은 고치도록 한 것이다. 이렇게 하여 성인의 정치는 비록 한 때 행해지지 못했지만 가르침은 실로 만세를 덮었다. 이는 시가 가르침이 되는 것이 그러한 것이다.

昔周盛時, 上自郊廟朝廷, 而下達於鄕黨閭巷, 其言粹然, 無不出於正者. 聖人固已協之聲律而用之鄕人, 用之邦國以化天下. 至於列國之詩, 則天子巡守, 亦必陳而觀之, 以行黜陟之典. 降自昭穆而後, 寖以陵夷. 至於東遷而逐廢不講矣. 孔子生於其時, 旣不得位, 無以行勸懲黜陟之政. 於是特擧其籍而討論之, 去其重複, 正其紛亂, 而其善之不足以爲法, 惡之不足以爲戒者, 則亦刊而去之, 以從簡約, 示久遠. 使夫學者卽是而有以考其得失, 善者師之而惡者改焉. 是以其政雖不足以行於一時, 而其敎實被於萬世. 是則詩之所以爲敎者然也.

이것은 "생각에 사악함이 없다"를 시교로 삼는 정식 선언이다. 글에서 올바름과 사악함, 선과 악을 기준으로 삼은 것은 "사람의 됨됨이"에 주안점을 둔 것이다. 우리는 "생각에 사악함이 없다"로 ≪시경≫을 논한 것이 진짜로 공자의 입에서 나왔으므로 자연히 "온유돈후"라는 말보다 훨씬 분량이 많았으리라고 생각한다. 하지만 당시에 후자를 두고 전자를 취한 것은 아무래도 도학道學의 눈으로 본 것이다. 사실 이 두 구절은 플러스마이너스라서 서로 보완하기에 충분하니 이른바 "합치면 둘 다 좋은 것合之則兩美"72)이다. 시를 보고 있는 한 쪽 눈만 있다면 도학의 눈도 괜찮다. 앞의 글에서 배우는 사람의 관점에서 "득실을 살펴서 좋은 것은 스승으로 삼

---

72) 역자주 : 육기 〈문부〉의 "떼어 놓으면 둘 다 좋은데, 합치면 양쪽이 망가진다.離之則雙美, 合之則兩傷"를 변형시킨 말인 듯하다.

고 나쁜 것은 고치도록 한다"고 말한 것은 시가 어떻게 사람을 가르치는지를 분명히 밝힌 것이다. 또한 시를 짓는 관점에서 느낌에 순수함과 잡됨이 있다고 말했는데, 순수한 것은 원래 가르침으로 삼기 충분하고, 잡된 것은 윗사람이 "스스로 돌이킬 것을 생각하고 그로 인해 권장하고 경계할 수 있도록" 했으니 역시 가르침으로 삼기 충분하다. 이들은 모두 온유돈후 설에서 미치지 못한 점을 보충하기에 충분하다. 원래 "온유돈후"든 "사악함이 없다"든 모두 중용에 미치지 못하는 점이 있다. 앞에서 임금이 육경으로 백성을 가르친다는 공영달의 설명을 인용했는데, "백성과 최고의 경지에 이를 수 있는" 자는 적고, "행하여 최고의 경지에 이르게까지 할 수 없는" 자는 많지만, 모두 육예의 가르침을 행한 셈이다. 그 말은 "가르침"에 정도의 차이는 있지만 가르침은 하나라는 것이다—시교도 자연히 그와 같다. 주자는 오히려 "시"에 정도의 차이는 있지만 가르침은 하나라고 하였다. 이런 보충과 해석을 거쳐 시교의 이론은 완성되었다. 하지만 그 시대의 시는 죄다 이른바 "굳건하면서 순통한 것沈着痛快"의 한 방향으로만 발전했다. 그것은 한편으로는 산문의 진보 때문에 "문필文筆"과 "시필詩筆"의 구별이 "시문詩文"의 구별로 바뀌면서 선집도 점점 시와 문으로 나뉘어서 ≪문선≫ 이래로 그러했듯이 다시는 시를 "문"의 항목에 배열하지 않았기 때문이다.73) 시는 이전의 시가 아니게 되었고 가르침도 이전의 넓음에는 미치지 못하게 되었다. "온유돈후"든 "사악함이 없다"든 시교는 단지 근근이 존재하기만 할 뿐이었다. 이 시대에 도리어 "온유돈후"

73) 역자주 : 육조 시기까지는 운문을 시詩 또는 문文, 그렇지 않은 글을 필筆이라고 했다. 이 글에서는 한유, 유종원 이래로 산문이 비약적으로 발전하여 시와 대등한 위상을 차지한 상황을 말하고 있다.

로 산문을 논한 것이 있으니, 양시楊時74)의 경우 ≪귀산집龜山集≫
권10 〈어록語錄〉에서 다음과 같이 말하였다.

> 문장을 지을 때는 온유돈후의 기운이 있어야 한다. 임금에 대한 말
> 과 상주문의 문장은 온유돈후가 더욱 없어서는 안 된다.……군자가
> 기르는 것은 포악, 오만, 사악, 부정의 기운이 몸에 깃들지 않도록
> 해야 한다.
> 爲文要有溫柔敦厚之氣. 對人主語言及章疏文字, 溫柔敦厚尤不可無……
> 君子之所養, 要令暴慢衺僻之氣不設於身體.

이는 그야말로 시교를 통째로 덜어온 셈이다. 비록 그가 여전히
시를 "문장"에 포괄시키고 있긴 하지만 말이다. 이 시대는 산문이
장족으로 발전하는 상황에서 북송 이래의 '문장으로써 도를 싣다.文
以載道'의 설이 점점 큰 영향을 끼쳤으니, "문교文敎"—이런 명칭을
전혀 쓰지 않긴 했지만—에 성공했다고 할 수 있다. 이에 육경은
모두 "도를 싣는" 문장—여기서 말하는 "문장"은 시를 포괄한다—이
되었다. 이에 '문장으로써 도를 싣다'의 설은 시교뿐만 아니라, 육예
의 가르침도 대체했다.

---

74) 역자주 : 양시(1053~1135), 자는 중립中立, 호는 귀산龜山, 화음華陰(지금의 섬서 위
남시渭南市) 사람. 공부시랑工部侍郞, 용도각직학사龍圖閣直學士를 지냈다. 정호程顥,
정이程頤에게 차례로 배웠다. 하루는 같은 제자인 유초와 함께 정이를 찾아뵈었을 때
마침 정이가 눈을 감고 명상 중이라 조용히 마당에 서 있었는데, 정이가 눈을 뜨고
보니 어느새 눈이 한 자나 내려 있었다는 이야기(이른바 정문입설程門立雪)가 전한다.
≪이정수언二程粹言≫, ≪귀산집龜山集≫ 등의 저작이 있다.

04
:

정변

1

풍과 아의 정격과 변격[1]

정현은 〈시보서詩譜序〉에서 이렇게 말했다.

가까이 상나라 왕에 이르러 풍도 없고 아도 없는 것은 어째서인가.[2]
공을 논하고 덕을 칭송하는 것은 그 아름다움을 따르려는 것이다.
과오를 풍자하고 실책을 탓하는 것은 그 추악함을 바로잡으려는 것
이다. 각자 자신의 겨레에서 법도가 되는 것을 표창하고 경계가 되
는 것을 명시하는 것이다.
迺及商王, 不風不雅, 何者. 論功頌德, 所以將順其美. 刺過譏失, 所以
匡救其惡. 各於其黨, 則爲法者彰顯, 爲戒者著明.

주나라는 후직이 온갖 곡식을 파종하자 백성이 굶주림을 면했다. 이
때에 비로소 낟알을 먹게 되니 저절로 그 이름을 전한 것이다. 요임
금 말부터 중엽의 공류 시기에도 또한 대대로 그 업적을 닦아 백성
의 의복에 등급을 밝히고 재물을 함께하였다. 태왕, 왕계에 이르러

---

1) 이 단락의 주요 논지는 하선주何善周 군의 깨우침에서 비롯되었고, 논증에 인용한 자료
   도 그가 내게 수집해준 것이 많아서 특별히 여기에 고마움을 적어둔다.

2) 역자주 : 정현은 이 구절의 앞에서 순임금 때 시의 도가 시작했는데 하나라 때는 한 편
   도 남지 않았다고 하였고, 공영달은 주석에서 주나라 때 상나라의 송만 취하고 풍과 아
   는 버렸다는 사실을 지적하였다.

천명 살피는 일을 감당할 수 있었다. 문왕 무왕의 덕은 선대의 업적을 빛내어 자신에게 천명을 모아 마침내 천하의 부모가 되고 백성에게 훌륭한 정치와 머물 곳이 있도록 하였다. 그 시대의 시는 풍에 주남, 소남이 있고 아에 〈녹명〉, 〈문왕〉 등이 있었다. 성왕 때는 주공이 태평성대를 이루고 예악을 제정하여 칭송하는 소리가 일어나니 성대함이 지극하였다. 근본을 따지면 이 풍아에서 온 것인 까닭에 모두 기록하여 시의 올바른 경전이라고 하였다.

周自后稷播種百穀, 黎民阻飢, 茲時乃粒, 自傳於此名也. 陶唐之末, 中葉公劉亦世脩其業, 以明民共財. 至於大王, 王季, 克堪顧天. 文武之德, 光熙前緒, 以集大命於厥身. 遂爲天下父母, 使民有政有居. 其時詩, 風有周南, 召南, 雅有鹿鳴, 文王之屬. 及成王, 周公致大平, 制禮作樂而有頌聲興焉, 盛之至也. 本之由此風雅而來, 故皆錄之, 謂之詩之正經.

후대의 왕은 조금씩 바뀌어 쇠퇴하였다. 의왕 때 처음으로 참소하는 말을 받아들여 제 애공을 삶아 죽였다. 이왕이 몸소 예법을 놓친 뒤, 패에서는 현자를 존대하지 않았다.[3] 그 이후로 여왕이나 유왕 등이 다스릴 때는 정치 교화가 더욱 쇠잔해지고 주 왕실이 크게 무너지니 〈시월지교〉, 〈민로〉, 〈판〉, 〈탕〉이 갑자기 다 지어졌고, 여러 나라가 어지러워 풍자와 원망이 이어졌다. 춘추 오패 말엽에 위로는 천자가 없었고 아래로는 각 방면의 으뜸 제후가 없었으니 선한 자는 누가 상줄 것이며 악한 자는 누가 벌하였겠는가. 기강이 끊어져 버렸다. 그래서 공자가 의왕, 이왕 때의 시에서 진 영공의 음란한 일까지 기록하여 변풍과 변아라고 하였다.―그는 이렇게 생각했다. 민생에 관한 일에 부지런히 애쓰고 하느님을 밝게 모시면 칭송하는 소리를 들을 것이니 큰 복이 저 선대의 훌륭한 왕과 같을 것이요, 만약 법도

---

3) 역자주 : 공영달의 풀이에 따르면 이왕 때부터 근례觀禮에서 왕이 당하堂下에 내려가 제후를 만남으로써 예법을 지키지 못했다고 하며, 패풍 〈백주柏舟〉편 〈모시서〉의 "인한 사람이 자기를 알아주는 임금을 만나지 못했다.仁人不遇"라는 구절이 현자를 존대하지 않은 근거라고 한다.

를 어기고 쓰지 않으면 겁박과 죽임을 당하리니 큰 재앙이 이 후대의 임금과 같을 것이다. 길흉이 나오는 곳, 근심과 즐거움이 싹터 자라는 곳이 뚜렷이 여기 있어 후대 임금의 거울로 삼기에 충분하니 이에 그칠 따름이다.

後王稍更陵遲. 懿王始受譖亨(烹)齊哀公. 夷身失禮之後, 邲不尊賢. 自是而下, 厲也幽也. 政教尤衰, 周室大壞, 十月之交, 民勞, 板, 蕩, 勃爾俱作, 衆國紛然, 刺怨相尋. 五霸之末, 上無天子, 下無方伯, 善者誰賞, 惡者誰罰, 紀綱絶矣. 故孔子錄懿王, 夷王時詩, 訖於陳靈公淫亂之事, 謂之變風, 變雅. 一以爲勤民恤功, 昭事上帝, 則受頌聲, 弘福如彼. 若違而弗用, 則被劫殺, 大禍如此. 吉凶之所由, 憂娛之萌漸, 昭昭在斯, 足作後王之鑒, 於是止矣.

이 논의에는 갖가지의 내력이 있다. 첫째는 음악을 살펴서 정치를 아는 것으로, ≪좌전≫의 계찰季札이 음악을 관람한 기록(양공 29년)과[4] ≪예기·악기≫에 뿌리를 두고 있다.[5] 둘째는 사람을 알고 세상을 논하는 것으로, ≪맹자≫에 뿌리를 두고 있다.[6] 셋째는 찬미와 풍자로, ≪춘추≫의 주석가와 〈모시서〉에 뿌리를 두고 있다.[7] 이들은 모두 옛 설을 이어받아 발전과 변화를 더한 것이다. 마지막은 "변풍과 변아"인데, 〈모시서·대서〉에 뿌리를 두고 있다.

---

4) 역자주 : 양공 29년 오나라의 계찰은 노나라에 사신으로 갔을 때 주나라의 음악을 관람하기를 청하여 주남, 소남을 비롯하여 각 나라의 국풍과 아, 송까지 두루 감상하고 각 음악에 해당하는 나라의 정치에 대해 촌평을 하였다.

5) "음악을 살펴서 정치를 안다審樂以知政"는 ≪예기≫ 권37 〈악기〉에 보인다.

6) ≪맹자·만장하≫ : "다시 위로 옛 사람을 논한다. 그의 시를 외고 그의 글을 읽으면서 그 사람을 모른다면 되겠는가? 그래서 그 시대를 논하는 것이다.又尙論古之人. 頌其詩, 讀其書, 不知其人, 可乎? 是以論其世也."

7) ≪공양전≫, ≪곡량전≫의 두 해설에서는 "칭찬과 나무람褒貶"이라는 말을 많이 썼고, "잘한 점과 잘못美惡"이라는 말도 썼으며, 또한 "풍자刺"라는 말도 있는데 자세한 것은 〈비흥〉편에 보인다.

〈모시서·대서〉에서는 다음과 같이 말했다.

> 왕도가 쇠퇴함에 이르러 예법과 도의가 없어지고 정치 교화가 사라
> 져서 나라마다 정치를 달리하고 가문마다 풍속이 달라지니 변풍과
> 변아가 일어나게 되었다. 나라의 사관은 득실의 자취에 밝아 인륜이
> 없어짐을 마음 아파하고 형벌이 가혹해짐을 슬퍼하여 성정을 읊어
> 윗사람을 풍자하니, 사물의 변화에 통달하면서 옛 풍속을 그리워한
> 것이다. 그래서 변풍이 성정에서 나와 예의에 머문 것이다. 성정에서
> 나오는 것은 사람의 본성이기 때문이다. 예의에 머문 것은 선왕의
> 은택 때문이다.
> 至于王道衰, 禮義廢, 政教失, 國異政, 家殊俗, 而變風變雅作矣. 國史
> 明乎得失之迹, 傷人倫之廢, 哀刑政之苛, 吟詠情性以風其上, 達於事變
> 而懷其舊俗者也. 故變風發乎情, 止乎禮義. 發乎情, 民之性也. 止乎禮
> 義, 先王之澤也.

공영달은 다음과 같이 풀이하였다.

> 변풍과 변아가 지어진 것은 다 왕도가 처음 쇠퇴하고 정치 교화가
> 갓 사라졌으니 아직은 바로잡아 바꾸고 뒤쫓아 되돌릴 수 있었기 때
> 문이다. 그래서 저 옛날의 법도를 잡아 이 새로운 잘못을 고쳐서 임
> 금이 스스로 마음을 뉘우쳐 다시 정도를 따르기를 바란 것이니, 이
> 로써 변격의 시가 지어진 것이다. 올바른 법을 바꾸었기 때문에 변
> 격이라고 한 것이다.
> 變風、變雅之作, 皆王道始衰, 政教初失, 尚可匡而革之, 追而復之. 故
> 執彼舊章, 繩此新失, 覬望自悔其心、更遵正道, 所以變詩作也. 以其變
> 改正法, 故謂之變焉.

"사물의 변화에 통달하면서 옛 풍속을 그리워한 것이다"와 "변풍

과 변아"의 원래 뜻은 그저 다음과 같다. "변풍과 변아"에서 "변"은 바로 "사물의 변화에 통달하다"의 "변화"이니, 단지 상식적인 관점에서 보면 그 안에 미언대의微言大義는 전혀 없다. 공영달의 풀이에서 "올바른 법을 바꾸었다"를 "변"이라고 하여 "정"과 "변"을 마주 든 것은 오히려 정현의 영향이다. 정현은 "풍아의 올바른 경전"과 "변풍과 변아"를 대립하여 세우고 시기를 갈라 시대를 논했으며, 나라별로 계보를 짓고 재앙과 복덕을 뚜렷이 밝혀서 "후대 임금의 거울로 삼기"로 했으니, 이른바 풍과 아의 정변설正變說은 그가 처음 생각한 의견이다. 그는 이렇게 종래의 네 가지 체재四義8)를 종합하여 그 자신의 체계적인 시론으로 엮어 내었다. 이 시론의 체계는 정변설에 기대어 이루어진 것이라고 할 수 있다. 하지만 정변설 그 자체는 전혀 완벽하게 이루어지지 않았다. 그가 말한 "풍아의 올바른 경전"과 "변풍과 변아"에는 확실한 구별이 전혀 없었다. 예컨대 〈정보鄭譜〉에서는 "무공이 다시 주 왕실의 경사가 되자 수도 사람들이 마땅하다고 여겼고 정나라의 변풍이 다시 지어졌다.武公又作卿士, 國人宜之, 鄭之變風又作"라고 하였다. 〈진보秦譜〉에서는 "(비자의) 증손인 진중에 이르러 선왕이 다시 대부로 임명하니 비로소 거마, 예악, 시종 등의 좋은 제도가 있게 되었다. 수도 사람들이 아름답게 여겨 예(진나라)의 변풍이 처음 지어졌다. ('예'는 백예로, 진나라는 백예의 후예이다)至[非子]曾孫秦仲, 宣王又命作大夫, 始有車馬禮樂侍御之好. 國人美之, 翳(秦)之變風始作(翳, 伯翳也, 秦是伯翳的後人)"라고 하였다. "마땅하다고 여겼다"나 "아름답게 여겼다"면 자연히 찬미하는 시일 텐데 어떻게 "변풍"일 수 있을까? 아의

---

8) 역자주 : 풍, 아, 변풍, 변아의 네 가지 체재를 말하는 듯하다.

시에도 같은 사례가 있으니 〈소대아보小大雅譜〉에서 이렇게 풀이
한 바가 있다.

> 대아 〈민로〉와 소아 〈유월〉 이후는 모두 변아라고 하는데, 잘한 점
> 과 잘못한 점이 각각 그 시대에 따라서 또한 선행을 현창하고 과오
> 를 징계했으니 정아의 다음이다.
> 大雅民勞, 小雅六月之後, 皆謂之變雅, 美惡各以其時, 亦顯善懲過, 正
> 之次也.

이 풀이가 자기 설을 해명하지 못한다는 것은 분명하다. 그리고
〈빈보豳譜〉에서 〈칠월七月〉 시를 서술한 내용은 곡절이 더욱 많다.

> 주공은……공류와 태왕이 빈공의 직위에 계시면서 백성의 일이 지극
> 히 괴로움을 근심한 공로를 생각하여 거기에 자신의 뜻을 견주어 기
> 록했다.……태사가 그 뜻을 위대하게 서술했는데, 빈공의 사적을 위
> 주로 하였기에 그 시를 별도로 빈나라의 변풍으로 삼았다.
> 周公……思公劉大王居豳之職, 憂念民事至苦之功, 以比序己志……大師
> 大述其志, 主意於豳公之事, 故別其詩以爲豳國變風焉.

더욱 곡절이 심한 것은 정현이 〈칠월〉 시를 풍, 아, 송의 세 단락
으로 나누었다는 점이다. 시 한 수에 세 체재가 갖춰진 것은 이것
이 유일한 예이다. 풍아의 정변설 자체가 이렇게 완전히 엄밀하지
않은데다가 후세에 수정한 것이 많았으니 도저히 장애 없이 순통할
수는 없었던 것이다.9) 이 정변설을 근본적으로 의심한 사람이 또
있었으니, 섭적葉適10)의 경우 다음과 같이 말했다.

---

9) 《經義考》 권98, 101, 104, 108, 113, 116, 118에 각각 보인다.

≪시경≫을 말하는 사람은 패풍, 용풍 이하는 다 변풍이고 올바른 것은 주남, 소남일 뿐이라고 한다. 주남과 소남은 왕이 그로써 천하를 바로잡는 것이니 가르침이 마땅히 그러한 것이지, 반드시 풍이 그러한 것은 아니다. 소남 〈행로〉편의 "따르지 않음"[11]과 〈야유사균〉편의 "미워함"[12]은 비록 처음에는 올발랐지만 나중에 변질된 것이 된다. 그렇다면 ≪시경≫에는 변질되지 않은 것이 없으니 장차 어떻게 보존되겠는가. 계찰이 시 공연을 듣고 득실을 논할 때 변격을 언급한 적은 없었다. 공자가 제자에게 ≪시경≫의 무리짓고 원망하는 효용을 가르칠 때에도 변격을 언급한 적은 없었다. 시에서 말을 하는 취지는 꺼낼 때는 각기 다르지만 올바름으로 귀결되는 법이다. 찬미하되 아첨은 아니요 풍자하되 비난은 아니요 원망하되 분노는 아니요 애도하되 사사로움은 아니니 어찌 바르지 않음이 있겠는가? 후대에 ≪시경≫을 배우는 자가 시의 뜻이 나온 것을 따르지 않고 성정으로 경솔하게 구별하니, "뜻이 이르는 것"[13]을 지극히 하지 않은 채 정격과 변격으로 억지로 나누었다—허황된 깨달음을 고수하느라 실질적인 터득을 놓치고, 얄팍한 생각으로 전아한 말을 의심하면 폐단이 있을 뿐 얻는 것은 없게 된다.

言詩者自邶鄘而下皆爲變風, 其正者二南而已. 二南王者所以正天下, 教則當然, 未必其風之然也. 行露之不從, 野有死麕之惡, 雖正於此, 而變於彼矣. 若是則詩無非變, 將何以存. 季札聽詩, 論其得失, 未嘗及變. 孔子教小子以可羣可怨, 亦未嘗及變. 夫爲言之旨, 其發也殊, 要以歸於正爾. 美而非諂, 刺而非訐, 怨而非憤, 哀而非私, 何不正之有. 後之學

---

10) 역자주 : 섭적(1150~1223), 자는 정칙正則, 호는 수심거사水心居士, 시호는 문정文定. 영가永嘉(지금의 절강 온주시溫州市) 사람. 남송 때 태학박사, 병부시랑 등을 역임했다. 공리功利를 중시하는 영가학파의 집대성으로 일컬어지며, ≪수심선생문집水心先生文集≫, ≪습학기언習學記言≫ 등의 저서가 있다.

11) 역자주 : 제3장의 "나를 송사로 끌어온대도 너를 따르지 않으리라.雖速我訟, 亦不女從"를 가리킨다.

12) 역자주 : 〈모시서〉의 "문왕의 교화를 입었기에 난세에 처하여도 무례함을 미워한 것이다.被文王之化, 雖當亂世, 猶惡無禮也"를 가리킨다.

13) 역자주 : 〈모시서·대서〉의 "시란 뜻이 가는 것이다.詩者志之所之也"를 가리킨 것이다.

詩者不順其義之所出, 而於情性輕別之, 不極其志之所至, 而於正變强分之——守虛會而迷實得, 以薄意而疑雅言, 則有蔽而無獲矣. (≪習學記言書目≫ 권6)

이 말은 지극히 온당하지만, 정현의 입론에도 그 나름의 배경이 있다. ≪설문해자≫ 三篇下 支部에서는 "변은 바꾸는 것이다.變, 更也"라고 하였다. ≪회남자≫ 〈범론汜論〉편의 "은나라는 하나라를 고쳤고, 주나라는 은나라를 고쳤고, 춘추시대는 주나라를 고쳤다.夫殷變夏, 周變殷, 春秋變周"에서 고유의 주석은 "변은 고치는 것이다.變, 改也"라고 하였다. ≪순자≫ 〈불구不苟〉편의 "변화와 감화가 번갈아 일어나는 것變化代興"에서 양경의 주석에는 "옛 성질을 고치는 것을 변이라고 한다.改其舊質謂之變"라고 하였다. 이것은 "변"의 보편적 의미이다. 하지만 "변"에는 갖가지의 다른 의미가 더 있다. 가장 중요한 것은 "변화"이다. "변"은 곧 "화"14)이다. 그런데 "변화"라는 말에서 "변"과 "화"는 원래 구별이 있었으니 앞에서 든 ≪순자≫의 말이 바로 그 예이다.15) 또한 ≪주역≫ 〈계사전繫辭傳〉의 "변화"는 우번虞翻과 순상荀爽16)의 주석에 따르면 "하늘에서는 변이요, 땅에서는 화이다.在天爲變, 在地爲化"17)이니, 역시 대동소이하다. "하늘에서

---

14) ≪회남자≫ 〈지형墬形〉편의 "궁음을 변화시켜 치음을 낳다變宮生徵"의 고유 주, "변은 화와 같다.變猶化也." ≪광아석고廣雅釋詁≫ 권3, "변은 화이다.變, 化也."

15) 양경 주, "선으로 점차 다다르는 것을 화라고 한다.馴致於善謂之化"

16) 역자주 : 우번(164~233), 자는 중상仲翔, 여요余姚(지금의 절강 여요시) 사람. ≪노자≫, ≪논어≫, ≪국어≫에 주석을 달았다는 기록이 전해지나 지금은 찾을 수 없고, ≪주역≫에 대한 주석이 이정조李鼎祚의 ≪주역집해周易集解≫에 남아 있다. 순상(128~190), 자는 자명慈明, 영천潁川(지금의 하남 허창시許昌市) 사람. 후한 영제靈帝 때 당고黨錮의 화를 피해 은거하다가 동탁에게 불려가 사공司空 등의 벼슬을 지냈다. 여러 경전에 관한 저작이 100여 편이 있었다고 하나 지금은 찾을 수 없고, ≪주역≫에 대한 주석이 ≪주역집해≫에 남아 있다.

17) "하늘에서는 상을 이루고 땅에서는 형을 이루니 변화가 드러난다.在天成象, 在地成形,

는 변이다"라는 관점은 중요성이 크다. 《장자》〈소요유逍遙遊〉편의 "만약 천지의 올바름을 타고 여섯 가지 기운의 변화를 다스리며 무궁함에서 노니는 자라면, 그는 또 어디에 기대겠는가.若夫乘天地之正, 而御六氣之辯, 以遊無窮者, 彼且惡乎待哉"에 대해 곽경번郭慶藩[18]의 《장자집석莊子集釋》에서는 "'辯'은 '正'과 상대되는 말로, '辯'은 '變'으로 읽는다. 《광아》에서 '辯은 變이다.'라고 했다. '辯'과 '變'은 옛날에 통용되었다.辯與正對文, 辯讀爲變. 廣雅, 辯, 變也, 辯變, 古通用"라고 했는데, 맞는 말이다. '正辯'이 곧 '正變'이다. 《관자管子》〈계戒〉편에도 "여섯 가지 기운(好惡喜怒哀樂)의 감정 변화를 바르게 조절하고御正六氣之變"라는 말이 있다. '正'과 '變'이라는 상대되는 말은 이 두 군데에서 거의 최초로 보인다. "여섯 가지 기운"은 사마표司馬彪[19]의 말로는 음, 양, 바람, 비, 어둠, 밝음이다.[20] 곽상郭象[21]은 《장자》의 이 몇 구절에 대한 주석에서 이렇게 말했다. "천지는 만물을 몸으로 하고, 만물은 반드시 스스로 그

變化見矣"의 우번 주로, 《周易集解》 권13에 보인다. 또한 "이는 변화를 이루고 신묘함을 행하는 것이다.此所以成變化而行鬼神也"의 순상 주로, 같은 책 권14에 보인다.

18) 역자주 : 곽경번(1844~1896), 자는 맹순孟純 호는 자정子瀞, 호남 상음湘陰(지금의 호남 악양시岳陽市) 사람. 청대 《장자》 연구의 집대성인 《장자집석》 10권을 지어 원문 고증과 옛 주석의 보충 및 고증에 힘썼다. 그밖에 《설문경자정의說文經字正誼》, 《십이매화서옥시집十二梅花書屋詩集》 등의 저작이 있다.

19) 역자주 : 사마표(?~306), 자는 소통紹統, 온현溫縣(지금의 하남 초작시焦作市) 사람. 서진 때 산기시랑散騎侍郎을 지냈다. 황실 출신의 역사가로 《속한서續漢書》, 《구주춘추九州春秋》 등의 저작이 있고, 《장자》에 주석을 달았다.

20) 《국어》〈주어周語〉 하편의 "(황종黃鐘은) 여섯 가지 기운과 아홉 가지 덕(수水, 화火, 금金, 목木, 토土, 곡穀, 정덕正德, 이용利用, 후생厚生)을 두루 기르는 것입니다.所以宣養六氣九德也"에 대한 위소의 주석, "'여섯 가지 기운'은 음, 양, 바람, 비, 어둠, 밝음이다.六氣, 陰陽風雨晦明也."

21) 역자주 : 곽상(252~312), 자는 자현子玄, 하남 낙양 사람. 청담과 현학玄學에 뛰어났다. 죽림칠현의 일원인 상수向秀의 《장자》 주석을 훔쳐 자신의 주석으로 만들었다고 전해지는데, 훔친 것이 아니라 보충 부연한 것으로 보는 설도 있다.

러함을 올바름으로 한다. 스스로 그러함이란, 하지 않고도 스스로 그러한 것이다.……그러므로 천지의 올바름을 타는 것은 바로 만물의 성질에 따르는 것이다. 여섯 가지 기운의 변화를 다스리는 것은 바로 변화의 길에서 노니는 것이다.天地以萬物爲體, 而萬物必以自然爲正. 自然者, 不爲而自然者也.……故乘天地之正者, 卽是順萬物之性也. 御六氣之辯者, 卽是遊變化之塗也." 음, 양, 바람, 비, 어둠, 밝음은 모두 기상에 관련된 것이다. "하늘에는 예측할 수 없는 풍운이 있으니天有不測風雲"22) 변화를 "다스려야" 한다. 곽상이 "스스로 그러함을 올바름으로 한다"고 한 것은 말이 이치에 맞다. 하지만 그것을 만물에 끌어다 붙인 것은 ≪장자≫ 원문에서 의도한 것이 아닌 것 같다. ≪장자≫ 원문의 앞부분에는 "열자가 바람을 부리며 다녔다. 列子御風而行"라고 했는데, "천지"는 바로 기상을 가리키니 "여섯 가지 기운"과 동의어인 듯하다. 곽상의 주석에서는 또한 "오직 사물과 함께 조용히 큰 변화를 따르는 자만이 기대는 것 없이 늘 통할 수 있다.夫唯與物冥而循大變者爲能無待而常通"라고 했는데, 여섯 가지 기운이 비록 변화하여 스스로 그러함을 잃었지만 오직 순종하기만 하면 된다고 여긴 것 같다. 하지만 스스로 그러함을 잃은 것을 변화라고 하는 것은 일정함을 잃은 것失常을 변화라고 하는 것만 못하다. ≪소문素問≫〈육절장상론六節藏象論〉 편에서는 "하늘의 기운은 일정함이 없으면 안 됩니다. 기운이 서로 이어받지 않는 것을 일정치 않음이라고 합니다. 일정치 않으면 변이 됩니다.蒼天之氣, 不得無常也. 氣之不襲, 是謂非常. 非常則變矣"라고 했는데, 왕빙王氷23)은 "변은 하늘의 일정함을 바꾸는 것이다.

---

22) 역자주 : ≪삼국연의≫에서 제갈공명이 주유周瑜에게 한 말이다.

變謂變易天常"라고 풀이했다. 이것이 좀 더 분명하다. 그런데 《백호통의》〈재변災變〉편에서도 "변이란 일정치 않음이다.變者, 非常也"라고 했지만, 이어서 다시 〈악계요기樂稽耀嘉〉[24]의 "우 임금이 천자의 자리를 받으려 할 때 하늘의 뜻이 크게 변하여 거센 바람에 나무가 쓰러지고 우레 비에 낮이 어두워졌다.禹將受位, 天意大變, 迅風靡木, 雷雨晝冥"를 인용했는데, 이러면 복잡해진다. 〈계사전〉, 《장자》, 《백호통의》에서 모두 말하고 있는 "하늘에서는 변"이지만, 〈계사전〉에서는 변을 올바름이자 일정함으로 하고, 《장자》에서는 변을 올바르지 않음으로 하고, 《백호통의》에서는 변을 일정치 않음으로 하여 제각기 다르다. 《장자》의 관점은 아마 〈계사전〉보다 시기가 이를 것이다. 전자는 일반 상식인 것 같고 후자는 사실 철학의 일파이다. 《백호통의》는 한대 유생의 관점을 대표하는데, 비록 이 역시 상식에서 출발했지만 당시에 성행한 음양오행설의 요소가 부각되면서 또 하나의 면모가 된 것이다.

한대 유생은 하늘의 변고가 실정失政에서 비롯된 것으로 여겼는데, 이는 임금에게 내리는 일종의 경고였다. 《한서》 권26 〈천문지天門志〉에서 논의한 것이 가장 상세하다.

> 붙박이별과 늘 보이는 별자리의……사라짐과 나타남, 이름과 늦음, 궤도의 이탈과 정상, 별자리의 온존과 사라짐, 허와 실, 간격의 멀고 가까움 및 다섯 떠돌이별[25]의 운행에서 별자리가 흩어지거나 다른

---

23) 역자주 : 왕빙(710~805), 호는 계현자啓玄子, 당나라 보응寶應 연간(762~763)에 태복령太僕令을 지냈다. 《황제내경黃帝內經・소문素問》 24권에 주석을 달았다.

24) 역자주 : 《악경樂經》에 대응하는 위서緯書로, 지금은 전해지지 않는다.

25) 역자주 : 다섯 개의 행성(수성水星, 화성火星, 목성木星, 금성金星, 토성土星)을 말한다.

별자리를 침범해 차지하는 일, 타고 넘거나 부딪혀 먹어드는 일, 살별과 별똥별이 나타나는 일, 해와 달이 가리고 먹히는 일, 햇무리의 이변과 코로나가 지는 일, 태양의 고리와 무지개가 서는 일, 빠른 우레와 미친바람이 치는 일, 괴이한 구름과 변화하는 기운은 모두 음양의 정기인데 그 뿌리는 땅에 있으면서 위로 하늘에 나타나는 것이다. 정치가 이곳에서 실패하면 변고가 저쪽에서 드러나니, 그림자가 형체를 닮고 메아리가 소리를 받는 것과 같다. 그래서 현명한 임금이 보고서 깨치고, 몸가짐을 조심하여 일을 바로잡고, 허물과 사죄를 생각한다면 재앙은 없어지고 복덕이 이르르니 이는 스스로 그러한 신표이다.

經星常宿……其伏見蚤晚, 邪正存亡, 虛實闊陜, 及五星所行, 合散犯守, 陵歷鬪食, 彗孛飛流, 日月薄食, 暈適背穴, 抱珥虹蜺, 迅雷風祅, 怪雲變氣, 此皆陰陽之精, 其本在地, 而上發於天者也. 政失於此, 則變見於彼, 猶影之象形, 鄉(響)之應聲. 是以明君睹之而寤, 飭身正事, 思其咎謝, 則禍除而福至, 自然之符也.

재앙과 복덕이 "뚜렷이 여기 있으니", 임금의 "거울"로 삼기에 충분하다. 하지만 하늘의 변고도 어떤 때는 반드시 경고로만 하지는 않으니, 앞에서 인용한 〈악계요가〉에서 이른바 "우 임금이 천자의 자리를 받으려 할 때 하늘의 뜻이 크게 변하여"에 대해 ≪송서宋書≫ 〈예지禮志〉(권14)에서는 "이로써 장차 순 임금을 떠나 하나라로 가려는 것을 밝힌 것이다.以明將去虞而適夏也"라고 설명한 것이 바로 그것이다. 그런데 우 임금은 성군이므로 예외로 보아야 할 것이다. 후세에 하늘의 변고는 모두 재이를 보이는 것을 위주로 했기에 "재변災變"이 하나의 단어가 되었고, ≪백호통의≫에서 전문적인 편목으로 토론했다. 주의할 것은 하늘의 변고가 절대로 한대에 시작된 것이 아니라는 점이다. 〈천문지〉에서는 다음과 같이 말한다.

춘추시대 242년 동안 일식이 36번, 살별이 세 번 보였고, 밤에 붙박이별이 보이지 않거나 밤중에 별이 비처럼 쏟아진 것이 각각 한 번 있었다. 이 때 재난이 거듭 응험으로 나타났다. 주 왕실이 미약하여 위아래가 원한을 맺으니,……제후가 달아나 사직을 지키지 못한 사례는 이루 다 셀 수 없었다. 그 뒤부터,……모두 싸우는 나라가 되어 앞 다투어 공격하여 빼앗았다. 전쟁이 번갈아 일어나고 성읍이 자주 도륙되며 그로 인해 기근과 질병이 들어 근심과 고난을 겪었다. 신하와 임금이 모두 걱정하니, 길흉의 조짐을 살필 때 별과 기운을 보는 것이 더욱 급선무였다.

春秋二百四十二年間, 日食三十六, 彗星三見, 夜常星不見, 夜中星隕如雨者各一. 當是時, 禍亂輒應. 周室微弱, 上下交怨……諸侯奔走不得保其社稷者不可勝數. 自是之後……並爲戰國, 爭於攻取. 兵革遞起, 城邑數屠, 因以饑饉疾疫愁苦. 臣主共憂患, 其察禨祥, 候星氣尤急.

춘추시대에 이미 하늘의 변고를 살폈는데, 전국시대 이래로 더욱 급박해졌다. 전쟁, 기근, 질병 때문에 사람들의 근심과 고난으로 마음 편히 살 수 없었다. "신하와 임금이 모두 걱정하니", 서둘러 빠져나갈 길을 찾아야 했다. 하늘의 변고가 경고를 보여주면 "현명한 임금이 보고서 깨칠" 수 있었으니 바로 한 가지 빠져나갈 길이었다. 이것은 원래 실제에 적응하는 필요에 따른 것이었지만, 이후에는 곧 일종의 학설로 굳어져 임금이 정치를 펴는 지침이 되었다. "변고變"는 "바른 궤도正行"에 대응하는 말이다. 〈천문지〉에서는 또한 다음과 같이 말했다.

역曆이란 바른 궤도이다.……화성은 내란을 주관하고 금성은 군사를 주관하며 달은 형벌을 주관한다. 주 왕실이 쇠퇴하면서부터 반역이나 전쟁이 자주 일어나고 형벌은 공정함을 놓쳤다. 비록 반역자나 전쟁의 변고가 없어도 제후들은 다스려지지 않고 사방의 이민족은 복종하지 않으며 전란은 가라앉지 않고 형벌은 없어지지 않았다. 그래서 두 별과 달이 이 때문에 법도를 잃으면 세 가지 변고가 늘 생긴다. 반역자와 패륜아, 시신에 피가 흐르는 전쟁이 있으면 큰 변고가 나타난다. 감씨와 석씨(≪성경≫)는 변고가 일상이 된 것을 보고 기강으로 여겼는데, 모두 바른 궤도가 아니다. ≪시경≫에 "저번에 달이 먹힌 것은 늘 있는 일이라지만 이번에 해가 먹힌 것은 어디가 잘못된 것인가"(소아 〈시월지교〉)라고 하였는데 ≪시경≫의 해설에 "월식은 일상이 아니지만 일식에 견주면 그래도 일상에 속한다. 일식이 생기면 잘못된 것"이라고 하였다. 그것을 작은 변고라고 하는 것은 괜찮지만, 바른 궤도라고 하면 잘못이다.

夫曆者, 正行也.……熒惑主內亂, 太白主兵, 月主刑. 自周室衰, 亂臣賊子師旅數起, 刑罰失中, 雖其亡(無)亂臣賊子師旅之變, 內臣猶不治, 四夷猶不服, 兵革猶不寢, 刑罰猶不錯, 故二星與月爲之失度, 三變常見. 及有亂臣賊子, 伏尸流血之兵, 大變乃出. 甘石氏[星經]見其常然, 因以爲紀, 皆非正行也. 詩云, 彼月而食, 則惟其常. 此日而食, 于何不臧.(十月之交) 詩傳曰, 月食, 非常也, 比之日食猶常也, 日食則不臧矣. 謂之小變, 可也. 謂之正行, 非也.

여기서 말하는 화성, 금성의 두 별과 달이 법도를 잃은 것은 "바른 궤도"가 아니라, "변고"이다. 감씨와 석씨26)는 두 별이 법도를 잃은 "역행逆行"이, 달이 법도를 잃은 월식과 똑같이 모두 역법의 기강歷紀에서 "일상"이고, 추산해낼 수 있는 것으로 여겼다. 〈천문지〉에서는 반대로 "역행"은 모두 "변고"이며, 모두 "정치가 아래에서 변고를 일으키기政治變於下" 때문에 그렇다고 보았다. "바른 궤

---

26) 역자주 : 전국시대에 천문에 뛰어났던 제나라의 감공甘公, 위魏나라의 석신石申. 저작으로 ≪감석성경甘石星經≫이라는 문헌이 일부 남아있다.

도"와 "변고"가 대칭을 이루는 것도 원래는 상식에 뿌리를 둔 것이
니 〈소요유〉와 같다. 다만 여기서는 거기에 역법가와 음양오행설의
함의를 더했을 뿐이다.

〈시보서〉의 풍아의 정변설은 여섯 가지 기운의 정변의 구별과
천체 정변의 이론에서 뚜렷이 영향을 받았다. 특히 천체 정변의 이
론은 〈시보서〉에서 "큰 복", "큰 재앙", "후대 임금의 거울"로 귀결
되어 재변을 논하는 사람과 같은 어조를 띠는 것만 보아도 알 수
있다. 음양오행설은 당시의 인기 학설로, 정현은 일찍이 위서緯書
에 주석을 냈으니[27] 더욱이 스스로 벗어날 수 없었으리라 생각된
다. 그런데 "변"에는 또한 중요한 다른 뜻이 있으니 이 역시 그의
학설을 보조하는 것이다. ≪곡량전≫ 희공僖公 5년에 이런 기록이
있다.

> 여름에……공이 제나라, 송나라, 진나라, 위나라, 정나라, 허나라, 조
> 나라 임금과 수대에서 왕세자를 만났다.……가을 팔월에 제후들이 수
> 대에서 맹약했다. 중간의 일이 없는데(중간에 별다른 일이 없는 것
> 이다) 다시 제후를 거론한 것은 어째서인가? 왕세자를 높이느라 감
> 히 함께 맹약하지 못했기 때문이다.(제후들은 여름에 왕세자를 "만
> 났고", 가을에야 비로소 자기들끼리 "맹약했다".) 높인다면 감히 함
> 께 맹약하지 못하는 것은 어째서인가? 맹약이란 신뢰하지 못하는 까
> 닭에 신뢰를 다지는 것이다. 신뢰하지 못하는 것으로 감히 높은 사
> 람을 대할 수는 없다. (제나라) 환공은 제후인데, 천자를 뵙지 못했
> 으니 신하 노릇하지 않은 것이다. 왕세자는 아들인데, 편안히 제후들

---

27) 역자주 : 위서는 한대에 경서를 풀이하기 위해 만들어진 문헌으로, ≪수서隋書·경적
지經籍志≫, ≪구당서舊唐書·경적지經籍志≫ 등에 정현이 주석을 단 ≪역위易緯≫,
≪상서위尚書緯≫, ≪예위禮緯≫, ≪시위詩緯≫ 등의 목록이 실려 있다.

의 높임을 받으며 그 자리에 섰으니 아들 노릇하지 않은 것이다. 환
공은 신하 노릇을 하지 않고 왕세자는 아들 노릇을 하지 않는데 좋
게 평가한 것은 어째서인가? 이것은 "변의 올바른 것"이기 때문이다.
천자가 미약하니 제후는 천자를 뵙고 공물을 바치지 않았다. 환공은
큰 나라를 억누르고 작은 나라를 도와주며 제후를 통솔하였으나, 천
자를 뵙지 못했고 또한 감히 왕을 불러오지도 못했다. 왕세자를 수
대에서 높인 것이 바로 왕의 명을 높인 것이 된다. 세자가 왕명을
띠고 제 환공을 만난 것도 왕의 명을 높인 것이 된다.

夏……公及齊侯, 宋公, 陳侯, 衛侯, 鄭伯, 許男, 曹伯會王世子于首戴……
秋, 八月, 諸侯盟于首戴. 無中事(中間無他事也)而復擧諸侯何也. 尊王
世子而不敢與盟也(諸侯夏"會"王世子, 秋始自相"盟"). 尊則其不敢與盟
何也. 盟者不相信也, 故謹信也. 不敢以所不信而加之尊者. (齊)桓, 諸
侯也, 不能朝天子, 是不臣也. 王世子, 子也, 塊然受諸侯之尊己而立乎
其位, 是不子也. 桓不臣, 王世子不子, 則其所善焉何也. 是則"變之正"
也. 天子微, 諸侯不享覲. 桓控大國, 扶小國, 統諸侯, 不能以朝天子, 亦
不敢致天王. 尊王世子於首戴, 乃所以尊天王之命也. 世子含王命會齊
桓, 亦所以尊天王之命也.

"이것은 변의 올바른 것이기 때문이다"에 대해 범녕范寧[28]은 ≪집
해集解≫에서 "비록 예법의 올바름은 아니지만 당시의 적절함에 합
치된다.雖非禮之正, 而合當時之宜"라고 하였다. 한편 양공襄公 29년
의 기록은 다음과 같다.

　여름에……중손갈이 진나라 순영, 제나라 고지, 송나라 화정, 위나라
　세숙의, 정나라 공손단, 조나라 사람, 거나라 사람, 주나라 사람, 등

---

28) 역자주 : 범녕(339?~401?), 자는 무자武子, 남양南陽 사람. 동진 때 중서시랑을 지냈다.
　≪춘추곡량전집해春秋穀梁傳集解≫ 12권을 지었는데 완원의 ≪십삼경주소十三經注疏≫
　에 수록되어 있다.

나라 사람, 설나라 사람, 소주나라 사람과 만나서 기나라에 성을 쌓았다. 옛날에 천자가 제후를 봉할 때 그 땅은 백성을 받아들이기에 충분하고, 백성은 성을 채워서 스스로를 지키기에 충분했다. 기나라가 위태로워 스스로를 지킬 수 없었기에 제후의 대부들이 함께 성을 쌓아준 것이다. 이것은 "변의 올바른 것"이다.

夏……仲孫羯會晉荀盈, 齊高止, 宋華定, 衛世叔儀, 鄭公孫段, 曹人, 莒人, 邾人, 滕人, 薛人, 小邾人, 城杞. 古者天子封諸侯, 其地足以容其民, 其民足以滿城以自守也. 杞危而不能自守, 故諸侯之大夫相帥以城之, 此"變之正"也.

≪집해≫에서는 "제후가 미약하니 정치는 대부를 따라 시행되었다. 대부들이 위태로움을 함께 불쌍히 여길 수 있었으니 변의 올바른 것이라고 한 것이다.諸侯微弱, 政由大夫, 大夫能同恤災危, 故曰變之正"라고 하였다. 또한 소공昭公 32년의 기록은 다음과 같다.

겨울에 중손하기가 진나라 한불신, 제나라 고장, 송나라 중기, 위나라 태숙신, 정나라 국참, 조나라 사람, 거나라 사람, 주나라 사람, 설나라 사람, 기나라 사람, 소주나라 사람과 만나 성주에 성을 쌓았다. 천자가 미약하니 제후는 천자를 뵙고 공물을 바치지 않았다. 천자의 존재는 오직 제사와 칭호뿐이었다. 그래서 제후의 대부들이 함께 성을 쌓아준 것이다. 이것은 "변의 올바른 것"이다.

冬, 仲孫何忌會晉韓不信, 齊高張, 宋仲幾, 衛太叔申, 鄭國叄, 曹人, 莒人, 邾人, 薛人, 杞人, 小邾人, 城成周. 天子微, 諸侯不享覲. 天子之在者, 惟祭與號. 故諸侯之大夫相帥以城之, 此"變之正"也.

제후가 "기나라에 성을 쌓고", "성주에 성을 쌓은 것"은 모두 월권행위로, "예법의 올바름은 아니지만 당시의 적절함에 합치된다."

그러므로 "변의 올바른 것"이라고 한 것이다. 이것이 《공양전》에서 말하는 "권도權"이다. 《공양전》 환공桓公 11년에서 정나라 채중祭仲이 임금을 폐위한 것을 "권도를 안다知權", "권도를 행했다行權"라고 칭찬하며 이렇게 말했다. "권도란 법도를 어겼으나 뒤에 좋은 결과가 있는 것이다.權者, 反於經然後有善者也." "법도와 권도經權"는 또한 "법도와 변칙經變"29)이라고 하는데, 실제로는 곧 "정변"이다. 이 "정변"은 예법에 따라 말한 것이다.30) 《예기》〈증자문曾子問〉에 이런 말이 있다.

> 증자가 여쭈었다. "장례에서 발인하여 도로에 들어섰는데 일식이 생기면 변경 사항이 있습니까?" 공자가 말했다. "예전에 내가 노담을 좇아 향리에서 장례를 도운 적이 있었는데, 도로에 진입하자 일식이 생겼다. 노담은 '구야, 영구를 멈추고 길 오른편으로 나가서 곡을 멈추고 변고를 살펴라'라고 하였다. 햇빛이 다시 비치자 출발하며 '이것이 예이다'라고 하였다."
> 曾子問曰, 葬引至於堩(道塗也), 日有食之, 則有變乎, 且不乎. 孔子曰, 昔者吾從老聃助葬於巷黨, 及堩, 日有食之. 老聃曰, 丘, 止柩, 就道右, 止哭以聽變. 旣明反而後行. 曰, 禮也.

뒤에 공자가 노담에게 가르침을 청했다. 노담은 영구는 해를 보고 움직여야지 별을 보고 움직여서는 안 되며, 별을 보고 다니는

---

29) 《춘추번로春秋繁露》〈옥영玉英〉편 "《춘추》에는 법도에 맞는 예법이 있고 변칙의 예법이 있다.春秋有經禮, 有變禮." 또한 "법도와 변칙의 사정에 훤한 다음에 경중의 구분을 알면, 함께 권도에 이를 수 있다.明乎經變之事, 然後知輕重之分, 可與適權矣."

30) 정초鄭樵는 〈풍에는 정변이 있다"의 논변風有正變辨〉에서 이렇게 말한 바 있다. "곡부득이하여 옛 유생의 정변설에 따른다면 《곡량전》에서 말한 변의 올바른 것과 같아야 한다.必不得已, 從先儒正變之説, 則當如穀梁之書所謂變之正." 《육경오론六經奧論》 권3에 보인다.

것은 오직 죄인과 부모의 부고를 듣고 달려가는 이밖에 없다고 하였다. 그는 일식이 생겼을 때는 혹시 별을 볼 수도 있으니 상례常禮를 바꿔서 영구를 멈추어야 한다고 하였다. 군자라면 예법을 행하는 것만 신경 쓰느라 다른 사람의 돌아가신 부모가 수모를 겪도록 해서는 안 된다는 것이었다. 이것도 "권도를 행한 것"이요, "변의 올바른 것"이기도 하다. 그러므로 노담은 "이것이 예다."라고 한 것이다. 정현은 "변경 사항이 있습니까"라는 구절에 주석을 달아 "'변'은 특수한 예법을 말한다.變謂異禮"라고 했는데, 바로 이 뜻이다. 이는 "변"의 다른 뜻으로, 또한 "올바름正"에 대응하여 말한 것이다. 변이면서 올바름을 놓친 것은 바로 "어지러움亂"이다. 《사기》〈태사공자서太史公自序〉에서는 《공양전》 학파인 동중서를 인용하면서 "어지러운 세상을 수습하고 올바름으로 되돌리는 것에는 《춘추》보다 나은 것이 없다.撥亂世, 反之正, 莫近於春秋."라고 하였으니,[31] "어지러움"과 "올바름"을 대립시킨 것이다. 정현은 일찍이 "《곡량전》의 폐단을 일으키고起廢疾", 《예기》, 《주례周禮》, 《의례儀禮》에 주석을 달고, "《공양전》의 묵수를 밝혀냈으니發墨守",[32] 풍아의 정과 변이 대립한다는 그의 견해 또한 얼마간 앞에서 설명한 뜻의 영향을 받았을 것이다.

"올바름"은 《설문해자》 二篇下에 따르면 "옳음이다.是也." 때로는 또한 "좋음善"의 동의어로, 정현의 《의례주儀禮注》에 보인다.[33]

---

31) 역자주 : 《공양전》 애공 14년에 "군자는 무엇 때문에 《춘추》를 지었는가? 어지러운 세상을 수습하고 올바름으로 되돌리는 것이 《춘추》보다 나은 것이 없었기 때문이다.君子曷爲爲春秋. 撥亂世, 反諸正, 莫近諸春秋"라는 구절이 보인다.

32) 역자주 : 《곡량전》과 《공양전》에 관한 인용구는 《後漢書》 卷35 정현의 열전에 보인다.

33) 《의례》 권3 〈사관례士冠禮〉 "올바른 해에以歲之正"의 주석: "'올바름'은 좋음과 같다.

소극적인 방면에서 풀이한 것은 "행실에 비뚤어짐이 없는 것이다. 行無傾邪也"인데, 이 역시 정현의 말로 ≪주례주周禮注≫에 보인다.34) "올바름"은 "삿됨邪"과 대립하는데 일찍이 ≪일주서逸周書≫35)에 보인다. 〈왕패해王佩解〉에 "좋음을 보고도 나태하고, 때가 이르렀는데도 머뭇거리며, 올바름을 잃고 삿됨에 처하면 오래 머무를 수 없다.見善而怠, 時至而疑, 亡正處邪, 是弗能居"라고 하였다. 공조孔晁36)는 "삿됨은 간사한 술수이다.邪, 姦術也"라고 풀이했다. 가의의 ≪신서≫ 〈도술道術〉편에서도 "반듯하고 곧아 구부러지지 않음을 올바름이라 하고, 올바름에 반대되는 것은 삿됨이다.方直不曲謂之正, 反正爲邪"라고 하였다. ≪예기·악기≫에서는 "중도의 올바름으로 삿됨이 없는 것中正無邪"을 "예의 바탕禮之質"이라고 했으니, 이 또한 "올바름"과 "삿됨"이 대립한 것이다. 〈악기〉에서 음악을 논할 때는 또한 "올바른 소리正聲"와 "간사한 소리姦聲"의 구별이 있는데, 이는 ≪순자·악론樂論≫에 뿌리를 둔다. 〈악론〉에서는 이렇게 말한다.

간사한 소리가 사람을 감동시키면 기운이 그에 호응하고, 거스르는 기운이 형상을 이루면 어지러움이 생긴다. 올바른 소리가 사람을 감동시키면 순조로운 기운이 그에 호응하고, 순조로운 기운이 형상을

正猶善也." 또한 권35 〈사상례士喪禮〉 "활깍지는 올바른 (왼쪽과 약깍의) 목재를 쓴다. 決用正"의 주석: "'올바름'은 좋음이다.正, 善也."

34) ≪주례≫ 권3 천관天官 소재小宰 "넷째는 청렴하고 바른 것이다.四曰廉正"의 주석.

35) 역자주 : 주 문왕부터 경왕景王까지의 역사, 정치, 군사, 예법 등 갖가지 내용이 기록된 문헌이다. 총 71편이고(제목만 있는 10편과 〈서序〉 포함), 각 편은 전국시대를 전후로 서로 다른 시기에 지어졌다. 오랜 세월의 변화를 거쳐 남송 무렵에 현행본의 형태가 된 것으로 추정된다.

36) 역자주 : 공조(?~?), 서진西晉의 학자. 왕숙王肅의 대표적인 제자로 정현鄭玄 학파와의 논쟁에 참여했다. ≪상서≫, ≪국어≫, ≪일주서≫에 주석을 단 것으로 알려져 있다.

이루면 안정이 생긴다. 메기고 받음에 호응이 있고 선과 악이 서로 형상을 이루니 군자는 취사선택을 신중히 하는 것이다.

凡姦聲感人而逆氣應之, 逆氣成象而亂生焉. 正聲感人而順氣應之, 順氣成象而治生焉. 唱和有應, 善惡相象, 故君子愼其所去就也.

음악은 치세와 난세, 선과 악을 상징하는 것으로 중요성이 지극히 크다. 간사한 소리는 "삿된 소리邪音" 또는 "음란한 소리淫聲"라고도 하는데, 모두 〈악론〉에 보인다. ≪예기≫ 〈악기〉에서는 또한 "음란한 음악淫樂"이라고 부르며 "세상이 어지러우면 예법이 간특해지고 음악이 음란해진다.世亂則禮慝而樂淫—공영달은 "음란함은 지나침이다.淫, 過也"라고 풀이했다—라고 하였다. ≪여씨춘추≫ 〈고악古樂〉편에서는 음악에 "올바름이 있고 음란함이 있다有正有淫"고 논하면서 곧바로 "올바름"과 "음란함"을 대립시켰다. 고유의 주석에 "올바름은 아정함이다. 음란함은 어지러움이다.正, 雅也. 淫, 亂也"라고 하였다. 〈악기〉에는 자하子夏가 위魏 문후文侯에게 한 말이 실려 있는데, "옛 음악古樂"과 "새로운 음악新樂"을 논하면서 전자는 "덕 있는 소리德音"이고 후자는 "탐닉의 소리溺音"라고 불렀으니 이 역시 "올바름"과 "음란함"의 변별이다. 자하는 옛 음악이 "조화롭고 올바르며 드넓고和正以廣" 새로운 음악이 "간사한 소리가 넘쳐 빠지면 그치지 않는다.奸聲以濫, 溺而不止"고 하였다. 또한 다음과 같이 말했다.

옛날에 천지는 순조롭고 사계절은 알맞으며 백성은 덕이 있고 오곡은 풍성하며 질병은 생기지 않고 삿된 기운은 없었으니 이것을 크게 마땅함이라고 합니다. 그 뒤에 성인이 부모자식과 임금신하를 지어 기강으로 삼았는데, 기강이 반듯하니 천하가 크게 안정되었습니다. 천하가 크게 안정된 뒤에 육률을 바로잡고 오음을 조화시키며 칭송의 시가를 현악기에 맞춰 불렀으니 이것을 덕 있는 소리라고 합니다. 덕 있는 소리를 음악이라고 합니다.……지금 임금께서 좋아하는 것은 탐닉의 소리입니다.

夫古者, 天地順而四時當, 民有德而五穀昌, 疾疢不作而無妖祥, 此之謂大當. 然後聖人作爲父子君臣, 以爲紀綱. 紀綱旣正, 天下大定. 天下大定, 然後正六律, 和五聲, 弦歌詩頌, 此之謂德音. 德音之謂樂……今君之所好者, 其溺音乎.

문후가 "탐닉의 소리는 어디서 나왔는지 묻겠습니다.問溺音何從出"라고 하니, 그는 이렇게 대답했다.

정나라 음악은 과도함을 좋아하여 뜻을 음란하게 하고, 송나라 음악은 여색을 편안히 여겨 뜻을 탐닉하게 하고, 위나라 음악은 서둘러 재촉하여 뜻을 번잡하게 하고, 제나라 음악은 거리낌 없고 별나서 뜻을 교만하게 합니다. 이 네 가지는 다 색을 넘치게 하고 덕을 해치므로 제사에는 쓰지 않습니다.

鄭音好濫淫志, 宋音燕女(허유흉許維遹 선생은 "安"자로 해야 하지 않을까 의심한다)溺志, 衛音趨(促)數(速)煩志, 齊音敖(傲)辟喬志. 此四者皆淫於色而害於德, 是以祭祀弗用也.

고대에는 시교詩教와 악교樂教가 떨어져 있지 않았다. 옛 음악이 쇠퇴하자 새로운 음악이 성행하고, 올바른 소리가 미약해지자 음란한 소리가 흥성해진 것은 춘추, 전국의 교체기이니 바로 ≪한서≫ 〈천문지〉에서 말한 "기근과 질병이 들어 근심과 고난을 겪던" 시대이자, 〈악기〉에서 이른바 "세상이 어지러운 것"이었다. 이는 정현의 시 정변설에 약간의 영향을 주었다. 그런데 시의 정변은 찬미하거나 풍자하는 정치 교화에 달려 있었다. "풍아의 올바른 경전風雅正經"은 원래부터 "법도가 되는 것을 표창하고", "변풍과 변아變風變雅"도 "경계가 되는 것을 명시하였다"―이는 시 본연의 가치를 전혀 감소시키지 않았으니 새로운 음악이 어지러움을 만들고 덕을 해치는 것과는 크게 달랐다.

하지만 시 정변설에 가장 유력하고도 직접적인 영향을 끼친 것은 아마 오행가五行家가 말하는 "시요詩妖"일 것이다. ≪한서≫ 권27 中之上 〈오행지五行志〉에서 유향劉向의 〈홍범오행전洪範五行傳〉을 인용했다.

> 말을 듣지 않는 것을 다스려지지 않음이라고 한다. 그 허물은 과도함이고, 그 벌은 오래도록 비 없는 날이요, 그 끝은 근심이다. 이때는 시요가 있다.
> 言之不從, 是謂不艾, 厥咎僭, 厥罰恆陽, 厥極憂. 時則有詩妖.

〈오행지〉에서는 이렇게 풀이했다.

> "말을 듣지 않는 것"에서 "듣는 것"은 "순종"이다. "다스려지지 않음이라고 한다"에서 "다스려짐"은 "통치"이다. 공자가 말했다. "군자가 집에 있을 때 말을 꺼낸 것이 좋지 않으면 천리 바깥에서도 그 말을 어기는데 하물며 가까운 사람임에랴."(≪주역≫ 〈계사전〉 상) ≪시경≫에서 말했다. "매미나 쓰르라미 같고 끓는 물이나 뜨거운 국 같다."(대아 〈탕〉) 이는 위에서 내리는 호령이 민심에 순종하지 않으면서 공연히 시끄럽게 하고 혼란을 일으키면 세상을 다스릴 수 없다는 말이다. 잘못은 지나침에 있다. 그래서 그 허물은 과도함이다. 과도

함은 어긋남이다. 형벌을 함부로 가중하여 음기가 붙지 않으면 양기
가 세지니 그 벌은 늘 비 없는 날인 것이다. 가뭄으로 온 곡식이 상
하면 도적질이 일어나 위아래가 모두 근심하니 그 끝은 근심인 것이
다. 임금이 타는 듯이 메말라 포학하고 신하가 형벌이 무서워 입을
다물면 원망과 비방의 기운이 가요에서 일어나니, 시요가 생긴다.

言之不從, 從, 順也. 是謂不乂, 乂, 治也. 孔子曰, 君子居其室, 出其言
不善, 則千里之外違之, 況其邇者厚.(易繫辭上) 詩云, 如蜩如螗, 如沸
如羹.(蕩) 言上號令不順民心, 虛譁憒亂, 則不能治海內. 失在過差, 故
其咎僭. 僭, 差也. 刑罰妄加, 群陰不附, 則陽氣勝, 故其罰常陽也. 旱傷
百穀, 則有寇難, 上下俱憂, 故其極憂也. 君炕陽而暴虐, 臣畏刑而拑口,
則怨謗之氣發於歌謠, 故有詩妖.

≪개원점경開元占經≫[37] 권113의 "동요童謠" 절에서도 〈홍범오
행전〉을 인용했다.

아래에서 이미 임금의 형벌이 그르다고 여기지만 엄벌이 두려워 감
히 똑바로 말하지 못하므로 달아나(따로?) 가요로 표현하여 그 일을
노래한다. 기운이 거스르면 악한 말이 이르는데, 어떤 때는 괴이한
노래가 있어서 이것으로 점을 치기에 시요라고 한다.

下旣非君上之刑, 畏嚴刑而不敢正言, 則北(別)[38]發於歌謠, 歌其事也.
氣逆則惡言至, 或有怪謠, 以此占之, 故曰詩妖.

≪순자≫에서는 "간사한 소리"와 "거스르는 기운"을 함께 이야기

---

37) 역자주 : ≪개원점경≫은 ≪대당개원점경大唐開元占經≫이라고도 하며, 당 예종睿宗에
서 현종玄宗 사이에 태사령太史令을 지낸 인도 출신의 구담실달瞿曇悉達이 개원 연간
에 편찬한 천문역법서이다. 총 120권이고, 중국과 인도의 역법, 당대 이전의 천문 관
측 기록 및 각종 천문 용어와 자료가 수록되어 있다.

38) 역자주 : 사고전서본에는 '先'으로 되어 있다.

했는데, 여기서는 "악한 말"과 "기운이 거스르다"를 함께 이야기했으니 바로 악교와 시교가 서로 통함을 알 수 있다. 〈오행지〉에 따르면 "요妖"와 "요태夭胎"는 동의어로, 조짐이라는 뜻이다.[39] 거스르는 기운이 악한 말을 낳는다는 견해는 춘추 말기에 이미 있었다. ≪국어≫ 〈주어하周語下〉에서 선單 목공穆公은 주周 경왕景王이 종을 주조하는 것에 대해 간언하며 이렇게 말하였다.

> 귀에 조화로운 소리를 듣고 입에서 아름다운 말을 내어, 그것으로 법령을 삼아 백성에게 포고하고 도량형으로 바로잡으면, 백성은 마음과 노력으로 따르기를 게을리하지 않습니다. 일을 이루는 데에 변치 않는 것이 즐거움의 지극함입니다. 입으로 맛을 받아들이고 귀로 소리를 받아들이는데 소리와 맛에서 기운이 납니다. 기운은 입에서 말이 되고……보고 듣는 것이 조화롭지 않아 놀라고 어지러움이 있으면 맛이 입에 들어가는 것이 일정하지 않고, 일정하지 않으면 기운이 제멋대로가 되고, 기운이 제멋대로면 조화롭지 않게 됩니다. 이에 함부로 거스르는 말이 있게 되고……백성은 기댈 곳이 없어 힘쓸 바를 모르고 각자 떠날 마음이 생깁니다. 임금이 백성을 잃으면 일을 해도 되지 않고, 구해도 얻지 못하니 무엇으로 즐길 수 있겠습니까.
> 夫耳內(納)和聲而口出美言, 以爲憲令而布諸民, 正之以度量. 民以心力, 從之不倦. 成事不忒(원래는 '貳'로 되어 있는데 왕인지王引之의 교감에 따라 바꾸었다), 樂之至也. 口內味而耳內聲, 聲味生氣. 氣在口爲言……若視聽不和而有震眩, 則味入不精, 不精則氣佚, 氣佚則不和. 於是乎有狂悖之言……民無據依, 不知所力, 各有離心. 上失其民, 作則不濟, 求則不獲, 其何以能樂.

---

39) ≪한서≫ 권27中之上 : "초목의 부류에서는 '요'라고 한다. '요'는 '요태'와 같은데 아직 미약함을 말한다. 凡草木之類謂之妖. 妖猶夭胎, 言尚微."

이 이야기도 원래는 악교를 논한 것이다. "기운이 제멋대로"는 위소의 주석에 "기운이 방일하여 신체에서 움직이지 않는다.氣放佚, 不行於身體"라고 하였다. 이 기운은 바로 기질氣質의 기이다. 〈악기〉에서는 "거스르는 기운"을 말한 뒤, 이어서 "군자는……태만하고 간사한 기운이 신체에 베풀어지지 않는다.君子……惰慢邪辟之氣不設於身體"라고 하였으니, "태만하고 간사한 기운"이 바로 "거스르는 기운"임을 알 수 있다. 공영달은 "거스르는 기운"을 "간사한 기운奸邪之氣"이라고 풀이했고, 유향은 "기운이 거스르다"를 "원망과 비방의 기운怨謗之氣"이라고 여겼는데, 사실은 모두 기질의 기이다. 유향의 말은 선 목공과 서로 통한다. 선 목공이 말한 것은 임금이요, "함부로 거스르는 말"은 임금의 명령을 가리키고, 유향이 이른바 "말을 듣지 않는 것" 역시 윗자리에 있는 사람을 말한다. 그런데 유향이 말하는 "시요"는 도리어 민간가요만을 가리켜 말한 것이다. 선 목공은 단지 상식에 의거하여 논지를 세운 것 같다. 유향은 음양오행설을 배경으로 하였으니 말하는 것이 자연히 더 복잡하다. "시요"가 민간가요—"원망과 비방의 기운"을 털어놓은 가요나 "괴이한 노래"—를 가리킨다면, 가요 또한 시이므로 시에도 "원망과 비방의 기운"을 털어놓는 기능이 있게 된다. 이러한 시가 바로 이른바 "풍자하는 시刺詩"이다. "풍자刺"가 바로 "원망과 비방怨謗"이다. 〈모시서〉에 따르면 풍자하는 시의 수량은 찬미하는 시를 훨씬 넘어선다(풍자시는 129편, 찬미시는 28편)—그러니 "변풍과 변아" 역시 "풍아의 올바른 경전"보다 훨씬 많다(변격의 시變詩는 206편, 정격의 시正詩는 59편). 정현은 《모전》에 주석을 달면서 이 사실을 마주하고는 자연스레 "시요"에 생각이 미치게 되었다. "시요"설의 힘을 입어 그는 〈모시서·대서〉의 "변풍과 변아"에서 말하는 "변"을 이해했다. 그는 "큰 복이 저 선대의 훌륭한 왕과 같을 것이요", "큰 재앙이 이 후대의 임금과 같을 것이다"라고 말하면서 재앙과 복을 강조하여, 음양오행설의 색채를 뚜렷이 드러내었다. 그는 또한 천문과 기상의 정과 변, 예법의 정과 변 및 음악의 올바름과 음란함에 근거하여 "옛 풍속"—구시대의 미풍양속—을 드러낸 국풍과 아의 시를 "풍아의 올바른 경전"으로 정하고 "변풍과 변아"와 짝을 지었다. 정현의 풍아의 정변설은 이렇게 구성되었다. 이 학설은 확실히 그의 창안이다.

풍아의 정변설과 '시요'설의 연원은 예전에 이미 지적한 사람이 있었다. 청나라 초기에 왕완汪琬40)은 유남사俞南史와 왕삼汪森이 선집으로 만든 ≪당시정唐詩正≫41)의 서문에서 이렇게 말했다.

≪시경≫ 풍아에 정변이 있는 것은 모시와 정현의 학문에서 비롯되었다. 주공이 성왕을 돕던 초기에는 길거리의 노래라고 해도 다 "정"의 반열을 얻었다. 유왕, 여왕 이후에는 제후, 제후의 부인, 공경대부가 세속의 문제를 근심하여 지은 것에서 뽑았지만 "변"으로 이름 짓지 않은 것이 없었다. "정변"이라는 것은 시대가 기준이지, 사람이 기준은 아니다.……≪시경≫의 정변을 살펴보면 그 시대의 흥망과 성쇠, 성패와 득실을 거울처럼 비춰볼 수 있다. 역사가가 오행을 기록

---

40) 역자주 : 왕완(1624~1691), 자는 초문茗文, 호는 둔암鈍庵, 장주長洲(지금의 강소 소주시蘇州市) 사람. 청초 강희 연간에 박학홍사과博學鴻詞科를 통해 한림원편수翰林院編修 직책에 있으면서 ≪명사明史≫ 편찬에 참여했다. 저서로 ≪요봉시문초堯峰詩文抄≫, ≪둔옹전후류고鈍翁前後類稿≫ 등이 있다.

41) 역자주 : ≪당시정≫은 유남사와 왕삼이 편찬한 시선집으로, 총 30권이고 당시 삼천여 수가 실려 있다. 오언고시부터 칠언절구에 이르기까지 시체詩體별로 편차가 되어 있고 각 시체는 초당, 성당, 중당, 만당의 순서로 배열되었다. 오언고시와 성당 시기의 비중이 높다.

할 때는 항상 "변" 가운데 심한 것을 취하여 "시요"나 시의 병폐, "말을 듣지 않는 것"의 증좌로 삼았다. 그러니 성인이 반드시 "온유 돈후"를 가르침으로 삼은 것이 어찌 우연이겠는가.

詩風雅之有正變也, 蓋自毛鄭之學始. 成周之初, 雖在途歌巷謠而皆得列 於"正". 幽厲以還, 擧凡諸侯, 夫人, 公卿大夫閔世病俗之所爲, 而莫不 以"變"名之. "正變"云云, 以其時, 非以其人也⋯⋯觀乎詩之正變, 而其 時之廢興治亂, 汚隆得喪之數, 可得而鑒也. 史家傳志五行, 恒取其"變" 之甚者, 以爲"詩妖"詩孼, "言之不從"之證. 故聖人必用"溫柔敦厚"爲敎, 豈偶然哉.

여기서는 비록 풍아의 정변설이 "시요"설에서 나왔다고 분명히 말하지는 않았지만, 둘을 비교해서 볼 수 있다면 이미 거시적 안목일 것이다. "시대가 기준이지, 사람이 기준은 아니다"라는 구절에서 "정변"을 설명한 것이 가장 투철하다. "온유돈후"의 시교에 이르면, "변풍과 변아"가 비록 "변하여도 올바름을 잃지 않으므로變而不失 正"[42] 여전히 "사람의 마음을 바르게 하고, 세상의 가르침을 단정히 했으니正人心, 端世敎",[43] 바로 〈모시서・대서〉에서 이른바 "사물의 변화에 통달하면서 옛 풍속을 그리워한 것"이요, "예의에 머문 것은 선왕의 은택 때문이다"의 뜻이다. 오직 "변하여도 올바름을 잃지 않으므로", "변풍과 변아"는 절대 "변" 때문에 시 자체의 가치가 떨어지지는 않았다. 풍아의 정변설은 원래 단지 시를 풀이

---

42) 역자주 : 인용구는 역시 ≪당시정≫의 서문으로, 앞에 "그 뒤 대력 이후 원화, 정원 연간에는 법도가 갖춰져 있어서 태평성세의 옛 풍을 잃지 않았으니, 아마 이것이 변하여도 올바름을 잃지 않은 것이리라.降而大曆以訖, 元和貞元之際, 典型具在, 猶不失承平故風, 庶幾乎變而不失正者與"라는 구절이 있다.

43) 역자주 : 사부총간본四部叢刊本에는 "正"이 "感"으로 되어 있다. 인용구는 다음과 같다. "그밖에 사람의 마음을 감동시키고 세상의 가르침을 단정히 하기에 부족한 것은 다 저희가 생략했습니다.其他不足以感人心, 端世敎則皆吾所略也."

하기 위한 것이었지 시를 비평하려는 것은 아니었다. 그러나 시의 해석 측면에서 정현의 설이 결코 완전하지 못했다는 점은 앞에서 논한 바와 같다. 시의 창작 측면은 애초에 그의 취지가 아니었기에 정변설은 자연히 더더욱 사람들을 일깨울 구석이 없었다. 정현은 또한 "공자가 의왕, 이왕 때의 시에서 진 영공의 음란한 일까지 기록하여 변풍과 변아라고 하였다"고 했는데, 진 영공 이후에는 어째서 변풍과 변아조차도 없었던가? 공영달 ≪모시정의≫ 서문의 이야기로 아마 정현의 말뜻을 보충할 수 있을 것이다. 그는 "성왕과 강왕이 죽자 송이 그치고, 진 영공이 흥하자 변풍은 사라졌다.成康沒而頌聲寢, 陳靈興而變風息"고 하였다. 이른바 "변풍은 사라졌다"에 대해 그는 〈모시서·대서〉의 풀이에서 이렇게 말했다.

태평하면 더 찬미할 것이 없고, 도가 끊어지면 다시 나무랄 것이 없는 것이 인지상정이다. 그래서 맨 처음 나쁜 풍속을 변화시키자 백성이 그것을 노래했으니 풍아의 올바른 경전이 그것이다. 비로소 태평해지자 백성이 그것을 칭송했으니 주송의 여러 편이 그것이다. 왕의 기강이 끊어지자 예의가 사라지며 백성이 다 달아나 죽고 정치가 온통 혼란해졌다. ≪주역≫에서 "천지가 닫히면 현인이 숨는다"고 한 것이 이 때이다. 비록 지혜로운 자가 있어도 다시 풍자하는 일이 없었다. 성왕의 태평시대 이후에는 아름다움이 이전과 다르지 않았으므로 송의 소리가 그친 것이다. 진 영공의 음란한 행태 이후에는 추악함으로 말할 만한 것이 다시 나오지 않았으므로 변풍이 사라진 것이다. 반고가 "성왕 강왕이 죽자 송이 그치고, 왕의 은택이 다하자 시가 지어지지 않았다"(〈양도부〉 서문)고 했는데, 이런 것을 말한다.[44]

---

44) 〈모시서·대서〉 "변풍과 변아가 일어나게 되었다而變風變雅作矣"의 주석. ≪毛詩正義≫ 一之一에 보인다.

太平則無所更美, 道絶則無所復譏, 人情之常理也. 故初變惡俗則民歌
之, 風雅正經是也. 始得太平則民頌之, 周頌諸篇是也. 若其王綱絶紐,
禮義消亡, 民皆逃死, 政盡紛亂. 易稱天地閉, 賢人隱. 於此時也. 雖有
智者, 無復譏刺. 成王太平之後, 其美不異於前, 故頌聲止也. 陳靈公淫
亂之後, 其惡不復可言, 故變風息也. 班固云, 成康沒而頌聲寢, 王澤竭
而詩不作.(〈兩都賦序〉) 此之謂也.

이 의견은 시의 발전을 너무 딱딱하게 보고 있어서 다소 억지스
럽다. 하지만 공영달은 반고에 뿌리를 두고, 반고는 또한 맹자에 뿌
리를 두고 있다. 맹자는 "왕도의 자취가 사라지니 시가 없어졌고,
시가 없어진 뒤에 ≪춘추≫가 지어졌다.王者之迹熄而詩亡, 詩亡然
後春秋作"(〈이루하〉)45)고 하였다. 맹자는 "시가 없어졌다"고 하고,
반고는 "시가 지어지지 않았다"고 하고, 정현은 "공자가 기록"한 것
이후의 시—진 영공 이후의 시는 언급하지 않았으니 각자 자신의
이유가 있는 것이다. 맹자는 바로 옛 음악이 쇠퇴하고 새로운 음악
이 흥성하던 전국시대에 태어났는데, 시는 이미 노래되지 않았고
새로운 음악은 또한 전아하지 않았으며, 새로운 시의 전통 또한 아
직은 싹을 한 점도 틔우지 않았으니, "시가 없어졌다"고 한 것이다.
반고는 맹자를 따라서 말했고, 정현도 아마 맹자의 의견을 믿었을
것이다. 정현은 후한 말에 태어났다. 사언시는 ≪시경≫ 이후 다시
는 일어나지 못했고, 중간에 모방작은 있었지만 몹시 드물었다. 정
현 당시가 되어서야 새로운 악부시의 전통이 세워지기 시작했다.

---

45) 조기 주에서는 "송의 소리가 지어지지 않는 것頌聲不作"을 "시가 없어진 것"으로 보았
고, 정현 〈왕성보王城譜〉에는 "그 시는 다시는 아에 들어갈 수 없었다.其詩不能復雅"라
는 말이 있다. 후세에 이에 근거하여 다시 아가 없어진 것을 "시가 없어진 것"으로 보
았으니, 모두 반고와 다르다.

그러나 악부시는 원래 대부분 "거리의 노래街陌謠謳"였고,[46] 후대에도 그저 문인들이 다투어 흉내 내어 지었을 따름이다. 개인이 창작한 서정적인 오언시에 대해 말하자면 건안시대에 가서야 탄생했고, 정시시대에 완적의 손에서 비로소 성장했다. 그리하여 지은 시의 낮고 못함을 평론하는 풍조도 건안시대에 이르러서야 시작되었다. 정현이 시의 창작 측면을 생각했을 리 없다는 것 또한 자연스러운 일이다. 정변설로는 원만하게 시를 해석할 수 없었기에 후세에 인용되는 일도 적었다. 앞에서 인용한 왕완의 ≪당시정≫ 서문에서는 오히려 정변설로 당시를 읽어야 한다고 선언하며 이렇게 말했다.

> 당나라 삼백 년 동안 뛰어난 자가 간간이 나왔다. 정관, 영휘 연간의 여러 시는 올바름의 시작이다. 그러나 조각이나 자수처럼 꾸미니 아직 진나라 수나라의 유풍을 벗어나지 못했다. 개원, 천보 연간의 여러 시는 올바름의 성대함이다. 그리하여 이백, 두보 두 대가가 잇따라 나왔는데, 호탕과 초월에 다가가기도 하고 침착과 감분을 쫓아가기도 하니 이것은 올바름이지만 변화가 있었다. 그 뒤 대력 이후 원화, 정원 연간에는 법도가 갖춰져 있어서 태평성세의 유풍을 잃지 않았으니, 아마 이것이 변하여도 올바름을 잃지 않은 것이리라. 그 이후에는 시어는 더욱 번잡해지고 소리는 너욱 간드러지니 당나라가 마침내 바닥으로 떨어져 멸망했다. 평론하는 이는 이것을 ≪시경≫의 조풍이나 회풍에 견주면서 비난하지 않았다. 이는 모두 시대가 그렇게 만든 것이기 때문이다.
> 有唐三百年之間, 能者間出. 貞觀, 永徽諸詩, 正之始也. 然而琱刻組績,

---

46) ≪宋書≫ 권19 〈樂志〉, "음악의 옛 가사 중 지금 남은 것은 모두 한나라 때 거리의 노래이다.凡樂章古詞, 今之存者, 並漢世街陌謠謳."

猶不免陳隋之遺. 開元天寶諸詩, 正之盛也. 然而李杜兩家聯衽接踵, 或近於跌宕流逸, 或趨於沈著感憤, 正矣, 有變焉. 降而大曆以訖, 元和貞元之際, 典型具在, 猶不失承平故風, 庶幾乎變而不失正者與. 自是以後, 其詞愈繁, 其聲愈細, 而唐遂陵夷以底於亡. 說者比諸曹鄶, 無譏焉. 凡此皆時爲之也.

성대했을 때는 임금이 위에서 정치에 힘쓰고, 재상과 백관들은 아래에서 열심히 일하고 할 말을 다하여, 정치는 청렴하고 형벌은 간소화되며 인심이 평화로웠다. 그래서 시에 나타난 것이 모두 조화롭고 기품이 있었다. 읽는 이는 올바르다 여겼지만, 짓는 이는 그것이 올바른지를 스스로 알지 못했다. 쇠퇴할 때는 조정에서 붕당끼리 서로 헐뜯고 재야에서 전쟁으로 어지러워, 정치는 어지럽고 형벌은 가혹해지며 인심이 괴로웠다. 그래서 시에 나타난 것이 또한 모두 슬프고 급박한 것이 많았는데, 가장 저급한 것은 화려한 꾸밈이었다. 중간에 비록 현인과 군자가 있어서 또한 학문을 넓히고 기운을 터주어 작품의 창성함을 꾀했지만, 끝내 이전 시대의 수준에 미칠 수 없었다. 읽는 이는 변했다고 여겼지만, 짓는 이는 또한 그것이 변했는지를 스스로 알지 못했다. 이러한 까닭에 정변이 형성되는 것은 국가의 치세와 난세에 달려 있고, 인재의 소멸과 성장은 풍속의 쇠퇴와 융성에 달려 있다. 뒤에 시를 말하는 이는 오직 한 글자 한 구절의 솜씨만 갖다가 서로 과시하고 숭상하는데, 어찌 함께 이런 것을 논할 만하겠는가.

當其盛也, 人主勵政於上, 宰臣百執趨事盡言於下, 政清刑簡, 人氣和平. 故其發之於詩率皆冲融而爾雅. 讀者以爲正, 作者不自知其正也. 及其既衰, 在朝則朋黨之相訐, 在野則戎馬之交訌, 政繁刑苛, 人氣愁苦. 故其所發又皆哀思促節爲多, 最下則浮且靡矣. 中間雖有賢人君子, 亦嘗博大其學, 掀決其氣, 以求篇什之昌, 而卒不能進及於前. 讀者以爲變, 作者亦不自知其變也. 是故正變之所形, 國家之治亂繫焉, 人才之消長, 風俗之汚隆繫焉. 後之言詩者顧惟取一字一句之工以相夸尚, 夫豈足與語此.

왕완이 정변을 논한 것은 단지 시가 시대를 반영한다는 것으로, 음양오행설의 색채는 털끝만큼도 띠고 있지 않다. 이것이 정현과는 크게 다른 점이다. 현재의 우리도 이런 의견—모든 문학은 시대를 반영한다—이다. 왕완이 "읽는 이는 올바르다 여겼지만, 짓는 이는 그것이 올바른지를 스스로 알지 못했다", "읽는 이는 변했다고 여겼지만, 짓는 이는 또한 그것이 변했는지를 스스로 알지 못했다"라고 말한 것은 정현의 이론을 보충할 만하다. "짓는 이"의 문제를 제기함으로써 그의 정변설은 오로지 시의 해석만이 아니라, 시의 비평을 겸하게 되었다. 그는 이백을 "호탕과 초월"로, 두보는 "침착과 감분"으로 설명하고, 또한 "가장 저급한 것은 화려한 꾸밈", "비록 현인과 군자가 있었지만……끝내 이전 시대의 수준에 미칠 수 없었다"라고도 했는데, 모두 시를 비평한 것이다. 시가 당나라에 이르면 개인 창작의 전통이 이미 점차 바뀌어서 "짓는 이"와 시 자체의 가치의 중요성이 일찌감치 공인되었다. 당시를 논하는 이는 "시대가 기준"이기만 할 뿐만 아니라, "사람이 기준"이고 시가 기준이어야 했다. 왕완은 정변설에 따라 당시를 읽으면서 시 비평을 건드리지 않을 수 없었는데, 그것도 역시 자연스러운 일이었다.[47] 그는 또한 초당시가 "조각이나 자수처럼 꾸미니 아직 진나라 수나라의

---

47) 주자는 〈병옹선생시의 발문跋病翁先生詩〉에서 이렇게 말했다. "변격은 역시 매우 어려운 일이다. 참으로 변격이면서 올바름을 잃지 않는다면 종횡으로 오묘한 활용이 안 될 곳이 어디인가. 불행하게도 올바름을 한 번 잃으면 도리어 옛 근본 법도를 지키며 한 평생을 마치는 것이 온당함만 못하게 된다. 이백, 두보, 한유, 유종원은 처음에는 모두 ≪문선≫의 시를 배우던 사람이다. 그런데 두보와 한유는 변격이 많았고 유종원과 이백은 변격이 적었다. 변격은 배울 수 없지만 변격을 하지 않는 것은 배울 수 있다.變亦大是難事. 果然變而不失其正, 則縱橫妙用, 何所不可. 不幸一失其正, 却似反不如守古本舊法以終其身之爲穩也. 李杜韓柳初亦皆學選詩者. 然杜韓變多而柳李變少. 變不可學而不變可學."(≪晦庵集≫ 권84) 이른바 정변에서 "올바름을 잃지 않음"과 "올바름을 잃음"은 모두 시체에서 논한 것이다. 왕완 설의 일부는 아마 여기서 나왔을 것이다.

유풍을 벗어나지 못했다"고 지적했는데, 이 또한 시의 창작 측면을 건드린 것이다. 또한 "뒤에 시를 말하는 이는 오직 한 글자 한 구절의 솜씨만 갖다가 서로 과시하고 숭상하는데"라고 언급한 것은 시의 비평과 창작을 아울러 논한 것이다. 그의 정변설에 따르면, 진나라 수나라의 "조각이나 자수처럼 꾸미기"와 후대 시 짓기에서 "한 글자 한 구절의 솜씨"를 추구하는 것 역시 "변화"라야 할 텐데, 변질되어 "올바름을 잃음"이 되고 말았다.[48] 이렇게 정변설을 시 비평과 시 창작의 두 측면에 끌어다 쓴 것은 정현이 생각지 못한 것이다. 이 두 측면에서의 활용은 기원이 멀리 육조시대에 있었는데, 뒤에 점차 발전해왔다. 왕완도 자연스레 그 영향을 받았다. 이것은 시체詩體의 정변설이라고 할 수 있다. 정현의 풍아의 정변설에서 나왔지만, 직선의 발전이 아니라 "옆으로 삐져나온旁逸斜出"[49] 발전이었다.

---

48) 섭섭葉燮은 〈왕문적류汪文摘謬〉라는 책에서 왕완을 반박한 적이 있다. "전에 공자가 ≪시경≫을 정리했을 때 정변의 구분이 있었다는 말은 듣지 못했다.……후세 사람은 도리어 변을 온통 몰아내려고 하는데, 그러면 안 되는 것이 분명하다. 그 원인을 살피면 흉중에 뚜렷한 견해도 없으면서 순순히 한나라 유생의 얕은 설을 따른 것이다. 게다가 말뜻을 바꿔서 정변을 시대의 운수에 귀속시켜버렸다. 시대의 운수에 대한 설을 고집하다보니 또한 시를 논한 것이 궁박해졌다. 이에 다시 사람들에게 영합해서 억지로 끌어붙였다. 이리저리 방해만 되고 끝내 일정한 표준이 없다.昔夫子刪詩, 未聞有正變之分……後之人翻欲盡變而紐之, 其不然也明矣. 原其故, 胸中旣無明見, 依違於漢儒之膚說. 旣又遷易其辭, 以正變歸之時運. 迨執時運之說, 則又窮於論詩. 於是又遷就以附會之. 掣肘支離, 終無一定之衡." 논평이 다소 가혹하지만 왕완이 "정변"의 말뜻을 바꾸어 후대 시의 발전으로 나아간 것을 지적한 것은 좋다.

49) 역자주 : 모순茅盾이 1941년에 지은 〈백양예찬白楊禮讚〉에서 나온 말이다.

2

시체의 정격과 변격

육조시대에 문장을 논한 것으로는 양나라 소명태자와 원제元帝 형제가 대표라고 할 수 있다. 〈소명문선서昭明文選序〉에서는 경전, 제자백가, 연설문,50) 역사서를 별도로 잘라내어 모두 아름다운 문장이 아니라고 하였다. 그는 "문채의 화려함을 모아놓은 것綜緝辭采", "문장의 꽃이 섞여 늘어선 것錯比文華"51)에 주목하여 "내용은 깊은 생각에서 나오고 의미는 멋진 문구로 귀결되는 것事出於沈思, 義歸乎翰藻"을 문장의 표준으로 추켜올렸다. "내용"은 비슷한 부류의 사건이니, 바로 전고典故이다. "멋진" 것은 비유를 가리키는데, 전고도 아울러 지칭한다. "내용은 깊은 생각에서 나오고 의미는 멋진 문구로 귀결되는 것"이란 전고와 비유 활용에 능숙하다는 뜻이

---

50) 역자주 : 주자청이 말한 "辭"는 〈소명문선서〉 원문의 "賢人之美辭" 이하의 몇 구절을 가리키는 듯하다. 소명태자는 현인의 미사여구, 충신의 간언, 변사의 언변 등이 한 시대를 풍미하며 오랫동안 전해지지만, 이들은 경전이나 제자백가 및 역사서에도 실려 있고 번다한데다가 시부 등의 아름다운 글과는 구별되므로 수록하지 않는다고 하였다.

51) 역자주 : 문채의 화려함과 문장의 꽃은 각각 찬론讚論과 서술序述, 즉 역사서의 사론史論 및 사술찬史述讚처럼 역사서 각 편의 말미에 갖가지 수식과 비유로 내용을 총결한 글에 대한 서술이다. 소명태자는 '아름다운 문장'에서 역사서를 배제하면서도 이들은 별도로 남겨두었는데, 주자청이 이들의 특성을 아름다운 문장의 요건으로 차용하였다.

다.52) 원제는 ≪금루자金樓子≫ 〈입언立言〉편에서 "읊고 노래하며 슬픈 감정에 머무는 것을 문장이라고 한다.吟詠風謠, 流連哀思者, 謂之文"라고 했고, 또한 "문장이란 비단이 가득하고 소리가 영롱하며 언변이 뛰어나고 마음이 요동치는 것이다.文者, 惟須綺縠紛披, 宮徵靡曼, 脣吻遒會, 情靈搖蕩"라고도 했다. "비단이 가득하고"라고 한 것 역시 전고와 비유 활용을 가리키는 것이다. 육조시대에 시를 논한 것으로는 종영과 유협이 대표라고 할 수 있다. 〈시품서詩品序〉에서는 "기는 사물을 움직이고 사물은 사람을 감동시키니 성정을 뒤흔들어 춤과 노래로 나타냈다.氣之動物, 物之感人, 故搖蕩性情, 行諸舞詠."라고 지적했다. 하지만 당시의 시는,

안연과 사장은 더욱 번잡하고 조밀했는데, 그 시대 사람들이 그들에게 동화되었다. 그래서 대명, 태시 연간은 문장이 거의 명구의 초록과도 같았다. 근래에 임방과 왕원장 등은 표현에서 기이함을 귀하게 여기지 않고 새로운 내용을 다투었다. 그 뒤 작자들은 점차 이러한 것이 풍속으로 되었다. 마침내 구절에는 전고 없는 표현이 없고 표현에는 유래 없는 글자가 없어, 고사 짜깁기에 얽매여 문장을 좀먹기가 너무 심해졌다. 반면에 자연스럽고 취지가 빼어난 내용은 제대로 써줄 사람을 만나기 드물었다. 표현에서 고아함을 놓쳤다면 전고라도 더해야 할 것이다. 천부적 재능이 모자라더라도 학문을 드러낸다면 이 역시 일리가 있으리라.

顔延, 謝莊, 尤爲繁密, 於時化之. 故大明, 泰始中, 文章殆同書抄. 近任昉, 王元長等, 詞不貴奇, 競須新事. 爾來作者, 寖以成俗. 逐乃句無虛語, 語無虛字, 拘攣補衲, 蠹文已甚. 但自然英旨, 罕値其人. 詞旣失高,

---

52) 내가 지은 〈文選序事出於沈思義歸乎翰藻說〉, 北京大學文科硏究所 인쇄논문 제9편에 설명이 자세하다.

則宜加事義. 雖謝天才, 且表學問, 亦一理乎.

≪문심조룡≫〈명시明詩〉편에서도 이렇게 말했다.

송 초의 문장은 체재에 인습과 변혁이 있었다. 노장 사상이 퇴조를
알리자 산수시가 번성했다. 백 글자의 대구를 짝으로 찾고 한 구절
의 기이함에 다투어 값을 불렀다. 정황은 반드시 모습을 끝까지 다
그려내고 시어는 기필코 온 힘을 다해 새로움을 좇았다. 이것이 근
래의 경쟁이다.
宋初文詠, 體有因革. 莊老告退, 而山水方滋. 儷采百字之偶, 爭價一句
之奇. 情必極貌以寫物, 辭必窮力而追新. 此近世之所競也.

"새로운 내용을 다투었다"는 전고를 가리키는 것이 분명하다.
"시어는 기필코 온 힘을 다해 새로움을 좇았다" 역시 전고와 비유
사용을 가리키는 듯하다. 이들 모두에서 당시의 기풍을 볼 수 있다.
하지만 종영과 유협 두 대가의 말에서 당시 작가들은 "새로움"의
추구를 훨씬 중요하게 여겼음을 알 수 있다.

"새로움"은 창조이고, 옛 것과 대비하여 말하면 "변화變"가 된다.
수당 이래로 "새로운 변화新變"로 종종 같이 불렸다. ≪남제서南齊
書≫53) 권52〈문학전文學傳〉에서는 다음과 같이 말했다.

익히고 즐기는 것이 이치인데, 사물이 오래되면 더러워진다. 문장에
서는 모든 옛 것을 더욱 병폐로 여겼다. 만약 새로운 변화가 없다면
영웅을 대신할 수 없었다.

---

53) 역자주 : 양 무제 때 소자현蕭子顯(489~537)이 편찬한 남조 제나라(479~502)의 역사
서이다.

習玩爲理, 事久則瀆. 在乎文章, 彌患凡舊. 若無新變, 不能代雄.

이는 "새로운 변화"를 추구해야만 독자적으로 일가를 이루어 한 시대를 호령할 수 있다고 말한 것이다. ≪양서梁書≫[54] 권49 〈유견 오전庾肩吾傳〉에서는 이렇게 말했다.

> 제나라 영명 연간에 문인인 왕융, 사조, 심약의 문장에 처음 사성을 쓰고는 새로운 변화로 여겼다. 이때가 되면 도리어 성운에 얽매여 더욱 화려함을 숭상하였다.
> 齊永明中, 文士王融, 謝朓, 沈約文章始用四聲, 以爲新變. 至是轉拘聲韻, 彌尙麗靡.

전고와 비유 사용 외에 성률 역시 "새로운 변화"를 얻는 한 갈래 길이었다. 한편 ≪양서≫ 권30 〈서리전徐摛傳〉에서는 서리[55]가 다음과 같다고 하였다.

> 글을 지을 때 새로운 변화를 만들기 좋아하고 옛 문체에 얽매이지 않았다.
> 屬文好爲新變, 不拘舊體.

당시에 이러한 "새로운 변화"에 불만을 품은 사람은 "고사 짜깁 기에 얽매여" 자연스러움을 잃었다고 여기거나,[56] "도리어 성운에

---

54) 역자주 : 당나라 초 요찰姚察(533~606)과 요사렴姚思廉(557~637)이 편찬한 남조 양 나라(502~557)의 역사서이다.

55) 역자주 : 서리(474~551), 자는 토수土秀, 동해東海(지금의 산동 담성현郯城縣) 사람. 유견오와 함께 남조 궁체시宮體詩의 대표 인물이다. 〈冬蕉卷心賦〉, 〈詠橘〉 등의 작품 이 있다.

얽매여" "참된 아름다움을 잃었다傷眞美"57)고 여겼다. 그런데 "옛 문체에 얽매이지 않기" 역시 옛것을 귀하게 여기는 사람의 한 가지 빌미였을 것이다. ≪수서隋書≫ 권15 〈음악지音樂志〉에서는 이렇게 말했다.

개황 연간에……당시 조묘달, 왕장통, 이사형, 곽금락, 안진귀 등은 모두 관현악에 절묘한 솜씨가 있었다. 새로운 소리가 기이하고 변화가 있어서 아침저녁으로 바뀌었는데, 그 음악 솜씨를 왕공 귀족들에게 펼쳐 보이니 온 세상이 다투어 흠모하고 숭상했다. 고조(수 문제)는 이것을 병폐로 여겨 여러 신하에게 말했다. "경들이 다 새로운 변화를 좋아하여 연주하는 것이 올바른 소리로 돌아오는 일이 없다고 들었는데, 이는 매우 상서롭지 못한 것이오."
開皇中……時有曹妙達, 王長通, 李士衡, 郭金樂, 安進貴等, 皆妙絶弦管. 新聲奇變, 朝改暮易, 持其音技, 估衒王公之間, 舉時爭相慕尚. 高祖病之, 謂群臣曰, 聞公等皆好新變, 所奏無復正聲, 此不祥之大也.

여기서 "올바른 소리"는 "새로운 변화"와 대비되는 것이다. 음악에서는 "새로운 변화"를 숭상하여 "올바른 소리로 돌아오는 일이 없고", 문장에서는 "새로운 변화"를 좋아하여 "옛 문체에 얽매이지 않은 것"은 이치가 똑같은 것이다. 수 고조가 "올바른 소리로 돌아오는 일이 없는 것"을 병폐로 여겼으니, "옛 문체에 얽매이지 않은 것"을 병폐로 여긴 이도 있었을 것이다. ≪문심조룡≫ 〈통변通變〉 편에 바로 이런 의견이 있는데 뒤에서 자세히 논하겠다.

---

56) 裴子野의 〈雕蟲論〉에서 "음란한 문장이 정전을 깨뜨리고 화려함이 공적으로 되었다.淫文破典, 斐爾爲功"라고 말한 것 또한 이런 의미이다.
57) 〈詩品序〉, "그리하여 문장에는 얽매임과 꺼림이 많아져 참된 아름다움을 잃게 되었다. 故使文多拘忌, 傷其眞美."

풍아의 정변에서 "변"은 "정치 교화가 쇠퇴하고政敎衰", "기강이 끊어짐紀綱絶"을 가리키고, 시대가 흥성에서 쇠퇴로 변하는 것을 가리킨다. 영향력이 거대한 ≪역전易傳≫58)의 "변"의 철학은 여기서 전혀 응용하지 않았다. ≪주역≫ 〈계사전〉에서 다음과 같이 말했다.

≪주역≫은 다하면 변하고 변하면 통하며 통하면 오래 간다.(하편)
易窮則變, 變則通, 通則久(下).

이것은 "변"의 철학적 강령인 듯하다. "변함"과 "통함"은 잇닿은 것이고, "통함"과 "다함"은 마주하는 것이다. "통함"이라야 "오래 갈" 수 있고, "오래 가"면 다함이 없다.59) 〈계사전〉에서는 다시 이렇게 말했다.

변하여 통하는 것은 사계절보다 큰 것이 없다.(상편)
變通莫大乎四時(上).

순상은 "사계절이 변하는데, 마치면 다시 시작한다.四時相變, 終而復始也"라고 풀이하였다.(≪주역집해周易集解≫ 권14) 이는 일종의 순환론 같다. 하지만 어떤 경우라도

---

58) 역자주 : ≪역전≫은 ≪주역≫ 경문經文에 대한 해설서로, 전국시대에 쓰인 것으로 여겨진다. 〈단전彖傳〉 상하편, 〈상전象傳〉 상하편, 〈문언전文言傳〉, 〈계사전繫辭傳〉 상하편, 〈설괘전說卦傳〉, 〈서괘전序卦傳〉, 〈잡괘전雜卦傳〉 등 열 편으로 되어 있고, 이것을 십익十翼이라고 한다.

59) 왕필王弼의 주석은 다음과 같다. "변화에 통달하면 다함이 없으니 오래 갈 수 있다.通變則無窮, 故可久也."

변하여 통하는 것은 때에 따르는 것이다.(하편)
變通者, 趣(趨)時者也(下).

"때에 따르면" 고집하지 않게 된다. 또한 이렇게 말했다.

형체가 드러나지 않은 것을 도라고 하고, 형체가 드러난 것을 기라고 한다. 변화하여 만드는 것을 변이라고 하고, 밀어서 행하는 것을 통이라고 한다. 취하여 천하의 백성에게 베푸는 것을 사업이라고 한다. (상편)
形而上者謂之道, 形而下者謂之器. 化而裁之謂之變, 推而行之謂之通. 舉而錯之天下之民, 謂之事業(上).

도와 기는 모두 "변하고" "통하여" 사업을 이룬다. 그래서

변하여 통하게 하여 이로움을 다했다.(상편)
變而通之以盡利(上).

변화에 통달하는 것을 일이라고 한다.(상편)
通變之謂事(上).

"변"의 효용이 이렇게 크므로, 풍아의 정변에서 "변"은 이러한 "변"과 상관이 없다는 것이 분명하다. "새로운 변화"에서 "변"은 그래도 어느새 이런 철학을 활용하고 있었다. 양나라, 진나라, 수나라, 당나라 시대에 걸쳐 이런 "변"의 철학을 문장에 대한 논의에 적용하기 시작했다고 할 수 있다.

통과 변에 대한 설을 적용하면 물론 새로움의 추구를 해석할 수

있다. 하지만 새로움의 추구가 기풍이 되자, 이 설은 도리어 복고주의자가 눈을 크게 뜨도록 도와줄 수 있었다. 《문심조룡》〈통변〉편에 바로 이런 경향이 있다.

문장의 체재는 일정함이 있으되 변화의 기술은 정해진 방도가 없으니 그러한 모습을 어떻게 밝힐 것인가. 시부에서 각종 기록에 이르기까지 명칭과 이치가 서로 이어지니 이것은 일정함이 있는 체재이다. 문채 있는 말의 기세와 역량은 변화에 통달하면 오래 가니, 이것은 정해진 방도가 없는 기술이다. 명칭과 이치에 일정함이 있으니 체재는 반드시 옛 전범에 의지한다. 변화에 통달하기는 정해진 방도가 없으니 기술은 반드시 새로운 소리를 참고한다. 그래서 끝없는 길을 달리고 마르지 않는 샘물을 마실 수 있다. 그러나 두레박이 짧아 목마름에 시달리고 발이 피곤하여 가던 길을 그치는 것은 문장을 다루는 기술이 다해서가 아니라 변화에 통달하는 방법이 모자라서이다.……대략적으로 논하자면 황제와 요임금은 돈후하면서 질박했고, 순임금 우임금은 질박하면서 명확했으며, 상나라 주나라는 아름다우면서 우아했고, 초나라 한나라는 화려하면서 고왔으며, 위나라 진나라는 얕으면서 맵시 있고, 송나라 초는 괴이하면서 새로웠다. 질박함에서 괴이함에 이르기까지 후대로 갈수록 엷어졌는데 어째서인가. 지금의 글을 앞 다투고 옛 것은 소홀히 하여 기풍이 어두워지고 쇠퇴했기 때문이다.

夫設文之體有常, 變文之數無方, 何以明其然耶. 凡詩賦書記, 名理相因, 此有常之體也. 文辭氣力, 通變則久, 此無方之數也. 名理有常, 體必資於故實. 通變無方, 數必酌於新聲. 故能騁無窮之路, 飮不竭之源. 然綆短者銜渴, 足疲者輟途, 非文理之數盡, 乃通變之術疏耳……推而論之, 則黃唐淳而質, 虞夏質而辨, 商周麗而雅, 楚漢侈而艶, 魏晉淺而綺, 宋初訛而新. 從質及訛, 彌近彌澹, 何則. 競今疏古, 風昧氣衰也.

지금 재능이 뛰어난 문사는 각고의 노력으로 문장을 배우는데, 한나라 문장은 소홀히 하고 송나라 문집을 모범으로 배우는 이가 많다. 고금의 문장을 갖추어 읽기는 하지만 근대의 글은 가까이 두고 먼 과거의 글에는 등한한 것이다. 푸름은 쪽에서 나오고 붉음은 꼭두서니에서 나오는데, 이들은 본래의 빛깔보다 빼어나지만 다시 변화하지는 못한다. 환담은 "내가 보기에 신인 작가의 미려한 문장은 아름답기는 하나 문장의 멋이 없다. 유향과 양웅의 글을 보면 늘 보탬이 된다"라고 말했는데, 이것이 그 증거이다. 그래서 푸름과 붉음을 물들이는 것은 반드시 쪽과 꼭두서니에 의지하고, 괴이함을 바로잡고 얕음을 바꾸려면 여전히 경전을 받들어야 한다. 이렇게 내용과 형식을 헤아리고, 우아함과 통속 사이에서 바로잡으면 변화에 통달함을 함께 이야기할 만하다.……치우친 이해에 얽매이고 한 가지 터득에 우쭐대면 이는 마당에서 말 타고 맴도는 것일 뿐이니, 어찌 만 리를 빠르게 걷겠는가.

今才穎之士, 刻意學文, 多略漢篇, 師範宋集. 雖古今備閱, 然近附而遠疏矣. 夫靑生於藍, 絳生於蒨, 雖踰本色, 不能復化. 桓君山云, 予見新進麗文, 美而無采. 及見劉揚言辭, 常輒有得, 此其驗也. 故練靑濯絳, 必歸藍蒨. 矯訛翻淺, 還宗經誥. 斯斟酌乎質文之間, 而隱括乎雅俗之際, 可與言通變矣……若乃齷齪於偏解, 矜激乎一致, 此庭間之迴驟, 豈萬里之逸步哉.

글에서는 "문장 표현의 기세와 역량은 변화에 통달하면 오래 가고", "기술은 반드시 새로운 소리를 참고한다"는 것을 인정하고 있다. 하지만 당시의 "지금의 글을 앞 다투고 옛 것은 소홀히 하는 것"은 한 쪽으로 치우치는 폐단이 있어 전모를 알지 못하니, 천편일률을 면할 수 없어서 "기풍이 어두워지고 쇠퇴했다." 글에서는 "송나라 초는 괴이하면서 새로웠다"고 평론했는데, "괴이함"은 변

화요, 또한 "요妖"의 뜻이 있다.[60] "새로움"인데 "우아하지" 않고,
"새로움"인데 올바름을 잃어서 "새로움"이 본분을 지나친 것이 바
로 "괴이함"이다. "괴이함"은 자연히 "질박함"이 될 수 없고, "질박
함"은 진함이요 두터움이니,[61] 질박하지 않으면 얇아지고 "옅어져"
버린다. 이 시기는 마치 "문장을 다루는 기술이 다하여" 갈 길이
없는 듯 했지만, 사실은 그렇지 않다. "괴이함을 바로잡고 얕음을
바꾸러 여전히 경전을 받들고", "질박함과 문장 수식을 헤아리고,
우아함과 통속 사이에서 바로잡기"만 하면 변화에 통달해 나갈 수
있으니, 길은 여전히 "끝이 없는 것無窮"이었다. 청대 기윤은 이 단
락에 대해 다음과 같이 논평했다.

> 유협은 변화에 통달함으로 논지를 세웠다. 그러나 세속에서 숭상하는
> 것에서 새로움을 찾으면 얕은 꾀가 자기 마음을 스승으로 여기니, 도
> 리어 자잘한 기교가 되어 버린다.……그래서 반대 방향으로 잡아 당
> 겨 옛 것에서 찾는다. 동시대의 새로운 소리에 군더더기 아닌 것이
> 없다면 옛 사람의 옛 법식이 도리어 새로운 소리가 된다. 옛 것으로
> 돌아감인데 변화에 통달함으로 이름하는 것은 다 이 때문이다.
> 彦和以通變立論. 然求新於俗尙之中, 則小智師心, 轉成纖仄……故挽其
> 返而求諸古. 蓋當代之新聲旣無非濫調, 則古人之舊式轉屬新聲. 復古而
> 名以通變, 蓋以此爾.[62]

---

60) ≪山海經・西次三經≫, "장아라는 산은……새가 있는데……이름은 필방이고……보이면 그
   곳에는 괴이한 화재가 생긴다.章莪之山……有鳥焉……名曰畢方……見則其邑有讛火." 곽박
   郭璞은 "'讛'는 역시 '妖'가 바뀐 글자이다.讛亦妖讛字"라고 풀이했는데, "讛"가 바로
   "訛"자이다.

61) ≪一切經音義≫ 권28에서 ≪三蒼≫의 "'淳'은 진함이다.淳, 濃也"를 인용했다. ≪淮南子≫
   〈齊俗〉편 "천하의 순후함을 흩뿌리고澆天下之淳"에서 고유高誘는 "'淳'은 두터움이다.
   淳, 厚也"라고 풀이했다.

62) 역자주 : 기윤은 청대 황숙림黃叔琳의 ≪文心雕龍輯注≫에 평어를 붙인 바 있다. 인용
   된 평어는 권6에 있다.

이 말은 옛 것으로 돌아감이 어떻게 변화에 통달함이 되는지를 꿰뚫어본 것으로, 유협의 의도를 가장 정확히 해석하였다.

유협이 옛 것으로 돌아감을 변화에 통달함으로 여긴 것은 비록 순환론에 가깝지만 창견인 것은 확실하다. 그는 당시의 정황을 정확히 진단하고 새로운 활로를 제시했다. 하지만 그의 의견은 당시에 거의 아무런 영향도 끼치지 못했다. 그 영향력은 당나라에 이르러서야 두드러지게 되었다. 먼저 옛 것으로 돌아가자고 호소한 것은 진자앙陳子昂63)이다. 그는 〈좌사 동방규에게 주는 수죽편與東方左史虬修竹篇〉의 서문 첫머리에서 곧장 이렇게 말했다.

문장의 도리가 망가진 지 오백년이 되었습니다. 한, 위의 기풍과 뼈대가 진, 송 때는 전해지지 않았지만 문헌은 증명할 만한 것이 있습니다. 저는 틈나는 대로 제, 양 시기의 시를 본 적이 있는데, 채색의 화려함이 번다함을 다퉜지만 흥의 기탁은 모두 끊어져 매번 길게 탄식했습니다. 가만히 옛 사람을 생각해보면 늘 스러지고 쇠잔하여 국풍과 아가 일어나지 않을까봐 근심스러웠습니다.
文章道弊五百年矣. 漢魏風骨, 晉宋莫傳, 然而文獻有可徵者. 僕嘗暇時觀齊梁間詩, 彩麗競繁, 而興寄都絶, 每以永歎. 竊思古人, 常恐逶迤頹靡, 風雅不作, 以耿耿也.(≪陳伯玉文集≫ 권1)

그는 시를 국풍과 아로 되돌리고, 한나라, 위나라 시대로 되돌리려 했다. 그가 〈감우시感遇詩〉38수를 지은 것은 완적을 배운 것이다.64) 노장용盧藏用65)이 그의 문집에 서문을 지어 다음과 같이 말

---

63) 역자주 : 진자앙(661~702), 자는 백옥伯玉, 재주梓州(지금의 사천 사홍시射洪市) 사람. 당나라 때 우습유右拾遺를 지냈다. 〈감우시感遇詩〉 등 시 100여 수가 있다.

64) 역자주 : 皎然 ≪詩式≫ 권3 : "진자앙의 〈감우〉30수는 완적의 〈영회〉에서 나왔다.子昻感寓三十首, 出自阮公詠懷" 沈德潛 ≪唐詩別裁集≫ 권1 凡例 : "진자앙은 원래 완적

했다. "도가 사라진지 오백년 만에 진자앙이 나왔다.……천고에 우
뚝 서서 쏟아지는 파도를 틀어막았다. 천하가 다 함께 따르니 내용
과 형식이 크게 바뀌었다.道喪五百歲而得陳君……卓立千古, 橫制頹
波. 天下翕然, 質文一變." 또한 "감격이 변화 반복하거나 미묘함이
드러나고 심오함을 밝히는 것, 거의 변화의 조짐을 드러내어 하늘
과 인간의 관계로 이어지는 것은 〈감우〉 편에 남아 있다.至於感激
頓挫, 微顯闡幽, 庶幾見變化之朕, 以接乎天人之際者, 則感遇之篇存
焉"(≪全唐文≫ 권238)라고 하였다. 이른바 "내용과 형식이 크게 바
뀌었다"와 이른바 "변화의 조짐"은 바로 ≪문심조룡·통변≫의 의
미이다. 이백은 진자앙의 뒤를 이어 시에서 "옛 도리로 돌아갈 것
復古道"을 주장했다. 그는 "양나라 진나라 이래로 부박한 풍조가
극에 달했고 심약은 더욱이 성률을 숭상했다. 옛 도리로 돌아가는
것이 내가 아니면 누구겠는가.梁陳以來, 艶薄斯極, 沈休文又尙以聲
律. 將復古道, 非我而誰與"라고 말했다.(≪本事詩≫ 第三 〈高逸〉) 그
의 〈고풍古風〉 제1수에서 논한 것이 더욱 상세하다.

> 大雅久不作, 대아가 오래도록 지어지지 않으니
> 吾衰竟誰陳. 내가 노쇠하면 끝내 누가 말할까.
> 王風委蔓草, 왕풍의 시는 덩굴 풀숲에 버려지고
> 戰國多荊榛. 전국시대는 좀모형 개암나무 많았지.
> 龍虎相啖食, 용과 호랑이가 서로 잡아먹어

에 뿌리를 두고 있다.子昻原本于阮公."

65) 역자주 : 노장용(664?~713?), 자는 자잠子潛, 범양范陽(지금의 하북 탁주시涿州市) 사
람. 진사에 합격한 뒤 종남산에 은거하다가 좌습유로 발탁되어 예부시랑 등의 벼슬을
지내다가 태평공주太平公主의 몰락으로 인해 영남嶺南으로 유배가게 되었다. ≪전당시≫
에 8수의 시가 전한다.

兵戈逮狂秦. 창칼 싸움이 광포한 진나라에 이르렀다.

正聲何微茫, 올바른 소리는 어찌나 아득한가

哀怨起騷人. 슬픔과 원망이 굴원에게서 일어났지.

揚馬激頹波, 양웅과 사마상여는 쏟아지는 파도를 막고

開流蕩無垠. 새 물결 열어 기세가 끝없었네.

廢興雖萬變, 흥망성쇠가 수만 번 바뀌어도

憲章亦已淪. 시의 법도는 역시 가라앉아버리니

自從建安來, 건안시대 이래로

綺麗不足珍. 화려해져 귀하게 여길 것이 없었다.

聖代復玄古, 성군의 당나라는 먼 옛날로 돌아가

垂衣貴清眞. 의상을 펼쳐서 자연의 소박함을 중시하니

群才屬休明, 뭇 인재가 아름답고 밝은 시대에

乘運共躍鱗. 시운을 타고 함께 뛰어올랐지.

文質相炳煥, 형식과 내용이 모두 빛나서

衆星羅秋旻. 여러 별이 가을 하늘에 늘어섰다.

我志在刪述, 내 지향은 ≪시경≫과 ≪춘추≫에 있으니

垂輝映千春. 광휘를 드리워 천 년 동안 비추고

希聖如有立, 성인을 바라다가 불후의 업적을 세운다면

絕筆於獲麟. 공자처럼 '획린'에서 절필하리라.

(≪李太白集≫ 권3)

"대아가 오래도록 지어지지 않았다", "올바른 소리는 어찌나 아득한가", "흥망성쇠가 수만 번 바뀌어도 시의 법도는 역시 가라앉아버리니"도 "정"과 "변"을 대립시킨 것이다. 이른바 "올바른 소리"란 바로 〈시보서〉의 "풍아의 올바른 경전"이다. 하지만 "흥망성쇠가 수만 번 바뀌다"의 "변"은 결국 "사람이 기준"이자 아울러 "시대가 기준"이고, "시의 법도가 가라앉아버린 것"도 마찬가지이다.

"화려함"은 "사람"의 측면에 치중하고 시체의 "변"에 치중한 듯하지만, 그래도 역시 "시대가 그렇게 만든 것"이므로 "건안시대 이래로 화려해져 귀하게 여길 것이 없었다"고 한 것이다. 시의 말미에는 당나라가 "먼 옛날로 돌아가" "자연의 소박함을 중시"했다고 말했는데, "자연의 소박함"은 곧 〈시품서〉에서 말하는 "자연스러움"이니, 곧 이백의 〈강하태수 위양재에게 드림贈江夏韋太守良宰〉이라는 시에서 말한 "맑은 물에서 연꽃이 나오니 자연스러워 꾸밈이 없군요.清水出芙蓉, 天然去彫飾"(≪李太白集≫ 권11)이다. "화려함"은 "형식이 내용을 이기는 것文勝質"인데,66) 그가 요구한 것은 "형식과 내용이 모두 빛나는 것"으로, ≪문심조룡≫에서 말하는 "내용과 형식을 헤아림斟酌乎質文之間"이다. 이백은 비록 "흥의 깃들임이 오묘한 것은 오언시가 사언시만 못하고, 칠언시는 더욱 미약하다.興寄深微, 五言不如四言, 七言又其靡也"(≪本事詩≫ 第三〈高逸〉)라고 하였으나, 오언과 칠언시만 지었는데 칠언시가 더욱 많았다. 칠언고시와 칠언절구의 두 시체는 오히려 모두 그의 손에서 확립되었다. 그의 복고는 사실상 혁신이었고, 사실 변화에 통달하는 것이기도 했다.

한유는 고문을 제창한 첫 번째 사람이다. 그는 〈풍숙에게 주며 문장을 논하는 편지與馮宿論文書〉에서 "사정에 따라應事" 지은 "세속의 글俗下文字"과 "고문古文"을 대립시켰다.(≪韓昌黎集≫ 권17)67) 또한 〈유정부에게 답하는 편지答劉正夫書〉에서는 문장 짓기란 "옛

---

66) 역자주 : ≪論語≫〈雍也〉, "공자가 말했다. '내용이 형식을 이기면 투박하고, 형식이 내용을 이기면 화려하다.子曰, 質勝文則野, 文勝質則史."

67) 역자주 : "때때로 사정에 따라 세속의 글을 지었는데, 붓을 드는 것이 부끄러웠지만 사람들에게 보여주면 사람들은 좋다고 여겼습니다.……고문이 지금 세상에 무슨 소용인지 모르겠습니다.時時應事作俗下文字, 下筆令人慚, 及示人則人以爲好矣……不知古文直何用於今世也."

성인과 현인을 스승으로 삼는 것이 마땅하다宜師古聖賢人"고 하였
다.(≪韓昌黎集≫ 권18)68) 그가 스승으로 삼은 옛 성현에 대해서는
〈학문으로 나아감에 대한 해명進學解〉에 자세한 항목이 열거된다.

　　문장을 지으면 글이 집을 가득 채웁니다. 위로는 순임금 우임금의
　　혼연하여 끝이 없는 글, 주나라의 포고문과 은나라의 〈반경〉처럼 어
　　렵고 읽기 힘든 글, ≪춘추≫처럼 근엄하고 ≪좌전≫처럼 과장스러운
　　글, ≪주역≫처럼 기이하되 법식이 있고 ≪시경≫처럼 아정하되 꽃
　　처럼 아름다운 글을 본받습니다. 아래로는 ≪장자≫나 ≪이소≫,
　　태사공의 ≪사기≫, 양웅과 사마상여처럼 솜씨는 같으면서 곡조가
　　다른 글까지 미칩니다.
　　作爲文章, 其書滿家. 上規姚姒, 渾渾無涯. 周誥殷盤, 佶屈聱牙. 春秋
　　謹嚴, 左氏浮誇. 易奇而法, 詩正而葩. 下逮莊騷, 太史所錄, 子雲相如,
　　同工異曲.(≪韓昌黎集≫ 권12)

　　이것이 바로 〈이익에게 답하는 편지答李翊書〉에서 말하는 "하,
상, 주, 전한, 후한의 글이 아니면 감히 보지 않았다.非三代兩漢之
書不敢觀"이다.(≪韓昌黎集≫ 권16) 그는 "옛 사람은 그리워도 보지
못하지만, 옛 도는 배울 때 그 표현까지 아울러 통달하려 했다.思古
人而不得見, 學古道則欲兼通其辭" 이른바 "그 표현에 통달하다"란
곧 "구법이 오늘날과 같지 않은 것을 취한 것 取其句讀不類於今者"
이다.(〈구양첨의 애도문 뒤에 쓰다題歐陽生哀辭後〉, ≪韓昌黎集≫ 권
22)69) 그는 비록 "끝내 옛 사람과 같아야直似古人"(〈풍숙에게 주며

---

68) 역자주 : "누가 문장을 지을 때 누구를 스승으로 삼을지 물으면 반드시 정중하게 옛
　　성인과 현인을 스승으로 삼는 것이 마땅하다고 대답했습니다.或問, 爲文宜何師. 必謹對
　　曰, 宜師古聖賢人."

69) 역자주 : "내가 고문을 짓는 것이 어찌 그저 구법이 오늘날과 같지 않은 것을 취한 것

문장을 논하는 편지》)한다고 말하긴 했지만, "구법이 오늘날과 유별난 것을 취한 것"은 사실 바로 "오직 진부한 말을 없애기에 힘쓴 것惟陳言之務去"(〈이익에게 답하는 편지〉)이요, 스스로 새로운 말을 창조한 것이다. ≪구당서舊唐書≫[70] 권164 한유의 열전에서 제대로 설명하고 있다.

(한유는) 늘 위진 시대 이후 글을 짓는 이는 대구법에 얽매이는 일이 많은데, 경전의 가르침이나 사마천, 양웅의 기세는 다시 떨쳐 일어나지 못하고 있다고 여겼다. 그래서 한유가 짓는 문장은 근래의 문체를 뒤집는 데에 힘썼다. 뜻을 펴고 주장을 세워 스스로 일가의 새로운 언어를 이루었다.
「愈」常以爲自魏晉已還, 爲文者多拘偶對, 而經誥之指歸, 遷雄之氣格, 不復振起矣. 故愈所爲文, 務反近體. 抒意立言, 自成一家新語.

이고李翺[71]의 〈이부시랑 한유의 제문祭吏部韓侍郎文〉에서도 말했다. "육경의 학문이 끊겼다가 다시 새로워졌다. 배우는 이가 귀의하여 문장에 큰 변화가 있었다.六經之學, 絶而復新. 學者有歸, 大變

70) 역자주 : 940년 후진後晉 고조高祖 석경당石敬瑭의 명으로 재상 조형趙瑩이 편찬한 당나라의 역사서이다. 945년 완성 때의 편찬자는 당시 재상인 유구劉昫의 명의로 되어 있다. 본기本紀 20권, 지지 30권, 열전 150권 등 총 200권이다. 편집상의 문제나 당나라 말기의 서술이 빈약하다는 단점이 지적되지만, 송나라 때 송기宋祁, 구양수歐陽脩가 편찬한 ≪신당서≫에 비해 당나라 당시의 원 사료가 비교적 풍부하게 수록되었다는 장점이 있다.

71) 역자주 : 이고(772~841), 자는 습지習之, 농서隴西(지금의 감숙 천수시天水市) 사람. 국자박사, 중서사인 등의 관직에 있었다. 한유에게 고문을 배우고 숭유배불崇儒排佛 사상을 견지했다. 〈복성서復性書〉 등의 작품이 있다.

於文."(≪李文公集≫ 권16) 한유의 복고는 아직 변화에 통달한 것일 뿐이었다. 뒤에 송대에 이르면 고문은 이미 정통이 되었으니, 소식의 〈조주 한문공 사당의 비문潮州韓文公廟碑〉에서는 "천하가 모두 한문공을 따라 올바름으로 돌아온 것이 이제 삼백년이 되었다.天下靡然從公, 復歸於正, 蓋三百年於此矣"라고 하였다.(≪東坡先生全集≫ 권17) 당나라 때는 변격이던 것이 송나라 때는 도리어 "정"이 된 것이다. 변화에 통달하되 복고로 호소하는 것은 바로 이런 순환론을 이용하여, 정통의 지위를 차지하기 위한 것이었다. 한유의 문하에는 황보식皇甫湜72)도 있었는데, 문장을 논할 때 기이함을 높여 더더욱 "근래의 문체를 뒤집는 데에 힘쓰기"를 내세웠으니, 스스로 새로운 언어를 창조하는 스승의 가르침이었다. 그는 〈이생에게 답하는 두 번째 편지答李生第二書〉에서 이렇게 말했다.

기이함이란 올바름이 아니지만, 또한 올바름에 해로움이 없는 것을 말합니다. 기이함이라면 바로 일정함이 아닌 것입니다. 일정치 않음은 일정함만 못함을 말하고, 일정함만 못함이란 곧 일정함을 벗어난 것을 말합니다. 올바름에 해로움 없이 일정함에서 벗어나니 높여도 괜찮습니다.……문장이란 다름이 아니라 말이 화려한 것입니다. 쓰임새는 이치를 통하게 하는 것에 있을 따름이니, 굳이 기이함에 힘쓰지 않더라도 역시 기이함에 해로움은 없습니다. 문장이 기이하면서 이치가 올바른 것은 더욱 어려운 일입니다.
夫謂之奇, 則非正矣, 然亦無傷於正也. 謂之奇, 卽非常矣. 非常者, 謂不如常者, 謂不如常, 乃出常也. 無傷於正而出於常, 雖尙之亦可也……

---

72) 역자주 : 황보식(777~835), 자는 지정持正, 목주睦州(지금의 절강 항주시杭州市) 사람. 공부낭중工部郞中 등의 벼슬을 지냈다. 한유에게 고문을 배웠다. 작품으로 ≪황보지정문집皇甫持正文集≫이 전한다.

夫文者非他, 言之華者也. 其用在通理而已, 固不務奇, 然亦無傷於奇也. 使文奇而理正, 是尤難也.(≪皇甫持正文集≫ 권4)

"기이함과 올바름奇正"은 본디 병가의 용어이니, ≪손자孫子≫ 권5 〈세勢〉편에서 이렇게 말했다.

전세는 기이함과 올바름에 지나지 않는다. 기이함과 올바름의 변화는 이루 다 알 수 없다. 기이함과 올바름이 상생하는 것은 고리처럼 도는 것이 끝없는 것과 같으니 누가 다 알 수 있겠는가.
戰勢不過奇正. 奇正之變, 不可勝窮也. 奇正相生, 如循環之無端, 孰能窮之.

따라서 "변"에는 "기이함"의 뜻이 있으니, ≪문선≫ 〈서경부西京賦〉[73]의 "구름다리 안에서 모양의 변화를 다하였다.盡變態乎其中"에 대해 설종薛綜[74]은 "변화는 기이함이다.變, 奇也"라고 풀이하였다. ≪송서宋書≫ 권69 〈범엽전范曄傳〉의 〈옥중에서 여러 조카에게 주는 편지獄中與諸甥姪書〉에서는 "≪후한서≫의 찬은 원래 내 문장에서도 걸출한 생각이니, 거의 한 글자도 군더더기로 놓은 것이 없고, 기이한 변화가 다하지 않는다.贊自是吾文之傑思, 殆無一字空設, 奇變不窮"라고 하였다. 황보식이 기이함을 높인 것도 변화를 추구한 것과 다름없음을 알 수 있다.

당나라 때 고문은 비록 줄곧 옛 것으로 돌아가는 것을 변화에 통

---

73) 역자주 : 후한의 장형張衡이 전한의 수도였던 장안長安에 대해 쓴 부이다.

74) 역자주 : 설종(?~243), 자는 경문敬文, 패군沛郡(지금의 안휘 회북시淮北市) 사람. 삼국시대 오나라 태자소부太子少傅 등의 벼슬을 역임했다. 저작으로 ≪사재私載≫, 〈이경해二京解〉 등이 있다.

달한 것으로 삼기는 했지만, 시는 도리어 두보로부터 여러 갈래로 새로운 변화에 진입한데다가 "기이한 변화가 다하지 않았다." 두보는 제나라 양나라를 전혀 얕잡아보지 않아서 "갈수록 더욱 많아지는 스승轉益多師"이라고 주장했다.[75) 또한 새로운 흥취의 율시에 자못 마음을 쏟았으니, 그는 "글을 쓸 때는 반드시 격률에 맞춤遺辭必中律"(〈橋陵詩〉三十韻, ≪杜少陵集詳註≫ 권3)[76)을 요구한데다가 "늘그막에 갈수록 시율에 세심해졌다.晚節漸於詩律細"(〈遺悶呈路曹長〉, ≪杜少陵集詳註≫ 권18)라고 자부했다. 그는 "사람됨은 성질이 별나고 좋은 시구에 빠져 있어, 시어가 사람을 놀라게 하지 않으면 죽어도 그만두지 않으리.爲人性僻耽佳句, 語不驚人死不休"(〈江上值水如海勢〉, ≪杜少陵集詳註≫ 권10)라고 했는데, 명나라 왕세정王世貞[77)이 ≪예원치언藝苑卮言≫ 권4에서 그가 "독창을 으뜸으로 삼았다.以獨造爲宗"라고 한 것은 맞는 말이다. 시를 지을 때 이렇게 "독창을 으뜸으로 삼은" 이로는 두보 이후에 한유를 들어야 할 것이다. 구양수는 ≪육일시화六一詩話≫에서 이렇게 말했다.

> 한유의 필력은 써내지 못하는 것이 없었으나, 일찍이 시를 문장의 말단으로 여겼다. 그래서 시에서 "정이 많다보니 술친구가 생각나고, 자투리 일반 남았으니 시인 노릇 해보네."(〈석씨에게 회답하다〉)라고

---

75) 〈장난삼아 읊은 여섯 절구戱言六絶句〉의 여섯째 수 : "갈수록 더욱 스승이 많아지리니 이들이 너의 스승이리라.轉益多師是汝師", ≪杜少陵集詳註≫ 권11.

76) 역자주 : 이 시는 두보가 예종睿宗의 무덤인 교릉을 읊으면서 봉선현奉先縣의 관리들에게 보여준 것으로, 인용된 구절은 그들의 글 솜씨를 칭송한 것이다.

77) 역자주 : 왕세정(1526~1590), 자는 원미元美, 호는 봉주鳳洲, 엄주산인弇州山人, 태창太倉(지금의 강소 소주시) 사람. 벼슬이 남경형부상서南京刑部尚書에 이르렀다. 이반룡李攀龍 등과 함께 후칠자後七子로 불렸으며, 당시 문단의 영수로 활약했다. ≪엄주산인사부고弇州山人四部稿≫, ≪예원치언藝苑卮言≫ 등의 저술이 있다.

하였다. 그러나 담소거리를 제공하고 우스개를 보태며 사람의 마음을 펼치고 사물의 모습을 그려내는 것이 한 번 시에 깃들면……78)
退之筆力, 無施不可, 而嘗以詩爲文章末事. 故其詩曰, 多情懷酒伴, 餘事作詩人(〈和席〉八十二韻, 《韓昌黎集》 권10)也. 然其資談笑, 助諧謔, 敍人情, 狀物態, 一寓於詩.

　"담소거리를 제공하고 우스개를 보태는 것"이 이미 "독창"인데, 〈선비를 천거하다薦士〉라는 시에서 맹교孟郊79)가 "하늘을 가로질러 생경한 시어가 서렸고, 적절함은 힘이 굳세다.橫空盤硬語, 妥帖力排奡"고 칭찬한 것은 역시 스스로에 대한 고백이기도 하니, 한유가 "독창"에 들인 노력이 더욱 잘 드러난다. 그는 비록 "시를 문장의 말단으로 여겼지만", 사자는 토끼를 잡을 때도 온 힘을 다하는 법이다. 송시는 두보와 한유 두 대가가 끼친 영향이 가장 컸다. 하지만 송나라 사람 중에는 한유의 시가 "압운한 문장押韻之文"이라고 말하는 이도 있고,80) 그가 "문장으로 시를 썼다以文爲詩"고 말하는 이도 있다.81) 마치 한유의 "독창"이 두보에 비해 심하고, 한유가 새로운 변화로 더욱 나아간 듯하다. 그러나 두보와 한유 두 대

---

78) 역자주 : 한유의 원문에는 인용구 뒤에 "그 오묘함을 다하게 된다.而曲盡其妙"라는 구절이 이어진다.

79) 역자주 : 맹교(751~814), 자는 동야東野, 호주湖州(지금의 절강 호주시) 사람. 하급관직을 몇 번 역임했으나 생활이 늘 곤궁했다. 〈유자음遊子吟〉 등의 시가 유명하다.

80) 《冷齋夜話》 권2에 기록된 沈存中(沈括)의 말 : "한유의 시는 압운한 문장일 따름이다. 웅건한 아름다움이 풍부하긴 하지만, 결국 시는 아니다.退之詩, 押韻之文耳. 雖健美富贍, 然終不是詩." 역자주 : 《냉재야화》는 북송의 승려 혜홍惠洪(1071~1128)이 펴낸 설화집이다. 필기筆記류의 이야기와 시화가 다수 수록되어 있다. 심괄(1031~1095), 자는 존중存中, 호는 몽계장인夢溪丈人, 절강 항주 사람. 북송 때 태자중윤太子中允, 삼사사三司使 등의 관직을 역임했다. 대표작으로 《몽계필담夢溪筆談》이 있다.

81) 《後山詩話》 : "한유는 문장으로 시를 지었고……비록 천하의 솜씨를 다하더라도 절대로 본업은 아니다.退之以文爲詩……雖極天下之工, 要非本色." 역자주 : 《후산시화》는 북송의 진사도陳師道(1053~1101)가 지은 시화집이다.

가는 모두 전혀 "그것이 변했는지를 스스로 알지 못했으니", 송대에 들어서야 비로소 그들을 변화로 여긴 독자가 있게 되었다. 첫 번째로 변화를 관찰한 사람으로는 소식을 들어야 할 것이다. 그는 〈황효선의 시집을 읽고 쓰다書黃子思詩集後〉에서 이렇게 말했다.

> 내가 일찍이 서예를 논하면서 종요와 왕희지의 필적은 자연스럽고 간명하며 심원하여 묘처가 필획의 바깥에 있었는데, 당나라 안진경과 유공권에 이르러 처음으로 고금의 필법을 모아서 다 발휘하고 서예의 변화를 지극히 하여 천하가 일제히 으뜸 스승으로 여기니, 종요와 왕희지의 법도는 더욱 쇠미해졌다고 하였다. 시도 역시 마찬가지로, 소무와 이릉의 자연스러운 성취, 조식과 유정의 스스로 터득함, 도연명과 사령운의 초연함이 또한 지극하지만, 이백과 두보는 절세의 영특한 자질로 백대를 뛰어넘으니 고금의 시인이 모두 사라졌다. 그러나 위나라 진나라 이래의 세속을 뛰어넘는 높은 풍격도 다소 쇠퇴했다.
> 予嘗論書, 以謂鍾王之迹, 蕭散簡遠, 妙在筆畫之外. 至唐顔柳, 始集古今筆法而盡發之, 極書之變. 天下翕然以爲宗師, 而鍾王之法益微. 至于詩亦然, 蘇李之天成, 曹劉之自得, 陶謝之超然, 蓋亦至矣. 而李太白, 杜子美, 以英瑋絶世之姿, 凌跨百代, 古今詩人盡廢. 然魏晉以來, 高風絶塵, 亦少衰矣.(≪東坡先生全集≫ 권67)

한편 이렇게 말한 적도 있다.

> 서예의 아름다움은 안진경만한 이가 없지만, 서예의 법도가 무너진 것은 안진경에서 시작되었다. 시의 아름다움은 한유만한 이가 없지만, 시의 격식이 변한 것은 한유에서 시작되었다.
> 書之美者莫如顔魯公, 然書法之壞自顔始. 詩之美者莫如韓文公, 然詩格

之變自韓始.(≪苕溪漁隱叢話前集≫ 권17에서 인용)

　이른바 "자연스러운 성취", "스스로 터득함", "초연함", "세속을 뛰어넘는 높은 풍격"은 단지 자연自然과 천연渾成의 뜻일 뿐으로, 서예의 "자연스럽고 간명하며 심원함은 의미가 필획의 바깥에 있다"와 서로 통한다. 소식은 이백, 두보, 한유가 시의 변화를 지극히 한 것이 안진경, 유공권이 "서예의 변화를 지극히 한 것"과 똑같음을 간파했다. 하지만 저 "세속을 뛰어넘는 높은 풍격"이 쇠퇴하여 그친 것을 그는 여전히 맴돌며 아쉬워하고 있다. 문체의 변화는 의도적으로 옛 것으로 돌아가자는 주장이므로, 그는 "올바름으로 돌아왔다"고 말한 것이다. 시체의 변화는 단지 자연스럽게 새로움을 추구하는 추세이므로, 그는 옛 것을 그리는 말투가 나올 수밖에 없었다. 뒤에 주자도 시체의 변화를 논의했는데, 그는 〈공중지(공풍)에게 답하는 편지答鞏仲至(豐)書〉(4)에서 이렇게 말했다.

　　예와 지금의 시는 모두 세 번의 변화가 있었습니다. 전적에 기록된 순임금과 하나라 이래 위나라 진나라까지가 한 단계입니다. 진나라 송나라의 안연지, 사령운 이후 초당 시기에 이르기까지가 한 단계입니다. 심전기, 송지문 이후 율시 짓기가 정착되어 오늘날까지가 또 한 단계입니다. 그런데 초당 이전에는 시 짓는 이에 엄연히 높고 낮음이 있어 법도는 아직 변하지 않았습니다. 율시가 나온 뒤에 시와 법도가 모두 크게 변화하기 시작해서 오늘날에 이르러 더욱 정교하고 더욱 치밀해졌지만, 다시는 옛 사람의 풍격이 없게 되었습니다. 古今之詩凡有三變. 蓋書傳所記, 虞夏以來下及魏晉, 自爲一等. 自晉宋間顏謝以後下及唐初, 自爲一等. 自沈宋以後定著律詩下及今日, 又爲一等. 然自唐初以前, 其爲詩者固有高下, 而法猶未變. 至律詩出而後, 詩

之與法始皆大變, 以至今日, 益巧益密, 而無復古人之風矣.(≪朱文公文集≫ 권64)

이른바 "옛 사람의 풍격"은 "고상한 풍격과 심원한 운치高風遠韻"[82]를 가리키기도 한다. 하지만 그가 "고상한 풍격과 심원한 운치"를 "근본준칙根本準則"[83]으로 여긴 것은 소식과 약간 차이가 있다. 주자는 "소동파는 이백과 두보를 병폐로 여기고 위응물과 유종원을 추천했는데, 이것은 역시 자기가 평소에 지은 시에 대해 후회하면서도 아직 잘못에서 빠져나오지 못했기 때문입니다.坡公病李杜而推韋柳, 蓋亦自悔其平時之作而未能自拔者"(〈答鞏仲至書〉(3), ≪朱文公文集≫ 권64)라고 하였는데, 바로 〈황효선의 시집을 읽고 쓰다〉의 말을 겨냥한 것이다.[84] "이백과 두보를 병폐로 여긴 것"은 분명코 소식의 원래 의도에 맞지 않는다. 그가 "자기가 평소에 지은 시에 대해 후회했다"고 말한 것도 선입견에서 나온 듯하다.

그런데 이러한 "고상한 풍격과 심원한 운치"를 정통으로 보는 견해는 뒤에 오히려 일반적인 견해가 되었다. 유극장劉克莊[85]의 경우

---

82) 朱子〈答鞏仲至書〉(5)에 "옛 사람의 고상한 풍격과 심원한 운치古人之高風遠韻"라는 말이 있는데, ≪朱文公文集≫ 권64에 보인다.

83) 朱子〈答鞏仲至書〉(4) : "일찍이 경전과 역사서의 여러 책에 실린 운문에서 아래로 ≪문선≫의 한나라와 위나라의 옛 가사 및 곽박과 도연명이 지은 것까지, 내 나름대로 베껴다가 하나로 엮어서 ≪시경≫과 ≪초사≫의 뒤에 붙이려 했는데, 이것이 시의 근본 준칙이라고 생각했습니다.嘗妄欲抄取經史諸書所載韻語, 下及文選漢魏古詞, 以盡乎郭景純, 陶淵明之所作, 自爲一編, 而附於三百篇楚辭之後, 以爲詩之根本準則."

84) 역자주 : 소식은 앞의 인용문 뒤에 "이백과 두보 이후에 시인이 계속 일어났는데, 비록 간간이 심원한 운치가 있었지만 재능이 의도를 따르지 못했다. 오직 위응물과 유종원만이 간결함과 예스러움에서 섬세함과 화려함을 피워내고, 담백함에 지극한 맛을 곁들였으니, 나머지 사람이 미칠 바가 아니다.李杜之後, 詩人繼作, 雖間有遠韻, 而才不逮意, 獨韋應物, 柳宗元, 發纖穠於簡古, 寄至味於澹泊, 非餘子所及也"라고 하였다.

85) 역자주 : 유극장(1187~1269), 자는 잠부潛夫, 호는 후촌後村, 시호는 문정文定, 복건 보전莆田 사람. 남송 때 공부상서, 용도각학사龍圖閣學士를 지냈다. 시에서는 강호파江

한은군韓隱君 시의 서문에서 이렇게 말했다.

후대 사람은 모두 옛 사람의 글을 외워서 읽지만, 글을 지으면 끝내 시경의 만분의 일도 비슷하게 따라하지 못하니 나는 남몰래 의아해했다. 어쩌면 옛 시는 성정에서 나왔으니 말이 반드시 선하지만, 지금 시는 박람강기에서 나왔을 뿐이리라. 두보부터 이런 병폐에서 벗어날 수 없었다.

後人盡誦讀古人書, 而下語終不能彷彿風人之萬一, 余竊惑焉. 或古詩出於情性, 發必善, 今詩出於記問博而已. 自杜子美未免此病.(≪後村先生大全集≫ 권94)

또한 죽계竹溪 시의 서문에서는 이렇게 말했다.

당나라 문인은 모두 시에 능숙하여 유종원이 특히 고상했지만, 한유는 오히려 본업이 아니었다. 송나라에 이르니 문장 짓는 이가 많고 시인은 적어졌다. 삼백년 동안 비록 사람마다 문집이 있고 문집마다 시가 있으며 시마다 체재가 있었지만 누구는 이치를 높이고 누구는 재능을 믿고 누구는 박식함을 뽐내어 적게는 천 편이요 많게는 만수에 이르렀으나, 요지는 모두 과거시험의 경의나 책론에 압운한 것이니 역시 시는 아니었다.

唐文人皆能詩, 柳尤高, 韓尙非本色. 迨本朝則文人多, 詩人少. 三百年間, 雖人各有集, 集各有詩, 詩各自爲體, 或尙理致, 或負材力, 或逞辨博, 少者千篇, 多至萬首, 要皆經義策論之有韻者, 亦非詩也.(同上)

유극장은 두보, 한유 두 대가에 대해 모두 완곡하게 비판한 것이

___

湖派에 속하고 사는 신기질辛棄疾을 이은 호방파에 속한다고 평가받는다. 저작으로 ≪후촌선생대전집後村先生大全集≫이 있다.

다. 엄우의 ≪창랑시화≫에서도 이렇게 말했다.

> 근래의 여러 사람은 도리어 기발하고 특이한 이해를 하여 마침내 문
> 자로 시를 짓고 재능과 학문으로 시를 짓고 이론과 주장으로 시를
> 지었다. 어찌 솜씨가 없겠느냐만 결국 옛 사람의 시는 아니다. 한 번
> 부르면 세 명이 감탄하는 소리에 비기면 부족함이 있다.
> 近代諸公, 乃作奇特解會, 遂以文字爲詩, 以才學爲詩, 以議論爲詩. 夫
> 豈不工, 終非古人之詩也. 蓋於一唱三嘆之音, 有所歉焉.(〈詩辨〉)

이른바 "시경을 비슷하게 따라하기"나 "한 번 부르면 세 명이 감
탄하는 소리"는 바로 모두 "고상한 풍격과 심원한 운치"이다. 이런
견해도 또한 옛 것으로 돌아가려는 경향에 속하지만 변화에 통달하
는 것이기도 하다. 원래 송시는 황정견 이래로 일부러 새것을 찾고
변화를 찾으며 기이함을 찾았다. 황정견은 "속됨을 우아함으로 만
들고 옛 것을 새 것으로 만드는以俗爲雅, 以故爲新" 가르침을 내세
웠는데, 이 말은 "벼리를 하나 들면 만 개의 그물눈이 펼쳐지는 것
擧一綱而張萬目"이요, 또한 이것이 "시인의 기묘함詩人之奇"이라는
것이다.(이상 〈再次韻楊明叔詩〉의 서문, ≪山谷詩內集≫ 권12) 또한
이른바 환골탈태의 법도를 제창하여 이렇게 말했다.

> 시의 뜻은 무궁하지만 사람의 재능은 유한하다. 유한한 재능으로 무
> 궁한 뜻을 좇는다면 도연명이나 두보라 하더라도 훌륭히 해낼 수 없
> 다. 그리하여 시의 뜻을 바꾸지 않은 채 시어만 만들어내는 것을 환
> 골법이라고 하고, 시의 뜻에 몰래 들어가 그려내는 것을 탈태법이라
> 고 한다.
> 詩意無窮而人之才有限. 以有限之才追無窮之意, 雖淵明少陵不得工也.

然不易其意而造其語, 謂之換骨法, 窺入其意而形容之, 謂之奪胎法.
(≪冷齋夜話≫ 권1)

　이것 또한 "옛 것을 새 것으로 만드는" 항목이다. 황정견은 이 가르침을 보여서 후학에게 끝없는 방편을 주었다. 사람들은 모두 그가 제시한 길에 따라 "힘껏 새로움을 추구窮力追新"했으니, 이렇게 해서 강서시파江西詩派[86]─오직 전수할 가르침이 있어야만 스스로 종파를 세울 수 있다─가 성립되었다. 그러나 종파가 생긴 뒤 물결 따라 세월이 오래 되니 다시 유협이 말한 "치우친 이해에 얽매이고 한 가지 터득에 우쭐대기"와 "지금의 글을 앞다투고 옛 것은 소홀히 하여 기풍이 어두워지고 쇠퇴함"을 면할 수 없었다. 이에 주자로부터 옛 것으로 돌아가자는 논의가 다시 생겨났다. 이번 복고의 이론은 명대에 이르러 실현되니, 이른바 "문장은 반드시 진나라 한나라처럼, 시는 반드시 성당처럼文必秦漢, 詩必盛唐"이다.[87] 하지만 일종의 새로운 풍조도 만들어졌다.
　문장은 육조시대에 전문분야의 학문이 되었다. 범엽이 ≪후한서≫

---

86) 역자주 : 북송 말 휘종徽宗 때 여본중呂本中(1084~1145)이 〈강서시사종파도江西詩社宗派圖〉를 지었는데 강서 출신의 황정견을 조상으로 삼고 진사도陳師道(1053~1102) 등 25명의 시인을 구성원으로 하였다. 이들이 황정견의 점철성금點鐵成金, 환골탈태 등의 시 이론에서 영향을 받았다고 본 것인데, 후대에 방회方回는 이들이 두보를 따라 배웠다는 점에서 두보 및 황정견, 진사도, 진여의陳與義(1090~1138)를 이른바 일조삼종一祖三宗으로 일컬었다. 이들은 대체로 어려운 전고나 벽자를 즐겨 쓰고 시어의 기교를 연마하는 데에 힘썼다.

87) 역자주 : ≪明史·李夢陽傳≫ : "처음에 홍치제 때 이동양이 재상으로서 문단을 주관하니 천하가 일제히 그를 으뜸으로 여겼다. 이몽양이 혼자서 그의 유약함을 비판하면서, 옛 것으로 돌아가 문장을 배울 때는 반드시 진나라 한나라, 시는 반드시 성당이어야지 이것이 아니면 말하지 않기를 제창했다. 그의 편인 왕구사, 강해, 하경명, 서정경, 변공, 왕정상이 화답하니 이에 칠재자의 이름이 있게 되었다. 初弘治時, 李東陽以宰臣主文柄, 天下翕然宗之. 夢陽獨譏其萎弱, 倡復古, 學文必秦漢, 詩必盛唐, 非是者弗道. 其黨王九思, 康海, 何景明, 徐禎卿, 邊貢, 王廷相和之, 于是有七才子之目."

를 지으면서 처음으로 문인들의 열전文苑列傳을 세우고 종영이 시의 품급을 판정하며 유협이 문장의 핵심을 논의한 것은 모두 이 때이다. 그리고 유협은 더욱이 문체의 시대적 변화에 주목했다. 〈시서時序〉편 첫머리에 "시대의 운수가 바뀌고 내용과 형식이 변하니, 예와 지금의 인정과 이치를 말할 수 있겠다.時運交移, 質文代變, 古今情理, 如可言乎"라고 하였다. 이어서 요임금부터 육조시대까지 서술하고는 한 마디로 단언하였다.

> 따라서 문장의 변화가 세상의 사정에 물들고, 흥하거나 없어지는 것이 시대의 순서에 매임을 알겠다. 처음을 탐구하고 끝을 요약하면 "비록 백대의 뒤라 해도 알 수 있다."
>
> 故知文變染乎世情, 興廢系乎時序. 原始以要終, "雖百世可知也."

《문심조룡》의 앞부분에서는 각 문체를 나열하여 논의했는데, 역시 모두 근원과 말류의 변천을 상세히 서술했다. 그 전에 심약이 이미 문체의 변화를 논의했는데, 《송서》 권67 〈사령운전론〉에서 이렇게 말했다.

> 한나라에서 위나라까지 사백여 년 동안 재능 있는 문인은 문체가 세 번 변화했다. 사마상여는 묘사의 글에 솜씨가 있었다. 반표와 반고는 정리의 설에 뛰어났다. 조식과 왕찬은 강개한 풍격을 요체로 삼았다. 이들은 모두 능력과 아름다움을 한껏 드러내어 당시에 독보적으로 빛났다.
>
> 自漢至魏, 四百餘年, 辭人才子, 文體三變. 相如巧爲形似之言. 二班長於情理之說. 子建仲宣以氣質爲體, 並標能擅美, 獨映當時.

이하는 줄곧 서술하여 송대의 안연지와 사령운에 이르러 그친다. 하지만 유협이 문장을 논한 것이 전문적인 유명 작가를 상세히 갖추어서 자연히 심약보다 훨씬 낫다. 그들의 이러한 글은 역시 모두 문학사의 선구적인 작업으로, 독자적인 안목을 드러내고 있다. 이들 업적의 뿌리는 그들이 변화를 인식할 수 있었던 점에 있다. 그리고 이 역시 당시에 "새로운 변화"를 추구하던 기풍과 상응한다. 유협 이후에는 "문장의 변화"를 논한 이가 많아지기 시작했다. 당나라 사람들이 육조시대의 역사서를 펴낼 때는 문원전이나 문학전文學傳이 있는 경우가 많았다. 이들 전에는 각각 서문이나 평론이 있었는데, 모두 "문장의 변화"를 논의했다. 아울러 ≪역전≫에서 "천문을 살펴 시대의 변화를 보고, 인문을 살펴 천하를 교화한다.觀乎天文以察時變, 觀乎人文以化成天下"라는 두 구절(〈비괘賁卦〉의 단사象辭, ≪周易≫ 권3)을 인용하여 논거로 삼는 일이 많았는데, 여기서 바로 육조 이래의 기풍을 발견할 수 있다. 문사의 저작에도 이런 논의가 있는데, 앞에서 인용한 노장용의 진자앙 문집 서문 말미에 "그러므로 문장의 변화를 대략 논의하여 그 서문으로 삼는다故粗論文變而爲之序"라고 한 것이 한 가지 예이다. 이들은 모두 역대 "문장의 변화"를 종합해서 논의한 것이다. 한 시대를 전문적으로 논의한 것은 아마 송기宋祁[88)]의 ≪신당서新唐書≫ 권201 〈문예전文藝傳〉 서문에서 처음 시작됐을 것이다. 그는 "당나라가 천하를 차지한지 삼백년 동안 문장이 무려 세 번 변화했다.唐有天下三百年, 文章無慮三變"라고 했는데, 왕발王勃과 양형楊炯이 첫 번째 변화

---

88) 역자주 : 송기(998~1061), 자는 자경子京, 시호는 경문景文, 옹구雍丘(지금의 하남 상구시商丘市) 사람. 북송 때 지제고知制誥, 한림학사승지翰林學士承旨 등의 벼슬을 역임했다. 구양수와 함께 ≪신당서≫를 편찬했다.

요,[89] 연국공燕國公과 허국공許國公이 두 번째 변화요,[90] 한유가 세 번째 변화이다. 시체의 변화를 전문으로 논의한 것에도 종합적인 논의와 한 시대의 논의라는 구별이 있다. 엄우의 ≪창랑시화≫에는 〈시체詩體〉라는 편목이 있는데, 역대 시체를 분석한 것이 가장 자세하다. 그는 당시를 "당초唐初", "성당盛唐", "대력大歷", "원화元和", "만당晚唐"의 다섯 시체로 나누었는데,[91] 이것이 지금까지 통용되는 사당설四唐說[92]의 근원이다.

"문장의 변화"는 시체와 문체의 변화를 가리킨다. 이 "변"은 "모든 옛 것을 병폐로 여기기患凡舊"이고, "변화하여 만드는 것化而裁之"이며, "때에 따르기趨時"이다. 옛 것으로 돌아가는 것도 좋고, 새로움을 추구하는 것도 좋으니, "변"은 언제나 새로운 것이다. "변"이 문체를 이룰 수 있다면 이 새로운 것이 바로 좋은 것이니 설령 꼭 더 좋은 것이 아니라 해도 괜찮다. "변하면 통하며 통하면 오래 가는 법"이니 "변"은 기뻐할 만하다. 변화에 통달하는 도리를 깨치면 덮어놓고 옛 것을 높이고 지금 것을 천시하는 지경에 이르지 않고, 덮어놓고 지금의 글을 앞다투고 옛 것은 소홀히 하는 지경에도 이르지 않으며, 역대의 시기를 공평하게 대하여 각각의 시기에 본래의 면목을 돌려줄 수 있게 된다. 시체나 시기를 나누는 것은 이러

---

89) 역자주 : 왕발(650?~676?)과 양형(650?~693)은 노조린盧照隣(635?~685?), 낙빈왕駱賓王(619?~687?)과 함께 초당사걸初唐四傑로 불리며 당시의 전성기를 연 작가들이다.

90) 역자주 : 연국공은 장열張說(667~730)이고 허국공은 소정蘇頲(670~727)으로, 이들은 모두 재상을 역임하며 실용적이고 아정한 글쓰기를 중시하여 진陳, 수隋 이래의 실질적 내용 없이 화려하기만 한 변려문의 문풍을 개혁한 것으로 평가받는다.

91) 역자주 : 엄우의 자주自註에 따르면 당초는 진나라 수나라를 답습했고 성당은 예종 경운景雲(710~712) 이후 현종 개원開元, 천보天寶 연간의 시이며, 대력은 대종代宗의 연호로서(766~779), 대력십재자(노륜盧綸, 전기錢起, 한굉韓翃 등을 꼽지만 설이 분분하다)를 가리키고, 원화는 헌종憲宗의 연호로서(806~820), 원진, 백거이 등을 가리킨다.

92) 역자주 : 당시는 일반적으로 초당初唐, 성당, 중당中唐, 만당의 네 시기로 나눈다.

한 본래의 면목을 뚜렷이 보기 위함이다. 당나라의 시는 역대 어느 시기보다 성대했고 문장에 비해서도 성대했기에, 엄우가 시체를 나눌 때 당시가 가장 다수를 차지했다. 뒤에 시체를 논할 때도 당대를 특별히 중시했다. 원나라 때 양사홍楊士弘[93]이 당시를 선별 수록하여 ≪당음唐音≫이라는 시집을 냈다. 그는 목록의 서문에서 당나라 사람이 당시를 선별할 때는 중당과 만당 시인의 시를 많이 싣고 성당시는 너무 적었는데, 송나라 사람이 당시를 선별할 때도 만당 시인의 시를 많이 실었다고 하였다. 그도 원래는 이런 선집만 읽었는데 뒤에 가서야 다른 사람이 수장하고 있던 수많은 초당과 성당시를 손에 넣었다. "이에 음률의 정변을 감정하여 그 중에서 정수를 가려내고 '시음', '정음', '유향'으로 나눈 뒤 통틀어서 당음으로 이름 붙였다.於是審其音律之正變, 而擇其精粹, 分爲'始音', '正音', '遺響', 總名曰唐音."[94] 그는 엄우의 다섯 체재를 "당초", "성당", "중당", "만당"의 네 체재로 합쳤다.[95] 이른바 "중당"이란 "대력체"와 "원화체"를 포괄한 것으로 양사홍이 새로 세운 항목이다. 이렇게 하니 가지런히 정리되었다. 당송 시대 사람들이 선별한 시는 중당과 만당에 치우쳤으니 바로 ≪문심조룡≫에서 말하는 "근대의 글은 가까이 두고 먼 과거의 글에는 등한한 것"이다. 양사홍은 엄우의

---

93) 역자주 : 양사홍(?~?), 이름은 양사굉楊士宏이라고도 하며, 자는 백겸伯謙, 양성襄城(지금의 하남 허창시許昌市) 사람. 원 혜종惠宗 지정至正 4년(1344)에 당시 총 1341수를 실은 ≪당음唐音≫을 편찬했다. 저서로 ≪감지춘초집鑒池春草集≫이 있다.

94) 역자주 : 양사홍은 시음, 정음, 유향에 각각 시인의 목록과 설명을 붙였는데, 이에 따르면 시음은 양형, 왕발, 노조린, 낙빈왕 등 육조시대의 음률을 변혁시킨 초당사걸의 시이고, 정음은 당초에서 만당까지의 시 중 음률이 조화롭고 순수한 것이며, 유향은 당초에서 만당까지의 시 중 정음에 미치지는 못하지만 깊은 생각을 정교하게 표현한 시이다.

95) 역자주 : 정확히 말하면 양사홍은 당초와 성당을 하나로 묶었으니 세 체재라고 하는 것이 옳다.

이론을 채택하여 시기 구분이 정밀하니 훨씬 공평했다. 그는 특히 음률을 중시하여 선집을 ≪당음≫으로 이름 붙였고, 또한 "음"과 "향"으로 항목을 달았다. 목록의 서문에서 이렇게 말했다.

시가 법이 되는 것은 그저 성정을 읊거나 정신을 소통시키는 것만이 아니다. 교외나 종묘 제사에서 연주하고 연례나 사례에서 노래하는 법을 시의 음률에서 찾고 시에서 세상 이치를 알게 되는 것이 어찌 우연이겠는가.

夫詩之爲道, 非惟吟詠情性, 流通精神而已, 其所以奏之郊廟, 歌之燕射, 求之音律, 知其世道, 豈偶然哉.

율시의 체재가 당대에 새로 만들어지니, 고시와 율시의 구분은 음률에 있게 되었다. 음률을 중시하는 것이 바로 당시의 본래 모습 이다. 양사홍은 이 진면목을 간파했기에 "음률의 정변을 감정"했다 고 말하고, 한편으로 "시의 음률에서 찾고 시에서 세상 이치를 안 다"고 말했는데, "세상 이치"는 바로 "시대"이다. "음률의 정변"은 비록 "시대가 기준"이지만, 더욱 "사람이 기준"이자 시가 기준이었 다. 그래서 그의 "정음正音"에는 "당초"와 "성당"이 있고, "중당"과 "만당"도 있었다. 앞의 두 가지가 한 부류이고 뒤의 두 가지가 다 시 한 부류이다. 그는 "시대가 다르고 음률의 높낮이가 비록 각기 일가를 이루었으나, 체재와 소리는 비슷하다.世次不同, 音律高下, 雖各成家, 然體製聲響相類"라고 하였으니,[96] 중시한 것이 "사람", 체재, 시에 있음을 알 수 있다. 그가 "시始"와 "정正"을 나눈 것은

---

96) 역자주 : 이것은 양사홍이 범례凡例에서 정음正音을 오칠언 고시, 율시, 절구로 나눈 까닭을 설명한 것이다.

"사람이 기준"이자 아울러 "시대가 기준"이었다. "정正"과 "유遺"를 나눈 것은 시가 기준이고 "사람이 기준"이자 아울러 "시대가 기준"이었다.

명나라 초 고병高棅97)의 ≪당시품휘唐詩品彙≫는 ≪당음≫을 계승하여 지어졌는데, 〈총서總敍〉에 뚜렷이 설명되어 있다. 그도 엄우의 시론을 채택하였는데 모두 〈총서〉에 보인다. 〈총서〉에서 당시의 변화의 도리를 다음과 같이 논의하였다.

> 당나라 삼백년의 시는 여러 체재를 갖추었다. 그래서 근체시, 고체시의 장단편, 오칠언 율시, 절구 등의 체재가 있는데, 시초에서 일어나 중간에 완성되고 변화로 흘러간 뒤 종내 무너지지 않은 것이 없다. 성률, 흥상, 문사, 이치의 경우에는 각기 품격의 높낮이가 다르지만, 간략히 말하면 초당, 성당, 중당, 만당의 차이가 있다.
> 有唐三百年詩, 衆體備矣. 故有近體, 往體長短篇, 五七言律, 絶句等製, 莫不興於始, 成於中, 流於變, 而彣之於終. 至於聲律, 興象, 文詞, 理致, 各有品格高下之不同, 略而言之, 則有初唐, 盛唐, 中唐, 晩唐之殊.

"상세히 분류하면詳而分之", "정관, 영휘 연간貞觀永徽之時"은 "초당시가 처음 지어진 것初唐之始制"이요, "신룡부터 개원 초까지神龍以還, 洎開元初"는 "초당시가 점차 성대해질 때初唐之漸盛也"

---

97) 역자주 : 고병(1350~1423), 자는 언회彦恢, 호는 만사漫士, 장락長樂(지금의 복건 복주시福州市) 사람. 영락제永樂帝 때 한림대조翰林待詔가 되어 ≪영락대전永樂大典≫ 편찬에 참여했다. ≪완우루시문집玩宇樓詩文集≫ 등의 저술이 있는데, 그 중 ≪당시품휘唐詩品彙≫는 증보판을 기준으로 총 100권에 680여인의 시인의 6,600수 가량의 시를 수록했다. 오언고시부터 칠언율시까지의 각 시체마다 초-성-중-만의 시대 순으로 시인과 시를 배치하고, 각 시체별 시인을 정시正始에서 방류傍流까지 아홉 등급으로 나누어 평가했다. 그의 분류와 평가는 명대에 당시를 중시하는 복고파인 전후칠자에 큰 영향을 끼쳤다.

이다. "개원, 천보 연간開元天寶間"은 "성당시의 전성기盛唐之盛"이다. "대력, 정원 연간大曆貞元中"은 "중당시의 부흥기中唐之再盛"이다. "아래로 원화 연간까지下洎元和之際"는 "만당시의 변화晚唐之變"이고, "내려와 개성 연간 이후降而開成以後"는 "만당시가 형태를 변화한 극치이지만 유풍과 여운이 아직 남아있는 것晚唐之變態之極而遺風餘韻猶有存者焉"이다. 이것이 후대에서 말하는 "사당설"이다. 초당, 성당, 중당, 만당에는 각각 정해진 기한이 있으니, 이는 단순히 문체일 뿐만 아니라 시기 구분이기도 하다. 이 시기 구분에 따르면 초당은 고조 시대를 포함하지 않고 중당도 너무 짧아서 그다지 알맞지 않다. 명나라 말 심기沈騏는 ≪시체명변詩體明辨≫[98]의 서문에서 당시를 "사대종四大宗"으로 나누어 이 두 가지 단점을 수정했다. 후대에는 이 두 사람의 논의에 따라 연대를 정하고 시기를 나누었다. 초당은 고조 무덕武德 원년에서 시작하여 현종 개원 초까지 약 100년(618~713)이다. 성당은 개원 원년에서 대종代宗 대력 초까지 약 50년(713~766)이다. 중당은 대력 원년에서 문종文宗 태화太和 9년까지, 고병이 말한 "만당의 변화"를 아울러서 약 80년(766~835)이다. 만당은 문종 개성 원년에서 소종昭宗 천우天祐 3년까지 약 70년(836~906)이다. 지금까지 통용되는 사당설은 이와 같다. 비록 이런 시기 구분을 근본적으로 반대하는 사람도 있고 각 시기의 구획을 고친 사람도 있지만, 사당설은 점점 일반적으로 시를 논하는 사람들에게 공인되었고, 지금까지 유행하고 있다. 왜냐하면

---

98) 역자주 : ≪시체명변≫은 명대 서사증徐師曾(1517~1580)이 편찬한 ≪문체명변文體明辨≫에서 시를 분리하여 펴낸 것(1640년)으로, 심분沈芬, 심기沈騏의 서문과 주석이 붙어 있다. 총 26권이고 고가요사古歌謠辭, 악부, 고시, 율시, 육언六言, 잡체, 시여詩餘(사詞) 등 각종 시체를 망라하여 대표작을 수록하였다.

사람들에게 편리하고 당시의 갖가지 면목을 훨씬 뚜렷하게 파악할
수 있기 때문이다. 중국문학사에서 사당설은 시기 구분에 연대 기
한을 둔 유일한 예이다. 일반적으로 문장을 논하는 사람은 모두
"어지럽게 나누기支離割剝"99)를 꺼리므로, 이런 연대 기한의 시기
구분은 극히 드물다. 현재의 관점에서 보면 이러한 설은 정말로 중
요한 창안이다. 그리고 이러한 창안은 역시 "문장의 변화"설을 근
거로 하고 있다. ≪당시품휘≫〈총서〉에서는 시를 선정할 때 "체재
를 교정하고 시체를 나누되 종류에 따르며, 종류별로 품목을 정하
되 품목별로 상하를 달리하였다. 시작과 끝, 정과 변에 각각 서론을
세웠다.校其體裁, 分體從類, 隨類定其品目, 因目別其上下, 始終正變,
各立序論"라고 하였다. 품목에는 아홉 가지가 있는데 "구격九格"이
라고 불렀다. 초당은 "정시正始"이다. 성당은 "정종正宗", "대가大
家", "명가名家", "우익羽翼"이다. 중당은 "접무接武"이다. 만당은
"정변正變", "여향餘響"이다. 체제 바깥이나 다른 나라 사람 등은
"방류傍流"이다. 초, 성, 만당은 각각 그 자체로 "정正"이고 중당은
"접무"(계승자)이니 자연히 "올바름"이 되는 것도 있는 것이다. 〈총
서〉에서는 한편 이렇게 말했다.

　　만약 성정을 읊는 선비가 시를 보면서 그 사람을 찾고, 사람으로 인
　　해 그 시를 알고, 시대로 인해 그 문장의 높고 낮음, 기세가 성하고

---

99) 錢謙益 ≪唐詩鼓吹註序≫ : "당나라 사람의 시는 각기 정신과 골수가 있고, 각기 기운
　　이 있다. 이제 초, 성, 중, 만으로 정리하여 나누고, 다시 판가름하기를 이것은 '오묘한
　　말'이고 저것은 '성문승이나 연각승'이며, 이것은 '정통'이고 저것은 '보조'라고 하며 어
　　지럽게 나뉘어서 당나라 사람의 면목을 천년 앞에 덮어놓고, 후대 사람의 심안을 천년
　　뒤에 가둬놓았다. 심하구나 시의 도가 다한 것이.唐人一代之詩, 各有神髓, 各有氣候. 今
　　以初盛中晚聲爲界分, 又從而判斷之曰, 此爲'妙語', 彼爲'二乘'. 此爲'正宗', 彼爲'羽翼'. 支
　　離割剝, 俾唐人之面目蒙冪于千載之上, 而後人之心眼沈錮于千載之下. 甚矣, 詩道之窮也."

쇠함을 가려내며, 시작에서 뿌리내려 끝에 이르러 변화를 살펴서 올바름으로 귀의한다면, 부드럽고 돈후한 가르침에 작은 보탬이라도 전혀 없지는 않을 것이다.
誠使吟詠性情之士觀詩求其人, 因人以知其詩, 因時以辨其文章之高下, 詞氣之盛衰, 本乎始以達其終, 審其變而歸於正, 則優游敦厚之敎, 未必無小補云.

여기서는 시를 위주로 하여 시로 인해 사람에 미치고, 사람으로 인해 시대에 미치며, 다시 시대로 인해 시에 미쳤으니, 풍아의 정변설에서 오로지 "시대가 기준"인 것과는 크게 다르다. "변화를 살펴서 올바름으로 귀의한다"라는 말은 비록 "올바름"에 치중하긴 했지만, 이 "올바름"은 절대로 풍아의 정변에서 말하는 "정"이 아니라 "변의 올바른 것"이자 "때에 따르기"의 "올바름"이다. 고병은 한 "시대"의 시에 저절로 "올바름"이 있다고 생각했으니, 그는 "시대"에 대해 평등한 관점을 지닌 것이다.

"문장의 변화"를 논한 사람은 "시대"에 대해 어느 정도 평등한 관점을 지녔지만, 역시 먼 것을 귀하게 여기고 가까운 것을 하찮게 보거나 "지금의 글을 앞다투고 옛 것은 소홀히 하는" 편견도 있었다. 전자는 ≪창랑시화≫처럼 중당, 만당시를 억눌렀고,[100] 후자는 ≪당음≫처럼 이백, 두보, 한유 세 작가를 싣지 않았다. 명말 청초가 되어서야 공정하고 편파적이지 않은 평등한 관점이 점차 나타나기 시작했다. 고염무顧炎武[101]는 ≪일지록日知錄≫ 권21 〈시체대강

---

100) 〈詩辨〉: "시를 논하는 것은 선을 논하는 것과 같다. 한, 위, 진과 성당의 시는 제일의이다. 대력 이후의 시는 소승의 선이니 벌써 제이의로 떨어졌다. 만당의 시는 성문승이나 벽지불이다. 論詩如論禪. 漢魏晉與盛唐之詩, 則第一義也. 大歷以還之詩, 則小乘禪也, 已落第二義矣. 晚唐之詩, 則聲聞闢支果也."

詩體代降〉 조목에서 이렇게 말했다.

> ≪시경≫은 내려오지 않을 수 없어 초사가 되고, 초사는 내려오지
> 않을 수 없어 한나라, 위나라 시가 되었으며, 한나라, 위나라 시는
> 내려오지 않을 수 없어 육조 시가 되었고, 육조 시는 내려오지 않을
> 수 없어 당시가 되었는데, 이것은 추세였다. 한 시대의 체재를 쓰면
> 반드시 한 시대의 문장과 닮아야 격조에 맞게 된다.
> 三百篇之不能不降而楚辭, 楚辭之不能不降而漢魏, 漢魏之不能不降而
> 六朝, 六朝之不能不降而唐, 勢也. 用一代之體, 則必似一代之文, 而後
> 爲合格.

> 시와 문장이 대체되고 변화하는 것은 변하지 않을 수 없는 점이 있
> 다. 한 시대의 문장이 전례를 답습한 것이 너무 오래되면 사람마다
> 모두 이 말을 쓰는 것을 받아들일 수 없다. 이제 또 천 수백 년이
> 되었는데 아직도 옛 사람의 묵은 말을 가져다 일일이 모방하여 시를
> 지으면 되겠는가. 그래서 닮지 않으면 시 짓는 방법을 잃어버리고 닮
> 으면 나 자신을 잃어버리는 것이다. 이백 두보의 시가 당나라 시인에
> 서 독보적이 된 것은 닮지 않은 적이 없으면서 닮은 적이 없었기 때
> 문이다. 이것을 안다면 "함께 시를 말할 수 있겠구나"[102]가 된다.
> 詩文之所以代變, 有不得不變者. 一代之文沿襲已久, 不容人人皆道此
> 語. 今且千數百年矣, 而猶取古人之陳言一一而摹倣之, 以是爲詩, 可乎.

---

101) 역자주 : 고염무(1613~1682), 원래 이름은 강녕인데 명나라가 망한 뒤 염무로 바꾸
   었다. 자는 충청忠淸, 호는 정림선생亭林先生, 곤산昆山(지금의 강소 소주시) 사람. 황
   종희黃宗羲(1610~1695), 왕부지王夫之(1619~1692)와 더불어 명말청초의 삼대학자로
   서 청대 고증학의 기풍을 열었다고 일컬어진다. 저서로 ≪일지록日知錄≫, ≪음학오
   서音學五書≫, ≪정림시문집亭林詩文集≫ 등이 있다.

102) 역자주 : ≪논어≫ 〈학이〉편 제15장에 "자공이 '≪시경≫에 자른 듯 깎은 듯 쪼는 듯
   간 듯이라 하였는데 이것을 말한 것이군요'라고 하자 공자가 '사는 이제 함께 시를
   말할 수 있겠구나. 지난 것을 일러줬더니 올 것을 아는구나'라고 했다.子貢曰, 詩云,
   如切如磋, 如琢如磨, 其斯之謂與. 子曰, 賜也始可與言詩已矣, 告諸往而知來者"라는 구
   절이 있다.

故不似則失其所以爲詩, 似則失其所以爲我. 李杜之詩所以獨高於唐人者, 以其未嘗不似而未嘗似也. 知此者"可與言詩也已矣".

이른바 "전례를 답습한 것이 너무 오래되었다"는 것은 바로 ≪남제서·문학전론文學傳論≫에서 말한 "옛 것이라면 더욱 병폐로 여겼다彌患凡舊"이다.[103] 고염무는 시체로부터 정확히 시에 "변하지 않을 수 없는" "추세"가 있다고 단정했는데, 이것이 그의 독창적인 면이다. 하지만 그는 또한 "내려오지 않을 수 없어"라고 했으니, 역시 "올바름을 펴느라 변화를 굽히는伸正而詘變"[104] 뜻에서 벗어나지 못했다. "닮지 않은 적이 없으면서 닮은 적이 없다"의 경우는 바로 앞에서 인용했듯이 왕완이 말한 "변하여도 올바름을 잃지 않음"인데, 고염무는 오직 시체에 대해 논의를 세웠을 뿐이다. 조금 뒤 섭섭葉燮[105]이 지은 ≪원시原詩≫에서 성쇠와 정변을 논했는데, 통찰과 명료함이 더 잘 드러난다. 그는 다음과 같이 말했다.

천지가 생긴 이래 고금의 시대 운수가 갈마들며 변화했다. 옛말에 하늘의 도는 십 년에 한 번 바뀐다고 한 것은 이치이자 추세이다. 그렇지 않은 사물이 없다. 어찌 유독 시라는 도만 갖풀로 붙인 듯 고정불변하겠는가. ≪시경≫에 대해 말하자면 국풍에는 정풍과 변풍이 있고, 아에는 정아와 변아가 있다. 풍아가 이미 올바름에서 변화

---

103) 역자주 : 인용된 구절은 다음과 같다. "오언시는 여러 종류의 작품 중에서도 유독 빼어났다. 익히고 구경하는 것을 원리로 삼되 오래된 것을 일삼으면 더러워졌고, 글로 지을 때는 옛 것이라면 더욱 병폐로 여겼다. 만약 새로운 변화가 없다면 걸작을 대체할 수 없었다.五言之製, 獨秀衆品. 習玩爲理, 事久則瀆, 在乎文章, 彌患凡舊. 若無新變, 不能代雄."

104) 역자주 : 인용된 구절은 葉燮 ≪原詩≫ 內篇上에 나온다.

105) 역자주 : 섭섭(1627~1703), 자는 성기星期, 호는 이휴已畦, 횡산선생橫山先生. 오강吳江(지금의 강소 소주시) 사람. 저서로 ≪원시原詩≫, ≪이휴집已畦集≫ 등이 있다.

하지 않을 수 없었으니 공자도 올바름만 남기고 변한 것을 깎아낼 수는 없었다. 그러면 후대에 풍아의 말류로 시를 짓는 이가 올바름을 펴느라 변화를 굽힐 수 없음은 분명하다.

蓋自有天地以來, 古今世運氣數, 遞變遷以相禪. 古云天道十年而一變, 此理也, 亦勢也. 無事無物不然. 寧獨詩之一道, 膠固而不變乎. 今就三百篇言之. 風有正風, 有變風. 雅有正雅, 有變雅. 風雅已不能不由正而變, 吾夫子亦不能存正而刪變也. 則後此爲風雅之流者, 其不能伸正而詘變也明矣.

여기서 "올바름을 펴느라 변화를 굽힐 수 없음"은 참으로 정문일침이다. 한편 이렇게 말했다.

시가 도리가 됨에 하루라도 지속 변화하지 않고 그치는 일은 없었다. 다만 한 때를 놓고 말하자면 흥성이 있으면 반드시 쇠퇴가 있다. 천고를 종합해서 말하면 흥성이 반드시 쇠퇴로 가고, 또 반드시 쇠퇴에서 흥성으로 돌아간다. 앞에 있다고 해서 꼭 흥성이고 뒤에 있다고 해서 꼭 쇠퇴는 아니다.

詩之爲道, 未有一日不相續相禪而或息者也. 但就一時而論, 有盛必有衰. 綜千古而論, 則盛而必至於衰, 又必自衰而復盛. 非在前者之必居於盛, 後者之必居於衰也.(內篇)

이렇게도 말했다.

게다가 풍아에는 정도 있고 변도 있는데 그 정변은 시대에 달려 있으니, 정치와 풍속이 득에서 실로, 융성에서 쇠퇴로 가는 것을 말한다. 이는 시대로써 시를 말함이니, 시대에 변화가 있으면 시가 그에 따른다. 시대는 변하여 올바름을 잃지만 시는 변하여도 여전히 올바름을 잃지 않으니, 흥성은 있어도 쇠퇴는 없는 것이 시의 근원이다. 내가 후대의 시에 정도 있고 변도 있는데 그 정변이 시에 달려 있다고 말하는 것은 시체, 성조, 주제, 시어가 새로움과 옛 것, 상승과 하강을 달리함을 말한 것이다. 이는 시로써 시대를 말함이니, 시가 변화하면 시대가 그에 따른다. 그래서 한, 위, 육조, 당, 송, 원, 명이 서로 성쇠가 되는데, 오직 변으로써 올바름의 쇠퇴를 구제한다. 그러므로 쇠퇴했다가 흥성했다가 하는 것이 시의 말류이다.

> 且夫風雅之有正有變, 其正變係乎時, 謂政治風俗之由得而失, 由隆而污. 此以時言詩, 時有變而詩因之. 時變而失正, 詩變而仍不失其正, 故有盛無衰, 詩之源也. 吾言後代之詩, 有正有變, 其正變係乎詩, 謂體格, 聲調, 命意, 措辭, 新故, 升降之不同. 此以詩言時, 詩遞變而時隨之. 故有漢, 魏, 六朝, 唐, 宋, 元, 明之互爲盛衰, 惟變以救正之衰. 故遞衰遞盛, 詩之流也.(同上)

그는 시가 "지속 변화"의 상태에 있어서 하루라도 그치는 일은 없음을 지적했는데, 바로 시는 늘 "변화"하고 있다는 말이다. 그 사이에 "쇠퇴했다가 흥성했다가" 하므로 앞에 있으면 반드시 흥성하고 뒤에 있으면 반드시 쇠퇴한다고 할 수 없다. 그리고 "후대의 시"는 "정변이 시에 달려 있고" 시체에 달려 있어서, "시가 변화하면 시대가 그에 따른다." 그러므로 "시로써 시대를 말해야" 하니 풍아의 정변설에서 "시대로써 시를 말함"과는 다르다. 그는 또 이렇게 말했다.

누군가가 "온유돈후는 ≪시경≫의 가르침이다. 한, 위는 옛 시대에서 아직 멀리 떨어지지 않아서 그 뜻이 여전히 남아있으니 후대 사람이 미치지 못한다"라고 말했다. 그는 온유돈후는 뜻이고 몸바탕이 되는 것으로, 쓰임새에 놓으면 똑같지 않고, 표현은 꾸밈이고 쓰임새가 되는 것으로, 몸바탕에 되돌리면 다르지 않다는 것을 모른다. 한, 위의 표현에는 한, 위의 온유돈후가 있고, 당, 송, 원의 표현에는 당, 송, 원의 온유돈후가 있다.

或曰, 溫柔敦厚, 詩敎也. 漢魏去古未遠, 此意猶存, 後此者不及也. 不知溫柔敦厚, 其意也, 所以爲體也, 措之於用則不同. 辭者, 其文也, 所以爲用也, 返之於體則不異. 漢魏之辭有漢魏之溫柔敦厚. 唐宋元之辭, 有唐宋元之溫柔敦厚.(同上)

이 또한 바로 고병이 말한 "변화를 살펴서 올바름으로 귀의한다면, 온유하고 돈후한 가르침에 꼭 작은 보탬이라도 없지는 않을 것"인데, 더욱 딱 부러지게 말했을 뿐이다. 시체의 정변설은 섭섭의 논의를 거쳐 크게 뚜렷해졌다.

역대로 복고를 주창한 이들은 모두 기존의 근거가 있었다. 새로움의 추구를 주장하는 이는 반대로 침묵하거나 말에 조리가 없었다. 섭섭이 시체의 정변을 논할 때 처음으로 "새로운 변화"에 체계적인 이론의 기초를 마련한 것은 대서특필할 만하다. 그는 "시의 근원과 말류, 근본과 말단, 올바름과 변화, 흥성과 쇠퇴가 서로 순환함을 알기能知詩之源流本末正變盛衰, 互爲循環"와 "오직 올바름에 점차 쇠퇴함이 있기 때문에 변화가 성대함을 열 수 있음惟正有漸衰, 故變能啓盛"을 말했다.

예컨대 건안의 시는 올바르고 성대했지만 답습이 오래되자 쇠퇴로 흘러갔다. 후대 사람은 힘이 크면 크게 변하고 힘이 작으면 작게 변했다. 육조의 여러 시인은 간간이 작게 변할 수 있었지만 독자적으로 새로운 국면을 열지는 못했다.……당나라 개원 천보 연간의 여러 시인에 이르러서야 비로소 한 번 크게 변했다.……두보의 시는 근원과 말류를 포괄하고 올바름과 변화를 종합했다.……솜씨가 닿지 않는

곳이 없었고 힘으로 들지 못하는 것이 없어서 천고의 세월에 길이
홍성하니 쇠퇴할 수 없고 쇠퇴해서도 안 되는 사람이다.……당시가
팔대 이후의 큰 변화였다면 한유는 당시의 큰 변화였으니, 힘은 크
고 생각은 씩씩해서 우뚝 솟아 홀로 시조가 되었다.……한유는 일찍
이 스스로가 "진부한 말을 없애기에 힘썼다"고 했는데……송나라에
이르러 시인의 마음과 손이 나날이 트이고 시상을 종횡으로 찾아 남
김없이 발휘했다.……소식 시의 경우 경계가 모두 고금에 없던 것을
새롭게 열어, 천지의 만물과 기쁨의 웃음, 노여움의 욕설이 붓끝에서
북치고 춤추지 않는 것이 없었고, 드러내려는 자기 생각에 딱 들어
맞았다. 이는 한유 이후의 큰 변화이자 홍성의 극치이었다. 그 뒤로
는 수십 년에 한 번 변하기도 하고, 백여 년에 한 번 변하기도 하고,
한 사람이 혼자 변하기도 하고 여러 사람이 함께 변하기도 했는데,
모두 변화 중에서 작은 것이었다. 그 사이에 변화로 인하여 홍성을
얻은 이도 있었지만, 역시 변화로 인하여 더욱 쇠퇴한 자도 없을 수
는 없었다.

如建安之詩正矣盛矣，相沿久而流於衰. 後之人力大者大變，力小者小
變. 六朝諸詩人，間能小變，而不能獨開生面……迨開寶諸詩人，始一大
變……杜甫之詩，包源流，綜正變……巧無不到，力無不舉，長盛於千古，
不能衰，不可衰者也……唐詩爲八代以來一大變，韓愈爲唐詩之一大變，
其力大，其思雄，崛起特爲鼻祖.……愈嘗自謂"陳言之務去"……至於宋，人
之心手日益以啟，縱橫鉤致，發揮無餘蘊……如蘇軾之詩，其境界皆開闢
古今之所未有，天地萬物，嬉笑怒罵，無不鼓舞於筆端，而適如其意之所
欲出. 此韓愈後一大變也，而盛極矣. 自後或數十年而一變，或百餘年而
一變. 或一人獨自爲變，或數人而共爲變，皆變之小者也. 其間或有因變
而得盛者，然亦不能無因變而益衰者者.(同上)

변화에는 크고 작음이 있는데, "변화로 인하여 홍성을 얻은 이가
있고", "변화로 인하여 더욱 쇠퇴한 자"도 있었다. "올바름을 펴느

라 변화를 굽히기"에 전혀 이유가 없었던 것은 결코 아니었다. 단지 종래 "올바름을 펴느라 변화를 굽히기"를 변별하지 않은 채 도매금으로 말살한 것이 역시 도리에 맞지 않았던 것이다. 이 논의에서 밝힌 "변화"의 의의가 가장 자세하고 정확하니, 정말 "털끝만큼도 아쉬움이 없다毫髮無遺憾"고 할 만하다.106) 섭섭은 온 힘으로 명대의 복고파를 공격했지만 새로움을 추구하는 공안파와 경릉파에 찬동하고 싶지는 않았던 것 같다. 왜냐하면 한 쪽은 너무 거칠고 다른 쪽은 너무 치우쳤기 때문이니, 그는 그래서 스스로 새로운 길을 열어 성쇠와 정변을 논한 것이다. 그래도 그의 새로움을 추구하는 경향은 사실 이 두 유파와 일치했다. 조금 뒤 왕사정王士禎107)이 "신운神韻"을 제창했고, 그 뒤에는 심덕잠이 "격조格調"를 제창했는데 이들은 모두 복고를 변화에 통달하는 것으로 여겼다. 하지만 원매가 이어서 "성령性靈"을 제창하고 옹방강翁方綱108)이 이어서 "기리肌理"를 제창하여, 시는 또다시 새로운 변화를 좇아갔다. "문학혁명文學革命"109)에 이르러 신시新詩가 나왔는데, 이것이 정

---

106) 역자주 : 杜甫 〈敬贈鄭諫議十韻〉 : "털끝만큼도 아쉬움 없이 물결 속에 홀로 무르익었지요.毫髮無遺憾, 波瀾獨老成."

107) 역자주 : 왕사정(1634~1711), 원래 이름은 사진士禛, 자는 자진子眞, 호는 완정阮亭, 어양산인漁洋山人, 신성新城(지금의 산동 치박시淄博市) 사람. 청나라 강희제 때 형부상서를 지냈다. 문단의 영수로서 신운설神韻說을 주장했다. ≪지북우담池北偶談≫, ≪어양산인정화록漁洋山人精華錄≫ 등의 저작이 있다.

108) 역자주 : 옹방강(1733~1818), 자는 정삼正三, 호는 담계覃溪, 소재蘇齋, 대흥大興(지금의 북경시) 사람. 내각학사內閣學士 등의 관직을 역임했다. 서예와 금석학에 능했고 시론으로 기리설肌理說을 주장했다. 저서로 ≪월동금석략粵東金石略≫, ≪복초재전집復初齋全集≫, ≪석주시화石洲詩話≫ 등이 있다.

109) 역자주 : 1917년 호적胡適을 시작으로 진독수陳獨秀, 노신魯迅 등이 전개한 문학계의 변혁 활동. 문언문文言文을 배격하고 백화문白話文을 내세웠으며, 유가윤리에서 벗어나 자유와 평등을 주장했으며, 서구의 문예사상을 적극 받아들여 새로운 형식의 문학작품을 창작하고자 했다.

말 "변화의 극치變之極"였다. 신시는 서정을 위주로 하니 이른바 "고상한 풍격과 심원한 운치"에 얼마간 부합되는데, 대략 변하여 "올바름으로 귀의했다"고 볼 수 있을 것이다.

섭섭은 시의 정변과 성쇠가 "서로 순환함"을 말했는데, 또한 "오직 올바름에 점차 쇠퇴함이 있기 때문에 변화가 성대함을 열 수 있음"을 말했으니, 이는 곧 "순환"에 대한 주석이었다. 그 전에 명대의 왕세정도 우연히 이것을 발견했으니, 그는 ≪예원치언≫ 권4에서 이렇게 말했다.

> 쇠퇴 속에 흥성이 있고, 흥성 속에 쇠퇴가 있어 각기 기미와 틈을 품고 있다. 흥성이란 쇠퇴했을 때에 변한 것이니 공로는 처음의 시작에 있고, 쇠퇴란 흥성으로부터 따라온 것이니 폐단은 아래로 쫓아간 것에서 비롯된다.……이는 비록 사람의 힘이지만 원래 천지간의 음양이 소멸 생성하는 묘리이다.
> 衰中有盛, 盛中有衰, 各含機藏隙. 盛者得衰而變之, 功在創始. 衰者自盛而沿之, 弊繇趨下.……此雖人力, 自是天地間陰陽剝復之妙.

여기서 논한 성쇠는 정확히 섭섭과 박자가 맞는데, 말이 더 자세하다. 이 설명에 따르면 우리도 "변화 속에 올바름이 있고 올바름 속에 변화가 있다"고 말할 수 있다. "변화"는 본래 "이어서 상생한다更相生"라는 뜻도 있는데 ≪회남자≫ 〈원도原道〉편 고유의 주석에 보인다.[110] 그 뜻은 바로 여기에도 쓸 수 있다. 정변이 상생하는

---

110) "그런데 다섯 가지 소리의 변화는 이루 다 들을 수 없다.而五音之變, 不可勝聽也"의 주석, "변화는 이어서 상생함이다.變, 更相生也." 역자주 : "그래서 유는 무에서 생기고 실은 허에서 나오니, 천하를 한 울타리로 하면 명과 실은 함께 있다. 소리의 가짓수는 다섯에 불과하다. 그런데 다섯 가지 소리의 변화는 이루 다 들을 수 없다.是故有生於無, 實出於虛, 天下爲之圈, 則名實同居. 音之數不過五, 而五音之變, 不可勝聽也."

것이 "순환"이니 왕세정의 말이 한 가지 예이다. 그런데 "순환循環"을 말하는 이는 도리어 반드시 순환론을 믿지는 않았으니, 《원시》의 설명에 따르면 이 고리環는 사실 점점 커지기 때문이다. 그러므로 변하여 어떤 체재가 되었을 때, 그 체재에 대해 논하자면 변화는 물론 좋은 것이지만, 모든 체재를 종합하여 논하면 이 변화에는 부유함과 호화로움을 더한 공로가 있으니 또한 더욱 좋은 것이다. 종래 "문장의 변화"를 논한 이는 "변화"를 이야기한 이가 많고 "올바름"을 이야기한 이는 적어서, 마치 변화는 있어도 올바름은 없는 것 같았다. 사실은 그렇지 않다. 이들의 생각은 변은 한 번만 변하지 않고, 정도 하나의 올바름이 아니라는 것이다. 올바름에서 변화하고 변화도 올바름이 될 수 있지만, 뒤의 올바름은 앞의 올바름과 다르니, 이른바 "쓰임새로 가면 똑같지 않고", "몸바탕에 되돌리면 다르지 않은" 것이다. 그리고 이 뒤의 올바름은 또 다시 변할 테니, 이러한 순환은 무궁하다. 소식은 한유가 나오자 천하의 문장이 "올바름으로 돌아왔다"고 하였고, 고병은 "변화를 살펴서 올바름으로 귀의한다"고 했는데 모두 변하여 올바름이 된다는 뜻이다. 이 "올바름—변화—올바름"은 곧 "문장의 변화"의 순서이니, 독일의 대철학자 헤겔의 "정—반—합"의 변증법과 사뭇 비슷한 점이 있다. 그리고 변화는 언제나 일리가 있으니 그가 말한 "모든 현실 존재는 모두 이치가 있다.凡現實的都是有道理的"111)에 부합하기도 한다. "문장의 변화"는 비록 시와 문장의 체재를 아울러서 말한 것이고 《역전》의 "변"의 철학을 근거로 삼았지만, 육조, 수, 당에서 송대

---

111) 역자주 : 헤겔의 《법철학》 서문의 "이성적인 것은 현실적이며, 현실적인 것은 이성적이다Was vernünftig ist, das ist wirklich; und was wirklich ist, das ist vernünftig"를 가리키는 듯하다. 임석진 역, 《법철학》, 파주 : 한길사, 2008, 48쪽.

에 이르기까지 "변"을 논한 이는 모두 "정"의 의미를 은연중 내포
했고, 명, 청 이후에는 더욱 뚜렷이 "정"의 명칭을 내세웠으니, 역
시 풍아의 정변설을 부연한 것임을 충분히 알 수 있다. 하지만 이
것으로 시를 풀이한 것은 아니고, 시를 비평하고 아울러 시 짓기의
실마리를 제시했을 뿐이다.112) 그러므로 이것이 "옆으로 삐져나온"
발전이라고 말한 것이다.

---

112) ≪唐詩品彙≫〈總敍〉에서 말했듯이, "문집으로 그러모아 당시를 배우는 이의 실마리
로 삼았다.裒成一集, 以爲學唐詩者之門徑." 또한 이 글에서 인용한 ≪日知錄≫〈詩體
代降〉 조목에서 논한 "닮음"과 "닮지 않음"도 시 짓기에 대해 논한 것이다.

전통적으로 한문을 배울 때는 으레 사서삼경에서 시작한다. 논어나 맹자 같은 사서는 그래도 익히 접하던 구절도 많아서 비교적 쉽게 넘어가지만, 삼경 중 첫 번째 관문인 시경을 읽다보면 난감할 때가 많다. 흥이 도대체 무엇인지 알기 어렵기 때문이다. 주자의 주석에서 이른바 부, 비, 흥으로 매 단락을 풀이하는데, 부는 직서이고 비는 비유라는 것을 쉽게 알 수 있다. 하지만 흥은 주자 스스로도 "흥이다"라고만 하고 넘어갈 때가 많으니 답답했던 사람은 한둘이 아니었을 것이다.

역대로 흥에 대해 많은 학설이 있었고 현대에도 수많은 학자들이 연구를 거듭하고 있다. 주자청의 이 책도 그 중 하나이다. 다만 이 책은 비나 흥 외에도 '시는 뜻을 말한 것'이라는 유명한 명제와 온유돈후로 대표되는 시경의 가르침, 정과 변이라는 시대별 풍격에 이르기까지 다양한 측면에서 중국 한시의 비평사를 다루고 있다. 어느 하나 만만한 주제가 아니지만 저자는 이 모든 것이 결국 '시는 뜻을 말한 것'이라는 개념으로 포괄된다고 보았다. 이 뜻이란 시인의 마음 속에 품은 회포인데 주로 칭송과 풍자, 출세와 은거 등

정치 활동에 관련된다. 다른 분야도 그렇지만 시에서도 유가 지식인이 주류를 이루었기 때문에 중심 주제는 정치 교화일 수밖에 없었다. 시와 음악이 나뉘면서 '뜻'의 중요성은 더욱 커졌다.

비와 흥 역시 한나라 때의 모시와 정현의 해설을 분석해보면 결국 찬미와 풍자를 위해 고안된 장치임을 알 수 있다. 다만 흥은 기본적으로 비유이지만 발단이라는 의미도 있다는 점에서 비와 구별된다. 주자청에 따르면 이 한나라의 주석가들은 맹자의 '옛 사람이 쓴 글을 읽고 그 사람에 대해 알아보고 그가 살던 시대를 논한다'라는 말을, 글을 읽기 위해 그 사람과 시대를 논해야 하는 것으로 곡해했다. 그러다 보니 시는 역사를 증명하기 위한 도구가 되었고 시의 주제도 '생각에 사악함이 없다'라는 틀에 고정되었다. 비와 흥의 비유 역시 시를 올바른 정치 교화라는 주제에 맞추어서 해석하는 바람에 이해하기 어려워진 것이다.

온유돈후의 가르침 또한 '뜻을 말하기' 위한 방법이다. 보통 충신이라면 목숨을 걸고 임금에게 쓴소리를 할 줄 아는 사람이라는 인상을 주지만, 온유돈후의 가르침은 그렇지 않다. 간접적으로 넌지시 충고의 뜻을 전달하는 것이 시의 효용이었다.

정과 변도 마찬가지이다. 정현은 주나라 초기 치세에 대한 칭송의 시는 정으로, 후기의 난세에 대한 풍자의 시는 변으로 나누었다. 물론 이 구분은 모순이 있지만 후대에 올바름과 변화라는 관점에서 시를 논하는 계기가 되었다. 시의 비평은 물론 창작에서도 정과 변은 중요한 기준이었다.

저자가 서문에서 밝히고 있듯이 이 책이 쓰여진 시대는 서구의 영향을 받아 기존에 천시받던 소설과 희곡이 시나 산문과 나란한 지위에 올랐고 각 장르별 문학사가 앞다투어 나오던 때였다. 이에 주자청 역시 시문평, 즉 문학비평의 역사를 집필하게 된 것이다. 문학비평은 관련 자료가 각종 문헌에 산재해 있고 개념이 복잡하기 이를 데 없다. 하지만 저자는 어릴 때부터 고전을 섭렵했고, 대학에서 철학을 전공하면서 체계적인 사고에 능통했기 때문에 이런 야심찬 작업을 해낼 수 있었던 것으로 보인다. 또한 고힐강, 곽말약, 문일다 등 당대의 작가이자 대학자들과 교류하며 그들의 성과를 적극 활용할 수 있었다. 주자청은 일반적으로 〈아버지의 뒷모습〉을 지은 수필가로 알려져 있지만 신시 창작에도 뛰어났고, 청화대학교에 교수로 있으면서 신문학과 고전문학의 연구와 교육에도 공적이 컸다. 이 책을 통해 주자청의 새로운 면모와 당시 학계의 고전 연구가 어떠했는지를 일별할 수 있을 것이다.

시경과 고전문학이론을 전공으로 공부하면서 앞에서 말한 흥은 피할 수 없는 과제였다. 그때마다 주자청의 이 책을 접할 기회가 간간이 있었지만 인용 문헌이 광범위하여 제대로 읽어볼 엄두를 내지 못했다. 그렇다고 마냥 미루기만 할 수는 없다는 생각에 번역을 하기로 마음 먹었다. 근래 들어 중국 고전에 대한 연구논문과 번역서가 많이 나와서 큰 힘이 되었다. 한국학술정보에서 이 책의 가치를 알아준 덕분에 출판을 할 수 있었고, 중국고전시가를 전공하는 서연주 선생이 교정을 도와줘서 오역을 많이 줄일 수 있었다. 이 모든 것에 감사드린다. 교정을 여러 번 봤지만 역자의 경험과 공부가 짧은 탓에 실수가 많을 것이다. 독자 여러분의 가르침을 부탁하며 아울러 이 책의 내용에 대해 이야기 나눌 동학을 만나기를 기대한다.

2020년 5월 청룡동에서 역자 씀

연락처 ukjin21@hanmail.net

1898년 1세

11월 22일 강소성 해주海州(지금의 연운항시連雲港市 동해현東海縣)에서 출생. 주자청의 관향은 절강성 소흥시紹興市이고 출생지인 해주는 관원인 조부의 임지였다. 본래 이름은 자화自華, 호는 실추實秋. 북경대학 철학과에 들어갈 당시에 이름을 자청自淸으로 바꾸고 자를 패현佩弦으로 지었다. '자청'이라는 이름은 ≪초사≫〈복거卜居〉편의 "차라리 청렴결백하고 정직하게 스스로를 깨끗이 할까.寧廉潔正直以自淸乎"에서 따왔다고 한다. '패현'은 팽팽한 활시위를 허리춤에 차고 다니며 느슨해진 마음을 다잡는다는 뜻으로 ≪한비자≫〈관행觀行〉편에 나오는 말이다.

1903년 6세

강소성 양주揚州로 이사. 주자청은 어린 시절을 보낸 양주를 자기 고향으로 삼았다.

1916년 19세

북경대학 예과豫科에 입학, 무종겸武鍾謙과 결혼. 이듬해 북경대학 철학과에 입학. 호적胡適에게서 서양철학사를, 존 듀이에게서 교육철학을 배우기도 하여 이때의 철학 공부가 그의 학문적 배경이 되었다고 평가받는다.

1919년 22세
신시 〈小鳥〉 등을 지어 발표함으로써 신문학 창작 시작.

1920년 23세
문예 단체인 신조사新潮社에 가입, 풍우란馮友蘭, 부사년傅斯年 등과 함께 활동. 북경대학 철학과 졸업 후 몇 년간 절강 항주杭州, 태주台州, 온주溫州, 양주, 상해 등지의 사범학교, 중등학교 교사 역임.

1921년 24세
유평백兪平伯, 섭성도葉聖陶 등과 교유. 이들은 주자청의 친구이자 신문학을 함께 이끌어간 동지였다.

1922년 25세
월간 ≪詩≫ 창간. 5.4운동 이래 최초의 신시 창작과 평론 전문지였다. 창간호에 〈轉眼〉 및 〈雜詩〉 3수 게재. 주작인周作人, 정진

탁鄭振鐸, 유평백, 섭성도 등과 공동으로 시집 ≪雪朝≫ 출판. 산문
시 〈匆匆〉, 장편 서정시 〈毀滅〉 창작.

1923년 26세
　유평백과 남경 여행, 진회하에서 뱃놀이를 한 경험을 쓴 산문
〈槳聲燈影裏的秦淮河〉가 백화문학의 전범으로 호평받음. 이후 산문
가로서의 명성이 높아짐.

1924년 27세
　절강 영파시寧波市의 중등학교와 상우시上虞市 백마호白馬湖의
춘휘중학春暉中學에 초빙되어 풍자개豐子愷, 주광잠朱光潛 등과 교
유. 첫 번째 개인 문집인 ≪踪迹≫ 출판.

1925년 28세
　유평백의 추천으로 그해 개교한 청화대학淸華大學 중문학 교수
로 부임, 이백 두보시 및 대학국어 강의. 산문 〈背影〉 창작.

1927년 30세
　산문 〈荷塘月色〉 발표.

1928년 31세
　산문집 ≪背影≫을 개명서점開明書店에서 출판.

1929년 32세
　청화대학에서 중국 신문학 연구 및 가요 과목 개설. 산문 〈白馬
湖〉 창작. 아내 무종겸 사망.

1931년 34세

연구년으로 영국 런던대학 방문. 언어학과 영문학 수강. 1년간 프랑스, 독일, 이탈리아 각국의 문화 예술을 감상.

1932년 35세

귀국 후 진죽은陳竹隱과 재혼. 문일다聞一多와 동료 교수로서 교유 시작. 강의록 《중국가요》 제작.

1935년 38세

《中國新文學大系·詩集》 편찬.

1937년 40세

1월 10일 논문 〈詩言志說〉 탈고, 6월에 《語言與文學》 제1기에 게재. 훗날 수정을 거쳐 〈詩言志〉라는 제목으로 《詩言志辨》에 실렸다. 중일전쟁 발발 후 호남 장사長沙 임시연합대학으로 옮겨 수업 재개, 송시 강의. 논문 〈文選序事出於沈思義歸乎翰藻說〉 집필.

1938년 41세

운남 곤명昆明으로 옮겨 서남연합대학西南聯合大學 결성, 중국문학비평 등 강의.

1942년 45세

《설문해자》, 사서오경, 《사기》, 제자서, 시가, 산문 등의 고전을 해설한 《경전상담經典常談》을 國民圖書出版社에서 출판.(한국에서는 1977년 을유문화사에서 전인초의 번역으로 출간) 섭성도는 고서의 요점과 문제점 및 현재 연구 상황에 이르기까지 백화문으로

간명하게 설명하여 학생과 일반인에게 적합하다고 이 책을 평가하고
있다. 1946년에 文光書店에서 다시 출판.

1943년 46세

3월 2일 〈詩教說〉 탈고, 6월에 ≪人文科學學報≫ 제2권 제2기에
게재. 훗날 〈詩教〉라는 제목으로 ≪詩言志辨≫에 실렸다. 8월 24일
〈詩正變說〉 탈고, 1945년 8월 ≪文史雜志≫ 제5권 제7-8기 합간에
게재. 훗날 〈正變〉이라는 제목으로 ≪詩言志辨≫에 실렸다. 9월 신
학기에 사령운시 과목 개설.

1944년 47세

12월 〈詩言志辨〉 서문 작성, 이듬해 6월에 ≪國文月刊≫ 제36기
에 게재. 훗날 ≪詩言志辨≫에 실렸다.

1946년 49세

문일다의 피살 뒤 애도하는 산문 〈聞一多先生與中國文學〉, 시
〈悼一多〉 등을 지음. 산문 〈我是揚州人〉. 북경 귀환, 청화대학 복귀.

1947년 50세

산문 〈論氣節〉. ≪聞一多全集≫ 편집후기와 서문 작성. ≪聞一多
全集≫은 이듬해 8월 상해 개명서점에서 출판. 8월 상해 개명서점
에서 ≪詩言志辨≫ 출판. 주광잠은 이 책이 시라는 문학의 근원에
서 네 가지 큰 주제를 종횡으로 해부하고 전후 맥락을 정리하여 중
국문학비평사의 윤곽을 잡아냈다고 평가했다.

1948년 51세

문집 ≪標準與尺度≫, ≪論雅俗共賞≫ 출판. 8월 12일 숙환인 위염으로 사망.

이상의 내용은 姜建, 吳爲公 編, ≪朱自淸年譜≫, 合肥 : 安徽敎育出版社, 1996을 참고하여 작성하였다.

주자청(朱自淸, 1898~1948)

중국의 작가, 문학연구자. 강소성 해주(海州, 지금의 연운항시連雲港市 동해현東海縣) 출생. 북경대학교 철학과를 졸업하고 1919년부터 중국의 신문학(新文學) 운동에 참여. 청화대학교 개교 이래 중문학 전공 교수로 재직하며 고전 시가 및 신문학 강의. 작품으로 〈아버지의 뒷모습(背影)〉, 〈연못가의 달빛(荷塘月色)〉, 〈진회하의 뱃놀이(槳聲燈影裏的秦淮河)〉 등이 있고, 고전문학 관련서로 ≪시언지변(詩言志辨)≫, ≪경전상담(經典常談)≫ 등이 있음.

이욱진(李旭鎭, 1984~   )

서울 출생. 서울대학교 중문과를 졸업하고 같은 곳에서 석사와 박사를 졸업한 뒤 강사로 재직 중. 논문으로 〈≪시경≫ 자연 경물 모티프의 은유〉, 〈『문심조룡』 갈래 체계로 본 유협의 시가관〉 등이 있고, 번역서로 ≪협주명현십초시≫(공역), ≪악부시집 청상곡사 1≫(공역)이 있음.

시언지변(詩言志辨)

초판인쇄 2020년 5월 25일
초판발행 2020년 5월 25일

지은이 주자청
옮긴이 이욱진
펴낸이 채종준
펴낸곳 한국학술정보㈜
주소 경기도 파주시 회동길 230(문발동)
전화 031)908-3181(대표)
팩스 031)908-3189
홈페이지 http://ebook.kstudy.com
전자우편 출판사업부 publish@kstudy.com
등록 제일산-115호(2000.6.19)

ISBN 978-89-268-9938-0 93820